Maggie Stiefvater · Wo das Dunkel schläft

Bisher von Maggie Stiefvater bei script5 erschienen:

Nach dem Sommer
Ruht das Licht
In deinen Augen
Vor dem Sommer (eShort)

Schimmert die Nacht

Rot wie das Meer

Wen der Rabe ruft
Wer die Lilie träumt
Was die Spiegel wissen
Wo das Dunkel schläft

Maggie Stiefvater

Wo das Dunkel schläft

Band 4

Übersetzt von Sandra Knuffinke
und Jessika Komina

script5

www.maggiestiefvater.de

FSC
www.fsc.org
MIX
Papier aus verantwortungsvollen Quellen
FSC® C014496

ISBN 978-3-7432-1373-9
1. Auflage 2021
Erschienen unter dem Originaltitel *The Raven King*

Published by Arrangement with SCHOLASTIC INC.,
557 Broadway, New York, NY 10012 USA
Dieses Werk wurde vermittelt durch die
Literarische Agentur Thomas Schlück GmbH, 30827 Garbsen.

script5 ist ein Imprint der Loewe Verlag GmbH, Bindlach
Aus dem Amerikanischen übersetzt von Sandra Knuffinke und Jessika Komina

Umschlaggestaltung: Ramona Karl unter Verwendung einer Illustration
von Larissa Kulik und iStockphoto © JDawnInk
Printed in the EU

www.script5.de

Für Sarah,
die so heldenmütig Artus' Platz in der Tafelrunde
eingenommen hat

Schlafen, schwimmen und träumen, für immer.

ALGERNON CHARLES SWINBURNE

Dies tat als außerordentlich mich kund;
Und meines Lebens ganzer Hergang zeigt,
Ich sei nicht von der Zahl gemeiner Menschen.

WILLIAM SHAKESPEARE

Prolog

Richard Gansey III wusste mittlerweile schon gar nicht mehr, wie oft man ihm gesagt hatte, dass ihm Großes vorherbestimmt sei.

Es war ihm in die Wiege gelegt; Edelmut und Zielstrebigkeit prägten beide Seiten seines Stammbaums. Der Vater seiner Mutter war Botschafter gewesen, ein Architekt von Schicksalen; der Vater seines Vaters hingegen war Architekt gewesen, ein Botschafter des Stils. Die Mutter seiner Mutter hatte die Kinder europäischer Prinzessinnen unterrichtet. Die Mutter seines Vaters hatte ihr Erbe darauf verwendet, eine Mädchenschule zu gründen. Die Ganseys waren geborene Höflinge und Könige und wenn es keinen Palast gab, in dem sie willkommen geheißen wurden, dann bauten sie sich selbst einen.

Er war ein König.

Vor langer, langer Zeit war der jüngste Gansey-Spross von Hornissen zu Tode gestochen worden. Schon immer hatten ihm alle Türen offengestanden und selbst im Tod tat sich kurz vor dem Licht am Ende des Tunnels noch ein neuer Korridor auf. Eine Stimme hatte ihm zugeflüstert: *Du wirst weiterleben, für Glendower. Jemand auf der Ley-Linie wird sterben, dem es bestimmt war zu leben, und so wirst du leben, dem es bestimmt war zu sterben.*

Er war gestorben, aber er war nicht tot geblieben.

Er war ein König.

Seine Mutter, selbst eine Monarchin, kandidierte neuerdings für den Kongress von Virginia und hatte sich, kaum überraschend, elegant an die Spitze der Umfragewerte geschwungen. Immer aufwärts. Hatte daran jemals ein Zweifel bestanden? Ja, seit jeher, denn die Ganseys forderten niemals Gefälligkeiten ein. Oft baten sie nicht einmal darum. Stattdessen taten sie anderen, was sie wollten, das man ihnen tue, und hofften das Beste.

Zweifel – es gab nichts, woran ein Gansey nicht zweifelte. Ein Gansey langte beherzt ins nächtlich trübe Wasser, sein Schicksal ungewiss, bis eine erwartungsvolle Hand das Heft eines Schwerts ertastete.

Und doch – nur wenige Monate zuvor hatte dieser jüngste Gansey die Hand nach der düsteren Ungewissheit der Zukunft ausgestreckt, in der Hoffnung auf ein Schwert, und stattdessen einen Spiegel hervorgezogen.

Gerechtigkeit – auf eine verdrehte Art war es wohl nur fair.

Es war der Abend vor dem fünfundzwanzigsten April, dem Markustag, gewesen. Vor Jahren hatte Gansey *Das große Mysterium: Ley-Linien auf der ganzen Welt* von Roger Malory gelesen. Darin erklärte Malory ausschweifend, dass einem, wenn man in dieser Nacht auf einer Ley-Linie Wache hielt, die Geister derer erschienen, die innerhalb des nächsten Jahres sterben würden. Gansey hatte schon allerhand Wunder auf oder in der Nähe von Ley-Linien erlebt – ein Mädchen, das im Stockdunkeln ein Buch lesen konnte, solange es sich nicht von der Linie entfernte, eine alte Frau, die nur mit der Kraft ihrer Gedanken eine Obstkiste anheben konnte, die Geburt grauhäutiger Drillinge, die Blut weinten und in deren Adern Salzwasser floss – aber keines dieser Wunder hatte ihn selbst betroffen. Seiner Gegenwart bedurft. Seine Existenz erklärt.

Er wusste nicht, warum er verschont geblieben war.

Er musste wissen, warum er verschont geblieben war.

Also hatte er die Nacht auf der Ley-Linie verbracht, die zu seinem persönlichen Labyrinth geworden war, allein auf dem Parkplatz der Kirche des Heiligen Erlösers. Er hatte nichts gesehen, nichts gehört. Dann, am nächsten Morgen, völlig übermüdet und kaum zu klaren Gedanken fähig, hatte er sich neben seinen Camaro gehockt und sich die Tonaufnahmen der gesamten Nacht angehört.

Auf dem Band hatte seine eigene Stimme geflüstert: »Gansey.« Pause. »Mehr ist da nicht.«

Endlich. Er war nicht mehr bloß ein Zuschauer in dieser Welt; er war ein Teilnehmer.

Doch schon damals hatte Gansey insgeheim einen Verdacht gehegt, was es bedeutete, seinen eigenen Namen gehört zu haben. Wahrscheinlich hatte er es schon gewusst, als eine Stunde später seine Freunde gekommen waren, um ihn und sein liegen gebliebenes Auto zu bergen. Wahrscheinlich hatte er es schon gewusst, als die Wahrsagerinnen aus dem Fox Way 300 ihn eine Tarotkarte ziehen ließen. Wahrscheinlich hatte er es schon gewusst, als er Roger Malory persönlich davon berichtete.

Gansey hatte gewusst, wem die flüsternden Stimmen gehörten, die in der Nacht zum Markustag entlang der Ley-Linien zu vernehmen waren. Aber er hatte Jahre damit zugebracht, seine Ängste im Zaum zu halten und war noch nicht bereit, sie wieder freizulassen.

Jetzt jedoch, nachdem eine der Wahrsagerinnen aus dem Fox Way 300 gestorben war, seit der Tod erneut Realität geworden war, konnte Gansey die Wahrheit nicht länger leugnen.

Eine Wahrheit, wie sie die herbstlichen Jagdhörner des Aglionby-Jagdclubs zu verkünden schienen: *Hinfort, hinfort, hinfort.*

Er war ein König.

Und dies war das Jahr, in dem er sterben würde.

1

Je nachdem, wo man anfing, war dies eine Geschichte über die Frauen aus dem Fox Way 300.

Geschichten dehnen sich in alle Richtungen aus. Es war einmal ein Mädchen, das sehr gut darin war, die Zeit zu manipulieren. Schritt zur Seite: Es war einmal die Tochter eines Mädchens, das sehr gut darin war, die Zeit zu manipulieren. Sprung zurück: Es war einmal eine Königstochter, die sehr gut darin war, die Zeit zu manipulieren.

Anfänge und Enden so weit das Auge reichte.

Mit Ausnahme von Blue Sargent waren alle Frauen, die im Fox Way 300 lebten, hellseherisch begabt. Nun hätte man meinen können, dass die Bewohnerinnen dieses Hauses eine Menge gemeinsam hatten, in Wirklichkeit aber hatten sie genauso viel gemeinsam wie eine beliebige Gruppe von Musikern oder Ärzten oder Totengräbern. Hellseherische Kräfte zu haben war weniger ein Charakterzug als vielmehr eine Kombination bestimmter Fähigkeiten. Ein Glaubenskonstrukt. Basierend auf der Überzeugung, dass die Zeit, wie eine Geschichte, nicht linear verlief; die Zeit war ein Ozean. Wenn man nicht den exakten Moment fand, nach dem man suchte, war man möglicherweise nicht weit genug geschwommen. Möglicherweise hatte man auch einfach noch nicht gut genug schwimmen gelernt. Möglicherweise, so räumten die Frauen widerstrebend ein, waren bestimmte Momente aber auch dermaßen weit in den Tiefen der Zeit verborgen, dass man sie den Meeresgeschöpfen überlassen sollte. Wie diesen Anglerfischen mit ihren riesigen Zähnen und diesen Laternen über ihren Mäulern. Oder Persephone Poldma. Die allerdings jetzt tot war und darum vielleicht kein gutes Beispiel.

Es war ein Montag, an dem die noch lebendigen Frauen aus dem Fox Way 300 beschlossen, sich endlich mit Richard Ganseys bevorstehendem Tod, der zunehmenden Zerrüttung ihres eigenen Lebens und den möglichen Zusammenhängen zwischen beidem auseinanderzusetzen. Außerdem hatte Jimi kurz zuvor im Austausch für eine Chakren-Reinigung eine Flasche wunderbar vollmundig-torfigen Whiskeys bekommen und konnte es nicht erwarten, diese in netter Gesellschaft zu leeren.

Calla trat nach draußen in den schneidenden Oktoberwind, um das Schild neben dem Briefkasten auf die Seite mit der Aufschrift »Geschlossen – Bitte besuchen Sie uns bald wieder!« zu drehen. Im Haus legte unterdessen Jimi, eine überzeugte Anhängerin der Kräutermagie, mehrere kleine mit Beifuß gefüllte Kissen aus (um den Übergang der Seele in andere Welten zu begünstigen) und räucherte Rosmarin über Holzkohle (fürs Erinnern und Hellsehen, was im Grunde dasselbe war, nur in unterschiedliche Richtungen). Orla schwenkte ein schwelendes Bündel Salbei über einem Deck Tarotkarten. Maura füllte eine schwarzgläserne Sehschale. Gwenllian trällerte ein boshaftes kleines Liedchen, während sie einen Kreis von Kerzen anzündete und die Rollos herunterließ. Als Calla zurück ins Sitzungszimmer kam, trug sie drei Statuen in der Armbeuge.

»Hier riecht's ja wie in 'ner verdammten Pizzabude«, knurrte sie Jimi zu, die leise vor sich hin summte, während sie weiter fächelnd den Rauch verteilte und dabei mit ihrem ausladenden Hinterteil wackelte. Calla stellte die Oyá-Statue mit dem wilden Blick neben ihren eigenen Stuhl und die des tanzenden Oshun neben Mauras. Dann griff sie nach der dritten Statue: Yemaya, eine wasserverbundene Göttin, die, wenn sie nicht auf der Kommode in Callas Schlafzimmer stand, ihren Platz stets neben Persephone gehabt hatte. »Maura, ich weiß nicht, wo ich jetzt Yemaya hinstellen soll.«

Maura deutete auf Gwenllian, die zurückdeutete. »Da du das ja nicht mit Adam machen willst, kommt sie neben sie.«

»So habe ich das nie gesagt«, widersprach Calla. »Er ist nur einfach zu eng mit all dem verbunden.«

Tatsache war, dass sie alle zu eng mit der Situation verbunden waren. Und das schon seit Monaten. Sie waren so eng mit der Situation verbunden, dass es schwierig zu beurteilen war, ob sie nicht vielleicht das Problem waren.

Orla, die schon die ganze Zeit geräuschvoll Kaugummi kaute, hielt kurz inne, um zu fragen: »Sind wir dann so weit?«

»MmmmhmmmhmmmBluefehlthmmmmhmmmm«, antwortete Jimi, noch immer summend und fächelnd.

Blues Abwesenheit war tatsächlich ungewöhnlich. Mit ihrer natürlichen Gabe, hellseherische Kräfte zu verstärken, wäre sie in einer Sitzung wie dieser äußerst nützlich gewesen, aber die anderen hatten am Abend zuvor flüsternd beschlossen, dass es grausam gewesen wäre, Ganseys Schicksal vor ihr zu diskutieren, wenn es nicht unbedingt nötig war. Sie würden sich mit Gwenllian abfinden müssen, die nicht halb so brauchbar, aber dafür doppelt so nervtötend war.

»Wir erzählen ihr dann später, was wir rausgefunden haben«, sagte Maura. »Dann hole ich jetzt wohl mal Artemus aus dem Schrank.«

Artemus: Mauras Ex, Blues leiblicher Vater, Glendowers Berater, Wandschrankbewohner des Fox Way 300. Er war erst vor gut einer Woche aus einer magischen Höhle befreit worden und hatte sich seitdem in keinster Weise als Zugewinn für ihre emotionalen oder intellektuellen Ressourcen erwiesen. Calla fand ihn rückgratlos (womit sie nicht unrecht hatte). Maura argwöhnte, dass die anderen ihn einfach nicht verstanden (womit sie nicht unrecht hatte). Jimi behauptete, noch nie einen Mann mit einer so langen Nase gesehen zu haben (womit sie nicht unrecht hatte). Orla hielt es für Unsinn, sich zum Schutz gegen eine Hellseherin, die einen hasste, in einem Vorratsschrank zu verstecken (womit sie nicht unrecht hatte). Gwenllian war die Hellseherin, die ihn hasste (womit sie nicht unrecht hatte).

Maura brauchte eine Weile, um Artemus zu überreden, den Wandschrank zu verlassen, und nachdem er sich endlich zu ihnen an den Tisch gesellt hatte, wirkte er dort absolut fehl am Platz. Das lag teilweise daran, dass er ein Mann war und teilweise daran, dass er wesentlich größer war als alle anderen. Hauptsächlich aber lag es an seinen dunklen, permanent besorgt blickenden Augen, die erahnen ließen, dass er einiges von der Welt gesehen hatte, was zu viel für ihn gewesen war. Seine spürbare Furcht stand in krassem Gegensatz zum variierenden Maß an Selbstbewusstsein der Hellseherinnen im Raum.

Maura und Calla hatten ihn beide schon gekannt, bevor Blue auf die Welt gekommen war, und waren der Meinung, dass Artemus sich zu seinem Nachteil verändert hatte. Das hieß, Maura dachte »zu seinem Nachteil verändert«. Calla dachte lediglich »verändert«, weil sie von Anfang an nicht viel von ihm gehalten hatte. Andererseits hatte sie auch noch nie etwas für schlaksige Männer aus magischen Höhlen übriggehabt.

Jimi schenkte Whiskey aus.

Orla schloss die Tür des Sitzungszimmers.

Die Frauen nahmen ihre Plätze ein.

»So eine Riesenscheiße«, fasste Calla die Situation eröffnend zusammen (womit sie nicht unrecht hatte).

»Er ist nicht zu retten, oder?«, fragte Jimi. Sie meinte Gansey. Ihre Augen schimmerten feucht. Gansey lag ihr nicht unbedingt besonders am Herzen, aber sie war eine empfindsame Frau und wäre wohl beim Gedanken an jeden jungen Menschen, der so früh aus dem Leben gerissen werden sollte, betrübt gewesen.

»Mm«, machte Maura.

Die Frauen griffen zu ihren Gläsern. Artemus nicht. Er warf einen nervösen Blick in Gwenllians Richtung. Gwenllian, wie immer imposant mit ihrer bauschigen Turmfrisur voller Stifte und Blumen, starrte zurück. Die glühenden Pfeile, die aus ihren Augen zu schießen schienen, drohten die Alkoholreste in ihrem Whiskeyglas zu entzünden.

»Sollten wir es aufhalten?«, fragte Maura.

Orla, die Jüngste und Lauteste im Zimmer, lachte ihr junges, lautes Lachen. »Wie genau willst du ihn denn aufhalten?«

»Ich sagte ›es‹, nicht ›ihn‹«, erwiderte Maura ein wenig schnippisch. »Ich behaupte ja gar nicht, dass ich die Macht hätte, diesen Jungen davon abzuhalten, weiterhin ganz Virginia nach seinem eigenen Grab abzusuchen. Aber zumindest die anderen.«

Calla stellte klirrend ihr Glas ab. »Oh, ich könnte ihn schon aufhalten. Aber darum geht es nicht. Die Weichen sind doch längst gestellt.«

(Die Weichen: der pensionierte Auftragsmörder, der seit einiger Zeit mit Maura das Bett teilte; dessen vom Übernatürlichen besessener Ex-Boss, der momentan wohl in Boston im Bett lag; der ominöse Schlafende, der unterhalb der Ley-Linie im Stein begraben lag; die bizarren Kreaturen, die aus einer Höhle hinter einem verlassenen Farmhaus krochen; die wachsende Kraft der Ley-Linie; der magische Wald, der auf ihr wuchs; der Pakt, den einer der Jungen mit diesem Wald geschlossen hatte; ein anderer Junge, der Dinge aus Träumen in die Wirklichkeit holen konnte; ein toter Junge, der sich weigerte zu ruhen; ein Mädchen, das auf übernatürliche Weise neunzig Prozent alles oben Genannten verstärkte.)

Die Frauen griffen zu ihren Gläsern.

»Sollen wir sie weiter in diesen verrückten Wald gehen lassen?«, fragte Orla. Sie mochte Cabeswater nicht besonders. Sie war einmal mit Blue und ihren Freunden dort gewesen und dem Wald dabei nah genug gekommen, um … ihn zu fühlen. Orlas hellseherische Gabe funktionierte am besten über Telefon oder E-Mail; Gesichter verfälschten bloß die Wahrheit. Cabeswater hatte kein Gesicht und die Ley-Linie war so etwas wie die beste Telefonleitung der Welt. Sie hatte spüren können, wie der Wald sie um Dinge bat. Wenn auch nicht genau, um welche. Sie war auch nicht direkt überzeugt, dass es schlechte Dinge gewesen waren. Aber sie hatte die enorme Tragweite seiner Forderungen gespürt, das Gewicht seiner Versprechen. Lebensverändernd. Nichts für ungut, aber Orla war ganz zufrieden mit ihrem Leben, also hatte sie gemacht, dass sie wegkam.

»Der Wald ist in Ordnung«, meldete sich Artemus zu Wort.

Alle fünf Frauen starrten ihn an.

»Definiere ›in Ordnung‹«, verlangte Maura.

»Cabeswater liebt sie.« Artemus faltete die riesigen Hände im Schoß und wandte ihnen seine riesige Nase zu. Sein Blick zuckte immer wieder zu Gwenllian, als fürchtete er, sie könnte ihm jeden Moment an die Kehle springen. Gwenllian erstickte bedeutungsvoll eine der Kerzen mit ihrem Whiskeyglas; der Sitzungssaal wurde um eine winzige Flamme düsterer.

»Wärst du so freundlich, das etwas auszuführen?«, drängte Calla.

Artemus war nicht so freundlich.

»Danke für den Beitrag, wir werden ihn bei unserer Entscheidung berücksichtigen«, sagte Maura.

Die Frauen griffen zu ihren Gläsern.

»Soll jemand, der sich im Moment in diesem Raum aufhält, sterben?«, wollte Jimi wissen. »Oder ist sonst noch irgendwer, den wir kennen, bei der Kirchenwache aufgetaucht?«

»Wir werden dabei nicht berücksichtigt«, antwortete Maura. Die Kirchenwache sagte lediglich den Tod von Menschen voraus, die in Henrietta oder direkt auf dem spirituellen Pfad geboren (oder, wie in Ganseys Fall, *wieder*geboren) worden waren, und das galt für niemanden, der in diesem Moment am Tisch im Sitzungszimmer saß.

»Blue schon«, merkte Orla an.

Maura stapelte energisch ihre Karten, nahm sie wieder auseinander, stapelte sie erneut. »Das heißt aber noch lange nicht, dass sie in Sicherheit ist. Es gibt schlimmere Schicksale als den Tod.«

»Dann lasst uns mischen«, sagte Jimi.

Jede der Frauen presste rasch ihr Kartendeck ans Herz und begann dann zu mischen, bevor sie schließlich eine einzelne Karte herauszog. Diese Karten legten sie offen vor sich auf den Tisch.

Tarot ist eine sehr persönliche Angelegenheit, darum spiegelte jedes Kartendeck den Charakter seiner Besitzerin wider. Mauras wurde von dunklen Linien und Grundfarben dominiert, funktional und gleichzeitig kindlich. Callas dagegen wirkte opulent mit seinen übersättigten Farben und jedes einzelne Motiv schien vor Details zu bersten. Orlas zeigte ausnahmslos Paare beim Küssen oder beim Sex, ob es nun zur Bedeutung der Karte passte oder nicht. Gwenllian hatte sich ihr eigenes Tarotdeck gestaltet, indem sie ein normales Kartenspiel mit düsteren, fieberhaft anmutenden Symbolen bekritzelt hatte. Jimi benutzte noch immer das »Heilige Katzen und Göttinnen«-Deck, das sie 1992 in einem Trödelladen gefunden hatte.

Die Frauen hatten fünf verschiedene Versionen des Turms aufgedeckt. Callas machte die Bedeutung der Karte vielleicht am deutlichsten: Eine Burg mit der Aufschrift »STABILITÄT« wurde vom Blitz getroffen und brannte, während sie gleichzeitig von natternartigen Geschöpfen angegriffen wurde. Eine Frau in einem Fenster bekam die volle Wucht des Blitzschlags zu spüren. Oben auf der Turmspitze war ein Mann von der Befestigungsmauer gestürzt – oder gesprungen. Er stand ebenfalls in Flammen und eins der Geschöpfe setzte ihm nach.

»Also müssen wir alle sterben, es sei denn, wir unternehmen was«, fasste Calla zusammen.

Gwenllian sang: »*Owynus dei gratia Princeps Waliae*, ha la la, *Princeps Waliae*, ha la la –«

Artemus stieß ein Wimmern aus und machte Anstalten aufzustehen, aber Maura legte beruhigend ihre Hand auf seine.

»Wir müssen alle sterben«, wiederholte Maura. »Irgendwann. Lasst uns deswegen nicht in Panik verfallen.«

Callas Blick lag auf Artemus. »Hier verfällt nur einer in Panik.«

Jimi reichte die Whiskeyflasche herum. »Zeit für ein paar Lösungen, meine Lieben. Wie sollen wir bei der Suche vorgehen?«

Alle Frauen blickten in die dunkle Sehschale. Sie war an sich nichts Besonderes: ein gläserner Dekoartikel für 11 Dollar aus einem dieser Läden, in denen man Katzenfutter, Rindenmulch und billige Elektrogeräte kaufen konnte. Der Cranberrysaft, mit dem sie gefüllt war, hatte keinerlei magische Kräfte. Dennoch verströmte die Flüssigkeit etwas Unheilvolles, wirkte ruhelos. In ihrer Oberfläche spiegelte sich nichts als die dunkle Decke, aber sie sah aus, als wollte sie dringend mehr zeigen. Die Sehschale schien die Möglichkeiten abzuwägen – und sie waren längst nicht alle gut.

(Eine Möglichkeit: mithilfe des Spiegelbilds seine Seele vom Körper zu trennen und Letzteren tot zurückzulassen.)

Obwohl Maura diejenige gewesen war, die die Sehschale aufgestellt hatte, schob sie sie nun beiseite.

»Lasst uns eine Lebensdeutung machen«, schlug Orla vor und ließ eine Kaugummiblase platzen.

»Och, nee«, stöhnte Calla.

»Du meinst, für uns alle?«, fragte Maura, als hätte Calla nicht gerade protestiert. »Unser Leben als Gruppe?«

Orla machte eine Geste, die alle Kartendecks einschloss; ihre riesigen Holzarmreife klapperten zufrieden gegeneinander.

»Ich wäre dafür«, verkündete Maura. Calla und Jimi seufzten.

Normalerweise kam bei einer Tarotsitzung nur ein kleiner Teil der achtundsiebzig Karten eines Decks zum Einsatz. Drei, oder zehn. Manchmal auch eine oder zwei zusätzlich, wenn mehr Klarheit vonnöten war. Die Position jeder Karte stand für eine Frage: Wie steht es um dein Unterbewusstsein? Wovor hast du Angst? Was brauchst du? Und die Karte, die an der jeweiligen Position lag, lieferte die Antwort.

Achtundsiebzig Karten waren eine Menge Antworten auf eine Menge Fragen.

Erst recht mal fünf genommen.

Calla und Jimi seufzten abermals, begannen jedoch zu mischen. Denn eins stand fest: Sie hatten eine Menge Fragen. Und sie würden eine Menge Antworten brauchen.

Wie auf ein geheimes Zeichen hin hörten die Frauen alle im selben Moment auf zu mischen, schlossen die Augen und drückten sich erneut ihre Kartendecks ans Herz, während sie sich ausschließlich aufeinander konzentrierten, darauf, wie ihre Leben miteinander verflochten waren. Die Kerzen flackerten. Lange, kurze und wieder lange Schatten zuckten hinter den Götterstatuen. Gwenllian fing an zu summen und nach einem Moment fiel Jimi mit ein.

Nur Artemus saß ein Stück entfernt, die Brauen zusammengezogen.

Doch die Frauen bezogen ihn mit ein, als sie ihre Karten auszulegen begannen. Zuerst legten sie eine Reihe von Karten zu einem soliden Stamm und wisperten einander dabei Positionen und Bedeutungen zu. Dann formten sie aus weiteren Karten Äste, die auf Artemus, auf Jimi, auf Orla deuteten. Sie formten Wurzeln, die auf Calla, auf Maura, auf Gwenllian deuteten. Sie steckten die Köpfe zusammen, schoben Karten übereinander, lachten über das Gewirr und schnappten nach Luft angesichts der Formationen.

Nach einer Weile kristallisierte sich eine Geschichte heraus. Sie handelte von den Menschen, die sie beeinflusst hatten, und jenen, die von ihnen beeinflusst worden waren. Selbst die pikanten Details kamen nicht zu kurz: Maura, die sich in Artemus verliebt hatte; Jimi, die Calla einen Faustschlag versetzt hatte; Orla, die heimlich das gemeinsame Bankkonto für eine Wahrsage-Website geplündert hatte, deren Erfolg noch auf sich warten ließ; Blue, die von zu Hause ausgerissen und von der Polizei zurückgebracht worden war; Persephone, die gestorben war.

Der Ast, der zu Artemus führte, wirkte düster und morsch, durchsetzt von Angst und Schwertern. Die Dunkelheit führte zurück zum Stamm, wo sie sich mit einer anderen Finsternis vermischte, die von Gwenllians Wurzel herrührte. Es war ohne Zweifel diese Finsternis, die sie alle töten würde, wenn sie nichts unternahmen, obwohl niemand sie eindeutig identifizieren konnte. Die Gabe der Frauen hatte noch nie in die Gefilde direkt über der Ley-Linie vordringen können und genau dort hatte die Dunkelheit ihren Ursprung.

Die Lösung jedoch lag offenbar irgendwo jenseits der Ley-Linie. Sie schien facettenreich, unstet, kompliziert. Aber das Fazit lag auf der Hand.

»Sie sollen zusammenarbeiten?«, fragte Calla ungläubig.

»Das sagen die Karten«, pflichtete Maura ihr bei.

Jimi griff nach der Whiskeyflasche, doch die war leer. »Können wir das Problem nicht einfach allein lösen?«

»Wir sind Menschen«, entgegnete Maura. »Ganz normale Menschen. *Sie* sind besonders. Adam ist an die Ley-Linie gebunden. Ronan ist ein Träumer. Und Blue verstärkt das alles.«

»Richie Rich ist ein ganz normaler Mensch«, bemerkte Orla.

»Stimmt, und er wird sterben.«

Wieder beugten sich die Frauen über die Karten.

»Heißt das, sie ist noch am Leben?«, fragte Maura und tippte auf eine Karte in einem der Äste – die Königin der Schwerter.

»Sieht so aus«, brummte Calla.

»Heißt das, sie wird uns verlassen?«, fragte Orla und tippte auf eine andere Karte, die sich auf eine andere Sie bezog.

»Sieht so aus«, seufzte Maura.

»Heißt das, sie kommt zurück?«, wollte nun Calla wissen und tippte auf eine dritte Karte, die sich auf eine dritte Sie bezog.

»Sieht so aus«, kreischte Gwenllian und sprang, wild im Kreis wirbelnd, von ihrem Platz auf.

Keine von ihnen konnte länger still sitzen. Calla schob ihren Stuhl zurück. »Ich brauche noch einen Drink.«

Jimi schnalzte zustimmend. »Wenn das Ende der Welt bevorsteht, darf ich mir wohl auch noch einen genehmigen.«

Während die anderen aufstanden, blieb Maura sitzen und betrachtete Artemus' vergifteten Ast, dann Artemus selbst, der mit hochgezogenen Schultern dahinter hockte. Auch auf sie übten geheimnisvolle Männer aus Zauberhöhlen schon lange keinen Reiz mehr aus. Trotzdem hatte sie nicht vergessen, dass sie Artemus einmal geliebt hatte, und von diesem Artemus war nicht mehr viel übrig.

»Artemus?«, fragte sie sanft.

Er hob nicht den Kopf.

Sie berührte mit dem Finger sein Kinn; er zuckte zurück. Sie drehte seinen Kopf, bis sie einander in die Augen sahen. Es war noch nie seine Art gewesen, Schweigen mit Worten zu füllen, und daran schien sich nichts geändert zu haben. Er sah aus, als würde er nie wieder reden, wenn es nach ihm ginge.

Seit sie beide zusammen aus der Höhle geklettert waren, hatte Maura ihn nicht nach all den Jahren gefragt, in denen sie sich nicht gesehen hatten. Jetzt jedoch fragte sie: »Was ist passiert, dass du so geworden bist?«

Er schloss die Augen.

2

»Wo zum Teufel ist Ronan?«, fragte Gansey und wiederholte damit die Worte Tausender, seit die Menschheit die Fähigkeit zu sprechen entwickelt hatte. Er trat aus dem Schulgebäude und legte den Kopf in den Nacken, als könnte Ronan Lynch – begnadeter Träumer, bewährter Kämpfer, notorischer Schulschwänzer – irgendwo über ihm schweben. Was er nicht tat. Nur ein einsames Flugzeug zog lautlos einen weißen Streifen ins tiefe Blau über der Aglionby Academy. Jenseits des schmiedeeisernen Zauns gab das Städtchen Henrietta geschäftige Nachmittagsgeräusche von sich. Diesseits des Zauns gaben die Schüler der Aglionby ungeschäftige Teenagergeräusche von sich. »War er in Physik da?«

Adam Parrish – Zauberer und unlösbares Rätsel, Schüler und Logiker, Mann und Junge – schwang sich seinen optimistisch vollgestopften Messenger Bag von einer Schulter auf die andere. Er hatte keine Ahnung, wie Gansey auf die Idee kam, dass Ronan heute auch nur in der Nähe der Schule gewesen sein sollte. Nach der Woche voller magischer Höhlen und mysteriöser Schlafender, die sie gerade hinter sich hatten, musste selbst Adam all seine Willenskraft zusammennehmen, um sich auf den Unterricht zu konzentrieren, und Adam war der motivierteste Schüler von allen. Ronan dagegen war schon vorher nur zu den Lateinstunden aufgetaucht, und seit vor Kurzem alle Schüler statt Latein zusätzliche Französsischlektionen aufgebrummt bekommen hatten – was hätte er hier noch gesollt?

»Ja oder nein?«, beharrte Gansey.

»Ich dachte, das wäre eine rhetorische Frage gewesen.«

Ganseys Unmut hielt ungefähr genauso lange an, wie ein später Schmetterling brauchte, um sich vom Herbstwind an ihnen vorbeitragen zu lassen. »Er versucht es ja nicht mal.«

Über eine Woche war vergangen, seit sie Maura – Blues Mutter – und Artemus – Blues … Vater? – aus dem Höhlensystem befreit hatten. Drei Tage, seit sie Roger Malory – Ganseys steinalten britischen Freund – in den Flieger zurück nach Europa gesetzt hatten. Und zwei Tage, seit sie wieder zur Schule mussten.

Null Tage, an denen Ronan sie mit seiner Anwesenheit beehrt hatte.

War das verdammt noch mal Verschwendung? Ja. War das alles Ronan Lynchs Schuld? Ja.

Hinter ihnen im Gebäude läutete durchdringend die Schulglocke, zwei Minuten, nachdem die Stunde tatsächlich geendet hatte. Es war eine echte Glocke mit einem echten Zugseil, das am Ende jeder Stunde von einem echten Schüler betätigt werden musste. Die Zwei-Minuten-Diskrepanz ließ ihm vorzeitig graue Haare wachsen. Er mochte es, wenn Leute ihre Aufgaben ernst nahmen.

»Sag was«, sagte Gansey.

»Die Glocke.«

»Eine Schande«, pflichtete Gansey ihm bei.

Die beiden Freunde verließen den gepflasterten Pfad und machten sich auf über die Sportplätze. Es war der pure Luxus, dieser Weg vom Naturwissenschaftsgebäude zur Gruber Hall, zehn Minuten Zeit zum Luftschnappen und Sonnetanken zwischen den Stunden. Normalerweise empfand Adam jede Sekunde, die er auf dem Schulgelände verbrachte, als tröstlich; die immer gleiche Routine hatte etwas Beruhigendes. Fleißig lernen. Zum Unterricht erscheinen. Die Hand heben. Die Frage beantworten. Schnurstracks Richtung Abschluss. Seine Klassenkameraden klagten oft über die viele Arbeit. Arbeit! Arbeit war für Adam die rettende Insel auf stürmischer See.

Und die See war mehr als stürmisch. Monster tobten in der Ley-Linie unter Adams Füßen. Unter seinen Händen und Augen, die er Cabeswater verschrieben hatte, wuchs ein Wald. Und Gansey sollte noch vor nächstem April sterben. Das war der aufgewühlte Ozean – die Insel war Glendower. Ihn zu wecken würde bedeuten, dass ihnen eine Gunst zuteilwurde, und die würden sie dafür nutzen, Ganseys Leben zu retten. Dieses verzauberte Land brauchte einen verzauberten König.

Am Wochenende zuvor hatte Adam zweimal geträumt, dass sie Glendower bereits gefunden hätten und nun von Neuem nach ihm suchten. In der ersten Nacht war es ein Albtraum gewesen. In der zweiten eine Erlösung.

Vorsichtig fragte er: »Wo machen wir weiter mit der Glendower-Suche?«

»In der Dittley-Höhle«, antwortete Gansey.

Adam horchte auf. Gansey war normalerweise ein Verfechter besonnenen Vorgehens und die Dittley-Höhle stellte das genaue Gegenteil dar. Zunächst einmal waren, seit sie Glendowers Tochter Gwenllian befreit hatten, immer wieder die seltsamsten Wesen daraus hervorgekrochen. Außerdem hatte Piper Greenmantle im Höhleneingang Jesse Dittley erschossen. Die Höhle verströmte einen regelrechten Gestank nach vergangenem und zukünftigem Tod. »Glaubst du nicht, Gwenllian hätte es uns gesagt, wenn das Grab ihres Vaters nur ein Stück neben ihrem eigenen läge, anstatt uns in diese Knochenhöhle stolpern zu lassen?«

»Ich glaube, Gwenllian verfolgt ihre ganz eigenen Ziele«, erwiderte Gansey. »Und welche das sind, muss ich erst noch rausfinden.«

»Ich bin nur nicht sicher, ob es das Risiko wert ist. Außerdem ist die Höhle ein Tatort.«

Wenn Ronan bei ihnen gewesen wäre, hätte er gesagt: »Die ganze Welt ist ein Tatort.«

»Heißt das, du hast bessere Vorschläge?«, fragte Gansey.

Vorschläge? Im Plural? Adam wäre froh gewesen, wenn er auch nur eine einzige Idee bei der Hand gehabt hätte. Die Höhle in Cabeswater, der bislang vielversprechendste Ansatz, war während ihrer letzten Exkursion eingestürzt und noch hatte sich keine Alternative aufgetan. Gansey hatte damals angemerkt, das Ganze komme ihm vor wie eine Prüfung, in der sie sich erst würdig erweisen müssten, und Adam hatte ihm nur zustimmen können. Cabeswater hatte ihnen eine Aufgabe gestellt, sie hatten sich an die Lösung gemacht und wie es aussah, waren sie ihr nicht gewachsen. Dabei hatte sich alles so *richtig* angefühlt. Ronan und er hatten zusammengearbeitet, um die Höhle von potenziellen Gefahren zu bereinigen, und dann hatten sie alle mit vereinten Kräften eine uralte Herde von Skeletten zum Leben erweckt, die Ronan und Blue schließlich zu Maura geführt hatten. Abend für Abend gab Adam sich seitdem vor dem Einschlafen den Erinnerungen an diesen Tag hin. An Ronans Träume, an seine eigene Konzentration auf die Ley-Linie, an Blue, die ihre Fähigkeiten verstärkt hatte, an Gansey, auf dessen Befehl hin das Ganze schließlich seinen Lauf nahm. Adam hatte sich noch nie zuvor so … *integriert* gefühlt. Sie hatten funktioniert wie ein Uhrwerk.

Aber es hatte sie nicht zu Glendower gebracht.

»Mit Artemus reden?«, überlegte Adam.

Gansey gab einen Hm-Laut von sich. Der hätte bei jedem pessimistisch gewirkt – bei ihm jedoch verdoppelte sich der Effekt noch. »Mit Artemus zu reden ist nicht das Problem. Sondern ihn dazu zu kriegen, mit *uns* zu reden.«

»Du behauptest doch immer, du könntest so überzeugend sein«, merkte Adam an.

»Eine Annahme, die sich in der Praxis nicht bestätigt hat.«

»Gansey-Boy!«, schallte eine Stimme über die Sportplätze. Whitman, einer von Ganseys ehemaligen Ruderkameraden, hob drei Finger zum Gruß. Gansey reagierte nicht, bis Adam ihn leicht mit dem Handrücken an der Schulter berührte. Gansey sah blinzelnd hoch und im nächsten Moment schob sich sein typisches Richard-Campbell-Gansey-III-Lächeln über sein Gesicht. Wie wertvoll dieses Lächeln war, das über Generationen von Vater zu Sohn weitergegeben oder, in sohnlosen Phasen, in Aussteuertruhen verstaut wurde, poliert und zur Schau gestellt, wann immer sich die Gelegenheit bot.

»Shitwhit«, rief Gansey nun in breitem Südstaatenakzent zurück und deutete auf seinen Schritt. »Du hast den Schlüssel stecken lassen!«

Lachend schloss Whitman seinen Hosenstall. Dann kam er zu ihnen herübergejoggt und Gansey und er plauderten eine Weile entspannt. Kurz darauf gesellten sich zwei weitere Jungen zu ihnen, dann noch zwei. Sie scherzten miteinander, fröhlich, aufgeweckt, gutmütig – ein Werbeplakat für einen gesunden Lebensstil und gute Bildung.

Diese Disziplin hatte Adam nie so recht gemeistert, trotz monatelanger eingehender Studien. Er hatte Ganseys Verhalten analysiert, die Reaktionen der anderen Jungen seziert, Dialogmuster katalogisiert. Er hatte beobachtet, wie eine einzige lässige Geste einen

Schwall zwangloser männlicher Konversation hervorlockte, mühelos wie der Schwenk eines Zauberstabs. Er hatte unermüdlich jede noch so kleine Veränderung registriert: wie ein niedergeschlagener Gansey sich von einem Moment auf den anderen in einen geselligen verwandeln konnte. Dennoch hatte er die Theorie nie in die Praxis umzusetzen vermocht. Warme Begrüßungsworte erstarrten in seinem Mund zu Eis. Legere Gesten wirkten abfällig. Stetiger Augenkontakt wurde zu einem irritierenden Starren.

Quartal für Quartal hatte er den Kurs wiederholt, bis er schließlich staunend zu dem Schluss gekommen war, dass es offenbar Fähigkeiten gab, die selbst ein Adam Parrish sich nicht erarbeiten konnte.

»Wo ist Parrish?«, erkundigte sich Engle.

»Na, hier«, antwortete Gansey.

»Oh, keine Ahnung, wie mir der frostige Gletscherhauch entgehen konnte«, erwiderte Engle. »Wie läuft's, Alter?«

Das war eine rhetorische Frage, zu beantworten mit einem angedeuteten Lächeln. Die Jungen waren wegen Gansey hier. Wo ist Parrish? An einem Ort, der zu weit entfernt ist, um ihn zu Fuß zu erreichen.

Früher hätte Adam diese Dynamik als beunruhigend empfunden. Als bedrohlich. Inzwischen jedoch war er sich seines Rangs als einer von Ganseys zwei engsten Vertrauten sicher, also vergrub er bloß die Hände in den Taschen und lief schweigend neben den anderen her.

Mit einem Mal spürte er, wie Gansey neben ihm schlagartig angespannt war. Die anderen johlten und lachten weiter, Ganseys Gesicht jedoch hatte einen nachdenklichen Ausdruck angenommen. Adam folgte seinem Blick zu den großen Säulen, die das Dach der Gruber Hall stützten. Dazwischen, am oberen Ende der Treppe, stand

Mr Child, der Schulleiter, mit einem Buch oder etwas Ähnlichem in der Hand. Er war ein knochiger, ledriger Geier von einem Mann, eine leibhaftige Empfehlung für Sonnencreme und breitkrempige Hüte.

»Gentlemen«, rief er ihnen zu. »Also wirklich, ich konnte Sie bis in mein Büro hören. Müssen Sie sich denn aufführen wie ein Schwarm Raben? Ab in den Unterricht!«

Fäuste wurden gegeneinandergestoßen, Haare zerstrubbelt, Schultern geklopft. Die anderen Jungen zerstreuten sich; Gansey und Adam blieben allein zurück. Child hob kurz, an Gansey gewandt, die Hand zu einer Art Winken, bevor er zurück im Verwaltungstrakt der Gruber Hall verschwand.

Gansey machte wieder ein ärgerliches Gesicht und dann machte er auf einmal gar keins mehr. Er marschierte voran.

»Was war denn das?«, fragte Adam.

Gansey tat so, als hätte er ihn nicht gehört, während sie die Treppe hochgingen, auf der eben noch Child gestanden hatte.

»Gansey. Was war das?«

»Was war was?«

»Die Hand. Child.«

»Er wollte halt freundlich sein.«

Nun war es nichts Ungewöhnliches, dass die Leute zu Gansey freundlicher waren als zu Adam, aber für ihren Schulleiter war es überaus ungewöhnlich. »Sag meinetwegen, dass du es mir nicht sagen willst, aber lüg mich nicht an.«

Gansey steckte sich umständlich das Hemd seiner Schuluniform in die Hose und zog seinen Pullover zurecht. Er sah Adam nicht an. »Ich will keinen Streit.«

Adam wagte eine wohlüberlegte Vermutung. »Ronan.«

Ganseys Blick huschte kurz zu ihm und kehrte dann zu seinem Pullover zurück.

»Ist nicht dein Ernst«, sagte Adam. »Was? Nein. Das hast du nicht gemacht.«

Er wusste selbst nicht genau, wessen er Gansey überhaupt bezichtigte. Aber er wusste, was Gansey sich für Ronan wünschte – und was Gansey tat, um seinen Willen zu bekommen.

»Ich will keinen Streit«, wiederholte Gansey.

Er streckte die Hand zum Türgriff aus. Adam trat ihm in den Weg.

»Guck dich bitte mal um. Siehst du Ronan hier irgendwo? Schule interessiert ihn nicht. Ihm das Futter in den Rachen zu stopfen macht ihn auch nicht hungrig.«

»Ich will keinen Streit.«

Ein Summen an Ganseys Körper rettete ihn; sein Handy klingelte. Streng genommen durften sie während der Schulzeit keine Anrufe entgegennehmen, aber er holte das Telefon trotzdem hervor und drehte das Display so, dass Adam es sehen konnte. Adam fielen zwei Dinge gleichzeitig auf: Erstens behauptete das Handy, der Anruf komme von Ganseys Mutter, was vermutlich stimmte, und zweitens behauptete es, es sei 6:21 Uhr, was definitiv nicht stimmte.

Adam veränderte kaum merklich seine Position, sodass er Gansey nicht länger den Weg versperrte, sondern presste stattdessen die Hand auf das Holz der Tür und lauschte auf Cabeswater.

Gansey hielt sich das Handy ans Ohr. »Hallo? Oh. Mom, ich bin in der Schule. Nein, Wochenende war gestern. Nein. Natürlich. In Ordnung, aber mach schnell.«

Während Gansey telefonierte, spürte Adam die Gegenwart Cabeswaters, das ihm anbot, seine Müdigkeit zu lindern, und nur für eine Minute gab er der Versuchung nach. Ein paar unbeschwerte Atemzüge lang war er von Blättern und Wasser, Baumstämmen, Wurzeln, Felsen und Moos umgeben. Die Ley-Linie sirrte in seinem Inneren, pulsierte im Takt seines Herzens – oder umgekehrt.

Adam begriff, dass der Wald ihm etwas mitteilen wollte, aber er kam nicht ganz dahinter, was es war. Er würde nach der Schule eine Sitzung mit der Sehschale einlegen müssen oder, wenn er die Zeit fand, direkt in den Wald fahren.

Das Gespräch wurde beendet, das Telefon weggesteckt. Gansey sagte: »Sie wollte wissen, was ich von der Idee halten würde, nächstes Wochenende hier an der Schule eine Last-Minute-Wahlkampfveranstaltung abzuhalten. Oder ob das dem Raven-Tag in die Quere kommen würde, und ob ich nicht Child fragen könnte. Ich hab gesagt – na ja, du hast ja gehört, was ich gesagt hab.«

Genau genommen hatte Adam das nicht. Er war auf Cabeswater konzentriert gewesen. Und in Wahrheit war er das noch immer, so sehr, dass er, als Cabeswater plötzlich und unerwartet ins Wanken geriet, ebenfalls wankte. Irritiert stützte er sich am Türknauf ab.

Das Sirren der Energie war verklungen.

Adam blieb kaum Zeit, sich zu fragen, was da gerade geschehen war und ob die Energie zurückkehren würde, als die Ley-Linie auch schon wieder murmelnd in ihm zum Leben erwachte. Frische Blätter entfalteten sich am Rand seines Bewusstseins. Er richtete sich wieder auf.

»Was war denn das?«, fragte Gansey.

»Was war was?« Adam war ein wenig außer Atem, aber es gelang ihm dennoch, Ganseys Tonfall von kurz zuvor perfekt zu imitieren.

»Sei nicht so ein Blödmann. Was ist passiert?«

Passiert war, dass soeben jemand die Ley-Linie angezapft hatte, und zwar nicht zu knapp. So massiv, dass Cabeswater selbst kurz nach Luft hatte schnappen müssen. Adams begrenzter Erfahrung nach gab es nur wenige Dinge, die so etwas bewirkten.

Während der Energiefluss langsam wieder in Gang kam, sagte er zu Gansey: »Ich glaube, ich weiß, was Ronan gerade macht.«

3

Ronan Lynch war an diesem Morgen früh aufgewacht, ohne dass er einen Wecker gebraucht hatte, im Kopf nichts als *nach Hause, nach Hause, nach Hause.*

Er ließ Gansey schlafen – der mit einer Hand sein Handy umklammerte, während neben ihm auf der Matratze seine zusammengeklappte Brille schlummerte – und schlich die Treppe hinunter, seinen Raben an die Brust gepresst, damit der Vogel still war. Draußen benetzte das hohe Gras Ronans Stiefel mit Tau und um die Reifen des anthrazitgrauen BMW kräuselte sich Nebel. Der Himmel über dem Monmouth Manufacturing hatte die Farbe eines verschlammten Sees. Es war kalt, aber Ronans benzinbefeuertes Herz heizte unermüdlich vor sich hin. Er setzte sich ins Auto, ließ es zu seiner zweiten Haut werden. Die Nachtluft duckte sich noch immer unter den Sitzen und lauerte in den Türfächern; zitternd band er seinen Raben an die Schnalle des Sicherheitsgurts auf dem Beifahrersitz. Es war keine besonders ausgeklügelte Lösung, jedoch recht effektiv, wenn es darum ging, einen Aasvogel daran zu hindern, wild in einem Sportwagen herumzuflattern. Chainsaw hackte nach ihm, aber ihr Biss war nicht annähernd so schmerzhaft wie der der frühmorgendlichen Kälte.

»Gib mir mal meine Jacke, du kleines Mistvieh«, forderte er den Raben auf. Chainsaw pickte bloß ein paarmal versuchsweise gegen die Knöpfe für den Fensterheber, also holte er sie sich selbst vom Rücksitz. Dort lag auch die Jacke seiner Aglionby-Uniform, hoffnungslos verknüllt unter der Rätselbox, einem Traumobjekt, das Texte aus mehreren Sprachen – eingeschlossen einer erfundenen – ins Englische übersetzen konnte. Wann würde er wieder zur Schule gehen? Überhaupt jemals? Vielleicht würde er sich morgen einfach offiziell abmelden. Diese Woche. Nächste Woche. Was hielt ihn davon ab? Gansey. Declan. Die Erinnerung an seinen Vater.

Selbst so früh am Morgen dauerte die Fahrt nach Singer's Falls fünfundzwanzig Minuten, aber die Dämmerung hatte noch immer nicht eingesetzt, als er durch das nicht existente Dörfchen fuhr und schließlich die Schober erreichte. Auf dem Weg die lang gezogene Auffahrt hinunter schlossen sich Zweige, Äste, Bäume um den Wagen. Dann lag das Anwesen vor ihm, wie in den Fuß der bewaldeten Hügel geschnitzt, erreichbar einzig und allein über den engen Pfad durch das wuchernde Grün, umgeben von den Geräuschen der Wildnis Virginias: Die Eichenblätter über ihnen wisperten, Kojoten oder Hirsche staksten durchs Unterholz, Gras raschelte, Eulen klagten, überall Atmen und hektisches Huschen. Es war zu kalt für Glühwürmchen, trotzdem flimmerten unzählige von ihnen über den Wiesen auf und ab.

Die waren von ihm. Fantasiewesen, ohne Sinn und Zweck, aber wunderschön.

Ronan Lynch liebte es, vom Licht zu träumen.

Es hatte eine Zeit gegeben, da waren die Schober Ronans gesamtes Ökosystem gewesen. Die Lynchs hatten ihr Zuhause kaum verlassen, als Ronan noch jünger war – weil sie nicht mussten, weil es immer etwas zu tun gab, weil Niall Lynch niemandem zutraute, sich in ihrer Abwesenheit um das Anwesen zu kümmern.

Freunde sollten die Brüder lieber in deren Zuhause besuchen, hatte Aurora, ihre Mutter, stets erklärt, denn ihr Vater habe ja so viele zerbrechliche Sachen.

Eine dieser zerbrechlichen Sachen: Aurora Lynch selbst. Die goldgelockte Aurora war eindeutig eine Königin und herrschte über die Schober als sanftmütige, fröhliche Regentin eines geheimen, friedvollen Reichs. Sie war eine Mäzenin für die versponnenen Zeitvertreibe ihrer Söhne (obwohl man Declan, den Ältesten, kaum als versponnen bezeichnen konnte) und eine unermüdliche Spielgefährtin (obwohl man Declan, den Ältesten, kaum als verspielt bezeichnen konnte). Natürlich liebte sie Niall – jeder liebte den überlebensgroßen Niall, den großspurigen Poeten, den König der Musik – aber anders als die meisten zog sie seine schweigsame Seite vor. Denn sie liebte die Wahrheit und es war schwer, die Wahrheit *und* Niall Lynch zu lieben, wenn Letzterer gerade redete.

Sie war der einzige Mensch, der sich nicht von ihm blenden ließ, und dafür liebte er sie.

Erst viele Jahre später hatte Ronan erfahren, dass der König sich seine Königin erträumt hatte. Rückblickend jedoch erschien es vollkommen logisch. Auch sein Vater hatte gern vom Licht geträumt.

Im Inneren des Gutshauses schaltete Ronan ein paar Lampen ein, um die Dunkelheit nach draußen zu verbannen. Nach kurzem Suchen fand er einen Eimer voller Buchstabenklötze, die er Chainsaw hinschüttete, damit sie etwas zum Spielen hatte. Dann legte er eine alte Bothy-Band-Platte von seinem Vater auf, wischte, während die knisternden Fiddle- und Tin-Whistle-Klänge durch die engen Flure wehten, den Staub von den Regalen und ölte ein quietschendes Schrankscharnier in der Küche. Als allmählich die Morgensonne das verschwiegene Tal mit ihrem goldenen Licht erfüllte, machte er sich daran, die ausgetretene Holztreppe zu beizen, die nach oben zum alten Schlafzimmer seiner Eltern führte.

Er atmete ein. Er atmete aus.

Er vergaß so schnell, wie Ausatmen funktionierte, wenn er nicht zu Hause war.

Die Zeit hier folgte ihrem ganz eigenen Lauf. Ein Tag an der Aglionby war wie eine Montage von Bildern, die keine Rolle spielten, und Gesprächen, die sofort wieder verpufften. In den Schobern verbracht, entfaltete sich derselbe Tag dagegen mit träger Opulenz und bot viermal so viele Möglichkeiten. Lesen auf der Fensterbank, alte Filme im Wohnzimmer schauen, in aller Ruhe eine klemmende Stalltür reparieren. Die Stunden nahmen sich alle Zeit, die sie brauchten.

Nach und nach wurden seine Erinnerungen an das *Zuvor* – an alles, was dieses Haus ihm bedeutet hatte, als es noch die gesamte Familie Lynch beherbergt hatte – von den Erinnerungen und Hoffnungen des *Danach* überlappt – von jeder Minute, in der er die Schober für sich gehabt hatte, all der Zeit, die er allein oder mit Adam hier verbracht hatte, träumend und Pläne schmiedend.

Zu Hause, zu Hause, zu Hause.

Zeit zu schlafen. Zu träumen. Ronan wollte ein ganz bestimmtes Objekt herbeiträumen und er war nicht so dumm zu glauben, dass es ihm beim ersten Versuch gelingen würde.

Traumregeln, verkündete Jonah Milo.

Ronan saß im Englischunterricht. Milo, der Englischlehrer, stand vor einem leuchtenden Smartboard, von Kopf bis Fuß in Karo gekleidet. Seine Finger pochten wie ein Metronom auf die Tafel und unterstrichen seine Worte: *Regeln für Träumer. Regeln für Geträumte.*

Cabeswater?, fragte Ronan die Klasse. Hass tönte seine Gedanken dunkel. Niemals würde er den Geruch dieses Orts vergessen: nach Gummi und Industriereiniger, Schimmel und Cafeteria-Teriyaki.

Mr Lynch, gibt es etwas, das Sie uns mitteilen möchten?

Und ob: Ich bleibe keine Sekunde länger in diesem gottverdammten Raum –

Niemand zwingt Sie, hier zu sein, Mr Lynch. Die Aglionby ist freiwillig. Milo wirkte enttäuscht. *Und jetzt wieder zur Sache. Traumregeln. Bitte lesen Sie vor, Mr Lynch.*

Ronan las nicht vor. Niemand konnte ihn dazu zwingen.

Träume sind äußerst fragil, singsangte Milo. Seine Worte erinnerten an einen Waschmittel-Werbejingle. *Es ist schwierig, die nötige Balance zwischen Bewusstsein und Unterbewusstsein zu halten. Auf Seite vier in Ihrem Text finden Sie ein Schaubild.*

Seite drei war schwarz. Seite vier fehlte. Da war kein Schaubild.

Regeln für Geträumte. Mr Lynch, wie wäre es, wenn Sie sich mal aufrechter hinsetzen, ihr Hemd in die Hose stecken und ein bisschen Aglionby-Eifer zeigen? Vielleicht würde Ihnen ein Seelengeleiter helfen, Ihre Gedanken aus dem Wachzustand zu erhalten. Hat jeder seinen Traumpartner bei sich?

Ronans Traumpartner war nicht da.

Dafür saß Adam in der hintersten Reihe. Aufmerksam. Engagiert. Ein Aglionby-Schüler, wie er die Zukunft Amerikas repräsentiert. In einer Denkblase über Adams Kopf war das Buch zu sehen, das vor ihm auf dem Tisch lag, die Seiten über und über mit Anmerkungen und Skizzen versehen.

Milos Bart war länger als am Anfang der Stunde. *Regeln für Träumer. Das ist doch jetzt pure Arroganz, oder? Mr Lynch, wollen Sie darüber reden, warum Gott tot ist?*

So ein Scheiß, sagte Ronan.

Wenn Sie immer alles besser wissen, können Sie gerne nach vorn kommen und die Unterrichtsstunde selbst fortsetzen. Ich versuche lediglich zu verstehen, warum Sie zu glauben scheinen, dass Sie sich nicht genauso zugrunde richten werden wie Ihr Vater. Mr Parrish, die Regeln für den Träumer?

Adams Antwort klang wie ein Absatz aus einem Schulbuch. *Heaney stellt die These auf, Träumer seien als Waffen zu klassifizieren. Studien haben aufgezeigt, inwiefern diese Theorie in der Realität begründet ist. Beispiel A: Ronans Vater ist tot. Beispiel B: K ist tot. Beispiel C: Gansey ist tot. Beispiel D: Ich bin auch tot. Beispiel E: Gott ist tot, wie Sie bereits sagten. Ich würde der Liste auch noch Matthew und Aurora Lynch hinzufügen, aber die zählen laut Glassers Studie von 2012 nicht zu den Menschen. Ich habe hier ein paar Diagramme zur Veranschaulichung.*

Arschloch, sagte Ronan.

Adam warf ihm einen finsteren Blick zu. Aber es war nicht mehr Adam, sondern Declan. *Mach doch bitte einmal in deinem verdammten Leben deine Hausaufgaben, Ronan. Hast du denn überhaupt keine Ahnung, was du bist?*

Ronan erwachte wütend und mit leeren Händen. Er stand vom Sofa auf und öffnete ein paar Schranktüren in der Küche, nur um sie gleich darauf mit Schwung zuzuknallen. Die Milch im Kühlschrank war sauer geworden und Matthew hatte das letzte Mal, als er mit hier gewesen war, alle Hotdogs aufgegessen. Ronan stürmte nach draußen auf die Veranda und pflückte sich im fahlen Morgenlicht einen der Beutel mit schokoumhüllten Erdnüssen, die dort an einem eingetopften Bäumchen wuchsen. Dann tigerte er rastlos auf und ab, während Chainsaw flatternd hinter ihm her hopste und mit dem Schnabel auf dunkle Punkte im Holz einhackte.

Regeln für Träumer: Traum-Milo hatte wissen wollen, wo sein Traumpartner war. Gute Frage. Das Waisenmädchen spukte schon durch seine Träume, solange er denken konnte, ein einsames kleines Geschöpf mit einer weißen Mütze über den kurzen blonden Haaren. Früher einmal war sie ihm älter vorgekommen, aber vielleicht nur, weil er damals selbst noch jünger gewesen war. Sie hatte ihm geholfen, sich zu verstecken, wenn er einen Albtraum hatte. Heute versteckte eher sie sich hinter Ronan, aber sie half ihm noch immer dabei, mit den Gedanken bei der Sache zu bleiben. Seltsam, dass sie nicht aufgetaucht war, als Milo sie erwähnt hatte. Der ganze Traum war seltsam gewesen.

Hast du denn überhaupt keine Ahnung, was du bist?

Nein, nicht direkt, aber Ronan hatte gedacht, er würde inzwischen besser mit dem sich langsam entwirrenden Rätsel seiner selbst klarkommen. Sein Traum konnte ihn mal.

»*Brek*«, sagte Chainsaw.

Ronan warf ihr eine Erdnuss hin und schlenderte zurück ins Haus, auf der Suche nach Inspiration. Manchmal, wenn ihm das Träumen schwerfiel, half es, wenn er etwas Reales in die Hände nahm. Um erfolgreich ein Traumobjekt mit in die Wirklichkeit zu nehmen, musste er sich genau vor Augen führen, wie es sich anfühlte, wie es roch, wie es sich biegen und dehnen ließ, inwieweit es der Schwerkraft unterlag oder nicht, all die Dinge, die das Objekt zu etwas Gegenständlichem machten anstelle von etwas Begrifflichem.

In Matthews Zimmer fiel ihm ein Seidenbeutel mit magnetischen Kieseln ins Auge. Während er den Stoff studierte, trippelte Chainsaw vor ihm auf und ab und gab dabei leise Knurrgeräusche von sich. Er hatte noch nie verstanden, warum sie sich so oft laufend oder hüpfend fortbewegte. Wenn er Flügel besäße, würde er nichts anderes tun als fliegen.

»Er ist nicht hier«, sagte Ronan zu ihr, als sie den Kopf reckte, um aufs Bett zu spähen. Sie grunzte zur Antwort und machte sich dann vergeblich auf die Suche nach Unterhaltung. Matthew war ein lauter, fröhlicher Junge, aber sein Zimmer war spartanisch eingerichtet und aufgeräumt. Ronan hatte sich diese Tatsache immer gern damit erklärt, dass Matthew sein Chaos in seinem blonden Wuschelkopf aufbewahrte. Inzwischen hatte er jedoch eher den Verdacht, dass seine eigene Vorstellungskraft schlicht noch nicht ausgereicht hatte, um einen hundertprozentig überzeugenden Menschen herbeizuträumen. Der dreijährige Ronan hatte sich einen Bruder gewünscht, der ihn bedingungslos und von ganzem Herzen liebte. Also hatte der dreijährige Ronan Matthew herbeigeträumt, der in jeder Hinsicht Declans Gegenteil war. Ob er ein Mensch war? Traum-Adam/Declan schien nicht dieser Meinung zu sein, andererseits war Traum-Adam/Declan offensichtlich ein Lügner.

Regeln für Träumer.

Träumer seien als Waffen zu klassifizieren.

Ronan wusste längst, dass er eine Waffe war; aber er gab sich redlich Mühe, diesen Umstand wettzumachen. Sein heutiges Ziel war es, etwas für den Fall herbeizuträumen, dass Gansey wieder gestochen wurde. An Medikamenten hatte Ronan schon alles Mögliche versammelt – EpiPens und Tinkturen –, das Problem war nur, dass er bei keinem sicher sein konnte, dass es funktionierte, bevor es zu spät war.

Also hatte ein besserer Plan hergemusst: eine durchsichtige Panzerhaut. Etwas, das Gansey davor bewahren würde, überhaupt erst gestochen zu werden.

Ronan wurde den Gedanken nicht los, dass ihm die Zeit davonlief.

Es würde funktionieren. Und es würde phänomenal sein.

Gegen Mittag stand Ronan nach zwei weiteren erfolglosen Versuchen, einen Schutzpanzer zu produzieren, von seinem Bett auf. Er zog Gummistiefel und einen sowieso schon schmutzigen Kapuzenpulli an und ging nach draußen.

Die Schober waren eine bunte Ansammlung von Außengebäuden, Schuppen und großen Kuhställen. An einem der Letzteren machte Ronan kurz halt, um einen Futtereimer mit Pellets zu füllen und einen Salzblock obendrauf zu hieven, genau wie er es als Kind immer getan hatte. Dann machte er sich auf den Weg zur höher gelegenen Weide, vorbei an den hartnäckig schlummernden Traumrindern seines Vaters, die wie kleine schweigende Hügel zu beiden Seiten des Wegs auf der Wiese lagen. Ronan lief einen Umweg über einen der großen Geräteschuppen. Er stellte sich auf die Zehenspitzen und tastete über den Türrahmen, bis er die winzige Traumblume fand, die er dort deponiert hatte. Als er sie in die Luft warf, blieb sie ein Stück über seinem Kopf schweben und gab dabei ein stetiges gelbes Glühen ab, das gerade ausreichte, um ihm den Weg durch den fensterlosen, staubigen Schuppen zu beleuchten. Er ging vorbei an kaputten Geräten und nicht kaputten Geräten, bis er sein Albino-Nachtmonster erspähte, das sich auf der Motorhaube eines alten, rostigen Autos zusammengerollt hatte, ein grauenerregendes weißes Bündel mit geschlossenen Augen. Die bleichen, messerscharfen Krallen hatten den Lack bis aufs blanke Metall aufgekratzt; das Monster schien mehr als nur ein paar Stunden dort verbracht zu haben. Jetzt öffnete es ein rosastichiges Auge und starrte Ronan entgegen.

»Brauchst du irgendwas, du kleiner Scheißer?«, erkundigte er sich.

Das Auge schloss sich wieder.

Ronan verließ den Schuppen und setzte, geschäftig mit dem Eimer klappernd, seinen Weg fort. Die Traumblume folgte ihm noch immer, obwohl er sie hier draußen im Tageslicht nicht mehr brauchte. Als er auf Höhe des größten Kuhstalls angelangt war, merkte er, dass er nicht mehr allein war. Rechts und links von ihm raschelte es im Gras. Murmeltiere und Ratten und Kreaturen, die es gar nicht geben durfte, huschten herbei und folgten ihm. Vor ihm am Waldrand zeigten sich Hirsche, deren dunkles Fell sie unsichtbar machte, bis sie sich bewegten.

Einige der Tiere waren echt. Die meisten Hirsche waren ganz gewöhnliche Weißwedelhirsche, die Ronan aus reinem Vergnügen fütterte und zähmte. Bei der Domestizierung war ihm ein geträumter Bock behilflich gewesen, der sich dem Rudel angeschlossen hatte. Ein weißer, hübscher Kerl mit langen, zitternden Wimpern und fuchsroten Ohren. Auch jetzt war er der Erste, der Ronans Salzblock Beachtung schenkte, den dieser nun auf die Weide rollte, und erlaubte ihm, das kurze, drahtige Fell auf seinem Widerrist zu streicheln und ihm ein paar Kletten aus dem weichen Flaum hinter seinen Ohren zu zupfen. Einer der wilden Hirsche fraß Ronan Pellets aus der Hand und die anderen Tiere warteten geduldig ab, während er den Rest ins Gras schüttete. Wahrscheinlich war es gar nicht erlaubt, sie zu füttern. Ronan hatte sich noch nie merken können, was man in Virginia füttern und was man abschießen durfte.

Auch die kleineren Tiere wagten sich nun näher, kratzten mit den Pfoten an seinen Stiefeln oder hockten sich neben ihm ins Gras, während andere die Hirsche verjagten. Ronan streute auch ihnen Futter hin und untersuchte sie auf Verletzungen oder Zecken.

Er atmete ein. Er atmete aus.

Er überlegte, wie Ganseys Schutzhaut aussehen sollte. Vielleicht musste sie ja gar nicht unsichtbar sein. Vielleicht könnte sie silbern sein. Oder mit lauter kleinen Glitzerlichtern durchsetzt.

Bei der Vorstellung musste Ronan grinsen und mit einem Mal kam er sich albern vor, faul und dumm. Er stand auf und ließ sich die Fehlschläge des Tages von den Schultern gleiten und ins Gras fallen. Als er sich streckte, hob der weiße Bock den Kopf und musterte ihn interessiert. Die anderen folgten seinem Blick und starrten Ronan ebenfalls an. Sie waren so schön, wie es manchmal Ronans Träume waren, wie Cabeswater es manchmal war, nur dass er nicht schlief. Irgendwie, ohne dass Ronan den exakten Moment hätte benennen können, hatte die Kluft zwischen seinem wachen und seinem geträumten Leben zu schrumpfen begonnen. Selbst wenn die Hälfte dieser eigentümlichen Herde bei seinem Tod in tiefen Schlummer sinken würde – solange er hier war, solange er einatmete und ausatmete, war er ein König.

Er ließ seine schlechte Stimmung auf der Wiese zurück.

Zurück im Haus legte er sich hin und träumte.

4

Der Wald war Ronan.

Er lag mit dem Gesicht im Dreck, die Arme von sich gestreckt, und seine Finger gruben sich in die Erde, auf der Suche nach der Energie der Ley-Linie. Er roch brennendes Laub, fallendes Laub, Tod und Wiedergeburt. Die Luft war sein Blut. Die Stimmen, die ihm aus den Baumkronen zuwisperten und einander immer wieder überlagerten, waren seine. Ronan in Endlosschleife; Ronan und wieder Ronan; Ronan und wieder Ronan.

»Steh auf«, sagte das Waisenmädchen auf Latein zu ihm.

»Nein«, antwortete er.

»Kannst du nicht?«, wollte sie wissen.

»Ich will nicht weg.«

»Ich schon.«

Er sah zu ihr hoch, irgendwie, obwohl er noch immer in seine Wurzelfinger und die Tintenzweige, die aus dem Tattoo auf seinem nackten Rücken wuchsen, verstrickt war. Das Waisenmädchen hielt einen Futtereimer in den Händen. Ihre Augen waren dunkel und eingesunken, die Augen einer ewig Hungernden, sich ewig Sehnenden. Sie hatte sich ihre weiße Mütze tief über die blonden Haare gezogen.

»Du bist bloß ein Teil meines Traums«, sagte er zu ihr. »Du bist irgendeine scheiß Ausgeburt meiner Fantasie.«

Sie stieß ein Winseln hervor wie ein getretener Welpe und Ronan wurde sofort wütend auf sie, oder sich selbst. Warum sollte er nicht einfach aussprechen, was sie war?

»Ich habe vorhin nach dir gesucht«, sagte er dann, weil es ihm gerade wieder eingefallen war. Ihre Gegenwart rief ihm stets in Erinnerung, dass er sich in einem Traum befand.

»Kerah«, erwiderte sie, immer noch verletzt über seinen vorigen Kommentar. Ronan gefiel es nicht, dass sie Chainsaws Namen für ihn benutzte.

»Denk dir selbst was aus«, blaffte er, aber er hatte keine Lust mehr, sie zu maßregeln, auch wenn er nur ehrlich war. Sie setzte sich neben ihn und zog die Knie an die Brust.

Er presste die Wange auf den kühlen Boden und reckte sich tiefer in die Erde. Seine Fingerspitzen streiften Regenwürmer und Larven, Maulwürfe und Schlangen. Die Larven entrollten sich. Die Würmer begleiteten ihn. Das Fell der Maulwürfe streifte weich seine Haut. Die Schlangen wanden sich um seine Arme. Er war sie alle.

Er seufzte.

An der Oberfläche wiegte sich das Waisenmädchen auf und ab und sang ein kleines Klagelied vor sich hin. Dabei sah sie immer wieder ängstlich zum Himmel hoch.

»*Periculosum*«, warnte sie. »*Suscitat.*«

Aber Ronan spürte keine Gefahr. Nur die Erde und die Kraft der Ley-Linie und das Astwerk seiner Adern. Zu Hause, zu Hause.

»Es ist hier unten«, sagte er. Die Erde schluckte seine Worte und ließ neue Schösslinge sprießen.

Das Waisenmädchen lehnte sich zusammengekrümmt gegen sein Bein und erschauderte. »*Quid* –«, begann sie, bevor sie stockend auf Englisch fortfuhr: »Was ist dort?«

Es war eine Haut. Schimmernd und nahezu durchsichtig. Inzwischen war genug von ihm unter der Erde, dass er die Form erkennen konnte. Sie war geformt wie ein Körper und schien unter der Erde gekeimt zu sein, als hätte sie nur darauf gewartet, endlich ausgegraben zu werden. Sie fühlte sich an wie der Seidenbeutel in Matthews Zimmer.

»Ich hab sie«, sagte Ronan, während seine Finger über ihre Oberfläche glitten. »Hilf mir, sie festzuhalten.« Vielleicht hatte er die Worte nur gedacht, nicht ausgesprochen.

Das Waisenmädchen begann zu weinen. »Pass auf, pass auf.«

Sie hatte kaum zu Ende gesprochen, als Ronan etwas spürte.

Etwas …

Jemand?

Es war nicht die kühle, trockene Schuppenhaut der Schlangen. Nicht der warme, rasche Herzschlag der Maulwürfe. Es war nicht die unter den Regenwürmern zerkrümelnde Erde oder das glatte, träge Fleisch der Larven.

Es war dunkel.

Es triefte.

Es war weniger ein Etwas als ein Nichts.

Ronan zögerte keine Sekunde. Er spürte es, wenn ein Albtraum im Verzug war.

»Zieh mich raus«, rief er.

Er tastete mit einer seiner Wurzelhände nach der Traumhaut, versuchte hastig, sich das Gefühl einzuprägen. Das Gewicht, die Dichte, die Wirklichkeit.

Das Waisenmädchen wühlte die Erde um ihn auf, buddelte wie ein Hund, und gab dabei angstvolle kleine Laute von sich. Wie sie seine Träume hasste.

Die Dunkelheit, die keine Dunkelheit war, kroch langsam durch die Erde empor. Sie verschlang alles, was sie berührte. Oder, besser gesagt, die Dinge waren da und dann plötzlich nicht mehr.

»Schneller«, drängte Ronan, der mit seinen Wurzelfingern die Haut umklammerte und zu entkommen versuchte.

Er hätte die Traumhaut zurücklassen und aufwachen können.

Aber er wollte sie nicht zurücklassen. Sie könnte funktionieren.

Das Waisenmädchen hatte eins seiner Beine gepackt, oder einen seiner Arme, einen seiner Äste, und zog, zog, zog, um ihn aus der Erde zu befreien.

»Kerah«, schluchzte sie.

Die Dunkelheit nagte sich weiter nach oben. Wenn sie Ronans Hand erwischte, würde er womöglich ohne sie aufwachen. Er musste handeln –

Das Waisenmädchen fiel hintenüber, als es ihn endlich an die Oberfläche gezerrt hatte. Hinter Ronan schoss die Schwärze aus der Erde. Ohne nachzudenken, warf er sich schützend über das Mädchen.

Nichts ist unmöglich, sagte der Wald, oder die Dunkelheit, oder Ronan.

Er erwachte. Wie immer, wenn er irgendetwas aus einem Traum mitgebracht hatte, war er wie erstarrt. Er konnte seine Hände nicht spüren – »bitte«, dachte er, »bitte lass mich noch Hände haben« – und er konnte seine Beine nicht spüren – »bitte«, dachte er, »bitte lass mich noch Beine haben.« Ein paar endlose Minuten lang sah er bloß an die Decke. Er lag auf dem alten karierten Sofa im Wohnzimmer und betrachtete dieselben drei Risse im Putz, die dort schon seit Jahren ein *M* formten. Es roch nach Hickoryholz und Buchsbaum. Über ihm flatterte Chainsaw, die sich nun schwer auf einem seiner Beine niederließ.

Also musste er zumindest noch ein Bein haben.

Jetzt, nachdem die Dunkelheit verschwunden war, hätte er nicht mehr sagen können, was so furchterregend daran gewesen war.

Ganz langsam begannen sich seine Finger zu bewegen, also schienen sie ebenfalls noch da zu sein. Auch die Traumhaut war hier und halb vom Sofa gerutscht. Sie war hauchdünn und irgendwie substanzlos, voller Erde und an vielen Stellen zerrissen. Er hatte noch alle seine Gliedmaßen, aber die Traumhaut war komplett hin. Außerdem hatte er einen Bärenhunger.

Sein Handy vibrierte und Chainsaw machte einen erschrockenen Satz auf die Sofalehne. Normalerweise hätte Ronan das Geräusch ignoriert, doch das Nichts in seinem Traum hatte ihn dermaßen erschüttert, dass er nun mithilfe seiner wieder einsatzfähigen Finger das Telefon aus seiner Tasche fischte, um sicherzugehen, dass es nicht Matthew war.

Es war Gansey. *Parrish will wissen, ob du dich gerade totgeträumt hast, bitte Entwarnung geben.*

Bevor Ronan Gelegenheit hatte, irgendeine Emotion bezüglich Adams Wissensstand zu entwickeln, zog Chainsaw auf der Sofalehne plötzlich den Kopf ein. Ihre Nackenfedern waren misstrauisch gesträubt, ihre Augen auf etwas am anderen Ende des Raums gerichtet.

Ronan stemmte sich hoch und folgte ihrem Blick. Zuerst konnte er nichts erkennen als das übliche Wohnzimmerdurcheinander. Den Couchtisch, den Fernseher, den Spieleschrank, den Spazierstockständer. Dann jedoch registrierte er eine Bewegung unter einem Tischchen an der Wand.

Sein Blut gefror.

Ganz langsam begriff er, was er dort sah.

»Scheiße«, sagte er.

5

Blue Sargent war von der Schule geflogen.

Allerdings nur für einen Tag. Für vierundzwanzig Stunden, die sie von dem Drang, vorsätzlich fremdes Eigentum zu zerstören, und einer »schockierend aufmüpfigen Haltung, also wirklich, Blue« kurieren sollten. Blue jedoch konnte sich nicht dazu bringen, die Sache angemessen zu bereuen; Schule fühlte sich im Vergleich zum Rest ihres Lebens einfach nicht sonderlich *real* an. Während sie draußen vor dem Schulleiterbüro wartete, hörte sie drinnen ihre Mutter erklären, dass es vor Kurzem einen Todesfall in der Familie gegeben habe und außerdem Blues leiblicher Vater zurück in der Stadt sei, was alles sehr verwirrend für sie sein müsse. Wahrscheinlich, schloss Maura dann – sie roch nach Beifuß, was bedeutete, dass sie ein Ritual mit Jimi durchgeführt haben musste, während Blue in der Schule war –, sei Blue überhaupt nicht bewusst, wie ihr Verhalten auf andere wirke. Und ob es ihr bewusst war.

Jetzt saß sie missmutig unter der großen Buche im Garten des Fox Way 300 und grübelte vor sich hin. Irgendein ferner Teil ihrer selbst begriff, dass sie sich Ärger eingehandelt hatte. Doch ein weitaus präsenterer Teil war einfach nur erleichtert, dass sie nun einen ganzen Tag lang nicht so tun musste, als interessierte sie der Unterricht. Wütend pfefferte sie eine wurmstichige Buchecker quer durch den Garten; sie prallte mit einem gewehrschussartigen Knall vom Zaun ab.

»Okay, pass auf, ich hab eine Idee.«

Sie hörte zuerst die Stimme, dann spürte sie den kalten Hauch auf der Haut. Einen Moment später trat Noah Czerny neben sie, der wie immer seinen marineblauen Aglionby-Pullover trug. Wobei »trat« vielleicht das falsche Wort war. »Erschien aus dem Nichts« hätte es eher getroffen. Noch besser hätte der Ausdruck »Augentäuschung« zu ihm gepasst, oder, am allerbesten, »Sinnestäuschung«. Denn Blue bekam fast nie den genauen Moment mit, in dem Noah auftauchte. Er nahm nämlich nicht langsam Gestalt an. Es war mehr, als würde ihr Gehirn die Minute vor seinem Auftauchen noch einmal umschreiben, sodass es plötzlich schien, als hätte er schon die ganze Zeit neben ihr gesessen.

Einen toten Freund zu haben konnte manchmal schon ein bisschen gruselig sein.

Noah fuhr fort: »Also, erst mal kaufst du dir einen Wohnwagen. Keinen Adam-Wohnwagen. Sondern so ein Ding mit Verkaufsklappe, 'ne Jahrmarktbude.«

»Was? *Ich*?«

»Du. Du. Wie nennt man das, wenn man ›du‹ sagt, aber in Wirklichkeit ›man‹ meint? Irgendwas Grammatisches.«

»Keine Ahnung. Gansey wüsste das wahrscheinlich. Und was meinst du eigentlich mit ›Adam-Wohnwagen‹?«

»Unbestimmtes Du?«, überlegte er, als hätte Blue gar nichts gesagt. »Ist ja auch egal. Ich meine jedenfalls, du im Allgemeinen. Also, du besorgst dir einen Haufen Handtücher. Aus verschiedenen Materialien.« Er zählte an den Fingern ab: »Hm, Baumwolle, Leinen, Frottee und irgendeine von diesen modernen Mikrofasern, in allen Farben. Dann brauchst du nur noch ein Maßband. Wer am weitesten kommt, gewinnt. Zack! Klatsch! Das wird der Hammer!«

Er war aufgekratzter, als Blue ihn je erlebt hatte. Diese fröhlich dahinplappernde Version von Noah musste der früheren, lebendigen Version von ihm ähneln, dem Skateboard fahrenden Aglionby-Schüler mit dem knallroten Mustang. Mit einem Mal kam ihr der Gedanke, dass sie sich mit diesem Noah vielleicht niemals angefreundet hätte. Er war zwar vermutlich nicht schrecklich gewesen. Nur eben *jung* auf eine Art, wie sie sich selbst nie gefühlt hatte. Es war ein unangenehmer, heimtückischer Gedanke.

»– und nennen würde ich den Laden – Achtung, jetzt kommt's: *Wirf das Handtuch*. Kapiert? Was sollen wir heute Abend machen? Oh, Mom, lass uns das Handtuch werfen gehen, bittebitte!« Noah schnippte gegen Blues winzigen Pferdeschwanz. »Du könntest einen Bademantel tragen! Handtuchwerfen – deine Spezialität!«

Mit einem Mal hatte Blue die Nase voll. »Danke, Noah«, fuhr sie ihn an. »Du kannst jetzt aufhö –«

Ein heiseres Lachen von irgendwo über ihr unterbrach sie. Ein paar trockene Blätter segelten nach unten. Blue und Noah legten die Köpfe in den Nacken.

Gwenllian, Glendowers Tochter, lümmelte über ihnen in der mächtigen Baumkrone. Die angezogenen Beine gegen einen glattrindigen Ast gestemmt, lehnte sie mit ihrem langen Oberkörper am Stamm. Wie immer bot sie einen furchterregenden und faszinierenden Anblick zugleich. Die bauschige Gewitterwolke aus dunklem Haar über ihrem Kopf war voller Stifte, Schlüssel und Papierfetzen. Sie trug mindestens drei Kleider, die jedes einzelne bis zur Hüfte hochgerutscht waren, was eine Folge des Kletterns sein mochte oder Absicht. Noah starrte zu ihr hoch.

»Hei-ho, toter Mann«, trällerte Gwenllian, die nun auf der einen Seite eine Zigarette aus ihrem Haar zog und auf der anderen ein Feuerzeug.

»Wie lange bist du schon da oben? Und seit wann rauchst du?«, wollte Blue wissen. »Fackel gefälligst nicht meinen Baum ab.«

Gwenllian blies eine Schwade nach Nelken duftenden Rauchs aus. »Du klingst schon genau wie Artemus.«

»Das kann ich nicht beurteilen.« Blue versuchte, nicht allzu verbittert zu klingen, aber sie konnte sich nicht helfen. Sie hatte zwar nicht gerade erwartet, dass Artemus ein klaffendes Loch in ihrem Herzen füllen würde, aber auch nicht, dass er sich in einem Wandschrank verkriechen würde.

Nachdem sie einen respektablen Rauchring ins verdorrte Laub geblasen hatte, stieß Gwenllian sich vom Stamm ab und ließ sich auf einen niedrigeren Ast gleiten. »Dein Holzkopf von Vater ist nicht der zugänglichste Gesell, Blue Lily, Lily Blue. Andererseits ist dieses Ding da unten auch nicht viel besser, was?«

»Welches Ding – Noah? Noah ist doch kein Ding!«

»In einem Busch ein Vöglein saß, ein Vöglein saß, ein Vöglein saß«, sang Gwenllian wieder. Sie rutschte weiter nach unten, dann noch weiter, bis ihre Stiefel auf Blues Augenhöhe baumelten. »Und noch dreißig Vöglein mehr. Hast dich quietschlebendig zwischen uns zweien gefühlt, was, kleines totes Ding? Lily Blue mit ihrer Spiegelkraft, Lily Gwen mit ihrer Spiegelkraft und du wie das blühende Leben mittendrin.«

Die Erkenntnis, dass Gwenllian vermutlich recht hatte, machte das Ganze nur noch schlimmer: Dieser ausgelassene, vor Energie sprudelnde Noah war mit ziemlicher Sicherheit dadurch entstanden, dass er zwischen zwei hellseherischen Turbogeneratoren eingepfercht gewesen war. Was Blue außerdem ärgerte, war, dass Gwenllian Noahs gute Laune restlos vertrieben hatte. Er ließ so tief den Kopf hängen, dass nichts als der Wirbel ganz obendrauf zu sehen war.

Blue sah zu Gwenllian hoch. »Du bist echt schrecklich.«

»Danke.« Gwenllian sprang mit einem einzigen riesigen Satz auf den Boden und drückte ihre Zigarette am Stamm der Buche aus. Sie hinterließ einen schwarzen Fleck, den Blue bis auf den Grund ihrer Seele nachfühlte.

Finster starrte sie Gwenllian an. Blue war sehr klein und Gwenllian war sehr groß, aber Blue war entschlossen, Gwenllian finster anzustarren, genauso wie Gwenllian entschlossen schien, finster angestarrt zu werden, also legten sie sich beide ins Zeug. »Was willst du denn von mir hören? Dass er tot ist? Wozu soll man ihm das immer wieder unter die Nase reiben?«

Gwenllian beugte sich so dicht zu ihr vor, dass ihre Nasen einander berührten. Ihre Worte waren ein nelkengeschwängertes Wispern: »Hast du je ein Rätsel gelöst, ohne dass dich jemand darum gebeten hat?«

Callas Theorie nach waren Gwenllians Singerei und die Tatsache, dass sie ständig wirres Zeug redete, Folgen davon, dass sie sechshundert Jahre lang lebendig begraben gewesen war. Doch als Blue ihr jetzt in die hämisch funkelnden Augen sah und ihr wieder einfiel, dass Gwenllian als Strafe für ihren Versuch, Owen Glendowers Dichtergefährten zu erstechen, begraben worden war, drängte sich ihr der Gedanke auf, dass Gwenllian möglicherweise schon immer so gewesen war.

»Noah ist kein Rätsel, das man lösen kann«, entgegnete Blue, »außer vielleicht, indem man ihn … *er*löst. Und das will er nun mal nicht!«

Gwenllian keckerte. »Was man will und was gut für einen ist, sind zwei ganz verschiedene Dinge, mein Herz.« Sie stupste Noahs Hinterkopf mit ihrer Stiefelspitze an. »Zeig ihr, was du verbirgst, toter Mann.«

»Du musst überhaupt nichts machen, was sie sagt, Noah.« Blues Worte platzten nur so aus ihr heraus, aber sie wusste im selben Moment, dass sie Gwenllian glaubte und sich vor der Wahrheit über Noah fürchtete.

Ihnen allen war klar, dass Noahs Existenz äußerst fragil war, dass sie den Launen der Ley-Linie und des Orts, an dem sich seine sterblichen Überreste befanden, unterworfen war. Blue und auch Gansey hatten am eigenen Leib zu spüren bekommen, dass es Noah zunehmend schwerer fiel, mit den Unwägbarkeiten des Totseins zurechtzukommen. Was Blue bereits über Noah wusste, war unheimlich genug. Wenn es noch Schlimmeres gab, war sie nicht sicher, ob sie es wissen wollte.

Noah seufzte. »Ich weiß, ich bin es dir schuldig. Es ist nur … tut mir wirklich leid, Blue.«

Ein nervöses Kribbeln stieg in ihr auf. »Es gibt nichts, was dir leidtun müsste.«

»Doch«, erwiderte er kleinlaut, »gibt es. Mach dich … also … okay.«

Gwenllian trat einen Schritt zurück, damit Noah aufstehen konnte. Er erhob sich langsam, irgendwie steif, und kehrte Blue den Rücken zu. Dann straffte er die normalerweise schlaff herunterhängenden Schultern, wie um sich für einen Kampf zu wappnen. Blue spürte den Moment, in dem er aufhörte, ihr Energie zu entziehen. Es war, als hätte sie einen schweren Rucksack zu Boden fallen lassen.

Dann drehte er sich zu ihr um.

Jedes Jahr im Sommer kam ein Jahrmarkt nach Henrietta. Die Schausteller errichteten ihre Buden auf der großen Mehrzweckwiese hinter dem Walmart und ein paar Abende lang trampelte dort die ganze Stadt, Zuckerwatte in der Hand, im Schein unzähliger blinkender Lichter das Gras platt. Blue hatte immer versucht, den

Jahrmarkt zu mögen – sie war ein paarmal mit Leuten aus der Schule dort gewesen (die zu mögen sie auch immer versucht hatte) –, aber am Ende hatte sie jedes Mal das Gefühl gehabt, noch auf das eigentliche Ereignis zu warten. In der Überzeugung, dass sie offenbar mehr Nervenkitzel brauchte, hatte sie sogar den Freefall-Tower probiert. Sie wurden hochgefahren – *ka-tschöng, ka-tschöng* – und dann: nichts. Irgendeine technische Störung hatte dafür gesorgt, dass sie nicht fielen, sondern genauso langsam wieder hinunterfuhren. Und obwohl der Fall ausgeblieben war, war Blues Magen für einen winzigen Moment nach unten gesackt, als stürzte sie tatsächlich ungebremst Richtung Erdboden. Die Tatsache, dass Blues restlicher Körper vollkommen entspannt dasaß, hatte das Gefühl nur noch seltsamer gemacht.

Genauso fühlte sie sich jetzt.

»Oh«, sagte sie.

Leere Augenhöhlen, lippenlos gefletschte Zähne, eine durch blanke Knochen schimmernde Seele. Er war seit Jahren nicht mehr am Leben. Es war unmöglich zu übersehen, wie verrottet seine Seele inzwischen war, wie fern alles Menschlichen, wie fadenscheinig nach all der Zeit, die sie keinen Pulsschlag mehr gespürt hatte.

Noah Czerny war gestorben.

Dies war alles, was noch von ihm übrig war.

Dies war die Wahrheit.

Blues Körper war in zitterndem Aufruhr. *Das* hatte sie geküsst. Diesen dünnen, kalten Nachhall eines Menschen.

Da er nichts als eine Ansammlung von Energie war, konnte er ihre Erinnerungen ebenso deutlich hören wie ihre Worte. Sie fühlte, wie er durch ihre Gedanken geisterte und dann wieder daraus hervortrat.

»Ich hab doch gesagt, es tut mir leid«, zischte er.

Sie holte tief Luft. »Und ich hab gesagt, es gibt nichts, was dir leidtun muss.«

Und das meinte sie ernst.

Blue kümmerte es nicht, dass er – es – Noah – plötzlich fremd und verrottet und gruselig aussah. Ihr war schon lange klar gewesen, dass er – es – Noah – fremd und verrottet und ängstlich war, und sie hatte ihn trotzdem gern.

Sie umarmte es. Ihn. Noah. Es war ihr egal, dass er kein richtiger Mensch mehr war. Sie würde das hier, was auch immer es war, weiterhin Noah nennen, solange es Noah genannt werden wollte. Und in diesem Moment war sie froh, dass er ihre Gedanken lesen konnte und wusste, wie absolut ernst es ihr damit war.

Ihr wurde eiskalt, als sie zuließ, dass Noah ihr wieder Energie entzog, und sie schlang die Arme noch fester um seinen Hals.

»Sag den anderen nichts«, bat er. Als sie ihn wieder losließ, schob sich sein gewohntes Jungengesicht zurück über seinen Schädel.

»Musst du jetzt gehen?«, fragte Blue. Sie meinte *für immer?*, brachte es jedoch nicht über sich, es auszusprechen.

»Noch nicht«, flüsterte er.

Blue wischte sich mit dem Handballen eine Träne von der Wange und Noah wischte ihr mit seinem Handballen eine von der anderen. Die Haut an seinem Kinn kräuselte sich, als könnte er zu weinen anfangen, aber Blue legte die Finger darauf und sie glättete sich wieder.

Sie rasten mit Lichtgeschwindigkeit auf das Ende von etwas zu und sie wussten es beide.

»Gut«, kommentierte Gwenllian. »Ich hasse Lügner und Feiglinge.«

Ohne ein weiteres Wort kletterte sie zurück auf den Baum. Blue wandte sich wieder Noah zu, doch der war nicht mehr da. Wahrscheinlich war er schon verschwunden, bevor Gwenllian gesprochen hatte; genau wie bei seinem Auftauchen war es schwierig, den exakten Moment zu bestimmen, in dem er ging. Blues Gehirn hatte bereits sämtliche Sekunden rund um sein Verschwinden überschrieben.

Die Suspendierung von der Schule fühlte sich an wie ein langsam verblassender Traum. Was war real? Das hier war real.

Knarzend öffnete sich das Küchenfester und Jimi rief nach draußen: »Blue! Deine Jungs stehen vor der Tür! Sehen aus, als wollten sie jemanden begraben.«

»Schon wieder?«, war Blues erster Gedanke.

6

Erst als Blue in Ganseys schwarzen Suburban stieg, bemerkte sie, dass Ronan sich bereits auf der Rückbank breitgemacht hatte. Die Springerstiefel auf dem Sitz, den Kopf frisch rasiert, wirkte er, als wartete er nur auf die nächste Prügelei. Die Tatsache, dass er nach hinten verbannt worden war, anstatt seinen angestammten Beifahrerthron zu okkupieren, verhieß Ärger. Dort hockte an seiner Stelle – in weißem T-Shirt und einem sauberen, auf Hüfthöhe umgeschlagenen Overall – Adam. Gansey saß in seiner Aglionby-Uniform und einem dermaßen elektrisierten Zustand am Steuer, dass Blue kurz stutzte. Sein Blick war hellwach, lodernd, als hätte jemand hinter seinen Augen ein Streichholz angerissen. Diesen wie unter Strom stehenden Gansey erlebte sie nicht zum ersten Mal, aber normalerweise trat er nur dann zum Vorschein, wenn sie miteinander allein waren.

»Hallo, Jane«, sagte er und seine Stimme war genauso intensiv und eindringlich wie sein Blick. Es war schwer, sich nicht voll und ganz von diesem Gansey einnehmen zu lassen; in seiner Anspannung wirkte er mächtig und besorgniserregend zugleich.

Starr ihn nicht an – zu spät. Adam hatte sie ertappt. Schnell sah sie weg und begann geschäftig, ihre Overknees hochzuziehen. »Hey.«

»Hast du Zeit, mit uns was zu erledigen?«, fragte Gansey. »Oder musst du arbeiten? Hausaufgaben machen?«

»Keine Hausaufgaben. Ich bin suspendiert worden«, antwortete Blue.

»Fuuuuck«, kommentierte Ronan gedehnt, aber sein Tonfall war anerkennend. »Sargent, du coole Sau.«

Blue stieß widerstrebend ihre Faust an seine, während Gansey sie argwöhnisch im Rückspiegel musterte.

Adam drehte sich auf seinem Sitz in die entgegengesetzte Richtung – nach rechts statt nach links, sodass er um die komplette Kopfstütze herumlugen musste. Es wirkte ein bisschen, als versuchte er, sich zu verstecken, aber Blue wusste, dass er ihr bloß sein nicht taubes Ohr zuwenden wollte. »Wofür das denn?«

»Dafür, dass ich den Rucksack von einem Typen über dessen Auto ausgekippt habe. Ich will nicht drüber reden.«

»Ich aber«, entgegnete Ronan.

»Tja, ich *nicht*. Ich bin nicht gerade stolz darauf.«

Ronan tätschelte ihr das Bein. »Ich bin's für dich mit.«

Blue funkelte ihn entnervt an, fühlte sich jedoch gleichzeitig zum ersten Mal an diesem Tag geerdet. Es war nicht so, als wären die Frauen aus dem Fox Way 300 ihr nicht Familie genug – dort war sie fest verwurzelt und nichts würde daran je etwas ändern. Es war eher so, als wäre diese zweite, vom Schicksal zusammengeführte Familie, mit der sie nun im Auto saß, neuerdings von einer Art Kraft umgeben. Sie wurden alle reifer und wuchsen ineinander wie Bäume, die ihre Äste der Sonne entgegenreckten. »Was liegt denn an?«

»Tja«, sagte Gansey, noch immer in diesem kühlen, überhöflichen Ton, der Blue verriet, dass er wütend war, »ich wollte ursprünglich zu euch, um mit Artemus über Glendower zu reden. Aber dann hat Ronan beschlossen, mir einen Strich durch die Rechnung zu machen. Er hatte andere Pläne, wie wir unseren Nachmittag verbringen sollten. Wie wir unsere Zeit *sinnvoller* nutzen könnten.«

Ronan lehnte sich nach vorn. »Okay, Dad, also bist du sauer, weil ich Scheiße gebaut habe oder weil ich die Schule geschwänzt habe?«

»Ich würde sagen, das fällt beides in die Kategorie ›Scheiße bauen‹.«

»Bitte nicht solche Ausdrücke«, empörte sich Ronan. »Bei dir klingt das immer gleich so vulgär.«

Während Gansey energisch aufs Gas trat, warf Adam Blue einen vielsagenden Blick zu. Seine Miene schien zu erklären: »Ja, so geht das schon 'ne ganze Weile.« Blue fühlte sich ihm seltsam verbunden durch diesen nonverbalen Informationsaustausch. Nach ihrer unschönen Trennung (Waren sie überhaupt je wirklich zusammen gewesen?) hatte Blue sich schon damit abgefunden, dass Adam zu verletzt war und die Situation zu unangenehm, als dass sie je wieder gute Freunde sein würden. Aber er gab sich Mühe. Genau wie sie. Und es schien zu funktionieren.

Abgesehen davon, dass sie in seinen besten Freund verliebt war und sich nicht traute, es ihm zu sagen.

Die Ruhe, die Blue bis eben noch erfüllt hatte, löste sich in Luft auf und wich demselben Gefühl wie in jenem Moment, als sie Holtzclaws Rucksack über der Motorhaube seines Autos ausgeschüttet hatte. Weißes Rauschen breitete sich in ihr aus.

Sie musste sich wirklich besser in den Griff kriegen.

»GANSEY BOY!«

Der Ruf durch Ganseys geöffnetes Fenster ließ alle vier kollektiv zusammenzucken. Sie hatten an einer roten Ampel vor dem Haupttor der Aglionby Academy gehalten; draußen auf dem Bürgersteig stand eine Gruppe von Schülern mit Plakaten. Gansey salutierte widerstrebend in ihre Richtung, was die Jungen in noch lauteres Gejohle ausbrechen ließ.

Der Anblick so vieler Aglionby-Uniformen ließ sofort einen Schwall unangenehmer Assoziationen in Blue aufsteigen. Es war eine tief verwurzelte, vielgestaltige Emotion, genährt durch Vorurteile, Erfahrungen und Neid, auf die Blue alles andere als stolz war. Sie glaubte zwar nicht unbedingt, dass sie mit ihrer negativen Meinung über die Raven Boys grundlegend falschlag. Es war eher so, dass ihre Freundschaft mit Gansey, Adam, Ronan und Noah den Umgang mit diesen Empfindungen verkomplizierte. Früher, als sie sie einfach allesamt von ihrem hohen moralischen Ross aus hatte verachten können, war alles sehr viel einfacher gewesen.

Blue reckte den Hals, um zu lesen, was auf den Plakaten stand, aber keiner der Jungen verwandte sonderlich viel Mühe darauf, dass diese mit der Vorderseite der Straße zugewandt waren. Sie fragte sich, ob Blue Sargent, Aglionby-Schülerin, mit Blue Sargent, Plakathalterin, gleichzusetzen gewesen wäre. »Wogegen protestieren die?«

»Das Leben«, antwortete Adam trocken.

In dem Moment fiel Blue auf, dass sie einen der Jungen auf dem Bürgersteig schon mal gesehen hatte. Er hatte eine unverkennbare, sorgfältig gestylte Gelfrisur und trug knöchelhohe Sneakers, die selbst dann nicht teurer hätten aussehen können, wenn sie in Dollarnoten gewickelt gewesen wären.

Henry Cheng.

Das letzte Mal, als sie ihn gesehen hatte, war sie auf einem geheimen Date mit Gansey gewesen. An Einzelheiten konnte sie sich nicht mehr erinnern, nur daran, dass sein Super-Elektroschlitten am Straßenrand liegen geblieben war, er einen Witz gemacht hatte, den sie nicht im Entferntesten lustig fand, und dass er ihr den Gansey in Erinnerung gerufen hatte, der kein bisschen war wie sie. Das Date hatte kein gutes Ende genommen.

Henry schien sich ebenfalls an sie zu erinnern und schenkte ihr ein breites Grinsen, bevor er mit zwei Fingern zuerst auf seine eigenen Augen deutete, dann auf ihre.

Ihre gemischten Gefühle wurden noch einmal durchgemischt.

»Wie heißt es, wenn man ›du‹ sagt, aber in Wirklichkeit ›man‹ meint?«, fragte Blue, ohne den Blick von Henry zu wenden.

»Indefinites Du«, antwortete Gansey prompt. »Glaube ich.«

»Ja«, bestätigte Adam.

»Mann, was seid ihr für ein Haufen Poser«, stöhnte Ronan. Es war schwer zu sagen, ob er sich damit auf Gansey und Adam mit ihrer grammatischen Expertise bezog oder die Aglionby-Schüler mit ihren handgemalten Plakaten.

»Schon klar«, entgegnete Gansey, der noch immer kühl und verärgert klang. »Es sollte verboten werden, dass junge Männer mithilfe öffentlicher, wenn auch vielleicht sinnloser Proteste, ihre Prinzipien vertreten, wo sie doch stattdessen die Schule schwänzen und vom Rücksitz eines Autos über andere Leute herziehen könnten.«

»Prinzipien? Die Prinzipien, die Henry Cheng vertritt, beschränken sich auf eine größere Schrift im Schulnewsletter«, ätzte Ronan. Er gab eine fiese Imitation von Henrys Stimme zum Besten: »Serif? Sans serif? Mehr fett, weniger kursiv.«

Blue sah, wie Adam grinste und schnell sein Gesicht wegdrehte, damit Gansey es nicht mitbekam, aber es war zu spät.

»*Et tu, Brute?*«, sagte Gansey zu Adam. »Ich bin enttäuscht.«

»Ich hab doch gar nichts gesagt«, entgegnete Adam.

Die Ampel sprang auf grün; der Suburban begann, sich von den Demonstranten zu entfernen.

»Gansey! Gansey-Man! Richard!« Das war Henrys Stimme; selbst Blue erkannte sie. Hinter ihnen war kein anderes Auto, also ging Gansey vom Gas und streckte den Kopf aus dem Fenster.

»Was kann ich für Sie tun, Mr Cheng?«

»Da ist ... deine Heckklappe steht offen, glaub ich.« Henrys unbekümmerte Miene wirkte plötzlich undurchschaubar. Zwar lächelte er noch immer, aber jetzt lauerte noch etwas anderes dahinter. Wieder keimte Unsicherheit in Blue auf; sie hatte ein ziemlich klares Bild von Henry, doch es schienen ein paar Details darin zu fehlen.

Gansey warf einen Blick auf die Anzeigen am Armaturenbrett. »Die ist nicht ... oh.« Mit einem Mal passte sich seine Stimme Henrys Gesichtsausdruck an. »*Ronan.*«

»Was?«, blaffte Ronan. Seine Eifersucht auf Henry leuchtete bis zu den Sternen.

»Die *Heckklappe* ist offen.«

Hinter ihnen hupte jemand. Gansey winkte kurz dem Fahrer im Rückspiegel zu, dann Henry, und trat aufs Gas. Als Blue sich umdrehte, sah sie, wie Henry sich wieder den anderen Aglionby-Jungen zuwandte, dasselbe sorglose Grinsen im Gesicht wie zuvor.

Interessant.

Unterdessen verrenkte Ronan sich den Hals, um einen Blick in den Bereich hinter der Rückbank zu werfen. »Runter«, zischte er.

Ganz eindeutig redete er nicht mit Blue. Ihre Augen wurden schmal. »Was genau habt ihr noch mal vor?«, fragte sie argwöhnisch.

Gansey antwortete nur zu bereitwillig. »Lynch hat heute Morgen in seiner unendlichen Weisheit beschlossen, zu träumen anstatt zur Schule zu gehen, und ein bisschen mehr aus seinem Traum mitgebracht als geplant.«

Die Begegnung mit Henry hatte eine Delle in Ronans aggressiv zur Schau getragener Unangreifbarkeit hinterlassen und er schnauzte: »Du hättest ja einfach sagen können, dass ich mich selbst drum kümmern soll. Meine Träume gehen keinen außer mir was an.«

»Ach, komm, Ronan«, schaltete sich Adam ein. »Ich will ja nicht parteiisch sein – aber das ist jetzt echt totaler Blödsinn.«

»Danke«, sagte Gansey.

»Mann, Alter –«

»Nein«, schnitt ihm Gansey das Wort ab. »Jesse Dittley ist tot wegen der Leute, die sich für die Träume deiner Familie interessieren, also tu nicht so, als wäre es für andere nicht von Belang, ob das Ganze geheim bleibt oder nicht. Klar ist es in erster Linie deine Sache, aber wir befinden uns alle mit in der Gefahrenzone.«

Das brachte Ronan zum Schweigen. Er warf sich zurück in seinen Sitz, sah aus dem Fenster und kaute auf einem seiner Lederarmbänder herum.

Blue hatte genug gehört. Sie zerrte an ihrem Gurt, um mehr Bewegungsfreiheit zu haben, drehte sich um und spähte, das Kinn auf die Rückenlehne des Ledersitzes gelegt, in den Laderaum dahinter. Zuerst sah sie nichts – oder vielleicht doch, wollte es aber nicht wahrhaben, denn nachdem ihr Blick einmal Ronans Traumobjekt gefunden hatte, war es kaum vorstellbar, wie sie es hatte übersehen können.

Blue war sich sicher gewesen, dass sie nichts mehr schockieren konnte.

Aber sie war schockiert.

»Ist das – ist das ein Kind?«, verlangte sie zu wissen.

Neben einer Sporttasche und Ganseys Messenger Bag kauerte ein Wesen. Seine riesigen Augen verschwanden halb unter einer tief ins Gesicht gezogenen Mütze. Es war mit einem löchrigen, verdreckten Seemannspullover bekleidet, der ihm viel zu groß war, und hatte entweder graue Beine oder eine graue Leggings an. Und die Dinger am Ende der Beine waren entweder Stiefel oder Hufe. Blues Verstand versuchte, einen Sinn in all das zu bringen.

Ronans Stimme war dumpf. »Ich nenne sie immer nur Waisenmädchen.«

7

Adam hatte Cabeswater vorgeschlagen, also brachten sie sie nach Cabeswater.

Er wusste nicht, was sie dort mit ihr anstellen sollten, es war bloß sein erster Gedanke gewesen. Genau genommen sein zweiter Gedanke, aber der erste war so schrecklich gewesen, dass er ihn sofort bereut hatte.

Er hatte einen Blick auf das Mädchen geworfen und gedacht, wenn es doch nur eins von Ronans Traummonstern gewesen wäre, dann hätten sie es einfach töten oder irgendwo aussetzen können.

Eine Sekunde später – nein, weniger als eine Sekunde, höchstens eine halbe, ach was, noch im selben Moment – hatte er sich dafür gehasst, so etwas auch nur gedacht zu haben. Es war genau die Art von Gedanke, wie man sie vom Sohn seines Vaters erwarten konnte. *Was, du willst weg? Du willst gehen? Ist das dein Koffer? Glaub mir, wenn ich dürfte, hätte ich dich längst selber irgendwo im Straßengraben abgeladen. Immer dieses Theater mit dir.*

Er hatte sich selbst gehasst und dann hatte er seinen Vater gehasst und dann hatte er das Gefühl an Cabeswater übergeben und Cabeswater hatte es verpuffen lassen.

Und nun erreichten sie es endlich, das einzigartige Cabeswater, um seinen zweiten Gedanken, von dem Adam sich wünschte, es wäre sein erster gewesen, in die Tat umzusetzen und das Waisenmädchen zu Ronans Mutter Aurora zu bringen. Sie überquerten das Feld mit dem riesigen Raben aus weißen Austernschalen, das sie vor langer Zeit aus der Luft gesehen hatten. Gansey konnte nicht verhindern, dass er über ein paar der im Umkreis verstreuten Muscheln fuhr, aber er achtete darauf, nicht den Raben selbst zu erwischen. Adam mochte diesen Charakterzug an ihm, seine grenzenlose Sorge um die Dinge, die ihm anvertraut worden waren.

Der Wagen hielt. Gansey, Blue und Adam stiegen aus. Ronan und sein seltsames kleines Mädchen blieben sitzen; es schien, als wäre eine Verhandlung im Gange. Sie warteten.

Der graue Himmel hing tief, zerrissen von den Gipfeln der Berge, die hinter dem Braun-Rot-Schwarz von Cabeswaters Bäumen emporragten. Von hier aus hätte man es beinahe für einen ganz normalen Wald auf einem ganz normalen Hügel in Virginia halten können. Doch wenn man die Augen zusammenkniff und lange genug hinsah, konnte man die Geheimnisse zwischen den Bäumen auf und ab huschen sehen. Die Schatten gehörnter Tiere, die selbst nie in Erscheinung traten. Die zwinkernden Lichter der Glühwürmchen eines vergangenen Sommers. Das Rauschen unzähliger Flügel, das Geräusch eines riesigen Vogelschwarms irgendwo außer Sicht.

Magie.

So nah an Cabeswater fühlte Adam sich ausgesprochen … wie Adam. Sein Kopf war erfüllt vom völlig alltäglichen Gefühl des Overalls um seine Hüfte, und Gedanken an den Literaturtest, den er am nächsten Tag schreiben musste. Man hätte meinen sollen, dass er sich selbst fremder werden würde, sobald er in Cabeswaters Nähe kam, stattdessen aber fühlte er sich umso fester in sich selbst verankert. Er musste seinen Geist nicht weit wandern lassen, um mit Cabeswater zu kommunizieren, wenn er ihm so nah war, dass er nur die Hand auszustrecken brauchte, um es zu berühren.

Es war schon verrückt, dass er vor all diesen Monaten nicht geahnt hatte, was dieser Ort eines Tages für ihn bedeuten würde. Andererseits vielleicht auch nicht. Eine wichtige Voraussetzung für alles Magische – oder, allgemeiner gehalten, *Macht* –, war, dass man selbst daran glaubte.

Gansey nahm einen Anruf entgegen. Adam ging pinkeln. Ronan blieb im SUV.

Adam gesellte sich zu Blue auf der anderen Seite des Wagens. Er gab sich Mühe, weder auf ihre Brüste noch auf ihre Lippen zu starren. Adam und Blue waren kein Pärchen mehr – wenn sie denn jemals eins gewesen waren –, aber nur weil sie sich getrennt hatten und es besser für sie beide war, hieß das nicht, dass ihre weiblichen Attribute weniger anziehend auf ihn wirkten. Ihr Haar war gewachsen, seit er sie kennengelernt hatte, und wirkte wilder, weniger gezähmt von zahllosen Spangen. Ihr Mund wirkte fordernder, als sehnte er sich nach verbotenen Küssen, ihre Haltung entschlossener, als hätten Trauer und Gefahren ihr Rückgrat gestärkt.

»Ich glaube, wir zwei müssen mal reden«, stellte sie fest. Mehr sagte sie nicht, doch ihr Blick war auf Gansey gerichtet. Adam fragte sich, ob sie wohl wusste, wie durchschaubar sie war. Hatte jemals so ein hungriges Leuchten in ihren Augen gelegen, wenn sie ihn angesehen hatte?

»Ja«, antwortete Adam. Zu spät wurde ihm klar, dass sie vermutlich über Glendower und seine Gunst beratschlagen und ihm nicht von ihrer geheimen Beziehung zu Gansey erzählen wollte. Tja, aber darüber würden sie auch reden müssen.

»Wann?«

»Ich rufe dich heute Abend an. Das heißt, warte – da muss ich arbeiten. Morgen nach der Schule?«

Sie nickten beide. Das war ein Anfang.

Gansey hatte noch immer sein Handy am Ohr. »Nein, mit viel Verkehr wird nicht zu rechnen sein, solange nicht gerade Bingo-Abend ist. Ein Shuttleservice? Wie viele Leute erwartet ihr denn? Ich kann mir nicht vorstellen – oh. Es gibt einen Bus für Schulausflüge, den könnte man bestimmt dafür nehmen.«

»KERAH!«

Blue und Gansey fuhren erschrocken zusammen. Adam, der Chainsaws Namen für Ronan erkannte, sah hoch zum Himmel.

»Meine Fresse«, knurrte Ronan. »Jetzt stell dich mal nicht so an.«

Denn es war nicht Chainsaw gewesen, die Ronan bei seinem Rabennamen gerufen hatte. Sondern das Waisenmädchen. Unwahrscheinlich winzig zusammengekauert hockte sie im bleichen Gras hinter dem SUV und erinnerte ein bisschen an ein Bündel Lumpen. Sie wiegte sich hin und her und weigerte sich aufzustehen. Als Ronan ihr noch etwas ins Ohr zischte, schrie sie ihm abermals ins Gesicht. Es war nicht der Schrei eines Kindes, sondern der eines Tiers.

Adam hatte inzwischen genug von Ronans real gewordenen Träumen zu Gesicht bekommen, um zu wissen, wie gefährlich und wunderschön und furchterregend und kapriziös sie sein konnten. Aber von allem, was er bislang gesehen hatte, verkörperte dieses Mädchen Ronans Wesen am stärksten. Ein verängstigtes Monster.

»Ich muss auflegen, hier bricht gerade die Apokalypse los. Schreib mir einfach, wenn noch was ist.« Gansey legte auf. »Was ist denn los mit ihr?« Sein Tonfall war zögerlich, als wäre er nicht ganz sicher, ob überhaupt etwas mit ihr nicht stimmte oder ob sie womöglich immer so war.

»Sie will nicht«, sagte Ronan. Dann bückte er sich, hob das Mädchen kurzerhand auf seine Arme und marschierte mit ihr auf den Waldrand zu. Jetzt, als ihre spindeldürren Beine über seine Ellenbeuge baumelten, war eindeutig zu erkennen, dass sie tatsächlich in zwei zarten Hufen endeten.

Auf Adams anderer Seite hob Blue kurz die Finger an die Lippen und ließ sie gleich darauf wieder sinken. Dann sagte sie sehr leise: »Ronan.« Doch sie hätte genauso gut »Wow!« hauchen können.

Denn es war unmöglich. Die Traumkreatur war ein Mädchen; gleichzeitig war sie es nicht; sie war eine Waise; sie waren nicht ihre Eltern. Adam konnte Ronan kaum dafür verurteilen, in solchen Größenordnungen zu träumen. Schließlich ließ er sich selbst oft genug mit Magie ein, die er nicht vollständig durchblickte. Dieser Tage hatten sie alle die Hände zum Himmel gereckt und hofften auf Kometen. Der einzige Unterschied bestand darin, dass Ronan Lynchs wildes, sich immer mehr ausdehnendes Universum in seinem eigenen Kopf existierte.

»*Excelsior*«, sagte Gansey.

Sie folgten Ronan in den Wald.

Cabeswater murmelte vor sich hin, Stimmen, die aus alten, herbstbunten Bäumen wisperten und zwischen alten, moosbewachsenen Felsen verschwanden. Dieser Ort bedeutete jedem von ihnen etwas anderes. Adam, der als eine Art Verwalter für Cabeswater fungierte, hatte ihm seine Hände und Augen verschrieben. Auch Blues Verstärkungskraft stand mit ihm in Zusammenhang. Ronan, der Greywaren, war lange vor den anderen hier gewesen, früh genug, um seine Handschrift auf einem Felsen zu hinterlassen. Und Gansey – Gansey liebte ihn einfach, voller Angst, voller Respekt, voller Ehrfurcht.

Die Bäume über ihren Köpfen flüsterten in einer geheimen Sprache, dann auf Latein, dann in einer Mischung aus beidem, durchsetzt von englischen Wortfetzen. Anfangs hatten sie noch kein

Englisch gesprochen, aber sie schienen es zu lernen. Und zwar ziemlich schnell. Adam wurde den Gedanken nicht los, dass ein Geheimnis hinter dieser Sprachentwicklung steckte. Waren sie wirklich die ersten Englisch sprechenden Menschen, denen diese Bäume begegnet waren? Aber wenn nicht, warum mühten sie sich erst jetzt mit dem Englischen ab? Und warum Latein?

Adam hatte das Gefühl, jeden Moment des Rätsels Lösung zu erkennen.

»*Salve*«, grüßte Gansey die Bäume, höflich wie immer. Blue hob den Arm, um einen der Zweige zu berühren; sie brauchte keine Worte, um mit ihnen in Verbindung zu treten.

Hallo, rauschten die Bäume zurück. Die Blätter unter Blues Fingern flatterten.

»Adam?«, fragte Gansey.

»Gib mir eine Sekunde.«

Sie warteten ab, bis Adam sich orientieren konnte. Denn Raum und Zeit waren keine festgelegten Größen auf der Ley-Linie und es kam vor, dass man den Wald zu einer vollkommen anderen Zeit oder an einer anderen Stelle als dort, wo man ihn betreten hatte, wieder verließ. Dieses Phänomen war ihnen zu Anfang unberechenbar erschienen, ganz allmählich jedoch, je mehr Adam sich auf die Ley-Linie einstellte, wurde ihm klar, dass sie durchaus Regeln folgte, nur eben keinen so linearen wie in der wirklichen Welt. Es war mehr wie atmen – man konnte den Atem anhalten, man konnte schneller oder langsamer atmen, man konnte seinen Atem dem eines anderen Menschen anpassen. Sich auf planbare Weise durch Cabeswater zu bewegen setzte voraus, dass man sich auf den dort herrschenden Rhythmus einließ. Dass man sich mit ihm, nicht gegen ihn, bewegte, während man versuchte, zurück zum selben Ort in derselben Zeit zu gelangen wie vor dem Betreten des Waldes.

Adam schloss die Augen und gestattete der Ley-Linie, ein paar Schläge lang sein Herz zu lenken. Er wusste nun, in welcher Richtung sie unter seinen Füßen verlief, konnte spüren, wo sie ein paar Meilen links von ihnen eine andere Linie kreuzte und, noch viele Meilen mehr zur Rechten, zwei weitere. Er legte den Kopf in den Nacken und spürte das sanfte Prickeln der Sterne über sich, mit deren Hilfe sein Körper sich orientierte. Ranken schlängelten sich durch sein Inneres, tasteten nach seiner Stimmung. Cabeswater drängte ihn inzwischen nur noch im Notfall, bediente sich seines Verstandes und seiner Augen, um den Boden unter seinen Füßen abzusuchen und dort dem Verlauf von Wasser und Gestein zu folgen.

Adam war in vielem bewandert, in vielem gut, aber das hier – gab es überhaupt einen Namen dafür? Wahrsagen, Intuition, Magie, Magie, Magie. Darin war er nicht nur gut, sondern hatte ein regelrechtes Verlangen danach, gierte danach, liebte es auf eine Art, die ihn mit tiefer Dankbarkeit erfüllte. Er hatte nicht gewusst, ob er überhaupt fähig war zu lieben, nicht wirklich. Gansey und er hatten sich einmal deswegen gestritten – »Hör auf, von ›Privileg‹ zu reden. Liebe ist kein Privileg«, hatte Gansey angewidert gesagt. Aber Gansey hatte eben auch schon immer Liebe erfahren, immer Liebe geben können. Und seit Adam dieses Gefühl in sich selbst entdeckt hatte, war er sich nur noch sicherer, dass er recht hatte. Adams Grundzustand, sein Ruhepuls, war Bedürftigkeit. Liebe *war* ein Privileg. Adam war nun auch privilegiert und das wollte er nicht aufgeben. Er wollte sich wieder und wieder an das Gefühl erinnern.

Nachdem Adam sein Bewusstsein vollständig geöffnet hatte, versuchte Cabeswater unbeholfen, mit seinem menschlichen Zauberer zu kommunizieren. Es griff nach Adams Erinnerungen und stellte sie auf den Kopf, stülpte sie von innen nach außen, ordnete sie neu zu einer hieroglyphengleichen Traumsprache: ein Pilz an einem

Baumstamm; Blue, die es so eilig hatte, von ihm wegzukommen, dass sie fast über ihre eigenen Füße stolperte; eine verkrustete Wunde an seinem Handgelenk; eine kleine Furche, die Adam sofort als Ronans gerunzelte Stirn erkannte; eine Schlange, die in einen schlammigen See tauchte, Ganseys Daumen auf seiner Unterlippe; Chainsaws offen stehender Schnabel, aus dem ein Wurm kroch, anstatt darin zu verschwinden.

»Adam?«, fragte Blue.

Er schreckte aus seinen Gedanken hoch. »Ach so, ja. Ich bin so weit.«

Sie gingen weiter. Es war schwer zu sagen, wie lange sie bis zu der Lichtung brauchen würden, auf der Ronans Mutter jetzt lebte – manchmal schien überhaupt keine Zeit zu vergehen, manchmal dagegen dauerte es ewig, was auch Ronan, der noch immer das Waisenmädchen trug, gerade missmutig anmerkte. Er versuchte, sie dazu zu bewegen, selbst zu laufen, doch sie sackte einfach in stummem Protest schlaff auf dem Waldboden zusammen. Ronan machte sich nicht die Mühe, mit ihr zu diskutieren, sondern hob sie mit mürrischer Miene direkt wieder auf.

Das Waisenmädchen schien zu spüren, wie gereizt er war, denn während er weiterstapfte und das Mädchen bei jedem seiner Schritte durchgeschüttelt wurde, stieß es einen einzigen, durchdringenden Laut aus und strampelte kurz mit den Hufen. Eine Sekunde später antwortete ein unsichtbarer Vogel mit einem wunderschönen, etwas höheren Ton. Ein dritter Ton: ein dritter Vogel. So ging es eine Weile hin und her, bis sich um die Gruppe herum ein Lied entspann, eine spieluhrartige Synkope, dargeboten von einem Kind und ein paar versteckten Vögeln, die vielleicht real waren, vielleicht aber auch nicht.

Ronan sah das Waisenmädchen finster an, doch die Bedeutung

seines Blicks war unmissverständlich. Der Griff seiner Arme um sie war beschützend.

Adam entging nicht, wie gut die beiden sich zu kennen schienen. Das Mädchen war kein willkürlich aus einem unruhigen Traum gerissenes Geschöpf. Ihr Umgang miteinander folgte den fest eingefahrenen emotionalen Mustern unter Mitgliedern derselben Familie. Sie wusste, wie sie auf seine wechselhaften Launen reagieren musste; er schien genau zu spüren, wie grob er mit ihr umspringen durfte. Sie waren Freunde, obwohl selbst Ronans erträumte Freunde selten einfach waren.

Das Waisenmädchen sang weiter seinen Part und Adam fiel auf, dass sich die seltsame kleine Melodie nicht nur auf Ronans Stimmung auswirkte, sondern auch auf Ganseys. Den Streit im Auto schien er vergessen zu haben und hob nun die Arme über den Kopf, um sie wie ein Dirigent im Takt der Musik zu schwenken und dabei hin und wieder nach fallendem Herbstlaub zu greifen, wenn es in seine Reichweite geweht wurde. Jedes tote Blatt, das seine Fingerspitzen berührte, verwandelte sich in einen goldenen Fisch, der durch die Luft schwamm. Cabeswater lauschte aufmerksam nach seiner Absicht, während immer mehr Blätter auf ihn zuschwirrten und auf seine Berührung warteten. Bald schon waren sie von einem regelrechten Schwarm umgeben, zuckend und zappelnd und schillernd im Licht.

»Du und deine Fische«, bemerkte Blue, lachte jedoch, als sie ihr um Hals und Hände strichen. Gansey warf ihr einen Blick zu und sah dann wieder weg, um die Hand auszustrecken und ein weiteres Blatt zu verwandeln. Pure Glückseligkeit glühte zwischen ihnen auf, so tief und bedingungslos war Blues und Ganseys Liebe zur Magie dieses Orts.

Sie hatten es so leicht, sich leicht zu fühlen.

Cabeswater zupfte sanft an Adams Bewusstsein, beschwor ein Dutzend glücklicher Erinnerungen aus dem vergangenen Jahr herauf – tja, sie konnten auch nur aus dem vergangenen Jahr stammen, denn selbst Cabeswater hätte seine liebe Mühe, glückliche Erinnerungen an die Zeit zu finden, bevor Adam Gansey und Ronan gekannt hatte. Als Adam sich weiter widersetzte, flackerten Bilder von ihm selbst durch seine Gedanken: Er selbst, wie die anderen ihn sahen. Sein unsicheres Lächeln, sein überraschtes Lachen, seine Finger, die sich der Sonne entgegenreckten. Cabeswater verstand die Menschen nicht besonders gut, aber es lernte stetig dazu. Glück, beharrte es. Glück.

Adam gab nach. Während sie weiterliefen und das Waisenmädchen weiter sein Lied sang und die Fische um sie durch die Luft schossen, tat er selbst eine Absicht kund.

Die Lautstärke des darauf folgenden Knalls überraschte ihn selbst; er hörte ihn auf einem Ohr und fühlte ihn in beiden Füßen. Die anderen sahen sich erschrocken um, als kurz darauf eine weitere dröhnende Bassnote die Luft zerriss. Beim dritten Mal wurde deutlich, dass das Donnern dem Takt der Melodie folgte. Jeder Baum, an dem sie vorbeikamen, erzitterte unter ihrer Wucht, bis die Geräusche sich schließlich zu jenem pulsierenden Elektrobeat verbanden, wie er permanent aus Ronans Auto oder Kopfhörern schallte.

»Oh Gott«, stöhnte Gansey, aber er lachte dabei. »Müssen wir uns das hier jetzt auch anhören? *Ronan!*«

»Ich war das nicht«, beteuerte Ronan. Er sah Blue an, die die Schultern hob. Dann fing er Adams Blick auf. Als Adams Mundwinkel zuckte, schien Ronans Miene einen Moment zu zögern, bevor sich das entspannte Lächeln darauf ausbreitete, das er normalerweise für Matthews naive Ideen reservierte. Adam spürte, wie ihn Zufriedenheit und gleichzeitig Nervosität durchzuckte. Er bewegte sich auf einem schmalen Grat. Der Versuch, Ronan Lynch zum Lächeln zu bringen, fühlte sich genauso halsbrecherisch an wie einen Handel mit Cabeswater zu schließen. Beides war nichts, was man leichtfertig einging.

Plötzlich verstummte das Waisenmädchen. Im ersten Moment dachte Adam, seine Stimmung hätte auf sie übergegriffen. Aber nein: Sie hatten den Rosenhain erreicht.

Die Lichtung, auf der Aurora Lynch lebte, wurde auf drei Seiten von üppig blühenden, duftenden Rosen begrenzt, die an Büschen wuchsen und sich in Bäume rankten. Die Blüten bedeckten sogar den Boden und ergossen sich wasserfallartig über die vierte Seite – einen nackten Felsvorsprung in der Bergflanke. Sonne, wie durch Wasser gefiltert, und schwebende Blütenblätter, die in der Luft zu schwimmen schienen, erfüllten die Lichtung und schufen ein Bild aus zartem Rosa, reinem Weiß und leuchtendem Gelb.

Alles an Cabeswater war traumgleich, der Rosenhain jedoch war ein Traum in einem Traum.

»Vielleicht kann das Mädchen ja bei Aurora bleiben«, sagte Gansey, der die letzten seiner Fische von der Lichtung verschwinden sah.

»Also, ich finde nicht, dass man jemandem einfach so ein Kind vorsetzen und erwarten kann, dass er sich darüber freut«, entgegnete Blue. »Schließlich ist sie kein Kätzchen.«

Gansey öffnete den Mund und Adam spürte, dass er zu einer latent beleidigenden Bemerkung ansetzte. Er fing Ganseys Blick auf. Gansey schloss den Mund. Gefahr gebannt.

Ganz unrecht hätte Gansey allerdings nicht gehabt. Aurora war dazu geschaffen worden zu lieben, also liebte sie, auf eine Art, die sich voll und ganz nach den Bedürfnissen ihres Gegenübers richtete. Ihren jüngsten Sohn, Matthew, nahm sie in den Arm, Gansey fragte sie nach berühmten historischen Persönlichkeiten, Blue schenkte sie außergewöhnliche Blumen, die sie bei ihren Spaziergängen fand, und von Ronan ließ sie sich zeigen, was er in der Woche zuvor geträumt oder geschaffen hatte. Adam dagegen stellte sie Denkaufgaben wie: »Wie kannst du dir sicher sein, dass die Farbe Gelb für dich genauso aussieht wie für mich?« Und dann lauschte sie aufmerksam seinen Erläuterungen. Manchmal versuchte er, sie dazu zu bringen, eigenständig die Antwort zu finden, aber sie schien mehr daran interessiert zu sein, anderen zuzuhören, die gern grübelten, als sich selbst Gedanken zu machen.

Darum bestand kein Zweifel daran, dass Aurora das Waisenmädchen lieben würde. Ob es richtig war oder nicht, ihr noch jemanden vorzusetzen, den sie lieben musste, war eine andere Frage.

»Mom, bist du hier?« Ronans Stimme klang anders, wann immer er mit seiner Mutter oder Matthew redete. Dann war er einfach nur Ronan, vollkommen unverfälscht.

Nein. Ronan, vollkommen ungeschützt.

Ronans Tonfall rief Adam sein entspanntes Lächeln von kurz zuvor in Erinnerung. »Hör auf damit«, schalt er sich im Geiste. »Das hier ist kein Spiel.«

Doch wenn er ehrlich war, fühlte es sich auch nicht danach an. Adrenalin wisperte in seinem Herzen.

Dann erschien Aurora Lynch.

Sie trat weder aus ihrem Wohnbereich zu ihnen, noch kam sie über denselben Pfad wie sie. Stattdessen löste sie sich aus dem Rosenvorhang vor der Felswand. Es war schlicht nicht möglich, dass eine Frau durch Fels und Rosen ging, aber sie tat es trotzdem. Ihr goldenes Haar umspielte ihren Kopf wie ein Schleier, durchwirkt mit Rosenknospen und Perlen. Einen flüchtigen Augenblick lang war sie gleichzeitig Rosen und Frau und dann war sie voll und ganz

Aurora. Cabeswater hatte eine andere Wirkung auf Aurora Lynch als auf den Rest von ihnen; schließlich waren sie lebendig, Aurora dagegen war ein Traumgeschöpf. Sie kamen nur zu Besuch. Aurora gehörte hierher.

»Ronan«, sagte Aurora voll aufrichtiger Freude, genau wie sie immer voll aufrichtiger Freude war. »Wo ist denn mein Matthew?«

»Beim Lacrosse oder so«, antwortete Ronan. »Irgendwas, wobei man schwitzt wie ein Schwein.«

»Und Declan?«, fragte Aurora.

Ronan zögerte, nur einen Atemzug zu lang.

»Arbeiten«, log er dann.

Alle auf der Lichtung blickten Ronan an.

»Ach ja. Er war schon immer so fleißig«, seufzte Aurora. Dann winkte sie Adam, Blue und Gansey zu. Adam, Blue und Gansey winkten zurück. »Na, Gansey, hast du schon deinen König gefunden?«

»Noch nicht«, erwiderte Gansey.

»Ach ja«, seufzte Aurora abermals. Dann schlang sie Ronan den Arm um den Hals und schmiegte ihre blasse Wange an seine, als hielte er eine Tasche mit Einkäufen an seine Brust gepresst und kein fremdes kleines Mädchen. »Was hast du mir denn diesmal mitgebracht?«

Ronan lud das Mädchen unsanft auf dem Boden ab. In seinem riesigen Pullover sackte es gegen sein Bein. »Ich will weg!«, jammerte es in leicht fremdartig klingendem Englisch.

»Und ich will meinen rechten Arm wieder spüren«, blaffte Ronan zurück.

»*Amabo te*, Greywaren!«, sagte sie. *Bitte, Greywaren.*

»Ach komm, steh auf.« Er packte ihre Hand und im nächsten Moment stand sie kerzengerade neben ihm, die zarten braunen Hufe leicht breitbeinig in den Boden gestemmt.

Aurora kniete sich hin, sodass sie mit dem Waisenmädchen auf Augenhöhe war. »Wie wunderschön du bist!«

Das Mädchen sah Aurora nicht an. Sie rührte sich kein bisschen.

»Schau mal, ich habe hier eine hübsche Blume, die genau die Farbe deiner Augen hat – möchtest du sie haben?« Aurora hielt ihr die Blume hin. Sie hatte tatsächlich dieselbe Farbe wie die Augen des Mädchens – ein dunkles Sturmgrau. Es gab keine Rosen in dieser Farbe, bis jetzt.

Das Mädchen wandte kaum den Kopf in Richtung der Blume. Stattdessen lag ihr Blick fest auf einem Punkt irgendwo hinter Adams Kopf, ihre Miene ausdruckslos oder sogar gelangweilt. Ein Prickeln durchlief Adam, als er begriff. Er sah keine Aufmüpfigkeit, keinen Ärger im Gesicht des Mädchens. Sie bekam keinen Wutanfall.

Adam wusste, wie sie sich fühlte. Wie oft hatte er selbst neben dem Küchenschrank gekauert und auf die Lampe am anderen Ende des Zimmers gestarrt, während sein Vater ihm ins Ohr brüllte. Er erkannte diese Art von Angst, wenn er sie sah.

Er ertrug es nicht, sie anzusehen.

Während Adam zu den herbstlich schütteren Baumkronen hochsah, unterhielten Ronan und seine Mutter sich gedämpft. Absurderweise vibrierte in diesem Moment Ganseys Handy. Er zog es aus der Tasche und warf einen Blick aufs Display. Adam spürte Cabeswaters Drängen. Blue arrangierte eine Reihe welker Rosenblätter auf ihrem Unterarm. Die riesigen Bäume am Rand der Lichtung flüsterten noch immer auf Latein.

»Nein, Mom«, sagte Ronan ungeduldig, dessen veränderter Tonfall die anderen aufblicken ließ. »Das hier war nicht wie sonst. Es war ein Unfall.«

Aurora musterte ihren zweitgeborenen Sohn milde, was diesen erst recht wütend machte.

»War es wirklich«, beharrte er, obwohl sie gar nichts gesagt hatte. »Es war ein Albtraum, aber irgendwie anders.«

»Inwiefern anders?«, schaltete Blue sich ein.

»Das war irgendwie eine einzige kranke Sch- … Situation. Da war so was Schwarzes, das sich absolut seltsam angefühlt hat.« Ronan sah stirnrunzelnd zu den Bäumen hoch, als könnten sie ihm helfen, die richtigen Worte zu finden, um seinen Traum zu erklären. »Ein bisschen wie verwest.«

Dieses Wort hatte auf jeden von ihnen einen anderen Effekt. Blue und Gansey sahen einander an, als wäre dies die Fortsetzung einer vorherigen Unterhaltung. Adam erinnerte sich an die verstörenden Bilder, die Cabeswater ihn hatte sehen lassen, als er den Wald zum ersten Mal betreten hatte. Auroras goldenes Antlitz verfinsterte sich.

»Ich glaube, ich muss euch allen etwas zeigen«, sagte sie.

8

Sehr zu seinem Ärger hatte Gansey Handyempfang. Normalerweise störte irgendetwas an Cabeswater das Signal, heute jedoch vibrierte das Handy pausenlos und immer mehr Nachrichten über die formelle Wahlkampfveranstaltung an der Aglionby trafen ein, während er einen Berg hoch- und dann wieder hinunterstieg.

Die Nachrichten seiner Mutter wirkten so offiziell wie Staatsdokumente.

Euer Schulleiter und ich sind uns einig, dass unser Zeitrahmen zwar knapp bemessen ist, aber mein Team glücklicherweise genug Erfahrung hat, um die Veranstaltung schnell genug aufzuziehen. Ich freue mich sehr über diese Kooperation mit dir und deiner Schule.

Die Nachrichten seines Vaters waren jovial, von Mann zu Mann.

Geld ist nicht das Problem, eine kleine Fete können wir uns schon noch leisten. Aber nenn es nicht Wahlkampfveranstaltung, wir wollen doch einfach nur ein bisschen zusammen feiern.

Seine Schwester Helen kam direkt auf die wichtigen Details zu sprechen.

Verrat mir mal kurz, was die Presse so alles in der Hand haben könnte, um deine Kumpels öffentlich bloßzustellen, damit ich schon mal anfangen kann gegenzusteuern.

Gansey wartete immer noch darauf, dass der Empfang abbrechen würde, doch er blieb stabil. Was dazu führte, dass er just dann die dringende Bitte nach einer Liste mit geeigneten Hotels für auswärtige Gäste in Henrietta erhielt, als er vor einem magischen Baum stehen blieb, der eine Art schwarzes, giftig wirkendes Sekret absonderte.

Greywaren, flüsterte eine Stimme aus dem hohen Geäst. *Greywaren.*

Die Flüssigkeit quoll aus der Borke wie Schweißperlen, um sich dann zu einem trägen, bösartigen Strom zu vereinen. Eine Weile starrten sie alle darauf, mit Ausnahme des merkwürdigen Mädchens, das sein Gesicht an Ronans Brust verbarg. Gansey konnte ihr keinen Vorwurf machen. Es war … schwierig mitanzusehen. Gansey hatte noch nie darüber nachgedacht, dass es sehr wenige Dinge in der Natur gab, die reinschwarz waren, bis er diesen teerartigen Pflanzensaft sah. Dieses vollkommene, aus dem Stamm quellende Dunkel wirkte bedrohlich – oder zumindest künstlich.

Wieder vibrierte sein Handy.

»Alter, kommt dieser krepierende Baum dir irgendwie ungelegen für deine digitale Korrespondenz?«, erkundigte sich Ronan.

Genau genommen kam Gansey die digitale Korrespondenz ungelegen für den krepierenden Baum. Cabeswater war immer ein sicherer Hafen für ihn gewesen. Die Textnachrichten wirkten hier genauso fehl am Platz wie die aus dem Baum sickernde Schwärze. Er schaltete sein Handy aus und fragte: »Ist das der einzige, der so ist?«

»Der einzige, auf den ich bei meinen Spaziergängen gestoßen bin«, erwiderte Aurora. Ihre Miene war unbekümmert, aber sie strich sich immer wieder mit der Hand über ihr langes Haar.

»Es macht ihn krank«, bemerkte Blue, die den Kopf in den Nacken legte und zu dem welken Blattwerk hinaufsah.

Der düstere Baum war das genaue Gegenteil von Cabeswater. Je mehr Zeit Gansey in Cabeswater verbrachte, desto mehr erfüllte ihn der Wald mit Ehrfurcht. Und je länger er nun auf den schwarzen Saft starrte, desto mehr brachte ihn der Anblick außer Fassung. »Macht es sonst irgendwas?«

Aurora legte den Kopf schief. »Was meinst du? Abgesehen von dem, was du siehst?«

»Ich weiß nicht«, antwortete er. »Ich weiß selbst nicht, was ich meine. Vielleicht, ob es nur irgendeine hässliche Krankheit ist oder eher was Magisches?«

Aurora zuckte mit den Schultern. Ihre Art der Problembewältigung beschränkte sich darauf, jemanden zu finden, der das Problem für sie löste. Als Gansey den Baum umrundete, um wenigstens irgendwie zu demonstrieren, dass er zu etwas nutze war, sah er, wie Adam vor dem Waisenmädchen in die Hocke ging. Sie starrte stur an ihm vorbei, während er das Armband seiner billigen Uhr löste. Er tippte ihren Handrücken an, ganz sachte, um sie darauf aufmerksam zu machen, dass er ihr die Uhr hinhielt. Gansey hatte erwartet, dass sie ihn weiter ignorieren oder das Geschenk ablehnen würde wie zuvor Auroras Rose, doch das Mädchen nahm die Uhr an, ohne zu zögern. Konzentriert begann es, sie aufzuziehen, während Adam einen Moment vor ihr hocken blieb, die Augenbrauen zusammengezogen.

Gansey trat zu Ronan, der direkt neben dem Baum stand. Aus nächster Nähe war es, als summte die Schwärze vor Lautlosigkeit. Ronan sagte etwas auf Latein zu dem Baum. Doch er bekam keine hörbare Antwort.

»Er scheint keine Stimme zu haben«, bemerkte Aurora. »Er fühlt sich einfach seltsam an. Und ich lande immer wieder bei ihm, selbst wenn ich es überhaupt nicht vorhabe.«

»Er erinnert mich an Noah«, sagte Blue. »Als würde er verwesen.«

Ihre Worte klangen so melancholisch, dass Gansey mit einem Schlag bewusst wurde, was Blue und er opferten, indem sie ihre Beziehung geheim hielten. Blue versorgte andere mit übersinnlicher Energie, aber sie brauchte Berührungen, um selbst Kraft zu schöpfen. Deswegen umarmte sie immerzu ihre Mutter, hakte sich bei Adam unter, legte ihre Beine auf Ronans, wenn sie zusammen auf dem Sofa saßen. Berührte Ganseys Nacken, genau an der Stelle zwischen seinem Kragen und seinem Haaransatz. Diese Sorge in ihrer Stimme schrie geradezu nach verschränkten Fingern, um Schultern geschlungenen Armen, aneinandergeschmiegten Wangen.

Und nur weil Gansey zu feige war, Adam zu erzählen, dass er sich in sie verliebt hatte, musste sie nun ganz allein dastehen in ihrer Traurigkeit.

Aurora nahm Blues Hand.

Scham wallte in ihm auf, so schwarz wie der Baumsaft.

Willst du so wirklich den Rest deines Lebens verbringen?

In dem Moment zog eine abrupte Bewegung zwischen den Bäumen Ganseys Aufmerksamkeit auf sich.

»Oh«, sagte Blue.

Drei Gestalten. Vertraut, unmöglich.

Es waren drei Frauen, jede von ihnen mit Blues Gesicht – sozusagen. Eigentlich war es nicht direkt Blues Gesicht, sondern eher ihr Gesicht, wie man sich nach einer Begegnung daran erinnern würde. Vielleicht wäre der Unterschied nicht so frappierend gewesen, wenn Blue nicht direkt danebengestanden hätte. Sie war die Wirklichkeit; die anderen waren der Traum.

Entsprechend traumgleich näherten sich die drei. Gingen sie? Gansey konnte sich nicht daran erinnern, obwohl er zusah. Sie kamen näher. Mehr wusste er nicht. Alle drei hatten die Hände zu beiden Seiten ihrer Gesichter erhoben, ihre Handflächen waren rot.

»Macht Platz«, sagten sie wie aus einem Mund.

Ronans Blick zuckte zu Gansey.

»Macht Platz für den Rabenkönig«, sagten sie wie aus einem Mund.

Das Waisenmädchen fing an zu weinen.

Gansey fragte leise: »Versucht Cabeswater, uns etwas mitzuteilen?«

Die drei kamen noch näher. Die Farne unter ihren schwarzen Schatten verwelkten.

»Das ist ein Albtraum«, sagte Adam. Mit der Rechten hielt er sein linkes Handgelenk umfasst, den Daumen auf seinen Puls gepresst. »Meiner. Ich wollte nicht an sie denken. Cabeswater, lass sie verschwinden.«

Die Schatten erstreckten sich bis zur düster verschmierten Borke des Baums, eine zähschwarze Ahnentafel, von der man ihre Abstammung ablesen konnte. Der Saft blubbert etwas schneller hervor; über ihren Köpfen knarrte ein Ast.

»Macht Platz«, sagten sie.

»Lass sie verschwinden«, heulte das Waisenmädchen.

»Cabeswater, *dissolvere*«, sagte Ronan. Aurora war vor ihn getreten, wie um ihren Sohn zu beschützen. Nichts an ihr wirkte mehr vage.

Die drei Frauen kamen noch näher. Wieder konnte Gansey nicht sagen, wie sie das bewerkstelligt hatten. Sie waren weit weg und dann plötzlich ganz nah. Jetzt roch er Verwesung. Nicht den zu süßen Geruch verrottender Pflanzen, sondern das moschusartige Grauen faulenden Fleisches.

Blue wich hastig vor ihnen zurück. Zuerst dachte Gansey, sie hätte Angst, dann aber wurde ihm klar, dass sie zu ihm gerannt kam. Sie ergriff seine Hand.

»Ja«, sagte Adam, der noch vor Gansey verstand, was sie vorhatte. »Gansey, sag es.«

Sag es. Sie wollten, dass er die Frauen fortschickte. Es ihnen befahl. In der Knochenhöhle hatte Gansey den Knochen befohlen aufzuwachen und sie waren aufgewacht. Er hatte Blues Energie und seine eigene Entschlossenheit dazu benutzt, ein Kommando zu geben, das niemand überhören konnte. Aber Gansey verstand nicht, warum es funktioniert hatte, verstand nicht, warum *er* derjenige war, verstand nicht, wie Adam oder Ronan oder Blue sich einfach mit ihren magischen Fähigkeiten abfinden konnten, denn er konnte es nicht.

»Macht Platz für den Rabenkönig«, sagten die Frauen abermals. Und dann standen sie vor Gansey. Drei falsche Blues, die ihm und Blue entgegenstarrten.

Zu Ganseys Erstaunen zog Blue mit der freien Hand ein Springmesser aus der Tasche. Er zweifelte keinen Augenblick daran, dass sie es benutzen würde: Schließlich hatte sie einmal sogar Adam damit verletzt. Woran er allerdings zweifelte, war, dass sie damit etwas gegen diese drei Albtraumkreaturen würde ausrichten können.

Gansey erwiderte den Blick ihrer schwarzen Augen. Er zwang Selbstsicherheit in seine Stimme und sagte: »Cabeswater, beschütze uns.«

Die drei Frauen lösten sich in einem Regenschauer auf.

Sie prasselten auf Blues Kleider und seine Schultern nieder, bevor das Wasser schließlich im Boden versickerte. Blue stieß einen leisen Seufzer aus, in dem noch irgendetwas anderes mitschwang, und ließ die Arme hängen.

Wieder hatten Ganseys Worte Wirkung gezeigt, auch wenn er keine Ahnung hatte, warum oder was er mit dieser Gabe anfangen sollte. Glendower hatte mit seiner Stimme das Wetter beeinflusst und zu Vögeln gesprochen; Gansey klammerte sich an die Hoffnung, dass sein König, wenn er erst gefunden und erweckt war, ihm die komplizierte Beschaffenheit des Gansey erklären würde.

»Tut mir leid«, sagte Adam. »Das war blöd von mir. Ich hab nicht aufgepasst. Und dieser Baum ist – ich glaube, er hat meine Gedanken irgendwie verstärkt.«

»Vielleicht war das mit dem Verstärken auch ich«, wandte Blue ein. Sie starrte auf Ganseys regennasse Schultern und ihr Blick war so voller Entsetzen, dass Gansey einen Blick an sich hinunterwarf, um sich zu vergewissern, dass die Flüssigkeit keine Löcher in den Stoff gefressen hatte. »Können wir … können wir hier weggehen?«

»Das ist eine gute Idee«, pflichtete Aurora ihr bei. Sie klang nicht sonderlich besorgt, eher pragmatisch, und Gansey kam der Gedanke, dass einem Traumwesen ein Albtraum möglicherweise mehr wie ein vertrautes Übel erschien als wirklich Furcht einflößend.

»Du solltest dich davon fernhalten«, riet Ronan seiner Mutter.

»Es findet mich«, entgegnete sie.

»*Operae pretium est*«, sagte das Waisenmädchen.

»Sei nicht so stur«, schimpfte Ronan. »Wir sind nicht mehr in einem Traum. Englisch.«

Doch das Mädchen übersetzte seine Worte nicht und Aurora streckte die Hand aus und strich ihm über die Mütze. »Sie kann meine kleine Helferin sein. Na kommt, ich bringe euch zurück.«

Als sie den Waldrand erreichten, begleitete Aurora sie zu Ganseys SUV. Zwar bewegte sie sich damit außerhalb des Waldes, aber sie schlief nie sofort ein. Anders als Kavinskys Traumkreaturen, die gleich nach seinem Tod eingeschlafen waren, hatte Niall Lynchs Frau es immer vermocht, eine Weile aus sich selbst heraus wach zu bleiben. Nach seinem Tod war sie drei Tage lang bei Bewusstsein geblieben. Einmal war es ihr gelungen, eine ganze Stunde außerhalb Cabeswaters wach zu bleiben. Doch am Ende brauchte jeder Traum jemanden, der ihn träumte.

Hier draußen wirkte Aurora noch mehr wie eine Traumgestalt, wie eine Vision, die sich in die Wirklichkeit verirrt hatte, gewandet in Licht und Blumen.

»Bestell Matthew Grüße von mir«, sagte Aurora, als sie Ronan umarmte. »Es war so schön, euch alle wiederzusehen.«

»Bleib bei ihr«, befahl Ronan dem Waisenmädchen, das ihn zur Antwort wüst beschimpfte. »Und halt gefälligst deine Zunge im Zaum, wenn meine Mutter in der Nähe ist.«

Das Mädchen sagte noch etwas, ein paar schnelle, liebevolle Worte, und Ronan blaffte zurück: »Das verstehe ich nicht, wenn ich wach bin. Du musst Englisch oder Latein sprechen. Du wolltest nach draußen – jetzt bist du da. Hier laufen die Dinge nun mal etwas anders.«

Sein Tonfall ließ Aurora und Adam gleichermaßen aufmerken.

Aurora sagte: »Sei nicht traurig, Ronan«, woraufhin er ihnen allen den Rücken zukehrte, seine Schultern reglos und angespannt vor Wut.

Aurora drehte sich mit ausgestreckten Händen im Kreis. »Es fängt gleich an zu regnen«, sagte sie, bevor sie langsam auf die Knie sank.

Ronan, schweigend und finster und äußerst real, schloss die Augen.

»Ich helfe dir beim Tragen«, sagte Gansey.

9

In dem Moment, als Blue aus Cabeswater zurückkehrte, halste sie sich noch mehr Ärger auf.

Nachdem die Jungen sie abgesetzt hatten, stürmte Blue in die Küche im Fox Way 300 und begann ein einseitiges Verhör mit Artemus, der sich noch immer hinter der geschlossenen Vorratsschranktür versteckte. Als er sich nicht gewillt zeigte, Blues überaus besonnene Fragen über Frauen mit roten Händen und Blues Gesicht und die mögliche Ruhestätte Glendowers zu beantworten, wurde sie allmählich lauter und sah sich veranlasst, ihren Worten Nachdruck zu verleihen, indem sie an die Tür hämmerte. Ihr Herz war erfüllt von der Erinnerung an Ganseys regennassen Aglionby-Pullover – genau, wie er ihn als Geist auf dem Kirchhof getragen hatte –, in ihrem Kopf dagegen wütete der Frust darüber, dass Artemus mehr über all das wissen musste, als er zugab.

Derweil hockte Gwenllian auf der Arbeitsplatte und beobachtete entzückt das Geschehen.

»Blue!« Die Stimme ihrer Mutter ertönte von irgendwo anders im Haus. »*Bluuuhuuu*. Komm doch bitte mal kurz, dann plaudern wir ein bisschen, ja?«

Es war die süßliche Liebenswürdigkeit in ihrer Stimme, die Blue Ärger wittern ließ. Sie ließ die Faust sinken und machte sich auf den Weg die Treppe hoch. Die Stimme ihrer Mutter war aus dem einzigen Badezimmer des Hauses gekommen und als Blue durch die Tür trat, fand sie dort ihre Mutter, Calla und Orla, die zu dritt in der vollen Badewanne hockten, komplett bekleidet und ebenso komplett nass. Jimi saß mit einer brennenden Kerze in den Händen auf dem geschlossenen Toilettendeckel. Blue konnte sehen, dass sie alle geweint hatten, auch wenn es jetzt keine von ihnen mehr tat.

»Was ist?«, fuhr Blue die vier an. Sie spürte ein leichtes Kratzen im Hals, was bedeutete, dass sie möglicherweise lauter geschrien hatte als beabsichtigt.

Ihre Mutter spähte strenger zu ihr hoch, als man es einer Frau in ihrer aktuellen Position zugetraut hätte. »Was glaubst du, wie du es finden würdest, wenn jemand an deine Zimmertür hämmern und dich anschreien würde rauszukommen?«

»Ein Vorratsschrank ist kein Zimmer«, entgegnete Blue. »Erstens.«

»Die letzten paar Jahrzehnte waren sehr aufwühlend für ihn«, sagte Maura.

»Für Gwenllian waren die letzten paar *Jahrhunderte* aufwühlend und trotzdem sitzt sie wenigstens unten auf der Arbeitsplatte!«

»In puncto Krisenbewältigung kannst du Menschen nicht miteinander vergleichen, Süße«, sagte Jimi von der Toilette aus.

Calla schnaubte.

»Sitzt ihr deswegen alle zusammen in der Badewanne?«, fragte Blue.

»Sei nicht frech«, wies Maura sie zurecht. »Wir versuchen, in Kontakt mit Persephone zu treten. Und bevor du fragst: Nein, es hat nicht funktioniert. Aber wo wir gerade über die ganzen unvernünftige Sachen reden, die du so machst, wo genau warst du eigentlich bis eben? Vom Unterricht suspendiert zu sein heißt nicht, dass du Ferien hast.«

Jetzt wurde Blue ernsthaft sauer. »Ich weiß, dass ich keine Ferien habe! Ronan hat sein inneres Kind oder was weiß ich hergeträumt und wir mussten das Mädchen zu seiner Mutter bringen. Und als wir da waren, haben wir die drei Frauen von diesem Wandteppich gesehen, von dem ich euch erzählt habe, und einen Baum, der ziemlich krank wirkte, und dann hätte jeden Moment Gansey sterben können, während ich direkt neben ihm stand!«

Die Frauen musterten sie mitleidig, was Blue nur noch wütender machte.

»Ich will ihn warnen«, sagte sie.

Die vier schwiegen.

Blue hatte nicht gewusst, was sie sagen würde, bis die Worte heraus waren, aber jetzt war es zu spät. Schnell füllte sie das Schweigen. »Ich weiß, ihr habt gesagt, es zu wissen würde sein Leben ruinieren und retten würde es ihn auch nicht. Das verstehe ich ja. Aber das hier ist anders. Wenn wir erst Glendower gefunden haben, werden wir ihn bitten, Ganseys Leben zu retten. Darum darf er bis dahin nicht sterben. Und das heißt, dass er aufhören muss, sich ständig in Gefahr zu begeben!«

Ihre ohnehin spärliche Hoffnung hätte kein Mitleid mehr ertragen, aber zu ihrer Erleichterung bekam sie auch keins mehr. Die Frauen wechselten nachdenkliche Blicke. Es war schwer zu sagen, ob sie ihre Entscheidung auf herkömmliche Art trafen oder auf hellseherische.

Schließlich zuckte Maura mit den Schultern. »Okay.«

»Okay?«

»Klar, okay«, wiederholte Maura. Sie warf Calla einen fragenden Blick zu; Calla hob die Augenbrauen. »Sag es ihm.«

»Im Ernst jetzt?«

Blue musste sich unbewusst für stärkeren Widerstand gewappnet haben, denn als dieser ausblieb, hatte sie das Gefühl, als hätte jemand einen Stuhl unter ihr weggezogen. Es war eine Sache, die vier darüber zu informieren, dass sie Gansey von seinem bevorstehenden Tod erzählen würde. Sich vorzustellen, Gansey tatsächlich davon zu erzählen, war eine ganz andere. Was einmal ausgesprochen war, ließ sich nicht mehr zurücknehmen. Blue kniff die Augen zu – *sei vernünftig, reiß dich zusammen* – und öffnete sie wieder.

Mutter musterte Tochter. Tochter musterte Mutter. Maura sagte: »Blue.«

Blue gestattete sich, tief auszuatmen.

Jimi pustete ihre Kerze aus und stellte sie neben der Toilette auf den Boden. Dann schlang sie den Arm um Blues Hüfte und zog sie auf ihren Schoß, so wie sie es immer getan hatte, als Blue noch klein war. Als Blue noch *jünger* war. Die Toilette knarzte unter ihnen.

»Gleich bricht das Klo zusammen«, merkte Blue an, ließ jedoch zu, dass Jimi sie fest in den Arm nahm und an ihren üppigen Busen zog. Sie stieß einen zittrigen Seufzer aus, als Jimi ihr über den Rücken streichelte und vor sich hin gurrte. Blue verstand nicht, wie diese kindliche Art von Trost gleichzeitig beruhigend und erdrückend sein konnte. Sie war dankbar dafür und wünschte sich zugleich, sie wäre an einem Ort mit weniger Fäden, die sie mit jeder Schwierigkeit und jedem traurigen Ereignis in ihrem Leben verbanden.

»Blue, du weißt, es ist nichts Schlimmes, dass du Henrietta verlassen möchtest, oder?«, fragte ihre Mutter von der Badewanne aus. Das traf so genau den Kern dessen, worüber Blue schon seit einiger Zeit nachdachte, dass sie sich fragte, ob ihre Mutter das Thema angesprochen hatte, weil sie eine so gute Wahrsagerin war oder weil sie Blue so gut kannte.

Blue zuckte mit den Schultern. »Pfff.«

»Es ist nicht immer gleich weglaufen«, fügte Jimi hinzu. Ihre

Stimme war tief und dröhnte durch ihre Brust in Blues Ohr. »Wenn man einen Ort verlässt.«

»Wir denken dann nicht, dass du den Fox Way hasst«, fügte Calla hinzu.

»Ich hasse den Fox Way kein bisschen.«

Maura schlug Orlas Hand beiseite, die versuchte, ihr feuchtes Haar zu flechten. »Ich weiß. Wir sind ja auch toll. Aber der Unterschied zwischen einem gemütlichen Haus und einem gemütlichen Gefängnis ist manchmal eben ziemlich klein. Wir haben uns den Fox Way ausgesucht. Calla, Persephone und ich haben ihn zu dem gemacht, was er ist. Aber für dich ist er nur der Ausgangspunkt, nicht das Ziel deiner Geschichte.«

Aus irgendeinem Grund machten Mauras weise Worte Blue wütend.

»Sag was«, drängte Orla.

Blue wusste nicht ganz, wie sie es ausdrücken sollte; sie wusste nicht genau, was es überhaupt war. »Es … es fühlt sich nur so sinnlos an. In alle gleichzeitig verliebt zu sein.« Und mit alle meinte sie tatsächlich alle: Die Bewohner des Fox Way, die Jungen, Jesse Dittley. Für einen vernünftigen Menschen, überlegte Blue, schien sie ein ganz schönes Problem mit der Liebe zu haben. Mit bedrohlicher Stimme fuhr sie dann fort: »Und erzählt jetzt nichts von ›wertvoller Lebenserfahrung‹. Bitte nicht.«

»Also, ich habe schon eine ganze Menge Leute geliebt«, sagte Orla. »Und ich würde sagen, dass das durchaus Erfahrungen fürs Leben waren. Aber ich hab dich ja schon vor Ewigkeiten gewarnt, dass diese Jungs dich irgendwann im Stich lassen werden.«

»Orla«, fauchte Calla, als Blues nächster Atemzug ein wenig gepresst klang. »Manchmal frage ich mich wirklich, was du eigentlich deinen armen Kunden am Telefon erzählst.«

»Jaja, schon gut«, brummte Orla beleidigt.

Maura warf Orla über die Schulter einen finsteren Blick zu und sagte dann: »*Ich* wollte jedenfalls nichts von Lebenserfahrung sagen. Ich wollte sagen, dass es manchmal hilft, Orte zu verlassen. Und es muss ja nicht für immer sein. Man kann Orte verlassen und man kann an sie zurückkehren.«

Jimi wiegte Blue auf ihrem Schoß. Der Toilettendeckel knarzte.

»Ich glaube nicht, dass ich an irgendeinem der Colleges angenommen werde, an die ich will«, entgegnete Blue. »Zumindest scheint die Beratungslehrerin das nicht zu glauben.«

»Was willst du denn überhaupt?«, fragte Maura. »Nicht im Hinblick aufs College. Sondern vom Leben?«

Blue war kurz davor, die Wahrheit hinunterzuschlucken, einfach, weil sie von Krisen und Tränen zu Lösungen und Stabilität wechseln wollte. Dann aber sprach sie sie doch aus, langsam und bedächtig, um sie verträglicher zu machen. »Was ich immer schon wollte. Die Welt sehen. Sie verändern.«

Maura schien ihre Worte ebenfalls mit Bedacht zu wählen. »Und du bist sicher, dass das College der richtige Weg dorthin ist?«

Das war genau die Art von nutzloser Antwort, die Blues Beratungslehrerin ihr nach einem Blick auf ihren finanziellen Hintergrund und ihre schulischen Leistungen gegeben hätte. Ja, sie war sicher. Wie sollte sie schließlich die Welt verändern, ohne vorher herauszufinden, wie sie das anstellen sollte? Wie sollte sie ohne Collegeabschluss einen Job finden, der sie nach Haiti oder Indien oder in die Slowakei brachte?

Dann jedoch fiel ihr ein, dass nicht die Beratungslehrerin die Frage gestellt hatte, sondern ihre hellseherisch veranlagte Mutter.

»Was mache ich denn sonst?«, fragte Blue bedeutungsvoll. »Was *seht* ihr mich denn tun?«

»Reisen«, antwortete Maura prompt. »Die Welt verändern.«

»Bäume in deinen Augen«, fügte Calla hinzu, sanfter als man es von ihr gewohnt war. »Sterne in deinem Herzen.«

»Aber wie denn?«, fragte Blue.

Maura seufzte. »Gansey hat angeboten, dir zu helfen, stimmt's?«

Es war eine Vermutung, für die keine hellseherischen Fähigkeiten vonnöten waren, bloß ein minimales Gespür für Ganseys Charakter. Gereizt versuchte Blue aufzustehen; Jimi ließ sie nicht. »Ich hab nicht vor, mich von Gansey aushalten zu lassen.«

»Sei nicht so«, sagte Calla.

»Wie?«

»So verbittert.« Maura überlegte kurz und fuhr dann fort: »Ich möchte, dass du deine Zukunft als eine Welt siehst, in der alles möglich ist.«

»Zum Beispiel, dass Gansey nicht vor nächstem April stirbt?«, zischte Blue. »Dass ich nicht meine wahre Liebe durch einen Kuss töte? Meinst du eine von diesen Möglichkeiten?«

Ihre Mutter schwieg eine Weile, während der Blue sich der naiven Hoffnung hingab, dass ihre Mutter entgegnen würde, beide Voraussagen könnten sich als falsch erweisen und Gansey würde gar nicht sterben. Schließlich jedoch sagte Maura bloß: »Dein Leben geht aber auch nach seinem Tod weiter. Du musst darüber nachdenken, was du danach tust.«

Blue hatte bereits darüber nachgedacht – was ja überhaupt der Grund für die Krise war, in der sie sich gerade befand. »Ich habe jedenfalls nicht vor, ihn zu küssen, also wird er zumindest nicht daran sterben.«

»Ich glaube nicht an wahre Liebe«, schaltete sich Orla ein. »Die ist bloß ein Konstrukt einer monogamen Gesellschaft. Wir sind Tiere. Wir treiben es im Gebüsch, wenn sich die Gelegenheit bietet.«

»Danke für diesen wertvollen Beitrag«, brummte Calla. »Ruf doch gleich mal bei Blues Prophezeiung an und setz sie davon in Kenntnis.«

»Liebst du ihn denn?«, erkundigte Maura sich neugierig.

»Ich würde gern Nein sagen«, antwortete Blue.

»Er hat eine ganze Reihe negativer Eigenschaften, die ich dir vor Augen führen könnte«, bot ihre Mutter an.

»Die kenne ich selber. Zur Genüge. Und es ist ja auch dumm. Wahre Liebe *ist* ein Konstrukt. War Artemus etwa deine wahre Liebe? Oder ist es Mr Gray? Macht die eine die andere Liebe weniger wahr? Bekommt man nur einen Versuch und das war's dann?«

Blue versuchte, ihre letzte Frage so flapsig wie möglich klingen zu lassen, aber nur, weil es diejenige war, die am meisten wehtat. Wenn Blue nicht bereit war, Ganseys Tod zu akzeptieren, dann war sie noch viel weniger bereit für die Vorstellung, sich, wenn Gansey nur lange genug tot war, fröhlich in eine neue Beziehung zu stürzen, mit jemandem, den sie jetzt noch nicht mal kannte. Sie wollte ihn einfach für immer zum besten Freund haben und vielleicht eines fernen Tages auch den körperlichen Verlockungen nachgeben. Das schien ihr doch kein sonderlich vermessener Wunsch zu sein, und Blue, die sich ihr Leben lang für einen besonnenen Menschen gehalten hatte, wurde verdammt sauer beim Gedanken daran, dass ihr selbst das verwehrt bleiben sollte.

»Vergiss, dass ich deine Mutter bin«, sagte Maura. »Vergiss, dass ich Wahrsagerin bin. Ich weiß die Antworten auf diese Fragen nicht. Ich wünschte, es wäre anders.«

»Armes Kleines«, murmelte Jimi in Blues Ohr. »Mmm, bin ich froh, dass du nie größer geworden bist.«

»Verdammt noch mal«, fauchte Blue.

Calla hievte sich hoch und griff Halt suchend nach dem Duschkopf. Das Wasser in der Wanne unter ihr schwappte hin und her. Sie fluchte. Orla zog den Kopf vor den Wassermassen ein, die aus Callas Bluse strömten.

»Genug gejammert jetzt«, verkündete Calla. »Lasst uns Kuchen backen.«

10

Fünfhundert Meilen entfernt saß Laumonier im Hauptraum einer alten Hafenfähre und rauchte. Der Raum war funktional und reizlos – schmutzige Fensterscheiben in nackten Metallrahmen, genauso kalt wie der düstere Hafen dahinter und genauso nach Fisch stinkend. An den Wänden zitterten Geburtstagsgirlanden im Luftzug, Überbleibsel eines längst vergangenen Fests, die durch ihr Alter und die schummrige Beleuchtung farblos und auf gewisse Weise unheimlich wirkten.

Laumoniers Blick war auf die fernen Lichter der Bostoner Skyline gerichtet. Laumoniers Gedanken jedoch waren in Henrietta, Virginia.

»Erster Schritt?«, fragte Laumonier.

»Ich weiß nicht, ob man in dieser Angelegenheit von Schritten sprechen kann«, entgegnete Laumonier.

»Ich hätte gern Antworten«, sagte Laumonier.

Die Laumonier-Drillinge waren eineiig und so gut wie identisch. Es gab feine Unterschiede – einer war einen Fingerbreit kleiner, ein anderer hatte ein sichtbar breiteres Kinn. Doch war es ihnen gelungen, auch noch den letzten Anschein von Individualität glattzubügeln, indem sie sich schon ihr Leben lang nur bei ihrem Nachnamen rufen ließen. Einem Außenstehenden würde vielleicht auffallen, dass er mit einem anderen Laumonier sprach als bei einem vorherigen

Treffen, aber da die Brüder alle denselben Namen benutzten, musste er sie dennoch wie ein und dieselbe Person behandeln. Im Grunde gab es gar keine Laumonier-Drillinge. Es gab nur Laumonier.

Laumonier klang skeptisch. »Und woher sollen wir die Antworten kriegen?«

»Einer von uns muss da hinfahren«, sagte Laumonier, »und ihn befragen.«

Mit »da« war das Zuhause ihres alten Rivalen Colin Greenmantle in Back Bay gemeint und mit »befragen«, ihm irgendetwas ziemlich Unschönes anzutun, als Rache für ein halbes Jahrzehnt schlechter Behandlung. Laumonier hatte in Boston von Anfang an mit magischen Artefakten gehandelt und nur wenig Konkurrenz gehabt, bis dieser aufgeblasene Emporkömmling Greenmantle auf den Plan getreten war. Seitdem waren die Verkäufer immer gieriger geworden. Die Artefakte immer teurer. Man hatte Männer für die Drecksarbeit einstellen müssen. Laumonier hatte den Eindruck, dass Colin Greenmantle und seine Frau Piper entschieden zu viele Mafiafilme gesehen haben mussten.

Jetzt jedoch hatte Colin Schwäche gezeigt, indem er sich aus seinem lange und verbissen verteidigten Territorium Henrietta zurückgezogen hatte. Allein. Von Piper war keine Spur.

Laumonier fragte sich, was das zu bedeuten hatte.

»Dagegen hätte ich nichts einzuwenden«, sagte Laumonier und blies eine Wolke Zigarettenqualm in die Luft des engen Raums. Seine Entschlossenheit weiterzurauchen machte es den anderen beiden unmöglich, damit aufzuhören, ein Vorwand, für den sie alle drei nur zu dankbar waren.

»Tja, ich schon«, antwortete Laumonier. »Ich will mir keine Schwierigkeiten einhandeln. Und dieser Söldner, den er beschäftigt, macht mir Sorgen.«

Laumonier schnippte ein Bröckchen Asche von seiner Zigarette und sah hoch zu den Girlanden, als überlegte er, ob er sie in Brand stecken sollte. »Es heißt, dass der graue Mann nicht mehr für ihn arbeitet. Und wir könnten diskret vorgehen.«

Laumonier teilte Namen und Ziele, jedoch nicht die Herangehensweise. Einer von ihnen tendierte eher zur Vorsicht, ein anderer zum Aktionismus, was den dritten zum Schiedsrichter und Zünglein an der Waage machte.

»Es muss doch noch einen anderen Weg geben, wie wir etwas über –«, begann Laumonier.

»Sag den Namen nicht«, unterbrachen ihn die anderen beiden.

Laumonier schürzte die Lippen. Es war eine theatralische Geste – sie neigten alle drei zu einer ausgesprochen lebhaften Lippenmimik –, die bei einem von ihnen erstaunlich attraktiv wirkte und bei einem anderen erstaunlich obszön.

»Also fahren wir hin und reden –«, setzte Laumonier erneut an.

»Reden«, schnaubte Laumonier, der mit seinem Feuerzeug spielte.

»Hör doch bitte mal auf damit. Das lässt dich wie einen renitenten Schuljungen wirken.« Dieser Laumonier hatte es sich zur Gewohnheit gemacht, seinen Akzent zu unterdrücken, um in Situationen wie dieser überraschend davon Gebrauch zu machen. Was seine Geringschätzung nur noch stärker hervortreten ließ.

»Mein Anwalt hat gesagt, ich darf mindestens für die nächsten sechs Monate nichts mehr anstellen«, beklagte Laumonier sich. Er drückte seine Zigarette aus.

Laumonier ließ ein leises Summen vernehmen.

Es war an und für sich schon kein gutes Zeichen, wenn einer der Brüder plötzlich vor sich hin summte, diesem Laut jedoch wohnte ein zusätzliches, schleichendes Unbehagen inne, das die anderen beiden erschaudern ließ.

Sie wechselten misstrauische Blicke – doch ihr Argwohn richtete sich nicht gegeneinander, sondern gegen alles, das nicht sie waren. Und so kontrollierten sie den summenden Bruder zuerst auf Anzeichen körperlichen Unwohlseins und suchten ihn anschließend nach einem uralten, aus einem französischen Grab gestohlenen Amulett ab, einem mysteriösen Armband, in dessen Besitz sie auf zweifelhafte Weise in Chile gelangt waren, einer geheimnisvollen, in der Mongolei akquirierten Gürtelschnalle und einem rätselhaften, aus einem peruanischen Leichentuch gefertigten Schal. Nach allem, was zu übernatürlichen Nebenwirkungen neigte.

Sie fanden nichts davon, doch das Summen hörte nicht auf, also suchten sie methodisch den ganzen Raum ab, tasteten unter Stühlen und über Türrahmen und warfen einander regelmäßig prüfende Blicke zu, um sich zu vergewissern, dass sie es nach wie vor mit nur einem einzigen summenden Laumonier zu tun hatten. Wenn dieses Phänomen bösartigen Ursprungs war, steckte mit ziemlicher Sicherheit Greenmantle dahinter. Natürlich hatten sie auch andere Feinde, aber Greenmantle war ihnen stets am nächsten. In vielerlei Hinsicht.

Laumonier fand nichts von übernatürlicher Bedeutung, nur eine Ansammlung vertrockneter Marienkäfer.

»Hallo. Ich bin's.«

Laumonier drehte sich zu seinem summenden Bruder um, der inzwischen mit dem Summen aufgehört und seine Zigarette fallen gelassen hatte. Sie glühte kläglich auf dem Riffelblechboden weiter. Er starrte auf den Hafen vor dem Fenster, auf eine seltsame, nach innen gerichtete Art, die sehr untypisch für ihn schien.

»War das er?«, fragte Laumonier.

Laumonier runzelte die Stirn. »Klang gar nicht nach seiner Stimme, oder?«

Der ehemals summende Bruder fragte: »Könnt ihr mich hören? Ich hab das hier noch nie probiert.«

Ganz sicher nicht seine Stimme. Und auch nicht sein Gesichtsausdruck. Seine Augenbrauen bewegten sich auf eine Art, zu der sie vermutlich schon immer in der Lage gewesen waren, ohne dass sie ihnen je abverlangt worden war. Sie ließen ihn jünger wirken und irgendwie quirliger.

Eine kollektive Vermutung durchzuckte Laumonier.

»Wer ist da?«, fragte Laumonier.

»Piper.«

Dieser Name rief eine ebenso unvermittelte wie reflexartige Reaktion bei Laumonier hervor: Wut, Empörung, dann Schock und wieder zurück zu Wut und Empörung. Piper Greenmantle. Colins Frau. Ihr Name war in ihrer Unterhaltung kein einziges Mal gefallen und doch platzte sie nun mitten hinein.

»Piper?«, fragte Laumonier. »Wie kann da Piper sein? Geh sofort aus ihm raus.«

»Ach, so funktioniert das?«, erkundigte sich Piper fasziniert. »Ist es sehr gruselig? So eine Art Besessenheitstelefon?«

»Das bist wirklich du«, erwiderte Laumonier verblüfft.

»Hallo, Dad«, sagte Piper.

Obwohl er sie seit Jahren nicht mehr gesprochen hatte, erkannte Laumonier die Ausdrucksweise seiner Tochter sofort.

Er erwiderte: »Ich fasse es nicht. Was willst du? Wie geht's deinem Dreckskerl von Ehemann?«

»Der ist gerade ohne mich in Boston«, sagte Piper. »Glaube ich.«

»Ich frage nur, weil ich gespannt war, was du antwortest«, entgegnete Laumonier. »Ich weiß nämlich selbst, wo er ist.«

»Du hattest recht«, gestand Piper. »Und ich nicht. Lass uns nicht mehr streiten.«

Der Laumonier, der kurz zuvor seine Zigarette ausgedrückt hatte, wischte sich gerührt die Augen.

Der kettenrauchende Laumonier blaffte: »Nach zehn Jahren fällt dir ein, dass du ›nicht mehr streiten‹ willst?«

»Das Leben ist kurz. Ich möchte mit euch zusammenarbeiten.«

»Nur damit ich dich richtig verstehe: Letztes Jahr hättest du uns noch um ein Haar ins Gefängnis wandern lassen. Dein Ehemann hat einen unserer Lieferanten wegen eines Artefakts getötet, das es gar nicht gibt. Jetzt bist du in einen von uns ... gefahren. Und da willst du mit uns zusammenarbeiten? Das klingt aber nicht nach Colin Greenmantles nettem kleinen Frauchen.«

»Nein, das wohl nicht. Aber darum rufe ich ja an. Ich will einen Neustart wagen, eine ganz neue Seite aufschlagen.«

»Und in welchem Buch soll sich diese neue Seite befinden?«, fragte Laumonier misstrauisch.

»In einem schönen Roman mit übernatürlichem Einschlag«, erwiderte Piper. »Ich bin hier unten auf was Unglaubliches gestoßen. Riesending. Könnte das Geschäft eures Lebens werden. Des Jahrhunderts. Ich will, dass ihr alle Hebel in Bewegung setzt und alle hier runterschickt, damit sie bieten. Das wird was richtig Großes.«

Laumonier blickte hoffnungsvoll. »Wir –«

Der einzige Laumonier, der noch eine brennende Zigarette in der Hand hielt, unterbrach ihn. »Nach dem, was im August passiert ist? Da kannst du ja wohl kaum erwarten, dass wir bereit sind, mit dir zusammenzuarbeiten. Mag sein, dass ich paranoid bin, Schätzchen, aber ich traue dir nicht mehr über den Weg.«

»Ich gebe euch mein Wort.«

»Das ist so ziemlich das Nutzloseste, was du uns anbieten kannst«, entgegnete Laumonier kühl. Er reichte seinem anderen Bruder die Zigarette, um unter seiner Jacke und seinem Pullover nach seinem

Rosenkranz zu tasten. »Dein Wort hat in den letzten zehn Jahren erheblich an Wert eingebüßt.«

»Du bist der schlimmste Vater der Welt«, fauchte Piper.

»Und du die schlimmste Tochter, das musst du zugeben.«

Er drückte seinem vormals summenden Bruder den Rosenkranz auf die Stirn. Dieser sackte umgehend auf die Knie und spuckte Blut, aber sein Gesicht nahm wieder seine eigenen Züge an.

»Genau, wie ich vermutet hatte«, sagte Laumonier.

»Du kannst doch nicht einfach auflegen, bevor ich mich von ihr verabschiedet habe«, beklagte sich Laumonier.

»Ich glaube, ich war gerade von irgendwas besessen«, verkündete Laumonier. »Hat einer von euch was bemerkt?«

11

In Henrietta brach langsam die Nacht herein.

Richard Gansey konnte nicht schlafen. Sobald er die Augen schloss: Blues Hände, seine Stimme, ein schwarzblutender Baum. Es fing an, es fing an. Nein, es ging zu Ende. Mit *ihm* ging es zu Ende. Dies war die Kulisse seiner ganz persönlichen Apokalypse. Was in ausgeschlafenem Zustand Aufregung war, verwandelte sich in Furcht, sobald er müde wurde.

Er öffnete die Augen.

Er öffnete die Tür zu Ronans Zimmer gerade weit genug, um sich zu vergewissern, dass Ronan darin war – er schlief mit offenem Mund und plärrenden Kopfhörern. Chainsaw hockte wie ein formloses Bündel in ihrem Käfig. Gansey ließ ihn liegen und fuhr zur Schule.

Mit seinem alten Türcode gelangte er in den Sporthallenkomplex der Aglionby, dann zog er sich aus und sprang in das dunkle Becken in der noch dunkleren Schwimmhalle. All die vertrauten Geräusche klangen fremd und hohl bei Nacht. Er zog eine Bahn nach der anderen, genau wie er es in seiner Anfangszeit an der Schule getan hatte, damals, als er noch im Ruderteam gewesen war und an manchen Tagen noch vor dem Mannschaftstraining hergekommen war, um zu schwimmen. Beinahe hatte er vergessen, wie es sich anfühlte, im Wasser zu sein: als existierte sein Körper nicht mehr; als bestünde er nur aus Geist. Er stieß sich von der kaum sichtbaren Wand ab und schwamm auf die noch weniger sichtbare Wand am anderen Ende des Beckens zu. Schon jetzt fiel es ihm schwer, weiter über seine konkreten Sorgen nachzugrübeln: die Schule, Mr Child, selbst Glendower. Er lebte voll und ganz in diesem einen Moment. Warum hatte er das Schwimmen bloß aufgegeben? Nicht einmal daran konnte er sich mehr erinnern.

Hier im dunklen Wasser war er nur noch Gansey, jetzt. Er war nie gestorben und würde es auch nie wieder. Er war nur noch Gansey, jetzt, jetzt, nur jetzt.

Gansey konnte ihn nicht sehen, aber Noah stand am Beckenrand und sah ihm zu. Er war selbst einmal Schwimmer gewesen.

Adam Parrish war bei der Arbeit. Er hatte Nachtschicht in der Lagerhalle, wo er Einmachgläser, billige Elektrogeräte und Puzzles entlud. Manchmal, wenn er so spät arbeitete, wenn er müde war, schweiften seine Gedanken zurück in die Vergangenheit, zu seinem Leben im Wohnwagenpark. Er empfand weder Angst noch Nostalgie, sondern versank einfach komplett in seinen Erinnerungen. Aus irgendeinem Grund vergaß er dabei immer, dass sich die Dinge seither geändert hatten, und stieß jedes Mal einen tiefen Seufzer aus, wenn seine Schicht endete und er daran dachte, dass er sich auf den Weg zurück zum Wohnwagen seiner Eltern machen musste. Dann die Überraschung, wenn sein Bewusstsein wieder ansprang und ihm die Wirklichkeit seines kleinen Apartments über der Sankt-Agnes-Pfarrei vor Augen führte.

Auch heute Abend erfüllten ihn diese falschen Erinnerungen, bevor ihm wieder einfiel, dass seine Situation sich verbessert hatte, und während er erleichtert aufatmete, dachte er an das verängstigte

Gesicht des Waisenmädchens. Nach allem, was er mitbekommen hatte, schienen Ronans Träume oft voller Schrecken zu sein, und anders als Ronan hatte das Mädchen nie darauf hoffen können, daraus aufzuwachen. Als er sie mit in die Wirklichkeit genommen hatte, musste sie gedacht haben, es auch endlich in ein besseres Leben geschafft zu haben. Doch stattdessen war sie bloß in einem neuen Albtraum gelandet.

Er versuchte sich einzureden, dass sie nicht real war.

Dennoch plagten ihn Schuldgefühle.

Er dachte daran, wie er nach der Arbeit in sein Zuhause zurückkehren würde, das er sich selbst erarbeitet hatte. Das Waisenmädchen dagegen war an einem Traumort gefangen, zusammen mit Adams alter Uhr und Adams alter Angst.

Als er nach dem Klemmbrett mit dem Warenbestand griff, schob sich Cabeswater in seine Gedanken und rief ihm in Erinnerung, dass er noch immer das Rätsel des schwarzblutenden Baums lösen musste. Als er sich am Ende seiner Schicht austrug, drängte sich die Aglionby in sein Bewusstsein und rief ihm in Erinnerung, dass er noch einen dreiseitigen Aufsatz über die Wirtschaftssituation im Amerika der Dreißigerjahre fertig schreiben musste. Als er ins Auto stieg, heulte der Anlasser auf und rief ihm in Erinnerung, dass er ihn sich würde ansehen müssen, bevor er komplett hin war.

Er hatte keine Zeit, sich den Kopf über Ronans Traumgör zu zerbrechen; er hatte eigene Probleme.

Aber er konnte nicht aufhören, über sie nachzugrübeln.

Sein Blick fiel auf seine Finger vor ihm auf dem Lenkrad. Es dauerte einen Moment, ehe Adam begriff, was es war, das ihn hatte stutzen lassen, obwohl es direkt vor seinen Augen passierte. Seine Hand huschte über den oberen Teil des Lenkrads, ertastete die Kante, drückte prüfend jede Fingerkuppe auf die Oberfläche.

Adam hatte seiner Hand nicht befohlen, sich zu bewegen.

Er nahm sie vom Lenkrad und ballte sie zur Faust. Dann umklammerte er mit der anderen Hand seinen Unterarm.

Cabeswater?

Doch er spürte Cabeswater nicht deutlicher in sich als sonst, wenn es nicht gerade versuchte, seine Aufmerksamkeit zu erregen. Im funzeligen Licht der Straßenlaterne betrachtete Adam seine Handfläche, noch immer verstört über seine wie Insektenbeine zuckenden Finger, ohne dass sein Verstand daran beteiligt gewesen war. Als er auf seine nun vollkommen normal erscheinende Hand starrte, die Linien darin dunkel vor Papp- und Metallstaub, kam es ihm vor, als hätte er sich das Ganze vielleicht bloß eingebildet. Als hätte Cabeswater ihm eine Vision geschickt.

Widerstrebend erinnerte er sich an den genauen Wortlaut des Pakts, den er mit dem Wald geschlossen hatte: *Ich werde deine Hände sein. Ich werde deine Augen sein.*

Vorsichtig platzierte er die Hand wieder auf dem Lenkrad. Sie lag da, seltsam nackt ohne seine Uhr, die einen blassen Streifen am Gelenk hinterlassen hatte, und rührte sich nicht.

»Cabeswater?«, dachte er wieder.

Schläfrige Blätter entfalteten sich in seinem Geist, ein nächtlicher Wald, kalt und träge. Seine Hand blieb, wo sie war. Sein Herz jedoch zappelte noch immer in seiner Brust, wie ein Echo seiner Finger, die sich ohne sein Zutun bewegten.

Er wusste nicht, ob es real gewesen war. *Real* wurde allmählich zu einem immer sinnentleerteren Wort.

Im Monmouth lag Ronan Lynch im Bett und träumte.

Der Traum war eine Erinnerung. An die sommergrünen Schober, üppig und strotzend vor Insekten und Feuchtigkeit. Wasser schoss aus einem im Gras verborgenen Rasensprenger. Matthew rannte in Badehose unter dem Strahl hindurch. Klein. Etwas rundlich. Die blonden Locken von der Sonne fast weiß gebleicht. Er lachte auf seine durchdringende, ansteckende Art. Eine Sekunde später flitzte ein zweiter Junge hinter ihm her und riss ihn ohne Mühe von den Füßen. Die beiden kugelten durchs Gras, nasse Halme klebten ihnen an Armen und Beinen.

Der zweite Junge stand auf. Er war größer, drahtig, beherrscht. Sein dunkles Haar war wellig und reichte ihm fast bis zum Kinn.

Es war Ronan, von früher.

Dann kam ein dritter Junge angelaufen und sprang elegant über den Rasensprenger.

Haha, ihr dachtet wohl, ich trau mich nicht, rief Gansey, die Hände auf die nackten Knie gestützt.

Gansey! Das war Aurora, die schon lachte, als sie nur seinen Namen aussprach. Es war dasselbe wilde Lachen wie Matthews. Sie richtete den Sprenger direkt auf Gansey, der innerhalb von Sekunden pitschnass war.

Der Ronan von früher musterte den Ronan von heute.

In diesem Moment wurde ihm bewusst, dass er träumte – er hörte die Elektrobeats aus seinen Kopfhörern –, und er wusste, dass er aufwachen konnte, wenn er wollte. Aber diese Erinnerung, diese perfekte Erinnerung … er wurde zu diesem Ronan von früher oder der Ronan von früher wurde zum Ronan von heute.

Die Sonne leuchtete heller. Heller.

Heller.

Sie war ein weißglühendes Auge. Die Welt war in gleißendes Licht getaucht, und Schatten, nichts dazwischen. Gansey schirmte seine Augen ab. Jemand trat aus dem Haus.

Declan. Etwas war in seiner Hand. Schwarz in diesem grellen Licht.

Eine Maske.

Runde Augenhöhlen, gieriges Grinsen.

Ronan empfand nichts als Entsetzen beim Anblick der Maske. Etwas daran war schrecklich, aber er wusste nicht mehr, was es war. Die Erinnerung, giftig wie Atommüll, brannte jeden Gedanken aus seinem Gedächtnis.

Der älteste Lynch-Bruder kam entschlossen auf sie zumarschiert; seine Schuhe schmatzten auf dem nassen Rasen.

Der Traum erbebte.

Declan fing an zu rennen, geradewegs auf Matthew zu.

»Waisenmädchen!«, schrie Ronan, der sich hastig aufrappelte. »Cabeswater! *Tir e e'lintes curralo!*«

Wieder erbebte der Traum. Dann schob sich die Vision eines Waldes über alles andere, wie ein Einzelbild, das sich in eine fremde Filmrolle stahl.

Ronan rannte über den kränklich weißen Rasen.

Declan erreichte Matthew als Erster. Der jüngste Lynch-Bruder wandte sich ihm zu und legte den Kopf in den Nacken, so vertrauensvoll – und das war der Albtraum.

Werd erwachsen, du Arschloch, sagte Declan zu Ronan. Dann klatschte er Matthew die Maske aufs Gesicht.

Das war der Albtraum.

Ronan riss Matthew von Declan weg; wieder bäumte der Traum sich auf. Er spürte das vertraute Gewicht seines Bruders in seinen Armen, aber es war zu spät. Die rituelle Maske war mit Matthews Gesicht verschmolzen.

Ein Rabe flog über ihre Köpfe hinweg und verschwand mitten am Himmel.

Schon gut, tröstete Ronan seinen Bruder. *Du kannst auch so weiterleben. Du kannst sie nur nie wieder abnehmen.*

Matthews Augen spähten ohne jedes Zeichen von Angst durch die runden Löcher. Das war der Albtraum. Das war der Albtraum. Das war der

Declan riss ihm die Maske herunter.

Hinter ihm sickerte schwarzer Saft aus einem Baum.

Matthews Gesicht bestand nur noch aus Strichen und Furchen. Es blutete nicht; es war nicht grausam zugerichtet; es war einfach bloß kein Gesicht mehr und genau das machte es so furchterregend. Er war kein Mensch mehr, nur noch ein skizziertes Etwas.

Erstickte, tonlose Schluchzer erschütterten Ronans Brust. So hatte er schon lange nicht mehr geweint –

Der Traum erbebte. Und plötzlich war es nicht mehr nur Matthew, der ausgelöscht war; auch alles andere löste sich auf. Auroras Hände waren parallel erhoben, alle ihre Finger in Richtung ihrer Brust gekrümmt – ausradierte Linien. Hinter ihnen war Gansey auf die Knie gesunken, seine Augen tot.

Ronans Kehle schmerzte. *Ich tue alles! Ich tue alles! Ich tue al*

Es löschte alles aus, was Ronan liebte.

Bitte

Matthew Lynch erwachte in seinem Aglionby-Wohnheimzimmer. Als er sich streckte, stieß er mit dem Kopf an die Wand; er musste in der Nacht dagegengerollt sein. Erst als sein Zimmergenosse, Stephen Lee, einen überzogen irritierten Laut von sich gab, wurde Matthew klar, dass er aufgewacht war, weil sein Handy klingelte.

Er griff danach. »Hmm?«

Niemand antwortete. Blinzelnd warf er einen Blick aufs Display, um zu sehen, wer der Anrufer war, dann hielt er es sich wieder ans Ohr. »Ronan?«, flüsterte er.

»Wo bist du? In deinem Zimmer?«

»Humpf.«

»Ich mein's ernst.«

»Mumpf.«

»Matthew.«

»Mmjaa. Ja, in meinem Zimmer. S.L. hasst dich. Muss zwei Uhr nachts sein. Was'n los?«

Ronan antwortete nicht sofort. Natürlich konnte Matthew ihn nicht sehen, aber er hockte zusammengekrümmt auf seinem Bett im Monmouth, die Stirn auf die Knie gepresst, mit einer Hand seinen Hinterkopf umklammernd, das Handy am Ohr. »Wollte mich nur vergewissern, dass mit dir alles in Ordnung ist.«

»Isses.«

»Dann schlaf weiter.«

»Schon dabei.«

Die Brüder legten auf.

Ein Stück draußen vor der Stadt kauerte etwas Finsteres auf der Ley-Linie und beobachtete alles, was im nächtlichen Henrietta vorging. Es murmelte: *Ich bin wach ich bin wach ich bin wach.*

12

Der nächste Morgen war extrem hell und extrem warm.

Gansey und Adam standen an der großen Flügeltür am Eingang der Gladys-Francine-Mollin-Wright-Aula, die Hände formell vor dem Körper verschränkt. Sie waren als Platzanweiser eingeteilt worden – das heißt, eigentlich nur Adam, aber Gansey hatte freiwillig angeboten, Brands Platz als zweiter Helfer zu übernehmen. Ronan war nirgends zu sehen. Ärger regte sich in Gansey.

»Der Raven-Tag«, sagte Mr Child, der Schulleiter, »ist mehr als ein Tag, an dem wir zeigen, wie stolz wir auf unsere Schule sind. Denn sind wir nicht jeden Tag stolz auf unsere Schule?«

Er stand auf der Bühne. Alle schwitzten ein wenig, nur er nicht. Er war ein hagerer, verwegener Cowboy im Wilden Westen des Lebens, das Gesicht zerfurcht wie ein Canyon. Gansey war schon immer der Meinung gewesen, dass Child hier fehl am Platz war. Ein solches Raubein in einen hellgrauen Anzug mit Krawatte zu stecken bedeutete, die Chance zu verschwenden, ihn stattdessen mit einem Stetson auf dem Kopf auf einen Mustang zu setzen.

Adam warf Gansey einen vielsagenden Blick zu und formte »Yeehaw« mit den Lippen. Beide grinsten und mussten wegsehen. Ganseys Blick landete auf Henry Cheng und seiner Vancouver-Gang, die alle zusammen im hinteren Teil des Publikums saßen. Als hätte er Ganseys Aufmerksamkeit gespürt, drehte Henry sich um. Seine

Augenbraue hob sich. Gansey fühlte sich unangenehm daran erinnert, dass Henry das Waisenmädchen hinten im SUV gesehen hatte. Irgendwann würde er dafür eine Erklärung, eine Ausrede, eine Lüge einfordern.

»– für den diesjährigen Raven-Tag«, beharrte Child.

Normalerweise konnte Gansey den Raven-Tag gar nicht erwarten, der so viele Dinge vereinte, die er mochte: die versammelte Schülerschaft in schicken weißen T-Shirts und Khakihosen, wie Statisten aus einer Dokumentation über den Ersten Weltkrieg; gehisste Flaggen; Sportmannschaften, die mit großem Hallo gegeneinander antraten; Glanz und Gloria; Insider-Witze; überall Bilder von Raben. Eine Gruppe von Elftklässlern hatte für alle Schüler Raben gebastelt, mit denen später auf dem Schulhof eine Kampfszene nachgestellt werden sollte, sodass die Schulfotografen Schnappschüsse von leuchtenden Gesichtern für den nächsten Schwung Werbebroschüren bekamen.

Diesmal jedoch schien alles in Gansey danach zu schreien, seine Zeit suchend zu verbringen. Seine Mission war ein Wolf und der war ausgehungert.

»Heute begehen wir zum zehnten Mal den Raven-Tag«, verkündete Child nun. »Vor zehn Jahren hatte ein Schüler, der schon einige Jahre an der Aglionby verbracht hatte, die Idee zu diesem Fest. Unglücklicherweise kann Noah Czerny nicht mehr mit uns feiern, und bevor wir anderen aber genau das tun, möchte ich eine seiner jüngeren Schwestern, die erfreulicherweise heute hier ist, bitten, uns ein wenig mehr über Noah und den Ursprung dieses Tags zu verraten.«

Gansey wäre überzeugt gewesen, sich verhört zu haben, wenn nicht Adam ihm einen Blick zugeworfen und »Noah?« geraunt hätte.

Ja, Noah, denn nun betrat eine der Czerny-Schwestern die Bühne. Selbst wenn Gansey ihr nicht bei der Beerdigung begegnet wäre, hätte er sofort Noahs elfenhaften Mund, die winzigen, immer ein wenig belustigt blickenden Augen und die großen, unter feinem Haar verborgenen Ohren wiedererkannt. Es war eigenartig, Noahs Züge im Gesicht einer jungen Frau zu sehen. Und noch eigenartiger, sie an jemand Lebendigem zu sehen. Sie wirkte zu alt, um seine jüngere Schwester zu sein, aber nur weil Gansey vergessen hatte, dass Noah in einer Art Schwebezustand weiterexistierte. Wenn er an Ganseys Stelle gerettet worden wäre, wäre er heute vierundzwanzig.

Ein Neuntklässler sagte etwas, das Gansey nicht verstand, und wurde dafür prompt des Saals verwiesen. Noahs Schwester beugte sich zum Mikrofon vor und sagte ebenfalls etwas, das zu leise war, als dass Gansey es verstanden hätte, und dann noch etwas, das in einer schrillen Rückkopplung unterging, als der Tontechniker versuchte, die Lautstärke anzupassen. Schließlich sagte sie: »Hallo, ich bin Adele Czerny. Keine Sorge, ich habe keine lange Rede vorbereitet. Als ich in eurem Alter war, habe ich mich während solcher Veranstaltungen auch immer furchtbar gelangweilt. Darum werde ich nur ein bisschen was über Noah und den Raven-Tag erzählen. Hat jemand von euch Noah gekannt?«

Gansey und Adam begannen gleichzeitig, die Hände zu heben, und ließen sie genauso schnell wieder sinken. Ja, sie kannten Noah. Nein, sie *hatten* ihn nicht gekannt. Der lebendige Noah war vor ihrer Zeit an dieser Schule gewesen. Der tote Noah war ein Phänomen, keine Bekanntschaft.

»Tja, da habt ihr was verpasst«, fuhr Adele fort. »Meine Mom hat ihn immer ihren kleinen Teufel genannt, weil er ständig Strafzettel für zu schnelles Fahren bekommen hat oder bei Familienfeiern auf dem Tisch getanzt hat und solche Sachen. Er hatte immer so viele Ideen. Er war so überdreht.«

Adam und Gansey wechselten einen Blick. Sie hatten schon immer das Gefühl gehabt, dass der Noah, den sie kannten, nicht der echte Noah war. Jetzt zu erfahren, wie viel seiner *Noahhaftigkeit* ihm der Tod wirklich genommen hatte, war erschütternd. Sie konnten sich nur fragen, was wohl aus ihm geworden wäre, wenn er überlebt hätte.

»Ich bin jedenfalls heute hier, weil ich die Erste war, der er von seiner Idee mit dem Raven-Tag erzählt hat. Er hat eines Abends angerufen – er muss damals ungefähr vierzehn gewesen sein – und hat mir erzählt, er hätte einen Traum gehabt, über kämpfende Raben. Er sagte, sie hätten alle unterschiedliche Farben und Formen und Größen gehabt, und er sei mitten dazwischen gewesen und sie seien um ihn herumgeschwirrt.« Sie deutete einen Wirbelsturm um sich selbst an; sie hatte Noahs Hände, Noahs Ellbogen. »Und dann hat er gesagt: ›Das wäre doch ein cooles Projekt für den Kunstunterricht.‹ Und ich habe geantwortet: ›Wenn jeder an eurer Schule einen bastelt, habt ihr sicher genug.‹«

Gansey merkte, dass die Härchen auf seinen Armen zu Berge standen.

»Alle sausen und zischen durch die Luft, bis man nichts mehr sieht als Raben, nichts als Träume um sich herum«, fügte Adele hinzu, nur dass Gansey nicht ganz sicher war, ob sie es wirklich gesagt hatte oder ob er sie falsch verstanden hatte und sich nur an etwas erinnerte, das sie vorher gesagt hatte. »Jedenfalls weiß ich, dass es ihm gefallen würde, was heute daraus geworden ist. Tja, also, danke, dass ihr einen seiner verrückten Träume in Ehren haltet.«

Sie verließ die Bühne; Adam hielt sich ein Auge zu; um sie herum ertönte das gesittete Doppelklatschen, das von Aglionby-Schülern anstelle wilden Applauses erwartet wurde.

»Auf geht's, ihr Raben!«, rief Child.

Dies war Adams und Ganseys Stichwort, die Tür zu öffnen. Schülermassen quollen nach draußen. Licht und feuchte Luft drangen herein. Mr Child trat neben sie.

Er schüttelte zuerst Gansey die Hand, dann Adam. »Danke für die Hilfe, die Herren. Mr Gansey, ich hätte nicht gedacht, dass Ihre Mutter das Programm für diese Wahlkampfveranstaltung und sogar die Gästeliste bis zu diesem Wochenende fertig bekommen würde, aber nun fehlt tatsächlich nicht mehr viel. Meine Stimme hat sie jedenfalls.«

Gansey und er wechselten ein kameradschaftliches Lächeln, das von gemeinsam unterzeichneten Dokumenten zeugte. Es hätte ein schöner Moment sein können, wenn er an dieser Stelle zu Ende gewesen wäre, aber Child blieb bei ihnen stehen und hielt höflich Small Talk mit Gansey und Adam – der eine sein Lieblings-, der andere sein Musterschüler. Sieben qualvolle Minuten lang erörterten sie das Wetter und ihre Pläne für Thanksgiving und verglichen ihre Erlebnisse in Colonial Williamsburg, bis sie sich schließlich, als die Elftklässler mit ihren Rabenkriegern erschienen, erschöpft voneinander trennten.

»Meine Güte«, murmelte Gansey, der regelrecht japste vor Anstrengung.

»Ich dachte schon, der lässt uns nie in Ruhe«, pflichtete Adam ihm bei. Er hob den Finger an sein linkes unteres Augenlid, kniff das Auge zu und starrte dann an Gansey vorbei. »Wenn – ah. Bin gleich wieder da. Ich glaube, ich hab irgendwas im Auge.«

Er ließ Gansey stehen, der sich sogleich ins Vergnügen stürzte. Er ging zum Fuß der Treppe, wo die Schüler ihre Raben im Empfang nahmen. Der Schwarm bestand aus Papier, Alufolie, Holz, Pappmaschee und Blech. Einige der Vögel flogen mit Heliumballonbäuchen. Andere segelten im Wind. Manche wiederum zappelten an mehreren Leinen, mit separaten Stäben, um die flatternden Flügel zu steuern.

Das alles hatte Noah sich ausgedacht. Das alles hatte Noah *geträumt*.

»Soll ich dir mal ’nen Vogel zeigen? Hier«, witzelte einer der Elftklässler und reichte Gansey einen mattschwarzen Raben aus Zeitungspapier, der an ein Gestänge aus Holz getackert war.

Gansey mischte sich unters Volk. Noahs Volk. In einer besseren Welt hätte Noah die Festrede zum zehnjährigen Jubiläum gehalten.

Auf Augenhöhe bestand die Welt aus nichts als Stöcken und Armen und weißen T-Shirts, ein einziges gigantisches Getriebe. Wenn man jedoch zum zu hellen Himmel hochsah, änderte sich plötzlich das Bild und füllte sich mit Raben. Sie schossen durch die Luft und griffen einander an, zogen flatternd und kreiselnd ihre Runden.

Es war so heiß.

Gansey war es, als geriete die Zeit ins Wanken. Nur ein bisschen. Der Anblick glich einfach so sehr etwas aus seinem anderen Leben, seinem *wirklichen* Leben; diese Vögel waren wie entfernte Verwandte von Ronans Traumkreaturen. Es war so unfair, dass Noah gestorben war und nicht Gansey. Noah hatte *gelebt*, als er ermordet worden war. Gansey dagegen hatte bloß auf der Stelle getreten.

»Wie sind noch mal die Regeln für diesen Kampf?«, fragte er über die Schulter.

»In diesem Krieg ist alles erlaubt, was einen am Leben hält.«

Gansey drehte sich um; Flügel streiften sein Gesicht. Er war eingekeilt zwischen Schultern und Rücken. Er wusste nicht, wer ihm geantwortet hatte oder ob es überhaupt jemand getan hatte, ohne ein Gesicht, das seinen Blick erwiderte.

Die Zeit zupfte an seiner Seele.

Das Aglionby-Schulorchester begann zu spielen. Der erste Takt war ein harmonisches Klanggespinst, im zweiten jedoch verspielte sich einer der Blechbläser dramatisch. Ein Insekt summte an Ganseys Gesicht vorbei, so nah, dass er den Luftzug spürte. Plötzlich schien die ganze Welt auf die Seite zu kippen. Die Sonne über ihm glühte weiß. Raben flatterten, als Gansey sich umdrehte und nach Adam oder Child oder irgendetwas Ausschau hielt, das kein weißes T-Shirt, keine Hand, kein Vogel war. Sein Blick fiel auf seine Uhr. Sie zeigte 18:21 an.

Als er gestorben war, war es genauso heiß gewesen.

Er stand in einem Wald aus Holzstöcken und Vögeln. Die Blechbläser murmelten, die Flöten kreischten. Rings um ihn brummten und vibrierten Flügel. Er fühlte die Hornissen in seinen Ohren.

»Sie sind nicht hier«, versuchte er sich im Stillen einzuschärfen.

Doch das große Insekt schwirrte abermals an ihm vorbei, umkreiste ihn.

Es war Jahre her, dass Malory bei einer gemeinsamen Wanderung anhalten musste, weil Gansey auf die Knie gesunken war und sich die Hände auf die Ohren presste, zitterte, starb.

Er hatte hart an sich gearbeitet, um all das hinter sich zu lassen.

Sie sind nicht hier. Du bist beim Raven-Tag. Gleich gehst du ein Sandwich essen. Dann lässt du dir auf dem Parkplatz für den Camaro Starthilfe geben und fährst zum Fox Way. Und da erzählst du Blue, was du erlebt hast und

Die Insekten kribbelten in seinen Nasenlöchern, krochen unter sein Haar, bildeten eine wimmelnde Masse. Schweiß rann ihm über den Rücken. Die Musik flimmerte. Die Schüler waren zu Geistern geworden, die an ihm vorbei-, um ihn herumschwebten. Seine Knie würden nachgeben und er würde sie nicht daran hindern.

Er konnte den Moment seines Todes nicht hier erneut durchleben. Nicht jetzt, so kurz vor der Wahlkampfveranstaltung – *Schon gehört? Gansey Drei ist am Raven-Tag komplett ausgetickt. Mrs Gansey, ich würde mich gern kurz mit Ihnen über Ihren Sohn unterhalten* –, er durfte sich nicht derart in den Mittelpunkt drängen.

Doch die Zeit raste rückwärts; *er* raste rückwärts. Sein Herz troff vor schwarzem, schwarzem Blut.

»Gansey-Man.«

Gansey konnte sich kaum auf die Stimme konzentrieren. Henry Cheng stand vor ihm und schien nur aus Haaren, Lächeln und funkelnden Augen zu bestehen. Er nahm ihm den Raben ab und drückte ihm stattdessen etwas Kühles in die Hand. Kühler, *kalt*.

»Du hast mir mal Kaffee geholt«, sagte Henry. »Als ich kurz davor war, durchzudrehen. Jetzt sind wir quitt.«

Gansey hielt einen Plastikbecher mit Eiswasser in der Hand. Es hätte nichts ändern dürfen, aber irgendetwas bewirkte es dennoch: der Temperaturschock, das beruhigende Klicken der Eiswürfel gegeneinander, der Blickkontakt. Noch immer waren sie umringt von Schülern, aber es waren wieder Schüler. Die Musik war wieder bloß ein Schulorchester, das an einem irrsinnig heißen Tag ein neues Stück spielte.

»Da ist er ja wieder«, sagte Henry. »Heute Abend Toga-Party im Litchfield House, Richard. Bring deine Jungs und deine Kindsbraut mit.«

Dann war er weg und hinterließ nichts als flatternde Raben.

13

Adam hatte gedacht, er hätte etwas im Auge. Angefangen hatte es in der viel zu heißen Aula – es tat nicht direkt weh, sondern war mehr ein Gefühl von Ermüdung, als hätte er zu lange auf einen Bildschirm gestarrt. Wenn es dabei geblieben wäre, hätte er bis zum Ende des Schultags durchgehalten, inzwischen jedoch begann er auch ein wenig verschwommen zu sehen. Nicht in beunruhigendem Maße, aber in Kombination mit der Tatsache, dass er sein Auge plötzlich *fühlte*, hatte er beschlossen, doch lieber nachzusehen, was los war.

Anstatt zu einem der Unterrichtsgebäude zurückzugehen, nahm er die Treppe zum Seitenausgang der Aula. Dort, unterhalb der Bühne, befanden sich Toiletten, zu denen er sich nun auf den Weg machte, vorbei an vielbeinigen Monstern aus gestapelten Stühlen, den ominösen Silhouetten von Kulissenbäumen und unergründlichen Ozeanen aus schwarzem Stoff, mit dem alles Mögliche abgedeckt war. Der Flur war dunkel und eng, die Wände in albtraumhaftem, abblätterndem Grün gestrichen. Mit einer Hand über seinem Auge erschien Adam die Welt hier unten deformiert und verstörend. Wieder musste er an seine eigene, wie von selbst dahinkrabbelnde Hand denken.

Er würde sich eingehender mit Cabeswater befassen müssen, dachte er, und herausfinden, was mit diesem Baum nicht stimmte.

Auf der Toilette brannte kein Licht. Was normalerweise kein Problem gewesen wäre – der Lichtschalter befand sich gleich neben der Tür –, doch Adam gefiel der Gedanke nicht, seine Hand in die Dunkelheit zu strecken, um danach zu tasten. Und so stand er da, sein Herzschlag ein winziges bisschen zu schnell, und warf einen Blick hinter sich.

Der Flur lag reglos da, in bleiches Neonlicht getaucht. Die Schatten ließen sich nicht vom Bühnenvorhang unterscheiden. Alles verschmolz zu dicken Schwaden von Schwarz.

»Mach das Licht an«, dachte Adam.

Mit der freien Hand griff er in den Raum.

Die Bewegung war rasch, seine Finger durchstießen Kälte, Dunkelheit, berührten etwas –

Nein, das war nur eine Ranke aus Cabeswater, nur in seinem Kopf. Er schob seine Hand daran vorbei und drückte auf den Lichtschalter.

Der Raum war leer.

Natürlich war er leer. Natürlich war er leer. Natürlich war er leer.

Zwei alte Toilettenkabinen aus grün angestrichenem Pressholz, nicht annähernd auf dem Stand moderner Standards für Barrierefreiheit, nicht annähernd auf dem Stand moderner Standards für Hygiene. Ein Pissoir. Ein Waschbecken mit einem gelben Ring um den Abfluss. Ein Spiegel.

Adam stellte sich vor Letzteren, noch immer die Hand über dem Auge, und musterte sein schmales Gesicht. Seine nahezu farblose Braue war besorgt hochgezogen. Er ließ die Hand sinken und musterte sich von Neuem. Er sah keine Rötung um sein linkes Auge. Es schien auch nicht zu tränen. Es war –

Er runzelte die Stirn. Hatte er einen leichten Silberblick? So nannte man es doch, wenn die Augen nicht ganz in dieselbe Richtung sahen, oder?

Er blinzelte.

Nein, alles normal. Es musste an dem grünlichen Licht gelegen haben. Er beugte sich vor, um sein Auge zu untersuchen.

Er schielte doch.

Adam blinzelte, kein Schielen. Er blinzelte, Schielen. Es war wie in einem dieser schlechten Träume, die keine wirklichen Albträume waren, aber in denen man versuchte, sich Socken anzuziehen und merkte, dass sie auf einmal nicht mehr über den Fuß gingen.

Während Adam zusah, richtete sich sein linkes Auge plötzlich nach unten, zu Boden, völlig unabhängig von seinem rechten.

Sein Blick verschwamm kurz und wurde wieder klar, als sein rechtes Auge übernahm. Adam schnappte nach Luft. Er konnte bereits nur noch auf einem Ohr hören. Er durfte nicht auch noch auf einer Seite die Sehkraft verlieren. War sein Vater schuld daran? War es eine Spätfolge all der Schläge gegen den Kopf?

Das Auge wiegte sich leicht von einer Seite zur anderen, wie eine Murmel in einem Wasserglas. Adam spürte, wie sich sein Magen vor Entsetzen zusammenzog.

Im Spiegel meinte er zu sehen, wie sich der Schatten einer der Toilettenkabinen veränderte.

Er drehte sich um: nichts. Nichts.

Cabeswater, bist du hier?

Wieder wandte er sich dem Spiegel zu. Sein linkes Auge begann sich langsam zu drehen, vor und zurück, auf und ab.

Etwas in seiner Brust schien sich zu verhaken.

Das Auge blickte ihn an.

Adam wich zurück und schlug sich die Hand vor das Auge. Erst als er mit dem Rücken an die Wand krachte, blieb er stehen, rang nach Luft, voller Angst, Angst, Angst, denn wer sollte ihm hiermit helfen, an wen sollte er sich wenden?

Der Schatten über der Kabine veränderte sich tatsächlich. Er verwandelte sich von einem Rechteck in ein Dreieck, denn – oh Gott – die Tür der Kabine ging auf.

Der lange Flur zurück nach draußen erschien ihm wie ein Spießrutenlauf durch ein Gruselkabinett. Schwarz quoll aus der Kabinentür.

»Cabeswater, ich brauche dich«, sagte Adam.

Die Dunkelheit kroch über den Boden.

Adams einziger Gedanke war, dass sie ihn nicht berühren durfte. Diese Vorstellung war schlimmer als der Anblick seines nutzlosen Auges. »Cabeswater. Hilf mir. *Cabeswater!*«

Es gab einen Knall – Adam fuhr zusammen –, als ein Riss durch den Spiegel ging. Dahinter glühte eine Sonne aus einer anderen Welt. Blätter pressten sich gegen das Glas wie an ein Fenster. In Adams taubem Ohr wisperte und zischte der Wald, flehte ihn an, ihm zu helfen, eine Möglichkeit der Kommunikation zu finden.

Dankbarkeit durchflutete ihn, ebenso schwer zu ertragen wie die Angst. Wenn ihm nun etwas zustoßen würde, wäre er zumindest nicht allein.

Wasser, verlangte Cabeswater. *Wasserwasserwasser.*

Adam stürzte zum Waschbecken und drehte den Hahn auf. Das Wasser roch nach Regen und Steinen. Er griff mitten in den Strahl, um den Stöpsel hinunterzudrücken. Die teerartige Schwärze glitt näher, war nur noch Zentimeter von seinen Schuhen entfernt.

Es darf dich nicht berühren –

Er kletterte auf die Kante des Waschbeckens; die Schwärze erreichte die Wand. Adam wusste, dass sie daran hochkriechen würde. Dann, endlich, war das Waschbecken voll und das Wasser schwappte über den Rand zu Boden. Es wusch die Schwärze weg, lautlos, farblos, und floss auf den kleinen Gully in der Mitte des Bodens zu. Zurück blieb nichts als normaler, blasser Beton.

Selbst nachdem die Schwärze verschwunden war, ließ Adam eine geschlagene Minute weiter das Wasser über den Rand des Waschbeckens strömen und seine Beine und Schuhe durchnässen. Dann ließ er sich hinunterrutschen. Mit beiden Händen schöpfte er sich das erdig riechende Wasser ins Gesicht, über sein linkes Auge. Wieder und wieder, wieder und wieder, wieder und wieder, bis das Auge sich nicht mehr müde anfühlte. Bis er es gar nicht mehr fühlen konnte. Als er in den Spiegel sah, war es wieder sein Auge. Sein Gesicht. Keine Spur von einer fremden Sonne oder einem Silberblick. Schimmernde Tropfen aus Cabeswaters Flüssen hingen in seinen Wimpern. Cabeswater murmelte, ächzte, Ranken kräuselten sich in Adams Innerem, Sonnensprenkel blitzten hinter seinen Augen, er fühlte Steine unter seinen Händen.

Cabeswater hatte lange gebraucht, um ihm zu Hilfe zu kommen. Nur wenige Wochen zuvor war ein Haufen Dachziegel auf ihn herabgestürzt, aber Cabeswater war sofort zur Stelle gewesen, um ihn zu retten. Wenn etwas Ähnliches heute passiert wäre, hätte er nicht überlebt.

Der Wald flüsterte ihm etwas in seiner ganz eigenen Sprache zu, die zu gleichen Teilen aus Bildern und Worten bestand, und erst jetzt wurde Adam klar, warum Cabeswater so lange gebraucht hatte, um ihn zu retten.

Etwas hatte sie beide zugleich angegriffen.

14

Wie Maura schon angemerkt hatte, hieß vom Unterricht suspendiert zu sein nicht, dass man Ferien hatte, und so ging Blue wie immer zu ihrer Abendschicht im Nino. Trotz der sengenden Sonne draußen war es im Inneren des Lokals seltsam schummrig, was wohl an den Gewitterwolken lag, die sich bereits im Westen zusammenbrauten. Die Schatten unter den Metalltischchen waren grau und diffus; es war schwer zu entscheiden, ob die Lampen darüber eingeschaltet werden sollten oder nicht. Aber diese Frage hatte sich bisher erübrigt: es waren sowieso keine Gäste da.

Ohne irgendetwas, womit sie sich hätte ablenken können – abgesehen davon, die Parmesankrümel aus den Ecken zu fegen –, dachte Blue über die Toga-Party nach, zu der Gansey sie heute Abend mitnehmen wollte. Zu ihrer Überraschung hatte ihre Mutter sie gedrängt hinzugehen. Blue hatte erwidert, dass eine Aglionby-Toga-Party ihren sämtlichen Prinzipien widersprechen würde. Woraufhin Maura entgegnet hatte: »Privatschuljungs? Willkürlich zu Kleidung umfunktionierte Stofffetzen? Das klingt mir ziemlich genau nach deinen Prinzipien.«

Wusch, wusch. Blue schwang wütend den Besen. Sie spürte, dass sie auf dem besten Weg zur Selbstreflexion war, und war sich nicht sicher, ob ihr das gefiel.

In der Küche hörte sie den Geschäftsführer des Nino lachen.

Blecherne, dissonante Musik prallte auf die E-Gitarre aus den Lautsprechern; er sah sich zusammen mit den Köchen Videos auf seinem Handy an. Ein lautes *Ping* ertönte, als die Eingangstür aufging. Zu Blues Überraschung betrat Adam das Lokal und ließ den Blick über die leeren Tische schweifen. Seine Schuluniform wirkte ungewohnt mitgenommen: die Hose fleckig und verknittert, das weiße Hemd schmuddelig und an einigen Stellen nass.

»Sollte ich dich nicht später anrufen?«, fragte Blue. Sie musterte seine Kleider. Die waren normalerweise makellos. »Alles in Ordnung mit dir?«

Adam ließ sich auf einen Stuhl fallen und betastete vorsichtig sein linkes Augenlid. »Mir ist eingefallen, dass ich nach der Schule noch Kraftraum und Erfindungen habe, und ich wollte nicht, dass wir uns verpassen. Also, das heißt Sport und eine Wissenschafts-AG.«

Blue trat mit dem Besen an seinen Tisch. »Du hast nicht gesagt, ob mit dir alles in Ordnung ist.«

Er schnippte ärgerlich mit den Fingern gegen einen feuchten Fleck an seinem Ärmel. »Cabeswater. Irgendwas stimmt nicht mit ihm. Ich weiß nicht. Dem muss ich wohl mal nachgehen. Aber ich brauche jemanden, der mich beaufsichtigt. Was machst du heute Abend?«

»Mom sagt, ich gehe auf eine Toga-Party. Kommst du auch?«

Adams Stimme triefte vor Verachtung. »Ich gehe auf keine Party bei Henry Cheng, nein.«

Henry Cheng. Jetzt ergab das alles einen Hauch mehr Sinn. In einem Mengendiagramm, bei dem in einem Kreis das Wort Toga-Party und im anderen der Name Henry Cheng stand, würde Gansey vermutlich in dem Bereich landen, wo die beiden sich überschnitten. Blues gemischte Gefühle kehrten mit voller Wucht zurück. »Was ist eigentlich das Problem mit dir und Henry Cheng? Und willst du Pizza? Jemand hat vorhin eine falsche Bestellung aufgegeben, darum haben wir gerade welche übrig.«

»Du hast ihn doch erlebt. Für so einen Mist habe ich keine Zeit. Und ja, bitte.«

Blue ging die Pizza holen und setzte sich Adam gegenüber, während er so gesittet wie möglich die Pizza verschlang. Die Wahrheit war, dass sie ihre Telefonverabredung zum Thema Gansey und Glendower total vergessen hatte, bis er aufgetaucht war. Nach dem Badewannengespräch mit ihrer Familie wusste sie erst recht nicht mehr, was sie dazu sagen sollte. »Gleich vorweg: Ich hab leider keine Ahnung, was wir wegen Gansey unternehmen sollen, außer Glendower zu finden«, gestand sie. »Und wie wir das anstellen sollen, weiß ich auch nicht.«

Adam erwiderte: »Ich bin heute auch kaum zum Nachdenken gekommen wegen –« Wieder deutete er auf seine ramponierte Schuluniform, obwohl Blue nicht sicher war, ob er damit Cabeswater oder die Schule meinte. »Und ich hab auch keine Ahnung, aber dafür eine Frage. Glaubst du, Gansey könnte Glendower vielleicht *befehlen* aufzutauchen?«

Bei dieser Frage drehte sich Blue glatt der Magen um. Nicht, dass sie nicht selbst schon oft genug über Ganseys seltsame Befehlsgewalt nachgedacht hatte; es war nur, dass dieser unheimliche, herrische Tonfall einfach so sehr seiner normal-autoritären Stimme glich, dass sie manchmal fast sicher war, sich das Ganze bloß eingebildet zu haben. Und selbst wenn sie nicht mehr leugnen konnte, dass dort tatsächlich irgendetwas war – zum Beispiel, als er bei ihrem letzten Besuch in Cabeswater auf eindeutig magische Weise die falschen Blues hatte verschwinden lassen –, fiel es ihr dennoch schwer, es als magische Fähigkeit zu betrachten. Es war, als würde das Wissen im letzten Moment zur Seite huschen und so tun, als wäre alles normal. Jetzt jedoch, nachdem sie genauer über das Phänomen nachgedacht und den Gedanken so gut wie möglich festgehalten hatte, wurde ihr bewusst, dass es sich damit ganz ähnlich verhielt wie mit Noahs Auftauchen und Verschwinden oder der traumgleichen Logik, nach der Aurora durch Stein gehen konnte. Ihr Verstand schien fest entschlossen, sie glauben zu machen, dass an all dem nichts Magisches war, und die Begründung darin zu suchen, dass Gansey eben Gansey war.

»Ich weiß nicht«, sagte Blue. »Wenn er das könnte, hätte er es dann nicht längst versucht?«

»Ganz im Ernst?«, begann Adam, brach dann jedoch ab. Seine Miene nahm einen neuen Ausdruck an. »Gehst du heute Abend auf die Party?«

»Ich glaube ja.« Zu spät dämmerte ihr, dass in seiner Frage mehr mitschwang als die Worte, die sie gehört hatte. »Wie gesagt, Mom hat beschlossen, dass ich hingehe, also …«

»Mit Gansey.«

»Vermutlich, ja. Und Ronan, falls er auch mitkommt.«

»Ronan geht nicht zu Henrys Partys.«

»Hm, dann gehe ich wohl mit Gansey, ja«, sagte Blue behutsam.

Adam starrte stirnrunzelnd auf seine Hand an der Tischkante. Er ließ sich Zeit mit was auch immer, wählte seine Worte mit Bedacht, prüfte sie genau, bevor er sie aussprach. »Weißt du, als ich Gansey kennengelernt habe, konnte ich absolut nicht verstehen, warum er mit jemandem wie Ronan befreundet war. Gansey hat nie die Schule geschwänzt, war immer zuverlässig, das Lieblingskind jedes Lehrers. Und dann war da Ronan, wie ein chronischer Herzinfarkt. Ich wusste, dass ich kein Recht hatte, mich zu beschweren, weil ich schließlich nicht zuerst da gewesen war. Sondern Ronan. Aber eines Tages hatte er wieder irgendwelchen Mist gebaut, an den ich mich gerade nicht erinnere, und da konnte ich einfach nicht mehr an mich halten. Ich habe Gansey gefragt, warum er überhaupt mit ihm befreundet ist, wo er sich doch die ganze Zeit wie das letzte Arschloch aufführt. Und ich weiß noch, dass Gansey geantwortet hat, Ronan würde immer die Wahrheit sagen und es sei nichts wichtiger als die Wahrheit.«

Es war nicht schwer, sich vorzustellen, wie Gansey so etwas sagte.

Adam sah zu Blue auf und hielt ihren Blick fest. Draußen wehte der Wind Blätter gegen die Scheiben. »Und genau darum will ich wissen, warum ihr mir nicht die Wahrheit über euch zwei sagen wollt.«

Jetzt verdrehte sich Blues Magen in die entgegengesetzte Richtung. Euch zwei. Gansey und sie. Sie und Gansey. Wie oft hatte Blue sich diese Unterhaltung ausgemalt? Endlose Varianten davon, wie sie das Thema ansprechen sollte, wie Adam reagieren könnte, wie es enden würde. Sie schaffte das. Sie war bereit.

Nein, war sie nicht.

»Über uns zwei?«, fragte sie. Scheinheilig.

Seine Miene wurde noch verächtlicher als bei der Erwähnung von Henry Cheng, falls das überhaupt noch möglich war. »Weißt du, was mich am meisten verletzt? Was du über mich zu denken scheinst. Du gibst mir nicht mal die Chance, mich damit abzufinden. Du bist dir absolut sicher, dass ich vor Eifersucht ausraste. Ist das das Bild, das du von mir hast?«

Damit lag er nicht ganz falsch. Aber er war eben auch noch wesentlich labiler gewesen, als Gansey und sie beschlossen hatten, ihm nichts zu erzählen. Das laut auszusprechen kam Blue jedoch eher unsportlich vor, also versuchte sie es mit: »Du warst – die *Situation* war damals einfach noch anders.«

»Damals? Wie lange läuft das denn schon mit euch?«

»›Laufen‹ kann man das nicht nennen«, entgegnete Blue. Eine Beziehung in Form von verstohlenen Blicken und geheimen Anrufen war so viel weniger als das, was sie wollte, dass sie sich schlicht weigerte, Gansey und sich als Paar zu sehen. »Und so was fängt man ja auch nicht an wie einen neuen Job. ›Seit dem soundsovielten soundsovielten!‹ Ich kann dir nicht genau sagen, seit wann das schon läuft.«

»Jetzt hast du selbst gesagt, da läuft was«, merkte Adam an.

Blues Gemütszustand surfte auf einem Wellenkamm zwischen Mitleid und Frust. »Sei nicht so kleinlich. Es tut mir leid. Es sollte ja gar nichts daraus werden, aber dann wurde auf einmal doch was daraus und dann wusste ich nicht mehr, wie ich es dir sagen sollte. Ich wollte unsere Freundschaft nicht aufs Spiel setzen.«

»Du meinst, obwohl ich möglicherweise total verständnisvoll gewesen wäre, bist du davon ausgegangen, dass ich so gehässig und so neidisch auf Gansey sein würde, dass du beschlossen hast, es wäre besser zu lügen?«

»Ich habe nicht gelogen.«

»Schon klar, *Ronan.* Eine Sache zu verschweigen ist genauso schlimm wie lügen«, konterte Adam. Er lächelte ein wenig, aber auf die Art, wie es Leute taten, wenn sie eher wütend waren als amüsiert.

Draußen blieb ein Pärchen an der Tür stehen und las die dort aushängende Speisekarte; Blue und Adam schwiegen angespannt, bis die beiden weitergingen und das Lokal immer noch leer zurückblieb. Adam öffnete die Hände, als erwartete er, dass Blue eine zufriedenstellende Erklärung hineinlegte.

Blues Sinn für Fairness sagte ihr, dass Adam im Recht war und es daher an ihr lag, seinen Schmerz zu lindern, ihr Stolz jedoch hätte immer noch gern angemerkt, wie schwierig Adam zu der Zeit gewesen war, als Gansey und sie festgestellt hatten, dass sie etwas füreinander empfanden. Mit einiger Mühe entschied sie sich für einen Mittelweg. »Das war alles nicht so durchgeplant, wie du es gerade darstellst.«

Adam weigerte sich, den Mittelweg zu betreten. »Ich hab doch gesehen, wie ihr versucht habt, es zu verstecken. Das Verrückte ist einfach – ich bin *hier*. Ich sehe euch beide jeden Tag. Glaubt ihr denn, ich bin blind? Gansey ist mein bester Freund. Glaubst du, ich kenne ihn nicht?«

»Warum führst du dann dieses Gespräch nicht mit ihm? Er ist nämlich auch zur Hälfte daran beteiligt, weißt du?«

Er breitete die Arme aus und deutete auf das noch immer leere Lokal, als wäre er selbst erstaunt über die Wendung, die die Unterhaltung genommen hatte. »Weil ich eigentlich gekommen bin, um mit dir zu überlegen, wie wir ihn retten können. Aber dann habe ich erfahren, dass ihr zusammen auf eine Party geht, und konnte einfach nicht glauben, wie verantwortungslos du dich aufführst.«

Jetzt breitete Blue ebenfalls die Arme aus. Es war eine weniger elegante Geste als Adams, mehr wie ein umgekehrtes Fäusteballen. »Verantwortungslos? Wie bitte?«

»Weiß er von deinem Fluch?«

Ihre Wangen wurden heiß. »Wag es nicht.«

»Denkst du nicht, es könnte für einen Jungen, der innerhalb der nächsten paar Monate sterben soll, von Interesse sein, dass er mit einem Mädchen zusammen ist, das seine wahre Liebe mit einem Kuss töten wird?«

Blue war zu wütend, um mehr als ein Kopfschütteln zustande zu bringen. Adam hob lediglich die Augenbraue, eine Geste, die Blues Blutdruck minimal ansteigen ließ.

»Ich habe mich sehr gut unter Kontrolle, danke«, fauchte sie.

»Unter jeglichen Umständen? Und was ist, wenn du mit dem Mund auf seinen fällst oder doch schwach wirst oder Cabeswaters Magie dazwischenfunkt – kannst du garantieren, dass das nicht passiert? Nein, ich glaube nicht.«

Jetzt kippte Blue endgültig über den Wellenkamm, mitten hinein in die brodelnde Wut. »Weißt du was? Ich lebe mit dieser Geschichte schon eine ganze Weile länger als du, darum finde ich nicht, dass du hier einfach reinspazieren und mir vorschreiben kannst, was ich zu –«

»Kann ich wohl, wenn es um meinen besten Freund geht!«

»Er ist auch mein bester Freund!«

»Wenn er das wirklich wäre, würdest du nicht so verdammt egoistisch sein.«

»Wenn er wirklich deiner wäre, würdest du dich freuen, dass er jemanden gefunden hat.«

»Wie hätte ich mich denn bitte freuen können, wo ich ja *noch nicht mal was davon wissen durfte*?«

Blue stand auf. »Schon interessant, dass es hier die ganze Zeit nur um dich geht, anstatt um ihn.«

Auch Adam erhob sich. »Witzig, ich wollte gerade genau dasselbe sagen.«

Wutschnaubend standen sie einander gegenüber. Blue spürte einen finsteren Schwall böser Worte in sich hochsprudeln, ähnlich dem Saft, der aus dem Baum gequollen war. Aber sie würde sie nicht aussprechen. Nein. Adams Lippen wurden dünn, als wäre er kurz davor, noch etwas zu sagen, dann aber schnappte er sich bloß seinen Schlüssel vom Tisch und marschierte aus dem Lokal.

Draußen grollte Donner. Von der Sonne war nichts mehr zu sehen; der Wind hatte Wolken über den gesamten Himmel gejagt. Es würde eine stürmische Nacht werden.

15

Vor vielen Jahren hatte eine Wahrsagerin Maura Sargent offenbart, sie sei eine »voreingenommene, aber sehr talentierte Hellseherin mit einem Hang zu unklugen Entscheidungen«. Die beiden Frauen standen damals zusammen an einer Auffahrt der Interstate 64, etwa zwanzig Meilen außerhalb von Charleston, West Virginia. Beide trugen Rucksäcke und hatten den Daumen ausgestreckt. Maura war von weiter westlich hergetrampt. Die andere Wahrsagerin von weiter südlich. Sie kannten einander nicht. Noch nicht.

»Das nehme ich als Kompliment«, erwiderte Maura.

»Schockierend«, knurrte die andere Frau, aber in einem Ton, der erahnen ließ, dass dies schon wieder ein Kompliment war. Sie war aus härterem Holz geschnitzt als Maura, abgebrüht und unerbittlich. Maura mochte sie auf Anhieb.

»Wohin sind Sie unterwegs?«, fragte Maura. Ein Auto näherte sich; sie streckten beide die Daumen hoch. Der Wagen fuhr an ihnen vorbei auf die Interstate; sie senkten die Daumen. Noch ließen sie sich nicht entmutigen; es war einer dieser grünen, schillernden Sommertage, an denen alles möglich schien.

»Nach Osten wahrscheinlich. Und Sie?«

»Auch. Irgendwie zieht es mich dorthin.«

»Mich zerrt es regelrecht«, antwortete die andere Wahrsagerin und zog eine Grimasse. »Wie weit nach Osten?«

»Das weiß ich wohl erst, wenn ich da bin«, entgegnete Maura nachdenklich. »Wir könnten ja zusammen reisen. Und dann ein Gewerbe eröffnen.«

Die andere Wahrsagerin hob amüsiert die Augenbraue. »Im horizontalen Sinne?«

»Eher im wahrsagerischen. Und unsere Studien fortsetzen.«

Sie lachten, was sie beide als Zeichen nahmen, dass sie gut miteinander auskommen würden. Ein weiteres Auto näherte sich; sie streckten die Daumen aus; das Auto fuhr vorbei.

Der Nachmittag zog sich hin.

»Was ist das denn da?«, fragte die andere Wahrsagerin.

Am Ende der Auffahrt war eine Luftspiegelung erschienen, die sich jedoch bei genauerem Hinsehen als Mensch entpuppte, auch wenn sie sich nicht wie einer gebärdete. Die Person spazierte in der Mitte des Asphalts auf sie zu, in einer Hand eine schmetterlingsförmige, bis zum Bersten vollgestopfte Tasche. Sie trug hohe, altmodische Schnürstiefel, die bis zum Saum ihres ausgefallenen Kleids reichten. Ihr Haar war eine fluffige, hellblonde Wolke, ihre Haut kalkweiß. Abgesehen von ihren schwarzen Augen wirkte sie genauso hell wie die Wahrsagerin neben Maura dunkel.

Maura und sie sahen zu, wie die dritte Person sich die Rampe heraufmühte, offenbar ohne sich Sorgen um sich unerwartet nähernde Fahrzeuge zu machen.

Kurz bevor die bleiche junge Frau sie erreicht hatte, bog ein alter Cadillac um die Ecke. Die Frau hatte alle Zeit der Welt, um ihm auszuweichen, aber sie tat es nicht. Stattdessen blieb sie stehen und zog den Reißverschluss ihrer Schmetterlingstasche zu. Die Bremsen des Cadillacs quietschten schrill und der Wagen kam nur Zentimeter hinter ihr zum Stehen.

Persephone spähte zu Maura und Calla herüber.

»Ich glaube, diese Frau hier ist bereit, uns ein Stück mitzunehmen.«

Zwanzig Jahre nach diesem ersten Treffen in West Virginia war Maura noch immer eine voreingenommene, aber sehr talentierte Hellseherin mit einem Hang zu unklugen Entscheidungen. In den Jahren seither war sie jedoch Teil einer untrennbaren Dreieinigkeit geworden, die ihre Entscheidungen stets gemeinsam traf. Sie alle hatten sich in dem Glauben gewiegt, dass diese Zeit nie enden würde.

Ohne Persephone war es so viel schwerer, die Dinge klar zu sehen.

»Hast du was entdeckt?«, fragte Mr Gray.

»Fahr noch mal rum«, erwiderte Maura. Sie drehten eine weitere Runde durch Henrietta, wo die Ladenreklamen im Takt mit der Ley-Linie flackerten. Der Regen hatte aufgehört, aber es wurde langsam dunkel und Mr Gray schaltete das Licht ein, bevor er seine Finger wieder mit ihren verflocht. Er hatte sich als Fahrer angeboten, um Maura zu unterstützen, die einer immer stärker werdenden Ahnung folgte. Begonnen hatte es an diesem Morgen, gleich nachdem sie aufgewacht war, ein unheilvolles Gefühl, wie man es manchmal hatte, wenn man aus einem Albtraum erwachte. Doch anstatt im Laufe des Tages abzuklingen, war es nur immer konkreter geworden; es konzentrierte sich auf Blue und den Fox Way und eine schleichende Dunkelheit, die sich anfühlte, als wäre man ohnmächtig.

Außerdem tat ihr Auge weh.

Sie war schon lange genug in der Branche tätig, um zu wissen, dass mit ihrem Auge alles in Ordnung war. Sondern dass stattdessen an irgendeinem Ort zu irgendeiner Zeit mit dem Auge von jemand anderem etwas nicht in Ordnung war und sie selbst nur gerade auf derselben Frequenz funkte. Die Sache mit dem Auge war unangenehm, aber nicht so sehr, dass sie etwas dagegen unternehmen musste. Ganz im Gegensatz zu ihrer Ahnung. Das Schwierige beim Verfolgen solch unguter Gefühle war, dass man nie genau wusste, ob man auf ein Problem zulief, um es zu lösen, oder um es überhaupt erst zu einem zu machen. Es wäre sehr viel leichter gewesen, wenn sie noch zu dritt gewesen wären. Normalerweise gab Maura den Anstoß zu einem Projekt, Calla machte es greifbar und Persephone schickte es in den Äther. Seit sie nur noch zu zweit waren, funktionierte nichts mehr annähernd so gut.

»Fahr noch eine Runde«, wies Maura Mr Gray an. Sie konnte seine Gedanken fühlen, während er fuhr. Lyrik und Helden, Romanzen und Tod. Irgendein Gedicht über einen Phönix. Er war ihre bisher unklügste Entscheidung, aber sie konnte einfach nicht anders, als sie wieder und wieder zu treffen.

»Ist es okay, wenn ich rede?«, fragte er. »Oder stört dich das?«

»Ich komme sowieso nicht weiter. Da kannst du auch reden. Worüber denkst du eigentlich die ganze Zeit nach? Vögel, die aus Asche auferstehen?«

Er warf ihr einen anerkennenden Blick zu und sie schmunzelte. Es war nichts als ein Taschenspielertrick, der einfachste, den sie beherrschte – einen Gedanken aus einem ungeschützten, wohlwollenden Bewusstsein zu zupfen –, aber sie freute sich dennoch über die Würdigung.

»Ich hab in letzter Zeit viel über Adam Parrish und seine fröhliche Bande nachgedacht«, gab Mr Gray zu. »Und diese gefährliche Welt, in der sie verkehren.«

»Interessant, dass du sie so nennst. Ich hätte eher Richard Gansey und seine fröhliche Bande gesagt.«

Er legte den Kopf schief, als könne er ihre Ansicht nachvollziehen, auch wenn er sie nicht teilte. »Ich habe darüber nachgedacht, wie viel Ärger sie geerbt haben. Die Tatsache, dass Colin Greenmantle Henrietta verlassen hat, macht die Stadt nicht sicherer; eher noch gefährlicher.«

»Weil er alle anderen auf Abstand gehalten hat.«

»Genau.«

»Und jetzt machst du dir Sorgen, dass die anderen herkommen könnten, obwohl hier niemand was verkauft? Warum sollten sie?«

Mr Gray deutete auf eine flackernde Straßenlaterne, als sie am Gericht vorbeifuhren. Drei Schatten glitten darüber hinweg, ohne dass Maura erkennen konnte, wer oder was sie warf. »Henrietta ist einer von diesen Orten, die selbst aus der Ferne übernatürlich wirken. Ein dauerattraktives Ziel für Leute, die sich für so was interessieren. Und die werden jetzt kommen, um nach der Ursache oder Wirkung zu bohren.«

»Was gefährlich für die fröhliche Bande werden könnte, weil es tatsächlich etwas zu finden gibt? Cabeswater?«

Wieder legte Mr Gray den Kopf schief. »Mhm. Und das Lynch-Anwesen. Ich weiß, dass ich daran nicht unschuldig bin.«

Da konnte Maura ihm nur zustimmen. »Das kannst du nicht mehr rückgängig machen.«

»Nein. Aber –« Das Zögern an dieser Stelle war ein Zeichen seines nachwachsenden Herzens. Es war ein Jammer, dass der Samen in derselben verbrannten Erde keimen musste, von der er schon einmal erstickt worden war. Konsequenzen, wie Calla zu sagen pflegte, waren ein Arschloch. »Welche Zukunft siehst du für mich? Bleibe ich hier?« Als sie nicht antwortete, drängte er: »Sterbe ich?«

Sie löste ihre Hand aus seiner. »Willst du das wirklich wissen?«

»*Simle þreora sum þinga gehwylce, ær his tid aga, to tweon weorþeð; adl oþþe yldo oþþe ecghete fægum fromweardum feorh oðþringeð.*« Er seufzte, was Maura mehr über seine geistige Verfassung verriet als der unübersetzte angelsächsische Vers. »Es war einfacher, den Helden vom Bösewicht zu unterscheiden, als es nur um Leben und Tod ging. Alles dazwischen macht die Sache komplizierter.«

»Willkommen in meiner Welt«, erwiderte sie. Einer plötzlichen Eingebung folgend zeichnete sie ein geschwungenes Symbol in die Luft. »Wie heißt noch mal das Unternehmen mit diesem Logo?«

»Disney.«

»Haha.«

»Trevon-Bass. Ist hier ganz in der Nähe.«

»Gibt es da in der Gegend auch einen Molkereibetrieb?«

»Ja«, antwortete Mr Gray. »Ja, gibt es.«

Er wendete kontrollierter-, wenn auch illegalerweise. Ein paar Minuten später kamen sie an dem verblichenen Beton-Monolithen der Trevon-Bass-Milchwerke vorbei, bevor sie in eine Seitenstraße abbogen und schließlich eine von einem Bretterzaun gesäumte Auffahrt entlangfuhren. In Maura regte sich Genugtuung, wie wenn man nach einer angenehmen Erinnerung gesucht hatte und sie genauso vorfand, wie man sie zurückgelassen hatte.

»Wieso kennst du dich so gut hier aus?«, fragte sie.

»Ich war schon mal hier«, antwortete Mr Gray in unheilschwangerem Ton.

»Ich hoffe, du hast hier nicht irgendwen umgebracht.«

»Nein. Aber ich hab jemandem eine Pistole an den Kopf gehalten, wenn du's genau wissen willst.« Ein kaum noch lesbares Schild hieß sie im Urlaub willkommen. Die Auffahrt mündete auf einen Kiesplatz; ihre Autoscheinwerfer erhellten ein altes Stallgebäude, das in eine exklusive Ferienresidenz umgewandelt worden war. »Hier haben die Greenmantles gewohnt, als sie in Henrietta waren. Die Molkerei ist gleich da drüben.«

Maura war bereits dabei, ihre Tür zu öffnen. »Glaubst du, wir können mal kurz einen Blick ins Haus werfen?«

»Okay, aber mit Betonung auf kurz.«

Die Seitentür war nicht abgeschlossen. Mauras hellseherische Gabe und ihr Herz versicherten ihr gleichermaßen, dass Mr Gray dicht hinter ihr war, als sie das Haus betraten, leise, angespannt. Irgendwo in der Nähe muhten und schnaubten Kühe, die größer klangen, als sie vermutlich waren.

Im Inneren des Ferienhauses war es sehr dunkel, überall Schatten, keine Ecken. Maura schloss die Augen und wartete, bis sie sich auf die vollkommene Schwärze eingestellt hatten. Sie hatte keine Angst vor Dunkelheit oder dem, was darin lauern mochte. Angst war ihrer Zuwendung nicht würdig; ihr Gespür für das, was richtig war, schon.

Und genau dem folgte sie nun.

Sie öffnete die Augen und wich einem klobigen Möbelstück aus, das vermutlich ein Sofa war. Ihre pochende Ahnung wurde stärker, als sie auf eine Treppe stieß und hinaufging. Oben befand sich eine offene Küche, spärlich erleuchtet vom abendlichen Grau-Violett, das zu den riesigen neuen Fenstern hereinfiel, und dem Grün-Blau der Mikrowellenuhr.

Es war kein gutes Gefühl. Sie konnte nicht sagen, ob es an etwas in diesem Raum lag oder lediglich an Mr Grays Erinnerungen, die in ihr Bewusstsein drängten. Sie ging weiter.

Ein stockdunkler Flur, keine Fenster, kein Licht.

Es war dunkler als dunkel.

Als sie einen vorsichtigen Schritt hinein machte, hörte die Dunkelheit auf, Dunkelheit zu sein, und wurde zur Abwesenheit jeglichen Lichts. Diese zwei Zustände mochten einander in vielerlei Hinsicht ähneln, aber in keiner, die einem weiterhalf, wenn man mitten in einem davon gelandet war.

»Blue«, flüsterte etwas in Mauras Ohr.

Jeder ihrer Sinne lag blank; sie wusste nicht, ob sie weitergehen sollte oder nicht.

Mr Gray berührte sie am Rücken.

Nur dass es nicht Mr Gray war. Sie brauchte bloß den Kopf ein winziges Stück nach rechts zu drehen, um zu sehen, dass er noch immer am Rand dieser zähflüssigen Dunkelheit stand. Maura nahm sich einen Moment Zeit, um einen Schutzschild um sich zu errichten. Erst jetzt erkannte sie, dass der Flur vor einer Tür endete. Zwar befanden sich auch rechts und links davon geschlossene Türen, aber die in der Mitte war eindeutig die Quelle.

Sie warf einen Blick zurück zum Lichtschalter neben Mr Gray. Er drückte darauf.

Es war, als verlöre das Licht einen Streit mit der korrekten Antwort. Es hätte an sein sollen. Es *war* an. Als Maura den Kopf hob und die Glühbirnen betrachtete, konnte sie ganz objektiv bestätigen, dass sie brannten.

Doch im Flur war es noch immer dunkel.

Maura fing Mr Grays Blick auf.

Lautlos legten sie die letzten paar Schritte zurück, schoben die Abwesenheit von Licht vor sich her, und dann schwebte Mauras Hand über dem Türknauf. Er wirkte völlig normal, was für die gefährlichsten Dinge galt. Er warf keinen Schatten, weil es kein Licht gab, das ihn erreichte.

Maura folgte ihrem Gespür und fand Furcht. Dann folgte sie ihm noch ein Stück weiter und fand die Antwort.

Sie drehte den Knauf und öffnete die Tür.

Das düstere Flurlicht sickerte an ihr vorbei und gab den Blick in ein großes Badezimmer frei. Neben der Badewanne stand eine Sehschale. Das Wachs dreier farbloser Kerzen hatte sich über eine Seite des Waschbeckens ergossen. *PIPER PIPER PIPER* stand rückwärts auf dem Spiegel; die Textur der Buchstaben erinnerte stark an pinkfarbenen Lippenstift.

Auf dem Boden lag etwas Großes; es bewegte sich scharrend.

Maura befahl ihrer Hand, nach dem Lichtschalter zu tasten, und sie gehorchte.

Das Ding auf dem Boden war eine Gestalt. Es war ein Mensch. Aber es krümmte sich auf eine Art, wie ein Mensch es nicht können sollte, die Schulterblätter wie zusammengefaltet. Die Finger Krallen auf den Fliesen. Krabbelnde, zappelnde Beine. Ein wenig menschlicher Laut drang aus seinem Mund und dann begriff Maura.

Der Mensch vor ihr starb.

Maura wartete kurz ab, bis er fertig war. Dann sagte sie: »Du musst Noah sein.«

16

Auch Calla hatte an diesem Tag eine hartnäckige negative Ahnung, aber anders als Maura saß sie in einem Büro der Aglionby Academy fest und erledigte Papierkram, sodass sie keine Zeit hatte herauszufinden, woher das ungute Gefühl rührte. Trotzdem wurde es stärker und stärker, erfüllte ihren Kopf wie ein dunkler Schmerz, bis sie schließlich nachgab und darum bat, eine Stunde früher Feierabend machen zu dürfen. Gerade lag sie bäuchlings auf dem Boden des Zimmers, das sie sich mit Jimi teilte, als sie die Haustür zuschlagen hörte.

Mauras Stimme ertönte im Flur. »Ich habe Tote im Gepäck. Sagt alle Termine ab. Legt den Hörer auf! Orla, wenn du einen Typen dahast, muss er jetzt gehen!«

Calla wickelte sich aus ihrer Tagesdecke, hob ihre Pantoffeln auf und machte sich auf den Weg nach unten. Jimi stieß sich in ihrem liebenswerten Eifer die ausladende Hüfte am Nähtischchen, so eilig hatte sie es herauszufinden, was los war.

Mitten auf der Treppe blieben beide wie angewurzelt stehen.

Man muss wohl anerkennend erwähnen, dass Calla lediglich *fast* ihre Pantoffeln fallen ließ, als sie Noah Czerny neben Maura und Mr Gray stehen sah.

Wobei *Noah Czerny* eine sehr menschliche Bezeichnung für etwas war, das in Callas Augen nicht viel mit einem Menschen gemein hatte. Sie hatte in ihrem Leben schon eine Menge lebendige Menschen gewesen und auch eine Menge Geister, aber so etwas war ihr noch nicht untergekommen. Eine so verrottete Seele hätte nicht – tja, hätte *gar nichts* sollen. Sie hätte das Relikt eines Geistes sein sollen, ein bewusstseinsloser, immer wiederkehrender Spuk. Ein hundert Jahre alter Geruch in einem Flur. Ein Schauder, wenn man an einem ganz bestimmten Fenster stand.

Und doch sah sie sich eindeutig den Fetzen einer Seele gegenüber, in denen noch immer ein toter Junge steckte.

»Ach, Liebes«, rief Jimi in einer spontanen Aufwallung von Mitleid. »Du armes Ding. Warte, ich hole dir ein bisschen …« Jimi, die Kräuterexpertin, hatte für gewöhnlich eine herbale Lösung für jedes nur vorstellbare menschliche Leiden parat.

»Ein bisschen was?«, hakte Calla nach.

Jimi schürzte die Lippen und wippte auf den Fußballen. Es war offensichtlich, dass sie völlig ratlos war, aber sie musste vor den anderen das Gesicht wahren. Außerdem war sie ermüdend gutherzig und es war nicht zu übersehen, dass Noahs Anblick ihr zu schaffen machte.

»Silberakazie«, beendete Jimi triumphierend ihren Satz und Calla seufzte voll unwilliger Bewunderung. Jimi deutete mit dem Finger auf Noah. »Silberakazienblüten helfen, Geister erscheinen zu lassen. Damit wirst du dich gleich kräftiger fühlen!«

Während sie zurück die Treppe hochstapfte, bat Maura Mr Gray, Noah in den Sitzungsraum zu führen, und beriet sich kurz mit Calla im Flur. Anstatt ihr zu erzählen, wie es dazu gekommen war, dass sie Noah mit nach Hause gebracht hatte, streckte Maura lediglich den Arm aus, damit Calla ihre Hand darauflegte. Callas psychometrische Gabe – Wahrsagen durch Berührung –, lieferte oft ungenaue Resultate, in diesem Fall jedoch waren die Ereignisse aktuell und klar genug, dass sie mühelos sehen konnte, was passiert war – den Kuss zwischen Maura und Mr Gray kurz zuvor mit eingeschlossen.

»Ein Mann mit vielen Talenten, dein Mr Gray«, bemerkte sie.

Maura warf ihr einen finsteren Blick zu. »Das Problem ist: Ich glaube zwar, dass mir der Spiegel mit Pipers Namen nicht ohne Grund gezeigt wurde, aber ich habe nicht das Gefühl, dass das Noahs Absicht war. Er kann sich weder erinnern, wie er ins Haus gekommen ist, noch was er dort gemacht hat.«

Calla senkte die Stimme. »Könnte er möglicherweise als Omen fungiert haben?«

Omen – übernatürliche Warnungen vor anstehenden Schicksalsschlägen – waren nichts, was Calla besonders interessierte, zumal sie in der Regel eingebildet waren. Menschen neigten dazu, Omen zu sehen, wo gar keine waren: Schwarze Katzen sollten Unglück bringen, eine Krähe Trauer ankündigen. Ein echtes Omen jedoch – den unheilvollen Fingerzeig einer wenig beachteten kosmischen Präsenz – durfte man nicht ignorieren.

Auch Maura sprach gedämpft. »Möglich wär's. Ich konnte dieses schreckliche Gefühl den ganzen Tag nicht abschütteln. Die Sache ist nur, ich wusste gar nicht, dass fühlende Wesen Omen sein können.«

»Ist er denn ein fühlendes Wesen?«

»Zumindest zum Teil. Wir haben uns auf der Fahrt hierher unterhalten. Etwas wie ihn habe ich noch nie gesehen. Sein Körper ist so verrottet, dass er einem auf den ersten Blick wie ein seelenloses Omen vorkommt, aber gleichzeitig steckt tatsächlich noch ein Junge darin. Ich meine, er saß schließlich mit uns im Auto!«

Beide Frauen schwiegen nachdenklich.

Dann sagte Calla: »Er ist derjenige, der auf der Ley-Linie gestorben ist, oder? Vielleicht hat Cabeswater ihm genug Kraft verliehen, dass er bei Bewusstsein bleibt, obwohl er längst weitergezogen sein sollte. Wenn er zu feige ist, um den entscheidenden Schritt zu gehen, könnte dieser verrückte Wald ihn mit genug Energie versorgen, dass er einfach weiter hier durchhält.«

Maura warf Calla einen weiteren finsteren Blick zu. »Das richtige Wort wäre *verängstigt*, Calla Lily Johnson, er ist schließlich noch ein Junge. Oder so was. Vergiss nicht, dass er ermordet worden ist. Und außerdem einer von Blues besten Freunden ist.«

»Also, wie lautet der Plan? Willst du, dass ich ihn mir vornehme und ein bisschen was rausfinde? Oder sollen wir versuchen, ihn weiterzuschicken?«

»Denk an die Frösche«, sagte Maura besorgt.

Ein paar Jahre zuvor hatte Blue bei irgendeiner Besorgung in der Nachbarschaft zwei Laubfrösche gefangen. Stolz hatte sie einen von Jimis größten Eisteekrügen in ein provisorisches Terrarium umgewandelt und sie hineingesetzt. Als sie in der Schule war, hatte Maura die Ahnung beschlichen – nicht auf übernatürlichen Wegen, sondern ganz gewöhnlichen –, dass diesen Fröschen in der Obhut der damals noch jüngeren Blue ein langsamer Tod bevorstand. Sie hatte sie im Garten freigelassen und damit den Anstoß zu einem der schlimmsten Streits gegeben, den sie und ihre Tochter je gehabt hatten.

»Na schön«, zischte Calla. »Dann lassen wir eben keine Geister frei, während sie auf einer Togaparty ist.«

»Ich will nicht gehen.«

Maura und Calla zuckten gleichermaßen zusammen.

Natürlich stand Noah neben ihnen, mit hängenden Schultern und hochgezogenen Augenbrauen. Darunter hindurch schimmerten Fasern und Schwarz, Staub und Abwesenheit. Seine Worte waren leise und undeutlich. »Noch nicht.«

»Dir bleibt nicht mehr viel Zeit, Junge«, entgegnete Calla.

»Noch nicht«, wiederholte Noah. »Bitte.«

»Niemand zwingt dich zu etwas, was du nicht willst«, sagte Maura.

Noah schüttelte traurig den Kopf. »Das … haben sie längst. Und sie … werden es wieder tun. Aber das hier … das hier will ich für *mich* tun.«

Er streckte Calla die Hand entgegen, mit der Handfläche nach oben, wie ein Bettler. Die Geste erinnerte Calla an einen Toten aus ihrer Vergangenheit, ein Bild, das sie noch immer mit Trauer und Schulgefühlen erfüllte, selbst nach zwanzig Jahren. Das heißt, wenn sie genau darüber nachdachte, war die Geste beinahe zu perfekt, das Handgelenk exakt im richtigen Maße schlaff, die leicht gespreizten Finger zu gewollt, wie ein Echo von Callas Erinnerungen.

»Ich bin ein Spiegel«, erklärte Noah tonlos und antwortete damit auf ihre Gedanken. Er starrte zu Boden. »Tut mir leid.«

Er begann, die Hand sinken zu lassen, aber Calla, die – wenn auch widerstrebend – nun doch aufrichtiges Mitleid empfand, ergriff seine kalten Finger.

Im nächsten Moment bekam sie einen Schlag ins Gesicht.

Sie hätte darauf vorbereitet sein müssen, hatte jedoch trotzdem kaum Zeit, sich wieder zu fangen, bevor der nächste Schlag kam. Sie spürte Angst, dann Schmerz, noch ein Schlag – doch diesen wehrte Calla geschickt ab. Sie wollte nicht den gesamten Mord an Noah durchleben müssen.

Sorgfältig umschiffte sie das Ereignis und fand … nichts. Im Hinblick auf die Vergangenheit funktionierte ihre Psychometrie normalerweise ausgezeichnet, grub sich durch sämtliche jüngere Erinnerungen bis hin zu den stärkeren, vergangenen. Aber Noah war so verrottet, dass seine Vergangenheit so gut wie ausgelöscht war. Übrig waren nichts als Fragmente in Form zerfranster Spinnweben. Schon wieder ein Kuss – wie kam es, dass Calla an einem einzigen Tag so viele Sargents mit so vielen fremden Zungen im Mund erwischte? Sie sah Ronan, der in Noahs Erinnerungen wesentlich sympathischer wirkte. Gansey, mutig, verlässlich, worum Noah ihn ganz offensichtlich beneidete. Und Adam – Noah schien Angst vor ihm zu haben, oder *um* ihn. Diese zunehmend dunkleren Angstfäden verflochten sich mit Bildern von ihm selbst. Dann sah sie die Zukunft, die sich in immer verschwommeneren Momentaufnahmen vor ihr ausbreitete, und –

Calla ließ Noahs Hand los und starrte ihn an. Ausnahmsweise fiel ihr kein sarkastischer Kommentar ein.

»Okay, Kumpel«, sagte sie schließlich. »Willkommen im Fox Way. Du kannst hierbleiben, so lange du willst.«

17

Obwohl Gansey Henry Cheng mochte, kam es ihm wie eine seltsame Machtverschiebung vor, dass er tatsächlich zu einer von dessen Partys gehen würde. Zwar fühlte er sich keineswegs von Henry bedroht – Henry und Gansey waren beide Könige in ihrem eigenen Reich –, aber sich nun tatsächlich in sein Revier zu begeben war etwas ganz anderes, als ihm auf dem neutralen Boden der Aglionby Academy zu begegnen. Die vier Vancouver-Jungs wohnten allesamt im Litchfield House, das außerhalb des Schulgeländes lag, und man munkelte, die Partys dort seien legendär. Sie waren ein exklusiver Club. Und unbestreitbar Henrys Club. Wer einmal dieses Märchenland betreten hatte, blieb für immer dort oder vermisste es schmerzlich, sobald er es wieder verlassen hatte.

Gansey war nicht sicher, ob seine Situation neue Freundschaften erlaubte.

Litchfield House war eine alte viktorianische Villa, die vom Monmouth aus gesehen am gegenüberliegenden Ende der Innenstadt lag. In der feuchten, kühler werdenden Nacht wuchs es mit seinen Erkern und Schindeln und Veranden aus sich kräuselnden Nebelschwaden empor, jedes Fenster von einer winzigen elektrischen Kerze erleuchtet. In der Auffahrt parkten vier teure Autos in doppelter Reihe. Ganz vorne stand wie ein majestätischer Geist Henrys silberner Fisker, gleich hinter einer altgedienten Limousine.

Blue hatte grauenhafte Laune. Offenbar war während ihrer Schicht im Nino irgendetwas vorgefallen, und Ganseys vorsichtiges Nachbohren hatte ihn lediglich zu der Erkenntnis geführt, dass es weder mit ihm noch mit der Togaparty zu tun hatte. Blue fuhr, was drei Vorteile hatte. Erstens konnte Gansey sich keinen Menschen vorstellen, dessen Stimmung sich beim Fahren eines Camaros nicht wenigstens minimal heben würde. Zweitens hatte Blue gesagt, dass sie keine Chance habe, mit dem Fox-Way-Gemeinschaftsauto jemals Fahrpraxis zu erlangen. Und drittens, und wichtigstens, raubte ihr Anblick hinter Pigs Steuer Gansey auf skandalöse Weise den Verstand. Ronan und Adam waren nicht bei ihnen und somit niemand, der sie bei dieser Eskapade, die sich geradezu unzüchtig anfühlte, hätte erwischen können.

Er musste es ihnen sagen.

Gansey war auch nicht sicher, ob seine Situation es erlaubte, dass er sich verliebte, aber es war trotzdem passiert. Die Abläufe dahinter waren ihm ein Rätsel. Seine Freundschaft mit Ronan und Adam verstand er – beide repräsentierten Fähigkeiten, die er nicht besaß, jedoch bewunderte, und außerdem mochten sie dieselben Versionen von ihm wie er selbst. Zwar galt das auch für seine Freundschaft mit Blue, aber das war eben nicht alles. Je besser er sie kennenlernte, desto mehr fühlte er sich so wie beim Schwimmen. Dann schien es mit einem Mal keine dissonanten Versionen von ihm mehr zu geben. Dann gab es nur noch Gansey, jetzt, jetzt, jetzt.

Blue bremste Pig vor dem Stoppschild der Villa gegenüber und versuchte, sich ein Bild von der Parksituation zu machen.

»Möhh«, stöhnte sie, als ihr Blick über die Luxusschlitten wanderte.

»Was ist?«

»Ich hatte kurz vergessen, wie *Aglionby* er ist.«

»Wir müssen auch wirklich nicht hingehen«, beschwichtigte Gansey sie. »Also, ich sollte mich schon mal kurz blicken lassen, um mich bei ihm zu bedanken, aber das war's auch.«

Beide spähten sie über die Straße zum Haus. Gansey fiel auf, dass er seltsam nervös war vor diesem vollkommen unwichtigen Treffen mit Leuten, die er mit ziemlicher Sicherheit ausnahmslos kannte. Er wollte seinen Gedanken gerade in Worte fassen, als die Haustür aufging. Ein gelbes Rechteck tat sich auf wie ein Portal in eine andere Dimension und Julius Caesar trat auf die Veranda. Er hob die Hand in Richtung des Camaros und rief: »Hey, yo, Dick Gansey!«

Denn es war nicht Julius Caesar; es war Henry. In einer Toga.

Blues Augenbrauen verschwanden unter ihrem Pony. »Ziehst du auch so ein Ding an?«

Es würde eine Katastrophe geben.

»Ganz sicher nicht«, antwortete Gansey. Die Toga wirkte realer, als ihm lieb war, jetzt, da er sie direkt vor sich sah. »Wir bleiben ja nicht lange.«

»Parkt um die Ecke und passt auf, dass ihr keine Katze plattmacht!«, rief Henry jetzt.

Blue fuhr ein Stück um den Block, wich einer weißen Katze aus und parkte den Wagen langsam, aber vorbildlich am Straßenrand, selbst mit Gansey als Zuschauer, selbst als die Servolenkung ein protestierendes Kreischen ausstieß.

Obwohl Henry gewusst haben musste, dass sie nicht lange brauchen würden, war er schon wieder im Haus verschwunden, nur um ihnen gleich darauf mit feierlicher Geste die Tür zu öffnen. Eine leicht überhitzte Blase aus Knoblauch- und Rosenduft umfing sie. Gansey war auf eine Horde volltrunkener, von Kronleuchtern baumelnder Jungs gefasst gewesen und obwohl er sich das natürlich nicht unbedingt gewünscht hatte, wirkte die Diskrepanz nun regelrecht verstörend. Das Innere des Hauses war extrem aufgeräumt; ein dunkler Flur voll zierlicher Antikmöbel und Spiegel in kunstvoll geschnitzten Rahmen führte in die inneren Gefilde. Das Ganze wirkte nicht im Entferntesten wie ein Ort, an dem gerade eine Party stattfand. Es wirkte eher wie ein Ort, an dem alte Damen starben und nicht gefunden wurden, bis aufmerksame Nachbarn einen seltsamen Geruch bemerkten. Das alles passte kein bisschen zu dem, was Gansey über Henry wusste.

Außerdem war es ziemlich leise.

Gansey durchzuckte kurz der schreckliche Gedanke, dass die Party sich womöglich auf Henry und sie beide beschränken würde, die sich in Togas in einem eleganten Salon gegenübersaßen.

»Willkommen, willkommen«, sagte Henry, als hätte er Gansey und Blue nicht kurz zuvor noch gesehen. »Und, habt ihr die Katze erwischt?«

Er hatte sich sichtlich Mühe mit seinem Kostüm gegeben. Seine Toga war mit mehr Sorgfalt geknotet, als Gansey jemals für eine Krawatte aufgebracht hatte. Und Gansey hatte schon eine Menge Krawatten geknotet. Er trug die verchromteste Uhr, die Gansey je gesehen hatte, und Gansey hatte schon eine Menge Chrom gesehen. Sein schwarzes, zu Stacheln hochgegeltes Haar strebte emsig aufwärts, und Gansey hatte schon eine Menge Dinge gesehen, die emsig aufwärts strebten.

»Wir haben Zick gemacht und die Katze Zack«, antwortete Blue knapp.

»Wendy ist ja auch da!«, rief Henry, als hätte er Blue erst jetzt bemerkt. »Wo ist denn der Rest der verlorenen Jungs? Egal, ich hab heute jedenfalls extra noch Frauentogen gegoogelt für den Fall, dass du kommen würdest. Gute Arbeit an der Katzenfront. Mrs Woo würde uns wahrscheinlich im Schlaf vergiften, wenn ihr die überfahren hättet. Wie heißt du noch mal?«

»Blue«, sagte Gansey. »Blue Sargent. Blue, du erinnerst dich an Henry?«

Sie musterten einander. Bei ihrem vorherigen kurzen Treffen war es Henry gelungen, Blue durch seine lässige Selbstironie nach allen Regeln der Kunst zu beleidigen. Gansey verstand grundlegend Henrys Bedürfnis, sich auf haarsträubende und anstößige Weise über sich selbst lustig zu machen, einfach weil die Alternative gewesen wäre, in den Tempel zu stürzen und die Tische der Geldwechsler umzustoßen. Blue dagegen hatte ihn offensichtlich als unreifen Aglionby-Prinzen eingestuft. Und bei ihrer derzeitigen Laune –

»Ich erinnere mich«, entgegnete sie kühl.

»War nicht mein bester Moment«, gestand Henry. »Aber mein Auto und ich haben uns inzwischen wieder vertragen.«

»Sein Elektroauto«, präzisierte Gansey für den Fall, dass Blue die Umweltkomponente entgangen war.

Blue sah Henry aus schmalen Augen an, bevor sie sagte: »Von hier aus könntest du doch auch gut mit dem Fahrrad zur Aglionby fahren.«

Henry hob einen Zeigefinger. »Wohl wahr. Aber beim Radeln steht die Sicherheit an erster Stelle und bislang hat einfach noch keiner einen Fahrradhelm erfunden, der mit meiner Frisur kompatibel ist.« An Gansey gewandt fügte er hinzu: »Hast du Cheng2 irgendwo da draußen gesehen?«

Cheng2, der in Wirklichkeit Henry Broadway hieß, verdankte seinen verwirrenden Spitznamen nicht der Tatsache, dass es an der Aglionby zwei Chengs gab, sondern zwei Henrys. Gansey kannte ihn nicht besonders gut, abgesehen von dem, was jeder über ihn wusste: dass er ununterbrochen zitterte, weil seine Extremitäten permanent unter dem Einfluss von massenweise Energydrinks standen. »Nicht, wenn er nicht neuerdings einen Camry fährt.«

Das brachte Henry lauthals zum Lachen, als hätte Gansey mit seiner Antwort an ein vergangenes Gespräch angeknüpft. »Der gehört Mrs Woo. Unserer winzigen Herrin und Gebieterin. Die muss hier irgendwo sein. Guckt mal in euren Hosentaschen nach, kann sein, dass sie drinsteckt. Manchmal fällt sie auch in die Ritzen zwischen den Bodendielen – das ist die Gefahr bei diesen großen alten Häusern. Wo sind denn Lynch und Parrish?«

»Die hatten leider keine Zeit.«

»Nicht zu fassen. Ich weiß ja, dass der Präsident sich nicht immer mit dem Kongress und dem obersten Gerichtshof einig ist; ich hätte bloß nicht gedacht, dass ich den Tag noch erleben würde.«

»Wer kommt denn sonst noch?«, fragte Gansey.

»Die üblichen Verdächtigen«, antwortete Henry. »Will ja schließlich keiner 'nen entfernten Bekannten in einem Bettlaken sehen.«

»Mich kennt doch auch keiner«, merkte Blue an. Es war unmöglich zu sagen, was ihr Gesichtsausdruck verhieß. Nichts Gutes jedenfalls.

»Richard Gansey der Dritte bürgt für dich, das reicht.«

Am Ende des Flurs öffnete sich eine Tür und eine sehr kleine Asiatin unbestimmbaren Alters kam mit einem Armvoll gefalteter Bettlaken herausgestapft.

»Hallo, Tantchen«, sagte Henry liebenswürdig. Sie warf ihm einen finsteren Blick zu, bevor sie durch eine andere Tür wieder verschwand. »Mrs Woo wurde wegen ihres aufbrausenden Gemüts aus Korea rausgeschmissen, die Arme. Ha, die hat wirklich den Charme einer Chemiewaffe.«

Gansey war zwar immer davon ausgegangen, dass irgendeine Art von Aufsichtsperson im Litchfield House wohnen musste, aber genauer hatte er nie darüber nachgedacht. Der Höflichkeit halber hätte er eigentlich Blumen oder etwas zu essen für sie dabeihaben sollen. »Hätte ich was für sie mitbringen sollen?«

»Wen?«

»Deine Tante.«

»Ist nicht meine, sondern Ryangs«, erwiderte Henry. »Aber jetzt kommt erst mal weiter. Koh ist oben und katalogisiert die Getränke. Ihr müsst nicht mitmachen, aber ich hab definitiv vor, mir die Kante zu geben. Man hat mir gesagt, dass ich nicht laut werde, aber dafür manchmal sehr philanthropisch. Nur damit ihr gewarnt seid.«

Jetzt war Blues Blick endgültig voreingenommen, wodurch er um ungefähr zwei Grad von ihrem normalen Ausdruck abwich und um ein Grad von Ronans. Gansey beschlich der Verdacht, dass diese zwei Welten sich nicht würden vermischen lassen.

Ein mächtiges Krachen ertönte, als durch eine weitere Tür Cheng2 und Logan Rutherford mit Plastiktüten in den Händen erschienen. Rutherford nutzte seinen gottgegebenen Verstand dazu, den Mund zu halten, Cheng2 dagegen hatte diese Fähigkeit nie erlernt.

»Scheiß die Wand an, es kommen auch Mädels?«, fragte er.

Blue schien neben Gansey auf das Vierfache ihrer normalen Größe anzuwachsen; es war, als würde jeder Laut aus dem Raum gesogen, kurz bevor die Explosion erfolgte.

Es würde eine Katastrophe geben.

18

Es war 18 Uhr 21.

Nein, es war 20 Uhr 31. Ronan hatte die Uhr im Armaturenbrett falsch entziffert.

Der Himmel war schwarz, die Bäume waren schwarz, die Straße war schwarz. Er hielt vor Adams Haus. Adam wohnte in einem Apartment über der Pfarrei der katholischen Sankt-Agnes-Kirche, eine zufällige Fügung, die einige der Dinge, die Ronan am meisten am Herzen lagen, in einem einzigen Häuserblock in der Innenstadt vereinte. Ronan, der wie immer nicht an sein Handy gegangen war, hatte vor ein paar Stunden einen Anruf von Adam verpasst. Die Nachricht auf seiner Mailbox war knapp gewesen: »Wenn du heute Abend nicht mit Gansey zu Cheng gehst, kannst du dann kommen und mir mit Cabeswater helfen?«

Ronan würde ganz sicher nicht zu Henry Cheng gehen. Allein beim Gedanken an das debile Gegrinse und den sinnlosen Aktionismus bekam er Hautausschlag.

Ronan fuhr zu Adam, keine Frage.

Er stieg aus seinem BMW, schnalzte Chainsaw zu, damit sie aufhörte, eine Naht am Beifahrersitz aufzuzupfen, und suchte den Parkplatz neben der Kirche nach dem dreifarbigen Hondayota ab. Er entdeckte ihn; die Scheinwerfer waren noch an, der Motor ausgeschaltet. Davor kauerte Adam und starrte, ohne zu blinzeln, in das grelle Licht. Die Finger auf den Asphalt gestützt, die Füße in den Boden gestemmt, hockte er da, wie ein Sprinter, der auf den Startschuss wartete. Vor ihm lagen drei Tarotkarten. Er hatte sich eine der Fußmatten aus dem Auto genommen, um sich hinhocken zu können, ohne seine Schuluniform schmutzig zu machen. Wenn man diese beiden Eigenschaften kombinierte – das Unergründliche und das Pragmatische –, war man in dem Bestreben, Adam Parrish zu verstehen, schon mal ein ganzes Stück weiter.

»Parrish«, sagte Ronan. Adam antwortete nicht. Seine Pupillen waren Lochkameras in eine andere Welt. »*Parrish.*«

Eine von Adams Händen hob sich in Richtung von Ronans Beinen. Seine Finger zuckten kurz, als wollte er ihm mit dem geringstmöglichen körperlichen Aufwand vermitteln: *Stör mich nicht.*

Ronan verschränkte die Arme und wartete ab. Betrachtete Adams feine Wangenknochen, seine hellen, zusammengezogenen Augenbrauen, seine schönen Hände, alles wie verwaschen in dem zornigen Licht. Besonders die Form von Adams Händen hatte sich ihm eingeprägt: sein leicht linkisch und jungenhaft abstehender Daumen; die Pfade der hervortretenden Adern; die ausgeprägten Knöchel, die seine langen Finger konturierten. In seinen Träumen hob Ronan sie an seinen Mund.

Seine Gefühle für Adam waren wie eine Ölpest; er hatte den Tank überlaufen lassen und nun gab es keine Stelle im ganzen verdammten Ozean mehr, die nicht in Flammen aufgehen würde, sobald er ein Streichholz fallen ließ.

Chainsaw ließ sich flatternd neben den Tarotkarten nieder, ihr Schnabel war neugierig geöffnet, doch als Ronan lautlos den Finger auf sie richtete, verschwand sie eingeschnappt unter dem Wagen. Ronan legte den Kopf schief, um sich die Karten anzusehen. Irgendwas mit Flammen, irgendwas mit einem Schwert. Der Teufel.

Ein einziges Wort, das tausend Bilder auf einmal aufsteigen ließ, *Teufel*. Rote Haut, weiße Sonnenbrille, die angsterfüllten Augen seines Bruders Matthew im Kofferraum eines Autos. Furcht und Scham zugleich, dickflüssig genug, um sie hochzuwürgen. Ronan fühlte sich unangenehm an seine aktuellen Albträume erinnert.

Adams Finger bewegten sich und er ließ sich auf den Hintern plumpsen. Er blinzelte, blinzelte wieder, in schneller Folge, berührte mit der Spitze des Ringfingers seinen linken Augenwinkel. Es reichte nicht, also rieb er sich mit beiden Handflächen über die Augen, bis sie tränten. Dann erst hob er das Kinn und sah zu Ronan auf.

»Autoscheinwerfer? Das ist jetzt echt mal hardcore, Parrish.« Ronan streckte die Hand aus; Adam ergriff sie. Ronan zog ihn auf die Füße, sein Bewusstsein erfüllt vom Gefühl zweier sich berührender Handflächen, Daumen über Daumen, Finger auf Handgelenksknochen – und dann stand Adam vor ihm und er ließ ihn los.

Der Ozean stand in Flammen.

»Was zur Hölle ist denn mit deinen Augen los?«, fragte Ronan.

Adams Pupillen waren immer noch winzig. »Brauche immer eine Weile, um zurückzufinden.«

»Musst du immer so gruselig sein, du Arsch? Und was soll das mit dem Teufel?«

Adam starrte hoch zu den dunklen Buntglasfenstern der Kirche. Er war noch immer halb im strahlenden Reich der Scheinwerfer gefangen. »Ich verstehe einfach nicht, was Cabeswater mir sagen will. Es fühlt sich an, als wollte es mich auf Abstand halten. Ich muss irgendwie tiefer vordringen, aber das geht nicht, ohne dass jemand aufpasst, damit ich mich nicht zu weit von mir selbst löse.«

Was Ronan wohl zu »jemand« machte.

»Was versuchst du denn rauszufinden?«

Adam beschrieb ihm genauso ruhig, wie er auch eine Frage in der Schule beantwortet hätte, was mit seinem Auge und seiner Hand passiert war. Er wandte sich nicht ab, als Ronan sich vorbeugte, um seine Augen zu vergleichen – so nah, dass Ronan Adams Atem auf der Wange spürte –, und ließ zu, dass er seine Hand untersuchte. Letzteres war, wie ihnen beiden klar war, nicht unbedingt nötig, aber Adam erwiderte unverwandt Ronans Blick, als dieser ganz sachte mit dem Finger die Linien in seiner Handfläche nachfuhr.

Es war, als bewegte man sich über den schmalen Grat zwischen Träumen und Schlafen. Jene nächtlich prekäre Balance zwischen tief genug schlafen, um zu träumen, und wach genug sein, um sich daran zu erinnern, was man wollte.

Er wusste, dass Adam seine Gefühle ahnte. Aber er wusste nicht, ob er den Grat verlassen durfte, ohne zu zerstören, was sie hatten.

Adam hielt weiter seinen Blick fest, als Ronan schließlich seine Hand losließ. »Ich versuche rauszufinden, was Cabeswater angreift. Ich kann nur vermuten, dass es dasselbe ist wie das, was den schwarzen Baum krank gemacht hat.«

»An den muss ich auch noch ständig denken«, gestand Ronan. Sein Tag in den Schobern war von Träumen durchsetzt gewesen, aus denen er sich hastig selbst geweckt hatte.

»Ja? Siehst du deswegen so fertig aus?«

»Herzlichen Dank, Parrish. Ich mag deine Fresse auch.« Er erklärte knapp, inwiefern der kranke Albtraumbaum Parallelen zu seinen kranken Träumen aufwies, wobei er seine Sorge über den Inhalt dieser Träume sowie darüber, dass das alles bloß auf ein weit größeres Geheimnis hinzudeuten schien, mit einem Schwall Schimpfwörtern tarnte. »Fazit: Ich schlafe einfach nie wieder.«

Bevor Adam antworten konnte, zog eine Bewegung über ihnen ihre Aufmerksamkeit auf sich. Etwas Helles, Bizarres flatterte durch die dunklen Kronen der Bäume, die die Straßen in dieser Gegend säumten. Ein Ungeheuer.

Ronans Ungeheuer.

Das Albino-Traummonster verließ nur selten die schützende Umgebung der Schober und wenn doch, dann um Ronan zu folgen, jedoch nicht auf vertrauensvolle Hundeart, sondern eher eigenwillig mäandernd wie eine Katze. Jetzt allerdings flog es geradewegs die Straße herunter auf sie zu. In der violett-schwarzen Dunkelheit wirkte es bleich wie eine Rauchschwade, mit ausgefransten Flügeln, die ihm wie Stofffetzen vom Körper hingen. Am auffälligsten war das Geräusch seiner Flügel: *fummp, fummp, fummp*. Dann öffnete es seine zwei Schnäbel, die unter einem wilden Schrei erzitterten, unhörbar für menschliche Ohren.

Ronan und Adam legten die Köpfe in den Nacken. Ronan rief: »Hey! Wo willst du hin?« Doch die Kreatur glitt über sie hinweg, ohne auch nur langsamer zu werden. Sie hielt auf die Berge zu. Irgendwann würde das hässliche Mistvieh noch von einem erschrockenen Farmer erschossen werden.

Ronan hatte keine Ahnung, warum ihm die Vorstellung etwas ausmachte. Na ja, immerhin hatte ihm das Monster einmal das Leben gerettet. Oder so.

»Gruselig, die Zweite«, murmelte Ronan wieder.

Adam sah dem Monster nach und fragte: »Wie spät ist es?«

»18 Uhr 21«, antwortete Ronan und Adam sah ihn skeptisch an. »Nee, Quatsch, 20 Uhr 40. Hab mich verguckt.«

»Dann hätten wir noch Zeit, wenn es nicht zu weit ist.« Adam Parrish behielt stets seine Ressourcen im Blick: Geld, Zeit, Schlaf. Unter der Woche, das wusste Ronan, war Adam ziemlich geizig damit, selbst wenn ihm übernatürliche Mächte im Nacken saßen. Nur so kam er über die Runden.

»Wo geht's denn hin?«

»Ich weiß nicht. Ich will versuchen rauszufinden, was es mit diesem Teufel auf sich hat – und ich überlege, ob ich vielleicht die Sehschale benutzen kann, während du fährst. Ich wünschte, ich könnte beides gleichzeitig, aber das geht natürlich nicht. Ich muss meinen Körper dorthin bringen, wo mein Bewusstsein ihn haben will.«

Eine Straßenlaterne über ihnen summte und ging aus. Es hatte schon vor ein paar Stunden aufgehört zu regnen, aber die Luft fühlte sich noch immer so geladen an, als stünde ein Gewitter bevor. Ronan fragte sich, wohin sein Traummonster wohl unterwegs war. Dann sagte er: »Okay, du Zauberer, aber wenn ich fahren soll, während du weggetreten bist, woher soll ich dann wissen, wohin?«

»Ich muss versuchen, genug bei Bewusstsein zu bleiben, dass ich dir den Weg sagen kann.«

»Ist das denn machbar?«

Adam zuckte mit den Schultern; die Grenze zwischen *machbar* und *nicht machbar* war schon seit Längerem nicht mehr allzu klar definiert. Er beugte sich vor und bot Chainsaw seinen Arm an. Sie hopste darauf und flatterte kurz, um das Gleichgewicht zu halten, als sein Ärmel unter ihrem Gewicht verrutschte. Dann legte sie den Kopf schief, weil Adam den weichen Flaum um ihren Schnabel kraulte. »Das wissen wir erst, wenn wir es probiert haben«, sagte er. »Bist du dabei?«

Ronan ließ seinen Schlüssel klimpern. Als wäre er jemals nicht in der Stimmung, Auto zu fahren. Er deutete mit dem Kinn auf den Hondayota. »Willst du deine Schrottkarre nicht abschließen?«

»Wozu?«, entgegnete Adam. »Die Rowdys kommen auch so rein.«

Besagter Rowdy lächelte dünn.

Dann fuhren sie los.

19

Adam schreckte hoch, als eine Autotür zuschlug.

Er saß in seinem winzigen Auto – sollte er in seinem Auto sitzen?

Neben ihm machte es sich Persephone auf dem Beifahrersitz bequem; ihr helles Haar schäumte bis über die Mittelkonsole. Sorgfältig platzierte sie den Werkzeugkasten, der auf dem Sitz gestanden hatte, auf dem Boden zwischen ihren Füßen.

Adam blinzelte in der farblosen Morgendämmerung – sollte es morgens sein? –, seine Augen brannten vor Erschöpfung. Er hatte das Gefühl, erst vor wenigen Minuten von seiner Nachtschicht gekommen zu sein. Die Heimfahrt war ihm zu mühselig erschienen ohne wenigstens ein paar Minuten Schlaf. Allerdings fühlte er sich ihr jetzt ebenso wenig gewachsen.

Er konnte sich nicht entscheiden, ob Persephone wirklich da war oder nicht. Aber ihr Haar kitzelte seinen nackten Arm, also musste sie es sein.

»Hol die Karten raus«, befahl sie ihm mit ihrer Piepsstimme.

»Was?«

»Zeit für eine kleine Lektion«, erwiderte Persephone sanft.

Sein übermüdetes Gehirn schien sich seiner Kontrolle zu entziehen; irgendetwas an dieser Situation kam ihm nicht ganz wahr vor. »Persephone – ich – ich bin zu müde, um zu denken.«

Das fahle Morgenlicht erleuchtete Persephones verschwiegenes Lächeln. »Genau das war mein Plan.«

Während er im Türfach nach den Karten fischte, die er dort aufbewahrte, wurde ihm klar, was nicht stimmte. »Du bist tot.«

Sie nickte.

»Das hier ist eine Erinnerung«, vermutete er.

Wieder nickte sie. Endlich ergab das alles einen Sinn. Er befand sich in der Erinnerung an eine seiner ersten Lektionen mit Persephone. Das Ziel dieser Lektionen war immer dasselbe gewesen: Seinem eigenen Bewusstsein zu entkommen. Sein Unterbewusstsein zu erreichen und dieses dem kollektiven Unterbewusstsein zugänglich zu machen. Nach den Fäden zu suchen, die alle Dinge miteinander verbanden. Und dann wieder von vorne. Anfangs war er nie über die ersten zwei Stadien hinausgekommen. Sitzung für Sitzung hatten sie versucht, ihn aus seinen eigenen konkreten Gedanken herauszulocken.

Adams Finger stießen auf den Boden des Türfachs. Das Wissen darüber, wo sich die Karten in seiner Erinnerung befanden, kollidierte mit dem, wo er sie in der Gegenwart aufbewahrte. Seit Persephones Tod war das Beifahrerfenster undicht geworden, weswegen er die Karten neuerdings ins Handschuhfach legte, damit sie nicht nass wurden.

»Warum bist du hier? Ist das ein Traum?«, fragte er, korrigierte sich jedoch gleich darauf selbst. »Nein, stimmt ja, eine Erinnerung. Ich bin auf der Suche nach etwas.«

Im nächsten Moment fand er sich allein im Auto wieder.

Doch er war nicht nur allein, sondern saß darüber hinaus auch noch auf dem Beifahrersitz, den bis vor einem Augenblick noch Persephone beansprucht hatte, in der Hand eine einzelne Tarotkarte. Das Motiv wirkte grob und krakelig und erinnerte ein bisschen an einen Haufen Hornissen. Vielleicht war es aber auch ein Gesicht. Unwichtig. Wonach suchte er? Es war schwierig, sich in dem Bereich zwischen Bewusstsein und Unterbewusstsein zu bewegen. Wenn er sich zu stark konzentrierte, riss er sich damit aus seiner Meditation. Konzentrierte er sich zu wenig, vergaß er, was er eigentlich gewollt hatte.

Er ließ seinen Geist ein Stück Richtung Gegenwart wandern.

Elektromusik sickerte in den Bereich seiner Wahrnehmung, was ihm vor Augen führte, dass sein Körper sich tatsächlich in Ronans Auto befand. Hier, an diesem anderen Ort, war leicht zu erkennen, dass die Musik der Soundtrack zu Ronans Seele war. Hungrig und kraftvoll wisperte sie von finsteren Orten, uralten Orten, von Feuer und Sex.

Adam spürte, wie der pulsierende Beat und das Wissen um Ronans Nähe ihn erdeten. Der Teufel. Nein, ein Dämon. Von einem Moment auf den anderen wusste er es.

Nach Norden, sagte er.

Plötzlich war alles von einem Ring aus schimmerndem Weiß umgeben, so grell, dass seine Augen versengt worden wären, wenn er direkt hineingesehen hätte; er musste den Blick starr geradeaus halten. Dann begriff ein sehr ferner Teil von ihm, ein Teil, der im Takt des Elektrobeats vibrierte, dass es sich um das Licht des Handy-Ladekabels handelte. Es war jener Teil seines Gehirns, der noch präsent genug war, um Ronan Richtungsanweisungen zuzuflüstern.

Rechts abbiegen.

In seinem tauben Ohr murmelte Cabeswater. Etwas über Zerfall und Verstoßung, über Gewalt und Vernichtung. Ein Rückschritt aus Selbstzweifel, ein falsches Versprechen in dem Wissen, dass man es später bereuen würde, die Erkenntnis, dass man verletzt werden würde und es wahrscheinlich nicht besser verdient hatte. *Dämon, Dämon, Dämon.*

Los los los.

Irgendwo raste ein dunkles Auto eine nächtliche Straße entlang. Finger umklammerten das Lenkrad, Lederbänder spannten sich über einem Handgelenk. Der Greywaren. Ronan. An diesem Traumort war alle Zeit dieselbe und so fand Adam sich verwirrenderweise kurz in jenem Moment wieder, als Ronan ihm vom Boden aufgeholfen hatte. Derart aus dem Kontext gerissen explodierten die dazugehörigen körperlichen Empfindungen: die überraschende Wärme, als Haut sich auf Haut presste; das sachte Schaben, mit dem Ronans Armbänder Adams Handgelenk streiften; der unvermittelte Schock der Möglichkeiten –

Alles in seinem Bewusstsein war umringt von dem grellweißen Licht.

Je tiefer Adam in die Musik und die weißgerahmte Dunkelheit vordrang, desto mehr schien er sich einer Art verborgenen Wahrheit über Ronan zu nähern. Sie verbarg sich in Dingen, die Adam bereits wusste, schimmerte vage durch ein Dickicht aus Gedanken. Kurz hatte Adam das Gefühl, zu einer Erkenntnis zu gelangen, was Ronan anging, was Cabeswater anging – Ronan und Cabeswater –, doch sie entglitt ihm wieder. Er hechtete ihr nach, immer tiefer in das, was auch immer Cabeswaters Gedanken ausmachte. Jetzt schleuderte ihm Cabeswater Bilder entgegen: eine Ranke, die einen Baum strangulierte, ein tumorartiger Auswuchs, langsam voranschreitende Fäule.

Mit einem Mal wurde Adam klar, dass der Dämon sich im Inneren befand.

Er spürte, wie er ihn beobachtete.

Parrish.

Er spürte seinen Blick.

PARRISH.

Etwas streifte seine Hand.

Er blinzelte. Die Welt war ein Ring aus Weiß. Dann blinzelte er abermals und erkannte die glühende Iris des Handy-Ladekabels, das im Zigarettenanzünder steckte.

Das Auto bewegte sich nicht, aber es schien erst vor Kurzem angehalten zu haben. Im Licht der Scheinwerfer waberte Staub. Ronan saß reglos und schweigend da und seine Hand auf dem Schaltknüppel war zur Faust geballt. Die Musik war verstummt.

Als Adam zu ihm hinübersah, starrte Ronan weiter mit zusammengebissenen Zähnen durch die Windschutzscheibe.

Die Staubschwaden legten sich und erst jetzt erkannte Adam, wohin er sie geführt hatte.

Er seufzte.

Denn die chaotische Fahrt durch die kalte Nacht und Adams Unterbewusstsein hatten sie nicht zu einer Katastrophe in Cabeswater gelotst, nicht zu einer Felsspalte auf der Ley-Linie oder irgendeiner anderen Bedrohung, die er in den Scheinwerfern seines Wagens gesehen hatte. Stattdessen hatte Adam – der völlig losgelöst, befreit von jeglicher Vernunft, durch seinen eigenen Geist gedriftet war, einzig und allein konzentriert auf sein Ziel, einen Dämon ausfindig zu machen – sie zu dem Wohnwagenpark dirigiert, in dem noch immer seine Eltern lebten.

Keiner von ihnen sagte etwas. Hinter den Fenstern brannte Licht, doch es zeichneten sich keine Silhouetten ab. Ronan hatte die Scheinwerfer nicht ausgeschaltet, die direkt auf den vorderen Teil des Wohnwagens gerichtet waren.

»Was machen wir hier?«, fragte er.

»Falscher Dämon«, antwortete Adam leise.

Das Gerichtsverfahren gegen seinen Vater lag noch nicht lange zurück. Er wusste, dass Ronan noch immer rechtschaffen wütend über das Ergebnis war: Robert Parrish, in den Augen des Gerichts ein Ersttäter, war auf Bewährung und mit einer Geldstrafe davongekommen. Was Ronan nicht verstand, war, dass Adams Sieg nicht in der Bestrafung seines Vaters lag. Es hatte ihm nichts daran gelegen, seinen Vater hinter Gittern zu sehen. Er hatte lediglich gewollt, dass ein Außenstehender die Situation bewertete und ihm bestätigte, dass tatsächlich ein Verbrechen vorlag. Dass Adam es nicht erfunden, provoziert oder gar verdient gehabt hatte. Und genau das besagten nun die Gerichtsunterlagen. Robert Parrish: schuldig. Adam Parrish: frei.

Na ja, fast. Schließlich saß er jetzt trotzdem hier und starrte auf den Wohnwagen, während er tief im Bauch seinen Pulsschlag spürte.

»Was«, wiederholte Ronan, »machen wir hier?«

Adam schüttelte den Kopf, ohne den Blick vom Wohnwagen zu wenden. Ronan hatte noch immer nicht die Scheinwerfer ausgeschaltet und ein Teil von ihm hoffte, dessen war Adam sich sicher, dass Robert Parrish aus der Tür kommen würde, um nachzusehen, was los war. Ein Teil von Adam hoffte dasselbe, aber eher auf diese zittrige Art, mit der man auch darauf wartete, dass der Zahnarzt einem endlich den Zahn zog, damit man es hinter sich hatte.

Er spürte Ronans Blick.

»Was«, fragte Ronan nun zum dritten Mal, »machen wir vor diesem beschissenen Wohnwagen?«

Doch Adam blieb ihm die Antwort schuldig, denn in diesem Moment ging die Tür auf.

Robert Parrish trat auf die oberste Stufe, die Feinheiten seines Gesichts ausgewaschen vom Scheinwerferlicht. Aber Adam musste sein Gesicht gar nicht sehen, denn sein Vater drückte so vieles von dem, was er empfand, über seine Körpersprache aus. Die hochgezogenen Schultern, der gebeugte Nacken, die Krümmung seiner Arme bis hin zu den stumpf geballten Fäusten. All das verriet Adam, dass sein Vater das Auto erkannt hatte – und was er davon hielt. Adam spürte, wie ihn eine seltsame Furcht durchzuckte, vollkommen unabhängig von seinen bewussten Gedanken. Ein hässlicher Adrenalinstoß, zu dem sein Gehirn seinen Körper niemals aufgefordert hatte, ließ seine Fingerspitzen taub werden. Dornen bohrten sich in sein Herz.

Adams Vater stand einfach da und starrte sie an. Und sie saßen im Auto und starrten zurück. Ronan schäumte vor Wut, eine Hand auf dem Weg zum Türgriff.

»Nicht«, sagte Adam.

Doch Ronan betätigte bloß den Fensterheber. Die getönte Scheibe senkte sich. Dann schob er lässig den Ellbogen aus dem Fenster und blickte weiter Robert Parrish entgegen. Adam wusste, dass Ronan sich darüber im Klaren war, wie einschüchternd er wirken konnte, und er gab sich auch keine Mühe, diesen Effekt abzumildern. Ronan Lynchs Starren war eine Schlange auf dem Bürgersteig, den man benutzen wollte. Es war ein glühendes Streichholz auf dem Kopfkissen. Es war wie die Lippen zusammenzupressen und sein eigenes Blut zu schmecken.

Auch Adam sah seinen Vater an, aber seine Miene war ausdruckslos. Adam war hier und in Cabeswater und im Inneren des Wohnwagens, alles zur selben Zeit. Mit vagem Interesse stellte er fest, dass etwas mit seinen Datenverarbeitungsprozessen nicht stimmte, doch selbst nachdem er sich dieser Tatsache bewusst geworden war, nahm er die Welt weiter wie auf drei separaten Bildschirmen wahr.

Robert Parrish rührte sich nicht.

Ronan spuckte ins Gras – träge, arrogant. Dann wandte er den Kopf ab; Verachtung erfüllte das Auto und strömte nach draußen, während er lautlos das Fenster wieder hochfuhr.

Im Inneren des BMW herrschte Stille. Es war so leise, dass, als draußen eine schwache Windbö aufkam, das Rascheln der trockenen Blätter zu hören war, die gegen die Reifen geweht wurden.

Adam berührte sein Handgelenk dort, wo normalerweise seine Uhr war.

Er sagte: »Wir müssen das Waisenmädchen abholen.«

Endlich sah Ronan ihn an. Adam hatte erwartet, Granit und Kerosin in seinen Augen zu sehen, doch er begegnete einem Ausdruck, von dem er nicht sicher war, ihn jemals in Ronans Gesicht gesehen zu haben: nachdenklich, abwägend, eine durchdachtere, komplexere Version des Ronan, den er kannte. Ein erwachsener Ronan. Adam hatte das Gefühl, als ob … er wusste es nicht. Er hatte schlicht nicht genug Informationen, um zu wissen, was genau er fühlte.

Der BMW setzte zurück, begleitet von einer dramatischen Wolke aus Staub und Gefahr. »Okay«, sagte Ronan.

20

Der Abend war keine Katastrophe.

Genau genommen war er sogar richtig schön.

Der Abend war: Ein Wohnzimmer voller Vancouver-Jungs, die auf mit Laken zugedeckten Möbeln lümmelten und selbst in Laken gehüllt waren, alles schwarz-weiß, schwarze Haare, weiße Zähne, schwarze Schatten, weiße Haut, schwarzer Boden, weiße Baumwolle. Alles Leute, die Gansey kannte: Henry, Cheng2, Ryang, Lee-Quadrat, Koh, Rutherford, SickSteve. Aber heute waren sie ganz anders. In der Schule waren sie ehrgeizige, ruhige, unsichtbare Musterschüler, die 11 Prozent »interkulturelle Aglionby-Schülerschaft – für mehr Informationen über unsere Austauschprogramme klicken Sie hier«. Heute ließen sie sich gehen. Was sie in der Schule nie tun würden. Heute waren sie laut. Was sie sich in der Schule nie leisten würden. Heute waren sie auf Krawall gebürstet. Was sie sich in der Schule nicht erlaubten.

Der Abend war: Henry, der Gansey und Blue eine Führung durchs Litchfield House gab, während die anderen Togajungs ihnen folgten. Eine Sache, die Gansey schon immer an der Aglionby Academy gemocht hatte, war das Gefühl von Gleichheit, Kontinuität, Tradition, Unveränderlichkeit. Zeit schien dort nicht zu existieren … oder wenn doch, dann hatte sie keine Bedeutung. Die Academy war schon immer von Schülern bevölkert gewesen und würde es bis in alle Ewigkeit sein; sie alle waren Teil von etwas viel Größerem. Im Litchfield House jedoch war das Gegenteil der Fall. Hier war nicht zu übersehen, dass jeder der Jungen von einem Ort kam, der nicht die Aglionby war, und vor sich unzählige Orte hatte, die ebenfalls nicht die Aglionby waren. Das Haus war vollgestopft mit Büchern und Zeitschriften, die nichts mit der Schule zu tun hatten; auf Laptops waren Spiele wie auch Nachrichtenseiten geöffnet. In den Türen hingen Anzüge, die so oft getragen wurden, dass man sie besser leicht zugänglich aufbewahrte. Motorradhelme lagen auf benutzten Flugtickets und Kisten voller Landwirtschaftsmagazine. Die Jungen, die im Litchfield House wohnten, hatten bereits ein Leben. Sie hatten Vergangenheiten und rasten geradezu Richtung Zukunft. Gansey überkam ein seltsames Gefühl: Es war, als hätte er in einen Zerrspiegel geblickt. Die Formen falsch, aber die Farben wie gewohnt.

Der Abend war: Blue, die regelrecht wütend sagte: »Ich verstehe nicht, warum du immer so gemeine Sachen über Koreaner sagst. Über dich selbst.« Henry, der erwiderte: »Das mache ich, um allen anderen zuvorzukommen. Das ist der einzige Weg, um nicht die ganze Zeit sauer zu sein.« Und mit einem Mal schloss Blue Freundschaft mit den Vancouver-Jungs. Es erschien nahezu unmöglich, dass diese sie einfach so akzeptierten und Blue genauso schnell ihre Krallen einzog, aber Gansey selbst konnte den exakten Moment bestimmen, in dem es passierte. Auf dem Papier hatte sie nichts mit ihnen gemeinsam. Im wahren Leben dagegen hatte sie alles mit ihnen gemeinsam. Die Vancouver-Jungs waren anders als der Rest der Welt, aber genau so wollten sie es. Hungrige Blicke, hungrig lächelnde Gesichter, hungrig auf die Zukunft.

Der Abend war: Koh, der ihnen zeigte, wie man ein Bettlaken zu einer Toga knotete, und Blue und Gansey anschließend in ein chaotisches Jungenzimmer schickte, damit sie sich umziehen konnten. Gansey, der Blue taktvoll den Rücken zudrehte, während sie sich umzog, und umgekehrt – vielleicht. Der Abend war: Blues Schulter und ihr Schlüsselbein, ihre Beine, ihr Hals und ihr Lachen ihr Lachen ihr Lachen. Er konnte nicht aufhören, sie anzustarren, aber das spielte keine Rolle, denn niemanden hier interessierte es, ob sie zusammen waren oder nicht. Hier konnte er dicht neben ihr stehen und seine Finger mit ihren verflechten, konnte sie ihre Wange an seine nackte Schulter schmiegen, er scherzhaft seinen Fuß um ihren haken, sie sich dabei ertappen, wie sie ihm den Arm um die Taille schlang. Hier war er unsagbar gierig nach diesem Lachen.

Der Abend war: Die Box neben Henrys Computer, aus der K-Pop, Opernarien, Hip-Hop und Achtzigerjahre-Powerballaden schallten. Der Abend war Cheng2, der immer higher wurde und über seine Pläne, die Wirtschaftssituation der Südstaaten zu verbessern, referierte. Der Abend war Henry, der sich die Kante gab, ohne laut zu werden, und sich von Ryang zu einer Partie Billard, mit Lacrosse-Schlägern und Golfbällen auf dem Fußboden, überreden ließ. Der Abend war SickSteve, der einen Film nach dem anderen einlegte und auf stumm schaltete, um Raum für Spontansynchronisierungen zu geben.

Der Abend war: Die Zukunft, die schwer in der Luft zu hängen schien; ein angetrunkener Henry, der Blue in eine Diskussion über Venezuela und darüber, ob sie ihn auf eine Reise dorthin begleiten wolle oder nicht, verwickelte. Blue, die leise antwortete, dass sie mitkommen würde, dass sie unheimlich gern mitkommen würde, und Gansey, der die Sehnsucht in ihrer Stimme hörte und das Gefühl hatte, auseinanderzubrechen, als er seine eigenen Empfindungen so schmerzhaft gespiegelt sah. »Und ich darf nicht mit?«, fragte Gansey. »Klar, du kannst uns mit deinem Luxus-Privatjet hinterherfliegen«, gestand ihm Henry zu. »Lass dich nicht von seiner Frisur täuschen«, merkte Blue an. »Gansey würde eher gewandert kommen.« Wärme erfüllte die leeren Gewölbe in Ganseys Herzen. Das Gefühl, gekannt zu werden.

Der Abend war: Gansey, der sich auf den Weg nach unten in die Küche machte, Blue die gerade von dort kam, sodass sie sich auf der Treppe trafen. Gansey, der sie vorbeilassen wollte, es sich jedoch im letzten Moment anders überlegte. Er griff nach ihrem Arm und dann nach dem Rest von ihr. Sie fühlte sich warm an, lebendig, voller Energie unter der dünnen Baumwolle; er fühlte sich warm, lebendig, voller Energie unter seiner eigenen. Blue ließ die Hand über seine nackte Schulter gleiten, dann seine Brust, spreizte die Finger über seinem Brustbein und drückte sie neugierig auf seine Haut.

»Ich dachte, du wärst behaarter«, flüsterte sie.

»Tut mir leid, dich enttäuschen zu müssen. An den Beinen ist ein bisschen mehr los.«

»An meinen auch.«

Der Abend war: Wie sie lachend die Gesichter an der Haut des anderen verbargen, spielerisch, bis es kein Spiel mehr war. Wie Gansey sich gerade noch zurückhalten konnte, sein Mund gefährlich nah an ihrem, wie Blue sich gerade noch zurückhalten konnte, ihr Bauch dicht an seinen gepresst.

Der Abend war: Gansey, der sagte: »Ich mag dich ziemlich gern, Blue Sargent.«

Der Abend war: Blues Lächeln – verschmitzt, ironisch, albern, nervös. Die Glückseligkeit, die in den Ecken dieses Lächelns lauerte, und die, obwohl ihre Gesichter stets ein paar Zentimeter voneinander entfernt waren, auf ihn überschwappte. Sie legte ihm den Finger auf die Wange, in der, wie er wusste, sein eigenes Lächeln ein

Grübchen zutage treten ließ, und dann nahmen sie einander bei den Händen und gingen zusammen zurück die Treppe hoch.

Der Abend war: Dieser Moment und kein anderer, in dem Gansey zum allerersten Mal, seit er sich zurückerinnern konnte, wusste, wie es sich anfühlen könnte, eine Rolle in seinem eigenen Leben zu spielen.

21

Ronan wusste sofort, dass etwas nicht stimmte.

Als sie Cabeswater betraten, sagte Adam: »Tag«, im selben Moment wie Ronan: »Fiat lux.« Für gewöhnlich kam der Wald den Wünschen seiner menschlichen Besucher umgehend nach, besonders wenn es sich dabei um seinen Zauberer oder seinen Greywaren handelte. Heute jedoch hielt sich die Dunkelheit hartnäckig zwischen den Bäumen.

»Fiat lux, hab ich gesagt«, knurrte Ronan, bevor er widerstrebend »Amabo te« hinzufügte.

Langsam begann die Dunkelheit sich zu verflüchtigen, wie Nebel unter den ersten Sonnenstrahlen. Doch es wurde längst nicht taghell und was sie schließlich sahen, wirkte … falsch. Sie standen inmitten schwarzer Bäume, deren Stämme mit fahlgrauen Flechten überzogen waren. Die Luft war düster-grün. Obwohl die Bäume kein Laub trugen, schien der Himmel tief zu hängen, wie eine Decke aus Moos. Die Bäume hatten noch immer nicht geantwortet; es glich der bedrückenden Stille vor einem Sturm.

»Hm«, machte Adam, der sichtlich besorgt wirkte. Womit er nicht unrecht hatte.

»Willst du trotzdem weitermachen?«, erkundigte sich Ronan. Alles war exakt wie in seinen Albträumen – der gesamte Abend, von Robert Parrishs Silhouette bis hin zum kränklichen Halbdunkel hier im Wald. Chainsaw wäre unter normalen Umständen längst losgeflogen, um die Gegend zu erkunden, doch selbst sie hockte geduckt auf Ronans Schulter, die Krallen fest in den Stoff seiner Jacke gehakt.

Und genau wie in einem von seinen Träumen glaubte Ronan zu spüren, was passieren würde, bevor es passierte:

Adam zögerte. Dann nickte er.

In Ronans Träumen war es immer schwer zu beurteilen, ob er wusste, was passierte, bevor es passierte, oder ob die Dinge passierten, weil er an sie gedacht hatte. War das überhaupt von Bedeutung? Wenn man wach war, schon.

Sie blieben einen Moment am Waldrand stehen, um ihre Absichten zu bekunden. Ronan musste dafür lediglich ein bisschen hin und her laufen, damit die Bäume von ihm Notiz nahmen; und dann würden sie ihr Bestes tun, um ihm seine Wünsche zu erfüllen, wozu auch gehörte, dass sie ihn davor bewahrten, von irgendetwas Übernatürlichem ermordet zu werden. Adam dagegen musste sich mit der Ley-Linie verbinden, die unter dem Wald pulsierte, sich öffnen und der größeren Struktur Einlass gewähren. Es war ein Prozess, der von außen unheimlich und gleichzeitig faszinierend zu beobachten war. Adam; dann Adam, aber leer; dann Adam, aber mehr.

Ronan dachte an Adams Geschichte über sein verrücktspielendes Auge und seine sich selbstständig machende Hand. Ich werde deine Hände sein. Ich werde deine Augen sein.

Er kappte den Gedanken an der Wurzel. Die Erinnerung daran, wie Adam einen Teil von sich selbst Cabeswater verschrieben hatte, suchte ihn jetzt schon zu oft für seinen Geschmack in seinen Albträumen heim; da musste er sie nicht zusätzlich noch heraufbeschwören.

»Bist du fertig mit deinem Zauberkram?«, fragte Ronan.

Adam nickte. »Wie spät?«

Ronan reichte ihm sein Handy, froh, es los zu sein.

Adam studierte das Display. »18 Uhr 21«, sagte er stirnrunzelnd. Auch Ronan zog die Brauen zusammen. Die Uhrzeit war nicht deshalb verwirrend, weil sie sie nicht erwartet hätten. Zeit war auf der Ley-Linie immer ein unsicheres Konzept; sie sprang hin und her, Minuten dauerten Stunden und umgekehrt. Was sie eher erstaunte, war, dass dieses 18 Uhr 21 schon jenseits der Ley-Linie oft genug aufgetaucht war, um ihre Aufmerksamkeit zu erregen. Irgendetwas war da im Gange, aber Ronan wusste nicht, was.

»Bist du fertig mit deinem Greywaren-Kram?«, fragte nun Adam.

»Bin ich nie«, antwortete Ronan. Dann formte er mit den Händen einen Trichter vor dem Mund und rief in die Stille: »Waisenmädchen!«

Wie zur Antwort drang aus weiter Ferne der Ruf eines Raben zu ihnen durch die noch immer grünliche Luft. *Krah krah krah.*

Chainsaw fauchte.

»Soll reichen«, befand Ronan und machte sich auf den Weg ins Dickicht der Bäume. Er war nicht gerade glücklich über das Halbdunkel, aber schließlich war er es gewohnt, sich durch Albträume zu bewegen. Der Trick war, so schnell wie möglich dahinterzukommen, welche Regeln und Ängste darin zum Tragen kamen, und sich dann ganz darauf einzulassen. Panik war gefährlich. Einen Traum merken zu lassen, dass man nicht hineingehörte, war ein gutes Mittel, um rausgeworfen oder vernichtet zu werden.

Ronan war gut darin, sich als Traumding zu geben, besonders in Cabeswater.

Sie gingen weiter. Der Wald um sie wirkte immer noch falsch. Es war, als liefen sie einen Abhang hinunter, obwohl der Boden unter ihren Füßen vollkommen eben war.

»Erzähl mir noch mal«, begann Adam zögerlich, als er zu Ronan aufholte, »was an deinen Träumen falsch war. Aber diesmal mit weniger Gefluche und mehr Details, wenn's geht.«

»Ohne Cabeswater um uns zu verändern?« Nur weil Cabeswater ihrer Forderung nach Licht nicht auf Anhieb nachgekommen war, hieß das nicht, dass der Wald nicht auf Anhieb auf ein Albtraum-Motiv reagieren würde. Nicht wenn er ohnehin schon eine graugrüne Halbwelt aus schwarzen Bäumen war.

»Möglichst.«

»Die waren genauso falsch wie das hier.«

»Wie was?«

»Wie das alles hier«, beharrte Ronan.

Mehr sagte er nicht. Stattdessen rief er: »Waisenmädchen!«

Krah krah krah!

Diesmal klang der Laut ein bisschen mehr nach Mädchen und ein bisschen weniger nach Vogel. Ronan legte einen Schritt zu; es ging jetzt bergauf. Rechts von ihnen fiel ein nackter Felshang steil nach unten ab, aus dessen Spalten nur wenige kleine Bäume wuchsen. Die beiden balancierten vorsichtig über den Grat; ein loser Stein und sie würden abwärts schlittern, ohne eine Chance, jemals zurück nach oben zu gelangen.

Ronan warf einen Blick über die Schulter, um sich zu vergewissern, dass Adam noch hinter ihm war. Er war da und sah Ronan aus schmalen Augen an.

»Glaubst du, mit deinen Träumen stimmt was nicht, weil mit Cabeswater was nicht stimmt?«, fragte Adam.

»Kann gut sein.«

»Also wenn wir Cabeswater in Ordnung bringen können, würde das auch für deine Träume gelten.«

»Kann gut sein.«

Adam verarbeitete diese Informationen, grübelte so angestrengt nach, dass Ronan sich einbildete, seine Gedankenprozesse spüren zu können. Was hier in Cabeswater und so dicht, wie Adam neben ihm stand, gar nicht so abwegig gewesen wäre.

»Du konntest doch auch schon Dinge aus Träumen holen, bevor wir Cabeswater gefunden haben, oder? Also geht es auch ohne Cabeswater?«

Ronan blieb stehen und blinzelte in die Dunkelheit. In etwa fünfzehn Metern Tiefe endete der Felshang, oberhalb dessen sie sich entlangbewegten, an einem kleinen See mit vollkommen klarem Wasser. Es war grünstichig, weil die Luft grünstichig war, weil alles grünstichig war, aber davon abgesehen klar. Ronan konnte bis auf den steinigen Grund sehen. Der See war wesentlich tiefer als breit – eine mit Wasser gefüllte Felskluft. Er starrte darauf. »Wieso?«

»Wenn du dich irgendwie von Cabeswater abschotten könntest, bis ich es in Ordnung gebracht habe, wären deine Träume dann wieder normal?«

Na also. Endlich stellte Adam die richtigen Fragen; Fragen, die darauf schließen ließen, dass er die Antworten vermutlich längst kannte. Je mehr Zeit sie in Cabeswater verbrachten, desto mehr Bedeutung bekamen Ronans Träume, desto mehr spiegelten sich Cabeswaters Albträume in Ronans wider und umgekehrt. Desto mehr Indizien tauchten auf.

Doch jetzt, als es so weit war, wusste Ronan plötzlich nicht mehr, ob er auf der anderen Seite sein wollte. All die Tage, die er auf einer Kirchenbank verbracht hatte, die Fingerknöchel gegen die Stirn gepresst, und sich im Stillen gefragt: *Was bin ich bin ich der Einzige was hat das zu bedeuten?*

»Mit Cabeswater geht es besser«, erwiderte er. »Und mit dem Waisenmädchen. Aber –«

Er hielt inne. Sah zu Boden.

»Frag mich«, sagte er. »Spuck's einfach aus. Los –«

»Was denn?«

Ronan antwortete nicht, sondern starrte weiter zu Boden. Die Luft umwallte ihn, tönte seine blasse Haut grün; die Bäume um ihn waren schwarz, knorrig, real, alles so, wie es sein sollte. Alles sah aus wie in seinen Träumen oder alles in seinen Träumen sah aus wie dieser Ort.

Adam presste die Lippen aufeinander. Dann fragte er: »Hast du Cabeswater hergeträumt?«

Ronans blaue Augen huschten hoch zu Adams.

22

Es war 18 Uhr 21.

»Wann?«, fragte Adam. »Wann wusstest du, dass du Cabeswater geträumt hast? Sofort?«

Sie standen einander oberhalb des Felshangs gegenüber; weit unter ihnen lag der klare See. Adams Herz hämmerte, entweder vor Adrenalin oder durch die schiere Nähe der Ley-Linie.

»Immer schon«, antwortete Ronan.

Dies hätte Adams Bild von Ronan nicht beeinflussen sollen. Dessen Traumgabe war an und für sich schon beeindruckend, ungewöhnlich, ein göttlicher Ausrutscher, ein Trick der Ley-Linie, der es einem jungen Mann ermöglichte, seine Träume zu konkreten Objekten zu machen. Magisch, aber überschaubar. Dies jedoch, nicht nur einen kompletten Wald herbeizuträumen, sondern eine ganze Traumlandschaft außerhalb des eigenen Bewusstseins zu erschaffen – Adam selbst befand sich in Ronans Träumen –, dies war eine Erkenntnis von einer ganz anderen Größenordnung.

»So gut wie immer schon«, korrigierte sich Ronan. »Irgendwie hab ich es gleich bei unserem ersten Besuch hier wiedererkannt. Meine Handschrift auf dem Felsen. Wahrscheinlich wusste ich es schon damals. Aber es hat eine Weile gedauert, bis ich es auch glauben konnte.«

Jede einzelne von Adams Erinnerungen an diese frühen Vorstöße in den Wald richtete sich langsam neu aus. Puzzleteile fügten sich zusammen. »Darum nennt Cabeswater dich den Greywaren. Darum hast du für ihn eine andere Bedeutung.«

Ronan zuckte mit den Schultern, aber es war eine Geste, die nicht von zu wenig Emotionen zeugte, sondern von zu viel.

»Darum klingt das Latein manchmal so seltsam. Weil es dein Latein ist.«

Wieder zuckte Ronan mit den Schultern. Fragen überfluteten Adams Kopf, allesamt zu kompliziert, um sie laut zu stellen. War Ronan überhaupt ein Mensch? Halb Träumer, halb Traum, Schöpfer von Raben, hufbewehrten Mädchen und ganzen Landschaften. Kein Wunder, dass er das Gefühl hatte, in seiner Aglionby-Uniform zu ersticken, kein Wunder, dass sein Vater ihn auf Verschwiegenheit eingeschworen hatte, kein Wunder, dass er sich nicht auf den Unterricht konzentrieren konnte. Das alles war Adam schon seit Langem klar gewesen, jetzt aber wurde es ihm noch einmal – gründlicher, umfassender – bewusst: die Absurdität eines Ronan Lynch, der mit einer Horde angehender Politiker in einem Klassenzimmer saß.

Adam spürte einen Anflug von Hysterie in sich aufsteigen. »Darum spricht Cabeswater auch Latein und nicht Portugiesisch oder Walisisch. Oh Gott. Hab ich –«

Er hatte einen Pakt mit diesem Wald geschlossen. Wenn er sich schlafen legte und Cabeswater durch seine Gedanken spukte, sich mit seinen Träumen verstrickte, war das alles Ronan –

»Nein«, entgegnete Ronan hastig und vollkommen aufrichtig. »Nein, ich hab Cabeswater nicht erfunden. Nachdem der Groschen gefallen war, hab ich die Bäume gefragt, warum zur Hölle – wie zur Hölle das alles kommen konnte. Cabeswater hat auf irgendeine Art schon vor mir existiert. Ich hab ihn nur geträumt. Also, ich hab ihm sein Erscheinungsbild gegeben. Ich hab die Bäume und die Sprache und diesen ganzen Scheiß ausgesucht, ohne was davon mitzubekommen. Wo auch immer er vorher auf der Ley-Linie gewesen ist, der Ort wurde zerstört und er hatte keine Gestalt mehr, keine Form – die hab ich ihm zurückgegeben, als ich ihn hergeträumt habe, mehr nicht. Wie haben die das genannt? Vergegenständlicht. Ich habe ihn bloß vergegenständlicht, ihn von irgendeiner anderen verdammten Ebene, auf der er existierte, hergeholt. Ich bin nicht Cabeswater.«

Adams Gedanken hatten sich im Matsch festgefahren; er kam nicht weiter.

»Ich bin nicht Cabeswater«, wiederholte Ronan. »Und du bist immer noch du.«

Es war eine Sache, diese Dinge zu hören, aber eine völlig andere, Ronan Lynch inmitten all dieser Bäume stehen zu sehen, die er herbeigeträumt hatte, zu sehen, dass er wie ein Teil von ihnen wirkte, weil er nun mal ein Teil von ihnen war. Zauberer – kein Wunder, dass Adams übernatürliche Fähigkeiten Ronan keine Angst machten. Kein Wunder, dass er ihn genauso haben wollte.

»Ich weiß nicht, warum ich dir den ganzen Mist erzählt hab«, knurrte Ronan. »Ich hätte besser lügen sollen.«

»Gib mir mal kurz einen Moment zum Nachdenken, ja?«, entgegnete Adam.

»Von mir aus.«

»Jetzt sei gefälligst nicht sauer, nur weil ich versuche, durch dieses ganze Chaos durchzusteigen.«

»Ich habe doch gesagt, von mir aus.«

»Wie lange hast du selber gebraucht, bis du es geglaubt hast?«, fragte Adam.

»Der Prozess läuft noch«, antwortete Ronan.

»Dann kannst du nicht –« Adam brach ab. Mit einem Mal hatte er das Gefühl, in die Tiefe zu stürzen. Es war dasselbe Gefühl wie jedes Mal, wenn er wusste, dass Ronan etwas Großes träumte. Ihm blieb gerade noch genug Zeit, um sich zu fragen, ob tatsächlich die Ley-Linie das Gefühl verursachte oder der Schock über Ronans Offenbarung, als es gleich noch einmal passierte. Diesmal ließ auch das Licht rings um sie nach.

Ronans Miene verhärtete sich.

»Die Ley-Linie …«, setzte Adam an, hielt jedoch direkt wieder inne, unsicher, wie er den Gedanken vollenden sollte. »Irgendwas ist mit der Ley-Linie. Genauso fühlt es sich an, wenn du was Großes träumst.«

Ronan breitete die Arme aus und was er damit sagen wollte, war klar. Tu ich aber nicht. »Und was jetzt?«

»Ich weiß nicht, ob wir hier sein sollten, solange sie so ist«, sagte Adam. »Und ich bin mir ziemlich sicher, dass wir nicht versuchen sollten, bis zum Rosenhain zu kommen. Rufen wir lieber noch ein paarmal.«

Ronan musterte Adam, um seine Verfassung abzuschätzen. Er kam zu dem korrekten Schluss, dass Adam in diesem Moment am liebsten in seinem Apartment auf die Knie gesunken wäre und den Kopf zwischen die Hände genommen hätte, um über all das, was er soeben erfahren hatte, nachzugrübeln. »Okay, lass es uns ein letztes Mal versuchen«, sagte er.

Zusammen schrien sie: »Waisenmädchen!«

Entschlossenheit einte ihre Stimmen, mächtiger als die Dunkelheit.

Der Wald lauschte.

Dann erschien das Waisenmädchen, die Mütze bis knapp über die riesigen Augen hinuntergezogen, ihr Pullover noch schmuddeliger als zuvor. Sie wirkte unweigerlich fehl am Platz in diesem grau-grünen Wald, so wie sie aus dem dunklen Dickicht gestolpert kam. Sie sah aus, als stammte sie von einer der alten Fotografien, die Adam in den Schobern gesehen hatte, ein verlorenes Flüchtlingskind aus einem verwüsteten Land.

»Da bist du ja, du Rotzgöre«, sagte Ronan, während Chainsaw ein nervöses Keckern ausstieß. »Wurde auch Zeit.«

Das Mädchen hielt Adam widerstrebend seine Uhr hin. Seit er sie zum letzten Mal gesehen hatte, hatte das Armband einige Bissspuren davongetragen. Das Zifferblatt zeigte 18 Uhr 21 an. Die Uhr starrte vor Schmutz.

»Die kannst du behalten«, sagte Adam, »fürs Erste.« Er hätte seine Uhr schon gern wiedergehabt, aber das Mädchen besaß nun mal gar nichts, nicht mal einen Namen.

Sie redete los, in dieser seltsamen, komplizierten Sprache, von der Adam wusste, dass es die uralte, primitive Kommunikationsform dieses Ortes war – die Sprache, die ein viel jüngerer Ronan in seinen weit zurückliegenden Träumen für Latein gehalten haben musste –, brach dann jedoch ab. Stattdessen sagte sie: »Vorsicht.«

»Wovor?«, fragte Ronan.

Das Waisenmädchen schrie.

Es wurde dunkel.

Adam spürte den plötzlichen Energieabfall in seiner Brust. Es war, als wäre jede einzelne Arterie, die zu seinem Herzen führte, durchtrennt worden.

Die Bäume heulten; der Boden erbebte.

Adam sackte auf die Knie, presste die Hände auf die Erde, rang nach Atem, bat um Hilfe, flehte Cabeswater an, ihm seinen Herzschlag zurückzugeben.

Das Waisenmädchen war verschwunden.

Nein, nicht verschwunden. Sie stürzte den steilen Abhang hinunter, grabschte mit den Fingern nach Halt, während ihre Hufe über den Fels scharrten und Geröll mit in die Tiefe rissen. Sie schrie nicht um Hilfe – versuchte nur, sich zu retten. Adam und Ronan sahen zu, wie sie geradewegs in den kleinen See schlitterte, dessen Wasser so klar war, dass sie genau beobachten konnten, wie tief sie darin versank.

Ohne Zögern sprang Ronan hinterher.

23

Es war 18 Uhr 21.

Ronan prallte so hart auf die Wasseroberfläche, dass er Sternchen sah. Der See war so warm wie frisches Blut und im selben Moment, als er die Hitze spürte, wurde ihm klar, dass er sich an diesen See erinnerte. Er hatte schon von ihm geträumt.

Es war Säure.

Die Hitze rührte daher, dass die Flüssigkeit seine Haut zu verätzen begann. Am Ende des Traums war nichts als Knochen von ihm übrig gewesen, blankweiße Stöcke in Schuluniform. Wie Noah.

Sofort schleuderte Ronan Cabeswater seine gebündelte Entschlossenheit entgegen.

»Keine Säure«, dachte er. »Lass es keine Säure sein.«

Es wurde immer heißer.

»Keine Säure«, sagte er nun laut in den See; seine Augen begannen zu brennen. Flüssigkeit strömte in seinen Mund, drang in seine Nasenlöcher. Er spürte sie unter seinen Fingernägeln sprudeln. Irgendwo unter ihm trieb das Waisenmädchen und sie war dem seltsamen Wasser schon ein paar Sekunden länger ausgesetzt als er. Wie viel Zeit blieb ihm? Er konnte sich nicht gut genug an den Traum erinnern. Er atmete seine Worte direkt in die Säure. »Bring uns in Sicherheit.«

Cabeswater bäumte sich um ihn auf, erzitterte, erschauderte, mühte sich ab, Ronans Befehl nachzukommen. Endlich sah Ronan das Waisenmädchen, das ein Stück unter ihm langsam in die Tiefe sank. Es hatte sein Gesicht in den Händen verborgen, wusste nicht, dass Ronan ihm hinterhergesprungen war. Rechnete wahrscheinlich nicht mit Hilfe. Waisenmädchen, Waisenjunge.

Ronan kämpfte sich weiter – er war kein schlechter Schwimmer, aber nicht ohne Luft, nicht durch Säure.

Die Flüssigkeit fauchte auf seiner Haut.

Er ergriff das Mädchen beim Pullover und es riss die Augen auf, erschrocken, verblüfft. Ihre Lippen formten »Kerah?« und dann umklammerte sie seinen Arm. Einen Moment lang sanken sie zusammen weiter, aber sie war nicht dumm; sie begann sofort, mit der freien Hand zu paddeln, und stieß sich von den Felswänden ab.

Es war, als befänden sie sich meilenweit unter der Oberfläche.

»Cabeswater«, sagte Ronan und riesige Luftblasen quollen aus seinem Mund. Die Problemlösungsmechanismen seines Gehirns waren außer Kraft gesetzt. »Cabeswater, Luft.«

Cabeswater würde ihn in Sicherheit bringen – normalerweise. Cabeswater wusste, wie verletzlich sein menschlicher Körper war – normalerweise. Jetzt aber hörte es ihn nicht, oder falls doch, dann konnte es nichts ausrichten.

Der See um ihn begann zu brodeln.

Er würde sterben, und sein einziger Gedanke war, dass damit auch Matthews Leben vorüber wäre.

Mit einem Mal traf etwas seine Füße. Schlug gegen seine Hände. Presste seine Brust zusammen. Luft – er hatte gerade noch Zeit, um das Waisenmädchen zu packen, bevor alles um ihn schwarz wurde.

Und dann brach er durch die Oberfläche, schoss regelrecht aus dem Wasser. Er wurde direkt ans felsige Seeufer gespien. Das Waisenmädchen kugelte ein Stück weiter. Beide würgten Flüssigkeit aus; sie war rötlich durch die Brandblasen auf ihren Zungen. Nasse Blätter klebten an Ronans Armen, an denen des Waisenmädchens. So viele Blätter.

Als Ronan sich benommen umdrehte, sah er, dass der gesamte See voller Ranken und Gesträuch war. Noch immer wuchsen kleine Zweige daraus empor. Die Pflanzenteile, die sich unter Wasser befanden, wurden bereits von der Säure zerfressen.

Das also hatte sie vor dem Ertrinken gerettet. Die Zweige hatten sie aus dem Wasser gehoben.

Am gegenüberliegenden Ufer hockte Adam, den Kopf gesenkt, als wollte er jeden Moment lossprinten oder beten, die Hände rechts und links von sich auf dem Fels. Seine Fingerknöchel traten weiß hervor. Vor sich hatte er ein paar Steine zu einem Muster ausgelegt, das für ihn offenbar irgendeinen Sinn ergab. Eine der noch immer wachsenden Ranken hatte sich um seine Hand- und Fußgelenke geschlungen.

Die Erkenntnis traf Ronan wie ein Schlag: Nicht die Pflanzen hatten ihnen das Leben gerettet. Sondern Adam Parrish.

»Parrish«, sagte Ronan.

Mit leerem Blick sah Adam zu ihm hoch. Er zitterte.

Das Waisenmädchen krabbelte am Ufer entlang, ohne dabei dem Wasser zu nahe zu kommen, zu Adam. Hastig schnippte sie mit Zeigefinger und Daumen die Steine in den See. Sofort hörten die Ranken auf zu wachsen. Adam erschauderte und hob den Kopf, doch sein Blick wirkte noch immer leer, krank. Seine rechte Hand krampfte auf eine Weise, die schmerzhaft anzusehen war. Das Waisenmädchen griff nach seiner linken Hand und drückte einen Kuss in die Innenfläche – Adam schloss die Augen –, bevor sie sich abrupt zu Ronan umdrehte.

»Raus«, sagte sie. »Er muss hier raus!«

»Wo raus?«, fragte Ronan, der nun ebenfalls den See umrundete. Er sah den Felshang hinauf zu den Bergflanken, die sie umgaben, auf der Suche nach einem Weg zurück nach oben.

»Cabeswater«, sagte das Waisenmädchen. »Irgendwas passiert. Ah!«

Die Flüssigkeit um die säurezerfressenen Pflanzen im See verfärbte sich plötzlich schwarz. Dies war ein Albtraum.

»Hoch mit dir, Parrish«, befahl Ronan und ergriff Adam beim Arm. »Wir müssen hier weg.«

Adam öffnete die Augen; ein Lid hing schlaff herunter. »Vergiss nicht das Mädchen«, murmelte er.

24

Es war 18 Uhr 21.

Im Fox Way war seit Ewigkeiten niemand mehr ans Telefon gegangen. Blue hatte brav alle fünfundvierzig Minuten mit Ganseys Handy zu Hause angerufen, genau wie ihre Mutter verlangt hatte, aber es nahm niemand ab. Beim ersten Mal hatte sie sich noch nichts dabei gedacht; wenn die Leitung wegen einer Telefon-Wahrsagesitzung besetzt war, wurden eingehende Anrufe direkt auf den Anrufbeantworter umgeleitet. Mit der Zeit aber gab ihr die Sache doch zu denken. Blue wartete eine weitere Dreiviertelstunde und versuchte es noch mal. Dann noch mal.

»Wir müssen fahren«, sagte Blue zu Gansey.

Er erhob keine Einwände. Genauso wenig wie Henry Cheng, was man ihm hoch anrechnen musste, da er sich inzwischen alkoholbedingt in einem überaus philanthropischen Zustand befand und es begrüßt hätte, wenn sie noch geblieben wären. Er schien jedoch zu ahnen, dass der Grund ihres Aufbruchs privater Natur war, und fragte nicht nach. Nachdem sie ihm die Bettlaken zurückgegeben hatten, wünschte er ihnen eine gute Nacht und beschwor Blue ein letztes Mal, mit ihm nach Venezuela zu reisen.

Im Auto fiel ihnen auf, dass Ganseys Uhr immer wieder auf 18 Uhr 21 sprang.

Irgendetwas stimmte nicht.

Im Fox Way betraten sie das Haus durch die Vordertür. Obwohl es schon spät war – war es das wirklich? Es war 18 Uhr 20, dann 18 Uhr 21, immer 18 Uhr 20, dann 18 Uhr 21 – hatte niemand abgeschlossen. Gansey wirkte skeptisch und gleichzeitig wie elektrisiert.

Sie schlossen die Tür hinter sich.

Im Inneren des dunklen Hauses konnte Blue nicht gleich sagen, was nicht stimmte, aber sie war hundertprozentig sicher, *dass* etwas nicht stimmte. Das Gefühl ließ sie vollkommen erstarren und sie konnte sich nicht rühren, bis ihr endlich klar wurde, was ihr so zusetzte. »So«, dachte sie, »muss es sich anfühlen, wenn man hellseherisch begabt ist.«

Ihre Hände begannen zu zittern.

Was war bloß los? Es war möglicherweise ein bisschen dunkler als gewöhnlich und dem diffusen Licht aus der Küche gelang es nicht, die Finsternis zu durchdringen. Vielleicht war es auch einen Hauch kälter als gewöhnlich, aber das konnte genauso gut an ihrer Angst liegen. Außerdem wirkte es stiller – nirgends plärrte ein Fernseher, klirrten Tassen –, aber das konnte genauso gut an der Uhrzeit liegen. Eine Glühbirne flackerte – nein, das waren bloß die Scheinwerfer eines vorbeifahrenden Autos, die sich im Glas der Uhr auf dem Flurtisch spiegelten. Die Uhr zeigte 18 Uhr 21 an.

Sie konnte sich nicht rühren.

Es war völlig absurd, dass sie vor schierer Angst wie gelähmt hier herumstand, aber so war es. Sie versuchte, sich einzureden, dass sie schon durch die gruseligsten Höhlen gekrochen war, den feurigen Atem eines Albtraumdrachens gespürt und einem verzweifelten Mann mit einer Waffe in der Hand gegenübergestanden hatte, weswegen ihr eigenes Zuhause ohne irgendein Anzeichen einer realen Bedrohung ihr nicht solche Angst machen sollte.

Aber sie konnte sich nicht rühren und auch Gansey stand wie angewurzelt da, einen Finger geistesabwesend auf sein linkes Ohr gedrückt. Seine Augen hatten einen glasigen Schimmer angenommen, der ihr seine Panikattacke in der Höhle vor nicht allzu langer Zeit in Erinnerung rief.

Kurz kam es ihr vor, als wären sie die letzten beiden Menschen auf der Welt. Sie würde das Wohnzimmer betreten und dort nichts als Leichen finden.

Bevor sie es verhindern konnte, entfuhr ihr ein winziges Wimmern.

Reiß dich zusammen!

Ganseys Hand tastete nach ihrer. Sie war schweißnass, aber das spielte keine Rolle – ihre war es auch. Sie waren beide halb verrückt vor Angst.

Plötzlich, als sie genauer darüber nachdachte, kam ihr das Haus überhaupt nicht mehr still vor. Unterhalb der Stille nahm sie ein Knistern und Sirren wie von defekten elektronischen Geräten wahr.

Ganseys Blick huschte zu ihr. Sie drückte seine Hand, fest, dankbar. Dann ließen sie einander im selben Moment los. Gut möglich, dass sie beide Hände brauchen würden, um sich zu verteidigen.

Beweg dich, Blue.

Langsam gingen sie los, ganz leise, hielten inne, sobald eine Bodendiele zu knarren begann. Aus Angst, ein Geräusch zu machen, bevor sie sich nicht sicher sein konnten, was sie erwartete.

Nur dies: Angst.

Am Fuß der Treppe legte Blue die Hand auf den Knauf am Ende des Geländers und lauschte. Das Sirren war jetzt lauter, wirkte dissonanter, lebendiger. Es war mehr ein Summen, eine wortlose Melodie, ein gespenstischer Ton, der langsam von einer Note zur nächsten in einer unbekannten Tonleiter überglitt.

Ein Poltern direkt hinter ihnen ließ Gansey zusammenzucken. Blue dagegen war froh über das Geräusch, war es doch wenigstens eins, das sie einordnen konnte. Es war das *Schlapp-Klonk* der wuchtigen Holzclogs ihrer Cousine auf dem unebenen Boden. Erleichtert drehte sie sich zu Orla um, die in ihrer üblichen Schlaghose tröstlich albern und vertraut zugleich aussah. Ihr Blick war auf einen Punkt über Blues Kopf gerichtet.

»Orla«, sagte Blue und ihre Cousine sah ihr in die Augen.

Orla schrie.

Blues Hände bewegten sich ohne ihr Zutun und sie hielt sich die Ohren zu wie ein kleines Kind. Dann erwachten auch ihre Füße und ließen sie rückwärts stolpern, bis sie gegen Gansey stieß. Orla presste sich die Hände aufs Herz und schrie abermals; ihre Stimme brach und schraubte sich immer höher. Es war ein Laut, den Blue niemals aus dem Mund ihrer Cousine erwartet hatte. Irgendein Teil von Blue scheute davor zurück und mit einem Mal war es nicht mehr Orlas schreiendes Gesicht, waren es nicht mehr Blues Augen, die zusahen, mit einem Mal wurde die Realität zu einem Traum.

Orla verstummte.

Aber ihre Augen – sie sah noch immer an Blue vorbei ins Nichts. Ihr Blick lag auf einem Punkt in ihr selbst. Ihre Schultern hoben und senkten sich vor Entsetzen.

Und die ganze Zeit kam von irgendwoher im Haus dieses Summen.

»Orla«, flüsterte Gansey. »Orla, kannst du mich hören?«

Orla antwortete nicht. Sie starrte in eine Welt, die für Blue unsichtbar war.

Blue wollte die Wahrheit nicht aussprechen, aber sie tat es dennoch. »Ich glaube, wir müssen rausfinden, wo dieses Geräusch herkommt.«

Gansey nickte grimmig. Und so ließen sie die schluchzende, ins Nichts starrende Orla zurück und schlichen weiter. Am Ende des Flurs versprach das Küchenlicht Trost und Sicherheit. Doch bevor sie die Küche erreichten, mussten sie die Schwärze hinter der geöffneten Tür des Sitzungszimmers passieren. Und obwohl Blues Herz ihr sagte, dass es in dem Zimmer vollkommen dunkel war, zeigten ihre Augen ihr drei Kerzen drinnen auf dem Tisch. Sie brannten. Aber das änderte nichts. Sie vermochten die Dunkelheit nicht zu durchdringen.

Das seltsame, vielgestaltige Summen kam aus dem Sitzungszimmer.

Außerdem war ein dumpfes Schaben zu hören, als fegte jemand mit einem Besen über die Holzdielen.

Ganseys Fingerknöchel streiften ihre.

Einen Schritt weiter.

Sie machte einen Schritt.

Und jetzt rein.

Sie betraten das Zimmer.

Dort auf dem Boden wand sich Noah, sein Körper jenseits des Möglichen. Er starb, irgendwo. Immerzu. Und obwohl Blue nicht zum ersten Mal miterlebte, wie er seinen eigenen Tod nachstellte, wurde der Anblick nie leichter zu ertragen. Sein Gesicht wandte sich zur Decke, sein Mund zu einer Fratze unermesslichen Schmerzes verzerrt.

Gansey schnappte hörbar nach Luft.

Über Noah, an dem großen Tisch, saß Calla. Ihr Blick war leer und ihre Hand ruhte auf einem Haufen verstreuter Tarotkarten. Daneben lag ein Telefon; sie war mitten in einer Telefonsitzung gewesen.

Das dissonante Summen war lauter als alles andere.

Es kam von Calla.

»Habt ihr Angst?«, flüsterte Noah.

Gansey und Blue fuhren zusammen. Sie hatten nicht gemerkt, dass Noah aufgehört hatte, sich zu winden. Er lag jetzt auf dem Rücken, die Knie angezogen, und sah zu ihnen hoch. Mit einem Mal schien sein Gesicht einen höhnischen Ausdruck anzunehmen, untypisch für Noah. Sein Totenkopfgrinsen schimmerte durch seine Lippen.

Blue und Gansey wechselten einen Blick.

Plötzlich hob das Ding, das Noah war, den Kopf, als hörte er etwas näherkommen. Jetzt begann auch er zu summen. Es war alles andere als ein musikalischer Laut.

Blue spürte, wie jede einzelne Zelle ihres Körpers warnend aufflammte.

Dann verdoppelte sich Noah und wieder zurück.

Blue wusste nicht, wie sie es sonst beschreiben sollte. Vor ihr lag Noah und dann lag auf einmal ein weiterer neben ihm, das Gesicht in die andere Richtung gewandt, und im nächsten Moment war er wieder allein. Sie konnte sich nicht entscheiden, ob der Fehler von Noah ausging oder davon, wie sie selbst Noah sah.

»Wir sollten alle Angst haben«, orakelte Noah, dessen Stimme nur schwach über dem Summen zu hören war. »Wer mit der Zeit spielt –«

Im nächsten Moment war er auf den Beinen, direkt vor ihnen, oder zumindest war es sein Gesicht, und dann, einen Sekundenbruchteil später, war er wieder ein Stück von ihnen entfernt. Er hüllte sich zurück in seine Noahhaftigkeit – seine Tarnung als Junge, stemmte die Hände auf die Knie wie ein Läufer nach dem Sprint, und jedes Mal, wenn er ausatmete, drang unwillkürlich das Summen aus seinem Mund.

Blues und Ganseys Atem hing als schimmernde Wolke vor ihnen in der Luft, als wären *sie* die Toten. Noah entzog ihnen Energie. Eine ganze Menge Energie.

»Geh, Blue«, sagte Noah. Seine Stimme klang gepresst, aber es gelang ihm, das furchtbare Summen zu unterdrücken. »Geh … Gansey. Das bin nicht mehr ich!« Er glitt ein Stück nach rechts und wieder zurück, auf eine Art, wie feste Materie sich nicht bewegen sollte. Ein schiefes Lächeln, das kein bisschen zu seinen zusammengezogenen Augenbrauen passte, stahl sich auf seine Lippen und war gleich darauf wieder verschwunden. Sein Blick war herausfordernd – und dann nicht mehr.

»Wir gehen nicht« entgegnete Blue, die jedoch im selben Moment anfing, jeden Schutzschild um sich zu errichten, den sie kannte. Sie konnte Gansey und Calla nicht vor dem beschützen, was auch immer von Noah Besitz ergriffen hatte und die beiden aussaugte, aber sie konnte zumindest ihren eigenen, nicht unbedeutenden Energievorrat vor ihm abschirmen.

»Bitte«, zischte Noah. »Auslöschen, Auslöschen.«

»Noah«, sagte Gansey, »du bist stärker.«

Noahs Gesicht wurde schwarz. Von Knochenbleich zu Pechschwarz innerhalb eines nicht vorhandenen Herzschlags. Nur seine Zähne leuchteten weiter. Er keuchte oder lachte. »IHR WERDET ALLE STERBEN.«

»Geh raus aus ihm!«, fauchte Blue.

Gansey zitterte vor Kälte. »Noah, du schaffst das.«

Noah erhob die Hände, Handflächen und Finger wie zu einem klauenartigen Tanz aufeinandergerichtet. Es waren Noahs Hände und im nächsten Moment waren es nur noch krakelige Striche.

»Nichts ist unmöglich«, sagte Noah und seine Stimme war tief und tonlos. Die zuckenden Striche verwandelten sich zurück in seine

Hände, abtrünnig, unbrauchbar. Blue konnte bis in seine Brusthöhle sehen und dort war nichts als Schwarz. »Nichts ist unmöglich. Ich komme ihn holen. Ich komme ihn holen. Ich komme ihn holen.«

Alles, was Blue davon abhielt, zu fliehen, alles, was sie in der Nähe dieser Kreatur hielt, war das Wissen, dass sie Zeugin eines Verbrechens wurde. Dass dies nicht Noah war, der aus Versehen gruselig war. Sondern etwas *in* Noah, *durch* Noah, und zwar ohne sein Einverständnis.

Die summende Stimme fuhr fort: »Ich bin hier, um ihn zu holen – *Blue!* – Ich bin hier, um ihn zu holen – *Bitte! Bringt euch in Sicherheit!* – Ich bin hier, um ihn zu holen –«

»Ich lasse dich nicht allein«, sagte Blue. »Ich habe keine Angst.«

Noah stieß ein Lachen aus, das einem Kobold alle Ehre gemacht hätte. Mit schriller, sich überschlagender Stimme kreischte er: »Das wird sich bald ändern!«

Dann stürzte er sich auf sie.

Blue sah noch, wie Gansey nach Noah grabschte, bevor dieser ihr seine Klauen ins Gesicht schlug.

Mit einem Mal war der Sitzungssaal so hell erleuchtet, wie er vorher dunkel gewesen war. Schmerz und Gleißen, Kälte und Hitze –

Er bohrte nach ihrem Auge.

»*Noah!*«, heulte sie.

Die Welt bestand aus schlingernden Linien.

Sie schlug sich die Hände vors Gesicht, aber es änderte sich nichts. Hilflos hing sie in Noahs Klauen, während sich seine Finger in ihr Fleisch gruben. Ihr linkes Auge sah nur noch Weiß, ihr rechtes nur noch Schwarz. Ihre Finger waren glitschig; etwas Warmes breitete sich auf ihrer Wange aus.

Noah explodierte zu einem Lichtblitz, so hell wie eine Sonneneruption.

Blue nahm wahr, wie sie bei den Schultern gepackt und zurückgerissen wurde. Sie war umhüllt von Wärme und Minzgeruch. Gansey drückte sie so fest an sich, dass sie merkte, wie er zitterte. Das Summen war überall. Sie spürte es auf ihrem brennenden Gesicht, während Gansey sich verdrehte, um sich zwischen sie und die summende Ausgeburt des Zorns zu drängen, die Noah war.

»Verdammt. Blue, ich brauche Energie von dir«, raunte Gansey ihr direkt ins Ohr und sie hörte die Angst, die sich zwischen seine Worte fädelte. »Schnell.«

Schmerz durchzuckte sie bei jedem Herzschlag, aber sie streckte ihm ihre glitschigen Finger hin.

Gansey ergriff ihre Hand. Sie ließ sämtliche Schutzschilde sinken.

Fest und laut und durchdringend sagte Gansey zu dem Ding: »*Sei. Noah.*«

Im Raum wurde es still.

25

Es war 18 Uhr 21.

Knapp sechshundert Meilen weiter die Ley-Linie hinauf funkelten eine Million winziger Lichter auf der dunklen, gekräuselten Oberfläche des Charles River. Die beißend kalte Novemberluft drang durch die Balkontür von Colin Greenmantles Stadthaus in Back Bay. Er hatte die Tür zwar nicht aufgelassen, aber sie war es trotzdem. Nur einen Spaltbreit.

Sie krabbelten hinein.

Colin Greenmantle war im Erdgeschoss des Hauses, in dem in Gold-Braun gehaltenen, fensterlosen Raum, den er für seine Kollektion reserviert hatte. Selbst die Vitrinen, aus Glas und Eisen, Draht und Gold, waren etwas Besonderes – ein angemessen ausgefallener Ausstellungsort für angemessen ausgefallene Objekte. Der Eichenholzboden darunter stammte aus einem alten Farmhaus in Pennsylvania; die Greenmantles hatten sich schon immer gern Dinge zu eigen gemacht, die einmal jemand anderem gehört hatten. Es war unmöglich zu sagen, wie groß der Raum wirklich war, denn die Spots, die jedes einzelne Artefakt beleuchteten, waren die einzige Lichtquelle. Die Strahlen der kleinen Lampen setzten sich in sämtliche Richtungen als Lichtpunkte fort, wie Schiffe auf einer nächtlichen See.

Greenmantle blieb vor einem alten Spiegel stehen. Der Rahmen war mit Schnitzereien von Akanthusblättern und Schwänen, die andere Schwäne verschlangen, verziert. Ganz oben war eine kleine in Messing gefasste Uhr eingelassen. Das Zifferblatt zeigte 18 Uhr 21 an. Angeblich quollen echte Tränen aus dem Spiegel, wenn jemand hineinsah, in dessen Familie es vor Kurzem einen Todesfall gegeben hatte. Greenmantles Spiegelbild war tränenlos, aber er fand dennoch, dass er bemitleidenswert aussah. In einer Hand hielt er eine Flasche Cabernet Sauvignon, deren Etikett Grafit- und Kirscharomen versprach. In der anderen Hand ein Paar Ohrringe, die er für seine Frau Piper beschafft hatte. Er trug ein elegant geschnittenes Sakko zu Boxershorts. Er war nicht auf Gesellschaft eingestellt.

Sie kamen trotzdem, krochen über die Abschlussleisten der Regale in der Bibliothek im ersten Stock, krabbelten übereinander hinweg.

Greenmantle nahm einen Schluck Wein direkt aus der Flasche – zuvor in der Küche hatte er beschlossen, dass dies auf ästhetischere Weise jämmerlich und verzweifelt wirken würde als ein einsames Weinglas, und er hatte recht gehabt. Er wünschte, jemand könnte sehen, wie ästhetisch jämmerlich und verzweifelt er gerade wirkte.

»Im Abgang eine deutliche Note von Schwarzpulver und Einsamkeit«, sagte er zu seinem Spiegelbild. Wieder hob er die Flasche an den Mund; diesmal verschluckte er sich. Bisschen zu viel Schwarzpulver und Einsamkeit auf einmal.

Sein Spiegelbild starrte ihn aus großen Augen an; hinter ihm stand seine Frau, die Finger um seine Kehle geschlungen. Ein paar vereinzelte Haare standen von ihrem ansonsten makellos glatten Blondschopf ab und die Vitrinenlampen hinter ihr tauchten die Strähnen in glühendes Weißgold. Ihre Augen waren schwarz. Eine ihrer Brauen war gehoben, abgesehen davon jedoch wirkte sie vollkommen ruhig, während sich ihre Finger in seine Haut pressten. Sein Hals lief dunkelrot an.

Er blinzelte.

Sie war nicht mehr da.

Sie war nie da gewesen. Sie hatte ihn verlassen. Na ja, um genau zu sein, hatte wohl eher er sie verlassen, aber sie hatte den Ausschlag dazu gegeben. Sie war diejenige gewesen, die darauf bestanden hatte, die Reihe ruchloser und gewaltsamer Verbrechen in der Wildnis Virginias fortzusetzen, nachdem er entschieden hatte, dass es Zeit war, sein Spielzeug zusammenzuraffen und abzutauchen.

»Ich bin allein«, sagte Greenmantle zum Spiegel.

Doch das war er nicht. Sie schwirrten die Treppe herunter, landeten auf den Kanten der Bilderrahmen, prallten von den Wänden ab und schossen in die Küche.

Greenmantle drehte sich um und betrachtete seine Sammlung. Eine vierarmige Ritterrüstung, ein ausgestopftes Einhorn von der Größe einer Zwergziege, ein Messer, von dessen Klinge permanent Blut auf den Boden der Vitrine tropfte. Dies waren die Prunkstücke von fast zwei Jahrzehnten. Oder vielleicht nicht die Prunkstücke, überlegte Greenmantle, sondern eher die Objekte, mit denen er am ehesten gehofft hatte, Pipers Aufmerksamkeit zu erlangen.

Ihm war, als hörte er ein Geräusch im Flur. Ein Summen. Oder Kratzen. Oder eigentlich kein Kratzen – dafür war es zu leicht.

»Nach zahlreichen privaten Enttäuschungen erlitt Colin Greenmantle mit Ende dreißig einen Nervenzusammenbruch«, kommentierte Greenmantle und ignorierte das Geräusch, »was viele zu der Annahme verleitete, er würde von der Bildfläche verschwinden.«

Er betrachtete die Ohrringe in seiner Hand. Er hatte sie schon vor zwei Jahren in Auftrag gegeben, aber sein Lieferant hatte lange gebraucht, um sie einer Frau in Gambia vom Kopf zu schneiden. Es gab Gerüchte, denen zufolge man durch Wände sehen konnte, wenn man sie trug. Zumindest manche. Keine Ziegelsteine. Oder Beton. Aber Trockenbauwände. Trockenbauwände gingen. Greenmantle hatte keine Ohrlöcher, darum konnte er sie nicht ausprobieren. Und da Piper neuerdings eine Verbrecherkarriere eingeschlagen hatte, würde er möglicherweise nie herausfinden, ob sie funktionierten.

»Doch diese Außenstehenden hatten Colins Charakterstärke unterschätzt«, redete er weiter. »Seine Fähigkeit, emotionale Entbehrungen zu überwinden und zurück auf die Füße zu kommen.«

Er drehte sich zur Tür, im selben Moment, als sein Besuch hereinplatzte.

Er blinzelte.

Der Besuch verschwand nicht.

Er blinzelte und blinzelte, aber irgendetwas kam immer noch zur Tür herein, etwas, das er weder seiner Einbildung noch dem verfluchten Spiegel zuschreiben konnte. Sein Verstand brauchte einen Moment, um das Geräusch und den Anblick korrekt zu deuten, und kam zu dem Schluss, dass es sich nicht um einen einzelnen Besucher handelte: Es waren viele. Sie quollen, strömten, drängelten herein.

Doch erst, als sich einer von ihnen aus der Masse löste und hektisch auf ihn zuschlingerte, erkannte er, dass es Insekten waren. Als die schwarze Wespe auf seinem Handgelenk landete, widerstand er dem Reflex, sie zu erschlagen. Sie stach ihn.

»Mistvieh!«, knurrte er und schlug mit der Weinflasche nach dem Tier.

Eine weitere Wespe gesellte sich zur ersten. Greenmantle schüttelte den Arm und sie ließ von ihm ab, doch es kam schon eine dritte angeflogen. Dann eine vierte, eine fünfte, ein ganzer Flur voll. Sie waren überall. Er trug ein elegant geschnittenes Sakko, Boxershorts und Wespen.

Die Ohrringe fielen zu Boden, als er hektisch herumfuhr. Sein Gesicht im Spiegel war tränenüberströmt, aber er sah keine Wespen, sondern Piper, deren Arme und Lächeln ihn umschlangen.

»Es ist aus«, sagte ihr Mund.

Das Licht verlosch.

Es war 18 Uhr 22.

26

Man konnte über Piper Greenmantle sagen, was man wollte, aber sie ließ sich nicht schnell entmutigen, selbst wenn die Dinge nicht ganz so liefen, wie sie es sich vorgestellt hatte. Sie ging weiter zum Pilates, selbst nachdem die Übungen sie nicht mehr auslasteten, sie ging weiter zu ihrem Buchclub, selbst nachdem sie festgestellt hatte, dass sie weit schneller las als die anderen Mitglieder, und ließ sich weiterhin alle zwei Wochen falsche Wimpern aus Nerzhaar zwischen ihre eigenen nähen, selbst nachdem der Salon die letzte Hygienekontrolle nicht bestanden hatte.

Und als sie nach einem mysteriösen Schlafenden gesucht hatte, der in der Nähe ihres Ferienhauses begraben sein sollte, hatte sie nicht aufgegeben, ehe sie fündig geworden war.

Auslöscher.

Das war das Erste, was er gesagt hatte, als sie ihn fand. Es hatte einen Moment gedauert, bis sie begriffen hatte, dass der Schlafende damit ihre Frage (»Oh Mann, was bist du denn für einer?«) beantwortet hatte.

Zu Pipers Verteidigung sollte wohl das zutiefst verstörende Äußere des Schlafenden erwähnt werden. Sie hatte einen Menschen erwartet und stattdessen eine totenschwarze sechsbeinige Kreatur vorgefunden, die sie wohl als Hornisse bezeichnet hätte, wenn sie Hornissen nicht erstens absolut widerwärtig gefunden hätte, und zweitens nicht der Meinung gewesen wäre, dass es keiner Hornisse zustand, dreißig Zentimeter groß zu werden.

»Das ist ein Dämon«, hatte Neeve gesagt. Neeve war das dritte Mitglied ihres unheilvollen Trios. Sie war eine stämmige Frau, mit sanfter Stimme, schönen Händen und schlechter Frisur. Piper glaubte, dass sie eine Fernsehwahrsagerin war, konnte jedoch nicht sagen, wie sie an diese Information gekommen war.

Neeve hatte nicht gerade glücklich über ihren dämonischen Fund gewirkt, Piper dagegen lag zu der Zeit im Sterben und war nicht wählerisch in Bezug auf ihre Freunde. Sie hatte jegliche Höflichkeit in den Wind geschlagen und zu dem Dämon gesagt: »Ich hab dich geweckt. Bist du mir dafür nicht eine Gunst schuldig? Bring mich wieder in Ordnung.«

Du sollst in meiner Gunst stehen.

Und so hatte es begonnen. Die Luft in der düsteren Gruft war ein bisschen in Wallung geraten und dann hatte Piper plötzlich aufgehört zu verbluten. Allerdings hatte sie erwartet, dass die Sache damit abgeschlossen wäre. Doch wie sich herausgestellt hatte, war es keine so einmalige Angelegenheit, in jemandes Gunst zu stehen, sondern eine, die sich bis in die Ewigkeit erstrecken konnte.

Tja, und heute? Sie waren raus aus der Höhle, die Sonne schien mehr oder weniger und Piper hatte soeben ihren feigen, nichtsnutzigen Ehemann umgebracht. In ihrem Inneren brodelte Magie und wenn sie ehrlich sein sollte, fühlte sie sich ziemlich verwegen. Neben ihr rauschte ein Wasserfall bergauf, rückwärts; die Gischt stob donnernd zum Himmel. Der Baum, neben dem Piper stand, verlor seine Rinde in krümelig-feuchten Klumpen.

»Warum ist die Luft hier so komisch?«, fragte Piper. »Irgendwie kratzig. Und soll die so weiterflackern?«

»Ich glaube, sie beruhigt sich schon wieder«, antwortete Neeve mit ihrer welken Stimme. »Je weiter wir uns vom Todeszeitpunkt deines Mannes entfernen. Das hier sind nur noch Nachbeben. Der Wald versucht, sich von dem Dämon zu befreien, der dieselbe Energiequelle zu nutzen scheint wie er selbst, gebündelt durch den Wald. Er reagiert darauf, dass er zum Morden benutzt wird. Ich kann spüren, dass dies ein Ort der Schöpfung ist, darum erzeugt jeder Schritt in die entgegengesetzte Richtung eine Art spirituelles Beben.«

»Wir müssen alle hin und wieder was tun, was uns nicht gefällt«, bemerkte Piper. »Und wir haben ja auch nicht vor, haufenweise Leute zu massakrieren. Das hier war nur, um meinem Vater zu beweisen, dass mir ernsthaft daran gelegen ist, mich mit ihm zu versöhnen.«

Und was wünschst du nun?, fragte der Dämon.

Er hockte auf der zerfurchten Borke einer alten Eiche, den Rücken gekrümmt, wie Hornissen es tun, wenn sie Kälte, Nässe oder eben der Gischt eines Wasserfalls ausgesetzt sind. Seine Fühler zuckten in ihre Richtung und er summte noch immer mit einem Schwarm, den es nicht mehr gab. Über ihnen erzitterte die Sonne; Piper kam es vor, als wäre es gar nicht Tag. Ein weiteres Stück Rinde löste sich von dem Baum.

»Bist du irgendwie schlecht für die Umwelt?« Piper hatte sich schon immer Gedanken um ihren ökologischen Fußabdruck gemacht. Es erschien ihr absurd, zwei Jahrzehnte lang Müll getrennt zu haben, nur um jetzt ein komplettes Ökosystem zu zerstören.

Ich bin ein natürliches Produkt dieser Umwelt.

Ein Ast fiel neben ihnen zu Boden. Die Blätter daran waren schwarz und eine gelbliche Flüssigkeit quoll heraus. Die Luft bebte noch immer.

»Piper.« Neeve ergriff behutsam Pipers Hand und wirkte so gelassen wie nur möglich für jemanden, der in Lumpen gekleidet neben einem bergauf fließenden Wasserfall stand. »Ich weiß, dass du, als du dich ins Grab des Schlafenden gedrängt und mich zur Seite geschubst hast, sicherstellen wolltest, dass dir ganz allein die Gunst zuteilwerden würde. Du wolltest mich aus dem Weg räumen und in eine Zukunft starten, in der du allein die Entscheidungen treffen und in den Genuss der Gunst kommen würdest. Wahrscheinlich hättest du mich in der Höhle zurückgelassen, in der ich im besten Fall ewig herumgeirrt und im schlimmsten Fall gestorben wäre. Ich gebe zu, dass ich damals sehr wütend auf dich war, und ich schäme mich heute für diese Gefühle. Inzwischen ist mir klar, dass du lediglich Probleme damit hast, anderen zu vertrauen, und damals kanntest du mich ja noch nicht. Aber wenn du willst …«

Piper verpasste einen nicht unerheblichen Teil dieser Ansprache, weil sie Neeves gepflegte Fingernägel bewunderte – beneidenswert perfekte kleine Keratin-Ovale. Pipers eigene Fingernägel waren nur noch Ruinen, seit sie sich mit bloßen Händen aus der Höhle hatte freibuddeln müssen.

»… gibt es bessere Methoden, um dein Ziel zu erreichen. Es ist wirklich wichtig, dass du lernst, dich auf meine umfassende Erfahrung auf dem Gebiet der Magie zu verlassen.«

Piper konzentrierte sich wieder. »Moment, was? Ich hab gerade kurz nicht aufgepasst. Lass einfach diesen ganzen Gefühlskram beiseite, wenn's geht.«

»Ich glaube nicht, dass es klug ist, sich mit einem Dämon zu verbünden. Die sind von Natur aus eher eine Last als ein Zugewinn. Sie nehmen mehr, als sie geben.«

Piper wandte sich dem Dämon zu; es war schwer zu beurteilen, wie genau dieser zuhörte. Hornissen besaßen keine Augenlider, darum hätte es gut sein können, dass er schlief. »Wie viel von diesem Wald muss dran glauben, wenn ich mein Leben zurückwill?«

Jetzt, da ich wach bin, werde ich ihn in jedem Fall auslöschen. Nach und nach.

»Tja, siehst du«, sagte Piper. Sie war erleichtert, so als wäre ihr gerade eine unangenehme Entscheidung abgenommen worden. »Das wäre also geklärt. Dann können wir auch direkt Nägel mit Köpfen machen. Hey – wo willst du denn hin? Willst du etwa nicht …« Piper hielt inne und lauschte, als der Dämon in ihre Gedanken drang. »… berühmt werden?«

Neeve blinzelte. »Ich will ernst genommen werden.«

»Ist doch Jacke wie Hose«, entgegnete Piper. »Geh jedenfalls mal noch nicht. Ich weiß, ich hab dich da neulich ein bisschen beschissen, aber da war ich halb tot und echt mies drauf. Sorry dafür. Aber ich will es wiedergutmachen.«

Neeve wirkte weniger begeistert über das Angebot, als Piper gehofft hatte, aber wenigstens versuchte sie nicht mehr abzuhauen. Das war ein gutes Zeichen; Piper wollte nämlich ungern allein mit dem Dämon sein. Nicht, weil sie Angst hatte, sondern weil sie vor Publikum einfach besser funktionierte. Sie hatte mal im Internet einen Test gemacht, bei dem herausgekommen war, dass sie auf eine besondere Art extrovertiert war und das voraussichtlich für den Rest ihres Lebens so bleiben würde.

»Das hier ist ein Neustart für uns beide«, fügte Piper hinzu.

Der Dämon legte den Kopf schief und seine Fühler zuckten abermals. Hornissenaugen dürften nicht so groß sein, dachte Piper. Sie wirkten wie riesige, braun-schwarze Pilotensonnenbrillen. Düstere Verheißungen von Leben und Tod schienen darin zu wabern.

Und nun?

»Zeit, meinen Dad anzurufen«, verkündete Piper.

27

Es war nicht 18 Uhr 21.

Es war entweder spätnachts oder sehr früh am Morgen.

Als Adam und Ronan in der Notaufnahme des Mountain-View-Krankenhauses ankamen, fanden sie einen bis auf Gansey leeren Wartebereich vor. Aus irgendwelchen Lautsprechern sickerte leise Musik; das Neonlicht war seelenlos und unschuldig. Ganseys Khakihose war blutverschmiert und er saß vornübergebeugt auf seinem Stuhl, den Kopf in den Händen vergraben, schlafend oder trauernd. An der Wand ihm gegenüber hing ein Gemälde von Henrietta, aus dem Wasser herabtropfte, denn das war offenbar die Welt, in der sie neuerdings lebten. An irgendeinem anderen Tag hätte Adam vielleicht versucht, ein derartiges Zeichen zu deuten, heute jedoch war sein Geist schon überflutet mit neuen Informationen. Seine Hand hatte aufgehört zu zucken, nachdem Cabeswater wieder ein wenig Kraft geschöpft hatte, aber Adam machte sich keinerlei Illusionen darüber, dass die Gefahr gebannt sein könnte.

»Lord Lackaffe«, begrüßte Ronan Gansey. »Heulst du etwa?« Er trat gegen Ganseys Schuh. »Ey, Flachzange, pennst du?«

Gansey hob das Gesicht aus den Händen und sah zu Adam und Ronan hoch. An seinem Kinn war eine kleine Blutspur. Seine Miene war finsterer, als Adam erwartet hatte, und verfinsterte sich noch mehr, als er Ronans verdreckte Kleidung sah. »Wo warst du denn?«

»Cabeswater«, sagte Ronan.

»Cabeswa – Was macht *die* denn hier?« Gansey hatte das Waisenmädchen entdeckt, das soeben hereingestolpert kam. Es trug ein Paar Gummistiefel, das Ronan im Kofferraum des BMW gefunden hatte. Natürlich waren sie ihm viel zu groß und nicht annähernd hufförmig, aber das war schließlich irgendwie der Sinn der Sache. »Wozu haben wir einen ganzen Nachmittag dafür aufgewendet, sie da hinzubringen, wenn ihr sie sowieso direkt wieder zurückholt?«

»Was soll's, Mann?«, entgegnete Ronan, der Ganseys Ausbruch mit einer hochgezogenen Augenbraue quittierte. »Waren doch nur zwei Stunden.«

»Das mag für dich nicht viel sein, aber ein paar von uns gehen zur Schule und da waren die zwei Stunden genau das, was wir Freizeit nennen«, beharrte Gansey.

»Ist ja gut, Dad.«

»Weißt du was?«, fuhr Gansey auf und erhob sich. In seiner Stimme lauerte etwas Ungewohntes, wie eine gespannte Bogensehne. »Wenn du mich noch ein Mal so nennst –«

»Wie geht's, Blue?«, schaltete Adam sich ein. Er nahm an, dass sie zumindest nicht tot war, sonst hätte Gansey sicher nicht die Nerven gehabt, sich mit Ronan anzulegen. In Wirklichkeit ging er sogar davon aus, dass das Ganze längst nicht so schlimm war wie zunächst gedacht, sonst hätte Gansey ihnen sicher als Allererstes einen Statusbericht geliefert.

Ganseys Miene wirkte so scharf und glänzend wie eine Klinge. »Sie konnten das Auge retten.«

»*Das Auge retten*«, echote Adam.

»Sie wird gerade genäht.«

»*Genäht*«, echote Ronan.

Gansey sagte: »Glaubt ihr vielleicht, ich gerate hier wegen nichts in Panik? Ich hab's euch doch gesagt: Noah war besessen.«

Besessen, wie vom Teufel. Besessen, wie Adams Hand. Angesichts der brodelnden Schwärze in Cabeswater und dieser grausigen Folge von Noahs Besessenheit dämmerte Adam allmählich, wozu seine eigene Hand imstande wäre, sollte Cabeswater ihn einmal nicht beschützen können. Er hätte Gansey gern davon erzählt, andererseits hatte er bis heute nicht Ganseys entsetzten Schrei vergessen, als Adam seinen Pakt mit Cabeswater geschlossen hatte. Er rechnete zwar nicht ernsthaft damit, dass Gansey ihm ein hämisches »Das kommt davon!« entgegenschleudern würde, aber Adam würde wissen, dass er absolut das Recht dazu hätte, was im Grunde noch schlimmer war. Adam war schon immer die pessimistischste Stimme in seinem eigenen Kopf gewesen.

Unglaublicherweise stritten Gansey und Ronan noch immer. Als Adam aus seinen Gedanken auftauchte, sagte Ronan gerade: »Jetzt mach aber mal halblang, Alter – als ob ich je zu irgendeiner Party gehen würde, zu der Henry Cheng mich einlädt.«

»Es geht darum, dass *ich* dich eingeladen habe«, entgegnete Gansey. »Nicht Henry. Dem war es egal; aber mir nicht.«

»Hach«, seufzte Ronan, aber es klang nicht nett.

»Ronan«, mahnte Adam.

Gansey strich über die Blutflecken an seiner Hose. »Und stattdessen seid ihr nach Cabeswater gefahren. Ihr hättet tot sein können und ich hätte nicht mal gewusst, wo ihr seid, weil du dich mal wieder nicht dazu durchringen konntest, dein Handy zu benutzen. Erinnerst du dich an den Wandbehang, über den Malory und ich uns unterhalten haben, als er hier war? Der mit Blues Gesicht drauf? Adam, dass du dich erinnerst, weiß ich, sonst hättest du ja wohl kaum diese Albtraum-Blues in Cabeswater erscheinen lassen.

Nachdem Noah mit ihr fertig war, hat Blues Gesicht jedenfalls ganz genau so ausgesehen.« Er hob die Hände neben sein Gesicht. »Ihre Hände waren rot. Von ihrem eigenen Blut. *Du* warst derjenige, der mir vor Monaten schon gesagt hat, dass irgendwas anfängt, Ronan. Darum ist jetzt nicht der Moment, solche Alleingänge hinzulegen. Irgendjemand wird sterben. Das ist kein Spiel mehr. Wir haben keine Zeit mehr für was anderes als die Wahrheit. Wir stecken hier alle gemeinsam drin, was auch immer das hier ist.«

Gegen nichts davon gab es etwas einzuwenden; alles, was Gansey gesagt hatte, traf zweifellos zu. Adam hätte behaupten können, dass er schon so oft allein in Cabeswater gewesen war, um an der Ley-Linie zu arbeiten, und dass er geglaubt hätte, dieses wäre wie all die anderen Male zuvor, aber in Wirklichkeit hatte er gemerkt, dass mit dem Wald etwas nicht stimmte, und trotzdem weitergemacht.

Das Waisenmädchen stieß den Garderobenständer hinter der Tür um und schreckte vor dem Krachen zurück.

»Hör auf mit dem Mist«, herrschte Ronan sie an. Widersinnigerweise war die Tatsache, dass er wütend wurde, ein Zeichen dafür, dass der Streit beendet war. »Steck einfach die Hände in die Taschen.«

Sie zischte ihm etwas in einer Sprache zu, die weder Englisch noch Latein war. Hier in dieser nüchternen Umgebung fiel besonders auf, dass sie nach den Regeln einer anderen Welt geschaffen worden war. Der altmodische Pullover, die riesigen schwarzen Augen, die dürren Beine mit den in den Stiefeln verborgenen Hufen. Es war immer noch schwer zu glauben, dass sie aus einem von Ronans Träumen stammte, aber das galt schließlich genauso für all seine anderen Traumobjekte. Es war nicht mehr zu übersehen, dass sie sich mit riesigen Schritten auf eine Welt zubewegten, in der ein Dämon im Bereich des Möglichen lag.

Sie alle hoben ruckartig die Köpfe, als sich die Tür am gegenüberliegenden Ende des Raums öffnete. Blue und Maura betraten den Wartebereich und hinter dem Anmeldeschalter begann eine Krankenschwester, geschäftig in Schubladen zu kramen. Mit einem Mal waren alle Blicke auf Blue gerichtet.

Die zwei Stiche in ihrer rechten Augenbraue waren deutlich zu sehen. Sie hielten die Ränder einer gesäuberten Wunde zusammen, die sich bis über ihre Wange fortsetzte. Feinere Kratzer zu beiden Seiten der Naht erzählten die Geschichte von Fingern, die sich in ihre Haut gekrallt hatten. Ihr rechtes Auge war fast vollkommen zugeschwollen, aber zumindest war es noch da. Adam sah ihr an, dass sie Schmerzen hatte.

An dem unangenehmen Kribbeln, das sich in seinem Magen ausbreitete, wenn er nur ihre Wunde betrachtete, erkannte er, wie viel sie ihm bedeutete. Allein beim Gedanken daran, was sie durchgemacht hatte, durchzuckte ihn ein Gefühl wie von Fingernägeln, die über eine Schiefertafel kratzten. Das war *Noah* gewesen. Adam ballte die eigene Hand zur Faust und dachte daran, wie sie sich wie von selbst bewegt hatte.

Gansey hatte recht: Jeder von ihnen hätte in dieser Nacht sterben können. Es wurde Zeit, dass sie die Sache ernst nahmen.

Einen unbehaglichen Moment lang sagte keiner von ihnen etwas.

Ronan fing sich als Erster. »Verdammt, Sargent. ’ne genähte Augenbraue? Du coole Sau! Los, schlag ein.«

Blue wirkte erleichtert, als sie den Arm hob und ihre Faust gegen seine stieß.

»Hornhautabschürfung«, informierte Maura sie. Ihr ernster, sachlicher Tonfall verriet ihre Sorge mehr, als wenn sie in Tränen ausgebrochen wäre. »Antibiotika-Tropfen. Sollte alles wieder in Ordnung kommen.«

Sie beäugte das Waisenmädchen. Das Waisenmädchen äugte zurück. Sein Blick vermittelte, genau wie Ronans, irgendetwas zwischen Verdrossenheit und Aggression, nur dass dieser Effekt bei einem verwahrlosten Mädchen in Gummistiefeln ungleich dramatischer zutage trat. Maura sah aus, als wolle sie eine Frage stellen, dann aber ging sie zum Anmeldeschalter, um Blues Behandlung zu bezahlen.

»Leute«, sagte Gansey leise. »Ich muss mal was loswerden. Das ist vielleicht ein seltsamer Moment dafür, aber ich – ich warte schon die ganze Zeit auf eine Gelegenheit und zerbreche mir den Kopf darüber, dass, wenn diese Sache heute schlimmer ausgegangen wäre, ich vielleicht nie mehr eine bekommen hätte. Darum: Ich kann nicht von euch verlangen, mir gegenüber ehrlich zu sein, wenn ich es nicht umgekehrt auch bin.«

Er holte tief Luft. Adam sah, wie sein Blick zu Blue huschte. Vielleicht, weil er sich fragte, ob sie wohl wusste, was er sagen würde, und ob er es tatsächlich tun sollte. Er hob kurz den Daumen an die Unterlippe, ertappte sich selbst dabei und ließ ihn wieder sinken.

»Blue und ich sind ein Paar«, sagte er dann. »Ich will wirklich keinem wehtun, aber ich möchte gern weiter mit ihr zusammen sein. Und ich will die Sache nicht mehr geheim halten müssen. Das macht mich fertig und in Situationen wie jetzt, wenn Blue vor mir steht und ihr Gesicht *so* aussieht und ich so tun muss, als ob –« Er brach ab; es war eine Vollbremsung, und das Schweigen, das sich daraufhin ausbreitete, von solcher Intensität, dass niemand wagte, einen Laut von sich zu geben. Schließlich redete Gansey weiter: »Ich kann nichts von euch verlangen, woran ich mich selbst nicht halte. Tut mir leid, dass ich so ein Heuchler war.«

Adam hatte nicht erwartet, dass Gansey sich so deutlich zu Blues und seiner Beziehung bekennen würde, und der Moment, in dem sein Geständnis zwischen ihnen in der Luft hing, war mehr als unbehaglich. Es verschaffte ihm keine Genugtuung, Gansey so unglücklich zu sehen, genauso wenig wie die Tatsache, dass Gansey und Blue quasi um Erlaubnis baten, zusammen sein zu dürfen. Adam wünschte, sie hätten ihm schon viel früher die Wahrheit gesagt; dann hätte es gar nicht so weit kommen müssen.

Ronan hob die Augenbraue.

Blue ballte die Hände an ihrer Seite zu kleinen festen Fäusten.

Gansey sagte nichts mehr, sondern wartete schweigend ihr Urteil ab, und sein unsicherer Blick richtete sich insbesondere auf Adam. In diesem Moment wirkte er nur mehr wie ein matter Abklatsch der Person, als die Adam ihn kennengelernt hatte, und Adam konnte sich nicht entscheiden, ob er sich tatsächlich veränderte hatte oder ob er einfach nur zu etwas zurückgekehrt war, was vor langer Zeit gewesen war. Adam durchforstete sein Gehirn nach etwas, was er nun am liebsten von Gansey hören wollte, aber er fand nichts. Alles, was er die ganze Zeit über gewollt hatte, war Respekt, und genau den bekam er jetzt, wenn auch mit einiger Verspätung.

»Danke«, sagte Adam. »Dass ihr es uns endlich sagt.« In Wahrheit meinte er »dass ihr es *mir* endlich sagt« und das wusste auch Gansey. Er bedachte Adam mit einem winzigen Nicken. Blue und Adam sahen einander an. Sie biss sich auf die Lippe; er hob eine Schulter. Es tat ihnen beiden leid.

»Okay. Schön, dass wir das geklärt haben«, sagte Gansey beschwingt. Früher einmal hätte Adam diese vermeintliche Sorglosigkeit unerträglich gefunden, sie für Oberflächlichkeit gehalten. Jetzt jedoch wusste er, dass das Gegenteil dahintersteckte. Wenn Gansey mit zu wichtigen, zu persönlichen Dingen konfrontiert wurde, flüchtete er sich in inhaltsleere Floskeln. Das war hier in der Notaufnahme, in dieser chaotischen Nacht, so fehl am Platz, dass es regelrecht verstörend wirkte, besonders in Kombination mit seinem immer noch völlig außer Kontrolle geratenen Gesichtsausdruck.

Blue nahm Ganseys Hand.

Adam war froh darüber.

»Igitt«, kommentierte Ronan, was wohl die kindischste Bemerkung war, die ihm auf die Schnelle einfiel.

Gansey sagte nur: »Danke für deinen Input, Ronan« und sein Gesicht glich wieder seinem eigenen, woraufhin Adam erst begriff, wie clever Ronan die Anspannung zwischen ihnen aufgelöst hatte. Endlich konnten sie alle aufatmen.

Maura kam vom Anmeldeschalter zurück. Adam hatte so den Verdacht, dass sie sich dort absichtlich Zeit gelassen hatte, um sie nicht zu stören. Jetzt holte sie ihren Autoschlüssel hervor und sagte: »Lasst uns gehen. Krankenhäuser machen mich immer furchtbar nervös.«

Adam stieß seine Faust gegen Ganseys.

Kein Spiel mehr. Ab jetzt zählte nur noch die Wahrheit.

28

Je nachdem, wo man anfing, war dies eine Geschichte über Declan Lynch.

Obwohl mancher es vielleicht nicht glauben mochte, war Declan nicht paranoid auf die Welt gekommen.

Und konnte man eigentlich von Paranoia sprechen, wenn die Person nicht ganz unrecht damit hatte?

Umsicht. Die war durchaus angebracht, wenn es Leute gab, die einem an den Kragen wollten. Er war mit der Zeit umsichtiger geworden, nicht paranoid.

Er war vertrauensselig und beeinflussbar auf die Welt gekommen, aber er hatte dazugelernt. Er hatte gelernt, Leuten, die wissen wollten, wo man wohnte, mit Argwohn zu begegnen. Er hatte gelernt, mit seinem Vater ausschließlich über an Tankstellen gekaufte Wegwerfhandys zu kommunizieren. Er hatte gelernt, niemandem zu trauen, der es als verwerflich empfand, von einem hübschen Altbau in einem korrupten Moloch zu träumen, von einem Luxusapartment mit Tigerfell im Schlafzimmer, von einer Kiste schimmerndem Bourbon, von einem Auto aus deutscher Herstellung, das mehr über einen wusste als man selbst. Er hatte gelernt, dass lügen nur gefährlich war, wenn man hin und wieder die Wahrheit sagte.

Der älteste und menschlichste Sohn von Niall Lynch stand am Fenster seines hübschen Altbaus in Alexandria, Virginia, lehnte die

Stirn an die Scheibe und starrte auf die morgendlich ruhige Straße hinunter. Langsam setzte sich der Pendlerverkehr nach Washington, D. C. in Bewegung und die Stadt begann, sich den Schlaf aus den Augen zu reiben.

Er hielt ein Telefon in der Hand. Es klingelte.

Es war klobiger als das Arbeitshandy, das er bei seinem Praktikum im Büro von Mark Randall benutzte, Politgröße und Golfballkiller. Und er hatte ganz bewusst ein Modell ausgesucht, das sich möglichst stark von dem unterschied, mit dem er die Arbeit seines Vaters erledigte. Schließlich wollte er nicht das falsche erwischen, wenn er in seiner Tasche danach wühlte. Oder im Halbschlaf auf dem Nachttisch danach tasten und jemanden falsch begrüßen. Oder das falsche Telefon Ashley in die Hand drücken und sie bitten, es kurz für ihn zu halten. Je mehr er hatte, was ihm in Erinnerung rief, dass er paranoid – umsichtig – war, während er Niall Lynchs Arbeit verrichtete, desto besser.

Dieses Telefon hatte schon seit Wochen nicht mehr geklingelt. Er hatte schon geglaubt, er wäre endlich davongekommen.

Es klingelte.

Er rang eine Weile mit sich, was weniger gefährlich war: dranzugehen und mit dem Anrufer zu reden oder ihn zu ignorieren.

Er wechselte den Modus. Jetzt war er nicht mehr Declan Lynch, der kriecherische Politikgrünschnabel. Jetzt war er Declan Lynch, Niall Lynchs mit allen Wassern gewaschener Sohn.

Es klingelte.

Er tippte auf »Annehmen«.

»Lynch.«

»Betrachten Sie das hier als reinen Höflichkeitsanruf«, sagte die Stimme am anderen Ende. Im Hintergrund lief Musik; irgendein wimmerndes Streichinstrument.

In seinem Nacken formierte sich eine tückische Perlenschnur aus Nervosität, die sich langsam abwärts schlängelte.

»Sie erwarten doch wohl nicht im Ernst, dass ich Ihnen das glaube«, erwiderte er.

»Das läge mir fern«, antwortete die Stimme. Sie war abgehackt, amüsiert, akzentbehaftet und stets von irgendeiner Art von Musik untermalt. Declan kannte die Anruferin nur unter dem Namen Seondeok. Sie kaufte nicht viele Artefakte, aber wenn, verlief alles absolut professionell. Die Abwicklung war klar festgelegt: Declan präsentierte ein magisches Objekt, Seondeok machte ein Angebot, Declan übergab ihr das Objekt und sie gingen beide ihrer Wege, bis zum nächsten Mal. Declan sah keinerlei Anlass zu befürchten, jemand könnte ihn hinterrücks überfallen und in den Kofferraum sperren, wo er hörte, wie draußen sein Vater zusammengeschlagen wurde, oder er könnte gefesselt und gezwungen werden zuzusehen, wie das Haus seiner Eltern verwüstet wurde, oder jemand könnte ihn bewusstlos schlagen und halbtot in seinem Wohnheimzimmer an der Aglionby zurücklassen.

Declan wusste die kleinen Dinge im Leben zu schätzen.

Aber er konnte niemandem trauen.

Umsicht, nicht Paranoia.

»Die Lage in Henrietta ist ja gerade äußerst explosiv«, sagte Seondeok nun. »Ich habe gehört, die Stadt ist nicht mehr Greenmantles Revier.«

Explosiv, ja. Das war das richtige Wort. Früher einmal hatte Niall Lynch seine »Artefakte« an Händler auf der ganzen Welt verkauft. Mit der Zeit jedoch hatte sich sein Kundenstamm auf Colin Greenmantle, Laumonier und Seondeok reduziert. Aus Sicherheitsgründen, nahm Declan an, aber vielleicht machte er sich da auch nur etwas vor. Vielleicht hatte sein Vater auch alle anderen vergrault.

»Was haben Sie sonst noch gehört?«, fragte Declan, ohne ihre Aussage zu bestätigen oder abzustreiten.

»Es freut mich zu hören, dass Sie mir nicht trauen«, entgegnete Seondeok. »Ihr Vater war immer viel zu redselig.«

»Das haben nicht Sie zu beurteilen«, sagte Declan. Sein Vater war tatsächlich viel zu redselig gewesen. Aber diese Feststellung stand nur einem Lynch zu, nicht einer dahergelaufenen Koreanerin, die mit illegalen magischen Antiquitäten handelte.

Die Musik im Hintergrund wimmerte reuevoll. »Ja, das war wohl unhöflich von mir. Es heißt, dass jemand in Henrietta etwas ganz Spezielles zu verkaufen hat«, sagte Seondeok.

Die Perlenschnur wand sich in Declans Kragen. »Ich jedenfalls nicht.«

»Das hatte ich auch nicht erwartet. Wie gesagt: reine Höflichkeit, dieser Anruf. Ich dachte, es würde Sie vielleicht interessieren, dass die Wölfe auf dem Weg zu Ihrer Tür sind.«

»Wie viele Wölfe?«

Die Musik stockte, begann von Neuem. »Es könnten mehrere Rudel sein.«

Vielleicht hatten sie von Ronan erfahren. Declans Finger umklammerten den Hörer. »Wissen Sie, was sie heulen, *Seonsaengnim*?«

»Mm«, machte Seondeok. Es war ein bedeutungsträchtiger Laut, der einerseits besagte, dass sie sich seiner Schmeichelei bewusst war, und gleichzeitig, dass sie sie akzeptierte. »Dieses Geheimnis ist noch sehr jung. Ich habe in der Hoffnung angerufen, Ihnen genug Zeit zu verschaffen, um zu reagieren.«

»Und wie, meinen Sie, sollte ich reagieren?«

»Ihnen das zu sagen, steht mir nicht zu. Ich bin schließlich nicht Ihre Mutter.«

»Sie wissen, dass ich keine Mutter habe«, entgegnete Declan.

Die Musik hinter ihr wisperte und seufzte. Schließlich erwiderte sie: »Ich bin nicht Ihre Mutter. Ich bin eine von den Wölfen. Vergessen Sie das nicht.«

Er wandte sich vom Fenster ab. «Tut mir leid. Jetzt war *ich* wohl unhöflich. Ich danke Ihnen für Ihren Anruf.«

Seine Gedanken kreisten bereits um diverse Worst-Case-Szenarien. Ronan und Matthew mussten weg aus Henrietta – das war alles, was zählte.

Seondeok sagte: »Mir fehlen die Funde Ihres Vaters; sie waren immer höchst exquisit. Er war kein einfacher Zeitgenosse, aber ein echter Feingeist, wenn Sie mich fragen.«

Sie musste sich einen Niall Lynch vorstellen, der Schränke und Sammlungen und Keller durchsuchte und liebevoll die Objekte auswählte, die er anschließend zum Verkauf anbot. Declans Vorstellung kam der Wahrheit etwas näher: sein Vater, der in den Schobern träumte, in Hotelzimmern, auf Sofas, auf dem Rücksitz des BMW, der jetzt Ronan gehörte.

»Ja«, antwortete Declan. »Ja, ich glaube, da haben Sie recht.«

29

Eine Mütze Schlaf. Ein verpasstes Frühstück. Ein neuer Schultag.

Gansey wusste nicht, wie nah das Ende der Welt – seiner Welt – noch rücken musste, bis er sich dazu überwinden konnte, die Schule zu schwänzen, um nach Glendower zu suchen, also machte er einfach ganz normal weiter. Adam ging hin, weil Adam sich an seinen Elite-College-Traum klammern würde, selbst wenn Godzilla persönlich ihn zertrampeln würde. Und zu Ganseys Überraschung war sogar Ronan mit von der Partie, obwohl er um ein Haar dafür gesorgt hätte, dass sie beide zu spät kamen, weil er so lange brauchte, bis er in seinem chaotischen Zimmer eine komplette Schuluniform fand. Gansey hatte den Verdacht, dass Ronan nur mitkam, um sein schlechtes Gewissen nach dem Streit in der Nacht zuvor zu beruhigen, aber das war Gansey nur recht. Er wollte lediglich, dass Ronan ein bisschen Zeit in einem Klassenzimmer verbrachte.

Als Gansey gerade von der Französischstunde kam (Französisch als Ersatz für den nicht stattfindenden Lateinunterricht – Gansey wäre Latein lieber gewesen, aber er war auch ganz annehmbar in Französisch, also *n'y a pas de quoi fouetter un chat*), ließ Henry sich auf dem Flur zurückfallen, bis er neben Gansey lief. »Hey, Junior. Und, alles rosarot bei dir nach gestern Abend?«

»Na ja, zumindest rosa. War wirklich eine tolle Party. Tut mir leid, dass wir so überstürzt abhauen mussten.«

»Wir haben nur noch Musikvideos auf unseren Handys geguckt. Nachdem ihr weg wart, war irgendwie die Luft raus. Dann hab ich die Kinder ins Bett gebracht und ihnen was vorgelesen, aber sie haben die ganze Zeit nur nach euch beiden gefragt.«

Gansey musste lachen. »Wir haben noch die wildesten Abenteuer erlebt.«

»Dachte ich mir. Das hab ich ihnen auch gesagt.«

»Einem Freund von uns ging es nicht gut«, erklärte Gansey vorsichtig. Was nicht mal gelogen war. Nur eben nicht die ganze Wahrheit. Es war ein Zipfel der Wahrheit.

Henry hob eine Augenbraue, um kundzutun, dass er den Zipfel als solchen erkannt hatte, aber immerhin zog er nicht daran. »Ist denn alles wieder in Ordnung?«

Noahs schwarzes Gesicht. Noahs Schwester auf dem Podium der Aula. Vergilbte Knochen unter einem Aglionby-Pullover.

»Wir sind optimistisch«, antwortete Gansey.

Er hätte nicht gedacht, dass sein Tonfall in irgendeiner Weise auffällig gewesen wäre, aber Henry musterte ihn und hob abermals die Augenbraue. »Optimistisch. Ja, du bist mir wirklich mal ein Optimist, Gansey-Boy. Willst du vor dem Mittagessen was Interessantes sehen?«

Ein Blick auf die Uhr sagte Gansey, dass zumindest Adam bald in der Cafeteria auf ihn warten würde.

Henry interpretierte seine Miene korrekt. »Gleich hier. Im Borden House. Ist echt cool. Sehr Gansey-haft.«

Das erschien Gansey vollkommen abwegig. Niemand wusste, was Gansey-haft war, nicht mal Gansey selbst. Lehrer und Freunde der Familie sammelten ständig Zeitungsartikel und Aufsätze, von denen sie meinten, dass sie Gansey interessieren würden, zu Themen, die sie für Gansey-haft hielten. All diese Sachen sprachen seine offensichtlichsten Interessen an. Walisische Könige, alte Camaros oder junge Leute, die genau wie er aus irgendwelchen verrückten Gründen, die niemand nachvollziehen konnte, um die Welt reisten. Niemand kam je auf die Idee, tiefer zu graben, aber wahrscheinlich ermutigte er die Leute auch einfach nicht besonders dazu. Es hatte viel Dunkelheit gegeben in den Tagen, die hinter ihm lagen, jetzt wollte er sein Gesicht einfach der Sonne zuwenden. Gansey-haft. Was war denn Gansey-haft?

»Heißt das Grinsen ›Ja‹? Super, dann mal los«, sagte Henry. Gleich darauf verschwand er nach links durch eine Tür mit der Aufschrift »Nur für Personal«. Das Borden House war ursprünglich ein ganz normales Wohnhaus gewesen, kein Schulgebäude, und die Tür führte zu einer engen Treppe, erhellt von einem altmodischen Wandleuchter, dessen Licht von einer grausam gemusterten Tapete geschluckt wurde. Sie machten sich auf den Weg die Treppe hinunter. »Das hier ist ein sehr altes Gebäude, Dick drei. Von Siebzehnhunderteinundfünzig. Stell dir mal vor, was diese Wände schon alles gesehen haben. Oder besser gehört, Wände haben schließlich eher Ohren.«

»Das Währungsgesetz«, sagte Gansey.

»Was?«

»Wurde 1751 erlassen«, erklärte Gansey. »Damit wurde es den Neuenglandstaaten untersagt, weiter Papiergeld auszugeben. Und George der Dritte wurde 1751 Prinz von Wales, wenn ich mich recht entsinne.«

»Und außerdem« – Henry drückte auf den Lichtschalter. Eine funzelige Glühbirne erhellte mit Mühe einen Kellerraum mit niedriger Decke und einem Fußboden aus festgetretener Erde. Ein etwas besserer Kriechkeller, in dem sich nichts befand als ein paar Pappkartons, die sich vor einer der Grundmauern stapelten – »der erste Auftritt eines Show-Affen in den Vereinigten Staaten.« Er musste den Kopf einziehen, um nicht mit den Haaren in den freiliegenden Balken hängen zu bleiben, die die Decke über ihnen stützten. In der Luft lag eine konzentrierte Version des typischen Borden-House-Geruchs – also nach Moder und marineblauem Teppich, abgerundet durch etwas Feuchtes, Lebendiges, wie es Höhlen und alten Kellern zu eigen ist.

»Wirklich?«, fragte Gansey.

»Vielleicht?«, erwiderte Henry. »Ich hab nach Primärquellen zu dem Thema gesucht, aber du weißt ja, wie das mit dem Internet ist, Mann. Da sind wir.«

Sie hatten das gegenüberliegende Ende des Kellers erreicht, aber die nackte Birne am Fuß der Treppe reichte nicht aus, als dass Gansey hätte erkennen können, worauf Henry zeigte. Er brauchte einen Moment, um das schwarze Quadrat auf dem an sich schon dunklen Boden einzuordnen.

»Ist das ein Tunnel?«, fragte er.

»Nee.«

»Ein Geheimversteck?«, fragte Gansey weiter. Er ging in die Hocke. Sah ganz danach aus. Das Loch war nicht mehr als einen Quadratmeter groß, mit über die Jahrhunderte rundgeschmirgelten Kanten. Gansey fuhr mit dem Finger über die Andeutung einer Kerbe. »Hier war anscheinend mal eine Tür. Im Vereinigten Königreich haben sie so was Priesterlöcher genannt. Muss für Sklaven gewesen sein oder vielleicht für … Alkohol während der Prohibition?«

»Irgendwas in der Art. Interessant, oder?«

»Mhmm«, machte Gansey. Dieser Ort war von historischer Bedeutung. Das war wohl das Gansey-hafte daran. Dennoch war er vage enttäuscht, was bedeutete, dass er sich noch mehr erhofft hatte, obwohl er selbst nicht wusste, worin dieses »mehr« hätte bestehen sollen.

»Dann warte nur ab, der Gansey-hafte Teil ist nämlich da drinnen«, sagte Henry. Zu Ganseys Überraschung ließ Henry sich in das Loch rutschen und landete mit einem dumpfen Poltern auf dessen Grund. »Komm gucken.«

»Darf ich davon ausgehen, dass du einen Plan hast, wie wir wieder da rauskommen sollen, wenn wir beide unten sind?«

»Da sind Sprossen an der Wand.« Als Gansey sich noch immer nicht rührte, erklärte Henry. »Außerdem will ich dich testen.«

»Worauf?«

»Tapferkeit. Nein. Heroismus – Nein. Gibt's nicht noch ein normaleres Wort für so was, das auch mit *h* anfängt? Mein Frontallappen ist wohl noch restalkoholisiert von gestern.«

»Heldenmut?«

»Genau, das meine ich. Das hier ist ein Heldentest. Der Gansey-hafte Teil.«

Gansey wusste, dass Henry recht hatte, als er spürte, wie sein Herz kurz vor Emotionen sirrte. Es war ein ganz ähnliches Gefühl wie das auf der Togaparty. Das Gefühl, gekannt zu werden. Und zwar nicht bloß auf oberflächliche Art, sondern tiefer, echter. »Und was gewinne ich, wenn ich den Test bestehe?«

»Na, worum wird es wohl bei einem Heldentest gehen? Natürlich um die Ehre, Mr Gansey.«

Gekannt hoch zwei. Gekannt hoch drei.

Gansey war nicht ganz sicher, was er davon halten sollte, dass eine Person, die er schließlich noch nicht mal besonders lange kannte, ihn derart gut einschätzen konnte.

Ihm blieb nichts anderes übrig, als sich ebenfalls in das Loch rutschen zu lassen.

Die Dunkelheit war beinahe vollkommen und die Wände schienen sich regelrecht gegen ihn zu drängen. Er stand so dicht neben Henry, das er den süßlichen Duft von dessen Haargel riechen und seinen leicht beschleunigten Atem hören konnte.

»Geschichte, du unergründliche Schlampe«, sagte Henry. »Leidest du an Klaustrophobie?«

»Nein, ich hab andere Ängste.« Wenn sie in Cabeswater gewesen wären, hätte der Wald aus Ganseys Angst blitzschnell einen Schwarm echter Insekten generiert. Gansey war froh, dass Gedanken außerhalb von Cabeswater nicht ganz so viel Macht hatten. Dieses Loch im Boden würde einfach ein Loch im Boden bleiben. In dieser Welt waren es äußere Vorgänge, die zählten, nicht innere. »Kannst du dir vorstellen, wie es gewesen sein muss, sich in so einem Loch verstecken zu müssen? Hab ich den Test jetzt bestanden?«

Henry kratzte mit den Fingern über die Wand, oder zumindest hörte es sich so an, als ein wenig Schmutz zu Boden rieselte – ein totes, zischelndes Geräusch. »Bist du jemals entführt worden, Richard Gansey?«

»Nein. Werde ich das gerade?«

»Doch nicht unter der Woche. Ich bin mal entführt worden«, redete Henry weiter. Sein Tonfall war so unbekümmert und beiläufig, dass Gansey nicht sicher war, ob seine letzte Bemerkung ein Witz gewesen war oder nicht. »Sie wollten Lösegeld. Aber meine Eltern waren gerade außer Landes, darum hat die Kommunikation nicht sonderlich gut funktioniert. Sie haben mich in so ein Loch hier gesteckt. Vielleicht noch ein bisschen kleiner.«

Kein Witz.

»Mein Gott«, sagte Gansey. Er konnte Henrys Gesicht im Dunklen nicht erkennen und somit nicht beurteilen, wie es ihm selbst mit der Geschichte ging, die er erzählte; seine Stimme klang noch immer ganz normal.

»Gott war leider nicht da«, entgegnete Henry. »Oder vielleicht eher zum Glück. Ich hab ja schon kaum allein ins Loch gepasst.«

Gansey hörte, wie Henry seine Finger gegeneinander rieb oder vielleicht auch immer wieder die Fäuste ballte; jedes Geräusch in dieser staubigen Kammer klang gleich doppelt so laut. Und jetzt roch er jene ganz charakteristische Note, die auf Furcht hindeutete: der Körper produzierte irgendwelche Stoffe, die nach Angst stanken. Allerdings konnte er nicht sagen, ob der Geruch von ihm selbst oder Henry ausging. Vom Kopf her war er sich darüber im Klaren, dass dieses Loch nicht plötzlich einen Bienenschwarm heraufbeschwören konnte, der ihn töten würde. Sein Herz jedoch erinnerte sich daran, wie er in der Höhle in Cabeswater über dem Abgrund gehangen und gehört hatte, wie sich unter ihm die Schwärme formierten.

»Dieser Teil ist auch ziemlich Gansey-haft, oder?«, fragte Henry.

»Welcher?«

»Geheimnisse.«

»Stimmt«, gab Gansey zu, denn zuzugeben, dass man Geheimnisse hatte, war nicht dasselbe, wie sie zu verraten. »Was ist dann passiert?«

»Was ist dann passiert, fragt er. Meine Mutter wusste, wenn sie das Lösegeld sofort bezahlen würde, wäre das eine regelrechte Einladung an alle anderen, ihre Kinder zu entführen, sobald sie ihnen auch nur den Rücken zukehrte, also versuchte sie, mit meinen Kidnappern zu verhandeln. Das fanden die natürlich nicht so toll, wie du dir vorstellen kannst, darum haben sie mich gezwungen, ihr am

Telefon zu sagen, was sie alles mit mir anstellen würden, wenn sie nicht bezahlte.«

»*Du* musstest ihr das sagen?«

»Klar. Das nennt man Verhandlungstaktik. Wenn die Eltern wissen, dass das Kind Angst hat, veranlasst sie das, schneller zu zahlen – und mehr –, das ist ja der Clou dahinter.«

»Das wusste ich alles gar nicht.«

»Tja, jetzt schon. Aber wer weiß so was auch?« Die Wände schienen aufeinander zuzurücken. Henry lachte – *lachte* – leise und fuhr dann fort: »Sie hat gesagt: ›Für beschädigte Ware bezahle ich nicht.‹ Und die haben gesagt, dass sie die aber bekommen würde, wenn sie sich weiter querstellte, und immer so hin und her. Aber meine Mutter ist richtig gut im Feilschen. Darum wurde ich nach fünf Tagen zu ihr zurückgebracht, mit allen Fingern und beiden Augen. Für einen guten Preis, haben die zu mir gesagt. Ich war nur ein bisschen heiser, aber das war meine eigene Schuld.«

Gansey wusste nicht, was er davon halten sollte. Henry hatte ihm ein Geheimnis anvertraut, aber er hatte keine Ahnung, warum. Er wusste nicht, was Henry von ihm wollte. Er hatte alle möglichen Reaktionen parat – Mitgefühl, Ratschläge, Betroffenheit, Hilfsbereitschaft, Empörung, Bedauern –, aber er wusste nicht, welche Kombination verlangt wurde. Er war es gewohnt, solche Dinge zu wissen. Und irgendwie hatte er gar nicht den Eindruck, dass Henry etwas von ihm *brauchte*. Dies war Terrain, für das es keine Landkarte gab.

Schließlich sagte er: »Dafür, dass wir gerade in genauso einem Loch stehen, wirkst du ziemlich entspannt.«

»Ja. Das ist ja der Punkt. Ich hab … Ich hab jahrelang daran gearbeitet, zu so was hier in der Lage zu sein«, erwiderte Henry. Er schnappte kaum hörbar nach Luft und Gansey bekam den Verdacht, dass sein Gesicht eine ganz andere Geschichte erzählen würde als seine noch immer ruhige Stimme. »Anstatt mich zu verstecken, hab ich mich den Dingen gestellt, die mir Angst machen.«

»Und wie lange hat das gedauert? Wie alt warst du damals?«

»Zehn.« Henrys Pullover raschelte; Gansey spürte, wie er seine Position veränderte. Seine Stimme klang ein wenig anders, als er fragte: »Wie alt warst du, Jippie-yay-yay-Gansey-Boy, als dich die Bienen gestochen haben?«

Gansey kannte die korrekte Antwort, aber er war nicht sicher, ob es die war, die Henry hören wollte. Er wusste immer noch nicht, was eigentlich der Sinn dieses Gesprächs war. »Auch zehn.«

»Und wie waren die letzten Jahre so für dich?«

Er zögerte. »Mal besser, mal schlechter. Hast du ja selbst gesehen.«

»Vertraust du mir?«, fragte Henry.

Das war eine bedeutungsschwere Frage hier im Dunkleren als Dunkeln. Hier mitten in diesem Heldentest. Vertraute er Henry? In Vertrauensfragen hatte Gansey sich schon immer auf seinen Instinkt verlassen. Darauf, dass sein Unterbewusstsein blitzschnell alle Eindrücke zu einem Bild zusammenfügte, das er deuten konnte, ohne eigentlich zu wissen, warum. Warum war er in diesem Loch? Doch er kannte bereits die Antwort.

»Ja.«

»Dann gib mir deine Hand«, sagte Henry. Im Dunkeln tastete er mit einer Hand nach Ganseys. Mit der anderen setzte er ein Insekt darauf.

30

Gansey atmete nicht.

Zuerst war er gar nicht überzeugt, dass es überhaupt ein Insekt war. Hier in der Finsternis, dieser beklemmenden Enge, bildete er es sich bestimmt nur ein. Dann aber fühlte er, wie sich auf seiner Handfläche etwas rührte. Vertraute Bewegungen. Dünne Beinchen, die einen drallen Körper trugen.

»Gansey-Man«, sagte Henry.

Gansey atmete nicht.

Er konnte seine Hand nicht wegziehen: Dies war ein Spiel, das er schon zu oft verloren hatte. Dann, zu seinem Entsetzen, summte das Tier kurz, ohne jedoch abzuheben. Ein Laut, den Gansey schon lange nicht mehr als ein Geräusch wahrnahm. Es war eine Waffe. Es war ein Kampf, in dem der, der zuerst zuckte, sterben würde.

»Dick.«

Gansey atmete nicht.

Die Wahrscheinlichkeit, von einem Insekt gestochen zu werden, war eigentlich erstaunlich gering. *Überleg mal* – wie oft hatte Gansey dies schon zu einem besorgten Freund oder Verwandten gesagt, wenn sie draußen standen und die Dämmerung voller Insekten war – *Wann bist du zum letzten Mal gestochen worden?* Er kam einfach nicht dahinter, was Henry mit dieser Aktion bezweckte. Er wusste nicht mehr, was er denken sollte. Sollte er sich an alles erinnern, was ihm jemals passiert war? Alles Gute und Schlechte? Denn in dem Fall hatte seine Platte leider einen Sprung und spielte immer wieder diesen einen Moment ab.

»Gansey«, sagte Henry. »*Atmen.*«

Sternchen blitzten am Rand von Ganseys Blickfeld auf. Er atmete, aber nicht genug. Er konnte es nicht riskieren, sich zu bewegen.

Henry legte eine Hand unter Ganseys und deckte dann von oben die gewölbte andere darüber. Das Insekt war zwischen Ganseys und Henrys Händen gefangen, in einer Höhle aus Fingern.

»Das hier hab ich gelernt«, sagte Henry dann. »Wenn du nicht *keine* Angst haben kannst –«

Es gab einen Punkt, an dem Angst versiegte und in nichts überging. Doch heute, in diesem Loch, mit einem Insekt in seiner Hand und der Prophezeiung seines baldigen Todes im Kopf, ließ dieses Nichts auf sich warten.

»– hab Angst und sei glücklich dabei. Denk an deine Kindsbraut, Gansey, und wie viel Spaß wir gestern hatten. Denk darüber nach, wovor du solche Angst hast. Dieses Krabbeln, das deinem Verstand sagt, dass auf deiner Hand eine Biene sitzt? Muss das denn von etwas kommen, das dich umbringen könnte? Nein. Es ist bloß irgendein winziges Ding. Es könnte alles Mögliche sein. Es könnte etwas Wunderschönes sein.«

Gansey konnte nicht länger den Atem anhalten; er musste Luft holen oder er würde in Ohnmacht fallen. Er stieß einen zittrigen Schwall nutzloser Luft aus und sog einen neuen ein. Die Dunkelheit wurde wieder dunkel; die tanzenden Sternchen verschwanden. Sein Herz schrie noch immer Zeter und Mordio in seiner Brust, aber es schien sich langsam zu beruhigen.

»Da ist er ja wieder«, sagte Henry, genau wie am Raven-Tag. »Ist schrecklich, zusehen zu müssen, wie jemand Angst hat, stimmt's?«

»Was ist das auf meiner Hand?«

»Ein Geheimnis. Aber ich verrate es dir«, murmelte Henry. Er klang jetzt selbst ein wenig zögerlich. »Weil ich will, dass du mir vertraust. Und dafür musst du die Wahrheit wissen, wenn wir zwei Freunde sein sollen.«

Henry holte tief Luft und nahm dann die Hand von Ganseys, auf der eine riesige Biene zum Vorschein kam.

Gansey hatte kaum Zeit zu reagieren, als Henry erneut seine Hand berührte.

»Ganz ruhig, Mr Gansey. Guck mal genau hin.«

Als Gansey sich wieder beruhigt hatte, erkannte er, dass das in seiner Hand alles andere als eine herkömmliche Biene war. Es war ein wunderschönes Roboterinsekt. *Wunderschön* war vielleicht nicht ganz das richtige Wort, aber Gansey fiel auf Anhieb kein besseres ein. Die Flügel, die Fühler, die Beine, alles bestand eindeutig aus Metall, mit präzise geformten Gelenken und zarten Drahtflügeln, aber die Farben waren authentisch, schimmernd wie die eines Blütenblatts. Die Biene war nicht lebendig, aber sie wirkte so. Gansey konnte sie in der Dunkelheit nur sehen, weil von ihrem winzigen Herzen nun ein bernsteinfarbenes Glühen ausging.

Gansey wusste, dass die Firma von Henrys Familie Roboterbienen herstellte, aber so hatte er sie sich nie vorgestellt. Er meinte sich zu erinnern, Bilder von Roboterbienen gesehen zu haben, die – wenngleich sie äußerst beeindruckende kleine Wunder der Nanotechnologie waren – kein bisschen wie echte Bienen ausgesehen, sondern eher Ähnlichkeit mit winzigen Helikoptern gehabt hatten. Henrys Biene dagegen war von beunruhigend, wenn nicht gar unmöglich, perfekter Bauart. Sie erinnerte Gansey so stark an Ronans Traumobjekte, dass er den Gedanken kaum wieder loswurde, nachdem er ihn einmal zugelassen hatte.

Henry kramte sein Handy aus der Tasche. Hastig tippte er darauf herum, bis schließlich ein regenbogenbunter Hintergrund erschien, der Gansey aus irgendeinem Grund kaum weniger erstaunte. »Die RoboBee lässt sich über eine App mit dem Cheng-Phone steuern. Die funktioniert per Fingerabdruck-Identifikation, wenn ich also den Finger hier draufdrücke und sage, was die Biene machen soll – RoboBee, such tolle Haare! –, dann, Achtung, und schon geht's los.«

Gansey zuckte heftig zusammen, als die Biene dasselbe Summen wie zuvor ausstieß, von seiner Handfläche abhob und auf seinem Kopf landete. Ihr Gewicht dort zu spüren war sogar noch schlimmer als auf seiner Hand. »Kannst du sie trotzdem von mir runternehmen?«, fragte er atemlos. »Die macht mich ziemlich nervös.«

Henry drückte abermals den Finger auf das Display und die Biene flog von Ganseys Kopf auf seine eigene Schulter.

»Diesmal hast du gar nichts gesagt.«

»Muss ich auch gar nicht. Sie liest meine Gedanken durch meinen Fingerabdruck«, erklärte Henry, ohne von seinem Handy aufzusehen, aber Gansey erkannte im Licht des Displays, dass er gespannt auf Ganseys Reaktion wartete. »Ich sage einfach summ, summ, summ, und schon fliegt das Bienchen herum.«

Henry streckte die Hand aus und die Biene ließ sich brummend darauf nieder wie auf einer Blume; das Glühen verlosch. Er steckte sie zurück in seine Tasche. Die Biene war durch und durch surreal und Henry schien darauf zu warten, dass Gansey genau das anmerkte. Darum war sie ein Geheimnis, weil es sie gar nicht geben durfte.

Gansey ging ihm voll ins Netz; er konnte es selbst spüren.

»Also, deine Eltern fabrizieren Roboterbienen«, begann er zögerlich.

»Mein Vater. Die Firma meines Vaters, ja.« Offenbar war das ein Unterschied, auch wenn Gansey ihn nicht ganz verstand.

»Die stellen solche Bienen her.« Gansey gab sich keine Mühe, es so klingen zu lassen, als glaubte er Henry.

»Gansey-Boy, ich glaube, wir müssen uns entscheiden, ob wir einander vertrauen oder nicht«, entgegnete Henry. »Ich würde sagen, das hier wäre der richtige Moment in unserer noch jungen Freundschaft.«

Gansey dachte darüber nach. »Jemandem zu vertrauen und ihm Dinge anzuvertrauen ist nicht dasselbe.«

Henry lachte anerkennend. »Nein. Aber ich habe gerade bewiesen, dass ich dir vertraue, und dir außerdem etwas anvertraut. Ich habe niemandem erzählt, was ich im Kofferraum deines SUVs gesehen habe, und auch nicht, wie Adam Parrish nicht von den Dachpfannen erschlagen worden ist. Das ist Vertrauen. Und ich habe dir ein Geheimnis anvertraut: Ich habe dir die RoboBee gezeigt.«

Er hatte mit allem recht. Aber Gansey kannte genug Leute, die Geheimnisse hüteten, um sich nicht dazu verleiten zu lassen, Gewinn daraus zu schlagen. So vieles in Ganseys Leben stellte eine Gefahr für andere dar, nicht nur für ihn selbst. Das war eine ganze Menge Vertrauen auf Basis einer Togaparty und eines Lochs in der Erde. »Es gibt so ein psychologisches Prinzip, das sich oft Autohändler zunutze machen«, sagte er. »Die spendieren einem von ihrem eigenen Geld eine Cola aus dem Automaten, sodass man sich verpflichtet fühlt, ihnen ein Auto abzukaufen.«

Henry klang belustigt. »Willst du damit sagen, deine Geheimnisse verhalten sich zu meinen wie ein Auto zu einem koffeinhaltigen Erfrischungsgetränk?«

Jetzt war es Gansey, der belustigt klang. »Diese Biene stammt nicht aus der Firma deines Vaters, oder?«

»Nein.«

Dann konnte er es genauso gut hinter sich bringen. »Was willst du jetzt von mir hören? Das Wort *Magie*?«

»Du kennst Magie wie die von der RoboBee«, behauptete Henry. »Das ist eine andere Art als die, mit der Parrish eine Tonne Schiefer umlenkt. Wo hast du so was schon mal gesehen?«

Gansey konnte nicht. »Das ist nicht *mein* Geheimnis.«

»Dann erlöse ich dich mal von deinen Qualen; ich weiß es nämlich selbst«, sagte Henry. »Declan Lynch. Er hat meiner Mutter zwei Stück hiervon verkauft.«

Das kam absolut unerwartet und Gansey war froh, dass es wieder dunkel war, denn der Schock musste ihm ins Gesicht geschrieben stehen. Er versuchte, die Informationsschnipsel zu ordnen. Declan – also war diese Biene Nialls Werk. Wenn Henrys Mutter Declans Kundin war, bedeutete das, dass er Artefakte an Leute von der Aglionby verkaufte? So dumm konnte er doch nicht sein. »Woher weiß deine Mutter, wo sie so was herbekommt? Hast du ihr davon erzählt?«

»Nein, umgekehrt. Sie weiß nicht davon, weil ich hier bin, sondern ich bin hier, weil sie davon weiß. Kapiert? Ich bin ihr Vorwand. Sie kommt mich besuchen. Kauft was von Declan Lynch. Und schon ist sie wieder weg. Keiner erfährt was. Puh! Das will ich schon seit zwei Jahren loswerden. Können ganz schön an einem nagen, so Geheimnisse.«

»Deine Mutter hat dich zur Aglionby geschickt, damit niemand Verdacht schöpft, wenn sie herkommt, um mit Declan Geschäfte zu machen?«, hakte Gansey nach.

»Hier geht's um magische Artefakte, Bro. Das ist richtig heißer Scheiß. *Gefährlicher* Scheiß. Super, wenn man schon immer mal einen Schuss in die Kniescheibe kassieren wollte. Oder hopsgehen, wie der gute alte Kavinsky.«

Gansey hatte das Gefühl, an Offenbarungen zu ersticken. »Mit dem hat sie auch Geschäfte gemacht?«

»Nee. Der hat nur mit Drogen gedealt, aber meine Mutter hat gesagt, die waren auch magisch. Und mal ehrlich. Du warst doch auch bei der Party am vierten Juli dieses Jahr. Erklär mir doch mal, wo die Drachen herkamen.«

»Kann ich nicht«, sagte Gansey. »Das weißt du genauso gut wie ich.«

»Stimmt«, entgegnete Henry zufrieden. »Einmal hätte er fast Cheng2 gekillt, einfach nur zum Spaß. Der Typ war echt übel.«

Gansey lehnte sich zurück an die schmutzige Wand.

»Brichst du gerade zusammen oder so? Alles in Ordnung? Ich dachte, wir unterhalten uns hier.«

Das taten sie auch, nur nicht im Entferntesten auf eine Art, wie Gansey es erwartet hatte. Er hatte, bedingt durch seine Suche nach Glendower, schon mit einer Menge außergewöhnlicher Leute zu tun gehabt. Ziel seiner Reisen waren oft keine Städte oder Länder gewesen, sondern Menschen und Phänomene. Der Unterschied bestand darin, dass es immer Gansey gewesen war, der sie aufgesucht hatte. Sie waren nie von allein zu ihm gekommen. Er war noch nie jemandem wie sich selbst begegnet, und auch wenn Henry alles andere als Ganseys Zwilling war, kam er dem doch näher als je irgendjemand zuvor.

Ihm war noch nie aufgefallen, wie einsam ihn diese Überzeugung machte, bis sie auf die Probe gestellt wurde. »Gibt es noch andere magieinteressierte Leute an der Aglionby, von denen ich wissen sollte?«, fragte er.

»Abgesehen von deiner Truppe? Nicht, dass ich wüsste. Mann, war das ’ne Herausforderung, bei euch den Fuß in die Tür zu kriegen!«

»In welche Tür denn jetzt?«

»Bei euch, du Idiot. Im übertragenen Sinn. Seit einem Jahr versuche ich, in eure Gruppe reinzukommen. War mir nur nicht sicher, ob du nicht auch so ein zwielichtiger Typ bist wie K. Fuß in der Tür. Das war doch wohl völlig ersichtlich aus dem Kontext.«

Gansey lachte und dann lachte er noch lauter. Er hatte das Gefühl, in den letzten paar Tagen jeden emotionalen Zustand durchlebt zu haben, zu dem ein Mensch nur fähig war.

»Ich bin kein zwielichtiger Typ«, sagte er dann. »Bloß einer, der nach einem König sucht. Aber du hast gesagt, deine Mutter hätte zwei von diesen Bienen gekauft. Wo ist denn die andere?«

Henry kramte abermals das Metallinsekt hervor. Wieder erleuchtete das Licht seines Bernsteinherzens das Loch. »Im Labor natürlich, wo mein lieber Vater versucht, es mithilfe nichtmagischer Technologie nachzubilden. Meine Mutter hat mir diese hier gegeben, damit ich nicht vergesse, was ich bin.«

»Und was bist du?«

Die Biene warf ihr Licht über sich und Henry: ihre durchsichtigen Flügel, Henrys verschlagen gehobene Augenbrauen.

»Mehr.«

Gansey musterte ihn scharf. Irgendwo unterwegs, auf der Suche nach Glendower, hatte er verlernt, all die Magie zu erkennen, die auf der Welt existierte. All die Magie, die nicht in einem Grab verscharrt war. Aber in diesem Moment konnte er sie spüren.

»Es gibt noch eine Sache, die du wissen solltest, bevor wir Freunde sein können«, sagte Henry dann. »Meine Mutter handelt mit Magie. Sie hat mich damit beauftragt, dich im Auge zu behalten und deine Geheimnisse rauszufinden. Ich habe nicht mehr vor, dich zu verraten, aber das war nicht immer so. Ich habe dieses Spiel nicht angefangen, weil ich auf der Suche nach einem Freund war.«

»Und was willst du jetzt von mir hören?«

»Noch gar nichts«, antwortete Henry. »Ich möchte, dass du darüber nachdenkst. Und dann hoffe ich, dass du dich entschließt, mir zu vertrauen. Ich habe nämlich mehr Geheimnisse und weniger Freunde, als gut für mich ist.«

Er hob die Biene zwischen sie, sodass Gansey ihn durch das Glühen des wundersamen Insekts musterte. Henrys Blick war lebhaft, durchdringend.

Dann warf er die Biene in die Luft. »So, und jetzt nichts wie raus aus diesem Loch.«

31

Es gab keine Einheit auf der Welt, mit der man Hass messen konnte. Es gab Tonnen, Meter, Jahre. Volt, Knoten, Watt. Ronan konnte sehen, wie schnell sein Auto fuhr. Er konnte genau beschreiben, wie warm es draußen war. Er konnte exakt seinen Pulsschlag bestimmen. Aber es gab nichts, womit er hätte klarmachen können, wie sehr er die Aglionby Academy hasste.

Eine solche Maßeinheit hätte sowohl das Volumen als auch gleichzeitig das Gewicht seines Hasses berücksichtigen müssen. Außerdem hätte eine Zeitkomponente mit einfließen müssen. All die Tage, die er eingesperrt in einem Klassenraum verbrachte, verschwendet, vollkommen nutzlos, und sich Dinge für ein Leben aneignete, das er nicht wollte. Es gab kein Wort, das diesen Zustand hätte wiedergeben können. *Unendlich* vielleicht. Sein Hass auf die Aglionby Academy tendierte gegen unendlich.

Die Aglionby war der Dieb, nicht Ronan. Und sein Leben der Traum, der geplündert wurde.

Immer wieder hatte er sich gesagt, dass er die Schule schmeißen würde: Das würde sein Geschenk an sich selbst zu seinem achtzehnten Geburtstag sein.

Und trotzdem saß er jetzt hier.

Schmeiß es hin. Schmeiß es einfach hin. Entweder glaubte er, dass er dazu in der Lage war, oder nicht.

Er konnte schon Ganseys Stimme hören: »Beiß die Zähne zusammen und halt durch bis zum Abschluss; es sind nur noch ein paar Monate. Das wirst du doch wohl schaffen.«

Also versuchte er es.

Der Schultag war wie ein Kissen auf seinem Gesicht. Er würde noch vor dem letzten Klingeln ersticken. Seine einzige Sauerstoffzufuhr waren der blasse Streifen Haut an Adams Handgelenk, wo seine Uhr gewesen war, und der blaue Himmel in den Pausen.

Noch vier Stunden.

Declan bombardierte ihn mit Nachrichten. *Melde dich doch mal kurz, wenn du Zeit hast.* Ronan meldete sich nie mal kurz. *Hey, ich weiß, du bist in der Schule, aber ruf doch in der Pause mal an.* Das war gelogen – Declans Superkraft. Er ging davon aus, dass Ronan nicht in der Schule war. *Hey, bin gerade in der Stadt und muss mit dir reden.*

Das ließ Ronan aufhorchen. Seit Declan seinen Abschluss hatte, weilte er auf sicherer Distanz im zwei Autostunden entfernten D.C., was, Ronans Empfinden nach, ihr Verhältnis in jeder nur möglichen Hinsicht verbessert hatte. Nach Henrietta kam er nur sonntags zum Gottesdienst, wofür er unverhältnismäßige vier Stunden im Auto auf sich nahm, die Matthew als selbstverständlich erachtete und Ronan nur teilweise verstand. Declan hatte doch sicher Besseres zu tun in D.eclan-C.ity, anstatt einen halben Tag in einem Nest zu verbringen, das er hasste, mit einer Familie, der er sich nie zugehörig gefühlt hatte.

Ronan war genervt. Das alles verlieh ihm das Gefühl, als hätte dieser ganze Sommer zu überhaupt nichts geführt. Er hockte wieder in der Schule, seine Träume waren immer noch von Grauen erfüllt und er versuchte nach wie vor, Declan abzuschütteln.

Noch drei Stunden.

»Lynch«, sagte Jiang, der ihm in der Cafeteria begegnete. »Ich dachte schon, du wärst tot.«

Ronan bedachte ihn mit einem kalten Blick. Jiangs Gesicht wollte er nirgends sehen außer hinter dem Steuer eines Autos.

Noch zwei Stunden.

Declan rief während eines Gastvortrags an. Das Handy, auf lautlos gestellt, brummte vor sich hin. Der blaue Himmel draußen war von Wolken zerrissen; wie gern wäre er dort gewesen. Seine Spezies war nicht geeignet für eine Haltung in Gefangenschaft.

Noch eine Stunde.

»Jetzt dachte ich kurz, ich halluziniere«, sagte Adam, der an den Spinden lehnte, während eine Durchsage aus den Lautsprechern dröhnte. »Ronan Lynch in den heiligen Hallen der Aglionby.«

Ronan knallte seinen Spind zu. Er bewahrte nichts darin auf, sodass es eigentlich keinen Grund gab, ihn überhaupt je zu öffnen oder abzuschließen, aber der metallische Knall, der durch die Flure hallte und im aktuellen Fall kurz die Durchsage übertönte, erfüllte ihn jedes Mal mit Zufriedenheit. So sehr, dass er es gleich noch einmal machte. »Soll das eine echte Unterhaltung werden, Parrish?«

Adam machte sich nicht die Mühe zu antworten, sondern tauschte lediglich drei Bücher gegen seine Sporthose.

Ronan zerrte an seiner Krawatte. »Musst du nach der Schule arbeiten?«

»Ja, mit einem Träumer.«

Er sah Ronan über die Spindtür hinweg in die Augen.

Vielleicht war Schule doch gar nicht so schlimm.

Adam schloss sachte seinen Spind. »Ich hab um halb fünf Schluss. Falls du Lust auf eine Runde Brainstorming hast, darüber, wie man deinen Traumwald heilen könnte. Es sei denn natürlich, du musst Hausaufgaben machen.«

»Leck mich«, brummte Ronan.

Adam lächelte fröhlich. Ronan würde Kriege anzetteln und Städte niederbrennen für dieses Lächeln, so entspannt und liebenswert.

Ronans gute Laune hielt noch genau bis zum Ende des Flurs und die Treppe hinunter, denn draußen an der Straße parkte Declans schnittiger Volvo. Daneben stand Declan selbst und sprach mit Gansey. Die Ellbogen von Ganseys Schuluniform waren schmutzig – wie auch immer es ihm gelungen war, das während eines ganz normalen Schultags zu bewerkstelligen. Declan trug einen Anzug, obwohl das bei ihm auf keinen besonderen Anlass hindeutete. Er trug Anzüge wie andere Leute Pyjamahosen.

Es gab keine Maßeinheit auf der Welt, die Ronans Hass seinem älteren Bruder gegenüber und umgekehrt hätte Ausdruck verleihen können. Für ein Gefühl, das zu gleichen Teilen aus Hass und Verletztheit, Voreingenommenheit und Gewohnheit bestand.

Ronan ballte die Fäuste.

Eins der hinteren Autofenster fuhr herunter und gab den Blick auf Matthews goldene Locken und sein chronisch strahlendes Lächeln frei. Er winkte Ronan ausgelassen zu.

Es war Monate her, dass die drei außer in der Kirche am selben Ort gewesen waren.

»Ronan«, sagte Declan. Das Wort schien regelrecht zu bersten vor unterschwelligen Botschaften: *Du kommst gerade erst aus der Schule und deine Uniform sieht jetzt schon aus, als hättest du drin geschlafen, aber das ist ja nichts Neues.* Er deutete auf den Volvo. »Wenn du bitte mal in meinem mobilen Büro Platz nehmen willst?«

Ronan wollte nicht in Declans mobilem Büro Platz nehmen. Ronan wollte sich gern so fühlen, als hätte er nicht gerade Batteriesäure getrunken.

»Was hast du denn mit Ronan zu besprechen?«, erkundigte sich Gansey. Auch sein »Ronan« war voller unterschwelliger Botschaften: *Wart ihr verabredet sag mir was los ist soll ich einschreiten?*

»Nur ein kleiner Plausch unter Brüdern«, entgegnete Declan.

Ronan warf Gansey einen flehenden Blick zu.

»Ein Plausch, den ihr auch auf dem Weg zum Fox Way halten könnt?«, fragte Gansey voll höflicher Autorität. »Dahin wollten wir nämlich gerade.«

Normalerweise hätte Declan auf den leichtesten Widerstand von Gansey hin den Rückzug angetreten, diesmal jedoch sagte er: »Ich kann ihn ja dort abliefern, wenn wir fertig sind. Dauert nur ein paar Minuten.«

»Ronan!« Matthew streckte die Hand aus dem Fenster. Sein überschäumendes »Ronan« war ein anderes Wort für »Bitte«.

Er saß in der Falle.

»*Miseria fortes viros*, Ronan«, sagte Adam.

Wenn er »Ronan« sagte, bedeutete es »Ronan«.

»Leck mich«, brummte Ronan wieder, aber er fühlte sich schon ein bisschen besser. Dann ging er zum Auto.

Nachdem sie beide eingestiegen waren, fuhr Declan nicht weit, sondern hielt gleich am anderen Ende des Parkplatzes, wo sie den wegfahrenden Autos und Bussen nicht in die Quere kommen würden. Dann lehnte er sich zurück, blickte zum Schulgebäude hinüber und sah dabei kein bisschen aus wie ihre Mutter, höchstens wie ihr Vater. Er hatte tiefe Ringe unter den müden Augen.

Matthew hatte ein Spiel auf dem Handy angefangen, sein Mund zu einem abwesenden Lächeln verzogen.

»Wir müssen über eure Zukunft reden«, verkündete Declan.

»Nein«, antwortete Ronan. »Müssen wir nicht.«

Er war schon halb aus dem Wagen; trockenes Laub starb knirschend unter seinen Schuhen.

»Ronan, warte!«

Ronan wartete nicht.

»*Ronan!* Bevor Dad gestorben ist, als er und ich zusammen unterwegs waren, hat er mir eine Geschichte über dich erzählt.«

Es war so unfair.

Es war so unfair, weil nichts anderes Ronan zum Bleiben hätte bewegen können.

Es war so unfair, weil Declan das wusste, genauso wie er gewusst hatte, dass Ronan versuchen würde, sich zu verdrücken, und den Aufhänger parat gehabt hatte; einen seltenen Leckerbissen aus einer stetig leerer werdenden Vorratskammer.

Ronans Füße schienen sich in den Asphalt zu brennen. Die elektrische Spannung in der Luft brachte seine Haut zum Prickeln. Er konnte nicht sagen, ob er wütender auf seinen Bruder war, weil der so genau wusste, wie er ihn an den Haken bekam, oder auf sich selbst, weil er nicht in der Lage war, dem auszuweichen.

»Über mich«, wiederholte Ronan schließlich und hielt seine Stimme so tonlos wie nur möglich.

Sein Bruder antwortete nicht. Er wartete einfach ab.

Ronan stieg zurück ins Auto. Knallte die Tür hinter sich zu. Dann machte er sie wieder auf und knallte sie ein zweites Mal zu. Dann machte er sie noch einmal auf und knallte sie ein drittes Mal zu, bevor er sich mit dem Hinterkopf gegen die Nackenstütze warf und durch die Windschutzscheibe zu den brodelnden Wolken hochsah.

»Fertig?«, erkundigte sich Declan. Er drehte sich kurz zu Matthew um, aber der jüngste Lynch war noch immer selig in sein Handyspiel versunken.

»Ich war schon vor Monaten fertig mit dir«, entgegnete Ronan. »Wehe, wenn das gelogen war …«

»Ich war zu wütend auf dich, um es dir früher zu erzählen.« Dann fügte Declan in völlig verändertem Ton hinzu: »Alle Ohren gespitzt?«

Das war ein weiterer unfairer Zug, denn das hatte ihr Vater immer gesagt, bevor er ihnen eine Geschichte erzählt hatte. Ronans Ohren waren längst gespitzt gewesen; jetzt lehnte er den Kopf ans Fenster und schloss die Augen.

Declan hatte nicht viel mit seinem Vater gemeinsam, aber wie er war er ein wunderbarer Erzähler. Geschichten erzählen war schließlich ein bisschen wie lügen und lügen konnte Declan ausnehmend gut. Er fing an:

»Vor langer Zeit gab es mal einen alten irischen Helden, damals, als es in Irland noch nicht so sehr um Menschen und Städte ging, sondern um Inseldinge und um Magie. Der Held hatte auch einen Namen, aber den verrate ich erst am Ende. Er war ein gottgleicher Held, Furcht einflößend, weise, temperamentvoll. Eines Tages gelangte er in den Besitz eines Speers – um den geht es in dieser Geschichte –, den es unendlich nach Blut dürstete. Wer mit diesem Speer in die Schlacht zog, ging als Sieger daraus hervor, denn es gab nichts, was dessen tödlichem Zauber widerstehen konnte. Er gierte so sehr nach Blut, dass er erst aufhörte zu töten, wenn man ihn verhüllte und seine Augen bedeckte. Nur wenn er blind war, ruhte der Speer.«

Declan hielt kurz inne und stieß einen Seufzer aus, als spürte er das Gewicht seiner Geschichte am eigenen Leib und brauchte einen Moment, um Kraft zu schöpfen. Die Erinnerung an ihr abendliches Ritual war tatsächlich schwer zu ertragen. Ronan fand sich in einem Gewirr aus halb vollständigen Bildern wieder – sein Vater, der am

Fußende von Matthews Bett saß, die drei Brüder, die sich am Kopfende drängten, seine Mutter auf dem klapprigen Schreibtischstuhl, auf dem niemand sonst je sitzen wollte. Sie hatte Nialls Geschichten auch geliebt, besonders wenn sie von ihr handelten.

Ein Klicken wie von Fingernägeln huschte über das Autodach und eine Sekunde später wurde ein Schwall trockener Blätter über die Windschutzscheibe geweht. Das Geräusch erinnerte Ronan an die Klauen des Traummonsters; er fragte sich, ob es wohl inzwischen in die Schober zurückgekehrt war.

Declan fuhr fort. »Wenn der Speer einmal enthüllt war, spielte es keine Rolle, ob sich die Geliebte des Helden oder seine Familie im Raum befanden; der Speer tötete sie alle. Im Töten war er gut, also tötete er.«

Matthew schnappte auf dem Rücksitz übertrieben entsetzt nach Luft, um die Stimmung etwas aufzulockern. Genau wie Chainsaw ertrug er es nicht, Ronan bekümmert zu sehen.

»Es war eine herausragende Waffe, geschaffen für den Kampf und nichts anderes«, sagte Declan. »Unser Held, der Beschützer der Insel, versuchte, den Speer zum Guten zu verwenden. Doch er metzelte Freund wie Feind nieder, Bösewichte wie Liebende, und unserem Helden wurde klar, dass er den allzu entschlossenen Speer fortbringen musste.«

Ronan zupfte ungeduldig an seinen Lederarmbändern. Das alles erinnerte ihn ziemlich genau an einen Traum, den er vor nur wenigen Tagen gehabt hatte. »Ich dachte, diese Geschichte soll von mir handeln.«

»Der Speer, hat Dad gesagt, war er selbst.« Declan sah Ronan an. »Und er hat gesagt, ich soll dafür sorgen, dass Ronan der Name eines Helden wird, nicht der eines zweiten Speers.«

Er ließ die Worte in der Luft hängen.

Von außen betrachtet, wirkten die drei Lynch-Brüder bemerkenswert unterschiedlich: Declan, der aalglatte Politiker; Ronan, der Elefant in einer Welt voller Porzellanläden; Matthew, der kindliche Sonnenschein.

Innerlich dagegen waren sie einander bemerkenswert ähnlich: Sie alle liebten Autos, sich selbst und ihre Brüder.

»Ich weiß, dass du ein Träumer bist wie er«, sagte Declan nach einer Weile leise. »Ich weiß, dass du gut darin bist. Und ich weiß, dass es keinen Sinn hat, dich zu bitten, damit aufzuhören. Aber Dad wollte nicht, dass du so einsam endest wie er. So einsam, wie er sich selbst gemacht hat.«

Ronan zwirbelte die Lederbänder enger und enger.

»Ach, jetzt kapier ich«, meldete sich Matthew von hinten. Er lachte leise über sich selbst. »Lange Leitung.«

»Warum erzählst du mir das jetzt?«, fragte Ronan schließlich.

»Ich habe gehört, dass sich in Henrietta irgendwas Großes zusammenbraut«, antwortete Declan.

»Wer?«

»Was, wer?«

»Wer hat dir das erzählt?«

Declan warf ihm einen durchdringenden Blick zu.

»Und wie ist die Person darauf gekommen, dich zu warnen?«

Declan erwiderte: »Glaubst du etwa, Dad hat seine Geschäfte ganz allein geregelt?«

Das hatte Ronan tatsächlich geglaubt, aber er sagte nichts.

»Was denkst du denn, warum ich nach D. C. gegangen bin?«

Ronan hatte gedacht, Declan würde eine Politikerkarriere anstreben, aber das war so offensichtlich nicht die korrekte Antwort, dass er lieber den Mund hielt.

»Matthew, steck deine Ohrstöpsel rein«, kommandierte Declan.

»Die hab ich nicht dabei.«

»Dann tu so, als hättest du welche drin«, sagte Ronan und schaltete das Radio ein, um für ein wenig Geräuschkulisse zu sorgen.

»Ich will, dass du mir eine ehrliche Antwort gibst«, sagte Declan dann. »Hast du vor, irgendwann aufs College zu gehen?«

»Nein.« Es auszusprechen war beängstigend und erleichternd zugleich, als hätte er einen Abzug betätigt und der Knall wäre nach einer Sekunde vorbei. Ronan sah sich nach Opfern um.

Declan zuckte kurz zusammen; die Kugel schien ihn zumindest in unmittelbarer Nähe eines lebenswichtigen Organs erwischt zu haben. Nur mit Mühe bekam er die inneren Blutungen unter Kontrolle. »Ja, das dachte ich mir schon. Das Ziel ist jetzt also, dir hieraus eine Karriere zu zimmern, ja?«

So hatte Ronan sich das eigentlich nicht vorgestellt. Sicher, er wollte träumen dürfen und das am liebsten in den Schobern, aber er wollte nicht träumen müssen, um in den Schobern leben zu können. Er wollte seine Ruhe, um die Gebäude instand zu setzen, die Kühe seines Vaters aus ihrem übernatürlichen Schlaf wecken, die Weiden mit neuen Tieren bevölkern, um sie zu essen oder zu verkaufen, und die am weitesten abgelegene Wiese zu einer riesigen Schlammbahn umfunktionieren, auf der man Autorennen fahren konnte. Diese Vorstellung war für Ronan ein romantisches Ideal, für das er bereit war, hart zu arbeiten. Er wusste nur nicht, wie er seinem Bruder das auf überzeugende, unpeinliche Art nahebringen sollte, darum sagte er lieber auf die gewohnt ruppige: »Eigentlich hab ich mir überlegt, ich könnte Farmer werden.«

»Ronan, verdammt noch mal«, schnauzte Declan. »Können wir vielleicht ausnahmsweise mal ein ernstes Gespräch führen?«

Ronan zeigte ihm mit lässiger Präzision, die von jahrelanger Übung zeugte, den Mittelfinger.

»Ach, vergiss es«, sagte Declan. »Kann sein, dass es dir gerade nicht so vorkommt, als wäre in Henrietta die Hölle los, aber das liegt nur daran, dass ich mir den Arsch aufgerissen habe, um die Leute fernzuhalten. Ich führe schon seit einer ganzen Weile Dads Geschäfte weiter und habe allen gesagt, dass ich das von D. C. aus tue.«

»Und was hast du verkauft, jetzt, wo Dad keinen neuen Kram mehr herträumt?«

»Du weißt doch selber, wie es in den Schobern aussieht. Ich muss nur darauf achten, die Ware schön peu à peu anzubieten, damit es wirkt, als würde ich sie von anderswo beziehen, und nicht so, als müsste ich dafür nur mal kurz hinters Haus. Darum ist Dad auch die ganze Zeit so viel gereist, um den Anschein zu wahren, dass er das Zeug von überall her mitgebracht hat.«

»Und warum hast du *überhaupt* was verkauft, jetzt, wo Dad keinen neuen Kram mehr herträumt?«

Declan strich mit der Hand übers Lenkrad. »Dad hat uns alle in die Scheiße geritten. Er hat Kunden Sachen versprochen, die er noch gar nicht geträumt hatte. Hat Geschäfte mit Leuten gemacht, die nicht sonderlich zahlungsfreudig waren, dafür aber wussten, wo wir wohnten. Er hat so getan, als hätte er ein ganz besonderes Artefakt gefunden – den Greywaren –, der die Leute dazu ermächtigen würde, selbst irgendwelches Zeug aus Träumen zu holen. Genau. Kommt dir das bekannt vor? Wenn die Leute zu ihm kamen, um den Greywaren zu kaufen, hat er ihnen stattdessen was anderes angedreht. Dafür war er irgendwann berüchtigt. Und dann brauchte er sie nur noch alle gegeneinander auszuspielen, sich diesen Psychopathen Greenmantle zum Feind zu machen und sterben. Fertig.«

Noch wenige Monate zuvor hätten derartige Behauptungen zu einer Prügelei zwischen ihnen geführt, jetzt jedoch besänftigte die Bitterkeit in Declans Stimme Ronans Wut, sodass er die Geschichte mit einiger Distanz betrachten und sie mit dem abgleichen konnte, was er über seinen Vater wusste. Sie mit dem abgleichen konnte, was er über Declan wusste.

Das Ganze gefiel ihm nicht. Er glaubte Declan, aber es gefiel ihm nicht. Es war einfacher gewesen, sich mit ihm zu prügeln.

»Warum hast du mir nichts davon erzählt?«, fragte er.

Declan schloss die Augen. »Ich hab's doch versucht.«

»Na klar.«

»Ich hab versucht, dir deutlich zu machen, dass er nicht der war, für den du ihn gehalten hast.«

Aber das stimmte nicht ganz. Niall Lynch war genau der gewesen, für den Ronan ihn gehalten hatte, nur dass er gleichzeitig diese andere Person gewesen war, als die Declan ihn gekannt hatte. Die zwei Versionen von ihm schlossen einander nicht aus. »Ich meinte, wieso hast du mir nichts davon erzählt, dass du dich mit diesen ganzen Leuten rumschlägst?«

Declan öffnete die Augen. Sie waren leuchtend blau, genau wie die seiner Brüder. »Ich hab versucht, dich zu beschützen, du Blödmann.«

»Alter, das wäre ungefähr 'ne Megatonne einfacher gewesen, wenn ich Bescheid gewusst hätte«, blaffte Ronan zurück. »So mussten Adam und ich Greenmantle im Alleingang aus der Stadt jagen, während du einen auf Null-null-sieben machen musstest.«

Sein Bruder musterte ihn erstaunt. »Das wart ihr? Wie – oh.«

Ronan aalte sich eine geschlagene Minute lang in der Anerkennung seines Bruders.

»Parrish war schon immer ein gewiefter kleiner Mistkerl«, bemerkte Declan und klang dabei gegen seinen Willen ein bisschen wie ihr Vater. »Okay, also pass auf. Mich hat heute Morgen eine Kundin angerufen und mir gesagt, irgendwer hier hätte was richtig

Großes im Angebot. Was auch immer das sein soll, die Leute werden von überall herkommen, um es sich anzusehen. Und die wird es nicht viel Mühe kosten, dich und Matthew und die Schober und diesen Wald aufzuspüren.«

»Und wer bitte soll hier was zu verkaufen haben?«

»Weiß ich nicht. Interessiert mich auch nicht. Ist doch auch total egal. Kapierst du denn nicht? Selbst wenn dieses Geschäft über die Bühne ist, werden sie immer wiederkommen, weil über Henrietta nun mal ein riesiges Neonschild mit der Aufschrift ›übernatürlich‹ blinkt. Und wer weiß, welche Folgen von Dads Geschäftemacherei ich noch nicht bereinigen konnte. Und sobald irgendwer rausfindet, dass du träumen kannst – tja, dann gute Nacht. Ich will einfach –« Declan hielt inne und schloss die Augen und in diesem Moment sah Ronan kurz den Bruder vor sich, mit dem er aufgewachsen war, und nicht den, der sich immer weiter von ihm entfernte. »Ich bin echt am Ende, Ronan.«

Es war mucksmäuschenstill im Auto.

»Bitte –«, setzte Declan erneut an. »Komm einfach mit, ja? Du kannst die Aglionby abbrechen, Matthew kann auf eine Schule in D. C. wechseln, ich schütte Benzin auf alles, was von Dad übrig ist, und wir lassen die Schober ein für alle Mal hinter uns. Hauen wir einfach hier ab.«

Das war absolut nicht das, was Ronan von ihm erwartet hatte, und er stellte fest, dass er nicht wusste, was er antworten sollte. Die Aglionby abbrechen; Henrietta verlassen, Adam, Gansey.

Einmal, als Ronan noch sehr jung gewesen war, so jung, dass er noch zur Sonntagsschule gemusst hatte, war er eines Morgens mit einem echten Feuerschwert in den Händen aufgewacht. Sein Schlafanzug, ausgewählt nach strengsten Sicherheitskriterien, die bis zu jenem Tag eher von theoretischem Interesse gewesen waren, war geschmolzen und hatte ihm das Leben gerettet. Allerdings waren sein Bettzeug und der Großteil der Vorhänge in Flammen aufgegangen. Es war Declan gewesen, der Ronan aus seinem Zimmer geschleift und ihre Eltern geweckt hatte; danach hatte er nie wieder ein Wort darüber verloren und Ronan hatte sich nie bei ihm bedankt.

Wenn es darauf ankam, schien es schlicht keine andere Option zu geben. Die Lynch-Brüder würden einander immer das Leben retten.

»Nimm Matthew mit«, sagte Ronan.

»Was?«

»Nimm Matthew mit nach D.C. und bring ihn in Sicherheit«, wiederholte Ronan.

»Aha. Und was ist mit dir?«

Sie blickten einander an, jeder ein verzerrtes Spiegelbild des anderen.

»Ich bin hier zu Hause.«

32

Das stürmische Wetter spiegelte Blue Sargents seelische Verfassung eins zu eins wider. Ihr erster Schultag nach der Suspendierung hatte sich schier ewig hingezogen. Ein Grund dafür war wohl, dass die schulfreie Zeit einfach phänomenal gewesen war: das absolute Gegenteil der alltäglichen Stumpfsinnigkeit an der Mountain View High. Von weit größerer Bedeutung war aber wohl die Erinnerung an das unmagischste Ereignis von allen an ihrem freien Tag: Henry Chengs Togaparty. Der Zauber dieses Abends trat umso deutlicher zutage, da kein bisschen Magie im Spiel gewesen war. Und dass sie sich auf Anhieb so gut mit allen verstanden hatte, zeigte doch, dass in all ihren Jahren an der Mountain View High irgendetwas schiefgelaufen sein musste. Warum hatte sie sich in Gesellschaft der Vancouver-Jungs gleich so wohlgefühlt? Und warum verstand sie sich überhaupt so gut mit Leuten, die in einer völlig anderen Welt lebten? Doch sie kannte die Antwort. Die Vancouver-Jungs richteten ihren Blick auf die Sterne, nicht auf den Boden der Tatsachen. Sie wussten längst nicht alles, aber sie strebten danach. In einer anderen Welt hätte sie ihre gesamte Schulzeit hindurch mit jemandem wie Henry Cheng befreundet sein können. In dieser Welt jedoch würde sie in Henrietta versauern und zusehen, wie Leute wie er wegzogen. Sie würde nie Venezuela sehen.

Wie beengt ihr Leben doch war, dachte Blue frustriert.

Die Dinge, die sie haben konnte, waren nicht genug.

Die Dinge, die *mehr* waren, waren für sie unerreichbar.

Und so stand sie vor der Schule, den Rücken krumm wie eine biestige alte Dame, in ihrem langen, zu einem Kleid umfunktionierten Kapuzenpulli, und wartete darauf, dass endlich die Busse losfuhren und ihr Fahrrad freigaben. Sie wünschte, sie hätte auch ein Handy oder eine Bibel, damit sie so tun konnte, als wäre sie extrem beschäftigt, so wie ein paar schüchterne Gestalten in der Busschlange vor ihr. Vier ihrer Klassenkameraden standen gefährlich dicht neben ihr und diskutierten darüber, ob die Bankraubszene in einem Film, den scheinbar jeder gesehen hatte, nun cool oder doch supercool war, sodass Blue fürchten musste, um ihre Meinung gefragt zu werden. Sie wusste natürlich auf irgendeiner Ebene, dass gegen dieses Thema nichts einzuwenden war, aber sie wusste auch, auf einer sehr viel spezifischeren Ebene, dass sie sich nicht dazu würde äußern können, ohne wie ein Snob zu wirken. Sie hatte das Gefühl, tausend Jahre alt zu sein. Und sie hatte das Gefühl, dass sie möglicherweise tatsächlich ein Snob war. Sie wollte doch nur ihr Fahrrad. Und sie wollte zu ihren Freunden, die auch alle tausend Jahre alte Snobs waren. Sie wollte in einer Welt von tausend Jahre alten Snobs leben.

Sie wollte nach Venezuela.

»Tag, die Dame! Wie wär's mit 'ner kleinen Spritztour?«

Blue begriff nicht gleich, dass die Worte ihr galten. Diese Tatsache erschloss sich ihr erst, als sie merkte, dass alle Gesichter plötzlich ihr zugewandt waren. Langsam drehte sie sich um und sah, dass mitten in der Feuerwehreinfahrt ein sehr silbernes und sehr teures Auto vorgefahren war.

Blue hatte es irgendwie geschafft, seit Monaten mit Aglionby-Jungen befreundet zu sein, ohne dass man es ihr ansah, und nun hielt direkt vor ihr der am meisten nach Aglionby-Junge aussehende

Aglionby-Junge, den man sich nur vorstellen konnte. Der Fahrer trug eine Armbanduhr, die selbst Gansey zu protzig gewesen wäre. Der Fahrer hatte Haare, die so steil hochgegelt waren, dass sie bis zur Autodecke reichten. Der Fahrer trug eine riesige schwarze Sonnenbrille ungeachtet des eklatanten Mangels an Sonne. Der Fahrer war Henry Cheng.

»Ohooo!«, johlte Burton, einer der Bankraub-Diskutanten, der sich nun ebenfalls umdrehte. »Miss Verpiss-dich hat ein Date? Hat der Kerl dich etwa so zugerichtet?«

Cody, der zweite Bankräuber, trat vor und begaffte den Fisker. »Ist das ein Ferrari?«, fragte er Henry.

»Nein, ein Bugatti«, antwortete Henry durch das offene Beifahrerfenster. »Ha-ha, hab dich nur verarscht, Mann. Klar ist das ein Ferrari. Sargent! Lass mich doch nicht ewig hier schmoren!«

Die halbe Busschlange starrte sie an. Bis zu diesem Augenblick hatte Blue noch nie all ihre offiziell bekundeten Ansichten über gedankenlosen Kapitalismus, despotische Freunde und Aglionby-Schüler aufeinandergestapelt und in ihrer Gesamtheit betrachtet. Erst jetzt, als alle Henry anstarrten, dann sie, besah sie sich den Stapel genauer und ihr wurde bewusst, dass er gigantisch war. Gleich darauf wurde ihr bewusst, dass in dieser Sekunde jede Person in ihrer Nähe genau diesen Stapel mit dem Etikett »BLUE SARGENT IST EINE HEUCHLERIN« versehen musste.

Es gab keinen einfachen Weg, klarzustellen, dass Henry und sie kein Paar waren, ganz abgesehen davon, dass das sowieso nicht viel Sinn gehabt hätte, da ihr tatsächlicher Freund kaum weniger eindeutig ein Aglionby-Junge war als das Exemplar vor ihr.

Blue sah sich mit der unangenehmen Erkenntnis konfrontiert, dass sie den Stapel wohl selbst mit dem Etikett »BLUE SARGENT IST EINE HEUCHLERIN« versehen musste.

Sie stapfte zum Beifahrerfenster.

»Blas ihm nicht gleich hier schon einen, Sargent!«, rief jemand. »Lass ihn dir erst mal ein Essen spendieren!«

Henry lächelte salbungsvoll. »Was muss ich sehen? Die Bauern proben den Aufstand! Werte Volksvertreter! Macht euch keine Sorgen, ich werde einen höheren Mindestlohn für euch alle einführen!« Dann wandte er sich – oder zumindest seine Sonnenbrille – zu Blue. »Hi, hi, Sargent!«

»Was machst du hier?«, verlangte Blue zu wissen. Sie war – sie wusste nicht, was sie war. Sie war ziemlich viel auf einmal.

»Ich bin gekommen, um mit dir über die Männer in deinem Leben zu reden. Und die Männer in meinem. Schönes Kleid übrigens. Sehr *boho*, oder wie man's nennen mag. Ich war gerade auf dem Weg nach Hause und da dachte ich, ich frage mal nach, wie dir die Party gefallen hat, und außerdem, ob unsere Pläne für Simbabwe noch stehen. Wie ich sehe, hast du versucht, dir ein Auge rauszureißen – hat was!«

»Ich dachte … ich glaube … es war Venezuela.«

»Ach, klar, das nehmen wir unterwegs auch noch mit.«

»Gott«, stöhnte sie.

Henry neigte bescheiden den Kopf.

»Der Schulabschluss sitzt uns im Nacken, kleine Südstaatenlady«, sagte er. »Jetzt ist der richtige Zeitpunkt, sich zu vergewissern, dass wir die Fäden all unserer Ballons in der Hand haben, die wir festhalten wollen, bevor sie losfliegen.«

Blue beäugte ihn misstrauisch. Es wäre leicht gewesen zu antworten, dass sie nirgendwohin fliegen würde, dass der Ballon, der sie war, langsam schrumpfen und in demselben Nest zu Boden sinken würde, in dem er geboren worden war, dann aber fiel ihr die Vorhersage ihrer Mutter wieder ein und sie hielt den Mund. Sie dachte daran, dass sie nach Venezuela reisen wollte, genau wie Henry, und in diesem Moment bedeutete das etwas, selbst wenn es das nächste Woche vielleicht nicht mehr würde.

Dann kam ihr ein Gedanke. »Ich muss dich doch nicht daran erinnern, dass ich mit Gansey zusammen bin, oder?«

»Mitnichten! Ich bin sowieso henrysexuell. Darf ich dich nach Hause fahren?«

Halte dich von den Aglionby-Jungs fern, die sind alle Mistkerle.

»Ich kann nicht in dieses Auto steigen. Siehst du, was hinter mir los ist? Ich will mich gar nicht umdrehen«, entgegnete sie.

»Wie wär's dann, wenn du mir den Mittelfinger zeigst, mich gepflegt anschreist und mitsamt deinen Prinzipien davonstürmst?« Henry schenkte ihr ein einnehmendes Lächeln und hob drei Finger, um einen Countdown zu zählen. Er formte Teufelshörner: zwei.

»Das ist so was von unnötig«, sagte Blue, aber sie konnte sich das Grinsen nicht verkneifen.

»Das Leben ist eine Show«, philosophierte er. Dann hob er den Mittelfinger – eins – und verzog übertrieben schockiert das Gesicht.

»Fall doch tot um, du Arschloch!«, schrie Blue los.

»KEIN PROBLEM!«, schrie Henry zurück, vielleicht eine Spur hysterischer, als die Rolle es verlangte. Dann versuchte er, mit quietschenden Reifen aus der Einfahrt zu setzen, hielt noch einmal an, um die Handbremse zu lösen, und raste etwas weniger halsbrecherisch davon.

Blue hatte nicht einmal die Zeit, sich umzudrehen und den Effekt ihres kleinen Dramas in drei Akten zu begutachten, als sie ein sehr vertrautes Dröhnen vernahm. *Oh nein –*

Und schon, bevor sie sich auch nur von ihrem vorherigen Galan erholt hatte, hielt ein orangefarbener Camaro vor ihr am Bordstein.

Der Motor bockte ein wenig; er verrichtete seinen Dienst mit merklich weniger Begeisterung als sein Vorgänger in dieser Feuerwehreinfahrt, aber er tat sein Bestes. Davon abgesehen jedoch war er genauso offensichtlich ein Aglionby-Auto mit einem Aglionby-Jungen am Steuer wie das Gespann, das gerade weggefahren war.

Vorher hatte Blue lediglich die Aufmerksamkeit der halben Busschlange auf sich gezogen. Jetzt war ihr die der ganzen sicher.

Gansey lehnte sich über den Beifahrersitz. Anders als Henry besaß er zumindest den Anstand, der starrenden Schülerhorde mit einer Grimasse zu begegnen. »Jane, tut mir leid, dass ich dich hier so überfalle. Aber Ronan hat gerade angerufen.«

»Ronan hat *angerufen*?«

»Ja. Er braucht uns. Kannst du mitkommen?«

Das »BLUE SARGENT IST EINE HEUCHLERIN«-Etikett war definitiv in ihrer eigenen Handschrift verfasst. Sie hatte das Gefühl, später eine gründliche Bestandsaufnahme ihrer Prinzipien durchführen zu müssen.

Es folgte ein kurzes Schweigen.

Die Bestandsaufnahme fand jetzt statt.

»Ihr verdammten Raven Boys«, zischte sie und stieg ins Auto.

33

Keiner von ihnen konnte es fassen, dass Ronan sein Handy benutzt hatte.

Ronan Lynch hatte so einige Gewohnheiten, die die Geduld seiner Freunde und Familie immer wieder auf die Probe stellten – fluchen, trinken, illegale Autorennen –, aber was seine Umgebung am meisten auf die Palme brachte, war wohl seine strikte Weigerung, ans Telefon zu gehen oder Nachrichten zu schicken. Als Adam ihn kennengelernt hatte, hatte er aus Ronans kompromissloser Abneigung gegen sein teures Handy geschlossen, dass sie irgendeine Vorgeschichte haben musste. Einen Grund, warum Ronan sein Telefon selbst in Notsituationen reflexartig jemand anderem in die Hand drückte. Jetzt, da Adam ihn besser kannte, sah er das Problem eher darin, dass man beim Telefonieren keinerlei Körpersprache vermitteln konnte. Ronan tat neunzig Prozent seiner Emotionen über Mimik und Gestik kund und dafür interessierte sich nun mal kein Telefon.

Und jetzt hatte er es benutzt. Während er darauf wartete, dass Declan seinen Bruderplausch mit Ronan beendete, war Adam zu Boyd's gefahren, um eine Reihe Ölwechsel abzuarbeiten. Er war schon ein paar Stunden in der Werkstatt gewesen, als Ronan sich gemeldet hatte. Als Nächstes hatte Ronan Gansey angerufen und schließlich im Fox Way. Seine Worte waren überall dieselben gewesen: *Kommt zu den Schobern. Wir müssen reden.*

Und weil Ronan sie niemals per Telefon um irgendetwas bat, ließen sie alles stehen und liegen.

Als Adam die Schober erreichte, waren die anderen schon da – oder zumindest stand der Camaro vor dem Haus und Adam ging davon aus, dass Gansey Blue mitgebracht hatte, erst recht, nachdem ihr Geheimnis nun keins mehr war. Ronans BMW parkte quer in der Auffahrt, die Räder schräg, was darauf hindeutete, dass der Wagen in seine aktuelle Position geschlittert war. Gleich daneben sah Adam zu seinem Erstaunen Declans Volvo, säuberlich rückwärts eingeparkt, bereit zum Aufbruch.

Adam stieg aus.

Die Schober hatten schon immer eine seltsame Wirkung auf ihn gehabt. Bei seinen ersten Besuchen hatte er noch nicht gewusst, wie er das Gefühl einordnen sollte, denn damals hatte er noch nicht an die zwei Dinge geglaubt, die die Schober ausmachten: Magie und Liebe. Nachdem er inzwischen in unterschiedlichem Maße mit beidem in Berührung gekommen war, hatte sich der Effekt leicht verändert. Früher hatte er sich gefragt, wie sein Leben wohl aussähe, wenn er an einem Ort wie diesem aufgewachsen wäre. Heute dachte er darüber nach, dass er eines Tages selbst an so einem Ort würde leben können, wenn er sich nur genug ins Zeug legte. Er verstand nicht ganz, was diese Veränderung hervorgerufen hatte.

Drinnen fand er die anderen in unterschiedlich stark ausgeprägter Feierlaune. Es dauerte einen Moment, bis Adam aufging, dass heute Ronans Geburtstag war: Draußen im Garten qualmte der Grill, auf dem Küchentisch standen gekaufte Cupcakes und in den Ecken rollten ein paar bunte Luftballons herum. Blue hockte auf dem Boden und knotete Bindfäden daran – ihr verletztes Auge war noch immer zugeschwollen –, während Gansey und Declan an der Arbeitsplatte die Köpfe zusammensteckten und sich mit gedämpften, ernsten Stimmen unterhielten, mal wieder älter wirkend, als sie waren. Gerade kamen Ronan und Matthew aus dem Garten hereingestürmt. Sie waren laut und blödelten herum, schienen einander unfassbar nah. So war es also, Brüder zu haben.

Ronan fing Adams Blick auf.

»Zieh die Schuhe aus, bevor du hier rumgeisterst, Matschbirne«, sagte Ronan.

Adam stutzte, bückte sich jedoch und begann, seinen Schuh aufzuschnüren.

»Du doch nicht, ich meinte Matthew.« Ronan erwiderte Adams Blick noch einen Moment länger und beaufsichtigte dann Matthew beim Schuhe ausziehen. Als er Matthew – jetzt auf Socken – anschließend ins Esszimmer folgte, dämmerte es Adam: Diese Feier fand Matthew zuliebe statt.

Blue rappelte sich hoch und trat neben Adam. »Matthew zieht zu Declan nach D.C.«, erklärte sie leise. »Er verlässt die Aglionby.«

Jetzt wurde einiges klarer: Das hier war eine Abschiedsparty.

Im Laufe der nächsten Stunde fügten sich die Fragmente langsam zu einer Geschichte zusammen, zu der jeder von ihnen seinen Beitrag leistete. Kurz gefasst: Die Schober bekamen infolge einer unblutigen Revolution einen neuen Besitzer, nachdem der älteste Sohn abgedankt und die Krone dem Zweitgeborenen überlassen hatte. Außerdem, wenn man Declan glauben konnte, brachten sich rund um ihr Königreich bereits die rivalisierenden Staaten in Position.

Das hier war eine Abschiedsparty und ein Kriegsrat in einem.

Adam traute seinen Augen kaum; er konnte sich nicht erinnern, Ronan und Declan jemals zusammen in einem Raum erlebt zu haben, ohne dass sie sich sofort die Köpfe einschlugen. Aber er hatte die Brüder ohnehin noch nie so erlebt: Declan erleichtert und erschöpft; Ronan energisch und rastlos vor Entschlossenheit und Freude; Matthew unverändert lebensfroh, ganz der schöne Traum, der er war.

Doch irgendetwas schien Adam aus dem Gleichgewicht zu bringen. Er konnte nicht sagen, was es war. Durch das Küchenfenster wehte der Geruch von Buchsbaum herein und er dachte an seine Sitzung in Ronans Auto am Abend zuvor. Unter dem Esszimmertisch hockte das Waisenmädchen und spielte mit einer Schachtel Krimskrams, was ihm den Schock in Erinnerung rief, als er erfahren hatte, dass Ronan Cabeswater nur geträumt hatte. Er befand sich mitten in einem von Ronan Lynchs Träumen; Ronan hatte alles in den Schobern nach seiner Fantasie geformt.

»Warum ist hier keine?«, drang Ronans ungeduldige Stimme aus der Küche.

Matthew murmelte etwas zur Antwort.

Einen Moment darauf hakte Ronan die Finger um den Rahmen der Küchentür und steckte den Kopf nach draußen. »Parrish. Parrish. Kannst du mal losgehen und gucken, ob du irgendwo diese verdammte Alufolie findest? Am besten wahrscheinlich in Matthews Zimmer.«

Adam wusste nicht mehr genau, welches Matthews Zimmer war, aber er war dankbar für den Vorwand, ein bisschen durchs Haus zu stromern. Während die Gespräche in der Küche weitergingen, wanderte er durch Flure, gelangte über verborgene Treppen hinauf in weitere Halbflure, auf weitere Halbtreppen. Unten sagte Ronan etwas, worauf Matthew in derart dreckiges Gelächter ausbrach, dass es wirklich haarsträubend gewesen sein musste. Zu Adams Überraschung hörte er auch Ronan lachen, ein echtes Lachen, unverfälscht und fröhlich.

Er fand sich in einem Raum wieder, der Nialls und Auroras Schlafzimmer gewesen sein musste. Das Licht, das zum Fenster hereinfiel, ergoss sich sanft und schläfrig über die weiße Bettdecke. »Komm hinfort, o Menschenkind!«, lockte ein gerahmter Vers neben dem Bett. Über dem Nachttisch hing ein ebenfalls gerahmtes Foto: Aurora, die exakt aussah wie Matthew, den Mund zu einem breiten, überraschten, arglosen Lachen verzogen. Neben ihr Niall, der sie im Arm hielt und lächelte, seine Gesichtszüge scharf, aber gut aussehend, das dunkle, kinnlange Haar hinter die Ohren gestrichen. Sein Gesicht war Ronans.

Adam stand eine ganze Weile da und sah sich das Foto an, ohne genau sagen zu können, was ihn daran so fesselte. Vielleicht war es die Überraschung, überlegte er, denn er war davon ausgegangen, dass Aurora schon immer eine weiße Leinwand gewesen war, so ruhig und milde, wie sie in Cabeswater wirkte. Natürlich hätte er von selbst darauf kommen können, dass sie durchaus fröhlich und lebhaft gewesen war, nachdem Ronan so lange geglaubt hatte, sie sei real und kein Traumwesen.

Was war überhaupt noch real?

Möglicherweise war es aber auch Niall Lynch, diese ältere Version von Ronan, die ihn gefangen hielt. Die Ähnlichkeit zwischen ihnen war nicht vollkommen, aber so weit vorhanden, dass er Ronans Eigenheiten in seinem Vater wiedererkannte. Dieser wilde, ungebärdige Vater; diese wilde, freudestrahlende Mutter. Etwas in Adam begann zu schmerzen.

Er verstand gar nichts.

Dann fand er Ronans Zimmer. Er wusste sofort, dass es Ronans Zimmer war, angesichts des exzentrischen Durcheinanders darin; alles in allem wirkte es wie ein fröhlicherer Cousin von Ronans Zimmer im Monmouth. In den Ecken und unter dem Bett fanden sich die seltsamsten Objekte: die Träume eines jüngeren Ronan oder vielleicht auch Geschenke von seinem Vater. Adam sah auch ein paar alltägliche Dinge: ein Skateboard, einen abgewetzten Rollkoffer, irgendein kompliziertes Instrument – möglicherweise ein Dudelsack –, zugestaubt in einer offenen Tasche. Adam nahm ein glänzendes Modellauto vom Regal, das sofort eine wunderschöne, fremdartige Melodie zu spielen begann.

Adam musste sich setzen.

Er ließ sich auf den Rand der weißen Daunendecke sinken und ein Rechteck reinweißen Lichts fiel über seine Knie. Er fühlte sich wie betrunken. Alles in diesem Haus wirkte sich seiner Identität, seines Platzes in der Welt so gewiss, so überzeugt, dass es erwünscht war. Auf seinen Knien stand noch immer das Modellauto, obwohl es inzwischen verstummt war. Es war kein spezifisches Fabrikat – sondern jedes Rennauto, das man sich nur vorstellen konnte, zusammengefasst in einer Form, die alles andere als ein beliebiges Rennauto war –, aber es erinnerte Adam an die erste Sache, die er sich jemals selbst gekauft hatte. Es war eine unschöne Erinnerung von der Art, wie seine Gedanken sie manchmal kurz vor dem Einschlafen unbeabsichtigt streiften, wenn sie zufällig in die Nähe schweiften, und dann hastig zurückzuckten, als hätten sie sich verbrannt. Er wusste nicht mehr, wie alt er gewesen war; nur dass seine Großmutter ihm eine Karte mit zehn Dollar darin geschickt hatte, damals, als seine Großmutter noch Karten geschickt hatte. Von dem Geld hatte er sich ein Modellauto gekauft, ungefähr von derselben Größe wie dieses, einen Pontiac. Er wusste nicht mehr, wo er es gekauft hatte oder warum ausgerechnet dieses, oder auch nur, was der Anlass für die Karte gewesen war. Alles, woran er sich erinnerte, war, wie er auf dem Fußboden seines Zimmers gelegen und Reifenspuren in den Teppich gefahren hatte, als er seinen Vater im Zimmer nebenan sagen hörte –

Adams Gedanken schweiften in die Nähe der Erinnerung und zuckten zurück.

Doch er strich über die Motorhaube des Traumautos und ließ den Moment trotzdem Revue passieren. Die Angst vor der Erinnerung war schlimmer als die Erinnerung selbst, denn sie würde nicht von ihm ablassen, bis Adam aufhörte, dagegen anzukämpfen. Manchmal war es besser, gleich zu kapitulieren.

»Ich bereue den Tag, an dem ich dir den Braten in die Röhre geschoben habe«, hatte Adams Vater gesagt. Er hatte dabei nicht geschrien. Er war auch nicht wütend gewesen. Es war lediglich eine Tatsache.

Adam erinnerte sich an den Moment, in dem ihm klar geworden war, dass *er* der Braten war. Er konnte sich nicht mehr wortwörtlich erinnern, was seine Mutter darauf erwidert hatte, nur was der Sinn gewesen war – etwas wie »Ich hatte es mir auch anders vorgestellt« oder »So was wollte ich auch nie«. Glasklar im Kopf geblieben waren ihm lediglich das Auto und das Wort *Braten*.

Adam seufzte. Es war zum Verrücktwerden, dass manche Erinnerungen einfach nicht verblassten. Früher – vielleicht sogar noch vor wenigen Monaten – hätte Adam die Situation wieder und wieder abgespult, wie in einer traurigen, qualvollen Endlosschleife. Sobald er sie einmal zugelassen hätte, wäre sie nicht mehr zu stoppen gewesen. Heute dagegen spürte er den Stich wenigstens nur ein einziges Mal und konnte ihn danach verdrängen, bis er ihn an einem anderen Tag erneut heimsuchte. Langsam, ganz langsam, vollzog sich seine Flucht aus dem Wohnwagen.

Eine Bodendiele knarzte; ein einzelnes Klopfen an der offenen Tür. Adam hob den Kopf und sah Niall Lynch im Durchgang zum Flur stehen. Nein, es war Ronan, eine Gesichtshälfte hell erleuchtet, die andere in tiefen Schatten getaucht. Er wirkte kraftvoll und entspannt zugleich, wie er dastand, barfuß, die Daumen in die Taschen seiner Jeans gehakt, am Handgelenk seine Lederarmbänder.

Wortlos ging er durchs Zimmer und setzte sich neben Adam aufs Bett. Als er die Hand ausstreckte, legte Adam das Modellauto hinein.

»Dieses alte Ding«, sagte Ronan. Er drehte eins der Vorderräder und wieder ertönte die Musik. Ein paar Minuten lang saßen sie einfach da, während Ronan das Auto untersuchte und nacheinander die Räder bewegte, die jedes eine andere Melodie von sich gaben. Adam sah, wie konzentriert Ronan die Nahtstellen begutachtete, seine hellen Augen von Wimpern verdeckt. Dann stieß Ronan den Atem aus, stellte das Auto neben sich aufs Bett und küsste Adam.

Einmal, als Adam noch im Wohnwagenpark gelebt hatte, hatte er gerade den Rasenmäher über den struppigen Rasen geschoben, als ihm mit einem Mal aufgegangen war, dass es in einer Meile Entfernung regnete. Er konnte es riechen: den scharfen Duft von Regen auf Erde, aber auch diesen elektrisch geladenen, rastlosen Ozongeruch. Er konnte es sehen: den verschwommen grauen Wasservorhang, der ihm die Sicht auf die Berge nahm. Er konnte beobachten, wie die Regenwolke durchs Tal zog, über das riesige trockene Feld und geradewegs auf ihn zu. Sie war dunkel und schwer und er wusste, dass er bis auf die Haut durchnässt werden würde, wenn er draußen blieb. Sie kam von so weit her, dass er genug Zeit gehabt hätte, den Rasenmäher wegzubringen und Schutz zu suchen. Stattdessen aber war er einfach stehen geblieben und hatte ihr entgegengesehen. Selbst in der letzten Minute, als er hörte, wie der Regen das Gras niederdrückte, hatte er sich nicht vom Fleck gerührt. Er hatte einfach die Augen geschlossen und sich dem Regen ergeben.

So war der Kuss.

Sie küssten sich noch einmal. Adam spürte es in mehr als seinen Lippen.

Dann löste sich Ronan von ihm, die Augen geschlossen, und schluckte. Adam sah, wie sich seine Brust hob und senkte, wie er die Augenbrauen zusammenzog. Er fühlte sich so hell und träumerisch und unwirklich wie das Licht, das zum Fenster hereinfiel.

Er verstand gar nichts.

Es dauerte lange, bis Ronan die Augen öffnete, und als er es schließlich tat, war der Ausdruck darin kompliziert. Er stand auf. Er sah Adam noch immer an und Adam erwiderte seinen Blick, aber keiner von ihnen sagte etwas. Möglicherweise erwartete Ronan irgendetwas von ihm, aber Adam wusste nicht, was er sagen sollte. Er sei ein Zauberer, hatte Persephone gesagt, und seine Magie finde Verbindungen zwischen völlig ungleichen Dingen. Im Moment allerdings war er zu sehr von weißem, diffusem Licht erfüllt, um irgendwelche logischen Verbindungen zu erkennen. Er wusste, dass von allen Möglichkeiten auf dieser Welt Ronan Lynch die schwierigste war. Er wusste, dass Ronan niemand war, mit dem man Experimente durchführen sollte. Er wusste, dass sein Mund sich noch immer warm anfühlte. Er wusste, dass er ursprünglich an die Aglionby gewollt hatte, um diesen Bundesstaat und alles darin eines Tages so weit hinter sich lassen zu können wie möglich.

Er war ziemlich sicher, dass dies gerade Ronans erster Kuss gewesen war.

»Ich gehe wieder runter«, sagte Ronan.

34

Niall hatte Ronan einmal eine Geschichte erzählt, an die er sich zwar nicht besonders gut erinnern konnte, aber die er sehr mochte. Sie hatte von einem Jungen gehandelt – der Ronan auffallend ähnlich gewesen war, wie so oft in Nialls Geschichten – und von einem alten Mann – der Niall auffallend ähnlich gewesen war, wie so oft in Nialls Geschichten. Vielleicht war der alte Mann ein Zauberer gewesen und der Junge sein Gehilfe, obwohl Ronan das möglicherweise mit einem Film durcheinanderbrachte, den er einmal gesehen hatte. In der Geschichte hatte es einen magischen Lachs gegeben, der den Menschen, der ihn aß, glücklich machen würde. Oder vielleicht auch weise, nicht glücklich. Der alte Mann war jedenfalls zu faul oder beschäftigt oder zu oft auf Geschäftsreisen gewesen, um den Lachs selbst zu fangen, weswegen er den Jungen damit beauftragt hatte. Wenn der Junge den Lachs gefangen hätte, sollte er ihn braten und dem alten Mann servieren. Der Junge tat wie geheißen, doch als er den Lachs aus der Pfanne nahm, verbrannte er sich. Ohne darüber nachzudenken, steckte er den schmerzenden Finger in den Mund, wodurch die Magie des Lachses auf ihn selbst überging.

Ronan hatte das Gefühl, ganz aus Versehen glücklich geworden zu sein.

Die Welt lag ihm zu Füßen.

»Ronan, Bro, was machst du denn da oben?«, rief Declan. »Essen ist fertig!«

Ronan stand auf dem Dach eines der kleinen Geräteschuppen, so weit oben, wie er auf die Schnelle und ohne Flügel hatte gelangen können. Er ließ die Arme nicht sinken. Glühwürmchen, leuchtende Kugeln und seine Traumblume umschwirrten ihn, während er zum rosadurchzogenen Himmel aufsah.

Nach einem Moment gab das Dach ein Ächzen von sich, dann gab Declan ein Ächzen von sich und Ronans älterer Bruder stemmte sich ebenfalls auf den Schuppen. Er starrte jedoch nicht in den Himmel, sondern auf die glühenden Objekte, die um seinen Bruder durch die Luft schwebten.

Er seufzte. »Du hast hier ja ganz schön was zuwege gebracht.« Er streckte die Hand aus, um eins der Glühwürmchen zu fangen. »Oh Mann, Ronan, das ist ja nicht mal ein Insekt.«

Ronan ließ die Arme sinken und betrachtete das Licht, das Declan gefangen hatte. Er zuckte mit den Schultern.

Declan ließ das Licht wieder frei. Es schwebte einen Moment direkt vor ihm und erleuchtete seine scharfen Lynch-Züge – die besorgte Furche zwischen seinen Augenbrauen, die schmalen, stets ein wenig enttäuscht wirkenden Lippen.

»Es will, dass du es mitnimmst«, sagte Ronan.

»Wie soll ich denn eine glühende Kugel mitnehmen?«

»Hier«, entgegnete Ronan. »Warte.«

Er verlagerte kurz das Gewicht, um etwas aus seiner Tasche zu holen, bevor er es Declan hinhielt. Es war aus Metall und sah aus wie eine Hochleistungs-Unterlegscheibe aus einer sonderbaren Maschine, knapp dreieinhalb Zentimeter im Durchmesser, ein Steampunk-Briefbeschwerer.

»Na, das fällt ja gleich viel weniger auf«, bemerkte Declan trocken.

Ronan versetzte dem Objekt einen kräftigen Stups, das sofort, begleitet von einem zischenden Funkenregen, einen kleinen Schwarm Feuerkugeln ausstieß.

»Verdammt, Ronan!« Declan riss das Kinn zur Seite.

»Ach, komm. Dachtest du, ich würde dir das Gesicht wegpusten, oder was?«

Er wiederholte das Ganze, den Stups mit dem Finger, die Wolke aus glühenden Kugeln. Dann drückte er Declan das Objekt in die Hand und, bevor dieser protestieren konnte, aktivierte es gleich noch einmal.

Kugeln fauchten in die Luft. Einen Moment war Declan völlig versunken, umschwirrt von goldenen und weißen, funkensprühenden Sternen, und erst als Ronan die Sehnsucht im Gesicht seines Bruders sah, wurde ihm bewusst, wie viel Declan verpasst hatte, indem er weder als Träumer noch als Geträumter aufgewachsen war. Die Schober waren nie sein Zuhause gewesen. Und die Lynchs hatten sich auch nie bemüht, es dazu zu machen.

»Declan?«, fragte Ronan.

Declans Blick wurde wieder klar. »Das hier ist das Sinnvollste, was du je geträumt hast. Du solltest ihm einen Namen geben.«

»Hab ich schon. STARMASTER. Alles Großbuchstaben.«

»Aber eigentlich bist du doch der Starmaster, oder? Und das da sind nur Sterne.«

»Jeder, der es in der Hand hält, wird zu einem STARMASTER. Und jetzt gerade bist du einer. Kannst du behalten, steck es in die Tasche. D.C. STARMASTER.«

Declan streckte die Hand aus und rubbelte Ronan über den kahl rasierten Schädel. »Du geniales kleines Arschloch.«

Das letzte Mal, als sie zusammen auf diesem Dach gestanden hatten, waren ihre Eltern noch am Leben gewesen, die Kühe auf den

Weiden hatten träge vor sich hin gegrast und ihre Welt hatte wesentlich kleiner gewirkt. Diese Zeit war vorbei, aber zum ersten Mal war es in Ordnung.

Die Brüder blickten eine Weile hinunter auf den Ort, der sie beide hervorgebracht hatte. Dann kletterten sie gemeinsam wieder hinunter.

35

Je nachdem, wo man anfing, war dies eine Geschichte über Neeve Mullen.

Neeve hatte eine Karriere hinter sich, wie sie sich die meisten Wahrsager erträumten. Das lag zum Teil daran, dass sie eine Art der Hellseherei beherrschte, die sich sehr leicht zu Geld machen ließ: Sie hatte einen besonderen Sinn für Zahlen und Buchstaben, konnte anderen Menschen Telefonnummern aus der Tasche ziehen, Geburtsdaten aus den Köpfen und zukünftige Ereignisse mit einem konkreten Datum versehen. Zum Teil lag es aber auch daran, dass sie äußerst zielstrebig und ehrgeizig war. Nichts war ihr je gut genug. Ihre Karriere war ein Glas, das nie voll wurde. Sie hatte mit einer Telefonberatung angefangen, ein paar Bücher geschrieben und schließlich eine eigene, frühmorgendliche Fernsehsendung an Land gezogen. In der Branche genoss sie großen Respekt.

Aber.

Außerhalb dieser Branche würde sie immer nur eine ganz gewöhnliche Wahrsagerin sein. Heutzutage, in diesem Jahrhundert, war selbst die beste aller Wahrsagerinnen so stigmatisiert wie eine Hexe, ohne aber dieselbe Ehrfurcht zu genießen.

Neeve konnte auf die Zukunft und die Vergangenheit und sogar andere Welten zugreifen, es interessierte bloß niemanden. Also hatte sie ein paar Sprüche aufgesagt, die erforderlichen Träume geträumt und ihre spirituellen Führer um Rat gebeten. *Sagt mir, wie ich eine Art von Macht erlangen kann, die die Menschen nicht ignorieren können.*

Henrietta, hatte eine der Stimmen gewispert. Ihr Fernsehbildschirm zeigte nur noch Wetterkarten von Virginia. Sie träumte von der Ley-Linie. Ihre Halbschwester rief an. »Komm nach Henrietta und hilf mir!« Die Spiegel zeigten ihr eine Zukunft, in der aller Augen auf sie gerichtet waren. Das Universum wies ihr den Weg.

Und jetzt stand sie hier in diesem schwarzen Wald, mit Piper Greenmantle und einem Dämon.

Neeve hätte damit rechnen müssen, dass sie aufgrund ihrer Machtbesessenheit eines Tages in die Lage geraten würde, mit einem Dämon zu verhandeln, aber irgendwie war ihr der Gedanke nie gekommen. Zwar war sie selbst keine große Verfechterin von Moral, aber sie war auch nicht blöd: Sie wusste, dass ein solcher Handel böse enden würde. Dieser Weg endete in einer Sackgasse. Und höchstwahrscheinlich mit dem Tod.

Dementsprechend war ihre Laune.

Piper dagegen war nach wie vor mit Begeisterung bei der Sache. Sie hatte ihre ramponierten Klamotten gegen ein perfekt sitzendes himmelblaues Kleid mit dazu passenden Pumps getauscht; ein greller Farbklecks in einer zunehmend farblosen Umgebung. »Schließlich kauft niemand einer Pennerin Luxusobjekte ab«, erklärte sie Neeve.

»Was willst du denn verkaufen?«, fragte Neeve.

»Den Dämon«, antwortete Piper.

Neeve war nicht ganz sicher, ob es ihr an Vorstellungskraft mangelte oder ihre hellseherische Gabe sie im Stich gelassen hatte, aber *damit* hatte sie ebenfalls nicht gerechnet. Pipers Antwort löste ein äußerst ungutes Gefühl in ihr aus. Neeve versuchte, es in Worte zu fassen: »Ich habe allerdings den Eindruck, als wäre der Dämon mit speziell diesem geografischen Punkt verbunden und hätte eine konkrete Funktion, wie zum Beispiel all die Energieartefakte, die mit diesem Ort in Zusammenhang stehen, auszulöschen, weshalb ich es für eher unwahrscheinlich halte, dass du ihn einfach so von hier entfer –«

»Ist die Zeit hier irgendwie komisch?«, fiel Piper ihr ins Wort. »Ich kann gar nicht sagen, ob wir erst seit ein paar Minuten hier sind oder schon viel länger.«

Neeve war sich relativ sicher, dass sie schon wesentlich länger hier waren und dieser Wald ihr Zeitgefühl manipulierte, um Piper von ihrem Plan abzuhalten. Das sagte sie jedoch lieber nicht laut, aus Angst, Piper könnte sich die Information auf irgendeine schreckliche Art zunutze machen. Sie fragte sich, ob sie Piper töten könnte – *wie bitte*? Nein, das fragte sie sich nicht. Das war der Dämon, der ihr etwas einzuflüstern versuchte, wie immer.

Sie fragte sich, was er wohl Piper zuflüsterte.

Neeve starrte den Dämon an. Er starrte zurück. Er wirkte immer mehr, als gehörte er in diesen Wald, was wohl keine gute Nachricht für die Bäume war. Leise sagte sie: »Ich weiß nicht, wie du darauf kommst, dieses Ding verkaufen zu wollen. Das ist doch purer Größenwahn. Du kannst ihn nicht unter deine Kontrolle bringen.«

Das Leisereden hätte sie sich sparen können, denn der Dämon befand sich direkt neben ihnen, aber Neeve konnte nicht anders.

»Ich stehe in seiner Gunst«, sagte Piper. »Das hat er selbst gesagt.«

»Kann sein, aber am Ende verfolgt er doch bloß seine eigenen Ziele. Du bist nur ein Werkzeug.«

Die Gedanken des Dämons strichen wispernd durchs Geäst; die Bäume erschauderten. Ein Vogel stieß einen Schrei aus, aber der Laut wirkte irgendwie falsch, wie umgekehrt. Ein Stück von Neeve entfernt hatte sich im Boden ein Schlund aufgetan, der sich nun langsam öffnete und schloss, gierig, fordernd. Es war unmöglich, aber der Dämon scherte sich nicht darum, was möglich war und was nicht. Der Wald wurde nun von Albtraumregeln regiert.

Piper schien völlig unbekümmert. »Und du bist eine richtige Schwarzseherin. Dämon, mach mir ein Haus. Oder eine Wohnhöhle. Egal was, Hauptsache, es geht schnell. Solange ich endlich mal wieder ein Bad nehmen kann, bin ich glücklich. So sei es, oder wie das heißt.«

Und genau wie Piper verlangt hatte: so war es, oder wie das hieß.

Die Magie des Dämons war anders als jede, die Neeve jemals angewandt hatte. Sie war negativ, eine Art magisches Lastschriftverfahren; ein Objekt auf Basis übernatürlicher Energie wurde weder geschaffen noch zerstört. Wenn sie ein Gebäude wollten, würde der Dämon dafür einen Teil des Waldes benutzen müssen. Und das war nicht schön mit anzusehen. Wenn es bloß darum gegangen wäre, Dinge auszulöschen, wäre Neeve womöglich nicht so erschüttert gewesen. Dies aber war ein grausiger Verwandlungsprozess. Ranken wucherten und wucherten und wucherten, trieben endlos Knospen und Blüten, bis sie selbst daran erstickten und verrotteten. Zarten Dornensträuchern wuchsen rasiermesserscharfe Stacheln, die sich krümmten und bogen, bis sie den Ast aufschlitzten, der sie nährte. Vögel begannen, ihre Gedärme auszuwürgen, die sich daraufhin in Schlangen verwandelten, die die Vögel fraßen und anschließend unter schrecklichen Qualen sich selbst.

Das Schlimmste waren die Bäume. Sie waren heilig – Neeve wusste einfach, dass sie heilig waren – und widersetzten sich länger als der Rest des Waldes. Zuerst begannen sie, schwarzen Saft zu bluten. Dann, nach und nach, verschrumpelten ihre Blätter. Zweige sackten herab und zerfielen zu schwarzem Moder. Borke schälte sich in großen Stücken wie abgestorbene Haut. Die Bäume begannen zu stöhnen. Es war kein Laut, wie ein Mensch ihn je hätte hervorbringen können. Es war nicht direkt eine Stimme. Eher eine *verstimmlichte* Version eines im Wind ächzenden Asts. Es war das Lied eines vom Sturm gefällten Baums.

Dies lief allem zuwider, was Neeve wichtig war.

Dennoch zwang sie sich zuzusehen. Sie war es diesem alten, heiligen Wald schuldig zuzusehen, wie er starb. Sie fragte sich, ob sie hier gelandet war, um ihn zu retten.

Alles war ein Albtraum.

Pipers neues Zuhause entstand in einer tiefen Felskluft, wo irgendein Zauber es in der Luft hielt. Das stuckartige Gebilde war eine seltsame Zusammenführung von Pipers Wünschen und den Wespeninstinkten des Dämons. In der Mitte des Hauptzimmers entstand ein tiefes, tropfenförmiges Badebecken.

Wie es sich für einen guten Kompromiss gehörte, waren beide Seiten angemessen enttäuscht, behielten es jedoch für sich. Pipers Gesicht verzog sich zu einem graziösen Zähnefletschen. Alles, was sie sagte, war: »Prima. Dann sollte ich mich wohl mal wieder bei meinem Vater melden.«

»Anstatt von jemandem Besitz zu ergreifen, könntest du doch auch die Badewanne als Sehschale benutzen«, schlug Neeve eilig vor. Was sie nicht erwähnte, war, dass diese Kommunikationsform wesentlich weniger Energie beanspruchen würde. Damit würden sie sicher keinen Baum retten, aber möglicherweise würde es ihn ein wenig länger am Leben halten.

Die Fühler des Dämons zuckten in Neeves Richtung. Er wusste, was sie vorhatte. Eine Sekunde später drehte sich Piper zu ihr um und musterte sie argwöhnisch; der Dämon hatte eindeutig sofort gepetzt. Neeve erwartete eine abfällige Antwort, aber Piper ließ nachdenklich die Finger über den Rand des Badebeckens gleiten. Dann sagte sie: »Die werden sich sowieso eher rumkriegen lassen, wenn sie mein Gesicht sehen können. Dämon, verbinde mich über das Ding da mit meinem Vater. So sei es, oder wie das heißt.«

Und so war es, oder wie das hieß.

Laumonier war gerade in einer öffentlichen Toilette. Er stand vor dem Spiegel und gleichzeitig vor der Tür nach draußen, um sicherzustellen, dass niemand hereinkam.

Piper spähte ins Becken. »Seid ihr bei Legal Sea Foods? Ohne mich? Ich glaub's nicht!«

»Ja, uns war so nach Austern«, antwortete Laumonier, dessen Stimme aus dem Mund des Dämons kam und nicht aus dem Becken. Er kniff die Augen zu, als versuchte er, die Umgebung, in der sich seine Tochter befand, besser zu erkennen. »Bist du in einem Wespennest?«

»In einem Tempel«, erwiderte Piper.

»Wer wird denn da verehrt?«

»Ich. Ach, danke, dass du gefragt hast. Das war wirklich eine Steilvorlage. Hör mal, ich hab nicht viel Zeit, weil ich wirklich ganz dringend in die Wanne will. Wie ist der Stand bei euch?«

»Wir haben einen Besichtigungstermin für dein Objekt anberaumt«, antwortete Laumonier, der gerade aus einer der Kabinen kam. »Für den Tag nach einer Wahlkampfveranstaltung an irgendeiner Jungenschule, damit die vielen Leute von außerhalb nicht so auffallen. Was genau verkaufen wir denn eigentlich?«

Piper beschrieb den Dämon. Dieser hob währenddessen ab und umkreiste das Becken und Neeve konnte an Laumoniers Gesicht ablesen, dass der Dämon ihm ebenfalls den Dämon beschrieb. Laumonier war sichtlich beeindruckt von seinen manipulierten Gedanken.

»Guter Fund«, lobte Laumonier. »Wir hören uns dann bald wieder.«

Das Bild im Becken verschwand.

»Badezeit«, flötete Piper triumphierend. Sie bat Neeve nicht, sie allein zu lassen, aber Neeve tat es trotzdem. Sie musste hier weg. Sie musste allein sein. Sie musste in Ruhe nachdenken, um sich über einiges klar zu werden.

Sie war nicht sicher, ob sie jemals wieder Ruhe finden würde.

Draußen, am oberen Ende der Wespentreppe, raufte Neeve sich die Haare. Rückblickend war ihr klar, dass sie die Kraft des Universums für eigennützige Zwecke missbraucht hatte. Dass sie nur dadurch hierhergelangt war. Sie konnte nicht böse sein über diese Lektion. Sie würde versuchen müssen, den Wald zu retten. Das stand außer Frage. Sie hätte nicht mit sich weiterleben können in dem Wissen, dass sie tatenlos zugesehen hatte, wie ein solch heiliger Ort zerstört wurde.

Sie floh.

Das war eigentlich nicht ihre Art, aber nachdem sie einmal dabei war, konnte sie kaum glauben, dass sie es nicht schon viel früher getan hatte. Sie hätte sofort fliehen sollen, als sie den Dämon zum ersten Mal gesehen hatte, und erst wieder anhalten sollen, wenn sie ihn nicht mehr in ihrem Kopf gehört hätte. Angst und Ekel holten sie ein, während sie schluchzend und keuchend durch den Wald pflügte. *Dämon, Dämon, Dämon.* Sie hatte solche Angst. Das trockene Laub unter ihren Füßen verwandelte sich in Tarotkarten mit ihrem Gesicht darauf. Sie rutschte auf ihren glatten Oberflächen aus, doch als die Karten unter ihren Schuhen hochwirbelten, waren es wieder bloß Blätter.

»Wasser«, wandte sie sich in Gedanken an den Wald. »Ich brauche einen Spiegel, wenn ich dir helfen soll.«

Die Blätter über ihr rauschten schwach. Ein Regentropfen traf ihre Wange und vermischte sich dort mit ihren Tränen.

»Kein Regen. Wasser für einen Spiegel«, dachte Neeve. Im Rennen sah sie sich um. Stolperte. Sie fühlte sich beobachtet, aber das war ja kein Wunder. Dieser Ort selbst beobachtete sie. Sie schlitterte einen Hang hinunter, bekam bloß Laub zu fassen, das sie immer weiterrutschten ließ, bis sie schließlich vor einem hohlen Baumstumpf landete.

»Wasser, Wasser«, dachte sie. Der Baumstumpf begann, sich vor ihren Augen zu füllen. Neeve tauchte die Hand hinein und betete zu ein paar ausgewählten Göttinnen, dann hielt sie beide Hände darüber. Bilder des Hauses im Fox Way stiegen in ihrem Bewusstsein auf. Der Dachboden, den sie bewohnt, die Rituale, die sie dort durchgeführt hatte. Die Spiegel, die sie aufgestellt hatte, um all die Möglichkeiten zu ergründen, die sie schließlich mit sich gerissen und hierhergebracht hatten.

Sie kämpfte gegen den Drang an, einen Blick hinter sich zu werfen. Sie durfte die Verbindung nicht durchbrechen.

Neeve spürte den Moment, in dem sie durchkam. Sie erkannte das Gesicht nicht, aber das machte nichts. Solange sie nur eine Frau aus dem Fox Way 300 erreichte, würde ihre Information früher oder später zu jemandem gelangen, der etwas damit anfangen konnte. Neeve flüsterte: »Kann mich jemand hören? Hier ist ein Dämon. Er löscht den Wald aus und alles, was damit verbunden ist. Ich werde versuchen –«

»Jetzt mal ehrlich«, ertönte Pipers Stimme, »wenn du ein Problem mit mir hast, wäre es netter gewesen, wenn du damit als Erstes zu mir gekommen wärst.«

Die Verbindung brach ab. Das Wasser im Baumstumpf war nur noch Wasser, auf der Oberfläche bildeten sich Ringe und dann schoss plötzlich der harte, schwarze Panzer des Dämons daraus empor. Seine Antennen zuckten kurz, als er auf ihrem Arm landete. Schwer. Bedrohlich. Er wisperte von grausigen Dingen, die immer mehr zu grausigen Gewissheiten wurden. Auf der anderen Seite des Baumstumpfs erschien Piper, die durchs Laub auf sie zukam. Ihre Haare waren noch nass von ihrem Bad.

Neeve machte sich nicht die Mühe zu betteln.

»Mein Gott, Neeve. Ihr Esotanten kotzt mich echt an.« Piper gab dem Dämon einen Wink. »Lösch sie aus.«

36

Der Abend schien auf seltsame Art *lebendig.*

Declan und Matthew waren weg. Gansey, Blue, Ronan und Adam waren allein in den Schobern zurückgeblieben und saßen im Kreis in dem nach Hickoryholz duftenden Wohnzimmer. Das einzige Licht rührte von Ronans Traumobjekten her. Sie schwebten über ihnen und tanzten im Kamin. Es war, wäre der gesamte Raum von Magie erfüllt, selbst an Stellen, die das Licht gar nicht berührte. Gansey spürte, dass sie alle so glücklich waren wie schon lange nicht mehr, was angesichts der beängstigenden Ereignisse in der Nacht zuvor und Declans unheilvollen Neuigkeiten umso erstaunlicher war.

»Dies ist ein Abend der Wahrheit«, sagte Gansey, wofür die anderen ihn normalerweise ausgelacht hätten. Aber nicht heute Abend. Heute war ihnen allen bewusst, dass sie Teil eines riesigen, langsam arbeitenden Uhrwerks waren, und das ungeheuerliche Ausmaß dieser Erkenntnis verschlug ihnen den Atem. »Lasst uns zusammentragen, was wir wissen.«

Einer nach dem anderen beschrieben sie, was ihnen am vorigen Tag passiert war, langsam, damit Gansey alles in seinem Notizbuch dokumentieren konnte. Während er die Eckdaten notierte – die Ley-Linie, die bei 18:21 stockte, Noahs Angriff, der schwarzblutende Baum, Adams Auge, das ein Eigenleben entwickelte –, begann er die Rolle jedes Einzelnen von ihnen zu erahnen. Wenn er genau genug hinsah, meinte er sogar fast, das Ende erkennen zu können.

Sie diskutierten darüber, ob sie eine Verantwortung gegenüber Cabeswater und der Ley-Linie hatten – ja, darin waren sie sich einig. Darüber, ob Artemus mehr wusste, als er zugab – ja, darin waren sie sich einig. Darüber, ob er jemals von sich aus anfangen würde zu reden – nein, daran hatten sie ihre Zweifel.

Irgendwann zwischendurch stand Ronan auf und begann, auf und ab zu tigern. Adam ging in die Küche und holte sich einen Becher Kaffee. Blue baute sich auf dem Sofa neben Gansey ein Nest aus Sofakissen und legte ihren Kopf auf seinen Schoß.

Es war verboten.

Nein, war es nicht. Langsam schob sich die Wahrheit ans Licht.

Sie redeten auch über Henrietta. Ob es klüger sei, sich vor den Fremden, die auf der Suche nach übernatürlichen Relikten nach Henrietta kamen, zu verstecken oder sie zu bekämpfen. Während sie mit Ideen über geträumte Verteidigungsanlagen, fragwürdige Verbündete, zu Waffen umfunktionierte Monster und säuregefüllte Wassergräben jonglierten, strich Gansey zärtlich über das Haar oberhalb von Blues Ohr. Er achtete darauf, nicht die Haut in der Nähe ihrer Augenbraue zu berühren – wegen ihrer Wunde –, und darauf, nicht Ronans oder Adams Blick zu begegnen – aus Verlegenheit.

Es war nicht verboten. Er durfte sich nach genau dem hier sehnen.

Sie redeten über Henry. Gansey war bewusst, dass er damit Henrys persönlichste Geheimnisse ausplauderte, aber er hatte am Ende des Schultags beschlossen, dass Gansey etwas zu erzählen bedeutete, es auch Adam und Ronan und Blue zu enthüllen. Sie waren eine unzertrennliche Einheit; niemand konnte erwarten, Gansey für sich zu gewinnen, ohne auch die anderen zu überzeugen. Adam und Ronan rissen feixend Witze über Henry (»Er ist zur Hälfte Chinese.« »Welche Hälfte?«); Blue schimpfte sie dafür aus (»Ihr Neidhammel.«); Gansey forderte sie auf, ihre Vorurteile beiseitezulassen und über Henry nachzudenken.

Noch hatte niemand das Wort *Dämon* in den Mund genommen.

Aber es hing in der Luft, unausgesprochen, geformt von allem, was sie sagten. Das Ding, auf dessen Fährte Adam und Ronan sich begeben hatten, das Ding, das Noah besessen hatte, das Ding, das aller Wahrscheinlichkeit nach Cabeswater angriff. Möglicherweise hätten sie es geschafft, das Wort den ganzen weiteren Abend lang zu umschiffen, wenn nicht Maura aus dem Fox Way angerufen hätte. Gwenllian habe etwas in den Spiegeln auf dem Dachboden gesehen, sagte sie. Es habe eine Weile gedauert, bis sie herausgefunden hätten, was es gewesen sei, aber alles deute darauf hin, dass es Neeve war, die sie habe warnen wollen.

Dämon.

Auslöscher.

Es löscht den Wald aus und alles, was damit verbunden ist.

Diese Neuigkeit ließ Ronan stehen bleiben und Adam komplett verstummen. Weder Blue noch Gansey unterbrachen die seltsame Stille, bis schließlich Adam sagte: »Ronan, ich glaube, du solltest es ihnen auch sagen.«

Wenn Ronans Miene überhaupt eine Emotion preisgab, dann war es Widerwille. Es war so anstrengend – Gansey sah den Ablauf des Streits, der sich zusammenbraute, bis ins Detail vor sich. Adam würde einen kalten, aber wahren ersten Schuss abgeben, woraufhin Ronan eine Obszönitätensalve abfeuern würde, dann würde Adam Öl auf die schwelende Spur des Projektils gießen und am Ende würde der Brand für Stunden weitertoben.

Doch Adam sagte bloß ernst: »Es ändert doch nichts, Ronan. Wir sitzen hier mit deinen Traumlichtern um uns rum und draußen im Flur hockt ein Mädchen mit Hufen und isst Styropor. Wir fahren mit einem Auto, das du hergeträumt hast. Sie werden überrascht sein, aber es wird nichts daran ändern, wie sie dich sehen.«

»Du hast nicht besonders gut darauf reagiert«, konterte Ronan.

Als Gansey seinen verletzten Ton hörte, hatte er auf einmal eine Erleuchtung in Bezug auf Ronan.

»Da hatte ich gerade ziemlich viel anderes um die Ohren«, entgegnete Adam. »Das hat es ein bisschen schwierig gemacht.«

Gansey hatte definitiv eine Erleuchtung in Bezug auf Ronan.

Blue und er wechselten einen Blick. Blues Augenbraue war bis unter ihre Ponyfransen hochgerutscht; das zweite Auge war noch immer zugeschwollen, was sie sogar noch neugieriger wirken ließ, als es normalerweise der Fall gewesen wäre.

Ronan zupfte an seinen Lederarmbändern. »Ach, was soll's. Ich hab Cabeswater geträumt.«

Wieder war es mucksmäuschenstill im Raum.

Auf irgendeiner Ebene glaubte Gansey zu verstehen, warum Ronan ihnen das verheimlicht hatte: Die Fähigkeit, einen magischen Wald aus seinem Kopf in die Wirklichkeit zu holen, ließ einen nun mal in einem ziemlich übernatürlichen Licht erscheinen. Auf allen anderen Ebenen jedoch war Gansey verwirrt. Er hatte das Gefühl, gerade ein Geheimnis erfahren zu haben, das er eigentlich längst gekannt hatte. Er konnte nicht sagen, ob Cabeswater ihnen die Wahrheit bei ihren Besuchen bereits zugeflüstert hatte oder ob es daran lag, dass die Beweislast inzwischen dermaßen erdrückend gewesen war, dass sein Unterbewusstsein die Möglichkeit längst ausgepackt und in Besitz genommen hatte, bevor das Paket offiziell geliefert worden war.

»Wenn man bedenkt, dass du stattdessen ein Heilmittel für Krebs hättest träumen können«, bemerkte Blue.

»Pass mal auf, Sargent«, blaffte Ronan. »Ich wollte dir gestern Nacht eigentlich eine Salbe für dein Auge träumen, weil die moderne Medizin dir ja offensichtlich einen Dreck weiterhilft, aber dann konnte ich meinen Arsch gerade noch vor einer Schlange aus dem vierten Vorhof der Traumhölle retten, also darfst du dich gerne bei mir bedanken.«

Blue wirkte aufrichtig gerührt. »Wow, danke, Mann.«

»Kein Ding, Bro.«

Gansey tippte mit dem Stift auf sein Notizbuch. »Wo wir gerade alle so offen sind – hast du sonst noch irgendwelche geografischen Erscheinungsformen geträumt, von denen wir wissen sollten? Berge? Gewässer?«

»Nein«, sagte Ronan. »Aber Matthew.«

»Mein Gott«, sagte Gansey. Er existierte in einem Zustand permanenter Unmöglichkeit, nur um manchmal auf ein Level noch höherer Unmöglichkeit katapultiert zu werden. Das alles war schwer zu glauben, aber wenn er ehrlich sein sollte, war schon seit Monaten vieles schwer zu glauben gewesen. Er hatte längst für sich beschlossen, dass Ronan anders war als sie alle; dies war nur ein weiterer untrüglicher Beweis. »Heißt das, du weißt, was die Visionen in diesem Baum bedeuten?«

Er meinte den hohlen Baum, der jedem, der ihn betrat, Visionen zeigte; sie hatten ihn entdeckt, als sie Cabeswater das erste Mal erforscht hatten. Gansey hatte zwei Visionen in einer bekommen: eine, in der er kurz davor gewesen war, Blue Sargent zu küssen, und eine, in der er kurz davor gewesen war, Owen Glendower zu finden. Er war sehr erpicht auf beides. Und beides hatte sich sehr real angefühlt.

»Albträume«, entgegnete Ronan ausweichend.

Blue und Adam blinzelten. »Albträume?«, wiederholte Blue. »Das ist alles? Keine Zukunftsvisionen?«

»Als ich diesen Baum geträumt habe, war das alles, was er konnte«, erwiderte Ronan. »Worst-Case-Szenarios. Irgendeine gequirlte Scheiße, von der Cabeswater dachte, dass es euch damit am meisten aus der Bahn wirft.«

Gansey war nicht ganz sicher, ob er eine seiner Visionen als Worst-Case-Szenario bezeichnet hätte, aber ein bisschen aus der Bahn geworfen hatten sie ihn tatsächlich. Blues nachdenklicher Blick bestätigte ihm, dass es ihr genauso ging. Adam dagegen stieß einen so tiefen Seufzer aus, dass es schien, als hätte er seit Monaten die Luft angehalten. Was kaum überraschend war. Adams Leben war bereits ein Albtraum gewesen, als er den Baum betreten hatte. Die gequirlte Scheiße, die das noch übertroffen hätte, musste schon richtig übel gewesen sein.

»Meinst du, du könntest –«, setzte Gansey an, hielt dann jedoch wieder inne und überlegte kurz. »Meinst du, du könntest irgendwas träumen, um Cabeswater zu beschützen?«

Ronan zuckte mit den Schultern. »Schwarzes Zeug in Cabeswater bedeutet schwarzes Zeug in meinen Träumen. Wie schon gesagt, ich hab's gestern nicht mal zu ein bisschen Augapfelbalsam für Sargent gebracht und das war echt Pipifax. Jedes Kind hätte das herträumen können. Aber ich hab's nicht geschafft.«

»Ich kann ja versuchen, dir zu helfen«, erbot sich Adam. »Vielleicht kann ich ja die Energie so weit bereinigen, dass du was damit anfangen kannst, während du träumst.«

»Der Plan kommt mir so unausgegoren vor«, sagte Gansey. Was er eigentlich meinte, war: *Das Monster kommt mir so mächtig vor.*

Blue setzte sich auf und presste stöhnend die Hand auf ihr Auge.

»*Unausgegoren* klingt doch super. Ich glaube sowieso nicht, dass wir irgendwas *Ausgegorenes* unternehmen sollten, bevor wir nicht mit Mom geredet haben. Ich will erst mal genauer wissen, was Gwenllian gesehen hat. Ach, verdammt. Ich glaube, du musst mich nach Hause bringen, Gansey. Mein Auge treibt mich echt in den Wahnsinn und macht mich viel müder, als ich eigentlich bin. Tut mir leid, Leute.«

Doch ohne neue Informationen waren ohnehin keine neuen Ideen zu erwarten, also nahmen die anderen Blues Aufbruch zum Anlass, ebenfalls aufzustehen und sich zu strecken. Blue war gerade auf dem Weg zur Küche, als Ronan an ihr vorbeipreschte und sie absichtlich mit der Hüfte rammte. »Blödmann«, schimpfte sie und er lachte ausgelassen.

Gansey war zutiefst gerührt über diesen Laut, ausgerechnet hier, ausgerechnet in den Schobern, in einem Zimmer, das gerade mal fünfzehn Meter von dem Ort entfernt war, an dem Ronan seinen Vater tot aufgefunden hatte und sein Leben in Scherben zersprungen war. Inzwischen war sein Lachen wieder ein Wegwerflaut, vollkommen beiläufig, was darauf hoffen ließ, dass es dort, wo es herkam, noch mehr davon gab. Die Wunde verheilte, entgegen allen Erwartungen; das Opfer würde überleben.

Adam und er blieben im Wohnzimmer stehen und dachten nach. Von einem Fenster aus konnte man auf den dunklen Parkplatz blicken, wo der BMW, Adams Schrottkarre und, in gewohnter Pracht, der Camaro warteten. Im Verandalicht glich Pig einer Rakete; Ganseys Herz war noch immer voller Hoffnung und Magie, heller wie dunkler.

»Du weißt von Blues Fluch, oder?«, fragte Adam leise.

Wenn du deine wahre Liebe küsst, muss der Junge sterben.

Ja, er wusste davon. Er wusste auch, warum Adam fragte, und war versucht, ihn mit Witzchen und albernen Sprüchen abzuspeisen, weil es nämlich seltsam unangenehm war, mit ihm über Blue zu reden. Über Blue und sich. Er war drauf und dran, sich in einen Sechstklässler zurückzuverwandeln. Aber dies war ein Abend der Wahrheit und Adams Stimme klang ernst, darum sagte er bloß: »Ja.«

»Glaubst du, damit bist du gemeint?«, fragte Adam.

Gansey zögerte, bevor er antwortete: »Ja, glaube ich.«

Adam sah hinter sich, um sich zu vergewissern, dass Ronan und Blue noch in der Küche waren; waren sie. »Und was ist mit dir?«

»Wie, mit mir?«

»Der Fluch besagt nur, dass du *ihre* wahre Liebe bist. Aber was ist mit dir? Liebst *du* sie?« Adam sprach das Wort *liebst* sehr akkurat aus, wie ein unbekanntes Element aus dem Periodensystem. Gansey erwog die Möglichkeit, ihm die Antwort zu verweigern, erkannte jedoch nach einem Blick in Adams Gesicht, dass diesem die Sache erstens am Herzen lag und seine Frage, zweitens, wahrscheinlich auf etwas völlig anderes abzielte.

»Ja«, sagte Gansey schlicht.

Jetzt wandte sich Adam ihm zu, sein Blick war durchdringend. »Aber was heißt das überhaupt? Woher weißt du, dass es anders ist, als bloß mit ihr befreundet zu sein wollen?«

Spätestens jetzt war klar, dass Adams Gedanken in eine vollkommen andere Richtung gingen, und Gansey war nicht ganz sicher, was er sagen sollte. Die Situation erinnerte ihn kurz daran, wie er in dem Priesterloch gestanden hatte und Henry nichts von ihm gewollt hatte, außer dass er ihm zuhörte. Aber das hier war anders. Adam wollte etwas. Also versuchte er, die richtigen Worte zu finden. »Ich glaube … sie erfüllt mich irgendwie mit Ruhe. So wie Henrietta.« Er hatte Adam schon einmal davon erzählt, von dem Moment, in dem er zum ersten Mal die Stadt betreten und etwas in ihm plötzlich Ruhe gefunden hatte – etwas, von dem er nicht einmal gewusst hatte, dass es unruhig gewesen war. Adam hatte es nicht nachvollziehen können, aber andererseits hatte Henrietta für ihn auch eine völlig andere Bedeutung.

»Das ist alles? So einfach ist das?«

»Ich *weiß* es nicht, Adam! Du verlangst hier von mir, ein abstraktes Konzept zu definieren, das zu erklären noch nie einem Menschen gelungen ist. Ich fühle mich ein bisschen überrumpelt«, sagte Gansey. »Warum atmen wir Luft? Weil wir Luft mögen? Weil wir nicht ersticken wollen. Warum essen wir? Weil wir nicht verhungern wollen. Woher ich weiß, dass ich sie liebe? Weil ich schlafen kann, nachdem ich mit ihr geredet habe. Wieso willst du das wissen?«

»Ach, nur so«, erwiderte Adam, was so offensichtlich gelogen war, dass sie daraufhin wieder schweigend auf den Hof hinausstarrten. Er tippte sich mit den Fingern einer Hand in die andere Handfläche.

Normalerweise hätte Gansey ihm Zeit gelassen, um seine Gedanken zu ordnen; zu versuchen, Adam oder auch Ronan etwas zu entlocken, solange sie noch nicht bereit waren, es auszusprechen, hatte noch nie viel Sinn gehabt. Jetzt aber war es spät und Gansey hatte keine Zeit, Monate zu warten, bis Adam endlich mal mit dem Anstoß für dieses Gespräch um die Ecke kam. Darum sagte er: »Ich dachte, das hier ist ein Abend der Wahrheit.«

»Ronan hat mich geküsst«, sagte Adam abrupt. Die Worte hatten sich offenbar schon lange in ihm angestaut. Er starrte betont interessiert in den Garten. Als Gansey nicht sofort reagierte, fügte er hinzu: »Und ich hab ihn zurückgeküsst.«

»Wow«, sagte Gansey. »Wow.«

»Bist du überrascht?«

Gansey war in erster Linie überrascht, dass Adam ihm davon erzählt hatte. Er selbst hatte mehrere Monate gebraucht, um sich dazu durchzuringen, den anderen zu beichten, dass er mit Blue zusammen war, und selbst dann hatte er es erst unter extremem Druck getan. »Nein. Doch. Ich weiß nicht. Ich glaube, ich habe heute einfach so viele Überraschungen erlebt, dass ich es gar nicht mehr beurteilen kann. Warst du denn überrascht?«

»Nein. Doch. Ich weiß nicht.«

Nachdem Gansey eine Sekunde Zeit gehabt hatte, um darüber nachzudenken, hatte er eine gewisse Vorstellung davon, wie diese Sache enden könnte. Er dachte an Adam, den Wissenschaftler. Und an Ronan, leidenschaftlich, loyal, zerbrechlich. »Mach ihn nicht kaputt, Adam.«

Adam sah weiter aus dem Fenster. Der einzige Hinweis darauf, wie fieberhaft sein Gehirn arbeitete, waren seine fest miteinander verknoteten Finger. »Ich bin kein Idiot, Gansey.«

»Ich mein's ernst.« Ganseys Fantasie war vorausgeeilt in eine Zukunft, in der Ronan möglicherweise ohne ihn weiterleben musste, ohne Declan, ohne Matthew, dafür aber mit einem frisch gebrochenen Herzen. »Er ist nicht so tough, wie er sich gibt.«

»Ich *bin kein Idiot*, Gansey.«

Gansey hielt Adam keineswegs für einen Idioten. Aber er war selbst schon so oft von ihm verletzt worden, ohne dass das auch nur Adams Absicht gewesen war. Einige der schlimmsten Wunden hatte er sich zugezogen, eben *weil* es Adam nicht im Geringsten bewusst war, dass er welche verursachte.

»Ich halte dich für das Gegenteil von einem Idioten«, erwiderte Gansey. »Was anderes wollte ich gar nicht andeuten. Ich meinte nur …«

Alles, was Ronan je über Adam gesagt hatte, setzte sich zu einem völlig neuen Bild zusammen. Was für eine seltsame Konstellation sie alle doch waren.

»Ich hab nicht vor, ihn fertigzumachen. Was glaubst du, warum ich dir das überhaupt erzähle? Ich habe einfach keine Ahnung, was ich selbst …« Adam brach ab. Dies war ein Abend der Wahrheit, aber ihnen beiden waren die Dinge ausgegangen, derer sie sich sicher sein konnten.

Wieder blickten sie aus dem Fenster. Gansey holte ein Minzblatt aus der Tasche und steckte es in den Mund. Dieses magische Gefühl, das er am Anfang des Abends gespürt hatte, war noch stärker geworden. Alles war möglich, gut wie schlecht.

»Ich glaube«, sagte Gansey dann mit Bedacht, »dass du hauptsächlich zu dir selbst ehrlich sein musst. Das ist alles, was du tun kannst.«

Adam löste seine verknoteten Hände. »Ich glaube, genau das musste ich hören.«

»Stets zu Diensten.«

»Ich weiß.«

In der darauffolgenden Stille hörten sie Blue und Ronan in der Küche mit dem Waisenmädchen reden. Das freundliche, vertraute Murmeln ihrer Stimmen hatte etwas Tröstliches an sich und Gansey spürte abermals das beklemmende Zupfen der Zeit. Als hätte er diesen Moment schon einmal durchlebt oder würde es in der Zukunft erneut tun. Dieser Moment, in dem wollen und haben eins waren. Staunend stellte er fest, dass er endlich das Glendower-Kapitel abschließen wollte. Er wollte den Rest seines Lebens. Bis zu diesem Abend war ihm nie klar gewesen, dass es in seinem Leben noch etwas anderes geben könnte.

Er sagte: »Ich glaube, es wird Zeit, dass wir Glendower finden.«

Adam sagte: »Ich glaube, da hast du recht.«

37

Je nachdem, wo man anfing, war dies eine Geschichte über Henry Cheng.

Henry war noch nie gut mit Worten gewesen. Typisches Beispiel: In seinem ersten Monat an der Aglionby hatte er versucht, diesen Umstand Jonah Milo, seinem Englischlehrer, zu erklären, der daraufhin erwidert hatte, Henry sei zu streng mit sich selbst. »Du hast doch einen großartigen Wortschatz«, hatte Milo gesagt. Henry wusste, dass er einen großartigen Wortschatz hatte. Aber das war nun mal nicht dasselbe, wie über die richtigen Worte zu verfügen, um sich anderen verständlich zu machen. »Du drückst dich sehr gut aus für jemanden deines Alters«, hatte Milo hinzugefügt. »Ach was, selbst für jemanden meines Alters.« Aber nur zu *klingen*, als sagte man das, was man dachte, war nun mal nicht dasselbe, als tatsächlich das zu sagen, was man dachte. »Das geht einer Menge Leute so, die Englisch als Fremdsprache erlernt haben«, hatte Milo schließlich gesagt. »Meine Mom hat auch immer gemeint, sie könne auf Englisch nicht richtig sie selbst sein.«

Aber das Problem war nicht, dass Henry im Englischen nicht richtig er selbst sein konnte. Er war beim *Sprechen* nicht er selbst. Seine Muttersprache war *Denken*.

Und genau aus diesem Grund hätte er niemandem erklären können, wie es sich anfühlte, in Richard Ganseys königliche Familie aufgenommen werden zu wollen. Ihm fehlten schlicht die Worte, um seine Gründe dafür zu artikulieren, dass er Gansey im Keller des Borden House sein größtes Geheimnis anvertraut hatte. Er konnte nicht beschreiben, wie schwer ihm nun das Abwarten fiel, ob sein Freundschaftsangebot akzeptiert werden würde.

Was bedeutete, dass er eine ganze Menge Zeit totzuschlagen hatte.

Also versuchte er, sich abzulenken.

In Geschichte begeisterte er Murs mit seinen detaillierten Ausführungen über die Verbreitung von Unterhaltungselektronik in den Industrieländern; im Sekretariat verärgerte er Adler mit seinen detaillierten Ausführungen über die Diskrepanz zwischen dem Aglionby-Budget für Werbung und dem für Stipendien. Auf der Tribüne bei Kohs Fußballturnier schrie er sich heiser (sie verloren trotzdem) und zu guter Letzt sprühte er »ALLES ARSCHGEIGEN« auf einen Müllcontainer hinter einem Eiscafé.

Es war noch so viel Tag übrig. Wartete er darauf, dass Gansey anrufen würde? Er konnte nicht in Worte fassen, was er erwartete. Ein Wetterphänomen. Nein. Klimawandel. Eine revolutionäre Veränderung in der Anbauweise von Getreide im Nordwesten.

Die Sonne ging unter. Die Vancouver-Jungs fanden sich nach und nach im Litchfield House ein, um sich zu Henrys Füßen zusammenzurotten und seine Befehle abzuwarten. Henry hatte zu zwanzig Prozent ein schlechtes Gewissen dafür, dass er sich so dringend mit Gansey und Sargent und Lynch und Parrish anfreunden wollte. Die Vancouver-Jungs waren eine coole Truppe. Sie waren nur einfach nicht genug, aber er konnte nicht in Worte fassen, warum. Weil sie bedingungslos zu ihm aufsahen? Weil sie seine Geheimnisse nicht kannten? Weil er keine Anhänger mehr wollte, sondern Freunde? Nein. Das war noch nicht alles.

»Bring den Müll raus«, forderte Mrs Woo Henry auf.

»Ich hab zu tun, Tantchen«, erwiderte Henry, obwohl er sich gerade in Boxershorts Let's Play-Videos ansah.

»Genau, mit denen hier«, sagte sie und ließ zwei Müllsäcke neben ihm zu Boden plumpsen.

Also trat er kurz darauf in nichts als einem Madonna-T-Shirt und seinen schwarzen Lieblings-Sneakers aus der Hintertür auf den Kiesparkplatz. Der Himmel war grau-violett. Irgendwo in der Nähe gurrte verträumt eine Trauertaube. Die Emotionen, für die Henry keine Worte hatte, stiegen dennoch in ihm hoch.

Die Einzige, die wusste, wovon Henry redete, wenn er behauptete, nicht gut mit Worten zu sein, war seine Mutter. Sie hatte ständig versucht, seinem Vater etwas zu erklären, besonders als sie beschlossen hatte, Seondeok zu werden statt seine Frau. »Genau das meine ich«, hatte sie immer gesagt, »aber da ist noch mehr.« Dieser Ausdruck hatte sich in Henrys Kopf eingenistet. Dieses *mehr* drückte perfekt aus, warum er nie sagen konnte, was er dachte – dieses *mehr* war schon per definitionem anders als alles, was man bereits in der Hand hatte.

Er stieß einen langen Atemzug aus, um seinen Emotionen Luft zu machen, und stapfte dann über den Kies zu den Mülltonnen.

Als er sich umdrehte, stand ein Mann in der Tür, aus der er gerade gekommen war.

Henry blieb stehen. Er kannte den Namen des Mannes nicht – er war weiß, drahtig, beherrscht –, aber er hatte das Gefühl zu wissen, was für ein *Typ* Mann er war. Noch heute Vormittag hatte er Richard Gansey von der Arbeit seiner Mutter erzählt und jetzt, wenige Stunden später, stand er jemandem gegenüber, der zweifellos wegen der Arbeit seiner Mutter hier war.

»Können wir zwei uns mal ein bisschen unterhalten?«, fragte der Mann.

»Nein«, antwortete Henry. »Können wir nicht.« Er wollte nach dem Handy in seiner Hosentasche greifen, als ihm bewusst wurde, dass er gar keine Hose anhatte. Er sah hoch zu den Fenstern. Nicht weil er auf Hilfe hoffte – keiner in diesem Haus wusste genug über Henrys Mutter, um auch nur zu ahnen, in welcher Gefahr er sich gerade befand, selbst wenn jemand direkt zu ihnen hinuntergesehen hätte –, sondern auf der Suche nach gekippten Fenstern, durch die die RoboBee zu ihm gelangen könnte.

Der Mann hob demonstrativ die Hände, um zu zeigen, dass er nicht bewaffnet war. Als ob das irgendetwas geändert hätte. »Ich kann dir versichern, dass wir dieselben Ziele verfolgen.«

»Mein Ziel für heute Abend war, mir den Walkthrough zu *End-Warden II* zu Ende anzugucken. Nicht zu fassen, dass ich endlich jemanden gefunden habe, der meine Begeisterung dafür teilt.«

Der Mann musterte ihn. Er schien seine Möglichkeiten abzuwägen. »Mir ist zu Ohren gekommen, dass hier in Henrietta irgendwas im Gange ist. Und ich mag es nicht, wenn fremde Leute in Henrietta Sachen in Gang bringen. Ich könnte mir vorstellen, dass es dir ebenfalls lieber wäre, wenn keiner in deinem Leben herumpfuscht.«

»Und trotzdem«, merkte Henry an, »stehen wir jetzt hier.«

»Meinst du, wir können die Sache auf die sanfte Tour hinter uns bringen? Würde mir eine Menge Mühe ersparen.«

Henry schüttelte den Kopf.

Der Mann seufzte. Bevor Henry reagieren konnte, war der Fremde bei ihm, schloss Henry nicht sehr liebevoll in die Arme und führte ein halbherziges Manöver durch, das Henry ein leises Quieken entlockte und, seine Schulter umklammernd, rückwärtsstolpern ließ. Andere hätten vielleicht geschrien, aber Henry war genauso fest entschlossen, seine Geheimnisse für sich zu behalten, wie der Mann.

»Verschwende bitte nicht meine Zeit«, sagte der Mann, »ich habe schließlich ganz höflich gefragt.«

»RoboBee«, dachte Henry angestrengt. »Komm zu mir.«

Irgendwo im Haus musste doch ein Fenster offen sein; Mrs Woo drehte immer die Heizung bis zum Anschlag auf.

»Falls Sie versuchen, mir ein Geheimnis zu entlocken«, entgegnete Henry, während er sich vorsichtig die Schulter rieb, »verschwenden Sie selbst Ihre Zeit.«

»Verdammt noch mal«, fluchte der Mann. Dann bückte er sich und zog eine Pistole aus dem Stiefel. »Normalerweise löse ich solche Probleme absolut ehrenhaft. Aber jetzt steig bitte einfach in mein Auto oder ich erschieße dich.«

Die Pistole gewann, wie in den allermeisten Fällen. Henry warf einen letzten Blick zurück zum Haus, bevor er sich auf den Weg über die Straße zum Auto machte. Er erkannte den weißen Wagen, auch wenn er nicht verstand, was das zu bedeuten hatte. Er öffnete eine der hinteren Türen.

»Nimm den Beifahrersitz«, hielt ihn der Mann zurück. »Wie gesagt, ich will mich mit dir unterhalten.«

Henry gehorchte und blickte ein drittes Mal zum Haus zurück, während sich der Mann hinters Steuer setzte und losfuhr. Er stellte das Radio leiser (Jemand sang: »*Yes, I'm a lover not a fighter*«) und sagte dann: »Ich will bloß wissen, mit wem wir hier rechnen müssen und ob es Ärger geben wird. Ansonsten habe ich nicht vor, jemals wieder mit dir in Kontakt zu treten.«

Henry sah einen Moment lang aus dem Fenster bevor er sich anschnallte. Dann zog er die Knie an und schlang die Arme um seine nackten Beine. Er begann, ein wenig zu zittern. Der Mann drehte die Heizung auf.

»Wo bringen Sie mich hin?«, fragte Henry.

»Wir fahren ein paarmal um den Block, wie alle vernünftigen Menschen das machen, wenn sie sich in Ruhe unterhalten wollen.«

Henry dachte an das Loch im Boden.

»Ich hab noch nie eine vernünftige Unterhaltung mit jemandem geführt, der eine Pistole in der Hand hatte.« Wieder sah er aus dem Fenster und reckte den Hals, um nach hinten zu sehen. Abgesehen vom Licht der Straßenlaternen war es dunkel. Bald würde er zu weit weg sein, um noch mit der RoboBee kommunizieren zu können, aber er schickte trotzdem eine letzte telepathische Bitte ab: »Finde jemanden, damit das hier aufhört.«

Laut ausgesprochen hätte diese Bitte nicht viel Sinn ergeben, in Henrys Kopf dagegen schon und das war alles, was für die Biene zählte.

»Hör mal«, sagte der Mann. »Das mit deiner Schulter tut mir leid. War so ein Reflex.«

Vom oberen Rand der Windschutzscheibe ertönte ein metallisches *Klink*. Während der Mann sich vorbeugte, um zu sehen, was den Wagen getroffen hatte, setzte Henry sich auf. Als er sich ebenfalls nach vorn lehnte, sah er drei dünne schwarze Linien am Rand der Scheibe.

Ein Handy begann zu klingeln.

Der Mann gab einen ungeduldigen Laut von sich, bevor er nach dem Handy griff, das auf der Mittelkonsole lag. Wer auch immer dran war, schien wichtig zu sein, denn der Mann nahm den Anruf tatsächlich entgegen und klemmte sich das Telefon zwischen Ohr und Schulter, um beide Hände zum Fahren frei zu haben. »Das ist eine ziemlich seltsame Frage«, sagte er ins Telefon.

Henry nutzte die Gelegenheit, um sein Fenster ein Stück hinunterzufahren. Sofort surrte die RoboBee von der Windschutzscheibe durch den Schlitz.

»Hey –«, sagte der Mann.

Die Biene flog schnurstracks in Henrys Hand. Erleichtert drückte er sie sich an die Brust. Ihr Gewicht verhieß Sicherheit.

Der Mann warf ihm einen stirnrunzelnden Blick zu und sagte dann zum Anrufer: »Ich habe seit Jahren niemanden mehr gekidnappt, aber, tja, jetzt gerade habe ich einen Jungen in meinem Auto.« Pause. »Diese Annahmen sind beide korrekt. Ich habe nur versucht, ein paar Gerüchten nachzugehen. Willst du vielleicht mit ihm reden?«

Henrys Augenbrauen schossen nach oben.

Der Mann reichte ihm das Handy.

»Hallo?«, meldete sich Henry.

»Ah, ja«, sagte Gansey am anderen Ende. »Wie ich höre, hast du Mr Gray kennengelernt.«

38

Als Blue und Gansey sich im Fresh Eagle mit dem grauen Mann und Henry trafen, trug Letzterer bereits wieder eine Hose. Der Lebensmittelladen war fast komplett leer und von jener glitzernden Zeitlosigkeit, wie sie für solche Geschäfte zu vorgerückter Stunde typisch war. Aus den Lautsprechern an der Wand dudelte ein Lied von Billy Ocean, der eine Frau beschwor, aus seinen Träumen zu verschwinden und stattdessen in sein Auto steigen. Die einzige andere Person im Laden war eine Kassiererin, die nicht mal aufsah, als sie durch die automatische Schiebetür traten. Sie fanden Henry vor dem Cornflakesregal, der dort auf sein Handy starrte, und Mr Gray am Ende desselben Gangs, in der Hand eine Packung Haferflocken, deren Etikett er ernsthaft interessiert zu lesen schien. Keiner von ihnen wirkte in irgendeiner Weise auffällig. Mr Gray verschmolz mit seiner Umgebung, weil es nun mal sein Job war, mit der Umgebung zu verschmelzen. Henry dagegen verschmolz mit gar nichts. Alles an ihm – von der schnieken Jacke über das Madonna-T-Shirt bis hin zu den schwarzen Sneakers – stank nach Geld, aber gerade das führte dazu, dass er nicht auffiel: In Henrietta war man an das Zurschaustellen von Aglionby-Geld gewöhnt.

Henry hatte eine Schachtel Cornflakes aus dem Regal genommen, die schlecht für die Gesundheit, aber umso besser für die Kombination mit Marshmallows waren. Als er Blue und Gansey sah, stellte er sie zurück. Er wirkte noch hibbeliger als auf der Togaparty, was, wie Blue vermutete, wohl eine Nebenwirkung der vorgehaltenen Waffe von zuvor war.

»Was ich mich die ganze Zeit frage«, sagte Gansey, »ist, was ich um elf Uhr abends im superfreshen Eagle mache.«

»Was ich mich die ganze Zeit frage«, entgegnete Henry, »ist, wie ich um ich-weiß-nicht-mal-wie-viel-Uhr im Auto von einem Schlägertypen landen konnte. Sargent, bitte sag mir, dass du nicht auch zu dieser schmierigen Diebesbande gehörst.«

Blue, die Hände in den Taschen ihres Kapuzenpullis, zuckte entschuldigend mit den Schultern und deutete auf den grauen Mann. »Meine Mom hat was mit ihm.«

»Was für ein inzestuöser Haufen wir doch sind«, bemerkte Gansey, dessen Stimme abgehackt, elektrisiert klang. Nach dem Abend in den Schobern war er noch immer aufgewühlt und Henrys Gegenwart verstärkte das Gefühl noch. »Ich hätte mir gewünscht, dass die nächste Phase unserer Freundschaft anders aussehen würde. Mr Gray?«

Er musste Mr Grays Namen noch einmal wiederholen, denn wie sich herausstellte, hatte der graue Mann tatsächlich nicht nur so getan, als hätte er das Etikett der Packung Haferflocken gelesen; er war regelrecht darin versunken gewesen.

Jetzt jedoch trat er zu ihnen. Blue und er umarmten sich kurz und dann nahm er sie bei den Schultern und drehte sie ins Licht, um die genähte Wunde über ihrer Augenbraue zu begutachten. »Saubere Arbeit.«

»Ja?«

»Wahrscheinlich wirst du nicht mal eine Narbe davon zurückbehalten.«

»Verdammt«, sagte Blue.

»War der Fresh Eagle Ihre Idee oder Henrys?«, erkundigte sich Gansey.

»Ich dachte mir, das wäre ein guter Treffpunkt nach der ganzen Aufregung«, antwortete Mr Gray. »Hell erleuchtet, kameraüberwacht, aber ohne Tonaufzeichnung. Hier ist man sicher und gleichzeitig ungestört.«

So hatte Blue den Fresh Eagle noch nie betrachtet.

»Tut mir leid, dass ich dir so einen Schreck eingejagt habe«, fügte Mr Gray freundlich an Henry gewandt hinzu.

Henry hatte das Gespräch aufmerksam verfolgt. »Sie haben nur Ihren Job gemacht. Und ich meinen.«

Was für eine Ansage. Während Blue als Kind die Prinzipien innerer Energieströme gelernt und Gutenachtgeschichten vorgelesen bekommen hatte, hatte Henry sich überlegen müssen, wie weit er gehen würde, um in extremen Drucksituationen die Geheimnisse seiner Mutter zu wahren. Die Vorstellung, dass sie auch nur im Entferntesten an all dem hier beteiligt gewesen sein könnten, erfüllte sie mit solchem Unbehagen, dass sie sagte: »Lasst uns lieber aufhören, irgendwelche Jobs zu machen, und stattdessen nach Lösungen suchen. Vielleicht könnten wir mal klären, wer genau hierher unterwegs ist und warum? War das nicht der Sinn und Zweck dieses Treffens? Also, irgendwer kommt irgendwohin, um irgendwas zu bekommen, und deswegen drehen alle durch.«

»Du bist mir ja mal 'ne Tatkräftige«, bemerkte Henry. »Kein Wunder, dass R. Gansey dich in sein Kabinett berufen hat. Würden Sie mich auf einen kurzen Spaziergang begleiten, Mr President?«

Alle spazierten mit. Sie spazierten bis ans Ende es Cornflakesregals, dann am Backregal vorbei zu den Konserven. Unterwegs erklärte ihnen Henry mit dem Engagement eines Einserschülers, der ein Referat über eine Naturkatastrophe hielt, was er über den anstehenden Handel wusste. Das Treffen der Artefaktehändler war für den Tag nach der Benefiz-Veranstaltung an der Aglionby geplant, um all die fremden Autos und Menschen besser zu tarnen. Eine unbekannte Anzahl potenzieller Käufer würde zur Vorstellung der zum Verkauf stehenden – magischen – Präsenz anreisen, um sich persönlich von deren übersinnlichem Wesen zu überzeugen. Danach sollte es eine Auktion geben – die Bezahlung und Übergabe würde jedoch, wie üblich, an einem anderen Ort erfolgen, geschützt vor neugierigen Blicken; niemand wollte sich schließlich von einem Konkurrenten in die Karten schauen lassen. Anschließend würden weitere Objekte zum Kauf angeboten werden; genauere Informationen vor Ort.

»Eine magische Präsenz?«, wiederholten Blue und Gansey im selben Moment, als der graue Mann fragte: »Weitere Objekte?«

»Magische Präsenz. Das war die einzige Beschreibung. Das Ganze ist ein riesiges Geheimnis. Auf jeden Fall die Reise wert! Heißt es.« Henry fuhr mit dem Finger das lachende Gesicht auf einer Packung Mikrowellen-Käsemakkaroni nach. Das Logo war ein winziger Bär mit auffallend vielen Zähnen; man konnte nicht recht sagen, ob er grinste oder angewidert das Gesicht verzog. »Ansonsten hat man mir nahegelegt, mich um meinen eigenen Kram zu kümmern und keine Süßigkeiten von fremden Männern anzunehmen.«

»Magische Präsenz. Meint ihr, damit könnte Ronan gemeint sein?«, fragte Gansey besorgt.

»Wir haben Ronan doch gerade noch gesehen«, wandte Blue sofort ein. »Es würde ihn doch wohl niemand zum Verkauf anbieten, ohne ihn in seiner Gewalt zu haben, oder? Könnte es ein Dämon sein?«

Gansey runzelte die Stirn. »Wer würde denn auf die Idee kommen, einen Dämon zu verhökern?«

»Laumonier zum Beispiel«, sagte Mr Gray. Er klang nicht glücklich. »Mir gibt eher der Teil mit den ›weiteren Objekten‹ zu denken. Erst recht, wenn Laumonier die Finger im Spiel hat.«

»Woran genau denken Sie denn dabei?«, fragte Gansey.

»Plünderungen«, antwortete Henry an seiner Stelle. »Und was soll das heißen, ob Ronan die magische Präsenz sein könnte? Ist er ein Dämon? Denn wenn ja, ergibt gleich alles viel mehr Sinn.«

Weder Blue noch Gansey hatten es besonders eilig, seine Frage zu beantworten; die Wahrheit über Ronan war ein so großes und gefährliches Geheimnis, dass keiner von ihnen leichtfertig damit umging, nicht mal gegenüber jemandem, den sie so gernhatten wie Henry.

»Nicht direkt«, sagte Gansey schließlich. »Mr Gray, wie gefällt Ihnen die Vorstellung, dass diese ganzen Leute auf dem Weg hierher sind? Declan wirkte ziemlich besorgt deswegen.«

»Das ist nicht gerade eine harmlose Truppe«, räumte der graue Mann ein. »Da versammeln sich die unterschiedlichsten Persönlichkeiten und das Einzige, was sie alle gemeinsam haben, sind eine gehörige Portion Opportunismus und eine sehr laxe Auffassung von Moral. Die sind jeder für sich schon unberechenbar genug, aber alle zusammen an einem Ort, wenn es um etwas geht, das sie alle unbedingt haben wollen – tja, schwer zu sagen, wie das ausgehen könnte. Die Anweisung, kein Geld mitzubringen, kommt nicht von ungefähr. Und wenn Greenmantle wieder auf den Plan tritt, um sich mit Laumonier anzulegen – tja. Zwischen denen allen und der Lynch-Familie gibt es eine Menge böses Blut.«

»Colin Greenmantle ist tot«, informierte Henry sie sehr präzise. »Der wird nicht so schnell wieder auf den Plan treten und wenn, dann haben wir ein Problem einer ganz anderen Größenordnung.«

»Er ist tot?«, fragte der graue Mann scharf. »Wer sagt – Moment.«

Der graue Mann sah unvermittelt nach oben. Blue brauchte einen Moment, um zu begreifen, dass er in einen Wölbspiegel starrte, der zum Schutz vor Ladendieben dort angebracht worden war. Was auch immer er darin gesehen haben mochte, verwandelte ihn von einem Moment auf den anderen in jemand Energisches, Effizientes.

»Blue«, sagte er leise. »Hast du dein Messer dabei?«

Blues Puls beschleunigte leicht; sie spürte ihn in ihrer Wunde über dem Auge. »Ja.«

»Geh mit den Jungs weiter in den nächsten Gang. Nicht da lang. Da. Leise. Ich weiß nicht genau, ob es auf dieser Seite zum Lager geht, aber wenn ja, verdrückt euch durch den Hinterausgang. Geht nur auf keinen Fall durch eine Tür, die alarmgesichert sein könnte.«

Was auch immer er gesehen hatte, war weg, aber sie zögerten keine Sekunde. Blue marschierte zügig voran bis zum Ende des Konservenregals, sah kurz nach rechts und links und bog um die Ecke. Waschmittel. Reihenweise Kartons mit grellbunten Logos. Auf der anderen Seite befand sich eine große Kühltheke mit Butter und Eiern. Keine Tür zum Lagerraum. Der Ladeneingang wirkte meilenweit entfernt.

Aus dem Nebengang drang die Stimme des grauen Manns zu ihnen herüber, tief, ruhig, gefährlich. Sein Tonfall war frostiger als noch kurz zuvor, als er mit ihnen geredet hatte. Eine andere Stimme antwortete ihm und Henry blieb plötzlich wie angewurzelt stehen. Seine Finger strichen über die Kante eines der Regale – *$ 3,99 Supersparangebot!* –, während er langsam den Kopf drehte, um zu lauschen.

»Das –«, flüsterte er. »Das ist Laumonier.«

Laumonier. Ein Name, der mehr Emotionen vermittelte als Fakten. Blue hatte ihn in geflüsterten Gesprächen über Greenmantle aufgeschnappt. *Laumonier*. Gefahr.

Jetzt hörten sie Laumonier mit seiner akzentbehafteten Stimme sagen: »Was für eine Überraschung, Sie alten Bluthund hier in Henrietta zu treffen. Wo ist denn Ihr Herrchen?«

»Ich glaube, die Antwort darauf kennen wir beide«, entgegnete Mr Gray ruhig, dessen Stimme nicht im Geringsten anzumerken war, dass er selbst gerade erst von Colin Greenmantles Tod erfahren hatte. »Davon abgesehen arbeite ich schon seit dem Sommer allein. Ich dachte, das hätte sich inzwischen herumgesprochen. Da erscheint mir die Frage weit interessanter, was *Sie* nach Henrietta verschlägt?«

»Tja, die Stadt gehört niemandem mehr«, entgegnete Laumonier. »Und wie heißt es doch so schön: Das hier ist ein freies Land.«

»Ganz so frei nun auch wieder nicht«, widersprach der graue Mann. »Wie ich hörte, sind Sie hier, um etwas zu verkaufen. Ich würde es begrüßen, wenn Sie gleich danach wieder verschwinden würden. Ich wohne nämlich jetzt in Henrietta und ich bin kein großer Freund von Hausgästen.«

Diese Bemerkung stieß auf Erheiterung. »Ist das der Punkt, an dem ich frage: ›Sonst *was*?‹ Scheint mir ganz so.«

Eine Weile waren die Stimmen nicht mehr zu verstehen – die Situation schien sich immer mehr zuzuspitzen – und Gansey begann, eilig auf sein Handy einzutippen. Dann drehte er Blue und Henry das Display zu.

Er hält ihn hin damit wir abhauen können. Henry kann robobee uns eine tür finden?

Henry nahm Gansey das Telefon ab und ergänzte:

Dürfen robobee nicht sehen die wollten sie immer haben darum haben sie mich damals entführt.

Blue entriss ihm das Handy und tippte – langsamer, weil sie darin weit weniger Übung hatte:

Wen versucht Mr Gray vor denen zu schützen? Uns alle oder nur dich Henry?

Henry deutete kurz mit dem Finger auf seine Brust.

Blue tippte:

Haut ab sobald ihr könnt. Ich komme nach.

Sie gab Gansey das Handy zurück, pflückte kurzentschlossen ein paar Preisschilder von den Regalen, bis sie eine ganze Handvoll zusammenhatte, und ging damit um die Ecke. Erschrocken stellte sie fest, dass dort neben Mr Gray nicht nur ein Mann stand, sondern zwei. Es dauerte einen Moment, bis sie begriff, dass das leichte Schwindelgefühl, das sie beim Anblick der beiden Fremden überkam, darauf zurückzuführen war, dass sie sich sonderbar ähnlich sahen. Wie Brüder. Oder sogar Zwillinge. Beide genau der Schlag Mensch, den sie bei ihrer Arbeit im Nino zu hassen gelernt hatte: Kunden, die kein Nein akzeptierten, die nicht mit sich reden ließen und es immer irgendwie schafften, sie wenigstens um einen Teil der Rechnung zu prellen. Zusätzlich dazu hatten diese beiden etwas Träges, Ungeschlachtes an sich, was auf ein von stumpfer Gewalteinwirkung geprägtes Leben schließen ließ.

Sie machten ihr ein bisschen Angst.

Mr Gray blinzelte Blue ausdruckslos an, ohne zu erkennen zu geben, dass sie sich kannten.

Die anderen beiden Männer starrten als Erstes auf Blues Kapuzenpullover – der nicht gerade *Supermarktmitarbeiterin* schrie – und dann auf die Preisschilder in ihrer Hand. Sie strich mit dem Finger über die Kanten der Schilder, gelangweilt, routiniert, und sagte schließlich: »Hi. Tut mir leid, dass ich Sie unterbrechen muss, aber ich müsste Sie bitten, Ihre Wagen nun vom Parkplatz zu fahren.«

»Und warum?«, erkundigte sich einer von ihnen. Jetzt, da sie ihn von Näherem hörte, konnte sie seinen Akzent besser einordnen. Französisch? Vielleicht.

»Aber wir kaufen hier ein«, fügte der andere leicht amüsiert hinzu.

Blue knipste ihren Henrietta-Akzent an. Sie hatte schon früh gelernt, dass dieser sie harmlos und für Ortsfremde unsichtbar wirken ließ. »Ich weiß. Tut mir sehr leid. Aber es kommt gleich eine Kehrmaschine, um den Parkplatz zu säubern, und der Fahrer will, dass bis dahin alle Autos weg sind. Der wird immer stinksauer, wenn er kommt und nicht alles frei ist.«

Mr Gray begann, so umständlich nach seinem Autoschlüssel zu kramen, dass er dabei wie zufällig ein Stück sein Hosenbein hochzog, unter dem eine Pistole zum Vorschein kam. Laumonier murmelte etwas und wechselte einen Blick.

»'tschuldigung noch mal«, sagte Blue. »Sie können einfach drüben vor dem Waschsalon parken, wenn Sie hier noch nicht fertig waren.«

»Kehrmaschine«, wiederholte Laumonier, als wäre das Wort erst jetzt zu ihm durchgedrungen.

»Auflage vom Franchisegeber«, erklärte Blue. »Ich kann nichts für die Regeln.«

»Na, dann wollen wir mal keinen Ärger machen«, sagte Mr Gray mit einem dünnen Lächeln in Richtung der beiden Männer. Er sah kein einziges Mal Blue an, die weiterhin ihr Bestes tat, um gelangweilt und gestresst zu wirken, und immer noch im Takt ihres hämmernden Herzens über die Preisschilder strich. »Wir sprechen uns dann später.«

Damit machten sich die drei auf den Weg zum Ausgang, wobei sie unbehaglich auseinanderzudriften schienen wie einander abstoßende Magnete. Sobald sie draußen waren, rannte Blue den Gang hinunter, stürmte durch die Tür zum Büro, vorbei an schmuddeligen Toiletten, durch ein Warenlager voller Kisten und Paletten und schließlich zum Hinterausgang hinaus nach draußen, wo Gansey und Henry es gerade bis zu den Müllcontainern voller Pappe geschafft hatten.

Blues Schatten im Licht der Außenbeleuchtung des Supermarkts erreichte die Jungen zuerst und sie zuckten zusammen, bevor sie erkannten, wen sie vor sich hatten.

»Du Wundertier«, sagte Gansey und drückte ihren Kopf an sich, wobei sich die Hälfte ihrer Haare aus den Spangen befreite. Sie zitterten beide vor Kälte. Alles wirkte falsch und schroff unter diesem schwarzen Himmel, während sie noch immer Laumoniers zwei Gesichter vor sich sah. Sie hörte Autotüren zuschlagen, möglicherweise auf dem Parkplatz vorne, jedes Geräusch gleichzeitig nah und fern in der Dunkelheit.

»Das war genial.« Henry hob die Hand über seinen Kopf, die Handfläche zum Himmel gewandt. Ein Insekt hob davon ab, ein dunkler Punkt vor dem Schein der Straßenlaternen, und verschwand gleich darauf in der Nacht. Er sah ihm einen Moment nach und zog dann sein Handy aus der Tasche.

»Was wollten die?«, verlangte Blue zu wissen. »Wie ist Mr Gray darauf gekommen, dass die sich für dich interessieren könnten?«

Henry scrollte durch einen Text auf dem Display. »Wegen der RoboBee – hat Gansey-Boy dir davon erzählt? Gut – die RoboBee war eins der ersten Objekte, um das Laumonier und Greenmantle sich gestritten haben. Lynch hatte angekündigt, sie an einen von ihnen verkaufen zu wollen, hat stattdessen aber meiner Mutter den Zuschlag gegeben, weil sie sie für mich haben wollte; das hat sie ihm hoch angerechnet. Darum hassen die beiden sie heute so – und umgekehrt.«

»Aber Laumonier ist doch nicht deinetwegen hier, oder?«, fragte Gansey. Er sah jetzt ebenfalls auf das Handydisplay. Es schien anzuzeigen, wo Laumonier sich inzwischen befand.

»Nein, nein«, sagte Henry. »Ich schätze, die haben das Auto von diesem Gray erkannt und wollten mal sehen, ob es was Neues bei Kavinksky zu holen gibt, wo sie schon mal in der Gegend sind. Ich hab noch nie ganz verstanden, wie diese Franzosen ticken. Keine Ahnung, ob die beiden mich überhaupt wiedererkannt hätten nach der Sache mit dem Loch im Boden; ich bin jetzt schließlich viel älter. Euer Killerkumpel scheint aber der Meinung gewesen zu sein, sie könnten. Der hat mir den Hintern gerettet. Das vergesse ich nicht.«

Er drehte das Handy so, dass Blue ebenfalls den Live-Feed über Laumoniers Aktionen sehen konnte. Der Text aktualisierte sich in unregelmäßigen Häppchen und beschrieb in demselben bizarren Plauderton, mit dem Henry die anstehende Verkaufsveranstaltung beschrieben hatte, wie Laumonier langsam den Parkplatz verließ. Henrys Gedanken auf einem Handydisplay. Das Ganze war verrückt und gleichzeitig von einer sehr spezifischen Magie.

Während sie gemeinsam lasen, öffnete Gansey seinen Mantel und zog Blue zu sich darunter. Auch das war verrückt und gleichzeitig von einer sehr spezifischen Magie, die unbefangene Geste, die Wärme, sein Herzschlag in ihrem Rücken. Er legte die Hand über ihr verletztes Auge, als wollte er es vor irgendetwas beschützen, aber es war bloß ein Vorwand, um sie zu berühren.

Henry gab sich unbeeindruckt von diesen öffentlichen Zuneigungsbekundungen. Er presste die Finger auf sein Handydisplay; es flackerte ein paarmal und zeigte dann etwas auf Koreanisch.

»Willst du …«, setzte Blue an, bevor sie kurz zögerte. »Vielleicht solltest du heute bei einem von uns übernachten.«

Ein überraschtes Lächeln zuckte über Henrys Gesicht, aber er schüttelte den Kopf. »Nein. Ich muss zurück ins Litchfield, der Captain geht als Letzter von Bord. Ich würde es mir nie verzeihen, wenn irgendwer da nach mir suchen und stattdessen Cheng2 und die anderen in die Finger kriegen würde. Ich lasse einfach RoboBee Wache halten, bis wir uns wieder –« Er ließ einen Finger kreisen, was wohl etwas wie ein Treffen andeuten sollte.

»Morgen?«, schlug Gansey vor. »Da bin ich mit meiner Schwester zum Mittagessen verabredet. Wollt ihr nicht beide bitte mitkommen?«

Weder Henry noch Blue erwiderten etwas darauf; Gansey musste wissen, dass keiner von beiden auf die Idee gekommen wäre, ihm diese Bitte abzuschlagen.

»Dann sind wir jetzt also Freunde, ja?«, erkundigte sich Henry.

»Scheint so«, entgegnete Gansey. »Jane sagt, wir sollten.«

»Wir sollten«, sagte Blue.

Jetzt zuckte ein anders geartetes Lächeln über Henrys Gesicht. Es war aufrichtig und erfreut, aber gleichzeitig *mehr*, und schwer in Worte zu fassen. Er steckte sein Handy zurück in die Tasche. »Gut, gut. Ich glaube, die Luft ist jetzt rein; ich bin weg. Bis morgen.«

39

In dieser Nacht träumte Ronan nicht.

Nachdem Gansey und Blue losgefahren waren, lehnte er vor der Haustür an einer der Verandasäulen und beobachtete seine Glühwürmchen, die durch die kühle Nacht schwirrten. Er war so aufgewühlt und angespannt, dass er sich immer wieder fragte, ob er tatsächlich wach war. Normalerweise musste er schlafen, um diese nackte Energie in sich freizusetzen. Aber das hier war kein Traum. Es war sein Leben, sein Zuhause, sein Abend.

Nach einer Weile hörte er, wie die Tür hinter ihm aufging, und Adam setzte sich neben ihn. Schweigend betrachteten sie zusammen die tanzenden Lichter über den Wiesen. Es war unschwer zu erkennen, dass Adam tief in seine eigenen Gedanken versunken war. Worte stiegen in Ronan auf und zerplatzten, bevor sie es aus seinem Mund schafften. Er hatte das Gefühl, seine Frage bereits gestellt zu haben; jetzt konnte er nicht auch noch die Antwort darauf geben.

Am Waldrand tauchten drei Hirsche auf, knapp außerhalb des Lichtscheins von der Veranda. Einer von ihnen war der schöne weiße Bock, dessen Geweih an Zweige oder Wurzeln erinnerte. Er beobachtete sie und sie beobachteten ihn, bis Ronan es nicht mehr aushielt. »Adam?«

Adams Kuss war wie jeder einzelne Stundenkilometer, um den

Ronan jemals die Geschwindigkeitsbegrenzung überschritten hatte. Jede Gänsehaut, jedes Zähneklappern bei einer Nachtfahrt mit heruntergelassenem Fenster. Adams Rippen unter Ronans Händen, Adams Mund auf seinem, immer wieder und wieder und wieder. Piksende Bartstoppeln auf Lippen, bis Ronan innehalten musste, um zu Atem zu kommen und seinem Herzen wieder Starthilfe zu geben. Sie waren zwei ausgehungerte Tiere, aber Adam hatte schon länger darben müssen.

Im Haus gaben sie vor, träumen zu wollen, aber das taten sie nicht. Sie streckten sich auf dem Sofa im Wohnzimmer aus und Adam studierte das Tattoo auf Ronans Rücken: all die scharfen Kanten, die sich auf wundersame, Furcht einflößende Art ineinanderschlangen.

»*Unguibus et rostro*«, sagte Adam.

Ronan hob Adams Finger an seine Lippen.

Er würde nie wieder schlafen.

40

In dieser Nacht schlief der Dämon nicht.

Während Piper Greenmantle sich unruhig im Schlaf hin und her wälzte und von der Verkaufsaktion und ihrem zukünftigen Aufstieg im Magische-Artefakte-Business träumte, verfolgte der Dämon seine Auslöschungspläne.

Er löschte alle physischen Spuren von Cabeswater aus – Bäume, Tiere, Farne, Flüsse, Steine –, bis hin zu den Traumvorstellungen, die dem Wald zugrunde lagen. All den Erinnerungen, die im Unterholz schlummerten, den Liedern, die man nur bei Nacht erfinden konnte, der geheimnisvollen Euphorie, die um einen der Wasserfälle anschwoll und wieder abflaute. Alles, was je in diesen Ort hineingeträumt worden war, wurde entträumt.

Den Träumer würde er als Letztes auslöschen.

Der würde sich wehren.

Sie wehrten sich immer.

Während der Dämon auslöschte und zerstörte, stieß er immer wieder auf Stränge seiner eigenen Geschichte, verfangen im Gesträuch. Seiner Entstehungsgeschichte. Dieser fruchtbare Ort, so ungemein strotzend vor Energie dank der Ley-Linie, eignete sich nicht nur, um Bäume und Könige zu züchten. Er eignete sich ebenso gut, um Dämonen zu züchten, wenn man nur dabei genug böses Blut vergoss.

Und es gab genug böses Blut in diesem Wald, um einen Dämon entstehen zu lassen.

Nichts und niemand konnte ihn aufhalten. Er war der natürliche Feind dieses Waldes und auf die einzige Möglichkeit, ihn auf der Stelle zu stoppen, war noch niemand gekommen. Nur die ältesten der Bäume stellten sich dem Kampf, denn sie waren die Einzigen hier, die noch wussten, wie. Langsam und systematisch zerpflückte der Dämon sie von innen. Schwarz quoll es aus ihren absterbenden Ästen, bis sie mit verrotteten Wurzeln zu Boden krachten.

Eine Eiche hielt ihm länger stand als alle anderen. Sie war die älteste von allen und schon einmal einem Dämon begegnet. Deshalb wusste sie, dass es manchmal klüger war, nicht selbst zu kämpfen, sondern so lange wie möglich auszuharren, bis jemand anderes einem zu Hilfe kam. Also hielt sie stand und reckte sich den Sternen entgegen, selbst als ihre Wurzeln zerfressen wurden; sie hielt stand und sang den anderen Bäumen zu, selbst als ihr Stamm zu verfaulen begann; sie hielt stand und träumte vom Himmel, selbst als sie ausgelöscht wurde.

Die anderen Bäume stießen ein klagendes Heulen aus; wenn selbst sie ausgelöscht worden war, wer sollte dann noch überleben?

Der Dämon schlief nicht.

41

Je nachdem, wo man anfing, war dies eine Geschichte über Gwenllian.

Im Morgengrauen schreckte sie schreiend aus dem Schlaf hoch.

»Aufstehen!«, brüllte sie sich selbst zu und sprang dabei aus dem Bett. Ihr Haar – und kurz darauf ihr Kopf – stieß gegen die schräge Dachbodendecke. Sie presste sich die Hand auf die Stelle. Es war früh, der Himmel draußen noch immer dunkelgrau, aber sie schlug trotzdem so lange auf Schalter, drehte an Knöpfen oder zog an Kordeln, bis der Raum hell erleuchtet war. Die Schatten schwankten mit jeder neuen Lichtquelle.

»Aufstehen!«, rief sie wieder. »Mutter, Mutter!«

Ihr Traum hatte sie noch immer fest im Griff, schmelzende Träume und fauchende Dämonen. Sie fuchtelte mit den Händen durch die Luft, um die Spinnweben loszuwerden, die sich in ihrem Haar verfangen hatten. Sie zog sich ein Kleid über den Kopf, dann einen weiteren Rock darüber, schlüpfte in ihre Stiefel, einen Pullover; sie brauchte ihre Rüstung. Schließlich trampelte sie über die auf dem Boden verteilten Tarotkarten und die Reste der Pflanzen hinweg, die sie zu Meditationszwecken verbrannt hatte, und trat geradewegs vor die beiden Spiegel, die ihre Vorgängerin hier auf dem Dachboden zurückgelassen hatte. Neeve, Neeve, die liebe Neeve. Gwenllian hätte ihren Namen selbst dann gekannt, wenn die anderen ihn ihr nicht verraten hätten, denn die Spiegel wisperten und sangen und zischten ununterbrochen. Wie sie sie liebten, wie sie sie hassten. Sie verachteten, sie bewunderten. Sie in den Himmel hoben und anschließend zu Fall brachten. Neeve, Neeve, die böse Neeve hatte sich den Respekt der ganzen Welt verschaffen wollen und alles dafür getan. Aber am Ende war es Neeve, Neeve, die liebe Neeve selbst gewesen, die keinen Respekt vor sich selbst gehabt hatte.

Die bodenlangen Spiegel waren einander zugewandt, sodass jeder den anderen bis in alle Ewigkeit spiegeln musste. Neeve hatte irgendein kompliziertes Ritual durchgeführt, um sicherzugehen, dass sie all die gewünschten Möglichkeiten und noch mehr bereithielten, was damit geendet hatte, dass einer der beiden sie verschlungen hatte. »Erstklassige Hexerei«, hätten die Frauen von Sycharth es genannt. Sie wären alle in die Wälder gejagt worden.

Gwenllian stellte sich zwischen die Spiegel, deren Magie tosend an ihr zerrte. Sie waren nicht dafür bestimmt, so viele Bilder auf einmal zu zeigen; so wie die meisten Menschen nicht dafür gemacht waren, all diese Möglichkeiten zu ertragen. Gwenllian jedoch war selbst ein Spiegel und so glitt die Magie harmlos an ihr ab, als sie je eine Hand auf die Oberflächen presste. Sie tauchte ein in die Möglichkeiten und sah sich um, hüpfte von einer falschen Wahrheit zur anderen.

»Mutter, Mutter«, sagte Gwenllian. Ihre wirren Gedanken drohten zu mutieren, wenn sie sie nicht sofort laut aussprach.

Und da war ihre Mutter: in dieser Gegenwart, dieser aktuellen Möglichkeit, dieser Realität, in der Neeve selbst tot war. Ein Wald, der ausgelöscht wurde und Gwenllians Mutter mit ihm.

Ausgelöscht.

Ausgelöscht.

Aus –

Mit einem Schrei stieß Gwenllian die Spiegel zu Boden. Von unten ertönte ein weiterer Schrei; das Haus erwachte. Noch immer schreiend suchte Gwenllian das Zimmer nach einem Werkzeug ab, einer Waffe. Hier oben gab es wenig, das sich auch nur annähernd dazu eignete. Sie schnappte sich eine Lampe, dass der Stecker aus der Dose flog, und polterte damit die Treppe hinunter, *wumms wumms wumms wumms.*

»Artemussssss!«, flötete sie und ihre Stimme überschlug sich mittendrin. Sie huschte in die dunkle Küche. Der Raum wurde nur durch die kleine Glühbirne über dem Ofen und das diffuse Grau, das zum Fenster über der Spüle hereinsickerte, erleuchtet. Es war Nebel, keine Sonne. »Artemusssss!«

Er war wach; wahrscheinlich hatte er denselben Traum gehabt wie sie. Schließlich floss in ihren Adern dasselbe sternendurchsetzte Blut wie in seinen. »Geh weg«, drang seine Stimme aus dem Vorratsschrank.

»Mach die Tür auf, Artemussss!«, befahl Gwenllian. Sie war völlig außer Atem. Sie zitterte. Der Wald, ausgelöscht, ihre Mutter, ausgelöscht. Und das nur, weil der feige Zauberer in diesem Schrank alle durch sein Nichtstun getötet hatte. Sie rüttelte an der Tür; er musste sie mit irgendetwas von innen verriegelt haben.

»Heute nicht!«, antwortete Artemus. »Danke, aber nein! Zu viel Aufregung in diesem Jahrzehnt. Später vielleicht. Brauche Ruhe, aber danke der Nachfrage!«

Und so was war der Berater eines *Königs* gewesen.

Gwenllian zerschlug die Lampe an der Schranktür. Die Glühbirne zersprang mit einem silbrigen Klirren; das Gewinde zerteilte das dünne Laminat der Tür. »Kleines Häschen tief im Bau, tief im Bau, / Kleines Füchslein tief im Bau, tief im Bau, / Kleines Hündchen tief im Bau, tief im Bau! Komm raus, kleines Häschen, ich hab ein paar Fragen an dich. Über *Dämonen.*«

»Ich brauche meine Anpassungszeit!«, heulte Artemus. »Ich kann mich nicht so schnell umstellen!«

»Für den Fall, dass uns jemand ausraubt, kommen Sie nach den Geschäftszeiten wieder!«, ertönte Callas Stimme von irgendwo weiter oben.

»Weißt du, was mit meiner Mutter passiert ist, du faules Stück Borke?« Gwenllian riss die Lampe aus der Tür, nur um gleich weiter damit auf sie einzudreschen. Der Spalt wurde breiter. »Soll ich dir erzählen, was ich in meinen Spiegelspiegeln gesehen habe?«

»Geh weg, Gwenllian«, sagte Artemus. »Ich kann nichts für euch tun! Lass mich in Ruhe!«

»Du kannst mir sagen, wo mein Vater ist, du elendes Gestrüpp! In was für einem Loch hast du ihn verscharrt?«

Kracks

Die Tür zerbarst; Artemus wich weiter in die Dunkelheit zurück. Er hockte zusammengekrümmt zwischen Tupperdosen, Jutebeuteln und Mehlpackungen. Als Gwenllian drohend die Lampe schwang, schlug er schützend die Hände vor sein langes Gesicht.

»Gwenllian!«, sagte Blue. »Was machst du denn da? Türen kosten *Geld.*«

Da stand Artemus' kleine Tochter – die er nicht im Geringsten verdient hatte und die zu seiner Rettung herbeigeeilt war. Sie hatte Gwenllian beim Arm gepackt, um sie davon abzuhalten, diesem Feigling den Schädel einzuschlagen.

»Würdest du ihn nicht auch gern in die Mangel nehmen, Blue Lily?«, kreischte Gwenllian. »Ich bin doch wohl kaum die Einzige, die Antworten von ihm fordert. Hast du meine Mutter schreien gehört, Artemussss?«

»Komm schon, Gwenllian, es ist mitten in der Nacht«, sagte Blue. »Wir schlafen alle noch. Oder *haben* geschlafen.«

Gwenllian ließ die Lampe fallen, machte sich von Blue los und packte im nächsten Moment Artemus bei einer Hand und seinen Haaren. Er wimmerte wie ein Hund, als sie ihn aus dem Schrank zerrte.

»Mom!«, schrie Blue, eine Hand über ihr Auge gedeckt. Artemus lag, alle viere von sich gestreckt, zwischen ihnen auf dem Boden und starrte verängstigt zu ihnen hoch.

»Sag mir, wie stark der Dämon ist, Artemus«, fauchte Gwenllian. »Sag mir, wen er sich als Nächstes holt. Sag mir, wo mein Vater ist. Sag's mir, sag's mir.«

Mit einem Mal war Artemus auf den Beinen. Er floh vor Gwenllian, die nach ihm grapschte und schnappte und dabei auf den Scherben der zerbrochenen Glühbirne ausrutschte. Sie krachte mit voller Wucht auf die Hüfte und kämpfte sich mit rudernden Armen wieder hoch. Doch ehe sie sich wieder gefangen hatte, war Artemus schon durch die Schiebetür in den Garten geflohen, und als sie ebenfalls nach draußen stürmte, hockte er auf dem untersten Ast der großen Buche.

»Die wird dich nicht auf sich dulden, du Feigling!«, donnerte Gwenllian, obwohl sie den Verdacht hatte, dass der Baum das sehr wohl würde. Also rannte sie zum Stamm und begann, Artemus hinterherzuklettern. Sie hatte Übung darin und war wesentlich schneller als er. »Du Verräter, du Träumer, du –«

Ihr Kleid verfing sich in einem Zweig und verschaffte Artemus eine halbe Sekunde Vorsprung. Er reckte die Arme, fand einen Ast und zog sich hinauf. Als Gwenllian weiterkletterte, ertönte von oben hektisches Blätterrascheln, gefolgt vom Kracksen kleiner brechender Zweige.

»Hilfe!«, rief Artemus, nur dass er ein anderes Wort benutzte. Er rief: »*Auxiril!*« Seine Stimme klang hektisch, panisch, verzweifelt, hoffnungslos.

»Meine Mutter«, sagte Gwenllian. Gedanken wurden zu Worten ohne einen Moment dazwischen. »Meine Mutter, meine Mutter, meine Mutter.«

Über ihnen erzitterte das tote Laub der Buche und regnete auf sie beide herab.

Gwenllian sprang hoch und streckte die Arme nach ihm aus.

»*Auxiril!*«, flehte er abermals.

»Das wird dich auch nicht retten!«

»*Auxiril*«, flüsterte er und klammerte sich am Baumstamm fest.

Das letzte Herbstlaub flatterte zu Boden. Zweige barsten. Der Boden bäumte sich auf, als Wurzeln durch die Erde nach oben drängten. Gwenllian tastete nach Halt, fand welchen, verlor ihn wieder. Der Ast unter ihr bebte und schwankte wie durch einen heftigen Windstoß. Die Erde tief unten begann zu wispern, während die Wurzeln sich in ihr wanden – sie waren zu weit vom Leichenweg entfernt für so etwas, aber Artemus würde es trotzdem versuchen, typisch, typisch, typisch – dann gab der Ast unter ihr nach und Gwenllian stürzte in die Tiefe.

Sie prallte so hart auf die Schulter, dass es ihr die Luft aus den Lungen trieb, und als sie den Kopf hob, sah sie Blue und ihren toten Freund, die sie anstarrten. Ein paar andere standen in der Tür zum Haus, aber Gwenllian war zu benommen nach ihrem Sturz, um zu erkennen, wer genau es war.

»Was?«, rief Blue. »Was ist hier gerade passiert? Ist er –?«

»Im Baum?«, vollendete Noah ihre Frage.

»Meine Mutter war in einem Baum und sie ist tot«, bellte Gwenllian. »Dein Vater ist in einem Baum und er ist ein Feigling. Da bin ich eindeutig besser dran. Dann bringe ich dich eben um, wenn du wieder da rauskommst, du vergifteter Zweig!« Letzteres schrie sie an den Baum gewandt. Sie wusste, dass Artemus sie hören konnte, dessen Seele zusammengerollt irgendwo darin steckte, genau wie er selbst. Verdammtes Baumlicht, verdammter Zauberer. Das Wissen, dass er sich dort würde verstecken können, solange die Buche fortbestand, machte Gwenllian fuchsteufelswild. Der Dämon würde sich nicht für einen Baum interessieren, der so weit von Cabeswater entfernt stand, und so würde Artemus, lange nachdem alles und jeder um ihn herum tot waren, wieder einmal unversehrt davonkommen.

Oh, diese *Wut*.

Blue sah mit offenem Mund an der Buche hoch. »Er ist … er ist da *drin*?«

»Natürlich!«, fauchte Gwenllian. Dann rappelte sie sich auf und raffte mit beiden Händen ihr Kleid, um nicht schon wieder darüber zu stolpern. »Das ist nun mal, was er ist! Das ist dein Blut. Spürst du denn nicht die Wurzeln in deinen Adern? *Verwünscht!* Verwünscht noch mal!«

Und damit stapfte sie zurück zum Haus, wo sie sich an Maura und Calla vorbei durch die Schiebetür drängte.

»Gwenllian«, sagte Maura, »was um alles in der Welt ist denn hier los?«

Gwenllian blieb kurz im Flur stehen. »Der Dämon ist unterwegs hierher. Alle werden sterben. Alle, bis auf Blues nichtsnutzigen Vater. Der wird bis in alle Ewigkeit weiterleben.«

42

Als Adam am Samstag erwachte, herrschte um ihn vollkommene Stille. Er hatte ganz vergessen, wie sich so etwas anfühlte. Nebel waberte draußen vor Declans Zimmerfenster und verschluckte selbst die Stimmen der Vögel. Das Gehöft lag zu weit ab von jeder Straße, als dass das Geräusch von Autos bis zu ihnen durchgedrungen wäre. Kein Rumoren aus dem Pfarrbüro unter ihm, niemand führte auf dem Bürgersteig seinen Hund Gassi, keine schrillen Kinderstimmen aus dem Schulbus. Bloß eine so vollkommene Stille, dass sie sich wie Watte auf seine Ohren zu pressen schien.

Dann erwachte Cabeswater mit einem Keuchen in ihm zum Leben und Adam setzte sich auf. Wenn der Wald zurückkommen musste, hieß das, dass er weg gewesen war.

Bist du da?

Er spürte seine eigenen Gedanken, noch mehr Gedanken, und erst dann, ganz leise, kaum wahrnehmbar, Cabeswater. Irgendetwas stimmte nicht.

Doch Adam blieb einen Moment reglos stehen, nachdem er die Decke zurückgeschlagen hatte und aufgestanden war. Er war im Haus der Lynchs, er trug seine Kleider vom Abend zuvor, denen noch immer der Grillrauch anhaftete, und hatte um eine Million Stunden sein Kraftraumtraining verschlafen, zu dem er heute

Morgen gewollt hatte. Seine Lippen träumten noch immer von Ronan Lynch.

Was machte er da bloß? Ronan war niemand, mit dem man Spielchen trieb. Aber er hatte auch nicht das Gefühl, dass er Spielchen trieb.

»Du verlässt diesen Bundesstaat«, ermahnte er sich.

Doch wenn er ehrlich sein sollte, hatte er den Drang dazu schon lange nicht mehr verspürt. Und die zweite Hälfte seines Schwurs schien bereits vollends verblasst zu sein: »und kommst nie zurück.«

Er machte sich auf den Weg nach unten, spähte in jedes Zimmer, an dem er vorbeikam, aber er schien allein zu sein. Einen kurzen, bizarren Moment lang hatte er das Gefühl, zu träumen und im Schlaf durch dieses farbentsättigte Haus zu wandeln. Dann jedoch knurrte sein Magen und er fand die Küche. Er aß zwei trockene übrig gebliebene Burgerbrötchen, weil er nirgends Butter fand, und trank anschließend den Rest Milch direkt aus der Tüte. Dann borgte er sich eine Jacke von der Garderobe und trat aus der Haustür.

Draußen wogte feuchter Nebel über den Wiesen. Als er den Pfad zwischen den Weiden entlangging, blieb bei jedem Schritt Herbstlaub an seinen Stiefeln kleben. Er lauschte auf Zeichen von Leben in einer der Scheunen, aber im Grunde war er ganz zufrieden mit der Stille. Diese Stille, diese absolute Stille, nichts als der tief hängende graue Himmel und Adams Gedanken.

In seinem Inneren war es so ruhig.

Die Stille wurde durchbrochen, als eine Kreatur auf ihn zugestürmt kam. Sie stolperte und schlitterte so seltsam auf ihren Hufen, dass er erst, als ihre Hand sich in seine schob, erkannte, dass es das Waisenmädchen war. In der anderen Hand hielt sie einen schwarzen, feuchten Stock und als er genauer hinsah, fielen ihm Baumrindenstücke zwischen ihren Zähnen auf.

»Sollst du das denn essen?«, fragte er. »Wo ist Ronan?«

Sie schmiegte voller Zuneigung ihre Wange an seinen Handrücken. »*Savende e'lintes i firen* –«

»Englisch oder Latein«, unterbrach er sie.

»Hier lang!« Doch anstatt ihn in eine bestimmte Richtung zu führen, ließ sie seine Hand los und galoppierte um ihn herum, mit flatternden Armen, als wäre sie ein Vogel. Adam ging weiter und ließ sie ihre Kreise ziehen, als plötzlich über ihnen ein Vogel mitten im Flug innehielt. Chainsaw war auf das Gebaren des Waisenmädchens aufmerksam geworden. Jetzt stieß sie ein Krächzen aus, machte in der Luft kehrt und flog zurück in Richtung der höher gelegenen Wiesen. Dort erspähte Adam schließlich Ronan, ein schwarzer Punkt auf dem nebelverhangenen Feld. Ronan hatte offenbar irgendetwas anderes beobachtet, drehte sich nun jedoch um, als er Chainsaws Ruf hörte, und sah, die Hände in den Taschen seiner dunklen Jacke vergraben, Adam entgegen.

»Parrish«, sagte er und beäugte Adam. Offenbar nahm er nichts als selbstverständlich hin.

»Lynch«, erwiderte Adam.

Das Waisenmädchen holte zu ihnen auf und stupste Ronan mit ihrem Stock in die Brust.

»Du kleines Rotzgör«, sagte Ronan zu ihr.

»Sollte sie dieses Zeug essen?«

»Keine Ahnung. Ich weiß ja nicht mal, ob sie so was wie innere Organe hat.«

Adam lachte, darüber und über die Hirnrissigkeit dieses Gesprächs.

»Hast du schon was gegessen?«, erkundigte sich Ronan.

»Du meinst, was anders als Baumrinde? Ja. Aber ich hab mein Kraftraumtraining verpasst.«

»Eine Runde Mitleid. Willst du vielleicht ein paar Heuballen stemmen? Davon kriegst du ordentlich Haare auf der Brust, ich sag's dir. Hey. Wenn du mir noch einmal mit dem Ding zu nahe kommst –« Der letzte Satz richtete sich an das Waisenmädchen.

Während sie durchs Gras stapften, schloss Adam die Augen und legte den Kopf in den Nacken. Ihm war, als hätte er hier und jetzt eine Hellsehsession einlegen können. Die Stille und die kühle Luft in seiner Kehle würden ihn davontragen, während seine nassen Zehen in den Schuhen und der Geruch nach lebenden Kreaturen ihn sicher verwurzeln würden. Innen wie außen. Er konnte nicht sagen, ob er diesen Ort oder Ronan zu sehr idealisierte, wenn zwischen beidem überhaupt ein Unterschied bestand.

Als er die Augen wieder öffnete, sah Ronan ihn an, wie er es schon seit Monaten tat. Adam erwiderte seinen Blick, wie er es schon seit Monaten tat.

»Ich muss träumen«, sagte Ronan.

Adam ergriff das Waisenmädchen bei der Hand und korrigierte: »*Wir* müssen träumen.«

43

Fünfundzwanzig Autominuten entfernt war Gansey hellwach – und in Ungnade gefallen.

Er wusste nicht, warum er in Ungnade gefallen war, und wie er seine Familie kannte, würde das möglicherweise auch so bleiben. Aber er spürte es, genauso deutlich wie das Netz der Glendower-Geschichte, das sich immer weiter über ihn senkte. Unmut im Hause Gansey war wie feiner Vanille-Extrakt. Er wurde sparsam eingesetzt, trat selten allein auf und ließ sich meistens erst im Nachhinein identifizieren. Mit einiger Mühe konnte man lernen, seinen Geschmack zu erkennen, aber was nützte das? *Dieser Muffin schmeckt nach Ärger, findest du nicht auch? Ja, jetzt, wo du's sagst –*

Sicher war nur: Helen war stinksauer auf Gansey.

Die Ganseys hatten sich am Schulhaus eingefunden, einer der familieneigenen Anlageimmobilien. Es war ein gemütlich heruntergekommenes altes Steingebäude, weit draußen im grünen Hügelland zwischen Washington D. C. und Henrietta gelegen, wo es ein lukratives Dasein als Kurzzeitmietobjekt fristete. Der Rest seiner Familie hatte bereits die Nacht dort verbracht – natürlich hatten sie versucht, Gansey zu überreden, auch schon am Abend vorher anzureisen, und wahrscheinlich hätte er der Bitte sogar nachgegeben, wäre da nicht Ronan gewesen. Und Henry. Vielleicht war es das, womit er Helens Ärger auf sich gezogen hatte.

Zum Glück hatte er für alle Fälle zwei interessante Freunde mitgebracht. Die Ganseys liebten es, andere zu verwöhnen. Gästen konnte man so wunderbar seine erlesenen Kochkünste vorführen.

Aber er war immer noch in Ungnade gefallen. Nicht bei seinen Eltern. Die waren hocherfreut, ihn zu sehen – *Wie braun du geworden bist, Dick* –, und sogar noch erfreuter, Henry und Blue zu sehen, ganz wie erwartet. Henry bestand auf Anhieb die Art Aufnahmetest, mit der Adam und Ronan seit jeher ihre Probleme hatten, und Blue – tja, ihr offener, wissbegieriger Blick, mit dem sie bereits den jüngsten Gansey für sich eingenommen hatte, schien bei den älteren genauso gut zu wirken. Jedenfalls begannen sie sofort, Blue beim Auberginenwürfeln über das Gewerbe ihrer Familie auszufragen.

Blue begann, einen durchschnittlichen Tag im Fox Way 300 zu beschreiben, wesentlich weniger perplex und aufgewühlt, als sie Gansey kurz zuvor im Auto vom nicht ganz durchschnittlichen Verschwinden ihres Vaters in einem Baum erzählt hatte. Sie erwähnte die Wahrsager-Hotline, die Chakren-Reinigungen, die Meditationskreise und Tarotsitzungen. Ihre absolut nüchterne Berichterstattung schien Ganseys Eltern umso mehr zu verzaubern. Wenn sie bewusst versucht hätte, ihnen zu imponieren, wäre sie nicht weit gekommen. So aber schilderte sie die Dinge einfach, wie sie waren, ohne etwas zu wollen, und alle waren entzückt.

Gansey war nur zu schmerzlich bewusst, wie sie alle auf Blue wirken mussten – der alte Mercedes in der Auffahrt, die ordentlichen Hosenaufschläge, die ebenmäßige Haut, die geraden Zähne, Burberry-Sonnenbrillen, Hermès-Schals. Selbst das Schulhaus sah er nun durch ihre Augen. Früher wäre er nie auf die Idee gekommen, dass es besonders nach Geld aussah – die Einrichtung war schlicht, wovon er immer gedacht hatte, dass es genügsam wirken würde. Nachdem er jedoch einige Zeit mit Blue verbracht hatte, war ihm klar geworden, dass es gerade diese Schlichtheit war, die den Reichtum verriet. Die Ganseys brauchten nicht viele Möbel in ihrem Haus, einfach weil jedes Objekt darin genau seinen Zweck erfüllte. Es gab kein billiges Bücherregal, das zusätzlich als Abstellfläche für überschüssiges Geschirr diente. Keinen Schreibtisch, auf dem neben Papierkram auch noch Nähzeug und Spielsachen herumlagen. Auf den Küchenschränken stapelten sich keine Töpfe und Pfannen und nirgendwo stand ein Wischmopp in einem billigen Plastikeimer herum. Im Gegenteil, selbst in diesem alten, verfallenen Schulhaus war alles ausnahmslos ästhetisch. Das war der Effekt des Geldes. Geld sorgte dafür, dass Toilettensaugglocken in Kupferbehältern und überschüssiges Geschirr hinter gläsernen Schranktüren landeten, Spielzeug in mit Schnitzereien verzierten Aussteuertruhen und Töpfe und Pfannen an Eisenhaken an der Wand.

Gansey wurde etwas blümerant zumute.

Er versuchte, Blues und Henrys Blicke aufzufangen, um sicherzugehen, dass sie sich wohlfühlten, das Problem war nur, dass sie sich in einem Raum voller Ganseys befanden, die allesamt die Sprache der Subtilität beherrschten. Es gab keine Möglichkeit, sich diskret zu erkundigen, ob jemand gerettet werden wollte; alle seine Versuche würden sofort unterbunden werden. Und so wurde fröhlich leichte Konversation gemacht, bis man sich zum Mittagessen auf die Veranda begab. Henry und Blue wurden zu weit von ihm entfernt platziert, als dass Gansey ihnen eine Rettungsleine hätte zuwerfen können.

Helen setzte sich demonstrativ neben ihn. Er schmeckte eimerweise Vanille.

»Dein Schulleiter hat gesagt, du seist ein bisschen in Verzug mit deinen College-Bewerbungen«, bemerkte Mr Gansey und beugte sich vor, um Quinoa auf Teller zu häufen.

Gansey konzentrierte sich auf die Fliege, die er aus seinem Eistee zu fischen versuchte.

Mrs Gansey wedelte aus Solidarität eine unsichtbare Fliege davon. »Man sollte meinen, dass es inzwischen zu kalt wäre für Insekten. Hier muss wohl irgendwo ein stehendes Gewässer in der Nähe sein.«

Gansey wischte das tote Insekt unauffällig an der Tischkante ab.

»Ich habe im Moment oft mit Dromand zu tun«, fuhr Mr Gansey fort. »Der hat immer noch eine Menge Einfluss im Harvard-Geschichtsinstitut, falls dir noch so was vorschwebt.«

»Himmel, nein«, sagte Mrs Gansey. »Yale natürlich.«

»Was, so wie Ehrlich?« Mr Gansey lachte in sich hinein. »Das sollte uns allen ja wohl eine Lehre gewesen sein.«

»Ehrlich ist ein Sonderfall«, entgegnete Mrs Gansey. Die beiden stießen ihre Gläser zu einem rätselhaften Toast aneinander.

»Wo hast du dich denn schon beworben?«, wollte Helen wissen. In ihrer Stimme lauerte Gefahr. Unidentifizierbar für jeden Nicht-Gansey, aber auffällig genug, dass ihr Vater die Stirn krauszog.

Gansey blinzelte. »Noch nirgends.«

»Ich kann mich nicht mehr erinnern, wann für diese Sachen die Fristen ablaufen«, sagte Mrs Gansey. »Aber sicher bald, oder?«

»Ich hab ein bisschen die Zeit aus den Augen verloren.« Was die einfachste Version von *theoretisch müsste ich tot sein, bevor irgendwas davon eine Rolle spielt, darum habe ich meine Abende lieber anderweitig genutzt* war.

»Ich hab mal was über eine Studie zum freiwilligen sozialen Jahr und dergleichen gelesen«, meldete sich Henry zu Wort. Er lächelte auf den Teller herunter, den Mrs Gansey gerade vor ihm abstellte, – ein Lächeln, das erahnen ließ, dass er in der Sprache der Subtilität ebenso bewandert war wie die Ganseys. »Von so was sollen besonders Leute wie wir profitieren.«

»Wer sind denn Leute wie wir?«, erkundigte sich Mrs Gansey in einem Ton, der verriet, dass sie die Vorstellung genoss, sie könnten alle vom selben Schlag sein.

»Ach, Sie wissen schon, überqualifizierte junge Leute, deren Streben nach Exzellenz früherer oder später zum Zusammenbruch führt«, antwortete Henry. Ganseys Eltern lachten. Blue zupfte an ihrer Serviette. Gansey war gerettet worden, Blue bloßgestellt.

Das war auch Mr Gansey nicht entgangen, der den Ball schnell auffing, bevor er den Boden berührte. »Ich würde ja gern mal etwas von dir lesen, Blue, darüber, wie es war, in einem Haus voller Wahrsagerinnen aufzuwachsen. Du könntest das Ganze wissenschaftlich aufziehen oder in Form von Memoiren, beides wäre sicherlich faszinierend. Du hast so einen ganz eigenen Ton, schon beim Sprechen.«

»Ja, das ist mir auch aufgefallen, diese Henrietta-Kadenz«, sagte Mrs Gansey wohlmeinend; die beiden waren hervorragende Teamplayer. Gute Parade, Punkt für die Ganseys, Sieg für das Team »Gute Laune«.

»Ich hab die Bruschetta ganz vergessen«, sagte Helen plötzlich. »Die verbrennt noch. *Dick*, würdest du mir beim Tragen helfen?«

Team »Gute Stimmung« war unerwartet disqualifiziert worden. Und Gansey offenbar kurz davor, herauszufinden, warum er in Ungnade gefallen war.

»Klar, kein Problem«, sagte er. »Soll ich irgendwem noch was mitbringen, wenn ich schon mal drinnen bin?«

»Wenn du mir vielleicht meinen Kalender bringen könntest – das wäre wunderbar. Er liegt auf der Kommode«, sagte seine Mutter. »Ich muss noch Martina anrufen und sie daran erinnern, dass sie auch früh genug kommt.«

Die Gansey-Geschwister gingen ins Haus, wo Helen zuerst das Brot aus dem Ofen holte und sich dann ihrem Bruder zuwandte.

»Erinnerst du dich, wie ich gesagt habe: ›Erzähl mir, was deine Kumpels für Dreck am Stecken haben könnten, damit ich gegensteuern kann, bevor Mom da mit drinhängt‹?«, fauchte sie.

»Ich gehe davon aus, das ist eine rhetorische Frage«, entgegnete Gansey, während er den Belag auf die Bruschetta löffelte.

»Du hast mir überhaupt nichts an Informationen geliefert«, sagte Helen.

»Ich hab dir doch die Zeitungsausschnitte über die Aktionen in der Türkenwoche geschickt.«

»Und darüber hast du irgendwie vergessen zu erwähnen, dass du *den Schulleiter bestochen* hast?«

Gansey hielt mit dem Löffeln inne.

»Also stimmt es«, stöhnte Helen, die mühelos in seinem Gesicht las. Die Gansey-Geschwister funkten auf der exakt selben Frequenz. »Für welchen von denen hast du das gemacht? Welchen Freund? Den aus dem Wohnwagenpark, stimmt's?«

»Jetzt werd nicht beleidigend«, entgegnete Gansey gepresst. »Wer hat dir davon erzählt?«

»Der Papierkram hat's mir erzählt. Du bist nämlich noch nicht volljährig, falls du das vergessen hattest. Wie hast du Brulio überhaupt dazu gekriegt, diesen Brief für dich aufzusetzen? Ich dachte, der wäre Dads Anwalt.«

»Die Sache hat nichts mit Dad zu tun. Es war nicht sein Geld.«

»Du bist siebzehn. Was für Geld hast du denn sonst zur Verfügung?«

Gansey sah sie an. »Dem entnehme ich, dass du nur die erste Seite des Briefs gelesen hast.«

»Mehr konnte ich vom Handy aus nicht einsehen«, sagte Helen. »Wieso? Was stand denn auf der zweiten? *Oh, mein Gott.* Du hast Child diese Fabrikruine überschrieben, stimmt's?«

Das Geschäft klang beinahe sauber, wenn man es so formulierte. Und vielleicht war es das sogar. Ein Aglionby-Abschlusszeugnis im Austausch für Monmouth Manufacturing.

Du bist sowieso nicht mehr lange genug hier, um es zu vermissen, sagte er sich.

»Erstens: Was bitte schön hat er getan, um so was zu verdienen?«, verlangte Helen zu wissen. »Schläfst du mit ihm, oder was?«

Ärger kühlte seine Stimme ab. »Warum, weil Freundschaft als Grund nicht ausreicht?«

»Dick, ich weiß, du strebst nach moralischer Überlegenheit, aber glaub mir, das funktioniert nicht. Man schwingt sich nicht aus eigener Kraft auf so ein hohes Ross, dafür braucht man eine Aufstieghilfe oder noch besser eine Hebebühne. Ist dir eigentlich klar, in was für eine unglaublich unvorteilhafte Position das Mom bringen könnte, wenn diese Dummheit jemals ans Licht kommt?«

»Das hat mit Mom überhaupt nichts zu tun. Sondern nur mit mir.«

Helen legte den Kopf schräg. Normalerweise war Gansey der Altersunterschied zwischen ihnen kaum bewusst, in diesem Moment jedoch war sie sehr offensichtlich die reife Erwachsene von ihnen beiden und er war – irgendwas anderes. »Glaubst du denn, das interessiert die Presse? Du bist siebzehn. Und das Ganze lief über Dads Anwalt, verdammt noch mal. Verdacht auf Bestechlichkeit in der Familie und so weiter und so fort. Ich fasse es einfach nicht, dass du damit nicht wenigstens bis nach der Wahl warten konntest.«

Aber Gansey wusste nun mal nicht, wie viel Zeit ihm noch blieb. Er wusste nicht, ob ihm überhaupt noch Zeit bis nach der Wahl blieb. Bei diesem Gedanken zog sich seine Brust zusammen und seine Kehle schnürte sich zu, darum drängte er ihn so schnell es ging zur Seite.

»Ich hab nicht dran gedacht«, gab er zu. »An die Folgen für die Kampagne.«

»Ganz offensichtlich! Ich weiß nicht, was du dir *überhaupt* dabei gedacht hast. Ich habe den ganzen Weg hierher darüber nachgegrübelt, aber ich bin einfach nicht dahintergekommen.«

Gansey schob mit gesenktem Kopf ein Tomatenstückchen auf dem Schneidbrett hin und her. Sein Herz war noch immer ängstlich aufgeplustert. Sehr viel kleinlauter als zuvor sagte er: »Ich wollte einfach nicht, dass er alles hinschmeißt, nur weil sein Vater gestorben ist. Im Moment liegt ihm nichts daran, aber ich will nicht, dass er es später bereut, wenn ihm auffällt, dass er einen Fehler gemacht hat.«

Helen antwortete nicht und Gansey wusste, dass seine Schwester ihn aufmerksam musterte und wieder versuchte, in ihm zu lesen. Er schob weiter das Tomatenstückchen hin und her und dachte darüber nach, dass er sich nicht mal mehr ganz sicher war, ob Ronan seinen Abschluss überhaupt brauchen würde, und wie sehr er sein Abkommen mit Child heute bereute, obwohl er keinen Schlaf gefunden hatte, bis die Sache unter Dach und Fach gewesen war. Er hatte sich in vielen Dingen geirrt und jetzt war es zu spät, um noch etwas davon in Ordnung zu bringen, denn seine Zeit lief unaufhaltsam ab. Dieses Geheimnis zu wahren war eine einsame, mit schlechtem Gewissen behaftete Angelegenheit gewesen.

Zu seiner Überraschung umarmte Helen ihn.

»Brüderchen«, flüsterte sie, »was ist denn los mit dir?«

Die Ganseys gehörten nicht unbedingt zur Kuschelfraktion und Helen war normalerweise die Letzte, die eine zerknitterte Bluse riskiert hätte, jetzt jedoch gruben ihre feinen Goldarmbänder Furchen in seinen Arm und etwas an dieser Kombination ließ Gansey befürchten, dass er jeden Moment in Tränen ausbrechen könnte.

»Was ist, wenn ich ihn nicht finde?«, sagte er schließlich. »Glendower.«

Helen stieß einen Seufzer aus und ließ ihn los. »Du und dieser König. Wann hört das bloß endlich auf?«

»Sobald ich ihn gefunden habe.«

»Und dann? Was ist, *wenn* du ihn findest?«

»Mehr ist da nicht.«

Das war keine gute Antwort und Helen war nicht zufrieden damit, aber sie blickte ihn nur aus schmalen Augen an und strich sich die Bluse glatt.

»Tut mir leid, dass ich Moms Kampagne versaut habe«, sagte er.

»Du hast sie nicht versaut. Ich muss einfach, ich weiß nicht – ich werde schon noch ein paar Leichen in Childs Keller finde, um sicherzustellen, dass er kooperiert.« Helen wirkte nicht allzu besorgt ob dieser Aussicht. Sie liebte es, Fakten zusammenzutragen. »Mein Gott. Und ich hatte mich auf widerliche Aufnahmerituale und Marihuanabesitz eingestellt. Ach, und wer ist eigentlich dieses Mädchen da draußen? Hast du sie schon geküsst?«

»Nein«, antwortete Gansey wahrheitsgemäß.

»Solltest du aber«, entgegnete sie.

»Magst du sie?«

»Sie ist ziemlich kauzig. Genau wie du.«

Die Gansey-Geschwister grinsten einander an.

»Na los, bringen wir die Bruschetta nach draußen«, sagte Helen dann. »Damit wir dieses Wochenende lebendig überstehen.«

44

Es war ein Fehler.

Das wurde Adam im selben Moment klar, als er in den finsteren Schlund der Sehschale eintauchte, aber er konnte Ronan schließlich nicht in seinem Traum alleinlassen.

Rein körperlich saß er im Schneidersitz auf dem Boden in den Schobern und starrte in einen Keramikhundenapf. Ronan lag auf dem Sofa. Dicht neben Adam hockte das Waisenmädchen und spähte zusammen mit ihm in die Schale.

So weit die Realität.

Aber auch dies war die Realität: die sieche Symphonie Cabeswaters. Der ganze Wald um ihn erbrach Schwarz. Bäume zerschmolzen zu Schwarz, nur umgekehrt: Lange schwarze Schleimfäden tropften aufwärts Richtung Himmel. Die Luft zitterte und bebte. Adams Geist wusste nicht, wie er das, was er sah, verarbeiten sollte. Es war dasselbe Entsetzen wie zuvor bei dem blutenden Baum, nur dass es sich inzwischen auf den gesamten Wald ausgebreitet hatte – die Luft mit eingeschlossen. Es wäre einfacher zu ertragen gewesen, wenn vom wahren Cabeswater nichts übrig gewesen wäre – dann hätte man das Ganze leichter als Albtraum abtun können –, aber Adam sah noch immer den Wald, den er kannte und der nun verzweifelt ums Überleben kämpfte.

Cabeswater?

Keine Antwort.

Er wusste nicht, was mit ihm passieren würde, wenn Cabeswater starb.

»Ronan!«, rief Adam. »Bist du hier?«

Vielleicht schlief Ronan ja nur, ohne zu träumen. Vielleicht träumte er ganz woanders. Vielleicht war er aber auch schon vor Adam hier angekommen und im Traum getötet worden. »*Ronan!*«

»Kerah«, wimmerte das Waisenmädchen.

Doch als Adam sich nach ihr umsah, war sie nirgends zu entdecken. War sie mit ihm hierhergelangt, durch dieselbe Sehschale? War es möglich, dass Ronan im Traum eine weitere Version von ihr geschaffen hatte? Adam kannte die Antwort: Ja. Er hatte einmal dabei zugesehen, wie ein geträumter Ronan neben dem echten Ronan gestorben war. Es hätte unendlich viele Waisenmädchen in diesem Wald geben können. *Verdammt.* Er wusste nicht, wie er sie rufen sollte. Er versuchte es mit: »Waisenmädchen!«

Kaum dass das Wort über seine Lippen war, bereute er es. An einem Ort wie diesem waren die Dinge genau das, was man sie nannte. So oder so bekam er keine Antwort.

Er machte sich auf den Weg durch den Wald, achtete jedoch darauf, sich sicher in seinem Körper in den Schobern zu verankern. Spürte den kühlen Rand der Sehschale unter seinen Händen, den Holzfußboden unter dem Po. Roch den Geruch des Kamins hinter sich. »Vergiss nicht, wo du bist, Adam«, schärfte er sich ein.

Er wollte nicht noch einmal nach Ronan rufen; er wollte nicht, dass der Albtraum ein Duplikat von ihm erzeugte. Alles, was er sah, war schrecklich. Hier eine Schlange, die sich bei lebendigem Leib auflöste, dort ein Hirsch, der auf dem Boden lag und wie in Zeitlupe die Beine bewegte, während Kletterpflanzen durch sein Fleisch wucherten. Dort eine Gestalt, die nicht Adam war, aber genauso angezogen wie er. Adam zuckte zusammen, aber der fremde Junge schien ihn gar nicht zu bemerken. Er war zu sehr damit beschäftigt, seine eigenen Hände zu essen.

Adam erschauderte. »Cabeswater, wo ist er?«

Seine Stimme klang schrill und Cabeswater erzitterte beim Versuch, seinen Zauberer zu beschwichtigen. Vor ihm erschien ein Felsen. Oder, besser gesagt, er war schon immer da gewesen, so wie es Träumen – und Noah – möglich war, einfach aufzutauchen und wieder zu verschwinden. Adam erkannte den Felsbrocken; seine zerfurchte Oberfläche war mit tiefroten Buchstaben in Ronans Handschrift bedeckt.

Adam ging daran vorbei, als plötzlich hinter ihm ein Schrei ertönte.

Dort war Ronan. Endlich. Endlich.

Ronan starrte auf etwas, das im verbrannten Gras zwischen den zerstörten Bäumen lag; als Adam näher heranging, erkannte er, dass es ein Kadaver war. Es war schwer zu sagen, wie er früher ausgesehen hatte. Die Haut schien einmal kalkweiß gewesen zu sein, aber das Fleisch war von tiefen Schnitten durchzogen, deren Kanten sich rosa nach innen wölbten. Unter einem grau glänzenden Lappen schlängelte sich ein Strang Eingeweide hervor, verhakt in einer rot verschmierten Klaue. Pilze sprossen überall aus dem Gewebe und irgendetwas an ihnen wirkte grausig falsch; man konnte kaum hinsehen.

»Nein«, flüsterte Ronan. »Oh nein. Du Mistvieh.«

»Was ist das?«, fragte Adam.

Ronans Hand schwebte über zwei offen stehenden Schnäbeln, an denen Schwarz und irgendetwas Bläulich-Rotes klebte, das Adam lieber nicht zu genau betrachtete. »Mein Traummonster. Verdammt. Scheiße.«

»Was macht das denn hier?«

»Keine Ahnung. Es denkt, wie ich denke«, antwortete Ronan. Dann sah er zu Adam hoch. »Ist das hier ein Albtraum oder real?«

Adam erwiderte seinen Blick. Denn dies war die Wirklichkeit: Albträume *waren* real. Es gab keinen Unterschied mehr zwischen Träumen und Realität, wenn sie zusammen in Cabeswater stehen konnten.

»Was ist hier bloß los?«, fragte Ronan. »Ich kann die Bäume nicht mehr hören. Nichts redet mit mir.«

Adam erwiderte seinen Blick. Er wollte das Wort *Dämon* nicht aussprechen.

»Ich will aufwachen«, sagte Ronan. »Können wir? Ich will nicht irgendwas von hier mitnehmen. Und ich hab meine Gedanken nicht mehr unter – ich hab –«

»Okay«, unterbrach Adam ihn. Denn ihm ging es genauso. »Wir müssen mit den anderen reden. Lass uns –«

»Kerah!«

Der Schrei des Waisenmädchens ließ Ronan zusammenfahren und er reckte den Hals. Sie stand ein Stück entfernt, inmitten schwarzer Äste und Tümpel.

»Lass sie hier«, sagte Adam. »Sie ist in der Realität bei uns.«

Doch Ronan zögerte.

»*Kerah!*«, heulte sie abermals und diesmal hörte auch Adam den Schmerz in ihrer Stimme – so klein, bemitleidenswert, kindlich, alles in ihm war darauf konditioniert, dem Flehen nachzugeben. »*Kerah, succurro!*«

Es war unmöglich zu sagen, ob dies das Waisenmädchen war, das mit ihnen in den Schobern war, oder bloß eine Kopie von ihr oder vielleicht auch irgendein teuflischer Monstervogel, der ihre Stimme imitierte. Ronan war es auch egal. Er rannte los. Adam stürmte hinterher. Alles, woran sie vorbeikamen, war grauenhaft: ein Wäldchen aus ineinandergesunkenen Weiden, ein Vogel, der rückwärts sang, ein faustgroßer Ballen schwarzer Insekten auf den Überresten eines toten Kaninchens.

Es war nicht die Stimme eines Monstervogels. Es war das Waisenmädchen oder zumindest etwas, das genauso aussah, und sie kniete in einem Büschel verdorrten Grases. Bis jetzt hatte sie nicht geweint, doch als sie nun Ronan sah, brach sie in Tränen aus. Völlig außer Atem kam er bei ihr an und sie streckte ihm flehend die Arme entgegen. Adam konnte sich nicht vorstellen, dass sie eine Kopie war; sie trug seine Uhr mit den Bissspuren am Armband, ganz davon abgesehen, dass Cabeswater unmöglich noch genug Kraft haben konnte, um ein so täuschend echtes Abbild von ihr zu erschaffen.

»*Succurro, succurro*«, schluchzte sie. *Hilfe, Hilfe* – Ihre ausgestreckten Arme waren bis zu den Ellbogen mit Blut verschmiert.

Ronan fiel auf die Knie und drückte die seltsame kleine Traumkreatur fest an sich, die das Gesicht an seiner Schulter verbarg. Bei dem Anblick zog sich Adams Herz zusammen. Dann stand Ronan auf, das Mädchen in den Armen, und Adam hörte sie sagen: »Nein, du hast alles richtig gemacht, es wird alles wieder gut, wir wachen auf.«

Dann sah Adam *es*. Er sah es vor Ronan, weil Ronan auf das Waisenmädchen konzentriert war. *Nein, nein*. Das Waisenmädchen hatte nicht hier gesessen, weil sie nicht mehr weitergekonnt hatte. Sie hatte hier gesessen, weil sie den Leichnam nicht weiter hatte schleifen können. *Leichnam* war beinahe ein zu schönes Wort dafür. Lange Haarsträhnen hingen von den größten Teilen; das Ganze war auseinandergezogen wie eine zähflüssige Perlenkette. Das war der Grund, warum die Arme des Waisenmädchens voller Blut waren; dieser sinnlose Rettungsversuch.

»Ronan«, warnte Adam, Entsetzen in der Stimme.

Ronan drehte sich um.

Eine Sekunde lang sah er bloß Adam an und Adam wünschte, er könnte seinen Blick für immer und ewig festhalten. »Wach einfach auf«, dachte er, aber er wusste, dass Ronan nicht auf ihn hören würde.

Ronan sah hinunter.

»Mom?«

45

Je nachdem, wo man anfing, war dies eine Geschichte über den grauen Mann.

Der graue Mann mochte Könige.

Er mochte offizielle Könige, die einen Titel und eine Krone und all das besaßen, aber er mochte auch die inoffiziellen, die herrschten und führten und leiteten, ohne von adliger Abstammung zu sein, ohne dazu einen Thron zu brauchen. Er mochte Könige, die in der Vergangenheit gelebt hatten, und Könige, die in der Zukunft lebten. Könige, die erst nach ihrem Tod zu Legenden geworden waren, Könige, die noch zu Lebzeiten zu Legenden geworden waren, und Könige, die zu Legenden geworden waren, ohne jemals gelebt zu haben. Am liebsten waren ihm Könige, die ihre Macht einsetzten, um Bildung und Frieden voranzutreiben, statt Status und Besitz zu fördern, die Gewalt nur einsetzten, um ein Land zu schaffen, das nicht von Gewalt regiert wurde. Alfred, der König, den der graue Mann am meisten bewunderte, hatte all diese Dinge verkörpert, indem er die zänkischen angelsächsischen Kleinkönigreiche eroberte und unter sich vereinte. Mit welcher Inbrunst der graue Mann einen solchen Monarchen verehrte, selbst nachdem aus ihm persönlich kein König, sondern ein Auftragskiller geworden war.

Es war schon sonderbar, dass er sich nicht an den Moment erinnern konnte, in dem er beschlossen hatte, Auftragskiller zu werden.

Er erinnerte sich an die akademischen Stationen seines Lebens, damals, als er noch als Geschichtswissenschaftler in Boston gearbeitet hatte: die Vorlesungen, die Publikationen, die Soireen, die Archive. Könige und Krieger, Ehre und Wergeld. Und er erinnerte sich an die Greenmantles, natürlich. Alles darüber hinaus jedoch war äußerst mühsam zusammenzustückeln. Es fiel ihm schwer zu beurteilen, was tatsächliche Erinnerungen waren und was bloße Träume. Damals hatte sich ein grauer Tag an den anderen gereiht und er hatte das Gefühl, als hätte er Wochen oder Monate oder Jahre an diesen nebulösen Zustand der Entfremdung verloren. Irgendjemand hatte irgendwann in dieser Zeit das Wort *Söldner* geflüstert und irgendjemand hatte irgendwann in dieser Zeit seine Identität aufgegeben und war letzten Endes der graue Mann geworden.

»Was glaubst du denn eigentlich, was wir dort finden?«, erkundigte sich Maura gegenwärtig.

Sie saßen im Auto und waren auf dem Weg nach Singer's Falls. Die Begegnung mit nur zwei Dritteln von Laumonier in dem Supermarkt gab dem grauen Mann zu denken und er hatte einen Großteil der Nacht auf der Suche nach dem dritten und unangenehmsten Bruder verbracht. Nun fuhren sie, obwohl sie seinen Mietwagen inzwischen aus den Augen verloren hatten, weiter in Richtung der Schober.

»Ich *hoffe*, dass wir gar nichts finden«, erwiderte der graue Mann. »Was ich allerdings *glaube*, ist, dass wir Laumonier finden werden, der Niall Lynchs Schränke durchwühlt.«

Der Teil des grauen Mannes, der einmal ein Auftragskiller gewesen war, war nicht begeistert, dass Maura darauf bestanden hatte, ihn zu begleiten; der andere Teil hingegen, der bis über beide Ohren in sie verliebt war, schnurrte zufrieden.

»Immer noch keine Antwort von Ronan«, sagte Maura mit einem Blick auf das Handy des grauen Mannes. Blue hatte ihnen am Morgen erzählt, dass Ronan Lynch und Adam Parrish in den Schobern arbeiten wollten.

»Vielleicht geht er einfach nicht dran, weil er meine Nummer sieht«, vermutete der graue Mann. Die andere Möglichkeit: Er war tot. Laumonier konnte ziemlich ungemütlich werden, wenn man ihn in die Ecke trieb.

»Vielleicht«, stimmte Maura nachdenklich zu.

Die Schober lagen so idyllisch da wie eh und je und in der Kieseinfahrt parkten nur zwei Autos – der Lynch-BMW und die dreifarbige Schrottkarre von Parrish. Von Laumoniers Mietwagen war nichts zu sehen, aber er konnte schließlich auch weiter weg geparkt haben und den Rest zu Fuß gegangen sein.

»Sag jetzt nicht, dass ich im Auto bleiben soll«, warnte Maura.

»Würde mir nicht im Traum einfallen«, antwortete der graue Mann, der vorsichtig seine Tür öffnete, um sie nicht gegen einen Pflaumenbaum zu schlagen, der noch immer unbeirrt Früchte trug. »Ein geparktes Auto ist ein furchtbar unsicherer Ort.«

Er griff nach seiner Waffe, während Maura sein Handy in ihrer Hosentasche verstaute, dann machten sie sich zusammen auf den Weg zur Haustür – die unverschlossen war. Es dauerte nicht lange, bis sie Adam und Ronan im Wohnzimmer fanden.

Sie waren nicht tot.

Aber sie waren auch nicht direkt am Leben. Ronan Lynch hing wie bewusstlos auf dem abgewetzten Ledersofa und Adam Parrish lag rücklings auf dem Boden neben dem Kamin. Ein Mädchen saß kerzengerade vor einem Hundenapf und starrte hinein, ohne zu blinzeln. Es hatte Hufe. Keiner der Anwesenden reagierte, als Maura sie ansprach.

Der graue Mann war merkwürdig erschüttert über den Anblick der drei, was vor dem Hintergrund, dass er derjenige gewesen war, der Ronans Vater getötet hatte, ein wenig absurd erschien. Aber genau das war der Grund, aus dem nun Schuld und Verantwortungsgefühl in den Korridoren seines Herzens aufheulten. Er war jetzt ein selbstbestimmter Mann, nachdem er zuvor, als er das Werkzeug von jemand anderem gewesen war, dafür gesorgt hatte, dass Ronan und die Schober niemanden mehr hatten, der sie beschützte.

»Ist das hier Magie oder Gift?«, fragte der graue Mann Maura. »Laumonier schwört nämlich auf Gift.«

Maura beugte sich über die Sehschale, zuckte jedoch gleich darauf hastig zurück. »Ich glaube, Magie. Nicht dass ich besonders viel wüsste über die Art, mit der die drei hier gespielt haben.«

»Sollen wir sie mal rütteln?«, fragte er.

»Adam. Adam, komm zurück.« Sie berührte sein Gesicht. »Ronan würde ich lieber nicht wecken für den Fall, dass er Adams Seele erdet. Ich fürchte … ich muss selbst reingehen und Adam holen. Nimm meine Hand, ja? Und lass mich nicht für mehr als, ich weiß nicht, neunzig Sekunden oder so drüben.«

»Ist es gefährlich?«

»So ist Persephone gestorben. Der Körper kann nicht weiterleben, wenn sich die Seele zu weit von ihm entfernt. Aber das habe ich auch nicht vor. Wenn er nicht ganz in der Nähe ist, komme ich zurück.«

Der graue Mann vertraute darauf, dass Maura ihre Grenzen kannte, genauso wie sie es vermutlich umgekehrt tun würde. Er legte seine Pistole neben sich auf den Boden – außer Reichweite des Mädchens, wenn es denn eins war – und ergriff Mauras Hand.

Wieder beugte sie sich über die Sehschale und als ihr Blick leer wurde, begann er zu zählen. *Eins, zwei, drei –*

Adam keuchte und zuckte. Eine seiner Hände schoss vor und tastete nach Halt, ohne welchen zu finden. Seine Fingernägel kratzten vergeblich über den Boden. Mit sichtlicher Mühe richtete sich sein Blick auf den grauen Mann.

»Wecken Sie ihn«, nuschelte er. »Lassen Sie ihn nicht allein dableiben!« Das Mädchen mit den Hufen sprang auf, ohne auch nur im Geringsten benommen zu wirken. (Vielleicht, dachte der graue Mann rückblickend, war sie überhaupt nicht an der Sitzung beteiligt gewesen, sondern hatte nur so getan, als Maura und graue Mann ins Haus gekommen waren, was eine etwas unheimliche, aber durchaus plausible Vorstellung war.) Sie schlang die Arme um Ronan, der noch immer schlaff dalag, und fing an, ihn zu rütteln, presste ihm die Hände flach auf die Wangen, hämmerte auf seine Brust ein und brabbelte dabei ununterbrochen in einer Sprache, die wie Latein klang, aber keins war.

Dann geschah etwas Seltsames. Im Prinzip wusste der graue Mann zwar, womit er es zu tun hatte, aber es war etwas völlig anderes, das Ganze mit eigenen Augen zu sehen.

Ronan Lynch brachte etwas aus seinen Träumen mit in die Wirklichkeit.

In diesem Fall: Blut.

Im einen Moment schlief er und im nächsten war er plötzlich wach und seine Hände trieften vor glitschigem Rot. Das Bewusstsein des grauen Mannes glitt unbehaglich vom ersten Moment zum zweiten und ihm wurde klar, dass es das komplizierteste Bild sauber herausgeschnitten hatte: das in der Mitte.

Adam war aufgesprungen. »*Holen Sie Maura zurück!* Sie haben ja keine Ahnung –«

Ja, neunzig Sekunden. Neunzig Sekunden waren um. Der graue Mann zog Maura an ihrer Hand weg von der Sehschale und da sie nur oberflächlich hineingetaucht war, kehrte sie ohne Problem zu ihm zurück.

»Oh nein«, flüsterte sie. »Es ist schrecklich. Es ist so schrecklich. Der Dämon – oh nein.«

Im nächsten Moment sah sie zu Ronan auf der Couch hinüber. Er hatte sich keinen Millimeter bewegt, obwohl die Brauen über seinen geschlossenen Augen irgendwie ausdrucksvoller wirkten. Es war nicht viel Blut an ihm, im Vergleich dazu, wie viel ein normaler Mensch in seinem Inneren mit sich herumtrug, aber dennoch lag etwas Fatales über dem Anblick. Es war wohl die Kombination von Blut und Dreck, den Knochenstückchen und Eingeweidefetzen, die an seinen Handballen klebten.

»*Scheiße*«, fluchte Adam ungebremst. Er fing an zu zittern, sein Gesicht jedoch blieb vollkommen gleich.

»Ist Ronan verletzt?«, fragte Maura.

»Er bewegt sich immer eine Weile nicht, wenn er aufwacht«, erklärte Adam. »Wenn er etwas mitbringt. Lassen Sie ihm einen Moment Zeit. *Scheiße!* Seine Mutter ist tot.«

»Vorsicht!«, schrie das seltsame Mädchen. Es war dieser Schrei, und nur dieser Schrei, der dem grauen Mann das Leben rettete, als Laumonier mit einer Pistole um die Ecke kam.

Laumonier zögerte keine Sekunde, als er den grauen Mann erkannte: Ihn in diesem Zusammenhang zu sehen war Grund genug, ihn zu erschießen.

Der Knall sprengte die Grenzen des Zimmers.

Das Mädchen stieß ein Kreischen aus, das nichts von einem Laut hatte, den ein menschliches Mädchen je von sich geben würde, dafür aber alles von einem Laut, den eine Krähe von sich geben würde.

Der graue Mann war sofort in Deckung gegangen und hatte Maura mit sich zu Boden gerissen. In dem Moment, als er auf den ausgetretenen Holzdielen aufschlug, wurde ihm klar, dass er zwei Möglichkeiten hatte.

Er könnte versuchen, das Drittel Laumonier zu entwaffnen, die Gefahr bannen und den Kerl daran erinnern, dass Laumonier jetzt, da Greenmantle tot war, besser daran tat, sich nicht mit dem grauen Mann anzulegen. Der Plan war nicht so hirnrissig, wie er auf den ersten Blick schien: Der graue Mann hatte selbst eine Waffe in greifbarer Nähe und Adam Parrish hatte sich schon einmal als extrem clever und abgebrüht erwiesen. Diese Lösung würde allerdings nicht dazu führen, dass Laumonier sich weniger für die Schober interessierte, und sobald er erst mal das Mädchen mit den Hufen gesehen hatte, würde seine Neugier ins Unermessliche wachsen. Dieser Teil der Welt – zu dem auch der Fox Way 300 mit Maura und Blue gehörte – wäre weiterhin in Gefahr, es sei denn, sie alle flohen, so wie Declan und Matthew Lynch es getan hatten. Wenn er diesen Weg wählte, würde er ununterbrochen auf der Hut sein müssen, um sie alle vor Laumonier und seinesgleichen zu beschützen. Ohne je zur Ruhe zu kommen.

Oder der graue Mann könnte Laumonier erschießen.

Das käme einer Kriegserklärung gleich. Die anderen zwei Drittel Laumonier würden die Aktion nicht unkommentiert lassen. Aber vielleicht war ein Krieg ja genau das, was diese kranke Branche brauchte. Sie hatte sich, schon bevor der graue Mann dazugestoßen war, zu einem anarchischen System aus dunklen Gassen und Kellern, aus Entführungen und Auftragskillern entwickelt und war immer unberechenbarer geworden. Vielleicht brauchte die Branche jemanden, der von oben für ein bisschen Ordnung sorgte und all diese selbst ernannten Könige bändigte. Doch es würde nicht leicht werden, es würde Jahre dauern und der graue Mann sah keine Möglichkeit, wie er währenddessen bei Maura und ihrer Familie bleiben könnte. Er würde die Gefahr von ihnen fernhalten müssen und er würde sich noch einmal von Neuem in diese Welt stürzen müssen.

Er wollte so gern bleiben, hier in dieser Stadt, in der er angefangen hatte, der Gewalt abzuschwören. In dieser Stadt, in der er wieder gelernt hatte zu fühlen. In dieser Stadt, die er so liebte.

Nur eine Sekunde war verstrichen.

Maura seufzte.

Der graue Mann erschoss Laumonier.

Er war ein König.

46

Blue fiel es nicht schwer zu glauben, dass ein Dämon Ronans Mutter getötet hatte und dabei war, ganz Cabeswater zu töten. Als Gansey und sie nach dem Mittagessen mit seiner Familie das Haus im Fox Way erreichten – nachdem sie Dutzende Anrufe sowohl von Ronans Handy als auch aus dem Fox Way bekommen hatten –, fühlte es sich an wie der Anfang des Weltuntergangs. Dicke Wolkenklumpen türmten sich über der Stadt und zugleich im Haus, wo der graue Mann seine wenigen Sachen zusammenpackte, die er dort deponiert hatte.

»Tötet ihr den Dämon«, sagte er zu ihnen. »Ich werde versuchen, mich um den Rest zu kümmern. Ob ich irgendwann wiederkomme?«

Maura legte ihm bloß die Hand auf die Wange.

Er küsste sie, umarmte Blue und dann war er weg.

Jimi und Orla waren, wie Blue bestürzt feststellen musste, ebenfalls nicht mehr da. Sie sollten nicht in die Schusslinie geraten, hatte Maura gesagt, und seien zu alten Freunden nach West Virginia gefahren, bis feststand, wie es mit Henrietta und den dort ansässigen Wahrsagerinnen weitergehen sollte.

Alle Termine waren abgesagt, sodass keine Kunden kommen würden, und wenn jemand bei der Hotline anrief, wurde er auf die Mailbox umgeleitet.

Nur Maura, Calla und Gwenllian waren noch übrig.

Es fühlte sich an wie das Ende von allem.

»Wo ist Ronan?«, fragte Blue Adam.

Adam führte Blue und Gansey nach draußen in den kühlen Herbsttag. Er bewegte sich vorsichtig, um nicht Chainsaw, die mit hängendem Kopf auf seiner Schulter hockte, aus dem Gleichgewicht zu bringen. Ein paar Häuser weiter stand Ronans Auto an der Straße.

Ronan saß reglos am Steuer seines BMW, den Blick auf irgendeinen Punkt auf dem Asphalt vor ihm gerichtet. Das Licht täuschte eine Bewegung auf dem Beifahrersitz vor – nein, es war keine Täuschung. Noah kauerte dort, kaum sichtbar und ebenfalls reglos. Er saß von vornherein zusammengesackt, doch als er die genähte Wunde in Blues Gesicht sah, sanken seine Schultern noch weiter nach unten.

Blue und Gansey gingen auf die Fahrerseite und warteten. Ronan fuhr nicht das Fenster herunter und sah auch nicht zu ihnen hoch, also versuchte Gansey, die Tür zu öffnen, die sich als unverriegelt herausstellte.

»Ronan«, sagte er. Die Sanftheit in seiner Stimme hätte Blue beinahe zum Weinen gebracht.

Ronan wandte nicht mal den Kopf. Seine Füße standen noch immer auf den Pedalen; seine Hände ruhten auf der unteren Krümmung des Lenkrads. Sein Gesicht wirkte gefasst.

Traurigkeit erfüllte Blue beim Gedanken daran, dass Ronan nun der letzte Lynch in ganz Henrietta war.

Adam neben ihr erschauderte heftig. Blue schlang den Arm um ihn. Es war schrecklich, sich vorzustellen, dass Ronan und Adam, während sie selbst beim Mittagessen im Schulhaus gesessen hatte, zusammen durch die Hölle gegangen waren. Ganseys edle Zauberer, beide starr vor Erschütterung.

Adam erschauderte wieder.

»Ronan«, versuchte Gansey es noch einmal.

Ganz leise sagte Ronan schließlich: »Ich warte darauf, dass du mir sagst, was ich jetzt machen soll, Gansey. Sag mir, wo ich hinsoll.«

»Wir können es nicht rückgängig machen«, sagte Gansey. »Ich kann es nicht.«

Ronans Miene veränderte sich kein bisschen. Es war schrecklich, ihn ohne eine Spur von Feuer, von Säure zu sehen.

»Komm doch mit ins Haus«, schlug Blue vor.

Ronan reagierte nicht. »Ich weiß, dass ich es nicht rückgängig machen kann. Ich bin ja nicht blöd. Ich will das Ding *umbringen.*«

Ein Auto dröhnte heran und fuhr einen weiten Bogen um das Grüppchen an Ronans geöffneter Tür. Die ganze Nachbarschaft wirkte nah und präsent und schien sie zu beobachten. Im Inneren des Wagens beugte sich nun Noah vor und sah zu ihnen heraus. Sein Gesicht war traurig; er hob den Finger an seine Augenbraue, wo Blues Wunde war.

»Es war nicht deine Schuld«, dachte Blue an ihn gewandt. »Ich bin dir nicht böse. Bitte hör auf, dich vor mir zu verstecken.«

»Ich lasse nicht zu, dass er sich Matthew holt«, murmelte Ronan. Er atmete durch den Mund ein und stieß die Luft durch die Nase wieder aus. Langsam und gemessen. Alles war langsam und gemessen, flach gepresst in einen Zustand verzweifelter Kontrolle. »Ich konnte ihn in meinem Traum spüren. Ich konnte spüren, was er will. Er löscht alles aus, was ich geträumt habe. Und das lasse ich nicht zu. Ich werde nicht noch jemanden verlieren. Du weißt, wie man ihn umbringen kann.«

»Ich weiß nicht, wie wir Glendower finden sollen«, erwiderte Gansey.

»Doch, Gansey, das weißt du«, widersprach Ronan, dessen Stimme nun zum ersten Mal zittrig klang. »Ich weiß, dass du es weißt. Und wenn du bereit bist, ihn zu finden, bin ich auch bereit und warte darauf, dass du mir sagst, wo ich hingehen soll.«

Ach, Ronan.

Ronans Blick war noch immer auf die Straße vor ihnen gerichtet. Eine Träne rann ihm die Nase hinunter und blieb an seinem Kinn hängen, aber er blinzelte nicht einmal. Als Gansey nichts mehr sagte, streckte Ronan, ohne zu ihnen hochzusehen, die Hand nach dem Türgriff aus, gedankenlos, gewohnheitsmäßig. Er zog die Tür zu. Sie schloss sich mit einem leiseren Knall, als Blue von ihm erwartet hätte.

Sie standen neben dem Auto ihres Freundes und keiner von ihnen sagte etwas oder bewegte sich. Der Wind wehte trockenes Laub die Straße hinunter in Ronans Blickfeld. Irgendwo dort draußen hockte ein Monster und fraß sein Herz. Blue durfte nicht zu genau an die niedergemetzelten Bäume von Cabeswater denken oder sie würde zu unruhig werden, um weiter hier zu stehen.

»Ist das da auf dem Rücksitz diese Sprachen-Rätselkiste?«, fragte sie. »Die bräuchte ich mal. Ich will versuchen, mit Artemus zu reden.«

»Steckt der nicht in einem Baum?«, wollte Adam wissen.

»Ja«, antwortete Blue. »Aber es wäre ja nicht das erste Mal, dass wir mit Bäumen reden.«

Nur wenige Minuten später stakste Blue über die freiliegenden Wurzeln hinweg zum Stamm der großen Buche. Gansey und Adam waren bei ihr, aber Blue hatte ihnen strikte Anweisungen gegeben, auf der Terrasse an der Hintertür zu bleiben und nicht näher zu kommen. Dies war eine Sache zwischen ihr und ihrem Vater und ihrem Baum.

Hoffte sie zumindest.

Sie konnte gar nicht zählen, wie oft sie schon unter dieser Buche gesessen hatte. Während andere einen Lieblingspullover oder einen Lieblingssong hatten, einen Lieblingssessel oder ein Lieblingsgericht, hatte Blue immer die große Buche im Garten gehabt. Es ging ihr nicht nur um diesen einen Baum – sie liebte alle Bäume –, aber dieser hier war eine Konstante in ihrem ganzen bisherigen Leben gewesen. Sie wusste, wie viel er jedes Jahr wuchs, kannte jede Furche in seiner Borke und sogar den ganz eigenen Duft seiner Blätter, wenn sie im Frühjahr zu sprießen begannen. Sie kannte ihn genauso gut wie jeden anderen Bewohner des Fox Way 300.

Jetzt saß sie im Schneidersitz zwischen den dicken Wurzeln, mit der Rätselkiste auf den Knien und einem Notizblock obendrauf. Die aufgewühlte Erde war feucht und kühl unter ihren Beinen; wenn sie die Sache wirklich gut durchdacht hätte, hätte sie sich wahrscheinlich eine Sitzunterlage mitgebracht.

Aber vielleicht war es sogar besser, denselben Boden unter sich zu spüren wie der Baum.

»Artemus«, sagte sie, »kannst du mich hören? Ich bin's, Blue. Deine Tochter.« Gleich nachdem sie es ausgesprochen hatte, kam ihr der Gedanke, dass das womöglich ein Fehler gewesen war. Vielleicht wollte er daran lieber nicht erinnert werden. Also korrigierte sie sich: »Mauras Tochter. Gleich schon mal vorweg: Bitte entschuldige meine schlechte Aussprache, aber für so was gibt es leider keine Bücher.«

Die Idee, Ronans Rätselkiste zu benutzen, war ihr zum ersten Mal gekommen, als sie sich am Vormittag mit Henry unterhalten hatte. Er hatte ihr erklärt, dass die Biene seine Gedanken präziser übersetzte, als Worte es konnten, und im Grunde mehr *Henry* war als alles, was aus seinem Mund kam. Dabei war ihr eingefallen, dass die Cabeswater-Bäume immer Schwierigkeiten gehabt hatten, mit

Menschen zu kommunizieren, auf Latein wie auf Englisch, aber dass sie schließlich noch eine weitere Sprache beherrschten, in der sie untereinander redeten – die Traumsprache, die ebenfalls auf Ronans Übersetzungskiste auftauchte. Auch Artemus schien absolut nicht in der Lage gewesen zu sein, sich auszudrücken. Vielleicht konnte die Kiste ihm helfen. Oder vielleicht würde er wenigstens merken, dass Blue sich Mühe gab.

Sie drehte an den Rädchen, um die Dinge, die sie ihm sagen wollte, in die Traumsprache zu übersetzen, und notierte sich das Ergebnis. Dann las sie die aufgeschriebenen Sätze laut vor, langsam und unsicher. Sie war sich Adams und Ganseys Anwesenheit deutlich bewusst, empfand sie jedoch als tröstlich, nicht störend. Schließlich hatte sie schon weit verrücktere Rituale vor ihnen durchgeführt. Laut ausgesprochen klangen die Sätze ein bisschen wie Latein. In Blues Kopf bedeuteten sie:

»Mom hat mir immer erzählt, dass du dich für die Welt interessierst, für die Natur und die Art, wie die Menschen mit ihr umgehen, genau wie ich. Ich dachte, wir könnten uns vielleicht ein bisschen darüber unterhalten, in deiner Sprache.«

Viel lieber hätte sie ohne Umschweife nach dem Dämon gefragt, aber sie hatte ja gesehen, wie schlecht Gwenllian damit gefahren war. Also wartete sie ab. Der Garten sah aus wie immer. Ihre Hände waren feucht. Sie war nicht ganz sicher, worauf sie sich einstellen sollte.

Langsam drehte sie weiter an den Rädchen, um den nächsten Satz aus dem Englischen zu übersetzen. Dann legte sie die Hand auf die glatte, hautartige Borke der Buche und stellte ihre Frage: »Bitte, könntest du mich zumindest wissen lassen, ob du mich hörst?«

Nicht mal ein Rascheln der wenigen verbliebenen Blätter war zu vernehmen.

Als Blue noch sehr viel jünger gewesen war, hatte sie Stunden damit verbracht, die kompliziertesten Wahrsagerituale nachzustellen, bei denen sie ihrer Familie zugesehen hatte. Sie hatte unzählige Bücher über Tarot gelesen; im Internet Videos übers Handlesen gesehen; Teeblätter studiert; mitternächtliche Séancen im Badezimmer abgehalten. Während ihre Cousinen mühelos mit Toten plauderten und ihre Mutter in die Zukunft blicken konnte, musste Blue sich jedes Fitzelchen Übernatürlichkeit hart erkämpfen. Stundenlang lauschte sie vergeblich auf Stimmen aus einer anderen Welt. Versuchte vorauszusagen, welche Tarotkarte sie als Nächstes aufdecken würde. Wartete unermüdlich darauf, dass etwas Totes ihre Hand streifte.

Genau wie jetzt.

Der einzige Unterschied bestand darin, dass Blue ein kleines bisschen zuversichtlicher in dieses Ritual gestartet war. Es war sehr lange her, seit sie sich Illusionen darüber gemacht hatte, selbst in Verbindung mit der anderen Welt treten zu können. Und dass sie jetzt nicht verzweifelte, lag nur daran, dass sie nicht damit gerechnet hatte, dass die andere Welt auch hierbei im Spiel wäre.

»Ich liebe diesen Baum«, sagte Blue schließlich auf Englisch. »Du hast keinen Anspruch darauf. Wenn irgendjemand darin leben sollte, dann ich. Ich liebe ihn schon länger, als du es jemals könntest.«

Seufzend stand sie auf und klopfte sich die Erde von den Beinen. Dann warf sie Gansey und Adam einen verzagten Blick zu.

»Warte.«

Blue zuckte zusammen. Gansey und Adam starrten an ihr vorbei.

»Sag das noch mal.« Artemus' Stimme drang aus dem Baum. Nicht gerade wie die Stimme Gottes, sondern eher, als versteckte er sich hinter dem Stamm.

»Was?«, fragte Blue.

»Sag das noch mal.«

»Dass ich den Baum liebe?«

Artemus trat aus dem Baum. Auf dieselbe Art wie Aurora aus dem Felsen in Cabeswater getreten war. Baum, dann Mann-und-Baum, dann nur noch Mann. Artemus streckte die Hände nach der Rätselkiste aus und Blue legte sie hinein. Mit der Kiste auf dem Schoß ließ er sich zu Boden sinken, schloss die langen Glieder um sie und drehte langsam an den Rädern, während er nacheinander alle Seiten betrachtete. Als sie sein schmales Gesicht, den müden Mund und die hängenden Schultern betrachtete, stellte Blue erstaunt fest, auf welch unterschiedliche Weise sich das Alter bei Artemus und Gwenllian niederschlug. Gwenllian hatten die sechshundert Jahre des Wartens jung und wütend gemacht. Artemus dagegen wirkte geschlagen. Blue fragte sich, ob daran die sechshundert Jahre in ihrer Gesamtheit schuld waren oder nur die vergangenen siebzehn.

»Du siehst müde aus«, sagte sie schlicht.

Er sah zu ihr hoch und seine kleinen Augen funkelten, umgeben von tiefen Falten. »Ich *bin* müde.«

Blue setzte sich ihm gegenüber. Sie sagte nichts, während er weiter die Kiste erforschte. Es war seltsam, in seinen Händen den Ursprung ihrer eigenen zu erkennen, obwohl seine Finger länger und knorriger waren.

»Ich bin einer von den *tir e e'lintes*«, sagte Artemus schließlich. »Das hier ist meine Sprache.«

Er stellte an den Rädchen der unbekannten Sprache *tir e e'lintes* ein. Auf der englischen Seite erschien die Übersetzung und er drehte sie Blue zu.

»›Baumlichter‹«, las sie vor. »Weil ihr euch in Bäumen verstecken könnt?«

»Sie sind unsere …« Er brach ab. Wieder drehte er an den Rädchen und hielt ihr die Kiste hin. *Heim-Hülle.*

»Ihr lebt in Bäumen?«

»In? Mit.« Er dachte kurz nach. »Ich war ein Baum, als Maura und die anderen beiden Frauen mich vor Jahren daraus hervorgezogen haben.«

»Das verstehe ich nicht«, entgegnete Blue freundlich. Es war nicht die Wahrheit über ihn, die sie mit Unbehagen erfüllte. Es war die Wahrheit über sie selbst, die darin mitschwang. »Warst du ein Baum oder warst du *in* einem Baum?«

Er blickte sie an, trübselig, müde, eigentümlich, und dann hielt er ihr seine Handfläche hin. Mit den Fingern seiner anderen Hand fuhr er die Linien darauf nach. »Diese hier erinnern mich an meine Wurzeln.« Er nahm ihre Hand und legte sie flach auf die Borke der Buche. Sie verschwand komplett unter seinen langen, knotigen Fingern. »Meine Wurzeln sind auch deine Wurzeln. Vermisst du dein Zuhause?«

Sie schloss die Augen. Sie spürte die vertraute, kühle Rinde unter ihrer Hand und wieder fühlte sie sich geborgen unter den Ästen, auf seinen Wurzeln, ihre Haut an seinem Stamm.

»Du liebst diesen Baum«, fuhr Artemus fort. »Das hast du eben gesagt.«

Sie öffnete die Augen. Nickte.

»Manchmal tragen wir *tir e e'lintes* dies«, sagte er dann und deutete auf sich selbst. Dann berührte er wieder den Baum. »Und manchmal das.«

»Ich wünschte«, setzte Blue an, hielt dann aber inne. Doch sie musste den Satz nicht beenden.

Er nickte. »So hat alles angefangen«, sagte er dann.

Und dann begann er zu erzählen, genau wie ein Baum wuchs,

beginnend mit einem Samenkorn. Er ließ erste kleine Wurzeln entstehen, die sich ins Erdreich gruben, um den Stamm zu stützen, der sich bald darauf Richtung Himmel reckte.

»Als Wales noch jung war«, sagte Artemus zu Blue, »gab es dort nichts als Bäume. Heute ist das anders, oder zumindest war es das, als ich das letzte Mal dort war. Zuerst war es in Ordnung. Es gab mehr Bäume als *tir e e'lintes.* Manche Bäume können keine *tir e e'lintes* aufnehmen. Du kennst diese Bäume; selbst der stumpfsinnigste Mensch kennt diese Bäume. Sie sind –« Er sah sich um. Sein Blick blieb an den wie Unkraut wuchernden Robinien auf der anderen Seite des Zauns und der Zierpflaume in einem benachbarten Garten hängen. »Sie haben keine eigene Seele und sie sind nicht dafür geschaffen, die eines anderen aufzunehmen.«

Blue ließ die Finger über eine der freiliegenden Wurzeln neben ihrem Bein gleiten.

Ja, sie wusste, was er meinte.

Artemus versah seine Geschichte mit noch mehr Wurzeln: »In Wales gab es genug Bäume, für uns. Doch mit den Jahren verwandelte sich Wales von einem Land der Wälder in ein Land der Feuer und Pflüge und Boote und Häuser. Es wurde zu einem Land aller Dinge, die Bäume sein können, nur nicht lebendig.«

Die Wurzeln waren versenkt, also machte er sich an den Stamm. »Die *amae vias* wurden schwächer. Die *tir e e'lintes* können nur in Bäumen in deren Nähe existieren, aber gleichzeitig nähren wir die *amae vias.* Wir sind *oce iteres.* Wie der Himmel und das Wasser. Spiegel.«

Blue schlang die Arme um ihren Körper, denn plötzlich wurde ihr so kalt wie sonst nur in Noahs Gegenwart.

Artemus sah wehmütig zu der Buche auf oder vielleicht auch etwas anderem, noch Älterem. »Ein Wald aus *tir e e'lintes* ist etwas

Besonderes, Spiegel, die auf Spiegel gerichtet sind, die auf Spiegel gerichtet sind, unter unseren Wurzeln das Tosen der *amae vias,* die Luft erfüllt von Träumen.«

»Was ist mit einem allein? Was *ist* einer allein?«, fragte Blue.

Er starrte bedrückt auf seine Hände. »Müde.« Dann auf ihre. »Fremd.«

»Und der Dämon?«

Zu voreilig. Artemus schüttelte den Kopf, wich zurück.

»Owain war kein gewöhnlicher Mann«, sagte er. »Er konnte mit den Vögeln reden. Er konnte mit uns reden. Er wollte, dass sein Land ein Ort voll urwüchsiger Magie war, ein Ort der Lieder und Träume, durchzogen von den mächtigen *amae vias*. Also haben wir für ihn gekämpft. Wir haben alles verloren. *Er* hat alles verloren.«

»Seine ganze Familie ist gestorben«, sagte Blue. »Davon habe ich gehört.«

Artemus nickte. »Es ist gefährlich, Blut auf einer *ama via* zu vergießen. Selbst das kleinste bisschen kann Böses säen.«

Blue riss die Augen auf. »Wie einen Dämon.«

Seine Augenbrauen kräuselten sich Richtung Trauer, sein Gesicht ein Porträt mit dem Titel *Sorge.* »Wales wurde ausgelöscht. Wir wurden ausgelöscht. Die *tir e e'lintes*, die noch übrig waren, sollten Owain Glyndŵr verstecken, bis die Zeit gekommen wäre, da er sich wieder erheben sollte. Wir sollten ihn verstecken. Sein Dasein verlangsamen so wie unser eigenes, wenn wir in Bäumen sind. Doch es gab nicht mehr genug Orte der Kraft auf den walisischen *amae vias*, nachdem der Dämon gewütet hatte. Also sind wir hierher geflohen, hier gestorben. Es war eine harte Reise.«

»Wie hast du meine Mutter kennengelernt?«

»Sie kam eines Tages auf den heiligen Pfad, um mit den Bäumen zu sprechen. Und das hat sie getan.«

Blue machte den Mund auf, dann wieder zu, dann wieder auf. »Bin ich ein Mensch?«

»Maura ist ein Mensch.« Er sagte nicht *und ich auch*. Er war kein Zauberer, nicht bloß ein Mensch, der in Bäumen leben konnte. Er war etwas anderes.

»Sag mir«, flüsterte Artemus, »wenn du träumst, träumst du oft von den Sternen?«

Es war zu viel: der Dämon. Ronans Trauer, die Wahrheit über die Bäume. Zu ihrer eigenen Überraschung stieg eine einzelne Träne in ihrem unversehrten Auge auf und rollte über ihre Wange; dann folgte eine zweite.

Artemus sah zu, wie sie von ihrem Kinn tropften, bevor er sagte: »Alle *tir e e'lintes* stecken voller Energie, sie sind rastlos, immer in Bewegung, suchen unermüdlich nach Möglichkeiten, anderswo zu sein, *etwas* anderes zu sein. Dieser Baum, jener Baum, dieser Wald, jener Wald. Aber mehr als alles andere lieben wir die Sterne.« Er sah nach oben, als könnte er sie selbst bei Tag am Himmel erkennen. »Denn wer weiß, wenn wir die Sterne nur erreichen könnten, könnten wir vielleicht zu einem von ihnen werden. Jeder von ihnen könnte unsere Heim-Hülle sein.«

Blue seufzte.

Artemus sah wieder auf seine Hände; sie schienen ihn aus irgendeinem Grund nervös zu machen. »Diese Gestalt ist keine leichte für uns. Ich sehne mich so sehr – ich will einfach zurück in einen Wald auf dem heiligen Pfad. Aber der Dämon löscht ihn aus.«

»Wie können wir ihn aufhalten?«

Sichtlich widerstrebend antwortete Artemus: »Jemand muss aus freien Stücken auf dem Leichenweg sterben.«

Dunkelheit erfüllte Blues Bewusstsein mit solcher Wucht, dass sie sich an der Buche abstützen musste. In Gedanken sah sie Ganseys

Geist über die Ley-Linie wandeln. Mit einem Mal fiel ihr wieder ein, dass Adam und Gansey in Hörweite waren. Sie hatte vollkommen vergessen, dass sie nicht mit Artemus allein war.

»Gibt es keinen anderen Weg?«, fragte sie.

Artemus' Stimme wurde noch leiser. »Ein freiwilliger Tod im Austausch für einen unfreiwilligen Tod. Das ist der einzige Weg.«

Schweigen breitete sich aus, dann noch mehr Schweigen, und schließlich meldete sich Gansey hinter ihr zu Wort. »Und wenn wir Glendower wecken und seine Gunst nutzen?«

Doch Artemus antwortete nicht. Blue hatte den Moment verpasst, in dem er verschwunden war: Er war zurück im Baum. Die Rätselkiste lag auf die Seite gekippt zwischen den Wurzeln. Blue blieb allein mit dieser schrecklichen Wahrheit zurück und nichts sonst, nicht mal einem Fünkchen Zuversicht.

»Bitte komm zurück!«, flehte sie.

Doch die einzige Antwort war das Rascheln der trockenen Blätter über ihr.

»Tja«, sagte Adam und seine Stimme klang genauso müde wie Artemus' zuvor. »So viel dazu.«

47

Die Nacht brach herein; wenigstens darauf war noch Verlass.

Adam öffnete die Fahrertür des BMW. Ronan hatte sich nicht gerührt, seit sie gegangen waren. Er starrte noch immer die Straße hinunter, die Füße auf den Pedalen, die Hände auf dem Lenkrad. Bereit zur Abfahrt. Er wartete auf Gansey. Es war keine Trauer, die ihn umgab; es war ein tröstlicherer, leererer Zustand, der darüber hinausreichte. »Du kannst hier nicht übernachten«, sagte Adam.

»Nein«, stimmte Ronan ihm zu.

Adam stand auf der dunklen Straße, trat zitternd vor Kälte von einem Fuß auf den anderen und grübelte darüber nach, wie man Ronan dazu bewegen könnte, das Auto zu verlassen. Es war spät. Adam hatte vor einer Stunde bei Boyd angerufen, um anzukündigen, dass er es nicht zu dem Chevelle mit dem kaputten Auspuff schaffen würde, um den er sich hatte kümmern wollen. Selbst wenn er sich mit Gewalt wachhalten konnte – woran er mehr oder weniger gewöhnt war –, ertrug er die Vorstellung nicht, in der Werkstatt zu stehen und zu arbeiten, während Cabeswater in Not war, Laumonier Pläne schmiedete und Ronan trauerte.

»Willst du nicht wenigstens reinkommen und was essen?«

»Nein«, sagte Ronan.

Er war unglaublich. Unmöglich.

Adam machte die Tür wieder zu und klopfte dreimal sachte aufs Autodach. Dann ging er auf die andere Seite, öffnete die Beifahrertür und, nachdem er sich vergewissert hatte, dass Noah nicht dort saß, stieg er ein.

Ronan sah ihm zu, während er so lange an den Hebeln herumprobierte, bis er den richtigen gefunden hatte, um seine Lehne zurückzustellen. Dann angelte er nach Ronans Aglionby-Jacke, die zusammen mit dem Waisenmädchen zu einem hoffnungslosen Knäuel geknüllt zwischen allen möglichen anderen Sachen auf dem Rücksitz lag. Das Mädchen schniefte und schob ihm die Jacke zu. Adam legte sie sich als Kissen unter den Nacken und zog sich einen Ärmel über die Augen, um das Licht der Straßenlaterne auszublenden.

»Weck mich, wenn was ist«, sagte er zu Ronan und schloss die Augen.

Im Haus beobachtete Blue, wie Gansey sich dazu durchrang dazubleiben, anstatt zum Schlafen zurück ins Monmouth zu fahren. Obwohl es im Fox Way 300 nun leere Betten zur Genüge gab, bestand er darauf, auf dem Sofa zu schlafen, mit nichts als einer dünnen Decke und einem Kissen mit hellrosa Bezug. Seine Augen waren noch immer offen, als sie schließlich nach oben ging und sich in ihrem eigenen Zimmer hinlegte. Es war zu still im Haus, jetzt, da alle weg waren. Draußen dagegen, wo die Bedrohungen näher rückten, war es zu laut.

Sie schlief nicht. Sie dachte an ihren Vater, der eins mit einem Baum wurde, an Gansey, der mit eingezogenem Kopf in seinem Camaro saß, an die flüsternde Stimme des dunklen Schlafenden in der Höhle. Es war, als neigte sich die Geschichte unaufhaltsam ihrem Ende zu.

»Schlaf«, befahl sie sich selbst.

Gansey lag in einem Zimmer direkt unter ihr. Es hätte keine Rolle spielen sollen – und das tat es auch nicht. Aber sie konnte dennoch nicht aufhören, darüber nachzudenken, wie nah er ihr war, wie unglaublich das alles war. Die Prophezeiung seines Todes.

Sie träumte. Es war dunkel. Ihre Augen gewöhnten sich nicht daran; ihr Herz schon. Es gab kein nennenswertes Licht. Es war so stockdunkel, dass Augen nicht mehr wichtig waren. Jetzt, da sie genauer darüber nachdachte, war sie nicht mal mehr sicher, ob sie überhaupt welche hatte. Seltsamer Gedanke. Was hatte sie stattdessen?

Kühle Feuchtigkeit um ihre Füße. Nein. Ihre Wurzeln. Sterne hingen über ihr, so dicht, dass sie sicher war, sie berühren zu können, wenn sie nur noch ein paar Zentimeter mehr wuchs. Eine Hülle aus warmer, lebendiger Borke.

Dies war die Form ihrer Seele. Dies war, was ihr bislang immer entgangen war. Eine Empfindung, die perfekt beschrieb, wie sie sich in ihrer menschlichen Haut fühlte, baumförmige Emotionen in einem menschlichen Körper. Was für eine stille, sich dehnende Freude.

Jane?

Gansey war da. Er musste die ganze Zeit da gewesen sein, denn nachdem sie ihn einmal wahrgenommen hatte, konnte sie nicht mehr aufhören, ihn zu spüren. Sie war *mehr*; er war noch immer ein Mensch. Er war ein König, der von dem *tir e e'lint*, das Blue war, in diesem Baum versteckt worden war. Sie umfing ihn. Die Freude ihrer vorherigen Erkenntnis schob sich langsam über diese. Er war noch am Leben und sie hatte ihn bei sich, war ihm so nah wie nur möglich.

Wo sind wir?

Wir sind ein Baum. Ich bin ein Baum. Und du bist – haha, das kann ich nicht sagen. Das würde zu versaut klingen.

Lachst du?

Ja, weil ich glücklich bin.

Langsam jedoch begann ihre Freude zu versiegen, als sie seinen schnellen Herzschlag spürte. Er hatte Angst.

Wovor fürchtest du dich?

Ich will nicht sterben.

Es fühlte sich wahr an, aber es fiel ihr schwer, Gedanken innerhalb einer angemessenen Zeitspanne zu erfassen. Dieser Baum war im selben Maße unzureichend für ihre Bluehaftigkeit wie ihr menschlicher Körper es war. Sie blieb zur Hälfte das eine und zur Hälfte das andere.

Kannst du sehen, ob Ronan reingekommen ist?

Ich kann's versuchen. Aber ich habe nicht direkt Augen.

Sie tastete mit allen Sinnen, die ihr zur Verfügung standen. Sie waren unendlich viel besser als ihre menschlichen, aber sie interessierten sich für vollkommen andere Dinge. Es war überraschend schwierig, sich auf die Angelegenheiten der Menschen zu konzentrieren, die sich auf Höhe ihres Stamms tummelten. Sie hatte nie ausreichend gewürdigt, wie viel Mühe es all die Bäume gekostet haben musste, die sich ihren Bedürfnissen gewidmet hatten.

Ich weiß nicht. Sie umschlang ihn fest, liebte ihn, verwahrte ihn in sich. *Wir könnten einfach so bleiben.*

Ich liebe dich, Blue, aber ich weiß, was ich zu tun habe. Ich wünschte, es wäre anders. Aber ich weiß, was ich zu tun habe.

48

Alle Geräusche und Gerüche des Hauses im Fox Way schienen sich bei Dunkelheit zu verstärken, wenn seine menschlichen Bewohner sich zur Ruhe gelegt hatten. Die Aromen all der Tees und Kerzen und Gewürze traten deutlicher hervor, gaben ihren Ursprung preis, während sie sich tagsüber zu etwas vermischten, das Gansey bislang einfach nur als *Fox Way* bezeichnet hatte. Jetzt dagegen erschien es ihm mächtig und zugleich heimelig, verschwiegen und wissend. Dieses Haus war ein magischer Ort, genau wie Cabeswater, aber man musste angestrengter darauf lauschen. Gansey lag auf dem Sofa, in seine Decke gehüllt, die Augen geschlossen, und lauschte dem rasselnden Luftzug, oder Atem, der irgendwo durch ein Lüftungsgitter hereindrang, das Kratzen von Blättern, oder Fingernägeln, an irgendeinem Fenster, das Knarren von arbeitendem Holz, oder Schritten, im Nebenzimmer.

Er öffnete die Augen und sah Noah.

Es war Noah ohne jedes Tageslicht, das verschleierte, was aus ihm geworden war. Er war Gansey sehr nah, weil er immer vergaß, dass die Augen der Lebenden sich nicht auf Dinge fokussieren konnten, die ihnen näher als sieben Zentimeter waren. Er war eiskalt, denn er brauchte inzwischen riesige Mengen an Energie, um sichtbar zu bleiben. Er hatte Angst und da Gansey ebenfalls Angst hatte, begannen ihre Gedanken, sich miteinander zu verflechten.

Gansey schlug die Decke zurück. Er schnürte seine Schuhe zu und schlüpfte in seine Jacke. Vorsichtig, um den alten Bodendielen keinen Laut zu entlocken, folgte er Noah aus dem Wohnzimmer. Er schaltete kein Licht ein, denn sein Geist war noch immer mit Noahs verbunden; er benutzte Noahs Augen, die es nicht mehr kümmerte, ob es dunkel war oder nicht. Der tote Junge führte ihn jedoch nicht nach draußen, wie Gansey vermutet hatte, sondern die Treppe hoch in den ersten Stock. Auf der ersten Hälfte der Treppe dachte Gansey, Noah würde ihn einfach auf seine gewohnte Spukrute durchs Haus mitnehmen, auf der zweiten dachte er, er würde ihn zu Blue bringen. Doch Noah ging an ihrer Tür vorbei und wartete an der Dachbodentreppe auf ihn.

Der Dachboden blickte auf eine bewegte Vergangenheit zurück, zuerst bewohnt von Neeve, dann von Gwenllian, zwei Frauen, die auf höchst unterschiedliche Art kompliziert waren. Gansey hätte von keiner der beiden erwartet, dass sie ihm weiterhelfen könnte, aber Noah hatte ihn hierhergeführt und nun schwebte Ganseys Hand über dem Türknauf. Er wollte nicht klopfen; damit würde er das ganze Haus wecken.

Noah drückte gegen die Tür.

Sie öffnete sich bereitwillig – sie war nur angelehnt gewesen – und Noah machte sich auf den Weg die Treppe hoch. Fahles Licht fiel von oben herunter, begleitet von einem kalten, nach Eichenlaub duftenden Luftzug. Anscheinend stand ein Fenster offen.

Gansey folgte Noah.

Es stand tatsächlich ein Fenster offen.

Gwenllian hatte den Raum in ein hexenwürdiges Chaos verwandelt, vollgestopft mit den seltsamsten Dingen – nur sie selbst fehlte. Ihr Bett war leer. Kühle Nachtluft wehte durch die runde Luke herein.

Als Gansey hindurchgeklettert war, war Noah verschwunden.

»Hallo, kleiner König«, begrüßte ihn Gwenllian. Sie saß ein Stück entfernt auf einem der kleinen, nicht zueinanderpassenden Dachfirste des Hauses, die Stiefel gegen die Ziegel gestemmt, eine dunkle, gespenstische Silhouette im diffusen, flackernden Schein der Straßenlaternen unter ihnen. Dennoch umgab sie etwas Edles, so beherzt und hochmütig, wie sie das Kinn emporreckte. Sie klopfte neben sich auf den First.

»Ist das Dach sicher?«

Sie legte den Kopf schief. »Stirbst du auf diese Art?«

Er kletterte zu ihr, vorsichtig, über glitschiges Moos und Laub, das unter seinen Schuhen zerkrümelte, und setzte sich neben sie. Von hier oben aus sah man nichts als Bäume und noch mehr Bäume. Jene Eichen, die vom Boden aus gesehen kaum mehr als gesichtslose Stämme waren, bildeten auf dieser Höhe verschlungene Welten aus dem Himmel zustrebenden Ästen. Das orangefarbene Licht von unten ließ das Gewirr ihrer Zweige noch undurchdringlicher erscheinen.

»Hei-ho, hei-ho«, sang Gwenllian leise, spöttisch. »Bist du etwa gekommen, um *mich* um Rat zu bitten?«

Gansey schüttelte den Kopf. »Um Mut.«

Sie musterte ihn.

»Du wolltest dem Krieg deines Vaters ein Ende setzen«, sagte Gansey. »Indem du versucht hast, an der Abendtafel seinen Dichter zu erdolchen. Du musst geahnt haben, dass die Sache nicht gut für dich ausgehen würde. Wie hast du dich dazu überwunden?«

Ihr Akt der Tapferkeit lag lange zurück. Glendower kämpfte schon seit Jahrhunderten nicht mehr auf walisischem Boden und der Mann, den Gwenllian zu ermorden versucht hatte, war seit Generationen tot. Sie hatte eine Familie retten wollen, die es schon lange nicht mehr gab; sie hatte alles verloren, nur um heute auf dem Dach dieses Hauses im Fox Way 300 in einer vollkommen anderen Welt zu sitzen.

»Hast du denn gar nichts begriffen? Ein König handelt so, dass andere für ihn handeln. Nichts kommt von nichts kommt von nichts. Aber *etwas* schafft *etwas.*« Sie malte mit ihren langen Fingern etwas in die Luft, aber Gansey hatte das Gefühl, dass die Form, die sie zeichnete, für niemandes Augen außer ihren eigenen bestimmt war. »Ich bin Gwenllian Glen Dŵr, ich bin die Tochter eines Königs und die Tochter eines Baumlichts und ich habe etwas getan, um andere dazu zu bringen, etwas zu tun. Das ist es, was einen König ausmacht.«

»Aber wie?«, fragte Gansey. »Wie hast du das geschafft?«

Sie tat so, als würde sie ihm ein Messer in die Rippen rammen. Dann, als er sie kläglich ansah, lachte sie auf, laut und ungehemmt. Nachdem sie sich eine geschlagene Minute ihrer Belustigung hingegeben hatte, antwortete sie: »Ich habe aufgehört, mich zu fragen, *wie.* Ich habe es einfach getan. Der Kopf ist zu weise. Im Herzen steckt das Feuer.«

Mehr sagte sie nicht und Gansey fragte auch nicht weiter nach. Eine Weile saßen sie bloß nebeneinander auf dem Dach. Er sah auf die mit der Ley-Linie pulsierenden Lichter von Henrietta hinunter, während Gwenllian ihre Finger im Takt dazu durch die Luft tanzen ließ.

Schließlich sagte er: »Würdest du meine Hand halten?«

Ihre Finger stoppten mitten in der Luft und sie warf ihm einen verschlagenen Blick zu, sah ihm einen Moment lang in die Augen, als wollte sie ihn herausfordern, wegzusehen oder seine Bitte zurückzunehmen. Er tat keins von beidem.

Gwenllian beugte sich zu ihm herüber, sie roch nach Nelkenzigaretten und Kaffee, und zu Ganseys großem Erstaunen küsste sie ihn auf die Wange.

»Viel Glück, mein König«, sagte sie und ergriff seine Hand.

Am Ende war es etwas so Kleines, Unbedeutendes. Er hatte es schon oft in seinem Leben aufblitzen sehen, hatte die absolute Sicherheit gespürt. Doch die Wahrheit war, dass er davor geflohen war. Die Vorstellung, wie viel Kontrolle er wirklich über sein Leben hatte, war schlicht zu beängstigend. Es war so viel einfacher, sich dem Glauben hinzugeben, dass er vom Schicksal hin und her geworfen wurde wie ein Schiff auf stürmischer See, anstatt sich einzugestehen, dass er selbst am Ruder stand.

Doch genau dieses Ruder würde er jetzt ergreifen und wenn sich vor der rettenden Küste Felsen in der Brandung verbargen, dann sollte es so sein.

»Sag mir, wo Owen Glendower ist«, sprach er in die Dunkelheit. Kurz, klar, ebenso machtvoll wie damals, als er Noah seinem Willen unterworfen hatte oder die Skelette in der Höhle. »Zeig mir, wo der Rabenkönig ist.«

49

Ein Heulen erhob sich in der Nacht.

Der Laut schien von überall her gleichzeitig zu kommen – es war ein wilder Schrei. Ein Urschrei. Ein Kampfschrei.

Er wurde lauter und lauter und Gansey sprang auf, die Hände halb über den Ohren. Gwenllian kreischte begeistert und inbrünstig mit, doch das Heulen löschte ihre Stimme aus. Es löschte das Rascheln der verbliebenen trockenen Eichenblätter aus, das Schlittern von Ganseys Schuhen, der sich schwankend zur Dachkante vorarbeitete, um einen besseren Blick zu haben. Es löschte jedes Licht aus, bis die Straße im Dunkeln lag. Der Schrei löschte alles aus und als er schließlich verklang und das Licht zurückkehrte, stand quer auf der Straße ein gehörntes weißes Tier, die Hufe gespreizt auf dem Asphalt.

Irgendwo dort unten befand sich die normale Welt, eine Welt aus Ampeln und Shoppingcentern, aus in Neonlicht getauchten Tankstellen und Vorstadthäusern mit hellblauem Teppichboden. Aber hier, jetzt: Hier gab es nur den Moment vor dem Schrei und den Moment danach.

Ganseys Ohren schrillten.

Das Geschöpf auf der Straße hob den Kopf und blickte ihn aus funkelnden Augen an. Es war die Art von Tier, dessen Namen jeder zu kennen glaubte, bis er es zum ersten Mal leibhaftig vor sich sah.

Dann galoppierte der Name davon und ließ lediglich ein Gefühl zurück. Es war älter als alles andere, schöner als alles andere, schrecklicher als alles andere.

Etwas Überwältigendes, Beängstigendes begann in Ganseys Brust zu singen; genau wie in jenem Moment, als er zum ersten Mal Cabeswater betreten hatte. Erst jetzt wurde ihm klar, dass er schon einmal etwas wie dieses Tier gesehen hatte: die weiße Herde, die durch Cabeswater geprescht war. Nun jedoch, als er diese einzelne Kreatur vor sich sah, begriff er, dass all die anderen bloß Kopien von ihr gewesen waren, Abkömmlinge, geträumte Erinnerungen.

Das Ohr der Kreatur zuckte. Dann verschwand sie in der Dunkelheit.

»Willst du ihm nicht hinterher?«, fragte Gwenllian Gansey.

Ja.

Sie deutete auf die Eichenzweige und er zögerte keine Sekunde. Eilig kroch er auf eine Stelle zu, an der ein großer Ast über das Dach ragte, kletterte hinauf und suchte sich bei jedem Schritt neuen Halt. Ast um Ast ließ er sich abwärts gleiten und sprang die restlichen zweieinhalb bis drei Meter hinunter auf den Boden. Er spürte den Aufprall von den Fußballen bis hinauf in die Zähne.

Das Tier war weg.

Doch Gansey blieb keine Zeit, um enttäuscht zu sein. Wegen der Vögel.

Sie waren überall: Die Luft wimmelte und brodelte von Federn und Flaum. Die Vögel schossen und sausten und wirbelten durch die Straße, Flügel, Schnäbel, Krallen schimmerten im Schein der Straßenlampen. Die meisten von ihnen waren Raben, aber Gansey sah auch andere darunter. Winzige Meisen, zierliche Trauertauben, leuchtende Blauhäher. Die kleineren Vögel waren wilder als die Raben, als wären sie dem Zauber dieser seltsamen Nacht erlegen, ohne seinen Sinn zu verstehen. Manche von ihnen piepsten oder zwitscherten leise, doch das lauteste Geräusch verursachten ihre Flügel. Ein hektisches Flattern und Brausen.

Gansey betrat den Garten und war im nächsten Moment von ihnen umhüllt. Sie schwirrten um ihn herum, Flügel streiften ihn, Federn strichen über seine Wangen. Er sah nichts außer Vögeln in allen Formen und Farben. Selbst sein Herz schien plötzlich Schwingen zu haben. Er bekam keine Luft.

Er hatte solche Angst.

Wenn du nicht keine *Angst haben kannst*, hatte Henry gesagt, *hab Angst und sei glücklich dabei.*

Der Schwarm drehte ab. Sie wollten, dass er ihnen folgte, und zwar sofort. Jetzt formierten sie sich zu einer gewaltigen Säule über dem Camaro.

Macht Platz!, schrien sie, *macht Platz für den Rabenkönig!*, laut genug, dass die ersten Lichter in den Häusern angingen.

Gansey stieg ins Auto und drehte den Zündschlüssel – *spring an, Pig, spring an.* Röhrend erwachte der Motor zum Leben. Gansey war alles: glücklich, zu Tode verängstigt, überwältigt, erlöst.

Mit quietschenden Reifen folgte er seinem König.

50

Ronan lief auf Notstrom. Auf Autopilot. Er war ein Wassertropfen auf der Windschutzscheibe. Der kleinste Ruck würde ihn abwärts schlittern lassen.

Denn er befand sich in einem so fragilen Schwebezustand zwischen Schlafen und Wachen, dass er erst, als die Fahrertür des BMW aufgerissen wurde, begriff, dass etwas passiert war. Der Lärm war ohrenbetäubend, was auch an Chainsaw lag, die in den Wagen geflattert kam, sobald die Tür aufging. Das Waisenmädchen auf dem Rücksitz quiekte und auch Adam schreckte hoch.

»Ich *weiß* es nicht«, sagte Blue.

Ronan war nicht ganz sicher, was er davon halten sollte, bevor ihm klar wurde, dass sie gar nicht mit ihm geredet hatte, sondern mit den Leuten hinter ihr. Auf der Straße standen Maura, Calla und Gwenllian in unterschiedlichen Stadien nächtlicher Zerzaustheit.

»Ich hab's ja gesagt, ich hab's ja gesagt«, schriekste Gwenllian. Ihr Haar war eine Explosion aus Federn und Eichenblättern.

»Hast du geschlafen?«, fragte Blue Ronan. Er hatte nicht geschlafen. Aber wach war er auch nicht direkt. Er starrte sie an. Er hatte ihre Wunde ganz vergessen, bis er sie wieder vor sich sah. Es war, als hätte sich etwas abgrundtief Böses auf ihrer Haut verewigt, so anders als alles, was Noah je tun würde. Alles verkehrt herum.

Dämon, Dämon. »Ronan. Hast du gesehen, wo Gansey hingefahren ist?«

Jetzt war er wach.

»Er ist auf der Jagd!«, kreischte Gwenllian euphorisch.

»Halt den Mund«, fuhr Blue sie ungewohnt harsch an. »Gansey ist auf dem Weg zu Glendower. Pig ist weg. Gwenllian sagt, er ist irgendwelchen Vögeln gefolgt. Hast du gesehen, wo er hingefahren ist? Er geht nicht an sein Handy!«

Mit einer dramatischen Geste deutete sie hinter sich, um auf den Wahrheitsgehalt ihrer Worte zu verweisen. Den leeren Fleck vor dem Fox Way 300, die mit einem bunten Federgemisch übersäte Straße, die Türen der Nachbarhäuser, die sich öffneten und den Blick auf neugierige Gesichter freigaben.

»Er kann das doch nicht allein durchziehen«, sagte Adam. »Dann stellt er nur irgendwas Dummes an.«

»Das brauchst du mir nicht zu sagen«, entgegnete Blue. »Ich hab ihn angerufen. Ich hab Henry angerufen, um zu fragen, ob wir seine RoboBee benutzen dürfen. Aber es nimmt keiner ab. Ich weiß nicht mal, ob die Anrufe überhaupt durchkommen.«

»Können Sie ihn nicht lokalisieren?«, fragte Adam Maura und Calla.

»Er ist mit der Ley-Linie verbunden«, sagte Maura. »Irgendwie. Irgendwo. Darum kann ich ihn nicht sehen. Mehr weiß ich nicht.«

Ronans Bewusstsein schwankte, als die Realität auf ihn einstürzte. Der Horror jedes einzelnen wahr gewordenen Albtraums brachte seine Finger am Lenkrad zum Zittern.

»Vielleicht kann ich ihn ja finden«, sagte Adam. »Ich weiß nur nicht, ob ich dann sagen kann, wo er ist. Wenn er irgendwo ist, wo ich noch nie war, erkenne ich wahrscheinlich den Ort nicht und wir müssen uns an irgendwelchen Anhaltspunkten entlanghangeln.«

Blue wirbelte frustriert im Kreis herum. »Das dauert doch ewig.«

Ronans Blick fiel auf die Federn auf der Straße. Jede Kante zeichnete sich scharf und real und bedeutungsvoll vor dem Hintergrund der vergangenen Ereignisse ab. Gansey war auf der Jagd nach Glendower. Gansey hatte sich ohne sie auf den Weg gemacht. Gansey hatte sich ohne *ihn* auf den Weg gemacht.

»Ich träume uns was«, beschloss er. Beim ersten Mal hörte ihn niemand, also sagte er es noch mal.

»Was?«, fragte Blue im selben Moment, als Maura wissen wollte: »Was denn?«, und Adam entgegnete: »Aber der Dämon.«

Ronans Geist war noch immer vom Entsetzen über die Leiche seiner Mutter erfüllt. Diese neue Erinnerung, gekreuzt mit der älteren, wie er seinen toten Vater gefunden hatte, erblühte zu einer giftigen, unaufhaltsam wachsenden Blume. Er wollte nicht in seinen Kopf zurückkehren. Aber er würde es tun. »Irgendwas, um Gansey zu finden. So was wie Henry Chengs RoboBee. Es muss ja nur einen Zweck erfüllen. Irgendwas Kleines. Das geht schnell.«

»Du meinst, du könntest schnell dabei draufgehen«, wandte Adam ein.

Ronan antwortete nicht. Er grübelte bereits darüber nach, was für ein Objekt er mit einer entsprechenden Fähigkeit versehen könnte. Was würde er am leichtesten erschaffen können, während der Hurrikan des Dämons ihn abzulenken versuchte? Was würde der Dämon ihm nicht sofort entreißen, sobald Ronan es hatte entstehen lassen?

»Cabeswater kann dir nicht helfen«, beharrte Adam. »Es wird dich eher behindern. Du müsstest versuchen, in all dem Chaos etwas nicht Schreckliches zu erschaffen, was schon mal an sich ziemlich utopisch ist, und dann müsstest du das Ding auch noch mit herbringen – und zwar *nur* das Ding, was noch viel utopischer ist.«

»Ich weiß, wie Träumen funktioniert, Parrish«, knurrte Ronan in Richtung des Lenkrads.

Er sagte nicht: *Ich ertrage den Gedanken nicht, auch noch Ganseys Leiche zu finden.* Er sagte nicht: *Wenn ich schon meine alte Familie nicht retten kann, dann wenigstens meine neue.* Er sagte nicht: *Ich werde nicht zulassen, dass der Dämon alles zerstört.*

Er sagte nicht, dass der einzige wahre Albtraum darin bestand, nichts tun zu können, und dass dies zumindest *etwas* war.

Er sagte bloß: »Ich versuche es«, in der Hoffnung, dass Adam sich den Rest denken konnte.

Adam konnte es. Genau wie die anderen.

»Wir werden unser Möglichstes tun, um deine Energie zu stärken und dich vor dem Schlimmsten abzuschirmen«, bot Maura an.

Adam stellte seine Rückenlehne senkrecht. »Ich mache mit«, sagte er.

»Blue«, wandte Ronan sich an sie. »Du hältst wohl besser seine Hand.«

51

Der Camaro blieb liegen.

Der Camaro blieb andauernd liegen und berappelte sich dann wieder, aber heute – *heute* – konnte Gansey nicht auf ihn verzichten.

Er blieb trotzdem liegen. Gansey hatte gerade den Stadtrand erreicht, als der Wagen zu stottern anfing und das Innenlicht flackerte. Bevor er auch nur reagieren konnte, ging der Motor aus. Die Servolenkung und Bremskraftverstärker fielen aus und es gelang ihm nur mit Mühe, Pig an den Straßenrand zu manövrieren. Er drehte den Zündschlüssel, sah in den Spiegel und versuchte zu erkennen, ob die Vögel auf ihn warten würden. Sie warteten nicht.

Macht Platz für den Rabenkönig!, schrien sie im Weiterfliegen. *Macht Platz!*

Verflucht.

Eines Nachts, vor gar nicht langer Zeit war der Camaro genauso liegen geblieben und Gansey war am Straßenrand gestrandet und um ein Haar gestorben. Adrenalin durchströmte ihn, genau wie damals, unvermittelt und von Kopf bis Fuß, als wäre seitdem keinerlei Zeit vergangen.

Er stellte den Fuß aufs Gas, nahm ihn wieder runter, stellte den Fuß aufs Gas, nahm ihn wieder runter.

Die Vögel entfernten sich immer weiter. Er konnte ihnen nicht folgen.

»Mach schon«, flehte er den Camaro an. »*Nun mach endlich schon.*«

Der Camaro machte nicht. Die Raben krächzten aufgebracht; sie wollten ihn nicht zurücklassen, schienen aber gleichzeitig von irgendeiner unsichtbaren Kraft weitergezogen zu werden. Leise vor sich hin schimpfend, stieg Gansey aus und schlug die Autotür hinter sich zu. Er wusste nicht, was er machen sollte. Er würde den Vögeln zu Fuß folgen, bis sie ihn abgehängt hätten. Und dann –

»Gansey.«

Plötzlich stand Henry Cheng vor Gansey. Hinter ihm, quer auf der Straße und mit offener Fahrertür, parkte sein Fisker. »Was ist denn hier los?«

Die Unwahrscheinlichkeit von Henrys Auftauchen schockierte Gansey mehr als alles andere, was in dieser Nacht passiert war, auch wenn es wohl das am wenigsten Unwahrscheinliche von allem war. Bis zum Litchfield House war es nicht weit von hier und Henry war ganz offensichtlich auf motorisierten und nicht auf magischen Wegen an diesen Ort gelangt. Trotzdem, das Timing war einfach zu gut und Henry konnte, anders als die Raben, nicht hier aufgekreuzt sein, weil Gansey es ihm befohlen hatte.

Henry deutete nach oben. Nicht auf die Vögel, sondern den winzigen, schimmernden Körper seiner RoboBee. »Ich hab RoboBee gesagt, sie soll mich warnen, wenn du mich brauchst. Und so lass mich dich abermals fragen: Was ist hier los?«

Die Raben schrien Gansey weiterhin zu, ihm zu folgen. Sie entfernten sich immer mehr; bald würde er sie nicht mehr sehen können. Sein Puls raste. Nur unter enormer Anstrengung gelang es ihm, sich auf Henrys Frage zu konzentrieren. »Der Camaro springt nicht mehr an. Die Vögel da. Die führen mich zu Glendower. Ich muss los, ich muss hinterher, sonst sind sie –«

»Halt. Warte. Steig in mein Auto. Und weißt du was? Fahr du. Ich mach mir hier fast in die Hose vor Angst.«

Henry warf ihm den Schlüssel zu.

Gansey stieg ein.

Irgendetwas daran wirkte auf eine verquere Art richtig, als hätte Gansey tief in sich immer gewusst, dass die Sache so ablaufen würde. Als sie den Camaro zurückließen, geriet die Zeit ins Wanken und Gansey mit ihr. Über ihnen schossen und schwirrten die Raben durch die Dunkelheit. Manchmal zeichneten sie sich schwarz vor Gebäuden ab, manchmal verschmolzen sie bis zur Unsichtbarkeit mit den Bäumen. Sie zuckten und flackerten wie Ventilatorflügel vor den immer spärlicher werdenden Straßenlaternen. Gansey und Henry ließen die letzten Überreste der Zivilisation hinter sich und fuhren aufs Land. Henrietta war in Ganseys Vorstellung immer so groß gewesen, dass er ein wenig überrascht war, wie schnell die Lichter der Stadt hinter ihnen im Rückspiegel zurückfielen.

Außerhalb Henriettas sausten und trudelten die Raben gen Norden. Sie waren schneller, als Vögel es Ganseys Meinung nach sein dürften, und verschwanden immer wieder kurz zwischen Bäumen und in Tälern. Es war nicht leicht, ihnen zu folgen; die Raben flogen schließlich Luftlinie, während der Fisker sich an die Straßen halten musste. Ganseys Herz schrie: *Verlier sie nicht. Verlier sie nicht. Nicht jetzt.*

Er wurde den Gedanken nicht los, dass dies hier seine einzige Chance war.

Er dachte nicht mit dem Kopf. Er dachte mit dem Herzen.

»Fahr, fahr, fahr«, rief Henry. »Ich halte Ausschau nach Polizisten. *Fahr, fahr, fahr.*«

Er tippte etwas in sein Handy und steckte dann den Kopf aus dem Fenster, um der RoboBee nachzusehen, die sich sofort an die Arbeit machte.

Gansey fuhr, fuhr, fuhr.

Nach Nordosten, über Straßen, die Gansey wahrscheinlich schon früher entlanggefahren war, an die er sich jedoch nicht erinnern konnte. Hatte er nicht diese gesamte Gegend durchkämmt? Die Raben führten sie auf gewundenen Straßen, die sich nach und nach in Feldwege verwandelten, Berge hoch und wieder hinunter. Eine Weile schob sich der Fisker an einer Bergflanke entlang, während auf der anderen Seite der Abgrund gähnte, ohne auch nur eine Leitplanke weit und breit. Kurz darauf fuhren sie wieder auf Asphalt und Bäume verdeckten den Himmel.

Die Raben verschwanden hinter den nachtschwarzen Zweigen und flogen ohne sie weiter.

Gansey trat auf die Bremse und ließ das Fenster herunter. Ohne Fragen zu stellen, tat Henry dasselbe. Beide Jungen legten die Köpfe schräg und lauschten. Winterlich kahle Bäume knarrten im Wind; weit unter ihnen rollten Lastwagen über den Highway; irgendwo krächzten die Raben.

»Da«, sagte Henry prompt. »Nach rechts.«

Der Fisker raste wieder los. Sie folgten der Ley-Linie, begriff Gansey. Wie weit würden die Raben noch fliegen? Bis nach Washington, D. C.? Boston? Weiter über den Atlantik? Er musste sich darauf verlassen, dass sie nirgendwo hinflogen, wohin er ihnen nicht folgen konnte. Die Suche würde heute Nacht enden, weil Gansey gesagt hatte, dass sie heute Nacht enden würde, und er hatte es ernst gemeint.

Die Vögel flogen unbeirrt weiter. Vor ihnen in der Dunkelheit glomm ein Schild auf, das auf die nahe Interstate verwies.

»Steht da sechsundsechzig?«, fragte Gansey. »Ist das die Auffahrt zur Sechsundsechzig?«

»Keine Ahnung, Mann. Ich hab's nicht so mit Zahlen.«

Es war die 66. Die Vögel flogen weiter; Gansey fuhr auf die Interstate auf. So kamen sie schneller vorwärts, aber es war auch riskanter. Fürs Erste würden sie keine Möglichkeit haben, die Richtung zu ändern, wenn die Raben es taten.

Doch die Vögel hielten Kurs. Gansey trat das Gaspedal weiter durch, dann noch weiter.

Die Vögel folgten der Ley-Linie; sie führten Gansey Richtung Washington, D. C., wo er aufgewachsen war. Mit Schrecken kam ihm der Gedanke, dass genau das ihr Ziel sein könnte. Das Zuhause der Ganseys in Georgetown, wo er erfahren hatte, dass sein Ende sein Anfang war, und schließlich akzeptiert hatte, dass er zu einem weiteren Gansey heranwachsen würde, mit allem, was dazugehörte.

»Wo hast du gesagt, sind wir? Auf der Sechsundsechzig?«, fragte Henry, der auf sein Handy eintippte, während ein weiteres Schild, an dem sie vorbeirasten, seine Vermutung unmissverständlich bestätigte.

»Sag mal, wie fährst du eigentlich Auto?«

»Ich fahre ja nicht. Sondern du. Meile?«

»Elf.«

Henry studierte das Display, sein Gesicht blau erleuchtet. »Oh, Mist. Fahr langsamer. In einer Meile ist ein Streifenwagen.«

Gansey bremste ein wenig ab, bis der Fisker sich der Geschwindigkeitsbegrenzung näherte. Und tatsächlich kam nach knapp einer Meile ein dunkles Zivilpolizeiauto auf dem Mittelstreifen in Sicht. Henry salutierte in Richtung der Insassen, als sie an ihnen vorbeifuhren.

»Danke für die Warnung, RoboBee.«

Gansey stieß ein atemloses Lachen aus. »Okay, jetzt bin ich – Moment mal. Kann deine Biene nicht auch eine Ausfahrt für uns finden?«

Die Raben entfernten sich mit jeder Meile ein Stück weiter von der Interstate und es war nicht mehr zu übersehen, dass ihre Kurse allmählich voneinander abwichen.

Henry tippte. »In zwei Meilen. Nummer dreiundzwanzig.«

Zwei weitere Meilen in diesem immer stumpfer werdenden Winkel würde ihren Abstand zu den Raben dramatisch vergrößern. »Ist die RoboBee schnell genug, um mit den Vögeln mitzuhalten?«

»Das werden wir gleich rausfinden.«

Und so jagten sie weiter dahin, während der Schwarm immer mehr mit der Dunkelheit verschmolz, bis er schließlich ganz verschwunden war. Ganseys Puls hämmerte. Er musste Henry vertrauen; Henry musste der RoboBee vertrauen. Als sie die Ausfahrt erreichten, lenkte Gansey den Fisker mit quietschenden Reifen von der Interstate. Von den Raben keine Spur: Um sie herum war nichts als das gewohnte nächtliche Virginia. Ein seltsames Gefühl durchzuckte ihn, als er erkannte, wo sie waren – in der Nähe von Delaplane, was ziemlich weit von Henrietta entfernt war. Dies gehörte zur Welt des alten Geldes, der Pferdefarmen, Politiker und milliardenschweren Autoreifenhersteller. Hier war kein Platz für uralte, wilde Magie. Bei Tag würde sich die Umgebung in einen Ort vornehmer Beschaulichkeit verwandeln, einen Ort, der schon seit so langer Zeit gehegt und gepflegt wurde, dass er unmöglich jemals über die Stränge schlagen konnte.

»Wohin jetzt?«, fragte Gansey. Sie fuhren geradewegs ins Nirgendwo, in die absolute Gewöhnlichkeit, ein Leben, das Gansey bereits einmal geführt hatte.

Henry, der weiter auf sein Handy starrte, antwortete nicht gleich.

Gansey wollte nichts lieber, als aufs Gas zu treten, doch das hatte keinen Zweck, wenn sie womöglich in die falsche Richtung unterwegs waren.

»Henry.«

»Sorry, Moment. So, jetzt hab ich's! Drück drauf und dann bei der ersten Gelegenheit rechts.«

Gansey setzte Henrys Anweisungen so prompt in die Tat um, dass Letzterer mit der Hand an der Decke Halt suchte.

»Hui und jippie«, kommentierte Henry trocken. »Ganz abgesehen von: Wow!«

Und dann, mit einem Mal, waren die Raben wieder da; der wimmelnde Schwarm formierte sich über einer Baumreihe neu – tiefschwarz vor dem dunkelvioletten Himmel. Henry stieß in schweigendem Triumph die Faust an die Decke. Der Fisker bog auf einen breiten, vierspurigen Highway ab, auf dem in beiden Richtungen kein einziges anderes Fahrzeug zu sehen war. Gansey hatte gerade angefangen zu beschleunigen, als die Raben plötzlich, einem Wirbelsturm gleich, in die Höhe schossen und abrupt den Kurs änderten, als würden sie von einem unsichtbaren Sog geleitet. Die Scheinwerfer des Fiskers streiften ein Maklerschild in der Zufahrt eines Hauses.

»Da. Da!«, rief Henry. »Halt an!«

Er hatte recht. Die Vögel folgten der Zufahrt. Gansey war schon daran vorbei. Er sah nach vorne; es gab keine Wendemöglichkeit in unmittelbarer Nähe. Er würde die Vögel nicht noch einmal verlieren. Er durfte es nicht. Wieder ließ er sein Fenster herunter, streckte den Kopf nach draußen, um sich zu vergewissern, dass die Straße hinter ihm noch immer schwarz war, und setzte dann zurück. Das Getriebe jaulte vor Aufregung.

»Krass, Alter«, spöttelte Henry.

Der Fisker sauste die steile Zufahrt hoch. Gansey wurde nicht mal langsamer, als ihm einfiel, dass dort jemand zu Hause sein könnte. Es war mitten in der Nacht, er war ein – durch das schicke Auto alles andere als unauffälliger – Fremder und dies war ein Fleckchen Privatbesitz in einer absolut altmodischen Welt. Aber es kümmerte ihn nicht. Ihm würde schon irgendeine Erklärung einfallen, falls die Hausbesitzer ihn zur Rede stellen sollten. Er würde die Raben nicht verlieren. Nicht jetzt.

Die Scheinwerfer erfassten ein Bild verblassten Glanzes: Findlinge, die die Auffahrt säumten wie riesenhafte, grasumwucherte Zähne; ein Bretterzaun, an dem sich eine Latte gelöst hatte; rissiger, Unkraut hervorwürgender Asphalt.

Das Gefühl der wankenden Zeit wurde stärker. Gansey war schon einmal hier gewesen. Er hatte dies alles schon einmal gemacht, dieses Leben schon einmal gelebt.

»Alter«, sagte Henry, der den Hals reckte, um nach draußen zu sehen. »Das ist ja das reinste Museum.«

Die Auffahrt stieg weiter an, bis sie sich oberhalb der Bäume befanden und schließlich ihr Ziel erreichten. Der Weg mündete in einem weiten Rondell, hinter dem ein großes, dunkles Haus aufragte. Nein, es war nicht einfach bloß ein Haus. Gansey erkannte eine Villa, wenn er eine sah, schließlich war er selbst in einer aufgewachsen. Diese hier war allerdings wesentlich größer als das aktuelle Zuhause seiner Eltern: lauter Säulen, überdachte Veranden und Wintergärten – ein ausladendes Gefüge aus Backstein und cremefarbenem Putz. Was dieses Anwesen ebenfalls von dem seiner Eltern unterschied, war die Tatsache, dass die Buchsbaumhecken von Robinien überwuchert waren und der Efeu von den Backsteinmauern bis auf die Treppe vor der Haustür herabgekrochen war. Die Rosensträucher waren hässlich verwachsen.

»Romantisches Flair in idyllischer Lage«, näselte Henry. »Geringfügig renovierungsbedürftig. Aber bestimmt super für die eine oder andere Zombieparty auf dem Dach.«

Während Gansey den Fisker langsam um das Rondell lenkte, starrten von den Dachfirsten und Balustraden die Raben zu ihnen herunter. Gansey hatte ein Déjà-vu; es war genau, wie wenn er Noah gegenüberstand und ihn lebendig und tot zugleich vor sich sah.

Nachdenklich hob er den Finger an die Unterlippe. »Ich war schon mal hier.«

Henry spähte zu den Raben hoch, die reglos zurückspähten. Abwarteten. »Wann?«

»Hier bin ich gestorben.«

52

Ronan war vor dem Einschlafen klar gewesen, dass Cabeswater unerträglich sein würde, aber nicht, *wie* unerträglich.

Das Schlimmste war nicht etwa der Anblick; es waren die Emotionen. Der Dämon zerstörte noch immer die Bäume, den Boden, den Himmel, aber er manipulierte gleichzeitig das *Gefühl* des Waldes, jene Dinge, die einen Traum zu einem Traum machen, selbst wenn es keinen wirklichen Schauplatz gab. Jetzt war Cabeswater jeder einzelne schuldbewusste Atemzug nach einer Lüge. Es war das elende Verkrampfen des Magens, wenn man eine Leiche fand. Es war der quälende Verdacht, verlassen zu werden, zu anstrengend zu sein, von niemandem vermisst zu werden. Es war die Scham, sich nach etwas zu sehnen, das man nicht haben durfte, der hässliche Nervenkitzel, zu wissen, dass man so gut wie tot war. Es war all das und all das auf einmal.

Ronans Albträume drehten sich für gewöhnlich um eins oder zwei dieser Dinge. Nicht alle. So etwas war zuletzt vorgekommen, als sie ihn hatten töten wollen.

Aber damals war er in diesen Träumen allein gewesen. Heute unterstützten ihn Maura und Calla in der wirklichen Welt – Calla, die auf seiner Motorhaube hockte, und Maura, die auf den Rücksitz geklettert war. Er spürte ihre Energie wie Hände um seinen Kopf, die einen Teil der grässlichen Geräusche ausblendeten. Und auch Adams Geist war bei ihm. In der Realität saß er neben ihm auf dem Beifahrersitz, im Traum jedoch stand er neben ihm in diesem verwüsteten Wald, die Schultern gekrümmt, seine Miene unsicher.

Nein. Ronan musste sich eingestehen, dass der wahre Unterschied zwischen seinen alten Albträumen und diesem hier nicht in der Anwesenheit der anderen lag, sosehr sie alle ihn auch unterstützten. Der wahre Unterschied war, dass seine Albträume von damals ihn lieber tot gesehen hätten – genau wie Ronan sich selbst.

Er sah sich nach einem sicheren Ort um, einem Ort, der sein Objekt einigermaßen unbehelligt hervorbringen würde. Es gab keinen. Alles, was in diesem Traum noch nicht vom Dämon befallen war, waren Adam und er.

Also würde er es selbst entstehen lassen müssen. Ronan presste die Handflächen zusammen und stellte sich vor, wie sich ein winziger Ball aus Licht darin formte. Das gefiel dem Dämon nicht. Ein Keuchen drang an sein Ohr. Es war eindeutig sein Vater. Der eindeutig Schmerzen litt. Der starb, einsam und allein.

Und du bist schuld.

Ronan schob den Gedanken beiseite. Er konzentrierte sich weiter auf das winzige, glühende Ding, das er entstehen ließ, um damit Gansey zu finden. Er stellte sich sein Gewicht vor, seine Größe, das Muster seiner hauchzarten Flügel.

»Hast du im Ernst gedacht, ich würde deinetwegen hierbleiben?«, raunte Adam in sein anderes Ohr, seine Stimme kalt, abweisend.

Der echte Adam stand ein Stück von ihm entfernt, das Gesicht zur Seite gewandt, während eine unfassbar exakte Nachbildung seines Vaters ihn anschrie. Selbst der Tonfall war perfekt getroffen und erinnerte auf unheimliche Art an den realen Robert Parrish. Adams aufeinandergepresste Lippen zeugten weniger von Angst als von Trotz. Er hatte sich über Wochen immer mehr aus den Fängen seines echten Vaters befreit; dagegen war diese Fälschung geradezu leicht zu ertragen.

Verlassen zu werden.

»Ich bitte ihn ja nicht zu bleiben«, dachte Ronan. »Nur zurückzukommen.« Am liebsten hätte er gleich nachgesehen, ob das Ding in seinen Händen sich so entwickelte, wie er es wollte, aber er spürte, dass der Dämon bereits danach tastete, um es zu manipulieren, es von innen nach außen zu kehren, es in sein hässliches Gegenteil zu verwandeln. Es war klüger, es fürs Erste verborgen zu halten und darauf zu vertrauen, dass er etwas Gutes erschuf. Er würde sich mit aller Kraft auf das konzentrieren müssen, was es bewirken sollte, wenn er es mit in die Realität nahm, und nicht auf das, was der Dämon damit bewirken wollte.

Ein Kratzen an Ronans Hals. Leicht, harmlos, unaufhörlich, unerbittlich, bis es sich durch die oberste Hautschicht gearbeitet hatte und auf Blut stieß.

Ronan ignorierte es und spürte, wie das Objekt in seiner Hand zum Leben erwachte.

Der Traum ließ eine bluttriefende Gestalt auf dem Boden vor ihm erscheinen. Schwarz und zerfetzt, ausgeweidet, grotesk. Gansey. Ein Rest von Leben schimmerte in seinen Augen, sein Mund bewegte sich. Hilflos, sterbend. In einem Mundwinkel steckte die Kralle eines von Ronans Traummonstern, die sauber seine Wange durchstoßen hatte.

Machtlos.

Nein. Ronan war nicht machtlos. Er fühlte den Traum unter seinen Fingern flattern.

Adam fing seinen Blick auf, während noch immer das Abbild seines Vaters auf ihn einbrüllte. Die Anstrengung, die dieser wie auch immer geartete Energieausgleich ihm abverlangte, stand ihm ins Gesicht geschrieben. »Bist du so weit?«

Ronan hoffte es. Tatsächlich würden sie erst wissen, an wen diese Runde ging, wenn er in seinem BMW die Augen aufschlug. »Weck mich«, sagte er.

53

Gansey war schon einmal hier gewesen – vor sieben Jahren und ein paar Zerquetschten, um genau zu sein. Und zwar – wie könnte es anders sein? – bei einer Wahlkampfveranstaltung. Gansey wusste noch, wie sehr er sich darauf gefreut hatte. Das sommerliche Washington, D.C. wirkte eng und stickig, seine Einwohner wie widerstrebende Geiseln mit Säcken über den Köpfen. Die Familie war kurz zuvor aus Punjab zurückgekommen, wo sie Minzgärten besichtigt hatte, doch die Reise (eine politisch motivierte Exkursion, deren Sinn Gansey noch heute nicht ganz verstand) hatte den jüngsten Spross nur noch rastloser werden lassen. Der Garten ihrer Villa in Georgetown war randvoll mit Pflanzen, die älter waren als er selbst, aber er durfte den ganzen Sommer lang keinen Fuß hineinsetzen, weil sich dort Unmengen von Bienen tummelten. Und trotz all der Antiquitätenläden und Museen, Pferderennen und Vernissagen, die seine Eltern mit ihm besuchten, wurde Gansey immer unruhiger. Das alles kannte er in- und auswendig. Er gierte nach neuen Wundern und Kuriositäten, nach Dingen, die er noch nie zuvor gesehen hatte, Dingen, die er nicht verstand. Er wollte unbedingt mit.

Zwar konnte er sich nicht für Politik begeistern, dafür aber umso mehr für die Aussicht auf etwas Neues.

»Das wird sicher lustig«, hatte außerdem sein Vater versprochen. »Es kommen auch ein paar andere Kinder.«

»Martins zum Beispiel«, hatte seine Mutter hinzugefügt, woraufhin die beiden sich verstohlen angrinsten, im Gedenken an irgendeinen lange zurückliegenden Affront.

Gansey brauchte einen Moment, bis ihm aufging, dass dies ein Ansporn für ihn sein sollte und nicht bloß eine neutral dargelegte Tatsache wie der Wetterbericht. Gansey hatte nie viel mit anderen Kindern anfangen können, nicht mal mit dem, das er selbst gewesen war. Er hatte von Anfang an dem Erwachsensein entgegengefiebert, einer Zukunft, in der er selbst über sein Leben entscheiden durfte.

Jetzt, Jahre später, stand Gansey auf derselben efeuüberwucherten Treppe und blickte auf die Plakette neben der Tür. GREEN HOUSE, stand dort. ERB. 1824. Von Nahem war es schwer zu sagen, warum das Gebäude geradezu grotesk wirkte und nicht bloß heruntergekommen. Möglicherweise trug die Anwesenheit von Raben auf jeder horizontalen Fläche des Hauses dazu bei. Er drehte den Türknauf: abgeschlossen. Die Taschenlampe seines Handys eingeschaltet, presste er die Nase an eins der schmalen Fenster neben der Tür und spähte hinein. Er wusste nicht, wonach er suchte. Vielleicht würde er es wissen, wenn er es sah. Vielleicht gab es ja eine unverschlossene Hintertür oder ein offen stehendes Fenster. Obwohl es keinen besonderen Grund zu der Annahme gab, dass das Innere dieses verfallenen Baus irgendwelche Geheimnisse barg, die für Ganseys Vorhaben relevant sein könnten, drängte der Teil von ihm, der gut darin war, Dinge zu finden, ungeduldig gegen die Scheibe und verlangte Einlass.

»Jetzt guck dir das an«, rief Henry aus ein paar Metern Entfernung. Seine Stimme klang theatralisch empört. »Ich hab gerade rausgefunden, dass diese Seitentür irgendwann von einem Jungvandalen koreanischer Abstammung aufgebrochen wurde.«

Gansey musste sich einen Weg durch ein Beet voller toter Lilien bahnen, um zu dem weit weniger pompösen Seiteneingang zu gelangen. Henry hatte eine bereits gesprungene Fensterscheibe eingedrückt, hineingegriffen und die Tür geöffnet. »Diese Jugend heutzutage. Aber ›Cheng‹ ist gar nicht koreanisch, oder?«

»Mein Vater ist kein Koreaner«, antwortete Henry. »Ich schon. Das und die Tendenz zum Vandalismus hab ich von meiner Mutter. Lass uns reingehen, Dick, jetzt hab ich's schließlich schon mal eingeschlagen.«

Doch Gansey zögerte an der Tür. »Du hattest deine RoboBee auf mich angesetzt.«

»War nur nett gemeint. Ein Freundschaftsdienst sozusagen.«

Er schien Wert darauf zu legen, dass Gansey ihm die Ehrbarkeit seiner Absichten abnahm, also sagte Letzterer schnell: »Das weiß ich. Es ist nur – ich treffe einfach nicht oft andere Menschen, die auf dieselbe Art Freundschaften schließen wie ich. So – schnell.«

Henry zeigte ihm Teufelshörnchen. »*Jeong*, Bro.«

»Was heißt das?«

»Wer weiß das schon?«, entgegnete Henry. »Es heißt, Henry zu sein. Oder Gansey-Man. *Jeong*. Du kennst das Wort nicht, aber du lebst es trotzdem. Ehrlich gesagt hätte ich nicht erwartet, es ausgerechnet in einem Typen wie dir zu finden. Ist irgendwie, als wären wir uns früher schon mal begegnet. Das heißt, nein. Aber wir waren von Anfang an Freunde, wir haben sofort füreinander getan, was nur Freunde füreinander tun würden. Keine Kumpels. Freunde. Blutsbrüder. Das fühlt man einfach. So eine Art *wir* statt *du* und *ich*. Das ist *jeong*.«

Ein Teil von Gansey fand diese Beschreibung schwülstig, unlogisch und völlig überzogen. Aber auf einer tieferen Ebene fühlte sie sich wahr an, vertraut, denn sie schien einen wichtigen Bestandteil von Ganseys Leben in Worte zu fassen. Genauso empfand er Ronan und Adam und Noah und Blue gegenüber. Bei jedem Einzelnen von ihnen hatte er sofort gespürt, dass etwas *richtig* war; eine regelrechte Erleichterung. Endlich, hatte er jedes Mal gedacht, haben wir uns gefunden. *Wir* statt *du* und *ich*.

»Okay«, sagte er.

Henry strahlte und öffnete die Tür, die er soeben aufgebrochen hatte. »Also, wonach suchen wir?«

»Ich weiß nicht genau«, gestand Gansey. Er war wie benebelt von dem vertrauten Geruch des Hauses – was auch immer es sein mochte, wonach all diese herrschaftlichen Kolonialbauten rochen. Vielleicht Moder und Buchsbaum und altes Bohnerwachs. Diese Mischung ließ zwar keine konkrete Erinnerung in ihm aufsteigen, aber doch die an eine sorgenfreiere Zeit. »Irgendwas Ungewöhnlichem wahrscheinlich. Es müsste offensichtlich sein.«

»Sollen wir uns aufteilen oder meinst du, das hier ist ein Horrorfilm?«

»Schrei einfach, wenn irgendwas versucht, dich zu fressen«, erwiderte Gansey, froh über Henrys Vorschlag. Er wollte ein wenig allein sein mit seinen Gedanken. Er schaltete seine Taschenlampe im selben Moment aus wie Henry seine ein. Henry sah aus, als wollte er fragen, warum, worauf Gansey hätte erwidern müssen: *Schärft meine Instinkte*, dann aber zuckte Henry nur mit den Schultern und sie gingen jeder ihrer Wege.

In der darauffolgenden Stille wanderte Gansey durch die dunklen Flure des Green House, verfolgt von Geistern. Hier hatte eine Anrichte gestanden; dort ein Klavier; hier hatte sich ein Grüppchen Praktikanten versammelt, die sich furchtbar weltmännisch gegeben hatten. Jetzt stand er in der Mitte dessen, was einmal der Ballsaal gewesen war. Draußen sprang ein Bewegungsmelder an, als Gansey weiter durch den Raum ging, und das Licht ließ ihn zusammenfahren. An einem Ende befand sich ein wuchtiger Kamin mit hässlichen, gesprungenen Kacheln, in deren Mitte ein unheimlicher, schwarzer Schlund lauerte. Auf den Fensterbänken lagen Unmengen toter Fliegen. Gansey kam sich vor wie der letzte Mensch auf Erden.

Damals war ihm der Saal gigantisch erschienen. Wenn er die Augen zusammenkniff, sah er die Party wieder vor sich. An irgendeinem Punkt in der Zeit fand sie immer statt. Wenn das hier Cabeswater wäre, würde er die Party womöglich noch einmal komplett abspielen können, einfach in der Zeit zurückspringen und ganz von vorne dabei sein. Der Gedanke erfüllte ihn mit Wehmut, aber gleichzeitig mit Abneigung: Er war damals jünger und unbeschwerter gewesen, vollkommen frei von Dingen wie Verantwortung oder Lebenserfahrung. Die Vorstellung, all das erneut zu durchleben, all die harten Lektionen von Neuem zu lernen, sich noch einmal bemühen zu müssen, Ronan und Adam, Noah und Blue kennenzulernen, war erschöpfend und nervenaufreibend.

Er verließ den Ballsaal und streifte durch die Flure, duckte sich unter Armen hindurch, die dort gar nicht mehr waren, entschuldigte sich, wenn er in längst verklungene Gespräche platzte. Es gab Champagner; im Hintergrund lief Musik; in der Luft lag schweres Parfüm. *Wie geht's dir, Dick?* Ihm ging es gut, wunderbar, prächtig – die einzig angemessenen Antworten auf diese Frage. An seinem Himmel lachte immerzu die Sonne.

Er betrat eine von Fliegengittern abgeschirmte Veranda und starrte in den finsteren November hinaus. Das zerfranste Gras wirkte grau im Schein der Lampe; die kahlen Bäume zeichneten sich schwarz vor dem Himmel ab, den das in der Ferne lauernde Washington, D. C. in fahlviolettes Licht tauchte. Alles war tot.

Kannte er heute überhaupt noch eins von den Kindern, mit denen er auf der Party gespielt hatte? Verstecken: Er hatte sich so gut versteckt, dass er tot gewesen war, und selbst nachdem er wiederbelebt worden war, hatte ihn etwas von ihnen getrennt gehalten. Er war völlig unbeabsichtigt auf einen anderen Weg gestolpert.

Er öffnete die Fliegengittertür und betrat den feuchten, toten Rasen. Die Feier hatte sich auch auf den Garten erstreckt, wo die älteren Kinder frustiert ihre Krocketpartie aufgegeben hatten, weil die Kellner ständig die Törchen umrissen.

Das Licht des Bewegungsmelders, den Gansey kurz zuvor ausgelöst hatte, erhellte den gesamten Garten. Er ging über den Rasen bis zu den Bäumen. Das Verandalicht reichte weiter, als er erwartet hatte, und der Garten war nicht ganz so verwunschen, wie er ihn in Erinnerung gehabt hatte, aber er konnte nicht sagen, ob es daran lag, dass er älter war und sich seit damals in einer ganzen Menge anderer Wälder herumgetrieben hatte, oder einfach an der Jahreszeit. Im Moment wirkte dieser Garten jedenfalls alles andere als perfekt zum Verstecken spielen.

Als Gansey auf der Suche nach Glendower in Wales gewesen war, hatte er am Rand vieler Felder gestanden, auf denen einst Schlachten gefochten worden waren. Er hatte versucht, sich auszumalen, wie es gewesen sein musste in jenem Moment, mit dem Schwert in der Hand, unter sich ein Pferd, umringt von schwitzenden, blutenden Männern. Wie musste es für Owen Glendower gewesen sein, zu wissen, dass sie alle nur kämpften, weil er sie dazu aufgefordert hatte?

Während Malory auf dem Pfad oder beim Auto geblieben war, war Gansey durch die Wiesen gestreift, so weit weg von allem Modernen wie nur möglich. Er hatte die Augen geschlossen, das Dröhnen ferner Flugzeuge ausgeblendet und versucht, die Geräusche von vor sechshundert Jahren heraufzubeschwören. Die jüngere Version von ihm hatte damals die winzige Hoffnung gehegt, dass er Geister sehen würde, die die Umgebung bevölkerten; dass er, wenn er die Augen wieder öffnete, mehr sehen würde als zuvor.

Doch er besaß nicht die Spur einer hellseherischen Begabung und so kam es, dass die Minute, die mit Gansey allein auf dem Schlachtfeld begonnen hatte, auch mit Gansey allein auf dem Schlachtfeld endete.

Jetzt stand er an einem Waldrand in Virginia, bis sich selbst das Stehen merkwürdig anfühlte; es war, als würden seine Beine zittern, ohne es wirklich zu tun. Dann trat er zwischen die Bäume.

Die kahlen Äste über ihm knarzten im Wind, aber das Laub unter seinen Füßen war feucht und schluckte alle Geräusche.

Vor sieben Jahren war er hier auf das Hornissennest getreten. Vor sieben Jahren war er hier gestorben. Vor sieben Jahren war er hier von den Toten auferstanden.

Er hatte solche Angst gehabt.

Warum hatten sie ihn zurückgebracht?

Zweige verfingen sich in seinen Pulloverärmeln. Noch hatte er den Ort nicht ganz erreicht, an dem es passiert war. Er versuchte, sich einzureden, dass das Nest nicht mehr da sein würde; der umgestürzte Baum, neben dem er zusammengebrochen war, würde längst verrottet sein; es war zu dunkel in diesem geisterhaften Licht; er würde die Stelle nicht wiedererkennen.

Er erkannte sie wieder.

Der Baum war nicht verrottet. Er war völlig unverändert, genauso massiv wie zuvor, nur schwarz vor Feuchtigkeit und Dunkelheit.

Hier hatte er den ersten Stich gespürt. Gansey streckte den Arm aus und besah sich voller Staunen und Entsetzen seinen Handrücken. Er machte einen weiteren Schritt nach vorn und zögerte dann. Hier hatte er sie im Nacken gespürt, an seinem Haaransatz. Er schlug nicht nach dem Gefühl; es half nie, sie zu verscheuchen. Seine Finger jedoch zuckten unwillkürlich nach oben.

Noch ein unsicherer Schritt. Er war noch etwa einen halben Meter von dem alten, unveränderten, schwarzen Baum entfernt. Der Gansey von früher war an dieser Stelle auf die Knie gefallen. Sie waren ihm übers Gesicht gekrabbelt, die geschlossenen Lider, die zitternden Lippen.

Er war nicht davongerannt. Es gab kein Entkommen und die Waffe hatte sowieso längst zugeschlagen. Er erinnerte sich daran, wie er gedacht hatte, es würde nur die Party ruinieren, wenn er mit Hornissen bedeckt ins Haus gestürmt käme.

Einen Moment lang, nur kurz, hatte er sich mit den Händen aufgestützt, dann den Ellbogen. Gespürt, wie das Gift durch seine Adern strömte. Er war auf die Seite gekippt, hatte sich zusammengerollt, feuchte Blätter blieben an seinen Wangen kleben, während sein ganzer Körper zu ersticken schien. Er zitterte, er war erschöpft und er hatte Angst, solche Angst.

»Warum?«, fragte er sich. »Warum ich? Was war der Sinn von alldem?«

Er öffnete die Augen.

Er stand aufrecht, die Hände zu Fäusten geballt, und starrte auf die Stelle, an der es passiert war. Er musste gerettet worden sein, damit er Glendower fand. Er musste gerettet worden sein, damit er diesen Dämon tötete.

»Dick! Gansey! Dick! Gansey!«, schallte Henrys Stimme durch den Garten. »Komm her, das musst du dir ansehen!«

54

Unterhalb des Hauses befand sich ein Höhleneingang. Kein beeindruckendes Portal in der Erde wie das der Höhle in Cabeswater. Auch kein überwuchertes Loch, durch das sie zu Gwenllians Grab gelangt waren. Dies war ein feuchter, weit aufgerissener Schlund voll eingesunkener Erdplatten, hervorstechender Betonknochen und Möbelfragmente, nachdem sich im Boden eine Spalte aufgetan und Teile des Kellers verschluckt hatte. Alles wirkte frisch und Gansey bekam den Verdacht, dass der Eingang eine Folge seines Befehls im Fox Way war.

Er hatte verlangt, den Rabenkönig zu sehen. Und man hatte ihn zu ihm geführt, auch wenn dafür die Erde in Bewegung gesetzt werden musste.

»So viel zum Thema renovierungsbedürftig«, sagte Henry, weil einer es aussprechen musste. »Ich hab das Gefühl, dieser Keller müsste mal komplettsaniert werden, zumindest wenn sie den Kasten hier zu einem guten Preis loswerden wollen. Böden aus Hartholz, ein paar neue Beschläge, vielleicht *die Wand wieder hochziehen.*«

Gansey trat zu ihm an den Rand des Lochs und spähte hinein. Sie richteten beide ihre Handytaschenlampen in die Dunkelheit. Anders als die frisch gerissene Wunde des Eingangs wirkte die Höhle darunter alt und trocken und staubig, so als hätte sie schon immer unter diesem Haus gelegen. Bloß der Eingang war auf Ganseys Befehl hin dazugekommen.

Gansey sah aus dem Fenster zu Henrys Fisker, der vor dem Haus geparkt war, und führte sich den Highway, Henrietta, den Verlauf der Ley-Linie vor Augen. Natürlich hatte er längst gewusst, dass dieses Haus auf der Ley-Linie lag. Hatte es nicht von Anfang an geheißen, er habe nur überlebt, weil jemand anderes auf derselben Linie gestorben sei?

Er fragte sich, ob es wohl einen einfacheren Weg gegeben hätte, diese Höhle zu finden. Verbarg sich irgendwo entlang der Linie ein weiterer, natürlicher Eingang oder hatte dieser hier die ganze Zeit darauf gewartet, dass er ihm befahl, sich zu zeigen?

»Okay«, sagte Gansey schließlich. »Ich gehe rein.«

Henry lachte, bevor ihm klar wurde, dass Gansey es ernst meinte. »Sollte man für solche Expeditionen nicht einen Helm und seinen Lakaien dabeihaben?«

»Wahrscheinlich. Aber ich glaube nicht, dass ich Zeit habe, noch mal nach Henrietta zurückzufahren und meine Ausrüstung zu holen. Ich muss halt vorsichtig sein.«

Er fragte Henry nicht, ob er mitkam, weil er ihm kein schlechtes Gewissen machen wollte, für den Fall, dass er verneinte. Er wollte nicht, dass Henry glaubte, Gansey würde jemals so etwas von ihm verlangen – in ein Loch im Boden zu krabbeln, wo doch das Einzige, wovor Henry sich wirklich fürchtete, Löcher im Boden waren.

Gansey nahm seine Uhr ab und steckte sie in die Tasche, damit sie keine Kratzer bekam, falls er tatsächlich krabbeln musste. Dann stopfte er seine Hosenbeine in die Socken und betrachtete abermals den Höhleneingang. Das Loch war nicht sehr tief, aber er wollte trotzdem sichergehen, dass er auch wieder hochkam, wenn niemand mehr hier war, um ihm zu helfen. Stirnrunzelnd ging er einen der Stühle holen, die der Einsturz nicht in Mitleidenschaft gezogen hatte, und ließ ihn in die Dunkelheit plumpsen. Wenn er ihn unten wieder aufstellte, würde ihn das schon mal ein wertvolles Stück näher an den Eingang bringen.

Henry sah ihm schweigend zu und sagte dann: »Moment. Ihr macht Euch noch Euren hübschen Mantel schmutzig, Majestät. Hier.« Er schlüpfte aus seinem Aglionby-Pullover und reichte ihn Gansey.

»Also gibst du buchstäblich dein letztes Hemd für mich«, sagte Gansey, als er Henry seinen Mantel reichte. Er war ihm dankbar. Dann sah er ihm fest in die Augen. »Wir sehen uns auf der anderen Seite. *Excelsior.*«

55

Als Gansey sich auf den Weg durch den Tunnel machte, erfüllte ihn eine Art wahnhafte Freude und zugleich Traurigkeit, beides im selben Maße ansteigend. Um ihn war nichts als gesichtsloser Stein, aber er wurde den Gedanken nicht los, dass dies alles absolut *richtig* war. Er hatte sich diesen Moment so oft ausgemalt und jetzt, als er endlich gekommen war, schien die Grenze zwischen bloßer Vorstellung und wirklichem Erleben zu verschwimmen. Es gab keine Diskrepanz mehr zwischen Erwartung und Realität wie zuvor. Er hatte Glendower finden wollen und jetzt fand er ihn.

Freude und Traurigkeit, größer, als ein Mensch fassen konnte.

Wieder spürte er die Zeit wanken. Hier unten war das Gefühl regelrecht greifbar, wie Wasser, das seine Gedanken überspülte. Außerdem schienen nicht bloß die zeitlichen Regeln außer Kraft gesetzt zu sein, sondern auch die räumlichen. Es war möglich, dass dieser Tunnel ihn an einen vollkommen anderen Ort auf der Ley-Linie bringen würde. Beim Gehen behielt er die Akkuanzeige seines Handys im Auge; da er es als Taschenlampe benutzte, schmolz die Ladung nur so dahin. Jedes Mal, wenn er hinsah, spielte die Uhrzeit auf eine andere Weise verrückt: mal lief sie doppelt so schnell wie normal vorwärts, mal in großen Sprüngen rückwärts, mal blieb sie vierhundert Schritte lang unverändert. Manchmal flackerte das Display kurz auf und ging dann ganz aus – zusammen mit der

Taschenlampe, sodass er eine Sekunde in völliger Schwärze zurückblieb, zwei Sekunden, vier.

Er war nicht sicher, was er tun würde, wenn es irgendwann ganz dunkel um ihn blieb. Bei früheren Höhlenexpeditionen hatte er bereits die Erfahrung gemacht, wie leicht es war, in ein Loch zu fallen, selbst wenn man eine Taschenlampe hatte. Diese Höhle wirkte zwar mehr wie ein unterirdischer Flur als wie ein natürlicher Tunnel, aber er konnte dennoch nicht sagen, wo er landen würde.

Ihm blieb nichts anderes übrig, als den Raben und seinem *richtig*-Gefühl zu vertrauen. Alle seine Schritte hatten ihn geradewegs zu diesem Moment geführt.

Er musste daran glauben, dass das Licht nicht ausgehen würde, bevor er da war. Dies war die Nacht, dies war die Stunde; die ganze Zeit über hatte er hier allein sein sollen.

Also ging er weiter und weiter, während sein Handy weiter aufflackerte und verlosch. Hauptsächlich verlosch.

Als von der Akkuanzeige nur mehr ein schmaler, alarmierend roter Strich übrig war, zögerte er. Wenn er jetzt umkehrte, würde er zumindest noch für ein kleines Stück des Rückwegs Licht haben. Den Rest würde er im Dunkeln zurücklegen müssen, aber er wusste ja, dass dort keine Abgründe lauerten. Oder er konnte weitergehen, bis das letzte bisschen Licht aufgebraucht war, in der Hoffnung, irgendetwas zu finden. In der Hoffnung, dass er kein Licht mehr brauchen würde, wenn er erst am Ziel war.

»Meine Güte«, stieß Gansey hervor. Er war ein Buch und hielt die letzten Seiten in der Hand – er wollte das Ende erreichen, um herauszufinden, wie es ausging; er wollte nicht, dass es vorüber war.

Er ging weiter.

Nach einer Weile ging das Licht aus. Sein Handy war tot. Und er stand im Stockdunkeln.

Erst jetzt, nachdem er stehen geblieben war, fiel ihm auf, dass es außerdem ziemlich kalt war. Ein eisiger Wassertropfen klatschte ihm auf den Kopf, dann rann ihm ein weiterer in den Kragen. Er fühlte, wie die Schultern von Henrys Pullover nass wurden. Die Dunkelheit war wie eine Horde lebendiger Wesen, die ihm von allen Seiten auf die Pelle rückten.

Er konnte sich nicht entschließen, was er tun sollte. Sollte er vorsichtig im Dunkeln weitergehen, Schritt für Schritt? Jetzt in der völligen Finsternis erinnerte er sich gut an das Gefühl, wie ihm in der Rabenhöhle der Boden unter den Füßen fortgerissen wurde. Hier gab es keine Sicherheitsleine, die ihn retten würde. Keinen Adam, der ihn davor bewahrte, noch weiter abzurutschen. Keinen Ronan, der dem brausenden Schwarm in der Tiefe befahl, Raben zu sein und keine Wespen. Keine Blue, die ihm beruhigend ins Ohr flüsterte, bis er den Mut fand, sich selbst zu retten.

Die Dunkelheit war nicht bloß im Tunnel; sie war in ihm.

»Willst du nicht, dass ich dich finde?«, fragte er. »Bist du hier?«

Es blieb still bis auf das leise Platschen des Wassers, das von der Decke tropfte.

Angst stieg in ihm auf. Angst hatte, was Gansey betraf, eine sehr spezifische Gestalt. Und anders als in dem Loch unter dem Borden House hatte sie Macht an einem Ort wie diesem.

In dem Moment wurde ihm bewusst, dass es um ihn nicht mehr still war. Irgendwo in der Ferne hatte sich ein Geräusch erhoben – eines, das ihm nur zu vertraut war.

Schwarm.

Dies war kein einzelnes Insekt, das durch den Tunnel schwirrte. Nicht die RoboBee. Es war das an- und abschwellende Heulen Hunderter geflügelter Körper, die sich ihm näherten.

Und selbst in der absoluten Dunkelheit um ihn spürte Gansey

dieselbe Schwärze, wie sie aus dem Baum in Cabeswater gesickert war.

Im Geiste sah er die gesamte Geschichte vor sich: Wie er vor gut sieben Jahren von Hornissen zu Tode gestochen und dann doch noch gerettet worden war, im selben Moment, als auch Noah starb. Und wie er nun, während Noahs Geist vermoderte, erneut an den Stichen sterben würde. Vielleicht hatte das Ganze nie einen anderen Sinn gehabt, als die Ausgangssituation wiederherzustellen.

Das Surren kam näher, immer wieder unterbrochen von winzigen, kaum hörbaren Klicklauten, wenn die Insekten auf ihrem hektischen Flug von den Wänden abprallten.

Gansey dachte an Henrys Worte, als er ihm die Biene auf die Hand gesetzt hatte. Er hatte gesagt, Gansey solle sie nicht als etwas betrachten, das ihn umbringen könnte, sondern als etwas, das womöglich wunderschön war.

Das würde er schaffen. Das würde er doch sicher schaffen.

»Wunderschön«, sagte er zu sich selbst. »Und edel.«

Der Schwarm surrte-klickte-surrte inzwischen ganz in seiner Nähe. Es war furchterregend laut.

Sie waren da.

»Etwas, das mir nichts tun wird«, sagte er laut.

Ihm wurde rot vor Augen, dann schwarz.

Rot, dann schwarz.

Dann nur noch schwarz.

»Blätter«, sagte Ronan Lynchs Stimme nachdrücklich.

»Staub«, sagte Adam Parrish.

»Wind«, sagte Blue Sargent.

»Scheiße«, trug Henry Cheng bei.

Ein Lichtstrahl streifte Gansey und huschte davon, rot, dann wieder schwarz. Eine Taschenlampe.

Beim ersten Schein glaubte Gansey die Wände von Hornissen wimmeln zu sehen, doch beim zweiten erkannte er, dass es nur Blätter und Staub waren und der Wind, der all das durch den Tunnel wehte. Und dann, in diesem neuen Licht, sah er seine Freunde, die zitternd im Tunnel standen, wo kurz zuvor noch die Blätter gewesen waren.

»Blödes Arschloch«, grollte Ronan. Sein T-Shirt war vollkommen verdreckt und an einer Seite seines Gesichts klebte getrocknetes Blut, von dem Gansey sich fragte, ob es sein eigenes war.

Zuerst konnte Gansey nichts sagen und als er es dann doch konnte, sagte er: »Ich dachte, du wolltest oben bleiben.«

»Dachte ich auch«, antwortete Henry. »Aber dann fand ich, ich kann doch Gansey drei nicht ganz allein durch so eine Gruselhöhle wandern lassen. Schließlich gibt's heutzutage nur noch so wenige uralte Schätze auf der Welt; wäre doch 'ne Schande, die einfach verschüttgehen zu lassen. Außerdem musste ja jemand den Rest deines Hofstaats herbringen.«

»Warum bist du denn allein losgezogen?«, fragte Blue. Sie schlang die Arme um ihn und er spürte, wie sie zitterte.

»Ich wollte ein bisschen Heldenmut beweisen«, entgegnete Gansey und zog sie an sich. Sie war echt. Sie waren alle echt. Und sie waren alle hergekommen, seinetwegen, mitten in der Nacht. Sein bodenloses Erstaunen bewies, dass er tatsächlich nie damit gerechnet hatte, dass sie so etwas für ihn tun würden. »Ihr solltet nicht noch mehr Leid ertragen müssen.«

»Blödes Arschloch«, schnaubte Adam.

Sie lachten, atemlos, unsicher, denn sie konnten nicht anders. Gansey schmiegte die Wange an Blues Kopf. »Wie habt ihr mich gefunden?«

»Ronan hat sich fast umgebracht dabei, etwas zu träumen, womit wir dich aufspüren konnten«, erklärte Adam. Er deutete auf Ronan, der die Faust öffnete, in der ein Glühwürmchen zum Vorschein kam. Sobald der Käfig von Ronans Fingern es freigab, flog es schnurstracks zu Gansey und landete auf seinem Pullover.

Gansey pflückte es behutsam von sich herunter und setzte es in seine eigene Hand. Dann sah er Ronan an. Er sagte nicht *Tut mir leid*, aber es tat ihm leid und Ronan wusste es. Stattdessen fragte er: »Und was jetzt?«

»Befiehl mir, RoboBee zu bitten, deinen König zu finden«, antwortete Henry prompt.

Doch Gansey hatte nur magischen Dingen Befehle erteilt, keinen Menschen. Es war nicht die Art eines Gansey, Menschen herumzukommandieren. Ein Gansey fragte höflich und hoffte das Beste.

Sie waren seinetwegen gekommen. Sie waren seinetwegen gekommen.

Sie waren seinetwegen gekommen.

»Bitte«, sagte Gansey schließlich. »Kannst du mir helfen?«

Henry ließ die Biene fliegen. »Ich dachte schon, du fragst nie.«

56

Gansey konnte nicht sagen, wie lange sie schon unterwegs waren, als sie endlich ans Ziel gelangten.

Und das war der Anblick, der sich ihnen bot: eine mit Rabenschnitzereien verzierte Steintür und eine Traumbiene, die über den Efeu krabbelte. Der Eingang des Tunnels, der sie hergeführt hatte, war in einem Haus aus Ganseys vollkommen gewöhnlicher Kindheit verborgen gewesen, nicht in einem Wald aus seiner magischen Gegenwart. Nichts war so, wie er es sich vorgestellt hatte.

Alles fühlte sich absolut richtig an.

Er stand vor den Schnitzereien, spürte, wie die Zeit um ihn wankte, und blieb reglos in ihrem Strudel stehen.

»Fühlt ihr das auch?«, fragte er die anderen. »Oder bin ich der Einzige?«, fügte er in Gedanken hinzu.

»Komm mal mit der Taschenlampe her«, sagte Blue zu Henry.

Henry, der ein Neuling bei dieser Suche war, hatte sich eher im Hintergrund gehalten und abgewartet. Und auch jetzt reichte er Blue die Taschenlampe, anstatt selbst nach vorne zu treten. Blue richtete den Strahl auf den Stein und erleuchtete die Details. Anders als bei dem vorherigen Grab, das sie gefunden hatten und in dessen Tür eine Ritterfigur geschnitzt gewesen war, war diese hier über und über mit Raben verziert. Ronan, der die Tür des letzten Grabs eingetreten hatte, strich vorsichtig über die feinen Linien. Adam starrte bloß gedankenversunken darauf, die Hände zusammengepresst, als wären sie eiskalt. Gansey griff ganz gewohnheitsmäßig nach seinem Handy, um ihren Fund zu dokumentieren, als ihm einfiel, dass der Akku leer war, woraufhin er sich fragte, ob das auch nur im Geringsten von Bedeutung war, wenn das hier tatsächlich Glendowers Grab war.

Nein. Dieser Moment gehörte ihm, nicht der Öffentlichkeit.

Er legte die Hand auf die Tür, flach, die Finger gespreizt, prüfend. Das leichte Wackeln deutete darauf hin, dass sie sich leicht würde öffnen lassen.

»Und dieser Typ ist ganz sicher nicht böse, ja?«, erkundigte sich Henry. »Ich meine, ich bin echt noch zu jung zum Sterben. Viel, viel zu jung.«

Gansey hatte sieben Jahre Zeit gehabt, um jede mögliche Option in Bezug auf den König hinter dieser Tür zu durchdenken. Er hatte genug über Glendowers Leben gelesen, um zu wissen, dass dieser entweder ein Held oder ein Schurke war, je nachdem, von welchem Standpunkt aus man die Sache betrachtete. Er hatte Glendowers Tochter aus ihrem Grab befreit und herausgefunden, dass sie darin wahnsinnig geworden war. Er hatte Legenden gelesen, in denen von einer Gunst die Rede war, und solche, die vor dem Tod warnten. In manchen Geschichten ruhte Glendower allein; in anderen war er von Dutzenden schlafenden Rittern umgeben, die mit ihm erwachen würden.

In manchen Geschichten – wie ihrer eigenen – tauchte ein Dämon auf.

»Kannst ja hier draußen warten, wenn du zu viel Angst hast, Cheng«, gab Ronan sich tough, aber die Herablassung in seiner Stimme war dünn wie ein Spinnennetz und genauso mühelos wischte Henry sie beiseite.

»Ich kann für nichts garantieren, was sich hinter dieser Tür befindet«, sagte Gansey. »Aber wir sind uns darüber einig, dass wir die Gunst dafür nutzen, den Dämon zu töten, oder?«

Das waren sie.

Gansey presste beide Hände auf den totenkalten Stein. Die Tür gab widerstandslos seinem Druck nach, als irgendein cleverer Mechanismus die schwere Platte in Bewegung setzte. Oder vielleicht war es auch kein Mechanismus, dachte Gansey. Sondern irgendein Traumkram, irgendein verrückter Hokuspokus, der nicht den Gesetzen der Physik unterworfen war.

Die Taschenlampe erleuchtete das Innere des Grabs.

Gansey ging hinein.

Die Wände von Gwenllians Grab waren mit farbenfrohen Malereien versehen gewesen – Vögel über Vögel auf der Jagd nach noch mehr Vögeln in kräftigen, vom Licht unversehrten Rot- und Blautönen. Rüstungen und Schwerter, die nur darauf zu warten schienen, dass die Schlafende erwachte, hatten den Raum gesäumt. Der Sarg hatte auf einem Podest gestanden und der aufwendig verzierte Deckel war mit einem Steinbildnis von Glendower versehen gewesen. Das ganze Grab war eines Königs würdig gewesen.

Diese Grabkammer dagegen war nichts als eine Kammer.

Die Decke war niedrig und grob in den Fels gehauen; Gansey musste ein wenig den Kopf einziehen; Ronan musste mehr als nur ein wenig den Kopf einziehen. Auch die Wände waren aus nacktem Fels. Der Strahl der Taschenlampe fiel auf eine weite, dunkle Schale auf dem Boden, auf deren Grund sich ein dunkler Ring abzeichnete. Wenn Gansey inzwischen irgendetwas erkannte, dann war es eine Sehschale. Blue ließ das Licht weiter durch den Raum schweifen. In der Mitte befand sich eine steinerne, quadratische Erhebung; darauf lag ein Ritter in voller Rüstung, ohne Sarg, unbegraben.

Neben seiner linken Hand lag ein Schwert, zu seiner rechten stand ein Kelch.

Es war Glendower.

Gansey kannte diesen Moment.

Die Zeit ließ ein wenig von ihm ab. Er spürte, wie sie um seine Knöchel schwappte, seine Beine beschwerte. Kein Geräusch war zu hören. Es war nichts hier, was ein Geräusch hätte von sich geben können, abgesehen von fünf gespannten Teenagern.

Nichts fühlte sich mehr real an.

»Gansey«, flüsterte Adam. Der Raum verschluckte den Laut.

Blues Taschenlampenstrahl glitt von der Gestalt in der Rüstung und richtete sich auf den Boden dahinter. Dort lag ein zweiter Toter. Sie alle wechselten beunruhigte Blicke, bevor sie vorsichtig darauf zuschlichen. Gansey war sich überdeutlich jedes einzelnen seiner trocken scharrenden Schritte bewusst und einmal drehten sie sich alle gleichzeitig zur Grabtür um. In einer normalen Welt wäre es ein Leichtes, sich die Angst auszureden, dass diese Tür plötzlich zufallen könnte. Aber sie lebten nun mal schon seit einer ganzen Weile in keiner normalen Welt mehr.

Blue hielt den Strahl weiterhin auf die Gestalt am Boden gerichtet. Gansey sah Stiefel und Knochen und halb verrottete Kleidungsreste unbestimmbarer Farbe. Der Kopf des Toten war an die Wand gelehnt, als betrachtete er seine eigenen Füße.

»Was mache ich hier?«, dachte Gansey.

»Ob der da gestorben ist, als er dasselbe versucht hat wie wir jetzt?«, fragte Adam.

»Nur wenn tote Könige aufwecken ein historischer Zeitvertreib war«, erwiderte Henry, »dem Mittelalterstyling nach zu schließen.«

Gansey und Ronan knieten sich neben die Leiche. Sie trug ein Schwert. Das heißt, das traf es vielleicht nicht ganz. Vielmehr trug der *Brustkorb* das Schwert, der nämlich damit durchbohrt war, und die Spitze der Klinge ragte überaus effektvoll aus einem Schulterblatt hervor.

»Passt in Glendowers Zeit«, kommentierte Gansey, hauptsächlich um sich wieder mehr wie er selbst zu fühlen.

Schweigen breitete sich aus. Alle sahen Gansey an. Er hatte das Gefühl, als würde eine Ansprache von ihm erwartet.

»Okay«, sagte er. »Dann mal los.«

»Mach's kurz«, bat Blue. »Ich komme hier noch um vor Grusel.«

Der Moment war also gekommen. Gansey trat zu Glendowers Leiche in der Rüstung.

Seine Hände schwebten knapp über dem Helm. Sein Herz hämmerte so wild, dass er kaum Luft bekam.

Gansey schloss die Augen.

Ich bin bereit.

Vorsichtig löste er den ledernen Kinnriemen von dem kalten Metall und zog dem Toten den Helm vom Kopf.

Adam atmete ein.

Gansey nicht. Er atmete überhaupt nicht mehr. Er stand einfach bloß da, wie erstarrt, und umklammerte den Helm. Er befahl sich einzuatmen und gehorchte. Dann befahl er sich auszuatmen und gehorchte. Doch er rührte sich nicht und er sagte nichts.

Glendower war tot.

57

Knochen.

Staub.

»Soll – soll der so aussehen?«, meldete sich Henry zu Wort.

Gansey antwortete nicht.

Glendower sollte nicht so aussehen und doch erschien es ihm nicht unwahr. Alles an diesem Tag fühlte sich schon einmal gelebt, geträumt, wiederholt an. Wie oft hatte Gansey sich ausgemalt, dass er Glendower finden würde, nur um feststellen zu müssen, dass er tot war. Wovor er sich am meisten gefürchtet hatte, war, ihn eine Winzigkeit zu spät zu finden – Minuten, Tage, Monate nach seinem Tod. Dieser Mann jedoch war seit Jahrhunderten tot. Sein Helm und Schädel waren nichts als Metall und Knochen. Das Wams unter dem Brustpanzer war bis auf wenige Fasern zu Staub zerfallen.

»Müssen wir …«, begann Adam und zögerte dann. Er stützte sich an der Wand der Grabkammer ab.

Gansey hob die Hand vor den Mund; er hatte das Gefühl, der kleinste Luftzug könnte Glendowers Überreste davonwehen. Die anderen bildeten noch immer ein schockiertes Stillleben. Ihnen allen fehlten die Worte. Gansey hatte am längsten auf diesen Augenblick hingefiebert, aber sie hatten sich ebenso große Hoffnungen gemacht.

»Müssen wir vielleicht seine Knochen wecken?«, fragte Blue. »So wie diese Skelette in der Höhle?«

»Das wollte ich auch gerade fragen, aber …«, sagte Adam.

Wieder brach er ab und Gansey wusste, warum. Die Knochenhöhle war voller Skelette gewesen, aber sie hatte sich irgendwie *lebendig* angefühlt. Die Luft hatte geknistert vor Magie und Möglichkeiten. Auch damals war ihnen die Vorstellung, die Skelette aufzuwecken, wahnwitzig vorgekommen, ja, aber nicht unmöglich.

»Ich hab meinen Traumverstärker nicht dabei«, warf Ronan ein.

»Seine. Knochen. Wecken«, wiederholte Henry Blues Worte. »Also ich will ja kein Spielverderber sein, Leute, schließlich seid ihr die Experten hier, aber …«

Aber.

»Dann versuchen wir's doch«, schlug Ronan vor. »Und zwar fix. Ich will hier weg. Dieses Loch hier saugt mir das Leben aus.«

Ronans Entschlossenheit brachte ein wenig Ordnung in Ganseys verschwommene Gedanken.

»Gut«, sagte er, obwohl er sich nicht annähernd sicher war. »Versuchen wir's. Vielleicht war die Knochenhöhle ja als eine Art Übung für das hier gedacht und darum hat uns Cabeswater dorthin geführt.« Die Knochen in der Höhle waren nicht besonders lange am Leben geblieben, aber vielleicht spielte das keine Rolle, dachte er bei sich. Glendower musste nur lange genug wach sein, um ihnen seine Gunst zu gewähren.

Ganseys Herz geriet kurz ins Stolpern bei der Vorstellung, sowohl eine Gunst als auch den Grund für seine eigene Existenz von Glendower zu fordern, bevor dieser vollends zu Staub zerfiel.

Wenn schon, denn schon.

Also nahmen die vier dieselben Positionen ein wie in der Knochenhöhle, während Henry skeptisch und zugleich neugierig einen

Schritt zurücktrat. Adam tastete mit gespreizten Fingern die Wände nach einer Spur von Energie ab, die er projizieren konnte. Er probierte eine Wand nach der anderen, sichtlich unzufrieden mit dem Resultat. Schließlich erreichte er wieder den Punkt, an dem er angefangen hatte.

»Hier geht es genauso gut wie überall sonst«, erklärte er, aber er klang nicht sonderlich zuversichtlich. Blue ergriff seine andere Hand. Ronan verschränkte die Arme. Gansey berührte vorsichtig Glendowers Brust.

Es fühlte sich an wie ein Spiel. Lächerlich. Gansey versuchte, die nötige Entschlossenheit aufzubringen, fand jedoch nur Leere in sich. Seine Knie zitterten, nicht vor Angst oder Wut, sondern vor irgendeiner anderen Emotion, die er sich weigerte, als Trauer zu identifizieren.

Trauer bedeutete, dass er bereits aufgegeben hatte.

»Wach auf«, sagte er und dann gleich noch einmal, ein bisschen nachdrücklicher: »Wach auf.«

Doch es waren nur Worte.

»Wach«, wiederholte Gansey, »auf.«

Vox et praeterea nihil. Eine Stimme und sonst nichts.

Der erste Moment der Erkenntnis wich einem zweiten, dann einem dritten, und mit jeder Minute, die verstrich, enthüllte sich eine neue Facette, die Gansey noch nicht zu akzeptieren bereit gewesen war. Glendower würde sich nicht wecken lassen, also würde es auch keine Gunst geben. Sie würden ihn nicht um Noahs Leben bitten können, darum, den Dämon zu vernichten. Womöglich war bei Glendower nie Magie im Spiel gewesen; vielleicht hatten sie seine Leiche bloß in die Neue Welt geschafft, um sie außer Reichweite der Engländer zu begraben. Gansey würde sich überlegen müssen, ob er die Historikergemeinde über seinen Fund in Kenntnis setzen sollte, wenn dies überhaupt als herkömmlicher Fund durchging. Wenn Glendower die ganze Zeit tot gewesen war, konnte er es nicht gewesen sein, der Gansey gerettet hatte.

Wenn es nicht Glendower gewesen war, der Ganseys Leben verschont hatte, wusste er nicht, wem er danken sollte, oder auch nur, wer er sein, wie er leben sollte.

Niemand sagte etwas.

Gansey berührte den Schädel, den geschwungenen Wangenknochen, das Gesicht des ihm versprochenen und nun bloß verrotteten Königs. Alles war trocken und grau.

Es war vorbei.

Dieser Mann würde Ganseys Leben nicht verändern.

»Gansey?«, fragte Blue.

Jede Minute wich einer neuen, dann noch einer neuen, während die Erkenntnis langsam bis zu seinem Herzen durchdrang, mitten hinein:

Es war vorbei.

58

Gansey wusste mittlerweile schon gar nicht mehr, wie oft man ihm gesagt hatte, dass ihm Großes vorherbestimmt sei.

Mehr war da nicht?

Sie traten hinaus in den Sonnenschein. Die Ley-Linie hatte ihnen hinterrücks Stunden gestohlen, ohne dass sie es bemerkt hatten, und nun saßen sie in der halb verfallenen Villa, ein paar Hundert Meter entfernt von dem Ort, an dem Gansey gestorben war. Gansey hockte im Ballsaal, an die Wand gelehnt, eingerahmt von einem Quadrat aus Sonnenlicht, das durch die staubigen Sprossenfenster hereinfiel. Er rieb sich mit der Hand über die Stirn, obwohl er gar nicht müde war – er war so wach, dass er den Verdacht hegte, auch da müsse die Ley-Linie am Werk gewesen sein.

Es war vorbei.

Glendower war tot.

Ihm sei Großes vorherbestimmt, hatten die Wahrsagerinnen prophezeit. Eine in Stuttgart. Eine in Chicago. Eine in Guadalajara. Zwei in London. Wo blieb es denn, das Große? Vielleicht hatte er es einfach schon aufgebraucht. Vielleicht war damit auch von Anfang an sein gutes Gespür für historische Artefakte gemeint gewesen. Vielleicht lag das Große lediglich in dem, was er für andere sein konnte.

»Lasst uns gehen«, sagte Gansey.

Sie machten sich auf den Weg zurück nach Henrietta, zwei Autos dicht hintereinander.

Es dauerte nur ein paar Minuten, bis Ganseys Handy wieder ein Minimum an Akkuladung hatte, nachdem er es an den Zigarettenanzünder angeschlossen hatte, und ein paar Sekunden mehr, bis die Flut an Nachrichten hereinbrach – alle eingegangen, während sie unter der Erde gewesen waren. Ein Summen für jede Nachricht; das Handy lag nicht mehr still.

Sie hatten die Wahlkampfveranstaltung verpasst.

Die Ley-Linie hatte ihnen nicht ein paar Stunden gestohlen. Sondern einen ganzen *Tag*.

Gansey ließ sich von Blue die Nachrichten vorlesen, bis er es nicht mehr ertragen konnte. Sie begannen mit höflichem Nachfragen, ob er eventuell etwas später komme. Wandelten sich zu Sorge und Mutmaßungen, warum er denn nicht an sein Telefon gehe. Bekundeten Verwirrung und Unverständnis darüber, dass er es sich herausnahm, zu spät zu einer Schulveranstaltung zu kommen. Übersprangen Ärger und gingen direkt über zu Verletztheit.

Ich weiß ja, dass du jetzt dein eigenes Leben führst, sprach ihm seine Mutter auf die Mailbox. *Ich hatte bloß gehofft, vielleicht für ein paar Stunden daran teilhaben zu dürfen.*

Gansey spürte, wie die Klinge geradewegs sein Schulterblatt durchbohrte und an seinem Rücken wieder austrat.

Bis kurz zuvor hatte er ununterbrochen über seinen gescheiterten Versuch, Glendower zu wecken, nachgegrübelt. Jetzt hatte er nur noch das Bild seiner Familie vor Augen, die an der Aglionby auf ihn wartete. An seine Mutter, die glaubte, er würde sich verspäten. Seinen Vater, der dachte, ihm wäre wohlmöglich etwas passiert. Helen – Helen, der klar war, dass er stattdessen irgendwelche eigenen Ziele verfolgte.

Ihre einzige Nachricht war am Ende des Abends gekommen: *Tja, der König gewinnt wohl immer, stimmt's?*

Er würde sie anrufen müssen. Aber was sollte er sagen?

Schuldgefühle keimten in seiner Brust, in seiner Kehle, hinter seinen Augen.

»Weißt du was?«, sagte Henry nach einer Weile. »Halt mal an. Da vorne.«

Gansey lenkte den Fisker schweigend auf den Rastplatz, auf den Henry deutete; der BMW folgte ihnen. Sie parkten auf dem schmalen Haltestreifen vor einem hübschen Backsteinhäuschen, in dem sich die Toiletten befanden; außer ihnen war niemand hier. Die Sonne hatte vor den Wolken kapituliert; es sah nach Regen aus.

»Steig aus«, forderte Henry ihn auf.

Gansey sah ihn an. »Wie bitte?«

»Steig aus dem Auto«, wiederholte Henry. »Ich weiß, dass du das musst. Schon seit wir losgefahren sind. Los. Raus.«

Gansey wollte protestieren, dann aber wurde ihm bewusst, wie unzuverlässig sich seine Stimme anfühlte. Es war wie mit seinen Knien in der Höhle; das Zittern war weiter aufwärts gekrochen.

Also sagte er nichts und stieg aus. Leise. Kurz überlegte er, in das Toilettenhäuschen zu gehen, schwenkte jedoch im letzten Moment zu dem kleinen Picknickplatz daneben um. Außer Sichtweite der Autos. Ganz ruhig. Er schaffte es zu einer der Bänke, aber er setzte sich nicht darauf. Stattdessen ließ er sich einfach davor auf den Boden sinken und vergrub den Kopf in den Armen, krümmte sich so klein zusammen, dass seine Stirn den Rasen berührte.

Er konnte sich nicht erinnern, wann er zum letzten Mal geweint hatte.

Er weinte nicht nur um Glendower. Er weinte um all die Versionen von Gansey, die er in den vergangenen sieben Jahren verkörpert hatte. Um den Gansey, der sich voller Zielstrebigkeit und jugendlichem Optimismus auf die Suche begeben hatte. Um den Gansey, der mit wachsendem Zweifel weitergemacht hatte. Und um den Gansey, der nun würde sterben müssen. Denn plötzlich ergab das alles auf tragische Weise Sinn. Jemand musste sterben, um Ronan und Adam zu retten. Blues Kuss würde für ihre wahre Liebe tödlich sein. Ganseys Tod war ihm noch für dieses Jahr vorherbestimmt. Er musste sterben. Er hatte von Anfang an sterben müssen.

Glendower war tot. Er war die ganze Zeit tot gewesen.

Und Gansey wollte leben.

Nach einer Weile hörte Gansey Schritte im Laub. Auch das war schlimm. Er wollte nicht aufstehen und ihnen sein tränenüberströmtes Gesicht präsentieren müssen und von ihnen bemitleidet werden; der Gedanke an ihre gut gemeinten Tröstungsversuche war beinahe ebenso unerträglich wie der an seinen bevorstehenden Tod. Zum ersten Mal in seinem Leben konnte Gansey nachvollziehen, was in Adam Parrish vorging.

Er erhob sich mit dem letzten Rest Würde, den er aufbringen konnte. Doch es war nur Blue und aus irgendeinem Grund empfand er es kein bisschen erniedrigend, dass sie ihn so klein am Boden sah. Sie stand einfach da, während er sich die Kiefernnadeln von der Hose klopfte, und dann, nachdem er auf den Picknicktisch geklettert war, setzte sie sich neben ihn, bis schließlich die anderen kamen, um zu sehen, wo sie blieben.

Sie bildeten einen Halbkreis um seinen Picknicktischthron.

»Was das Opfer angeht«, begann Gansey.

Niemand sagte etwas. Gansey fragte sich, ob er die Worte überhaupt laut ausgesprochen hatte.

»Hab ich gerade was gesagt?«, fragte er.

»Ja«, antwortete Blue. »Aber wir wollen nicht darüber reden.«

»Tut mir leid, wenn das eine etwas naheliegende Frage ist«, meldete sich Henry zu Wort, »ich bin dem Club ja erst später beigetreten. Aber dein Baumvater hat nicht zufällig noch irgendein anderes Dämonenvernichtungsmittel erwähnt?«

»Nein, nur das Opfer«, erwiderte Blue. Dann fügte sie behutsam hinzu: »Ich glaube … er wusste vielleicht von Glendower. Wenn auch nicht von Anfang an. Kann sein, dass er es erkannt hat, als er da unten herumgewandert ist, nachdem er mit meiner Mutter angebandelt hatte, oder vielleicht auch schon vorher. Aber ich glaube, er war einer von Glendowers Zauberern. Und vielleicht ja auch dieser … andere Typ.«

Sie meinte den zweiten Toten in Glendowers Grab. Ihre Theorie – wie Artemus versucht hatte, Glendower in Schlaf zu versetzen, und dabei etwas falsch gemacht hatte – leuchtete ein.

»Also bleibt uns nur das Opfer«, beharrte Gansey. »Es sei denn, du hast eine bessere Idee, Adam?«

Adam starrte schon seit einer Weile mit gerunzelter Stirn in das karge Kiefernwäldchen, das an den Picknickplatz grenzte. »Ich versuche schon die ganze Zeit, etwas zu finden, was die Ley-Linie sonst noch zufriedenstellen könnte«, sagte er nun. »Aber *ein freiwilliger Tod im Austausch für einen unfreiwilligen Tod* lässt leider nicht viel Spielraum.«

Gansey spürte ein Prickeln im Magen. »Tja, dann.«

»Nein«, sagte Ronan. Sein Tonfall war nicht ablehnend oder wütend oder auch nur aufgebracht. Er sagte einfach *Nein.* Ganz sachlich.

»Ronan –«

»Nein.« *Sachlich.* »Ich hab dich nicht gerade aus diesem Loch gezogen, damit du direkt danach freiwillig stirbst.«

Gansey passte sich seinem Tonfall an. »Blue hat meinen Geist auf der Ley-Linie gesehen, darum weiß ich schon, dass ich dieses Jahr sterben werde. Das Prinzip der Parsimonie besagt, dass die einfachste Lösung die beste ist: Und ich würde sagen, das ist sie.«

»Blue hat *was*?«, fragte Ronan. »Und wann hattet ihr vor, mir davon zu erzählen?«

»Gar nicht«, antwortete Blue. Ihr Tonfall war nicht ablehnend oder wütend oder auch nur aufgebracht. Einfach *gar nicht*. Ganz sachlich.

»Guck mich nicht so an«, sagte Gansey. »Es ist ja nicht so, als *wollte* ich sterben. Um genau zu sein, hab ich eine Heidenangst davor. Aber ich sehe einfach keine andere Möglichkeit. Und Tatsache ist nun mal, dass ich was erreichen wollte, bevor ich sterbe, und bisher dachte ich immer, das wäre die Sache mit Glendower. Aber die hat sich ja wohl offensichtlich erledigt. Also kann ich wenigstens etwas anderes Bedeutsames vollbringen – etwas … das eines Königs würdig ist.« Dieser letzte Teil klang vielleicht ein wenig dramatisch, aber es war schließlich auch eine dramatische Situation.

»Ich glaube, du verwechselst da einen König mit einem Märtyrer«, gab Henry zu bedenken.

»Ich bin ja offen für andere Vorschläge«, sagte Gansey. »Ich würde sie sogar sehr begrüßen.«

»Wir sind doch deine Zauberer, stimmt's?«, fragte Blue plötzlich.

Ja, seine Zauberer, sein Hofstaat, und er war ihr nutzloser König, der nichts zu bieten hatte als sein schlagendes Herz. Wie *richtig* sich jeder Moment angefühlt hatte, in dem er einem von ihnen begegnet war. Wie sicher er sich gewesen war, dass sie gemeinsam auf etwas zusteuerten, das noch größer war als selbst dieser Moment.

»Ja«, sagte er.

»Ich glaube – ich hab das Gefühl, es muss irgendwas geben, was wir alle zusammen bewirken können, wie damals in der Knochenhöhle«, erklärte sie. »Unten in Glendowers Grab hat es nicht funktioniert, weil dort von Anfang an kein Leben war. Oder so was. Keine Energie. Aber wenn wir mehr von den Puzzleteilen zusammenhätten?«

»Dafür verstehe ich die Welt der Magie nicht gut genug«, erwiderte Gansey.

»Parrish schon«, merkte Ronan an.

»Nein«, widersprach Adam. »Das würde ich so nicht sagen.«

»Zumindest besser als jeder andere von uns«, beharrte Ronan. »Gib uns was, womit wir arbeiten können.«

Adam zuckte mit den Schultern. Seine Hände waren so fest ineinandergeknotet, dass seine Fingerknöchel weiß schimmerten. »Vielleicht«, begann er und hielt dann inne. »Vielleicht könntest du ja sterben und wieder zurückkommen. Wenn wir Cabeswater dazu bewegen könnten, dich auf eine Art zu töten, bei der dein Körper unversehrt bleibt, könnte sich wieder dieser Zeitstillstand wie bei 18 Uhr 21 einstellen. Sodass sich eine Minute unendlich oft wiederholt und du dich nicht, ich weiß nicht, zu weit von deinem Körper entfernen könntest. Sodass du nicht zu tot wärst. Und dann ...« Gansey war klar, dass Adam sich diese Geschichte einfach nur aus den Fingern sog, um Ronan ein plausibles Märchen zu liefern. »Es müsste in Cabeswater stattfinden. Ich könnte mich mit Blues Hilfe dahinversetzen und dann könnten wir deiner Seele in einer dieser Zeitzuckungen befehlen, in deinen Körper zurückzukehren, bevor du richtig tot wärst. Indem du stirbst, würdest du die Anforderungen des Opfers erfüllen. Es war nie die Rede davon, dass du tot bleiben musst.«

Eine Weile herrschte Schweigen.

»Ja«, sagte Gansey dann. Sachlich. »Das fühlt sich richtig an. Ist das königlich genug für dich, Ronan? Nicht zu märtyrerisch, Henry?«

Begeistert wirkten sie alle nicht, aber immerhin bereit, es zu versuchen, was absolut ausreichend war. Sie mussten nicht wirklich daran glauben, sie mussten nur daran glauben wollen.

»Dann auf nach Cabeswater«, sagte Gansey.

Sie hatten sich gerade auf den Weg zurück zum Auto gemacht, als Adam sich auf Ronan stürzte.

59

Ronan brauchte zu lange, um zu begreifen, dass Adam im Begriff war, ihn umzubringen.

Adams Hände lagen um seinen Hals, seine Daumen pressten sich in seine Arterien, in seinen Augen war nur noch das Weiße zu sehen. Ronan sah Sternchen und Blitze am Rand seines Blickfelds; sein Körper war gerade mal eine Minute ohne Luft und schon konnte er nicht mehr ohne sein. Er fühlte seinen Puls hinter den Lidern.

»*Adam?*«, fragte Blue.

Ein Teil von Ronan glaubte es noch immer nicht.

Ronans Atem versiegte, als Adam und er rückwärts zwischen die Kiefern hinter dem Picknickplatz stolperten. Die anderen rannten um sie herum, aber Ronan konnte nicht erkennen, was sie machten.

»Kämpf«, knurrte Adam; es war ein dünner, verzweifelter Laut, wie von einem Tier, das jemand am Nackenfell gepackt hatte. »Wehr dich. Schlag mich k.o.!« Doch im selben Moment stieß er Ronan rücklings gegen einen Baumstamm.

Der Dämon. Der Dämon hatte Besitz von ihm ergriffen.

Mit jedem Schlag geriet Ronans Herz weiter aus dem Takt. Er ergriff Adam bei den Handgelenken. Sie fühlten sich dünn an, brechbar, kalt. Er hatte die Wahl: Entweder sterben oder Adam wehtun, was in Wahrheit alles andere als eine Wahl war.

Mit einem Mal ließ Adam von ihm ab und sank auf die Knie, sprang jedoch im nächsten Moment wieder auf. Henry wich zurück, als Adam nach seinem Gesicht ausholte, auf eine Art, die so falsch wie furchterregend war. Kein Mensch würde so kämpfen, doch das Ding, das von seinen Händen und seinen Augen Besitz ergriffen hatte, war kein Mensch.

»Haltet mich auf!«, flehte Adam.

Gansey griff nach Adams Händen, aber Adam riss sich ohne Mühe von ihm los. Er krallte die Finger in Ronans Ohr und zerrte, während er mit der anderen Hand seinen Kiefer umklammerte und ihn in die andere Richtung zog. Sein Blick war starr nach links gerichtet, als wartete er darauf, dass jemand ihn stoppte.

»*Haltet mich auf* –«

Der Schmerz war ein zerrissenes Blatt Papier. Ronan gab sich ihm einen Moment ganz hin, dann erhöhte er kurz die Intensität und machte sich von Adam los. Blue nutzte die Gelegenheit, um einen Satz nach vorn zu machen und Adam beim Haar zu packen. Sofort wirbelte Adam zu ihr herum und riss ihr blitzschnell, mit übernatürlicher Präzision, die Naht über ihrem Auge auf.

Blue keuchte erschrocken auf, als ihr erneut schwarzes Blut übers Gesicht strömte. Gansey zog sie aus Adams Reichweite, bevor er erneut nach ihr kratzen konnte.

»Schlagt mich«, wimmerte Adam verzweifelt. »Lasst mich das nicht machen.«

Es hätte so einfach sein sollen: Sie waren zu viert, Adam war allein. Aber keiner von ihnen wollte Adam Parrish wehtun, egal wie gewalttätig er sich aufführte. Und der Dämon, der Adams Glieder steuerte, hatte eine entscheidende Superkraft: Er scherte sich nicht um die Grenzen des menschlichen Körpers, den er sich zunutze machte. Er scherte sich nicht um Schmerz. Er scherte sich nicht darum, Adams Kräfte zu schonen. Und so sauste Adams Faust an Ronan vorbei und krachte ohne das geringste Zögern in den Stamm der Kiefer. Adam keuchte auf. Ihr kombinierter Atem hing weiß wie Staubwolken um sie in der Luft.

»Das Ding bricht ihm die Hände, verdammt«, zischte Ronan.

Blue packte eins von Adams Handgelenken. Ein schreckliches Knacken war zu vernehmen, als Adam sich in die entgegengesetzte Richtung verdrehte und ihr das Springmesser aus der Sweatshirttasche zog. Mit einem leisen Klicken schoss die Klinge heraus.

Alle Blicke lagen auf ihm.

Seine rollenden Augen, die jetzt beide dem Dämon gehorchten, richteten sich auf Ronan.

Doch auch Adam – der echte Adam – war aufmerksam. Er warf sich mit Schwung zur Seite, sodass er gegen die Picknickbank prallte, dann gleich noch einmal, im Versuch, seine Hand unter sich einzuklemmen, die das Messer hielt. Als er es jedoch endlich unter seinem eigenen Gewicht begraben hatte, trat seine andere Hand in Aktion. Mit der Wendigkeit einer Katze hieb und hieb und hieb sie nach seinem Gesicht. Blut strömte. Die Nägel ritzten tiefer. Bestraften ihn.

»*Nein*«, rief Gansey. Er konnte es nicht ertragen. Er rannte zu Adam. Als er sich neben ihm auf den Boden warf und seine rasende Hand zu packen versuchte, war Henry gleich hinter ihm. Und so war Henry zur Stelle, als Adam das Springmesser auf Gansey richtete; mit beiden Händen schnappte er sich Adams rechten Arm und stemmte sich mit seinem gesamten Gewicht dagegen. Adams Augen huschten wild hin und her, planten seinen nächsten Angriff. Den nächsten Angriff des Dämons.

Alles, was Adam wollte, war Selbstbestimmtheit.

Während Adam sein Handgelenk in Henrys Griff verdrehte –

»Hör auf, du Idiot, du brichst dir den Arm!« – und mit der Faust nach Ganseys Zähnen schlug – »Schon okay, Adam, wir wissen, dass das nicht du bist!« –, umschlang Ronan ihn von hinten, sodass Adams Oberarme zwischen ihnen eingeklemmt waren.

Adam konnte sich nicht mehr rühren.

»*Forsan et haec olim meminisse iuvabit*«, flüsterte Ronan in Adams unversehrtes Ohr und Adam sackte gegen ihn. Seine Brust hob und senkte sich, doch seine Hände versuchten noch immer, sich zu befreien, gierten auf Gewalt. »Du Schwein«, keuchte er, aber Ronan hörte, dass er kurz davor war, in Tränen auszubrechen.

»Fesseln wir ihm die Hände und dann überlegen wir, was wir tun«, sagte Blue. »Könntest du – oh, du bist ja so pfiffig, danke.«

Letzteres richtete sich an das Waisenmädchen, das bereits vorhergesehen hatte, wie das alles enden würde, und ein langes rotes Band unbekannten Ursprungs bereithielt. Blue nahm es und drängte sich damit zwischen Henry und Gansey. »Macht mir mal ein bisschen Platz – und drückt seine Handgelenke zusammen.«

»Nein, Mr President«, wies Henry Gansey zurecht, »du musst sie so überkreuzen. Guckst du denn keine Polizeiserien?«

Blue fixierte zuerst jeden einzelnen von Adams Fingern, was eine Weile dauerte, weil sie noch immer ein Eigenleben führten, und schließlich seine sich windenden Handgelenke. Sie umwickelte das Ganze mehrmals mit dem roten Band und befestigte es mit einem Knoten. Adams Schultern ruckten, aber nachdem Blue mit ihm fertig war, konnte er keinen Finger mehr rühren.

Endlich Ruhe.

Mit einem tiefen Seufzer trat sie zurück. Gansey betastete vorsichtig ihre blutige Stirn und besah sich dann Henrys Fingerknöchel, die dieser sich in den Kampfeswirren aufgeschürft hatte.

Adams Hände hörten endlich auf zu zucken, als der Dämon begriff, dass er sie nicht mehr bewegen konnte. Sein Kopf ruhte kläglich auf Ronans Schulter und er zitterte am ganzen Leib; allein Ronan verhinderte, dass er zusammenbrach. Noch immer erfüllte ihn blanker Horror. Das unendliche Entsetzen, Adam Parrish besessen von einem Dämon, Glendower tot.

Das Waisenmädchen näherte sich ihnen vorsichtig. Zögernd löste sie Adams schmutzige Uhr von seinem Handgelenk und legte sie dann locker um Adams Unterarm, knapp über den Fesseln. Dann gab sie ihm einen Kuss darauf.

»Danke«, sagte er tonlos. Und dann, leise, zu Gansey: »Vielleicht sollte ich das Opfer bringen. Ich bin doch sowieso nicht mehr zu retten.«

»*Nein*«, sagten Blue, Gansey und Ronan wie aus einem Mund.

»Genau, lasst uns nichts überstürzen, bloß weil du versucht hast, einen von uns umzubringen«, stellte Henry klar. Er saugte an seinen blutigen Fingerknöcheln.

Adam hob den Kopf. »Dann solltet ihr mir besser die Augen verbinden.«

Gansey blickte ihn bestürzt an. »Was?«

»Sonst verraten sie euch«, sagte Adam bitter.

60

Je nachdem, wo man anfing, war dies eine Geschichte über Seondeok.

Es war nie ihr Plan gewesen, als international bekannte Kunsthändlerin und Teilzeit-Gangsterboss zu enden. Angefangen hatte alles mit der unbestimmten Sehnsucht nach *mehr* und der Erkenntnis, dass sie dieses *mehr* auf ihrem derzeitigen Pfad nicht erreichen würde. Sie hatte einen klugen Mann, den sie in Hongkong kennengelernt hatte, und ein paar sehr intelligente Kinder, die mit Ausnahme von einem alle nach ihm kamen, und sie hatte ihr gesamtes weiteres Leben vor sich gesehen.

Dann war sie verrückt geworden.

Lange hatte der Zustand nicht angehalten. Vielleicht ein Jahr, ungefähr, voller Anfälle und Visionen und Tage, an denen sie ziellos durch die Straßen irrte, bis jemand sie auflas. Als sie danach wieder zu sich gekommen war, hatte sie festgestellt, dass sie die Augen einer Hellseherin und die heilenden Hände einer Schamanin besaß, und beides zu einer Karriere ausgebaut. Sie hatte sich den Namen Seondeok gegeben und eine Legende war geboren.

Jeder Tag brachte neue Wunder mit sich.

Die Roboterbiene hatte den Moment markiert, in dem ihr klar geworden war, dass ihr Weg vom Schicksal vorbestimmt war. Henry, ihr mittlerer Sohn, war ein überaus heller Kopf, aber er schien nicht in der Lage zu sein, das Licht aus seinem Inneren auch nach außen hin leuchten zu lassen. Und so war sie ganz Ohr gewesen, als Niall Lynch ihr von einem Objekt erzählt hatte, einem magischen Spielzeug, das Henry helfen könnte. Die wunderschöne Biene hatte sie vom ersten Moment an fasziniert. Natürlich hatte Niall sie auch Laumonier und Greenmantle, Valquez, Mackey und Xi präsentiert, aber damit hatte sie rechnen müssen; er war nun mal ein Gauner und konnte nicht anders. Dann jedoch, nachdem er einmal Henry begegnet war, hatte er Seondeok die Biene zu einem wahren Spottpreis überlassen, was sie ihm nie vergessen hatte.

Später hatte sich das großzügige Geschenk als Fluch erwiesen, denn Henry war deswegen entführt worden.

Aber nun würde sie sich dafür an Laumonier rächen.

Bereut hatte sie es nie. Das konnte sie nicht, selbst wenn es ihre Kinder in Gefahr brachte. Dies war der Weg, der ihr vorbestimmt war, und es war der richtige, auch wenn er nicht immer leicht war.

Als sie nun auf einem Parkplatz in der Nähe der Aglionby Academy dem grauen Mann begegnete, Greenmantles ehemaligem Auftragskiller, und erfuhr, dass das Blut auf seinen Schuhen von Laumonier stammte, lauschte sie interessiert, was er zu erzählen hatte.

»Ein ganz neues Geschäftsmodell«, hatte der graue Mann leise zu ihr gesagt, während sich der Parkplatz mit einer kleinen, aber nicht unwesentlichen Anzahl zwielichtiger Gestalten zu füllen begann. Sie wirkten nicht unbedingt gefährlich. Eher fremd auf eine Weise, die vermuten ließ, dass sie einen vollkommen anderen Blick auf die Welt hatten als man selbst. Es war ein völlig unterschiedlicher Schlag Mensch im Vergleich zu denen, die sich am Abend zuvor an der Aglionby eingefunden hatten. Obwohl in gewissem Sinne beide Versammlungen mit Politik zu tun hatten. »Ein rechtschaffeneres Modell. Vor Möbelgeschäften stehen schließlich auch keine bewaffneten Sicherheitsmänner, die die Leute davon abhalten müssen, die Mitarbeiter zusammenzuschlagen und Sofas im Dutzend zu klauen. So eine Art von Geschäft wünsche ich mir.«

»Das wird nicht leicht zu erreichen sein«, entgegnete Seondeok, ebenfalls leise. Ihr Blick huschte zwischen den ankommenden Autos und ihrem Handy hin und her. Henry war gewarnt, sich von hier fernzuhalten, und sie vertraute darauf, dass er sich nicht blicken lassen würde, Laumonier dagegen traute sie kein Stück weit. Auf keinen Fall wollte sie Laumonier darauf stoßen, dass Henry – und mit ihm seine Biene – sich ganz in der Nähe befand. »Die Leute haben sich daran gewöhnt, Sofas zu klauen, und niemand wird damit aufhören, solange sich nicht auch andere dazu bereit erklärt haben.«

»Am Anfang wird vielleicht ein bisschen Überzeugungsarbeit nötig sein«, räumte der graue Mann ein.

»Wir reden hier von Jahren.«

»Ich bin fest entschlossen«, erwiderte er. »Solange ich nur ein paar Leute zusammenbekomme, die sich ebenfalls für diese Vision begeistern können. Leute, die mir sympathisch sind.«

Laumonier traf ein, zu zweit, einer von ihnen mit einem Handy am Ohr. Seine Miene ließ vermuten, dass er versuchte, den dritten zu erreichen, doch der dritte war nicht in der Verfassung, ans Telefon zu gehen. Diese Angelegenheit würde der graue Mann nach der Verkaufsveranstaltung mit ihnen besprechen. Und sich dabei auf die Überzeugungskraft einiger buchstäblich fantastischer Waffen verlassen, die er auf der Lynch-Farm gefunden hatte.

»Ich gehöre nicht zu den Leuten, die Ihnen sympathisch sind«, merkte Seondeok an.

»Sie gehören zu den Leuten, die ich respektiere, was so gut wie dasselbe ist.«

Ihr Lächeln verriet, dass sie sich seiner Schmeichelei bewusst war, und gleichzeitig, dass sie sie akzeptierte. »Vielleicht, Mr Gray. Das Ganze wäre jedenfalls sehr in meinem Sinne.«

In diesem Moment tauchte Piper Greenmantle auf.

Das heißt, zuerst war es gar nicht sie. Zuerst kam die Furcht, dann Piper. Das Gefühl überrollte die Anwesenden wie eine Welle von Übelkeit, die von den Füßen bis zum Kopf aufstieg. Hände hoben sich an Kehlen, Knie gaben nach. Es war erst früher Nachmittag, aber der Himmel wirkte plötzlich dunkler. Dies war das erste Anzeichen dafür, dass die Veranstaltung einen bleibenden Eindruck hinterlassen würde.

Also: erst die Furcht, dann Piper. Diese kam geflogen, was das zweite Anzeichen dafür war, dass sie alle Ungewöhnliches erwarten durften.

Als sie landete, stellte sich heraus, dass sie auf einem Teppich aus kleinen schwarzen Wespen gereist war, die sich in Luft auflösten, sobald Piper einen Fuß auf den Boden setzte.

Sie sah gut aus.

Dies war aus mehreren Gründen bemerkenswert. Erstens, weil das Gerücht umging, sie sei gestorben, noch bevor ihr halbseidener Ehemann in seinem Haus von Wespen zu Tode gestochen worden war, was eindeutig nicht der Fall war. Und zweitens, weil sie eine Wespe dabeihatte, die gut und gerne dreißig Zentimeter lang war, und die meisten Leute angesichts eines Insekts jeglicher Größe auf ihrem Arm nicht annähernd so gefasst wirkten.

Einen Begrüßungskuss anpeilend, ging sie auf Laumonier zu, doch die beiden wichen vor dem Insekt zurück. Dies war das dritte Anzeichen dafür, dass die Veranstaltung in eine eher unkonventionelle Richtung tendierte, denn Laumonier legte für gewöhnlich großen Wert darauf, sich durch nichts aus der Ruhe bringen zu lassen.

»Oh-oh«, murmelte der graue Mann.

Denn inzwischen bestand kein Zweifel mehr daran, dass es entweder Piper oder die Wespe war, von der die seltsame Furcht ausging. Das Gefühl erfasste Seondeok noch immer in Wellen und rief ihr schmerzhaft das Jahr, in dem sie dem Wahnsinn verfallen war, in Erinnerung. Es dauerte einen Moment, bis ihr bewusst wurde, dass es ihr das Jahr tatsächlich in Erinnerung rief – *verbal*. Sie hörte die Worte direkt in ihrem Kopf. Auf Koreanisch.

»Danke, dass Sie alle gekommen sind«, wendete sich Piper feierlich an die Umstehenden. Dann legte sie den Kopf schief und ihre Augen wurden schmal und Seondeok wusste, dass ihr ebenfalls etwas eingeflüstert wurde. »Nachdem ich ja seit Kurzem wieder Single bin, habe ich beschlossen, mich in der Branche für magische Luxusartikel selbstständig zu machen und nur den außergewöhnlichsten, heißesten Scheiß anzubieten. Ich hoffe, dass Sie mich als Quelle für Qualität zu schätzen lernen werden. Und unser Einstiegsangebot – wegen dem Sie alle schließlich heute hergekommen sind – ist das hier.« Sie hob den Arm und die Wespe krabbelte ein Stück weiter in Richtung ihrer Hand. Die Menge erschauderte; der Anblick hatte etwas abgrundtief Falsches an sich. Die Furcht, summiert mit der schieren Größe des Insekts und der Art, wie sich Pipers Ärmel unter seinem Gewicht bewegte. »Das hier ist ein Dämon.«

Ja. Daran hatte Seondeok keinen Zweifel.

»Bislang stand ich in seiner Gunst, wie Sie sicher an meinem glänzenden Haar und der strahlenden Haut erkennen können, aber ich bin nun bereit, mich davon zu trennen, um mich anderen spannenden Sachen zuzuwenden! Wie heißt es doch so schön? Der Weg ist das Ziel – genau!«

»Ist das –«, begann einer der Männer. Sein Name war Rodney,

meinte Seondeok sich zu erinnern. Er schien nicht zu wissen, wie er seine Frage beenden sollte.

»Wie funktioniert er?«, fragte Seondeok.

»Meistens sage ich bloß, dass er irgendwas machen soll«, antwortete Piper, »und dann legt er auch schon los. Ich hab ja mit Kirche und so nicht viel am Hut, aber ich glaube, jemand mit einem religiösen Hintergrund könnte ihm ein paar ziemlich coole Tricks entlocken. Ich hab ein Haus von ihm bekommen, und diese Pumps. Was meinen Sie, was für Sie alles drin wäre? Sollen wir mit der Versteigerung anfangen, Dad?«

Laumonier hatte sich noch immer nicht ganz erholt. Das Problem mit einem Dämon war, dass das ungute Gefühl in seiner Gegenwart nicht besser wurde, sondern immer schlimmer. Es war das Gegenteil von Gewöhnung – das beschrieb es wohl am besten. Es war eine Wunde, ein Schmerz, der von einem leichten Brennen zu einem quälenden Stechen anwuchs. Das Flüstern war kaum zu ertragen, einfach weil es kein normales Flüstern war. Es waren Gedanken, die sich unerbittlich mit den eigenen verstrickten, sodass es schwierig wurde zu entscheiden, welche relevanter waren. Aber Seondeok hatte ein Jahr Verrücktheit überstanden, also würde sie auch das ertragen. Es war nicht unmöglich, die Gedanken des Dämons von den eigenen zu unterscheiden: Sie waren die hässlichsten, die rückwärtsgewandtesten von allen, diejenigen, die danach trachteten, den Denkenden auszulöschen.

Ein paar der Leute weiter hinten begannen sich bereits zu verdrücken und wortlos in ihre Autos zu steigen, bevor es richtig unangenehm wurde. Unangenehmer. Am unangenehmsten.

»Hey!«, rief Piper. »Nicht einfach abhauen da! Dämon!«

Die Wespe zuckte mit den Fühlern und die Leute zuckten im Takt mit. Dann fingen sie an zu kreiseln, die Augen weit aufgerissen.

»Sehen Sie?«, zischte Piper durch gefletschte Zähne. »Total praktisch.«

»Wenn du mich fragst«, sagte Laumonier, dessen Blick von den erstarrten Käufern zu den Gesichtern ihrer Kollegen und schließlich zu seiner Tochter wanderte, »ist das vielleicht nicht die beste Methode, diese ganz spezielle Ware anzupreisen.«

Er bezog sich auf die Tatsache, dass der Dämon alle in Angst und Schrecken versetzte und der Gedanke schwer zu verdrängen war, dass sie am Ende alle tot sein würden – was sowohl für gegenwärtige wie auch zukünftige Geschäfte von Nachteil war.

»Komm mir nicht auf diese passiv-aggressive Tour«, erwiderte Piper. »Ich hab in einem Artikel gelesen, dass du gewissermaßen mein Leben lang meine Persönlichkeit untergräbst, und das hier ist mal wieder ein perfektes Beispiel dafür.«

»*Das hier* ist mal wieder ein perfektes Beispiel dafür, wie du deine Kompetenzen überschätzt«, sagte Laumonier. »Dein Ehrgeiz ist deiner Bildung meilenweit voraus! Du hast doch überhaupt keine Ahnung, wie man einen Dämon weitergibt.«

»Ich wünsche es mir einfach, was denkst du denn?«, entgegnete Piper. »Ich stehe in seiner Gunst. Der muss tun, was immer ich ihm sage.«

Doch Seondeok hatte ihre Zweifel, dass es so einfach war.

»Glaubst du das wirklich?«, fragte Laumonier. »Beherrschst du ihn oder beherrscht er dich?«

»Ach, jetzt *komm* aber«, stöhnte Piper. »Dämon, lass die Leute da wieder auftauen! Dämon, lass die Sonne scheinen! Dämon, verwandele meine Klamotten komplett in Weiß. Dämon, mach, was ich dir sage, mach, was ich dir sage!«

Die Leute konnten sich wieder rühren; der Himmel erstrahlte für eine Sekunde in gleißender Helligkeit; ihre Kleider wurden weiß;

der Dämon erhob sich summend in die Luft. Das Flüstern in Seondeoks Kopf hatte sich in ein bösartiges Zischeln verwandelt.

Laumonier erschoss seine Tochter.

Wegen des Schalldämpfers gab es nur ein leises *fump*-Geräusch. Laumonier blickte schockiert. Keiner von beiden sagte etwas, sie starrten bloß auf Pipers Leiche und dann hoch zu dem Dämon, der ihnen den Befehl eingeflüstert hatte.

Jetzt ergriffen alle die Flucht. Wenn Laumonier seine eigene Tochter erschoss, war alles möglich.

Der Dämon hatte sich neben der Wunde in Pipers Hals niedergelassen. Ihr Blut besudelte seine Beine und er senkte den Kopf über das Loch.

Er verwandelte sich. Sie verwandelte sich. Alles war Auslöschung und Gewalt und Chaos.

»Rufen Sie mich an«, sagte Seondeok zum grauen Mann, »und machen Sie, dass Sie hier wegkommen.«

Pipers Schrei gellte rückwärts. Seondeok war nicht klar gewesen, dass sie noch lebte.

Das Blut an ihrem Hals war schwarz.

Ehrgeiz Gier Hass Gewalt Verachtung Ehrgeiz Gier Hass Gewalt Verachtung –

Dann war sie tot.

Der Dämon erhob sich in die Luft.

Auslöschen, auslöschen, ich erwache, ich erwache, ich erwache.

61

Adam konnte sich nicht entscheiden, ob dies das Schlimmste war, was ihm je passiert war, oder ob es ihm bloß so vorkam, weil er so kurz zuvor noch so unvorstellbar glücklich gewesen war, dass der Vergleich das Gefühl verstärkte.

Er saß auf dem Rücksitz des BMW, die Hände noch immer gefesselt, die Augen verbunden, auf einem Ohr taub. Er fühlte sich kaum real. Er war müde, aber nicht so, als müsste er schlafen, sondern eher erschöpft nach den anstrengenden Versuchen, seine eigenen Sinne unter Kontrolle zu bekommen. Der Dämon stemmte sich noch immer hin und wieder gegen die Fesseln – Adams Haut jaulte auf vor Schmerz –, brachte gegen Adams Willen seine Augen zum Rollen. Neben ihm saß Blue und auf ihrer anderen Seite das Waisenmädchen, das hatte er selbst so gewollt. Er wusste nicht, ob er von seinen Fesseln loskommen würde, aber er war sich relativ sicher, dass der Dämon Blue nur etwas antun würde, um an Ronan oder das Waisenmädchen zu kommen. Also wären sie wenigstens gewarnt, wenn es wieder passierte.

Oh Gott, oh Gott. Er hatte beinahe Ronan umgebracht. Er *hätte* ihn umgebracht. Gerade hatte er ihn noch geküsst und trotzdem hätten seine Hände ihn um ein Haar vor Adams eigenen Augen ermordet.

Wie sollte er je wieder zur Schule gehen? Wie würde er überhaupt je wieder irgendwas tun?

Sein Atem musste ihn verraten haben, denn Blue legte den Kopf an seine Schulter.

»Nicht –«, warnte er.

Sie hob den Kopf, aber kurz darauf spürte er ihre Finger, die ihm sanft übers Haar strichen, dann über die Kratzer an seiner Wange, die er sich selbst zugefügt hatte. Sie sagte nichts.

Hinter der Augenbinde schloss er die Lider und lauschte auf das träge Prasseln des Regens auf der Windschutzscheibe, das Quietschen der Scheibenwischer. Er hatte keine Ahnung, wie nah sie Cabeswater waren.

Warum fiel ihm bloß nichts ein, wie sie das Opfer umgehen könnten? Es war seine Schuld, dass Gansey es jetzt so eilig hatte – sein Pakt mit Cabeswater hatte die ganze Angelegenheit in einen Notfall verwandelt. Am Ende würde Adam ihn sowieso umbringen, genau wie in seiner Vision. Die Schuldfrage war kompliziert, verworren, aber letztendlich lief immer alles auf Adam hinaus. Auf die unbestreitbare Tatsache, dass die Situation durch ihn eskaliert war.

Finstere Gefühle brodelten in Adam, aber er konnte nicht sagen, ob sie von seinem schlechten Gewissen herrührten oder von Cabeswater.

»Was ist denn das?«, ertönte mit einem Mal Ganseys Stimme vom Beifahrersitz. »Da, auf der Straße.«

Blue wandte sich von Adam ab; er hörte, wie sie sich vorbeugte, um zwischen den Vordersitzen hindurchzusehen. Ihre Stimme klang misstrauisch. »Ist das … Blut?«

»Wovon denn?«, fragte Ronan.

»Vielleicht von gar nichts«, entgegnete Gansey. »Ist es überhaupt wirklich da?«

»Jedenfalls wühlt der Regen die Oberfläche auf«, merkte Ronan an.

»Sollen wir … sollen wir einfach durchfahren?«, fragte Gansey. »Blue, was macht Henry für ein Gesicht? Kannst du was erkennen?«

Blues Körper streifte Adam, als sie sich umdrehte, um einen Blick zu dem Fisker hinter ihnen zu werfen. Seine Hände spannten sich an und zuckten, unendlich gierig. Der Dämon war … nah.

»Gib mir mal dein Handy. Ich rufe Mom an«, sagte Blue.

»Was ist denn los?«, fragte Adam.

»Die Straße ist überflutet«, antwortete Blue. »Sieht aus wie Blut. Und irgendwas schwimmt da drin. Was ist das für ein Zeug, Gansey? Sind das … Blütenblätter? Blaue Blütenblätter?«

Schweigen breitete sich im Wagen aus.

»Habt ihr auch manchmal so ein Gefühl, als ob sich ein Kreis schließt?«, fragte Ronan leise. »Als ob …«

Er redete nicht weiter. Wieder herrschte Stille im Auto, niemand rührte sich – offenbar hatten sie noch nicht entschieden, ob sie durch die Lache fahren sollten oder nicht. Der Regen prasselte weiter. Die Scheibenwischer machten *klonk-quietsch*.

»Ich glaube – oh Gott«, Gansey brach ab. »Oh Gott. *Ronan*?«

Panik verzerrte seine Stimme.

»*Ronan?*«, wiederholte Gansey. Ein metallisches Klacken. Ein knarzender Sitz. Hektisches Geraschel. Das Auto unter ihnen wippte, als Gansey unvermittelt sein Gewicht verlagerte. Ronan hatte noch immer nicht geantwortet. Ein anschwellendes Dröhnen im Hintergrund. Der Motor: Ronan trat aufs Gas, obwohl gar kein Gang eingelegt war.

Adams ungutes Gefühl steigerte sich zu Entsetzen.

Mit einem Mal brach das Dröhnen ab; der Motor war ausgegangen.

»Oh nein«, sagte Blue. »Oh nein, das Mädchen auch!« Unvermittelt rückte sie von Adam ab. Er hörte, wie sie die Tür auf der anderen Seite des Wagens öffnete. Kühle, feuchte Luft drang ins Auto.

Noch eine Tür ging auf, dann noch eine. Alle bis auf Adams. Draußen ertönte Henrys Stimme, tief und ernst und ohne eine Spur seines gewohnten Humors darin.

»Was ist los?«, verlangte Adam zu wissen.

»Können wir –« Blues Stimme war ein halbes Schluchzen und kam von der Fahrerseite. »Können wir dieses … Ding nicht von ihm runternehmen?«

»Nicht«, keuchte Ronan. »Nicht anfassen – nicht –«

Der Fahrersitz ruckte mit solcher Wucht zurück, dass er gegen Adams Knie krachte. Adam hörte ein Geräusch, das eindeutig Ronan war, der nach Luft schnappte.

»Oh Gott«, sagte Gansey wieder. »Sag mir, was ich machen soll.«

Wieder ruckte der Sitz. Adams Hände krallten sich in das Polster hinter ihm, ohne dass er es wollte. Was immer hier gerade passierte, seinen Händen ging es nicht schnell genug. Vorne begann Ronans Handy zu klingeln und klingeln und klingeln. Es war die langweilige Melodie, die Ronan für Anrufe von Declan gespeichert hatte.

Das Schlimmste daran war, dass Adam wusste, was das bedeutete: irgendetwas war mit Matthew. Nein, das Schlimmste war, dass Adam *gegen nichts von all dem etwas tun konnte.*

»Ronan, Ronan, nicht die Augen zumachen«, flehte Blue, die nun weinte. »Ich rufe – ich rufe Mom an.«

»Hey, Vorsicht!«, rief Gansey.

Das gesamte Auto schwankte.

»Was *war* das?«, fragte Henry.

»Er hat es aus seinem Traum mitgebracht«, sagte Gansey. »Als er kurz ohnmächtig war. Es wird uns nichts tun.«

»*Was ist denn los?*«, rief Adam.

Ganseys Stimme klang hilflos, verzweifelt. Sie zitterte und brach schließlich ganz. »Er wird ausgelöscht.«

62

Und Adam hatte geglaubt, das Schlimmste sei vorbei.

Das Schlimmste war: gefesselt und mit verbundenen Augen in einem Auto zu sitzen und zu wissen, dass das leise Keuchen, das er hörte, von Ronan kam, der jedes Mal, wenn er kurz das Bewusstsein wiedererlangte, nach Luft rang.

Wenn Ronan eins war, dann tough, doch davon war nun nichts mehr übrig.

Und Adam war nichts als eine Waffe, um ihn noch schneller zu töten.

Es kam ihm vor, als wären Jahre vergangen, seit er den Pakt mit Cabeswater geschlossen hatte. *Ich werde deine Hände sein. Ich werde deine Augen sein.* Wie entsetzt Gansey damals gewesen war und vielleicht hatte er recht gehabt. Denn nun saß Adam da, all seiner Möglichkeiten beraubt. Absolut machtlos und ausgeliefert.

Seine Gedanken waren ein Schlachtfeld und Adam flüchtete sich in die Finsternis seiner Augenbinde. Es war ein gefährliches Unterfangen, sich jetzt nach Cabeswater zu versetzen, während es so bedroht war und alle anderen zu beschäftigt, um etwas zu bemerken, falls auch er plötzlich auf dem Rücksitz im Sterben liegen sollte. Aber es war der einzige Weg, Ronans schmerzerfülltem Keuchen zu entfliehen.

Er stürzte davon, schnell, schleuderte sein Unterbewusstsein so weit von sich wie möglich, weit weg von der Realität des Autos, in dem er saß. Es war nur noch sehr, sehr wenig von Cabeswater übrig. Hauptsächlich Dunkelheit. Vielleicht würde er selbst nie den Weg zurück in seinen dämonenbefallenen Körper finden. Vielleicht würde er sich verirren wie –

Persephone.

Persephone!

In dem Moment, als er an ihren Namen dachte, wurde ihm bewusst, dass sie bei ihm war. Er hätte nicht sagen können, woher er es wusste, denn sehen konnte er sie nicht. Um genau zu sein, sah er überhaupt nichts. Um genau zu sein, spürte er plötzlich wieder den Stoff der Augenbinde auf seiner Haut und den dumpfen Schmerz in seinen gefesselten, zusammengequetschten Fingern. Plötzlich war er sich wieder der physischen Realität um sich bewusst, steckte abermals in seinem nutzlosen Körper fest.

»Sie haben mich zurückgeschickt«, sagte er vorwurfsvoll.

Na ja, antwortete sie, *hauptsächlich hast du dich schicken* lassen.

Er wusste nicht, was er zu ihr sagen sollte. Ihre Nähe war einfach zu tröstlich, so sehr, dass es schmerzte. Dabei war Persephone, die nebulöse Persephone, nicht gerade ein Mensch, der von Natur aus tröstlich auf andere wirkte. Aber ihre ganz eigene Einfühlsamkeit, ihre Weisheit und Regeln hatten ihn schon oft mit Zuversicht erfüllt, wenn um ihn herum das Chaos tobte, und obwohl sie kaum etwas gesagt hatte, verspürte er bei der bloßen Erinnerung an dieses Gefühl unbändige Freude.

»Ich bin nicht mehr zu retten.«

Mmm.

»Es ist meine Schuld.«

Mmm.

»Gansey hatte recht.«

Mmm.

»Hören Sie auf, immer nur *Mmm* zu sagen.«

Vielleicht solltest du dann aufhören, Dinge zu sagen, die du schon vor ein paar Wochen leid warst, zu mir zu sagen.

»Aber meine Hände. Meine Augen.« Sobald er an sie dachte, spürte er sie wieder. Die klauenartig gekrümmten Hände. Die wild rollenden Augen. Sie waren entzückt über Ronans Zerstörung. Genau das war ihr Ziel gewesen. Wie sie sich danach verzehrt hatten, einen Beitrag zu dieser Gräueltat zu leisten.

Mit wem hast du den Pakt geschlossen?

»Cabeswater.«

Und wer benutzt deine Hände?

»Der Dämon.«

Das ist nicht dasselbe.

Adam antwortete nicht. Wieder einmal gab Persephone ihm einen Rat, der gut klang, aber in der wirklichen Welt zu nichts zu gebrauchen war. Es war reine Weisheit, kein umsetzbarer Vorschlag.

Du hast deinen Pakt mit Cabeswater geschlossen, nicht mit einem Dämon. Selbst wenn sie im Moment gleich aussehen, sich gleich anfühlen mögen, sie sind nicht ein und dasselbe.

»Sie fühlen sich wirklich gleich an.«

Aber sie sind es nicht. Der Dämon hat keinerlei Anspruch auf dich. Du hast dich nicht für ihn entschieden. Sondern für Cabeswater.

»Ich weiß nicht, was ich machen soll«, sagte Adam.

Doch, das weißt du. Und du musst dich immer wieder dafür entscheiden.

Aber Cabeswater lag im Sterben. Bald schon würde es kein Cabeswater mehr geben, für das er sich entscheiden konnte. Bald schon würden nur noch Adams Geist, Adams Körper und der Dämon übrig sein. Er sprach nichts davon aus. Es spielte keine Rolle. An diesem Ort gab es keinen Unterschied zwischen Adams Gedanken und seinen Worten.

Das macht dich noch lange nicht zu einem Dämon. Dann bist du einfach wie einer von diesen Göttern ohne magische Kräfte. Wie heißen die noch mal?

»Ich glaube nicht, dass es dafür einen Namen gibt.«

König. Wahrscheinlich. Ich muss jetzt gehen.

»Persephone, bitte – ich – *vermisse Sie.*«

Er war allein; sie war fort. Wie immer, wenn sie ihn verließ, war er gleichermaßen getröstet und verunsichert. Er wusste, was zu tun war, auch wenn er bezweifelte, dass er dazu in der Lage sein würde. Doch diesmal hatte sie eine furchtbar lange Reise auf sich genommen, um ihm ihren Rat zu geben. Er wusste nicht, ob sie ihn noch sehen konnte, aber er wollte sie auf keinen Fall enttäuschen.

Und die Wahrheit war: Wenn er über all das nachdachte, was er an Cabeswater liebte, war es tatsächlich nicht schwer, zwischen ihm und dem Dämon zu unterscheiden. Sie mochten aus derselben Erde gewachsen sein, aber ansonsten hatten sie nichts gemeinsam.

»Meine Augen und Hände gehören mir«, dachte Adam.

Und genauso war es. Er musste es nicht einmal überprüfen. Sobald er selbst daran glaubte, wurde es zu einer Tatsache.

Er wandte den Kopf und löste mithilfe seiner Schulter die Augenbinde.

Vor ihm ging die Welt unter.

63

Der Dämon arbeitete sich langsam durch das Gewebe des Träumers.

Träumer waren nicht leicht auszulöschen. So viel von ihnen existierte nicht in physischer Gestalt. So viele von ihnen schossen zwischen den Sternen umher oder waren mit Baumwurzeln verflochten. So viel von ihnen rauschte durch Flüsse und prasselte mit den Regentropfen um die Wette.

Dieser Träumer kämpfte.

Der Dämon war ein Wesen des Auslöschens und der Leere, Träumer dagegen waren Wesen des Schöpfens und der Fülle. Dieser Träumer war all das in extremer Form, ein junger Herrscher in seinem ersonnenen Reich.

Er kämpfte.

Immer wieder riss der Dämon ihn mit in die Bewusstlosigkeit und in jedem dieser kurzen Momente der Schwärze griff der Träumer nach dem Licht. Wenn er wieder zu Bewusstsein kam, warf er einen Teil des Traums in die Wirklichkeit. Er formte ihn zu flatternden Geschöpfen und Sternschnuppen, flammenden Kronen und goldenen Tönen, die sich selbst sangen, zu Minzblättern auf dem blutverschmierten Asphalt und zu Papierfetzen mit krakeliger Handschrift: *Unguibus et rostro.*

Aber er starb.

64

Leben zu wollen, aber den Tod zum Wohle anderer zu akzeptieren: Das war Mut. Dies würde das Große sein, das Gansey vorherbestimmt war.

»Es muss sein«, sagte er. »Ich muss dieses Opfer bringen.«

Jetzt, da der Moment gekommen war, barg er schon ein gewisses Heldenpotenzial. Gansey wollte nicht sterben, aber wenigstens tat er es für diese Menschen, diese Familie, die er sich selbst gesucht hatte. Wenigstens tat er es für Menschen, von denen er wusste, dass sie wirklich *leben* würden. Wenigstens würde er keinen sinnlosen Tod sterben, zerstochen von Wespen. Wenigstens hätte das Ganze diesmal einen Zweck.

Hier also würde er sterben: auf einer sanft ansteigenden, mit Eichenblättern übersäten Wiese. Weiter oben auf dem Hügel grasten schwarze Kühe, die mit peitschenden Schwänzen im Regen standen. Das Gras war ungewöhnlich grün für November, was die Szenerie in Verbindung mit dem herbstlich bunten Laub wie ein Kalenderfoto anmuten ließ. Es war meilenweit kein anderer Mensch zu sehen. Alles, was fehl am Platz wirkte, war der mit Blütenblättern gesprenkelte Blutstrom quer über der kurvigen Straße und der junge Mann, der dort in seinem Auto starb.

»Aber wir sind doch nicht mal in der Nähe von Cabeswater!«, sagte Blue.

Wieder begann Ronans Telefon zu klingeln: *Declan, Declan, Declan.* Überall ging die Welt unter.

Ronan kam abermals kurz zu Bewusstsein, seine Augen randvoll mit Schwärze, als ein Schwall Kieselsteine aus seiner Hand schoss und klappernd auf dem blutigen Straßenpflaster landete. Mit schrecklich leerem Blick sah das Waisenmädchen vom Rücksitz zu; aus ihrem Ohr sickerte ein schwarzes Rinnsal. Als sie Ganseys Blick auffing, formte sie *Kerah* mit den Lippen, ohne einen Laut von sich zu geben.

»Sind wir auf der Ley-Linie?« Alles, was zählte, war, dass sie auf der Linie waren, damit Ganseys Opfer den Tod des Dämons bewirkte.

»Ja, aber nicht in Cabeswater. So stirbst du einfach.«

Eins der großartigsten Dinge an Blue Sargent war, dass sie niemals die Hoffnung verlor. Er hätte es ihr gern gesagt, aber er wusste, dass es sie bloß noch unglücklicher machen würde. Stattdessen entgegnete er: »Ich kann nicht einfach zugucken, wie Ronan stirbt, Blue. Und Adam – und Matthew – und überhaupt alles hier. Eine andere Möglichkeit gibt es nicht. Du hast meinen Geist doch selbst gesehen. Du weißt längst, wozu wir uns entschieden haben!«

Blue schloss die Augen und zwei Tränen kullerten ihr über die Wange. Sie weinte nicht laut oder auf eine Art, die ihn dazu veranlassen sollte, seine Worte zurückzunehmen. Sie war ein Geschöpf der Zuversicht, aber gleichzeitig eins der Vernunft.

»Bindet mich los«, forderte Adam vom Rücksitz aus. »Wenn du das wirklich durchziehen willst, Gansey, bindet mich erst los.« Er trug seine Augenbinde nicht mehr und der Blick, mit dem er Gansey ansah, war sein eigener, nicht mehr der des Dämons. Seine Brust hob und senkte sich hektisch. Gansey wusste, wenn es einen anderen Weg gäbe, hätte Adam es ihm gesagt.

»Ist das nicht gefährlich?«, fragte Gansey.

»Das *Leben* ist gefährlich«, antwortete Adam. »*Bindet mich los.*«

Henry hatte die ganze Zeit nur darauf gewartet, irgendetwas tun zu können – er wusste offenbar nicht, wie er all das ohne eine Beschäftigung, eine Aufgabe, verarbeiten sollte – und so eilte er nun zu Adam und löste seine Fesseln. Nachdem Adam seine rot gescheuerten Handgelenke von dem Band befreit hatte, strich er als Erstes dem Waisenmädchen über den Kopf und flüsterte: »Es wird alles wieder gut.« Dann stieg er aus dem Auto und trat zu Gansey. Was sollte er zu ihm sagen?

Gansey stieß seine Faust gegen Adams und sie nickten einander zu. Es war eine lächerliche, unzureichende Geste.

Wieder kämpfte Ronan sich kurz aus der Bewusstlosigkeit hervor; Blumen in Blautönen, die Gansey noch nie gesehen hatte, quollen aus dem Auto. Ronan war wie erstarrt in seinem Sitz, wie jedes Mal, wenn er aus einem Traum erwachte, und aus seinen Nasenlöchern rann Schwarz.

Gansey hatte nie wirklich verstanden, was es für Ronan bedeutete, mit seinen Albträumen leben zu müssen.

Jetzt verstand er.

Ihm blieb keine Zeit mehr.

»Danke für alles, Henry«, sagte Gansey. »Du bist ein Prinz unter Bauern.«

Henrys Blick war leer.

»Ich fasse es nicht«, flüsterte Blue.

Doch es war richtig. Gansey spürte, wie die Zeit ins Wanken geriet – ein letztes Mal. Wieder hatte er das Gefühl, dies alles schon einmal erlebt zu haben. Sanft legte er Blue die Hände auf die Wangen und flüsterte: »Ist schon in Ordnung. Ich bin bereit. Küss mich, Blue.«

Der Regen prasselte auf sie nieder, wirbelte rot-schwarze Tropfen auf und brachte die Blütenblätter ringsum zum Tanzen. Traumdinge aus Ronans zurückgewonnener Fantasie türmten sich auf der Straße. Alles roch nach den herbstlichen Bergen ringsum: nach Eichenlaub und Heu, Ozon und feuchter Erde. Wie schön es hier war. Es hatte lange gedauert, aber Gansey war endlich angekommen, wo er immer hingewollt hatte.

Blue küsste ihn.

Er hatte so oft davon geträumt und nun, endlich, war es so weit, wie durch pure Willenskraft heraufbeschworen. In einer anderen Welt wäre es nichts als das gewesen: ein Mädchen, das seine Lippen sanft auf die eines Jungen drückte. In dieser Welt jedoch spürte Gansey sofort den Effekt. Blue, die ein Spiegel war, ein Verstärker, eine sonderbare Halb-Baum-Seele, durchströmt von der Ley-Linie. Und Gansey, der, schon einmal auferstanden durch die Kraft der Ley-Linie, ein Ley-Linien-Herz in der Brust trug und eine andere Art von Spiegel war. Einmal aufeinandergerichtet, gab der schwächere nach.

Ganseys Ley-Linien-Herz war nicht seines; es war ein Geschenk gewesen.

Er löste sich von ihr.

Laut und voller Entschlossenheit, mit einer Stimme, die keinen Raum für Zweifel ließ, sagte er: »Durch dieses Opfer soll der Dämon sterben.«

Gleich nachdem die Worte aus seinem Mund waren, schlang Blue ihm die Arme um den Hals. Gleich nachdem die Worte aus seinem Mund waren, schmiegte sie ihre Wange an seine. Gleich nachdem die Worte aus seinem Mund waren, zog sie ihn an sich, ihre Umarmung wie ein herausgeschrienes Wort: *Liebe, Liebe, Liebe.*

Schweigend brach er in ihren Armen zusammen.

Er war ein König.

65

Je nachdem, wo man anfing, war dies eine Geschichte über Noah Czerny.

Das Problem am Totsein war, dass die Geschichten aufhörten, Linien zu sein, und stattdessen Kreise bildeten. Sie fingen an, im selben Moment zu beginnen und zu enden: dem Augenblick des Todes. Es war schwer, sich auf andere Arten des Geschichtenerzählens einzulassen und nicht zu vergessen, dass für die Lebenden die genaue Reihenfolge der Ereignisse von Bedeutung war. Die Chronologie. Für Noah dagegen zählte eher das spirituelle Gewicht einer Minute. Getötet werden. *Das* war eine Geschichte. Er hörte nie auf, diesen einen Moment zu spüren. Jedes Mal, wenn er ihn bemerkte, hielt er inne, um zuzusehen, erinnerte sich genauestens an jede körperliche Empfindung während seiner Ermordung.

Mord.

Manchmal verfing er sich in einer Schleife endlosen Sich-bewusst-werdens, dass er ermordet worden war, und die Wut trieb ihn dazu, Sachen in Ronans Zimmer kurz und klein zu schlagen, die Minzpflanze von Ganseys Schreibtisch zu schubsen oder eine Glasscheibe im Treppenhaus des Monmouth einzuwerfen.

Manchmal jedoch verfing er sich auch in *diesem* Moment. Ganseys Tod. Sah Gansey beim Sterben zu, wieder und wieder und wieder. Fragte sich, ob er damals im Wald genauso mutig gewesen wäre, wenn Whelk ihn gebeten hätte zu sterben, anstatt ihn dazu zu zwingen. Er war nicht sicher, ob sie diese Art von Freunden gewesen waren. Manchmal, wenn er zurückging, um den noch lebendigen Gansey zu besuchen, wusste er nicht genau, ob dieser Gansey bereits wusste, dass er sterben würde, oder nicht. Es war leicht, alles zu wissen, wenn die Zeit kreisförmig verlief, aber schwierig, nicht zu vergessen, wie man sich diesen Umstand zunutze machte.

»Gansey«, sagte er. »Mehr ist da nicht.«

Dies war nicht der richtige Moment. Stattdessen war Noah in Ganseys geistiges Leben gesogen worden, das eine vollkommen andere Linie bildete. Er entfernte sich von ihr. Es war keine räumliche Bewegung, sondern eine zeitliche. Ein bisschen erinnerte es Noah an Seilspringen mit zwei Seilen – er wusste nicht mehr, mit wem er so was je gemacht haben sollte, nur *dass* er es irgendwann gemacht hatte, denn schließlich konnte er sich daran erinnern: Man musste den richtigen Moment für den ersten Sprung abpassen oder man verhedderte sich im Seil.

Er wusste zwar nicht immer genau, warum er es tat, aber er wusste immer, wonach er suchte: nach dem ersten Mal, als Gansey gestorben war.

Er konnte sich nicht daran erinnern, wann er sich dazu entschlossen hatte. Inzwischen fiel es ihm schwer zu unterscheiden, was *erinnern* war und was *wiederholen*. Nicht mal jetzt wusste er ganz sicher, was von beidem er tat.

Alles, was Noah wusste, war, dass er weitermachen musste, bis der Moment gekommen war. Er musste nur so lange bleiben, bis er sicher sein konnte, dass es funktionierte.

Da war er wieder: ein viel jüngerer Gansey, der zuckend und sterbend in einem Wald lag, während Noah ein paar Meilen entfernt zuckend und sterbend in einem anderen Wald lag.

Alle Zeit war dieselbe. Gleich nachdem Noah gestorben war, hatte sich sein Geist – erfüllt von der Ley-Linie, beflügelt durch Cabeswater – angefühlt, als spannte er sich über jeden Moment, den er erlebt hatte oder noch erleben würde. Es war leicht, weise zu wirken, wenn die Zeit kreisförmig verlief.

Noah beugte sich über Gansey. Zum letzten Mal sagte er: »Du wirst weiterleben, für Glendower. Jemand auf der Ley-Linie wird sterben, dem es bestimmt war zu leben, und so wirst du leben, dem es bestimmt war zu sterben.«

Gansey starb.

»Mach's gut«, sagte Noah. »Nutz es.«

Und damit glitt er lautlos aus der Zeit.

66

Blue Sargent wusste mittlerweile schon gar nicht mehr, wie oft ihr gesagt worden war, dass sie ihrer wahren Liebe den Tod bringen würde.

Ihre Familie verdiente ihr Geld mit Weissagungen. Sie legten Karten, hielten Séancen ab, lasen aus Teeblättern. Blue war nie ein Teil von all dem gewesen außer in einer, nicht ganz unwichtigen, Hinsicht. Für sie galt die am längsten währende Weissagung der ganzen Familie.

Wenn du deine wahre Liebe küsst, wird der Junge sterben.

Fast ihr ganzes Leben lang hatte sie sich gefragt, wie es dazu kommen würde. Sie war von allen möglichen Wahrsagerinnen gewarnt worden. Obwohl sie selbst nicht im Geringsten hellseherisch begabt war, war sie seit jeher in eine Welt verstrickt gewesen, in der die Zukunft genauso wichtig war wie die Gegenwart, und hatte dadurch immer zumindest eine grobe Ahnung gehabt, was sie erwartete.

Bis jetzt.

Jetzt sah sie auf Ganseys Leiche in seinem regennassen Aglionby-Pullover hinunter und dachte: »Ich habe keine Ahnung, wie es jetzt weitergeht.«

Das Blut auf dem Highway floss langsam ab; in ein paar Metern Entfernung waren ein paar Krähen gelandet, die in den Resten herumpickten. Alle Zeichen dämonischer Aktivität verschwanden.

»Holt ihn«, setzte Ronan an, musste sich jedoch erst sammeln, bevor er seinen Satz beenden konnte. »Holt ihn von der Straße. Er ist doch kein *Tier.*«

Sie schleiften Ganseys Leiche ins Gras neben der schmalen Fahrbahn. Er wirkte noch immer vollkommen lebendig; er war ja auch erst seit einer oder zwei Minuten tot und es gab einfach keinen großen visuellen Unterschied zwischen tot sein und schlafen, bis es irgendwann unappetitlich wurde.

Ronan kauerte sich neben ihn; seine Haut war unterhalb der Nase und den Ohren noch immer mit Schwarz verschmiert. »Wach auf, du Arsch«, zischte er. »Du Drecksack. Ich glaub's einfach nicht, dass du wirklich …«

Dann fing er an zu weinen.

Neben Blue und Henry stand Adam mit trockenen Wangen und leerem Blick. Nur das Waisenmädchen umschlang seinen Arm, als tröstete sie einen heftig Schluchzenden, während Adam weiter ins Nichts starrte. Seine Uhr zeigte wieder und wieder dieselbe Minute an.

Blue hatte aufgehört zu weinen. Sie hatte keine Tränen mehr übrig.

Allmählich wehten vertraute Henrietta-Geräusche zu ihnen herüber. Die Sirene eines Krankenwagens oder Feuerwehrautos, Motoren dröhnten, irgendwo dudelte Musik, in einem Baum ganz in der Nähe sangen kleine Vögel. Die Kühe trotteten die Weide hinunter zu ihnen und beäugten neugierig die beiden Autos, die nun schon so lange hier parkten.

»Ich weiß nicht, was ich machen soll«, sagte Henry. »Ich hätte nicht gedacht, dass es so endet. Ich dachte, wir würden alle zusammen nach Venezuela fahren.«

Er klang so nüchtern und pragmatisch und Blue sah ihm an, dass er nur auf diese Weise den Anblick von Richard Ganseys Leiche ertrug, die vor ihnen im Gras lag.

»Darüber kann ich jetzt nicht nachdenken«, entgegnete Blue wahrheitsgemäß. Sie konnte über gar nichts nachdenken. Mit einem Mal war alles vorbei. Zum ersten Mal in ihrem Leben stand ihre Zukunft völlig in den Sternen. Sollten sie einen Rettungswagen rufen? Lauter Fragen dazu, wie mit einer toten wahren Liebe zu verfahren sei, stürzten auf sie ein, aber sie konnte sich auf keine einzige konzentrieren. »Ich kann überhaupt nicht … denken. Es ist, als hätte ich einen Lampenschirm über dem Kopf. Ich warte die ganze Zeit darauf, dass – ich weiß auch nicht.«

Adam setzte sich unvermittelt auf den Boden. Er sagte nichts, sondern vergrub bloß das Gesicht in den Händen.

Henry holte sehr zittrig Luft. »Wir sollten die Autos von der Straße schaffen«, sagte er. »Jetzt, wo hier nichts mehr blutet, kommen bestimmt bald …« Er hielt inne. »Das kann doch nicht richtig sein.«

Blue schüttelte den Kopf.

»Ich versteh's einfach nicht«, fuhr Henry fort. »Ich war mir so sicher, dass das hier … alles verändern würde. Ich hätte nicht gedacht, dass es so enden würde.«

»Ich wusste immer, dass es so enden würde«, entgegnete sie, »aber es fühlt sich trotzdem nicht richtig an. Wie auch?«

Henry trat von einem Fuß auf den anderen, hielt nach fremden Autos Ausschau, machte jedoch keine Anstalten, sein eigenes von der Straße zu fahren, obwohl er sich gerade noch deswegen Sorgen gemacht hatte. Er sah auf seine Uhr – die wie Adams immer noch ständig auf dieselbe Minute zurücksprang, wenn auch nicht ganz so hektisch wie zuvor – und wiederholte: »Ich versteh das einfach nicht. Wofür ist Magie denn gut, wenn nicht für das hier?«

»Wofür?«

Henry streckte die Hand über Ganseys Leiche. »Dafür, dass er nicht tot sein muss. Ihr habt doch gesagt, ihr seid Ganseys Zauberer. Dann *tut doch was.*«

»Ich bin keine Zauberin.«

»Du hast ihn gerade mit deinem *Mund* getötet.« Henry deutete auf Ronan. »Der da hat eben diesen ganzen Haufen Scheiß hergeträumt! Der da hat sich einmal an der Schule selbst das Leben gerettet, als irgendwelcher Krempel vom Dach fiel!«

Adam hob abrupt den Kopf. Trauer schliff seine Worte messerscharf. »Das war was anderes.«

»Inwiefern? Das hat auch alles die Regeln gebrochen!«

»Weil es eine Sache ist, mit Magie die Regeln der Physik zu brechen«, schnauzte Adam. »Aber jemanden von den Toten zurückzuholen ist was vollkommen anderes.«

Doch Henry ließ nicht locker. »Wieso? Er ist doch schon mal zurückgekommen.«

Dem war nicht zu widersprechen. »Aber dafür war ein Opfer nötig«, sagte Blue. »Damals ist Noah gestorben.«

»Dann brauchen wir eben ein anderes Opfer«, beharrte Henry.

»Willst du dich vielleicht freiwillig melden?«, knurrte Adam.

Blue konnte seine Wut verstehen. Jedes Quäntchen Hoffnung war in diesem Moment unerträglich.

Eine Weile herrschte Schweigen. Henry blickte wieder die Straße hinunter. Dann sagte er: *»Seid Zauberer.«*

»Halt's Maul«, fuhr Ronan ihn an. »Halt's Maul! Ich halt das nicht aus. Lass es einfach gut sein.«

Ronan wirkte so wild vor Trauer, dass Henry tatsächlich einen Schritt zurückwich. Niemand sagte mehr etwas. Blue konnte nicht aufhören, auf die immer selbe Zeit auf Henrys Uhr zu starren. Je länger der Kuss her war, desto weniger energisch zuckten die Zeiger, und Blue überkam Furcht beim Gedanken an den Augenblick, in dem die Zeit normal weiterlaufen würde. Es war, als wäre Gansey erst dann richtig, unwiederbringlich tot.

Der Minutenzeiger zitterte. Dann noch einmal.

Blue hatte eine Zeit, in der es keinen Gansey geben würde, jetzt schon satt.

Adam, der noch immer zusammengekauert im Gras hockte, sah zu ihnen hoch. Seine Stimme war leise. »Was ist mit Cabeswater?«

»Was soll damit sein?«, fragte Ronan. »Das ist zu schwach, um noch irgendwas zu bewirken.«

»Ich weiß«, erwiderte Adam. »Aber wenn du es drum bittest – vielleicht stirbt es dann für ihn.«

67

Je nachdem, wo man anfing, war dies eine Geschichte über Cabeswater.

Cabeswater war kein Wald. Cabeswater war ein Ding, das im Moment zufällig aussah wie ein Wald. Es unterlag einer ganz speziellen Art von Magie, die bewirkte, dass Cabeswater immer sehr alt und sehr jung gleichzeitig war. Es hatte schon immer existiert und musste doch immer noch lernen. Es war immer lebendig und wartete zugleich darauf, wieder lebendig zu werden.

Bis jetzt war es noch nie mit Absicht gestorben.

Aber bis jetzt war es auch noch nie darum gebeten worden.

Bitte, sagte der Greywaren. *Amabo te.*

Es ging nicht. Nicht so, wie er es sich vorstellte. Ein Leben für ein anderes war ein gutes Opfer, eine wunderbare Grundlage für eine fantastische, ganz spezielle Art von Magie, aber Cabeswater war kein Sterblicher; der Junge, den diese Menschen retten wollten, dagegen schon. Cabeswater konnte nicht einfach sterben und der Junge würde wiederauferstehen. Wenn überhaupt, musste Cabeswater irgendeinen wesentlichen Teil seiner selbst in menschliche Form bringen und selbst Cabeswater war nicht sicher, ob das möglich war.

Der Geist des jungen Zauberers bewegte sich durch Cabeswaters ausgefranste Gedanken, versuchte zu erkennen, *was* möglich war, und beschwor eigene Bilder herauf, um Cabeswater das Prinzip der Auferstehung begreiflich zu machen. Er verstand nicht, dass dieses Prinzip für ihn selbst wesentlich schwerer zu begreifen war als für Cabeswater. Cabeswater war es gewohnt, ständig zu sterben und wieder aufzuerstehen; wenn alle Zeit dieselbe war, bestand Auferstehung lediglich darin, das Bewusstsein von einer Minute zur nächsten zu verschieben. Ewiges Leben war für Cabeswater keine abwegige Vorstellung; einen menschlichen Körper zu reanimieren, dessen Zeitlinie begrenzt war, dagegen schon.

Cabeswater tat sein Bestes, um dem Jungen diese Tatsache zu veranschaulichen, obwohl es schwierig war, Details darzustellen, denn die Ley-Linie war erschöpft. Dass sie überhaupt miteinander kommunizieren konnten, lag nur daran, dass die Wahrsagerinnentochter bei ihm war, so wie sie es immer in irgendeiner Form zu sein schien, und sowohl Cabeswaters Stimme als auch die des Zauberers verstärkte.

Was Cabeswater ihnen verständlich zu machen versuchte, war die Tatsache, dass sich bei Cabeswater alles um Schöpfung drehte. Erschaffen. Erbauen. Es konnte sich nicht selbst auslöschen, um dieses Opfer zu bringen, denn das hätte seiner Natur widersprochen. Es war schlicht nicht in der Lage zu *sterben*, um einen Menschen wiederkehren zu lassen. Einfacher wäre es gewesen, eine Kopie dieses Menschen zu erschaffen, der gerade gestorben war, aber sie wollten keine Kopie. Sie wollten denjenigen zurück, den sie verloren hatten. Es war nicht möglich, ihn unverändert zurückzubringen; sein Körper war unwiederbringlich tot.

Aber vielleicht könnte Cabeswater ihn zu etwas Neuem umgestalten.

Es musste sich nur in Erinnerung rufen, wie Menschen waren.

Bilder huschten von Cabeswater zu dem Zauberer, der sie flüsternd an die Wahrsagerinnentochter weitergab. Diese begann, ihre Spiegelmagie auf die wenigen Bäume zu richten, die noch von Cabeswater übrig waren. »Bitte«, flüsterte sie und die *Tir e e'lintes* erkannten sie als eine der ihren an.

Dann machte Cabeswater sich an die Arbeit.

Menschen waren heikle, komplizierte Geschöpfe.

Als Cabeswater begann, Leben und Existenz aus seinem Traumgewebe zu spinnen, fingen die verbliebenen Bäume an zu summen und zu singen. Früher einmal hatten ihre Lieder anders geklungen, heute jedoch sangen sie die Lieder, die der Greywaren ihnen gegeben hatte. Es war eine klagende, langsam emporsteigende Melodie, voller Trauer und Freude zugleich. Und während Cabeswater seine Magie destillierte, begannen die Bäume zu fallen, einer nach dem anderen.

Die Trauer der Wahrsagerinnentochter hallte durch den Wald und Cabeswater sog auch diese in sich auf und verbaute sie in dem Leben, das es erschuf.

Noch ein Baum fiel, dann noch einer und Cabeswater kehrte wieder und wieder zu den Menschen zurück, die ihm seine Aufgabe gestellt hatten. Es musste sich vergegenwärtigen, wie sie sich anfühlten. Musste darauf achten, sich selbst klein genug zu machen.

Während der Wald dahinschwand, zuckten die Verzweiflung und das Staunen des Greywaren durch Cabeswater. Die Bäume antworteten ihm mit tröstendem Gesang, ein Lied voller Zuversicht, Kraft und Träume, und Cabeswater sog das Staunen in sich auf und verbaute es in dem Leben, das es erschuf.

Und schließlich schlängelten sich die Wehmut und Reue des Zauberers durch das, was von den Bäumen übrig war. Was war er ohne das alles? Bloß menschlich, menschlich, menschlich. Cabeswater presste ein letztes Mal seine Blätter auf die Wangen des Jungen und nahm diese Menschlichkeit, um sie in dem Leben zu verbauen, das es erschuf.

Es hatte nun beinahe Menschengestalt. Es würde genügen. Nichts war je vollkommen.

Macht Platz für den Rabenkönig.

Der letzte Baum fiel, dann war der Wald verschwunden und nur Stille blieb zurück.

Blue berührte Ganseys Stirn. »Wach auf«, flüsterte sie.

Epilog

Ein Juniabend in Singer's Falls war etwas Wunderschönes. Üppig und dunkel, die Welt in verworrene Grüntöne getaucht. Bäume: Überall Bäume. Adam fuhr in einem schicken kleinen BMW, der nach Ronan roch, die kurvenreiche Straße zurück nach Henrietta. Aus dem Radio lärmte Ronans grässlicher Techno, aber Adam schaltete es nicht aus. Die Welt fühlte sich gigantisch an.

Er war auf dem Weg zum Wohnwagenpark.

Es war an der Zeit.

Von den Schobern zum Wohnwagenpark brauchte man fünfunddreißig Minuten, was ihm genügend Zeit verschafft hätte, um es sich anders zu überlegen und stattdessen zurück zur St.-Agnes-Kirche oder zum Monmouth zu fahren.

Doch er fuhr weiter, vorbei an Henrietta Richtung Wohnwagenpark und schließlich die lange, holprige Zufahrt hinauf; die Reifen ließen eine kurzlebige Gewitterwolke aus Staub hinter ihm aufwallen. Hunde sprangen auf die Straße und tollten hinter dem Auto her, verschwanden jedoch, bevor er vor seinem alten Zuhause hielt.

Er brauchte sich nicht zu fragen, ob er die Sache wirklich durchziehen würde.

Er war schließlich hier, oder etwa nicht?

Adam ging die wackelige Treppe hoch. Diese Treppe, früher mal weiß angestrichen, heute rissig und mit abblätternder Farbe, durchsetzt von perfekt runden Holzbienenlöchern, unterschied sich nicht sonderlich von der, die zu seinem Apartment über der St.-Agnes-Pfarrei hinaufführte. Sie hatte nur ein paar Stufen weniger.

Oben angekommen starrte er eine Weile auf die Tür und fragte sich, ob er klopfen sollte oder nicht. Es war erst ein paar Monate her, seit er selbst noch hier gewohnt hatte und ein- und ausgegangen war, ohne sich bemerkbar zu machen, aber es fühlte sich an wie Jahre. Außerdem fühlte er sich größer als das letzte Mal, als er hier gewesen war, obwohl er seit dem letzten Sommer kaum so viel gewachsen sein konnte.

Dies war nicht mehr sein Zuhause, also klopfte er.

Dann wartete er, die Hände in den Taschen seiner ordentlich gebügelten Khakihose vergraben, den Blick auf seine sauberen Schuhspitzen gerichtet, bevor er wieder zu der staubigen Tür aufsah.

Die Tür öffnete sich und sein Vater stand vor ihm, Auge in Auge. Adam verspürte ein wenig mehr Verständnis für diese frühere Version von sich selbst, diejenige, die sich davor gefürchtet hatte, genauso zu werden wie dieser Mann. Denn obwohl Robert Parrish und Adam Parrish einander auf den ersten Blick kaum ähnelten, sah Adam etwas Grüblerisches, nach innen Gerichtetes in den Augen seines Vaters, das ihn an sich selbst erinnerte. Und auch die zusammengezogenen Augenbrauen kamen ihm bekannt vor; die Form der Furche dazwischen, die exakt die nicht zu überwindende Diskrepanz zwischen dem Leben, so wie es sein sollte, und dem, wie es wirklich war, beschrieb.

Adam war nicht Robert, aber er hätte es werden können, und er verzieh dem Adam der Vergangenheit, sich vor der bloßen Möglichkeit gefürchtet zu haben.

Robert Parrish starrte seinen Sohn an. Gleich hinter ihm, im schummrigen Inneren des Wohnwagens, sah Adam seine Mutter, die den BMW hinter ihm beäugte.

»Wollt ihr mich nicht reinbitten?«, verlangte Adam.

Sein Vater zögerte, eins seiner Nasenlöcher blähte sich, dann aber wich er einen Schritt zurück. Er gab Adam einen übertrieben einladenden Wink, eine Geste heuchlerischer Treue gegenüber einem ungeliebten König.

Adam betrat den Wohnwagen. Er hatte vergessen, wie beengt das Leben hier gewesen war. Er hatte vergessen, dass die Küche gleichzeitig Wohnzimmer und Elternschlafzimmer war. Am anderen Ende des Hauptraums war Adams Zimmer gewesen. Er konnte es ihnen kaum verübeln, wie sie ihm schon diese winzige Kammer missgönnt hatten; es gab keinen anderen Ort in dieser Behausung, an dem man einander nicht ansehen musste. Er hatte vergessen, dass ihn die Klaustrophobie genauso von hier fortgetrieben hatte wie die Angst.

»Nett, dass du vorbeikommst«, sagte seine Mutter.

Er vergaß immer, dass auch sie zu seiner Flucht beigetragen hatte. In ihren Worten schwang ein subtil vorwurfsvoller Unterton mit, der seiner Erinnerung müheloser entschlüpft war als die handfesten Schläge seines Vaters und der sich über die Jahre unbemerkt zwischen den Rippen des jüngeren Adam eingenistet hatte. Es hatte seinen Grund gehabt, dass er sich allein ein Versteck vor seinem Vater und nicht Schutz bei ihr gesucht hatte.

»Ich hab dich heute bei der Abschlussfeier vermisst«, sagte er zu ihr.

»Hab mich da nicht erwünscht gefühlt«, antwortete sie.

»Ich hatte dich doch gebeten zu kommen.«

»Das hast du verdorben.«

»Ich war nicht derjenige, der es verdorben hat.«

Ihr Blick glitt von ihm ab und wie immer schien ein Großteil von ihr beim ersten Anzeichen eines Konflikts einfach zu verblassen.

»Was willst du, Adam?«, fragte sein Vater. Er starrte noch immer auf Adams Kleider, als überlegte er angestrengt, ob es das war, was sich an seinem Sohn verändert hatte. »Ich nehm mal nicht an, dass du uns anbetteln willst, wieder einziehen zu dürfen, wo du jetzt deinen noblen Abschluss in der Tasche hast und mit dem Schlitten von deinem *Freund* hier vorfährst.«

»Ich wollte nur sehen, ob die Chance auf ein normales Verhältnis zu meinen Eltern besteht, bevor ich aufs College gehe«, erwiderte Adam.

Die Kiefer seines Vaters arbeiteten. Es war schwer zu beurteilen, ob es Adams Eröffnung war, die ihn so schockierte, oder der bloße Klang seiner Stimme. Denn die war in diesem Raum noch nicht allzu oft zu vernehmen gewesen. Adam konnte kaum mehr nachvollziehen, wie er diesen Zustand so lange als normal hatte betrachten können. Er dachte an die Nachbarn, die sich beim Anblick seines blau geschlagenen Gesichts abgewendet hatten. Adam, in seiner Unwissenheit, hatte immer geglaubt, sie hätten nichts gesagt, weil sie fanden, er hätte diese Behandlung verdient. Jetzt jedoch fragte er sich, wie viele von ihnen selbst regelmäßig in einer Ecke gekauert, sich in ihren Zimmern verkrochen oder weinend im unerbittlichen Regen hinter ihren Wohnwagen gesessen hatten. Mit einem Mal verspürte er den Drang, all diese Adams zu retten, die sich zu verstecken versuchten und doch vor aller Augen litten, auch wenn er sich nicht sicher war, ob sie seine Hilfe annehmen würden. Je länger er diesen winzigen Funken Heldenmut in seinem Geist betrachtete, desto mehr erschien er ihm wie ein Gedanke, den Gansey oder Blue haben würden, und ihm wurde klar, dass er nur das Gefühl hatte, andere retten zu können, weil er glaubte, sich selbst gerettet zu haben.

»Du hast so was ja unmöglich gemacht«, entgegnete sein Vater. »Du hast alles verdorben, genau wie deine Mutter gesagt hat.«

Er wirkte jetzt eher trotzig auf Adam, nicht Furcht einflößend. Alles an seiner Körpersprache – die wie junge Farnwedel gekrümmten Schultern, das eingezogene Kinn – deutete darauf hin, dass er Adam heute genauso wenig schlagen würde wie seinen Boss. Das letzte Mal, als er auf seinen Sohn losgegangen war, hatte er sich einen blutigen Dorn aus dem Handballen ziehen müssen und Adam sah, dass der Unglaube darüber noch immer in ihm nachhallte. Adam war *anders*. Selbst ohne Cabeswaters Kraft fühlte er den kühlen Schimmer in seinen Augen und gab sich auch keinerlei Mühe, ihn zu verbergen. Zauberer.

»Es war schon viel früher verdorben, Dad«, widersprach Adam. »Weißt du eigentlich, dass ich auf diesem Ohr taub bin? Als ich das das letzte Mal erwähnt habe, bist du mir im Gerichtssaal ins Wort gefallen.«

Sein Vater schnaubte verächtlich, doch Adam gab ihm nicht die Gelegenheit zu antworten. »Gansey hat mich damals ins Krankenhaus gefahren. Das hättest *du* machen sollen, Dad. Ich meine, natürlich hätte das gar nicht erst passieren dürfen, aber wenn es wirklich ein Unfall gewesen wäre, hättest du mit mir in dem Krankenzimmer sitzen müssen.«

Selbst während er alles aussprach, was er sagen wollte, konnte er es kaum glauben. Hatte er jemals seinem Vater widersprochen und war sich sicher gewesen, im Recht zu sein? Und war er jemals in der Lage gewesen, ihm dabei in die Augen zu sehen? Er konnte kaum glauben, dass er keine Angst hatte: Sein Vater konnte niemandem Angst machen, der nicht von vornherein Angst hatte.

Robert Parrish schob wütend die Hände in die Hosentaschen.

»Ich bin auf einem Ohr taub, Dad, und das ist deine Schuld.«

Jetzt sah sein Vater zu Boden und in diesem Moment wusste Adam, dass er ihm glaubte. Möglicherweise war dies alles, was Adam sich von diesem Gespräch erhofft hatte: sein Vater, der seinem Blick nicht standhalten konnte. Die Gewissheit, dass ihm klar war, was er getan hatte.

Robert Parrish fragte: »Was willst du von uns?«

Darüber hatte Adam auf der Fahrt auch nachgedacht. Was er wirklich wollte, war seine Ruhe. Nicht vor seinem Vater selbst, der keinen ernst zu nehmenden Einfluss mehr auf Adams Leben nehmen konnte. Sondern vor der Vorstellung, die er von seinem Vater gehabt hatte und die weit mächtiger war als er selbst. »Jedes Mal, wenn ich nicht orten kann, aus welcher Richtung jemand nach mir ruft, jedes Mal, wenn ich mir den Kopf in der Dusche stoße, und jedes Mal, wenn ich mir sinnloserweise meine Ohrstöpsel in beide Ohren stecke, denke ich an dich. Meinst du, es könnte eine Zukunft geben, in der das nicht die einzigen Momente sind, in denen ich an dich denke?«

Er konnte an ihren Gesichtern ablesen, dass die Antwort auf diese Frage nicht in absehbarer Zeit »Ja« lauten würde, aber damit konnte er leben. Er war ohne jede Erwartung hergekommen, darum konnte ihn nichts enttäuschen.

»Da kann ich nichts zu sagen«, erwiderte sein Vater schließlich. »Du hast dich zu jemandem entwickelt, den ich nicht sonderlich gut leiden kann, das geb ich ganz offen zu.«

»In Ordnung«, sagte Adam. Er konnte seinen Vater auch nicht sonderlich gut leiden. Gansey hätte in so einem Moment gesagt: *Ich weiß deine Ehrlichkeit zu schätzen*, und Adam borgte sich diese Form der höflichen Machtdemonstration dankbar aus. »Ich weiß deine Ehrlichkeit zu schätzen.«

Die Miene seines Vaters ließ keinen Zweifel daran, dass Adam ihn damit soeben vollauf bestätigt hatte.

Jetzt meldete sich seine Mutter zu Wort. »Ich fänd's schön, wenn du dich mal meldest. Ich würde gerne wissen, was du so machst.«

Sie hob den Kopf und in ihren Brillengläsern spiegelte sich die Fensterscheibe in Form zweier perfekter Lichtquadrate. Und in diesem Augenblick huschten Adams Gedanken durch die Zeit, folgte sein Bewusstsein denselben Kanälen, auf denen seine übernatürlichen Sinne immer reisten. Er sah sich klopfen, während seine Mutter auf der anderen Seite der Tür stand und nicht öffnete. Er sah sich klopfen, während sie hinter dem Wohnwagen stand und die Luft anhielt, bis er wieder weg war. Er sah sich anrufen, während sie auf das klingelnde Telefon starrte, ohne abzunehmen. Aber er sah sie auch mit einer College-Broschüre in den Händen. Er sah sie, wie sie seinen Namen aus der Zeitung ausschnitt. Wie sie ein Foto von ihm in schickem Jackett und maßgeschneiderter Hose, ein ungezwungenes Lächeln im Gesicht, an den Kühlschrank hängte.

An irgendeinem Punkt in seinem Leben hatte sie ihn losgelassen und wollte ihn nicht mehr zurück. Sie wollte bloß noch sehen, wie es mit ihm weiterging.

Aber auch das war in Ordnung. Besser als gar nichts. Das würde er hinbekommen. Möglicherweise war das sowieso alles, was er hinbekommen würde.

Er legte nachdenklich die Hand an die Schranktür neben sich und zog dann den BMW-Schlüssel aus der Tasche. »Mach ich«, sagte er.

Er wartete noch einen Moment ab, um seinen Eltern die Gelegenheit zu geben, das Schweigen zu füllen, seine Erwartungen zu übertreffen.

Sie taten es nicht. Adam hatte die Messlatte exakt so hoch angelegt, wie sie sich strecken konnten, und sie schafften keinen Zentimeter mehr.

»Ich gehe dann mal«, sagte er.

Und er ging.

Am anderen Ende von Henrietta stiegen Gansey, Blue und Henry gerade aus dem Camaro. Henry, der hinten gesessen hatte, quetschte sich als Letzter hinter dem Beifahrersitz hervor wie ein frisch zur Welt kommendes Kalb. Dann machte er die Tür zu und runzelte die Stirn.

»Du musst sie zuknallen«, sagte Gansey.

Henry versuchte es noch einmal.

»*Zuknallen*«, wiederholte Gansey.

Henry knallte sie zu.

»So viel Gewalt auf der Welt«, bemerkte er.

Sie waren wegen Ronan hier rausgefahren. Er hatte am Nachmittag ein paar vage Andeutungen gemacht – offenbar würden sie sich auf eine Schnitzeljagd nach Blues Geschenk zum Schulabschluss begeben. Ihr Abschluss lag bereits Wochen zurück und Ronan hatte durchblicken lassen, dass ein Geschenk auf sie wartete, sich jedoch geweigert, mehr zu verraten, bevor Gansey und Henry nicht ebenfalls ihren Abschluss hatten. *Ihr sollt es alle zusammen benutzen*, hatte er geheimnisvoll verkündet. Sie hatten ihn eingeladen mitzukommen – zur Abschlussfeier und auch auf die Schnitzeljagd –, aber er hatte bloß gesagt, beides würde zu viele schlechte Erinnerungen in ihm wachrufen und bis später.

Also machten sie sich nun zu dritt auf den Weg über einen Trampelpfad in Richtung eines dichten Wäldchens, das den Blick auf alles andere versperrte. Es war angenehm warm. Insekten machten es sich auf ihren T-Shirts bequem und schwirrten um ihre Fußknöchel. Wieder hatte Gansey das Gefühl, dies alles schon einmal erlebt zu haben, konnte jedoch nicht sagen, ob es stimmte oder nicht. Er wusste inzwischen, dass das Gefühl der wankenden Zeit, mit dem er so lange gelebt hatte, keine Nebenwirkung seines ersten Todes gewesen war, sondern seines zweiten. Ein Produkt all der Dinge, die Cabeswater zusammengetragen hatte, um Gansey sein Leben zurückzugeben. Menschen waren nicht dafür geschaffen, alle Zeit auf einmal zu erleben, aber Gansey musste es dennoch.

Blue ergriff im Gehen seine Hand und Gansey schwang ihre verschlungenen Finger fröhlich zwischen ihnen vor und zurück. Sie waren frei, frei, frei. Die Schule war vorbei und vor ihnen erstreckte sich der Sommer. Gansey hatte um ein Jahr Pause gebeten und es bekommen; Henry hatte von vornherein eins geplant. Alles passte wunderbar zusammen, denn Blue hatte bereits die letzten Monate damit verbracht, günstige Reiseangebote zu recherchieren. Ziel der Reise: das Leben. Aber in Gesellschaft war es netter. Zu dritt war es netter. Drei, hatte Persephone immer gesagt, war die mächtigste Zahl der Welt.

Sie betraten den Wald und erreichten schon nach kurzer Zeit ein großes, stark verwildertes Feld, wie es für diesen Teil von Virginia nicht ungewöhnlich war. Flauschiger Wollziest überragte die Grashalme und der Boden war mit heimtückischen kleinen Disteln bedeckt.

»Ach, Ronan«, seufzte Gansey, obwohl Ronan gar nicht bei ihnen war, denn ihm war soeben klar geworden, wohin die Wegbeschreibung sie geführt hatte.

Die Wiese stand voller Autos. Alle waren nahezu identisch. Alle waren auf ihre ganze eigene Art seltsam. Alle waren weiße Mitsubishis. Das kniehohe Gras, das sie umgab, und die dicke Blütenstaubschicht auf den Windschutzscheiben verlieh der Szenerie etwas regelrecht Apokalyptisches.

»Ich gehe mit keinem davon auf unseren Road-Trip durch Amerika«, verkündete Henry angewidert. »Ist mir egal, ob wir die umsonst haben können und ob die was Magisches an sich haben.«

»Ganz meine Meinung«, pflichtete Gansey ihm bei.

Blue dagegen wirkte gänzlich unbesorgt. »Er hat gesagt, es wäre eins dabei, bei dem wir sofort wissen würden, dass es für uns ist.«

»Du wusstest, dass es um ein Auto geht?«, fragte Gansey. Er selbst hatte Ronan nicht den kleinsten Hinweis entlocken können.

»Ich hab mich geweigert, seinen Anweisungen ohne jegliche Vorabinformation zu folgen«, erklärte Blue.

Sie wateten durchs Gras und scheuchten Heuschrecken auf, die in alle Richtungen davonhüpften. Blue und Henry machten sich geflissentlich auf die Suche und verglichen die Wagen miteinander. Gansey dagegen schlenderte gedankenverloren umher und genoss das Gefühl der Sommerluft in seinen Lungen. Schließlich war es genau diese Ziellosigkeit, die ihn zu ihrem Geschenk führte. »Leute, ich hab's gefunden.«

Es war ein offensichtlicher Außenseiter: ein alter, knallorangefarbener Camaro inmitten all der nagelneuen Mitsubishis. Er war Pig so ähnlich, dass Ronan ihn nur geträumt haben konnte.

»Ronan hält sich mal wieder für irre witzig«, kommentierte Gansey, als Blue und Henry bei ihm ankamen.

Henry pflückte sich eine Zecke vom Arm und schnippte sie ins Gras, damit sie irgendwen anders aussaugte. »Er will, dass ihr Autos im Partnerlook habt? Kommt mir fast ein bisschen sentimental vor für einen Typen ohne Seele.«

»Zu mir hat er gesagt, unter der Motorhaube wäre was, was mir gefallen würde«, sagte Blue. Sie ging auf die Vorderseite des Wagens und tastete nach dem Hebel. Dann stemmte sie die Motorhaube hoch und fing an zu lachen.

Alle drei spähten hinein und jetzt lachte auch Gansey. Denn unter der Haube des Camaro war *nichts*. Kein Motor. Kein Innenleben. Nichts als Leere bis hinunter zum Gras, das zwischen den Reifen wuchs.

»Das ultimative Umweltauto«, bemerkte Gansey im selben Moment, als Henry fragte: »Meint ihr, das fährt?«

Blue klatschte in die Hände und hopste auf der Stelle; Henry knipste ein Handyfoto von ihr, aber sie war zu begeistert, um ihn mit einem finsteren Blick zu strafen. Sie huschte auf die Fahrerseite und stieg ein. Von außen war sie hinter dem Armaturenbrett kaum zu sehen. Ihr Lächeln reichte von einem Ohr zum anderen. Es war schade, dass Ronan diesen Moment verpasste, aber Gansey verstand seine Beweggründe.

Eine Sekunde später erwachte der Motor zum Leben. Oder besser gesagt, das Auto. Der Himmel wusste, woher genau das Dröhnen rührte. Blue stieß vor lauter Verzückung ein quietschiges Juchzen aus.

Das ganze Jahr lag vor ihnen, magisch und lang und vollkommen ungeschrieben.

Es war fantastisch.

»Glaubt ihr, der bleibt jemals liegen?«, rief Gansey über den Lärm des Nicht-Motors.

Henry lachte.

»Das wird eine grandiose Reise«, sagte er.

Je nachdem, wo man anfing, war dies eine Geschichte über diesen Ort: eine lang gezogene Gebirgskette, unter der ein besonders kraftvoller Abschnitt der Ley-Linie verlief. Vor wenigen Monaten noch hatte dort Cabeswater gelegen, bevölkert von Träumen, voll von blühender Magie. Jetzt war es nur noch ein ganz normaler Wald, wie es in Virginia so viele gab, voller grüner Dornen, junger Platanen, Eichen und Kiefern, schlank und direkt aus dem nackten Fels gewachsen.

Auch ganz hübsch, wie Ronan zugeben musste, aber es war nicht Cabeswater.

Am Ufer eines Bachs hüpfte ein spindeldürres Mädchen mit Hufen statt Füßen durchs Unterholz, summend und lautstark vor sich hin schmatzend. Alles in diesem Wald faszinierte sie, und wenn etwas sie faszinierte, musste sie es probieren. Adam fand, dass sie Ronan sehr ähnlich war. Ronan hatte beschlossen, es als Kompliment zu nehmen.

»Opal«, blaffte er und sie spuckte einen Mundvoll halb zerkauter Pilze aus. »Lass den Scheiß!«

Das Mädchen trabte auf ihn zu, hielt jedoch nicht an, als sie zu ihm aufgeschlossen hatte. Stattdessen hüllte sie ihn in einen Kreis aus überschäumender Energie. Alles andere hätte wohl den Eindruck erweckt, dass sie Ronan gehorchte, und das würde sie stets zu verhindern wissen.

Ein Stück vor ihnen krächzte Chainsaw: »*Kerah!*«

Sie schrie und schrie, bis Ronan schließlich bei ihr anlangte. Und tatsächlich, sie hatte etwas gefunden. Ronan schob mit dem Fuß das Laub beiseite. Es war ein Metallteil, das aussah, als wäre es jahrhundertealt. Das Rad eines 73er Camaros. Passend zu dem uralten Rad, das sie Monate zuvor auf der Ley-Linie gefunden hatten. Damals hatte Ronan aus ihrem Fund geschlossen, dass sie den Camaro irgendwann während ihrer Suche nach Glendower zu Schrott fahren würden und dass die Ley-Linie sie mitsamt dem Auto in die Vergangenheit reißen und gleich darauf zurück in die Gegenwart schubsen würde. Denn auf der Ley-Linie war alle Zeit schließlich mehr oder weniger dasselbe.

Doch wie es aussah, hatten sie diesen Moment noch gar nicht erreicht: Die Ley-Linie hielt weitere Abenteuer für sie bereit.

Es war eine aufregende und zugleich beängstigende Vorstellung.

»Guter Fund, du kleines Mistvieh«, sagte er zu Chainsaw. »Lass uns nach Hause fahren.«

Zurück an den Schobern dachte Ronan an all das, was er an Cabeswater gemocht und nicht gemocht hatte, und überlegte, was er anders machen würde, wenn er den Wald noch einmal herträumen könnte. Was würde ihn in Zukunft besser vor Bedrohungen schützen? Wie ließe er sich besser mit anderen, gleichartigen Orten auf der Ley-Linie verbinden? Wie würde er zu einem besseren Spiegelbild von Ronan selbst?

Versunken in all diese Gedanken kletterte Ronan aufs Dach und starrte in den Himmel.

Dann schloss er die Augen und fing an zu träumen.

Danksagung

An der Raven Boys-Reihe arbeite ich nun schon seit über zehn Jahren und unzählige Menschen haben mich auf ganz unterschiedliche Art dabei unterstützt. Natürlich wird ihnen diese Danksagung nicht annähernd gerecht.

Zuerst muss ich meinen tapferen Rittern danken: Tessa Gratton und Brenna Yovanoff, stets gewillt, sich meinen Drachen zum Kampf zu stellen. Sarah Batista-Pereira, du hast Drachen getötet, die ich noch nicht mal auf mich zukommen sah. Court Stevens, danke, dass du mich am Ende noch mal mit einem ganz neuen Schwert ausgestattet hast.

Dem illustren Hofstaat: Laura Rennert, meiner furchtlosen Agentin, und Barry Eisler, ihrem Gefährten. David Levithan, meinem Lektor, der mir das schönste Geschenk gemacht hat, von dem eine Autorin nur träumen kann: Zeit. Rachel Coun, Lizette Serrano, Tracy van Straaten, einem zauberhaften Trio professioneller Hellseherinnen. Becky Amsel, Kakao forever.

Der Familie: Besonders meinen Eltern, die mir ein Schloss aus Büchern gebaut haben. Und Erin, die mir gezeigt hat, wie ich mir eine Rüstung schmieden kann.

Der wahren Liebe: Ed, ich weiß, es ist jedes Mal ein Kampf – tut mir leid. Zumindest ein bisschen. Tut mir leid, dass es mir nicht leidtut. Aber du wusstest schließlich, worauf du dich einlässt, als du damals dieses Schwert aus dem Stein gezogen hast. Ich bin unendlich dankbar, dich an meiner Seite zu wissen.